大明十六帝

范胜利◎著

中国文史出版社

图书在版编目（CIP）数据

大明十六帝／范胜利著．—北京：中国文史出版社，2013.12
ISBN 978－7－5034－4452－4

Ⅰ.①大…　Ⅱ.①范…　Ⅲ.①传记文学—中国—当代　Ⅳ.①I25

中国版本图书馆 CIP 数据核字（2013）第 272762 号

责任编辑：蔡晓欧
封面设计：杨飞羊

出版发行：**中国文史出版社**
网　　址：www.chinawenshi.net
社　　址：北京市西城区太平桥大街 23 号　　邮编：100811
电　　话：010－66173572　66168268　66192736（发行部）
传　　真：010－66192703
印　　装：廊坊市海涛印刷有限公司
经　　销：全国新华书店
开　　本：16
印　　张：25.25　　　字数：351 千字
版　　次：2014 年 2 月北京第 1 版
印　　次：2018 年 3 月第 3 次印刷
定　　价：39.80 元

目 录

操急削藩蒙大难——明建文帝　朱允炆

逼宫篡位成雄业——明成祖　朱　棣

仁心肥体小尧舜——明仁宗　朱高炽

风流倜傥治升平——明宣宗　朱瞻基

帝海沉浮一叶舟——明英宗　朱祁镇

薄情终被薄情误——明代宗　朱祁钰

多情种子风流帝——明宪宗　朱见深

孝仁恭俭臻弘治——明孝宗　朱祐樘

不爱江山爱美人——明武宗　朱厚照

青词吟罢国将亡——明世宗　朱厚熜

马市重开刀剑收——明穆宗　朱载垕

享国长长误国长——明神宗　朱翊钧

短命君王薄命人——明光宗　朱常洛

八千女鬼闹宫廷——明熹宗　朱由校

煤山老树吊明朝——明思宗　朱由检

附 录

大明十六帝世系图

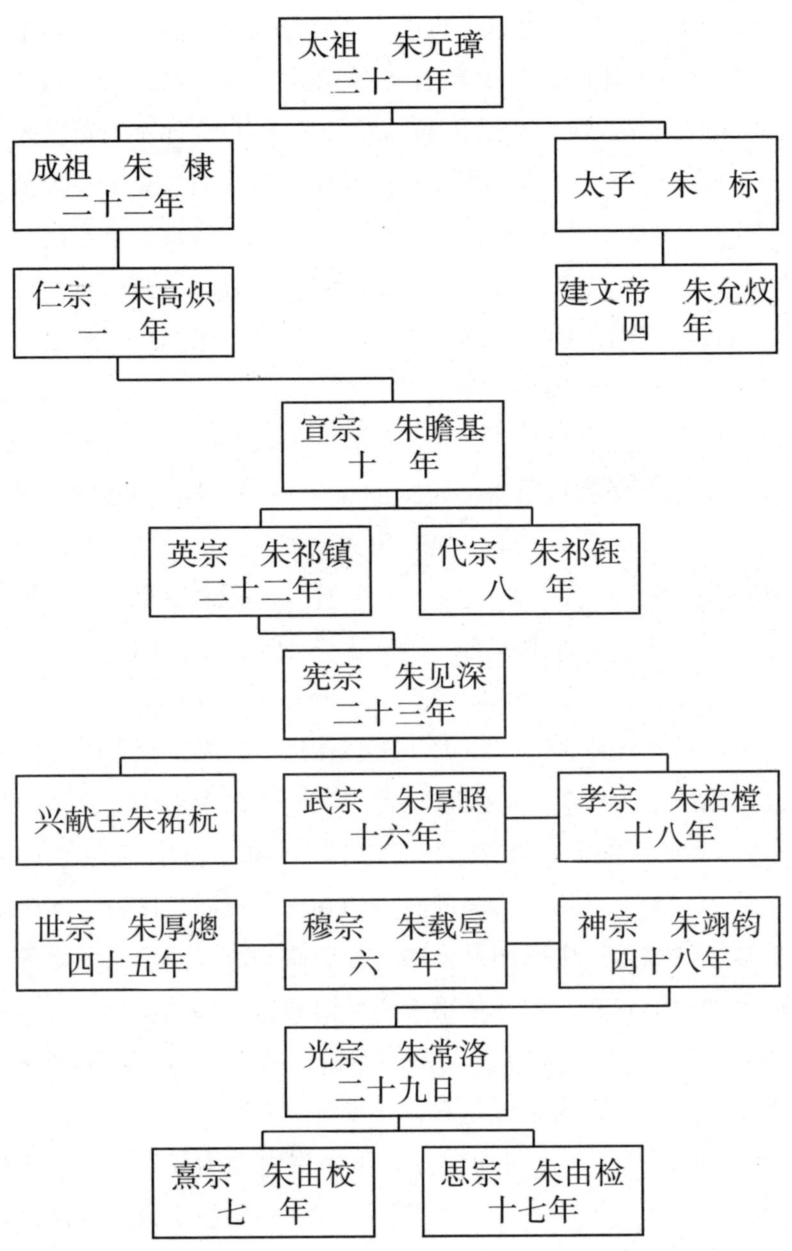
太祖　朱元璋
三十一年
成祖　朱　棣
二十二年
太子　朱　标
仁宗　朱高炽
一　年
建文帝　朱允炆
四　年
宣宗　朱瞻基
十　年
英宗　朱祁镇
二十二年
代宗　朱祁钰
八　年
宪宗　朱见深
二十三年
兴献王朱祐杬
武宗　朱厚照
十六年
孝宗　朱祐樘
十八年
世宗　朱厚熜
四十五年
穆宗　朱载垕
六　年
神宗　朱翊钧
四十八年
光宗　朱常洛
二十九日
熹宗　朱由校
七　年
思宗　朱由检
十七年

为牧为僧为帝王

——明太祖　朱元璋

明太祖　朱元璋

为牧为僧为帝王，传奇经历万年扬。

持刀杀出新天下，又杀功臣保嗣皇。

说起历代皇帝，笔者最崇拜雄图大略的皇帝，例如：秦始皇、汉高祖、汉武帝、唐太宗、成吉思汗、康熙大帝等，一提起他们我肃然起敬，磕头拜服。但说到明太祖朱元璋，便有一种复杂的感情，既有崇拜，又有感叹，甚至感到愤恨。何有此感?！因为他的人生太传奇了，他的个性太有特点了。既有秦始皇、成吉思汗的武略、暴虐，又有汉武帝、唐太宗、清圣祖的武功、政绩；他既是明君，无疑又是暴君。如此君王真叫奇，教人怎不叹息！

在中国的历史教科书中，每每盛赞风起云涌、前仆后继的农民起义，称农民起义是中国历史发展的真正动力。然而中国的农民起义，从陈胜、吴广、绿林赤眉、黄巾、瓦岗寨、红巾军、李自成、洪秀全乃至义和团，起事时无不轰轰烈烈，终了是土崩瓦解，一败涂地。其兴也勃，其亡也忽。没有一次起义最终获得成功，没有一个农民起义的领袖能够执掌中国政权。然而朱元璋是个例外，他创造了奇迹，他重写了历史。他从一个极其贫困不堪的放牛娃、小和尚，登上了中国皇帝的宝座，成为延祀十二世，传位十六帝，享国二百七十七年的大明王朝的开国皇帝。

幼时，我在兰州读书，曾到五泉山公园去猜灯谜。大约是上元之夜，月朗风和，绛茵轩中彩灯高挂，儿百条灯谜粘贴灯上，华灯谜虎，相映成辉。其中有一条灯谜，被我猜中。事隔五十年，印象极深。这条灯谜的谜面是：“朱元璋的简历。”要求猜两个戏曲名目。谜底很是新奇，却是“小放牛”与“大登殿”。这条谜语准确、高度地概括了朱元璋的一生。不错，小时放牛，长大成了皇帝，这种天翻地覆的变化，戏剧性的、传奇式的人生经历，中国历史上唯此一人，你说奇也不奇！

【小时放牛】开演了朱元璋传奇人生的第一幕。朱元璋字国瑞，小字重八，元朝末年生于濠州府钟离县，即现在的安徽凤阳地区。父名朱世珍，他的家庭是个贫苦的农民之家，家有四子，唯朱元璋最幼。据《明史》载，其母亲夜梦金甲神人，授她神药丸，吞服而有孕。出生时，时值未时，朱宅红光闪闪，烈火熊熊。街坊四邻见状扑救，但有神力相挡，人不能近，水不能灭。大家惊愕间，忽见大火立熄，明月朗照，一椽茅舍，安然无损。又一声嘹亮的啼哭，划破夜空。大伙相拥而入，见朱氏妇人产下一个硕大的婴儿，仍在蹬腿舞臂，大放啼声。此刻正是戊辰年九月丁丑日未时，卜者说“戊辰丑未”，四库俱全，命运非常贵重。大伙都说此儿非常人也，将来必成大器。朱世珍夫妇也暗自欣慰。这个故事虽见于正史，但显系附会杜撰，并不可信。因为历代帝王出生，史书大多都加上一个神秘的光环，明太祖亦不例外。朱元璋成童时，家里一贫如洗，朱氏夫妇拼着老命也无法养活这一大家人。于是三个兄长相继外出做佣工，而朱元璋也被父母打发到刘员外家牧牛。朱元璋天性聪明，更是勤快，放牛也有一套办法，朱元璋指东，群牛皆往东奔，朱元璋指西，群牛皆往西走，无论行走立卧，令行禁止，非常驯服。刘员外见牛一个个膘肥体壮，非常喜欢，格外善待朱元璋。后人戏言，朱元璋小时牧牛有术，当皇帝牧民有方，原是一脉相承。可发一笑。但朱元璋性格十分顽劣，有一次竟将小牛杀死，与群童火烤分食。事后自知闯祸，将牛尾插进山下岩石间，返告主人说小牛钻进山里了，刘员外闻报，径至山下，果见岩石插一牛尾，兀自左右摆动，用力一拽，岩石中发出哞哞的叫声，刘员外无可奈何只得饶恕朱元璋。当然也是一则附会的神话。后来朱元璋更是顽劣，日与群童斗殴，竟打伤几个孩子，屡闯大祸。刘员外大怒，竟将朱元璋驱出家门。小放牛的故事于是结束。朱元璋回家后，父母相继去世，兄弟四人面面相觑，涕泪交加，束手无策。这几个纯粹的无产者，确实无地无钱埋葬父母。幸好附近一个大户见朱元璋貌甚壮伟，知其后必为非常人，大发慈悲，借给一点隙地作为葬所，于是一卷席筒，几炷香火，几串纸钱，兄弟四人磕了几个响头，草草埋了父母。谁知朱元璋得了天下，发征几万民工，修造祖陵，那个长满青草的小坟堆，扩建成规模宏大、庄严肃穆的皇陵，就是现在赫赫有名的凤阳皇陵。

【出家为僧】小和尚的故事又要开演了。朱元璋草葬父母后，更加贫困，衣食无着，肚子饿得嗷嗷叫，破衣烂衫，十分窘迫，正是龙逢浅滩、虎落平阳的时候。在亲友的劝说下，索性剃度为僧，进入村边的皇觉寺当个小和尚。这个皇觉寺是朱元璋发祥的地方，因朱元璋而名驰大江南北。后来成为凤阳有名的名胜古迹，也是一件匪夷所思的事情。朱元璋入寺为僧，做个打杂头陀，长老见他貌奇躯伟，聪明伶俐，很是看重，时常拿些经卷诗文，教他习读，而他天资颖异，悟性通灵，作诗属对，学业日益长进，举寺僧人皆为叹服。后来朱元璋为帝，日理万机，披阅折章，就是当年打下的根基，万万不可因其穷困视朱元璋为文盲皇帝。一日朱元璋执帚打扫寺院，见廊庑下站着几多泥塑木雕的金刚、菩萨，妨碍清扫。于是大喝一声："我要打扫，快快滚开。"谁知那些泥木神祇，听了断喝，非常听话，排着队鱼贯而出，待清扫完毕，又排队鱼贯而入，按部就班，各复原位。满寺僧人见状大惊，皆匍匐朱元璋脚下，不敢仰视。长老合掌连呼阿弥陀佛，又道："吾徒非常人也，必成大器。岂可久居荒村小寺，天高任鸟飞，海阔凭鱼跃，去吧，去吧！"朱元璋道："师父留我，弟子愿守清规戒律。"长老喝道："眼下天下大乱，群雄并起，元廷无道，必当毁灭，此正英雄用武之时，痴儿，痴儿，速去速去！"不由朱元璋分说，戒尺一挥，在朱元璋的光头上啪的一敲，拂袖而去。朱元璋摸着光头上突起的疙瘩，半晌缓过神来。毅然决然卷起铺盖，披着破袈裟，托着钵盂，提着戒棍，大踏步走出山门。走上道路，茫然四顾，何去何从，踌躇万端。转念一想，我是僧人，佛必佑我，观音大士就在南海，何不朝南而行。于是朱元璋又开始了他的苦行僧生活。一路上颠簸而行，饥了托钵化斋，渴了掬溪而饮，累了卧身孤庙。途中多遇狼虫虎豹，又遭贼人强盗打劫，死后而生，遑算几次？据说漂泊途中一直有紫衣神人护佑，因而遇难呈祥，逢凶化吉。《明史》载明太祖当年为僧云游天下，饥寒交迫，艰苦卓绝，经历无数磨难，这里不再赘述。相传朱元璋当年云游天下，日行百里，某夜无栖身处，铺开袈裟，枕着包袱，搭着二郎腿，躺在野地，面对夜空欣赏灿烂的星光，浮想联翩，随即酣然入睡。次日晨起，面对朝阳，忆及昨夜景况，感慨一番，以戒棍为笔，在苍茫大地上书下一首诗，其诗曰：

天为帐幕地为毯，日月星辰伴我眠；
夜深不敢长伸腿，唯恐山河一脚穿。

这首诗多么大气豪壮，多么乐观奔放，大有帝王气势，非常之诗出自非常之人，舍朱元璋，谁能为此！孟子曰：“天将降大任于斯人也，必先苦其心志，劳其筋骨，饿其体肤……”大概老天就是要折磨他的心志，锻炼他的体魄，用困苦来陶冶他。然而受此困苦崛然而挺起者，非坚忍不拔，百折不挠，倜傥豪雄之人，岂可为者。朱元璋是也，朱元璋是也。看来“不受苦中苦，难为人上人”，确系至理名言，古今中西，概莫能外！

【濠州奠基】是朱元璋为帝履程的第一步。上面说的是朱元璋发迹前为牧、为僧的故事，继而我给读者讲述的是他“为帝王”的经历，这才是本文的重心，请读者注意。朱元璋歼灭群雄，驱逐元虏，廓清四海，一统天下，然后重立汉官威仪，设官订律，治理中华，显示了一个雄才大略的奇男子，实现宏图大略的过程。而其中濠州投军是他“为帝王”的肇始点、转折点，不得不郑重书之。当时正处元朝末年，元顺帝昏庸荒淫，只图享受，不理朝政，整日里与淫僧美女，研究欢喜禅法，翻覆巫山云雨，好不快活。并宠信哈麻兄弟及秃噜帖木儿等几个佞臣，将忠臣脱脱贬死。朝政黑暗，民生更痛苦不堪。官府压迫，横征暴敛，逼得老百姓几无活路，铤而走险，揭竿而起，反抗暴政。据说被朝廷强征的民夫，在修筑黄河堤坝时，挖出一个独眼石人，民夫非常惊诧，因为这正好与当时流传的谶语“莫道石人一只眼，挑动黄河天下反”应验符合。于是刘福通、韩山童等豪杰乘势起事，一时红巾遍地，天下大乱。继而反尘四起，豪雄并出，一点星火，燃成燎原之势。徐寿辉反于湖广，称皇帝，国号天完；张士诚据吴称王，国号为周；更有郭子兴、李二、彭大之流也乘势而出，也想大捞一把。顿时反尘滚滚，把元朝闹得一塌糊涂。乱世出英雄，正是抱负非常的人大展身手的时候。话说朱元璋浪迹天下，云游四海，数年之后，仍茫茫然无所适从。南行千里后，又折回皖中。途间听人议论，说是濠州有英雄郭子兴，占据濠梁，屡破元军，其志宏远。他突发奇想，产生脱下袈裟手提屠刀的念头。他本是僧人，笃信佛祖，在路边一个庙中，撮土为香，祈祷问卜，抽签三次，三卜三吉，签文中有“万里赴戎机，功业大无量”之语，大喜过望，投军之念更加坚定。出庙后雄赳赳气昂昂，飞也似的奔向濠州大营。大营守卫军士见一秃头和尚大声呼叫“我要投军”，很是惊异，上前盘阻，谁知朱元璋正在兴头上，凭着臂力，将几个军士打翻在地，军士大怒一拥而上，缚住朱元璋，如杀猪似的扛起，径直奔元帅帐前，掷于地下，大呼捉住了奸细。郭子兴升帐询问，见一和尚滚在地上，声言投军，说什么“明公欲成大事，奈何虐待壮士”，声如洪钟，势如奔马，很是惊喜，又见他状貌奇兀，龙形虎躯，不禁脱口承允：“好壮士，留下军前效力。”说到朱元璋的相貌，我还要聒噪几句。相传他长面大耳高鼻，奇骨贯顶，尤其下巴尤长，向前翘起，如肥猪拱食，更兼身体伟壮。相书上称这正是大富大贵之相。郭子兴观其一生确非英雄，实庸才耳，但他慧眼识英雄，真是行一大功德。否则朱元璋必老死山林寺庙之中，有何作为！言归正传，不再絮叨。郭子兴收留朱元璋，充为亲兵护卫。每逢作战，朱元璋亲随其后，十分效力，他本勇敢无畏，无论遇什么强敌，总是奋不顾身，争先冲锋，所向披靡，敌人畏之如虎，无不骇服。而郭子兴更是嘉他忠勇，分外优待。此时郭子兴又做出一件好事，就是把义女马氏嫁给了朱元璋。一个人做点好事并不难，难得他接连做了两件好事，我说郭子兴虽是庸才，但死且不朽！这个马氏，正史上不载她的名字，野史说她叫马秀英。她后来成为明朝一代贤后，除唐太宗的长孙皇后外，历史上无人与她媲美。她辅佐朱元璋一统天下，功不可没，流芳青史。几百年后，我闻其名肃然起敬。相传马氏出身凄苦，父母双亡，被郭子兴夫妇收为义女，善待抚养。到了待嫁年龄，出落得一副好身材，面貌端庄秀丽，秾而不艳，美而不佻，遇事从容不迫，雍容大度，果有国母风范，得此佳人真是朱元璋的莫大造化，和尚娶老婆，真是婚姻革命，好新鲜！一日郭子兴的两个儿子，因嫉妒朱元璋，日夜进谗言，说什么朱元璋居功自傲，阴谋夺权，遗患无穷。郭子兴听后竟将朱元璋囚禁，绝他饮食，欲置之死地。这时马氏闻讯，爱夫心切，焦虑万分，私自下厨烙了三张炊饼，乘热揣入怀中，急走牢房相送。不巧在牢门外遇见义母郭夫人也来探监，郭夫人见马氏神色异常，再三盘问。马氏泪下涟涟以实相告。从怀中取炊饼，哪知饼已黏在马氏胸前，几剥而下，炊饼仍然热气腾腾，及夫人揭襟，看马氏胸前，那双乳头红肿带血，惨不忍睹。母女俩抱头大哭。这个细节已足见马氏深沉的爱夫之情，不知朱元璋吃着炊饼滋味如何？读此令我敬仰与感慨同生。后来马氏成为大明王朝的皇后，生下标、㭎、㭎、棣、橚五子，母仪天下，总揆六宫，成为朱元璋夺取天下不可或缺的贤内助。她深知朱元璋性格严厉苛刻，心肠硬如铁石，时常奉劝他不可轻意杀戮，要有仁慈之心。她随朱元璋一生，亲自下厨，烹调菜饭，伺奉朱元璋的饮食，一丝不苟。她曾说皇上性厉，别人伺候不了他，一旦有闪失，任何人担不了这个责任，只有她尚可承受朱元璋严酷的性格。一次马后给朱元璋奉上一碗莲子汤，朱元璋食之嫌凉大怒，掷碗于马后，碗伤前额，汤溅衣襟。马后毫无愠色，下厨热汤，易服理妆，再拜奉上。朱元璋不禁愧惭。六宫妃嫔莫不敬服。这个故事反映马后侍夫严谨、豁达大度的风范。马后随朱元璋南征北战，阵前常率群嫔缝制盔甲、制造军鞋。战士披甲穿鞋，知是皇后亲自缝制，莫不奋勇杀敌。马后一生勤俭，位尊中宫，不衣华服，不饰珠簪，衣着极为朴素，常率六宫妃嫔纺线织布、缝补浆洗。洪武一朝举国有节俭风，这便是马后与朱元璋共同倡导的结果。洪武十五年（1382），一代贤后马氏崩逝。寿五十一岁，病终遗言：“妾与陛下起于布衣，赖陛下神圣，得为国母，志愿已足，尚有何言？但愿陛下亲贤纳谏，善抚诸子，慎终如始。”言讫而逝。朱元璋抚棺恸哭，群嫔血泪交泣，百官伏陛哀唁。可算是生荣死哀、福寿全归了。殡葬时，风雨交加，雷电轰闪。群臣失色，太祖亦为惊愕，忽有灵谷寺一僧立于马后梓宫前，合掌朗诵一诗偈：

雨落天垂泪，雷鸣地举哀，
西方诸佛子，同送马如来。

诵毕，彩虹贯空，风静雨霁，安葬如仪。马后逝世，太祖终身不设皇后位职，算是对她的纪念。马皇后去了，中国几百年以来，再无产生如此贤良的皇后，真是莫大的遗憾。

话说朱元璋凭借郭子兴，扎稳了脚跟，积累了势力。他最大的特点就是礼贤下士，求贤若渴，于是天下豪杰仰敬他的才能与胸怀，尽归顺他的麾下，组成了以濠梁为主，兼有苏浙籍贯的“濠梁集团”，这是一个巨大的人才库，以后他们大多数成为明朝的开国功臣，我略举这些英雄的名字：

徐达、汤和、吴良、吴祯、花云、陈德、顾时、费聚、耿再成、耿炳文、唐胜宗、陆仲亨、华云龙、常遇春、郭兴、郭英、胡大海、张龙、陈桓、谢成、李新材、张赫、周德兴

以上是濠梁二十四将，后来朱元璋又得武将邓愈、傅友德、冯胜、朱文正、李文忠、沐英、蓝玉、康茂才诸人，文臣得刘基、宋濂、陶安、李善长、胡惟庸、朱升诸人，这真是人才济济，齐聚朱门，明君贤臣，相映生辉。朱氏率领这些贤才，横行天下一统四海。再一次证明人才是事业的保证这一颠扑不破的真理。

我再举一例说明朱元璋爱惜人才的迫切心理。元朝末年有一人被他称为奇男子，终生爱慕不已。此人便是元廷名将扩廓帖木儿，俗称王保保。扩廓忠诚侠义，勇猛善战，为保卫崩灭在即的元朝，和朱元璋针锋相对，不屈不挠打了十几年仗，屡败明军，连徐达、蓝玉这样的名将，都曾败在他的手下。元廷毁灭，窜走漠北，扩廓率兵又扰边十余年，按常理这样的死对头，朱元璋应该痛恨才是，然而扩廓越是忠勇，朱元璋越是爱慕，擒拿未果，便设方招降。他派使者七次远赴漠北下书招降，书信语言极为恳切，而扩廓不为所动，始终不屈。扩廓病死，明朝举国欢庆，而朱元璋则痛悼不已。他曾在殿上考询群臣说：“天下谁为奇男子？”群臣答曰：“应是开平王常遇春。”朱元璋说：“遇春虽是人杰，但他却是我的臣下，而扩廓大器绝伦，始终不肯臣服我，天下奇男子应是扩廓。”群臣怀惭无言。

由此可见朱元璋求贤若渴、胸怀广阔的不凡个性。这都是后话，且按下不表。

【殄灭群雄】是朱元璋军事生涯最壮阔的一幕。郭子兴死后，朱元璋被臣下推为统帅，成为濠梁集团的领袖，他拥军数十万，势力范围横跨皖苏二省，是元末最强大的割据势力。此时的朱元璋已今非昔比，他踌躇满志、野心膨胀，以剿灭群雄、推翻元廷、一统天下为己任。帝王思想已悄悄地在他心中萌发。当时的政治形势是：元廷虽已衰微，但仍控制中原、西北、漠北、东北、四川、云贵、两广和江南一些地区。江浙由张士诚、方国珍占据，两湖江西由陈友谅称雄，另外还有一些小的割据势力。在如此复杂的形势下，朱元璋显示了军事战略家的卓越才能。他听从谋士陶安的建议："首先挥兵占据金陵，以为根据地，然后分兵四出，夺取天下。"金陵，元称集庆，今称南京，六朝古都，龙盘虎踞，形胜为最，有术士进言：金陵有天子气笼罩。这些都投合朱元璋做帝王的思想。于是他挥军东进，直捣金陵。金陵为元朝占据，屯兵数十万，由元名将陈埜先、蛮子海牙把守，十分坚固。先战马肠河，元军败绩，继而常遇春大显神威，再夺采石矶，接着渡江兵临金陵城下，经过艰苦卓绝的战斗，朱元璋终于攻进了金陵城，入城后，抚降安民，不妄杀一人；元朝守将福寿奋勇守城，城破不屈殉节，朱元璋怜他忠于元主，祭后而礼葬之。是年为元至正十六年（1356）夏。金陵之战是统一战争中最关键的一战。因为金陵是江南政治经济中心，物产丰饶，积粮最多，城坚壕阔，攻守自如，这是明军夺取天下的最理想的根据地。大明王朝于是奠基。朱元璋从此脱颖而出，成为群雄的佼佼者。根据地是决定战争胜负最关键的因素之一。秦始皇据关中而灭六国，汉高祖凭汉中大败项羽，汉光武帝发迹南阳遂定乾坤，唐太宗据晋阳而一统天下，元太祖占漠北横扫欧亚，满清君主依关外问鼎中原。相反，没有根据地而取得战争胜利，中国历史上从无一例。最典型的反例是被称为流寇的李自成、张献忠，他们纵横天下，转战南北，行踪不定，居无定所，最终惨败。史家认为闯献之败，"流"是最大弊病。

朱元璋占领金陵后，群臣纷纷劝进，欲推他为王。他头脑非常冷静，婉言拒绝，仍然奉行小明王韩林儿的龙凤年号。他果断采用谋士朱升的建议："高筑墙，广积粮，缓称王。"这一招非常英明，非常厉害。"高筑墙，广积粮"就是要发展巩固根据地，屯足粮食，坚定根本，再图进取。"缓称王"可免群雄嫉妒，成为众矢之的，几百年来史家对这一措施赞赏不已。朱元璋不愧是伟大的政治家、战略家。

占领巩固金陵根据地之后，统一天下的战争拉开了序幕。摆在朱元璋面前的强敌主要有三个。一是盘踞江浙的张士诚，二是称雄两湖江西的陈友谅，三是仍然号称正朔的元家朝廷。拿谁先开刀，朱元璋颇费踌躇。这时他的首席谋士、阴阳家、军师刘基向他建议："明公据有金陵，江山形胜甚得地势之优，然东南有张士诚，而南有陈友谅，屡为大患。须先扫除二贼方可北定中原。"刘基又精辟分析道："用兵当有缓急，应有次序。张士诚系一守虏，尚不足虑，陈友谅拥雄兵据上游，无日不忘金陵。先用全力歼灭此害，陈氏一灭，张氏势孤，一举可定，然后北向中原，造就王业。"朱元璋拊掌舞蹈大喜过望，立即采纳刘基献计。这和当年刘备和诸葛亮隆中决策很是相似。一个是贤臣献计，一个是明君纳谏定策。君臣和谐，江山生辉。几百年之后，想起他们侃侃议战的奕奕风采，我不禁心驰神往，心仪不已。

不出刘基所料，弑徐寿辉而自立汉王的陈友谅，日夜无忘金陵的威胁，不待朱元璋出兵，竟大举进犯明军。巨舰百艘，沿江东下，兵锋甚锐，直至太平城下，不几日竟陷太平城。明大将花云、朱文逊及守军数万全部战死。于是气势更为凶张，造艨艟巨舰，舳舻蔽空，连江数十里，差不多有百万之众，自江州出发直指金陵。先是陈友谅曾遣使说张士诚，约张士诚出兵，造成南北夹击之势，张士诚不允，想坐收渔翁之利。这又不出刘基所料，张士诚志器偏狭，纯一守虏耳。否则两强夹击，金陵危矣。此时的朱元璋面对强敌，从容不迫，凭着金陵坚固之势，以逸待劳，与陈友谅展开殊死之战。朱元璋亲自出征驻扎卢龙山，与陈友谅大战江东桥下，陈友谅船大多搁浅江边，明军小船疾进，大败汉军。接着派徐达收复太平，派胡大海攻取信州，派冯国胜袭破安庆，汉军全线动摇，陈友谅逃归江州。明军乘胜追击，水陆并进，大军直薄江州城下。江州城依水傍山，形势十分险固，明军连攻不下，伤亡惨重。朱元璋依刘基计，密测江州城堞高度，然后按城高秘造登城天桥数百个。天桥尽置船尾，至午夜几百战舰倒驶城下，撑开天桥，桥恰与城平，士兵奋勇登上，守兵猝不及防，江州顷刻攻克。陈友谅吓得魂不附体，疑为神兵天降，连夜逃至武昌。江州之役又一次反映朱元璋的军事指挥才能。然而陈友谅并不吸取教训，军队不休整、不休息、不补充，数月内又纠集兵士六十余万，倾巢而出，孤注一掷，立意复仇。江州之役后朱元璋率兵赴安丰城，救护被张士诚围困的小明王韩林儿，是时金陵守备空虚。如果陈友谅乘机顺江东下直捣金陵，金陵必破。朱氏危急。但是渔人出身的陈友谅捕鱼则是行家，论兵事却是十足的呆鸟。他竟率倾国之兵直扑被明军占领的南昌，南昌守将是朱元璋侄儿朱文正，他骁勇善战，尤擅守城术，陈友谅日夜强攻，南昌被围八十五日岿然不动。这时的朱元璋已从安丰回归，亲率徐达、常遇春等大将及精兵二十万，水陆齐进，驰援南昌。两军遭遇鄱阳湖，一场中国历史上规模空前的战争开始了。双方在高峰时投入的兵力总数超过一百万。战事异常惨烈，明军胜而复败，汉军败而复胜，双方大将损折无数。平地尸积如山，湖中血流漂橹，朱元璋的坐船被巨炮击中，朱元璋幸免遇难。然而渔夫毕竟敌不过牧童，朱元璋用火攻烧掉了陈友谅庞大的舰队，陈友谅也被利箭射死。美艳绝伦的陈友谅的妃子阇氏，也被朱元璋俘获，充入宫闱，当夜逼令侍寝。汉世子陈理逃奔武昌，朱元璋大追穷寇，大兵直奔武昌城下，陈理已成翁中之鳖，不得已肉袒出降。陈友谅称帝四年，拥有张定边等一批旷世名将，兵强马壮，不可一世，唯因志大才疏，最终身死国灭，妻为朱元璋受用，为天下笑。一代枭雄就如此烟消云散了。是年朱元璋即吴王位。“缓称王”成为一句空话。

灭陈之后，张士诚势孤。朱元璋坐镇金陵，遣徐达为帅，常遇春为副，统军二十万直扫东南。兵下湖州，再克嘉兴，继陷杭州，最后大兵合集包围了张士诚的都城平江，平江即现今苏州。张士诚负城顽抗数十日，敌不住明军的猛烈攻击，平江最终攻破。城破之日，他率军巷战，箭尽，便揭屋瓦投掷；粮尽，便食老鼠、枯草。最后箭尽粮绝，张士诚召集妃嫔，纵火自焚，自焚不死被俘，押至金陵，绝食噤言，朱元璋屡劝不降，自缢而死。这盐贩子出身、器量狭小的张士诚，曾起事高邮，率兵起义，曾抗拒元军百万，占据三吴，称王十余年，也曾显赫一时，终因不恤民生追求享乐，而一败涂地。临亡时举火自焚，绝食不饮，屡劝不降，自缢而死，看似硬汉实际仍是一个笨蛋！毫不值得怜悯。

陈张既灭，明军又扫除了占据沿海的方国珍等势力，又遣兵下福建，扫灭残元势力，但遭到福建平章政事陈友定的顽强抵抗。陈友定，闽省福清人，性格忠诚，知兵善战，为元朝屡立功勋，誓死忠于元朝。他袭破处州，擒杀明军大将胡深。明军派使招降，陈友定怒斩使者，取鲜血沥于酒中，与部下痛饮，坚决不降。大军包围延平城，友定严阵以待，屡屡杀退明军，孤城岿然不动。大军猛攻几月，城中粮尽，人心浮动，元将刘守仁叛逃，延平城遂被攻破。城破之时，陈友定安坐堂上，召集部下说："诸君逃生去吧，我为大元死，誓不降敌。"接着仰药自尽。汤和率军进平章府，抚友定之尸尚有余温，命兵士抬出城外，忽遇暴雨，被雨水浇醒。友定之子陈海求见汤和，愿与父同死，汤和内心震动，将陈友定父子押往金陵。朱元璋亲自审问："元室将亡，汝为谁守？杀我大将，杀我使者，凶暴如此，今已被擒，尚有何言？"陈友定大声喝道："一死而已，何必多言！"朱元璋知他性格，内心很是敬佩，于是成全他的愿望，下令杀死陈友定父子。陈友定坚贞不屈，誓死殉元，成为历代忠臣的典型，清朝乾隆皇帝特别推崇他的忠诚与气节。笔者咏诗赞曰：

父子同殉事可怜，忠魂一缕上青天。
元朝亦有文丞相，碧血丹心万古传。

接着廖永忠、朱亮祖率军徇湖南，下岭南，两广次第平定，于是东南半壁江山尽归其有。不再赘述。

【问鼎中原】完成了朱元璋统一中国的进程。元至正二十八年（1368）正月初四，岁次戊申。朱元璋在群臣的劝进下，经过再三谦让，登上了皇帝的宝座。国号定为大明，取《大阿弥陀佛经》中"诸佛光明之王"之意。改元洪武，洪武是尚武宣武之意。追封朱门四代祖宗为皇帝或皇后庙号，立马氏为正宫皇后，总揽六宫。立长子朱标为皇太子。至此大明王朝的车轮开始运转。据野史载，登基之日的清晨，朱元璋抑不住内心的喜悦，当着群臣面，作了一首《金鸡报晓》诗：

鸡叫一声撅一撅，鸡叫两声撅两撅。
三声唤出扶桑来，扫退残星与晓月。

群臣初听前两句，觉得俗不可耐，不合格律，掩口葫芦而笑。待听完后两句，大为惊喜，气势豪迈，抱负宏大，确有帝王气象。此诗先以俗句出场，以气势雄豪的壮词煞尾，前后造成差异，达到让读者突感惊奇的效果，真不同凡响。朱元璋确像一只意气豪放的雄鸡，经过自己的努力，啼散残星晓月，啼出一个大明王朝的新的黎明。

洪武元年春，朱元璋诏发《喻中原檄》，此文出于宋濂之手，文辞宏丽，笔锋犀利，大义是驱逐胡虏，恢复中华，重立汉官威仪。然后祭天告庙，誓师北伐，问鼎中原。按既定战略，大举向元朝发起总攻。这次北伐，朱元璋没有亲征，而是坐镇金陵，稳操胜算，单等捷报。带兵元帅是徐达，副帅是常遇春。战争进行得十分顺利，按照预先的设计而发展，大军没有直捣元都，而是采取剪除羽翼折其屏藩，然后直抉其喉的策略。明军先平山东，再下河洛，继而西趋，控占潼关。防止关内元军东出。接着大军齐集北向直取大都，所向披靡。在通州遇到元军的强烈抵抗，元大将伯颜帖木儿组织万人敢死队袭击，被明大将郭英击退，通州随即占取。通州失陷元廷震动，元顺帝仓皇失措，生怕被掳成为徽钦二帝，携带妃嫔子女逃往漠北。紧接着徐达大军兵临大都，填濠攻城。占领元都。入主中原九十九年的元王朝宣告破灭。南宋丞相文天祥曾说："胡运不过百年。"至此应验。还在北伐之前，朱元璋告诫徐达等将帅："中原之民，久为群雄所苦，流离相望，故命将北伐，救民水火。元祖宗功德在人，其子孙无恤民隐，天厌弃之。君则有罪，民复何辜。前代革命之际，肆行屠戮，违天虐民，朕实不忍。诸将克城，勿肆焚掠、妄杀人。元之宗戚，咸使保全。

庶几上答天心，下慰人望。以副朕伐罪安民之意。不恭命者，罚无赦。”大意是北伐是讨伐元廷之罪，要安民，不乱杀人，元朝的宗室国戚，也保全他们的生命，违者罚无赦。当攻克大都的捷报传到南京后，群臣入朝庆贺。朱元璋不让降明的元朝旧臣朝贺，免伤他们的恋故主之情，真是善解人意。徐达攻入大都果然不妄杀，守宫门，封府库，抚降安民，一如戒令。另外下令将大都改为北平。继而明军西出略定山西，驱逐元朝名将扩廓帖木儿。再入关中长驱西进，平定陕西、甘肃、宁夏、青海诸省。随后朱元璋派沐英等攻取云南，派冯胜攻占东北，派汤和、傅友德东西两路扫平四川。经过十余年的征杀，朱元璋的统一战争取得了胜利，大明王朝皇舆版图基本形成。作为中国历史舞台上主角的汉民族又一次执掌乾坤。其后残元势力虽屡次扰边，但已无关大局了。明朝是华族驱走夷族建立的大一统帝国。前代史家评论朱元璋说：“自古君王得国之正，莫过于明祖。”而其他朝代则是汉族内战的嬗替。

扫平陈张，问鼎中原。朱元璋完成了雄图大业。现在探究他成功的原因。我想除了朱元璋本人的雄才大略，群星灿烂的贤才的有力辅佐，另外尚有两条原因。一是他的军队是正义之师。朱元璋出身寒微，揭竿而起，讨伐无道元廷，救百姓于水火，替天行道，民心所向，师出有名，确是代表正义的军队。二是他的军队是仁义之师。朱元璋出自寒门，自然体恤民生，所到之处秋毫无犯，轻徭薄赋，从不事杀戮。一不杀戮人民，二不杀戮力屈投降的敌人，例如他对待陈友谅之子、张士诚、方国珍、夏主明昇以及大批元将，推之以诚、以礼相待。不杀人民，人民拥护，四海归心；不杀敌俘，可招降敌人，瓦解敌人。这一招确实厉害，且出人意料之外，谁能想到性格严酷残忍的朱元璋，斩杀敌人如刀劈麻；诛戮功臣毫不手软；严待诸子，心如铁石。唯独对于人民体恤有加，爱惜有加，大发仁慈之心。这样，正义加仁义的军队，以此攻城，何城不克，以此攻敌，何敌不降，横行天下，天下无敌。克敌制胜一统九州自然是顺理成章。在此我也要向大明朱皇帝三拜九叩，山呼万岁，俯首称臣。

纯粹“无产阶级”出身的朱元璋夺取了中国政权，不可能建立民主共和制，却无可选择地登上了皇帝宝座，建立了一个更加专制、更加禁锢、更加黑暗的封建王朝，其封建程度比于前朝有过之而无及。一个穷苦农民的儿子，热衷去做皇帝，什么原因？现在的史学家必然会说当时没有出现与之适应的先进思想和生产关系，朱元璋只能这样，这确实有待商榷。其实让我说非常简单，人类的思想本原是自私的，穷人想做富人，平民想做官，官要做大官，大官想做皇帝，做了皇帝又想升天做神仙。一句话为了个人利益无限追求。这是人性的表现。不想当将军的士兵不是好士兵，不愿做皇帝的平民不是好平民。仅此而已。

【休养生息】是明朝开国初期采取的政策。明朝建立伊始，中华大地经过近二十年战乱，人口锐减，土地荒芜，一片凋敝。对此情形，朱元璋实行了发展生产，与民休息的政策。朱元璋称帝不久，外地州县官来京朝见天子，朱元璋对他们说："天下初定，老百姓财力困乏，像刚会飞的鸟，不可拔它的羽毛；如同新栽的树，不可动摇它的根。现在重要的是休养生息。"

洪武九年（1376），朱元璋接受大臣建议，鼓励开垦荒地，并下令：北方郡县荒芜田地，不限亩数，全部免三年租税。他还采取强制手段，把人多地少地区的农民迁往地广人稀的地区，于是中国历史上最大规模的移民行动"大槐树移民"开始。元末大动乱，中原、湖广、江浙久被兵事，一片焦土，十室九空。然而山西却比较安静，这是由于元朝名帅扩廓帖木儿镇守之功，因而山西经济稳定，人口稠密。当时山西人口有四千万之多，而同时的河南只有一千万人口，其他省份更少。晋南平阳府洪洞县人口较多，县城西北四里许贾村西侧有株大槐树，此树为汉代所植，枝干粗大，根深叶茂，在树下布下一片清凉。明廷于是在此设立类似移民局的机构，作为移民的聚集地与始发站。明廷下达死命令，将全省各地的移民押解到大槐树下，然后输往全国各地。为防止移民逃跑，押解官兵用刀在移民每人小趾甲上切一刀为记。至今凡大槐树移民后裔的小趾甲都是复形（两瓣）。"谁是古槐迁来人，脱履小趾验甲形。"这两句诗就是为此而写。移民无限留恋家乡，出发时依依不舍，哭声震天动地，大槐树上的老鹳窝里的大群老鹳发出悲哀的鸣声，与移民的哭声连成一片，形成凄惨的气氛。移民频频回首，直到看不见老鹳窝，方才怏怏离去。到了迁徙地，面对一片荒芜的田野，欲哭无泪，更思念大槐树下的家乡。然而明廷对初来的移民给予宽松优惠的政策，移民垦荒者，由政府供给耕牛、农具和种子；并规定免税三年，所垦之地归移民垦荒者所有；还规定，移民有田五至十亩的，必须栽种桑、棉、麻各半亩，有田十亩以上者加倍种植。这些措施大大激发了移民垦荒的积极性。时间久了，逐渐安居乐业。但思乡之情更切，时常对着大槐树的方向，凄然唱道："问我老家在何处，山西洪洞大槐树。祖先故居叫什么，大槐树下老鹳窝。"明初大槐树移民一直延续到永乐十九年（1421），共迁徙人口最少在五百万之上。清朝初年也在大槐树下进行过大规模的移民。现在大槐树的移民分布全国甚至世界各地，每年都有大批移民后裔，到山西洪洞县大槐树下，寻根祭祖，成为中华一大文化奇观。

为了关怀民生和发展生产，朱元璋十分重视兴修水利和赈济灾荒。在即位之初，朱元璋下令，凡百姓提出有关水利的建议，地方官吏须及时奏报，否则加以处罚。到洪武末年，全国共开塘堰大约四万一千处，疏通河流大约四千六百条道，成绩卓然。朱元璋出身贫寒，深知灾荒给农民造成的痛苦，即位后，常常减免农民的赋税，灾变给以救济。朱元璋还十分爱惜民力，提倡节俭。他即位时，在应天修建宫室，只求坚固耐用，不求奇巧华丽。按体制，朱元璋使用的车舆、器具等物，应该用黄金装饰，朱元璋下令全部以铜代替。主管的官员报告说用不了很多黄金，朱元璋却说，他不是吝惜这点黄金，而是提倡节俭，自己应作为典范。在朱元璋积极措施的推动下，农民生产热忱高涨。明初农业发展迅速，元末农村荒芜残破的景象得以改观。朱元璋的休养生息政策巩固了新王朝的统治，稳定了农民生活，促进了生产的发展。

【封建诸王】是朱元璋为加强皇权统治而采取的一项措施。封建本肇始于周朝，周王将他的子孙们分封到全国各地，建成许多小国，后来这些国君私欲膨胀，各自发展，与周中央王朝分庭抗礼，结果造成春秋战国的混乱局面。汉初也搞封建，结果发生了七国之变。晋初也搞封建，却导致八王之乱。封建之害由此可见。朱元璋并非不知其害。然而唐宋元皇权衰微，孤立无援，权臣当道，藩镇割据的情况更让他惊恐不安。权衡之下，于是他决定分封诸王，使之成为中央皇权的保障和屏藩，让朱家子孙遍布全国把持要津，使朱家天下千秋万代地传下去。分封诸王遭到了许多大臣的反对，如学士解缙、平遥县训导叶伯巨言辞十分激烈，朱元璋予以严惩，以后群臣噤若寒蝉，再也无异议了。朱元璋的子女非常之多，计有子二十六，有女十六，共计四十二人。螽斯衍庆，子孙繁殖，几为历代君王之冠。因为他的妃嫔亦非常之多，可谓三宫六院妃嫔三千。雨露普施，泽及群妃。朱元璋封建诸王，除太子朱标外，第一次分封子九人、从孙一人。他们是：朱樉为秦王，封西安；朱棡为晋王，封太原；朱棣为燕王，封北平；朱榑为齐王，封青州；朱梓为潭王，封长沙；朱檀为鲁王，封兖州。从孙朱守谦为靖江王，封桂林。第二次又封二十五人，不再赘述。另外，顺便说一下朱元璋如何给儿子们取名字的。他给儿子们命名极有讲究。他很崇拜中国的五行学说。五行学说，简言之，就是金、木、水、火、土。这五种物质组成世界的一切，是天地万物的总合。他认为拥有五行，便可拥有天下。因而他的命名原则是他的后代子孙的名字的最后一字，必须带有“五行”的偏旁。他认为他的儿子们命里缺“木”，因而他的儿子们的名字都带有“木”偏旁，如朱标、朱樉、朱棡、朱棣等。以后明朝历代皇室子孙的命名都遵循这个原则。明朝十六帝中，除朱元璋外，依次是朱允炆、朱棣、朱高炽、朱瞻基、朱祁镇、朱祁钰、朱见深、朱祐樘、朱厚照、朱厚熜、朱载垕、朱翊钧、朱常洛、朱由校、朱由检。其中，炆、炽、照、熜属于“火”字偏旁；棣、樘、校、检属于“木”字偏旁；基、垕属于“土”字偏旁；镇、钰、钧属于“金”字偏旁；深、洛、属于“水”字偏旁。因而，朱元璋的后代的名字，都严格按五行学说来命名，挺有意思。

诸王封地大多是边塞重地，或通衢大州。起到屏藩中央的作用。诸王俸禄一年万石，可设相傅官属，护军卫士多至二万，少则三千。冕服车旗府邸，仅次于天子，有讨伐之权，无理政之责，也无分封的土地。但常常凌驾于地方行政长官之上，造成政令非经王府批准不得畅行。老实说封建诸王起到了保障中央皇权的作用，但也造成了尾大不掉，强藩抗主的局面，后来朱棣起事燕都，燕啄皇孙，造成皇室互相残杀。这是朱元璋始料不及的。再者，明朝享国二百七十余年，朱家皇子皇孙繁殖非常旺盛，举个例子，正德年间，晋王朱棡的曾孙端顺王朱奇浈，受封于山西汾州，他一生生了七十个儿子，生女不详，可谓前无古人，后无来者，创中国历史上人口生育之最。诸王后裔，世子封王，其余之子封爵，世袭罔替，越来越多，到了明末，大小王爵成千上万，甚至一个县就有一个王。其俸禄，护卫、庄田全由国家供给，成了国家沉重的负担，最后转嫁于人民，造成国民两困。后来朝廷发不起俸禄，许多远支王爷，贫困一如平民。另外，公侯伯等勋臣爵位，也是世袭罔替，虚糜国家钱物，加重人民负担。大违朱元璋封王初衷。

分封诸王是皇帝“家天下”的表现，是其私欲膨胀的结果。自己世袭为帝，也让儿孙世袭为王，视天下为私产，这是帝制最大的弊病。帝王子孙大多数无功无德无才，仅凭是龙子龙孙，皇帝血统，便得到爵位、权力、俸禄、土地，是天底下最不公平的事。靠天下人民供奉养活的帝制，是最腐朽的政权制度，是与民主尖锐对立的制度。中国几千年的古代历史，说白了，实际是一部帝王争斗史，胜者为王败则贼，谁打下江山，国家就是谁的，传之后世子孙，似乎理所应当，有武力与极权统治，属下人民也只有驯服为生，当兵、纳粮、交税、服役是他唯一的责任。遇到明君，人民还好过些，遇到暴君只能自认倒霉，若反抗起义，侥幸成功，又产生一个新王朝新皇帝，周而复始，这就是帝制的本质。清末辛亥革命推翻延续两千年的帝制，走向共和，是中国人民永远值得庆幸、值得纪念的大功业。这是后话。

【废相废督】也是朱元璋集中皇权的措施。首先罢除丞相制，设立六部，建卫所制，加强中央集权。朱元璋高踞皇帝之位后，非常珍惜来之不易的权力，唯恐他人觊觎。历代丞相位在天子之下，权在百官之上，皇权与相权常常构成激烈的矛盾，他每想到周朝的伊尹、汉朝的霍光与王莽废掉君王的故事，便胆战心惊。后来右丞相胡惟庸专权犯上，他才下决心废掉丞相制度，设立六部。并立下遗旨："后世敢有奏再立丞相职者，以奸臣论处。"六部是吏部、兵部、礼部、刑部、工部、户部。并设都察院、大理寺、通政寺，形成"九卿分职"的新体系。九卿各司其事，但都直接向皇帝负责。举国大权集于朱元璋一身，皇帝成为天下最高元首，中央集权达到极限，成了真正的天之骄子。应该说中央集权是朱元璋私欲膨胀的结果，但在加强政权管理方面，不失为一个好措施。丞相废除之后，朱元璋日理万机，成为天下最忙的人，但他的睿智和充沛的精力最初使他胜任愉快，他夜以日继、通宵达旦披阅章折，发布政令。平均每天要看二百份奏折，处理四百件政务。可以说他是历代最勤政的皇帝之一。他曾写过一首诗：

百僚已睡朕未睡，百僚未起朕先起，
不如江南富足翁，日高一丈犹拥被。

此诗确是他勤勉的写照。

后来他渐感体力不支，便设立华盖殿、文华殿、武英殿、文渊阁等殿阁大学士，让他们帮助处理政务，这便是明朝"内阁"的滥觞。

在废除丞相后，意犹未尽，朱元璋又废除大都督府，大都督是明初最高军事首领，类似现在的国防部长或参谋总长，他谙熟后周赵匡胤陈桥兵变，黄袍加身的历史典故，甚至对时任大都督的侄子朱文正都心存戒心，废除大都督就是扫除军事长官对皇权的威胁。原大都督府权力一分为五，为左、右、中、前、后五个小都督府。小都督权力小了，作乱的威胁也小。这些小都督没有军队调遣权，只是管理、训练各自所属的卫所。军权直归兵部，而兵部独为皇帝负责，这样皇帝自然掌握最高军事指挥权。避免了武将拥兵犯上的隐患。另外他还创立卫所制，卫和所都是军事组织单位，类似现在的省市军分区。卫可有五六千兵士，所有千人所、百人所。通常一府设所，数府设卫。卫所兵士为世袭制，一人当兵，子孙世代相传。这样兵士打仗责任性就强，避免了以往征兵制、募兵制带来的战斗力不强及军队叛逃的弊病。实践证明朱元璋处心积虑设定的卫所制确是当时军队建设的好办法。

【改革科举】朱元璋改革了隋唐以来的科举制度，使其更加规范化。全国考试分为三级，依次是乡试、会试、殿试。乡试因在秋季举行又名秋闱，中榜者为举人，第一名解元。会试春天在京城举行，又名春闱，中榜者为贡士，第一名为会元。殿试由皇帝主持，中榜者为进士，又分三甲，一甲前三名，分别是状元、榜眼、探花。赐进士及第。二甲若干名赐进士出身。三甲若干赐同进士出身。殿试中榜者，都能做知县以上的官员，佼佼者可进入翰林院，有可能做更大的官。科举制度无疑是历朝选人才的途径，他最大的优点，就是不拘出身，不分贵贱，只要有学问，参加科考便能步入仕途，这和唐朝以前全凭门第、阶级做官，无疑是天壤之别。但也禁锢了士子的思想，只能穷年皓首老死在经卷中。朱元璋曾转述唐太宗之言："天下英雄尽入吾彀矣。"也就是说天下的读书人都进了他的圈套，他得意之情溢于言表。然而科举制度尽管有这样那样的缺点，但其制度本身却是公平的，因为无论平民官宦，只要参加考试便可登上仕途，读书人为实现这个目标，发奋读书，无其他邪念，除为国家培养大批人才外，也起了稳定社会的作用。封建社会的政治机器全凭科举制度来维系运转。然而几百年以后，清朝光绪末年，清廷推行新政却把它废除了。笔者认为，如果将科考内容加以改革，增加经世致用之学和自然科学知识，它仍是识拔人才的好制度。西方国家人士初到中国时就惊叹它的公平完美，并迅速引入西方应用。但清廷竟将它弃如敝屣，予以废除，造成了负面效应，因为它断绝了读书人读书求官的希望，思想发生空前动荡，无所适从，对清廷失去信心，转而投军，转而革命，转而出洋留学，向心力衰减，离心力增大，加速了辛亥革命的爆发，最终造成清朝灭亡，废除科举虽不是清亡的唯一原因，也是重要原因之一。这是题外话，现言归正传。另外朱元璋还规定科考中必须按八股文的格式书写试卷，八股是破题、承题、起讲、题比、起股、中股、后股、束股，内容是代圣贤立言，不得自由发挥。前人曾有一楹联，写道：

八股文章源太祖，

一钩弯月送南唐。

这副对联写了两个历史典故。上联说八股取士是源于明太祖，下联则是南唐后主李煜迷恋妃子窅娘的三寸金莲，小脚好似弯月，大兴女子缠足之风。旧社会妇女缠足，残害女性身心，被外国人笑为天下奇观。李煜实是始作俑者。这且按下不表。单说朱元璋创立八股文，现在的史学家都将八股文批判得一钱不值，一无是处，说什么禁锢士子的思想，残害士子的心灵，简直十恶不赦。我认为八股文确有弊病，读者必须知道，朱元璋和他的谋士们并非智商残缺的傻子，他们精明得很。代圣贤立言就是防范士子说大逆不道，抨击朝政的话，自古而今，代代亦然。无可指责。八股格式按现代的眼光来看，就是明代的标准化试题。现今我们高考试卷不是从先前的主观性试题改革而来的标准化试题吗？这肯定沾了朱元璋的遗惠。须知这样的试题具有客观性，大大减少了评考官阅卷的主观随意性，也减少阅卷的工作量，同时也维护了参考士子的权益。我出这样的观点，读者也许闻所未闻，但我自信此论另辟蹊径，精辟独到，决不拾人牙慧。读者诸君以为如何？

【峻法治国】也是为维护皇权的绝对统治。朱元璋于洪武三十年(1397)颁布《大明律》。《大明律》是一部司法大典，在《唐律》的基础上有所损益，精心研制而定。较之《唐律》，条律更加完善，但量刑严峻残酷得多，是一部滴着鲜血、杀气腾腾，令人闻而丧胆的大法。不仅仅为平民而设，更是针对达官贵人而设，凡藐视皇权、大逆不道者皆处极刑，诛灭九族，满门抄斩。行刑时滥用酷刑，如车裂、凌迟、腰斩、剥皮实草等无不派上刑场。为了给读者以较清楚的了解，不妨简述几种残酷的死刑。车裂，俗称五马分尸，将犯人头颅、四肢系于马尾，然后鞭打马体，令马狂奔，使犯人肢解而死。凌迟，又称剐刑，先断四肢、再刀抉其喉，千刀万剐成为碎块。如尸体剁成肉泥，又称为醢刑。腰斩更是残酷，将犯人拦腰斩为两截，让其徐徐痛死。剥皮实草则是朱元璋的发明，将犯人处死剥皮，皮囊中盛以稻草，仍具原人犯形象，然后示众，最后挂于衙门公堂之内，继任官员莫不触目惊心，故此刑多用惩罚贪官。这些酷刑朱元璋都曾施于臣民。如胡惟庸叛逆案发，处之车裂，学士高启以诽谤罪处以腰斩。今天我们重读《大明律》，血雨腥风扑面而来，令人毛骨悚然。但是平心而论，《大明律》与明王朝结伴而生，实是专政的需要，它维护皇权统治，震慑贪邪，保障社会安定，使民安居乐业，确起了莫大作用。《大明律》有一条明确规定："百工技艺之人，若有可言之事，直赴阙前奏闻，敢有阻遏者斩。"也就是说，连当时地位低贱的百工技艺之人，都可越级赴京向皇帝告状，这点确实难能可贵。朱元璋钦定的《大明律》给予人民越级告御状的权利，即使今天看来，也是最先进的民权制度。其"以法治国"包含的法治思想闪烁着微微光辉。有一定的进步意义，虽是严刑苛法，不得全盘否定。后来朱元璋又颁布了《御制大诰》，其纯是法外之法，甚至与大明律法相抵触。基本上由皇帝的好恶情绪设置条律，审判定谳。实不足道，不能与《大明律》同日而语。

另外，朱元璋大力整肃吏治，严厉打击贪官污吏。他出自平民，艰苦备尝，最能体恤民生民瘼，痛恨误国误民的贪官污吏。他本人节俭、勤政、廉洁。平时不爱财、饮食简朴。徐达平定中原缴获大批元廷珍宝。朱元璋使交入国库封存，不准入宫。平定陈友谅后，其子陈理献上金镂宝床，他视为亡国之物，命人毁弃。他以身作则，率先垂范。臣下亦上行下效，吏风翕然一变。他颁布许多官纪政令，在组织上进行整顿。如地方官员必须严格遵守《到任须知》，京官必须遵守《六部职掌》。违者轻者治罪，重则处死。同时对司法机构进行改革，连立三法司：都察院纠察弹劾百官，大理寺检察审议，刑部审判定谳。每处理一案，必须"三堂会审"。如此打击贪官的力度加强，冤案也少了。朱元璋还鼓励老百姓大力揭发贪官污吏。如有违法贪官，百姓尽可群起绑缚入京，必有重赏。贪官如敢报复，凌迟处死，夷灭其族。他发起的反贪运动，声势浩大，使无数贪官污吏身首异处，家产荡尽，民心大快，扬眉吐气，不再一一举例。朱元璋是中国历史上反贪最严厉、最强力的皇帝。笔者咏诗赞曰：

峻法如山谁敢欺？酷刑反腐实称奇。

誓教天下官风正，剥尽世间贪吏皮。

总之在他的严厉治理下，明初吏治清明，百姓安居乐业，海晏河清。

【惩沈万三】是件匪夷所思的事。朱元璋不仅恨贪官，也恨富人，有仇富心理，这也许和他出身贫寒有关，也许是阶级仇恨所致，他与江南豪富沈万三的纠葛，颇能说明问题。沈万三，元末明初人，原籍浙江湖州，后来祖上移居苏州（时名长洲），他也出生于苏州，应算作苏州人了。他是明朝江南首富，也是中国历史上最著名的大富豪，甚至以后成为富豪的代名词。他田多、钱多、房多、物多，豪富甲天下。他暴富的原因，至今仍是一个谜。民间传说他得到一个聚宝盆，泼天财富均由此产生，似乎是天赐巨富了，这当然是一个神奇而有魅力的神话，殊不可信。其实他发财的原因，一是垦田，一是行商。垦田就是开荒地种庄稼，行商就是做买卖。种庄稼发大财难，做买卖发大财容易，相传他不仅做一般的生意，而且做海外贸易，把中国的丝绸茶叶瓷器销往海外，赚老外的钱，这是暴富的真正原因。人的欲望无止境，发了大财，还想出名，炫耀财富，甚至想谋个一官半职。当张士诚占据苏州时，他巴结张士诚，献财献宝。朱元璋做了皇帝，他故态复萌，又向朱元璋大献殷勤，大献财宝。朱元璋修筑南京城墙，他包揽了三分之一的工程，从洪武门到水西门十余里城墙，他一手修成，其投资巨大，令国人咋舌。还好，朱元璋嘉奖他的爱国行为，大力表扬外，给沈家两个儿子封了官。沈万三花了钱，出了名，得了官，也算差强人意。然而沈万三也有算盘打错的时候，一次朱元璋出师大捷，沈万三又想大出风头，竟想用金钱犒劳军队，正式向朱皇帝提出申请。然而朱元璋大怒，在他看来，一个匹夫，一个在当时社会地位不高的商人，要犒劳国家军队，这是典型的炫耀财富，再者天下财富集于私家，确是国家不祥之事。于是怒问沈万三："朕有百万军队，你有多少钱，能给多少钱?!"沈万三嗫嚅说："每个士兵给一两银子，想是可以的。"朱元璋已怒不可遏，大喝一声，让左右把沈万三抓起来，押于大牢。沈万三做梦也想不到拍马屁拍到马蹄上，真是圣意难测呀！朱元璋回到宫中，盛怒不休，声言要杀死沈万三。马皇后问明缘由，劝谏道："妾听说法律是用来诛杀不法之徒的，但不是用来诛杀不祥之人。匹夫富可敌国，是匹夫自己不祥，不祥之民，苍天自然会降灾祸给他，陛下又何必再杀他。"朱元璋听了怒气才消，饶沈万三一命，把他流放到云南去了。这真是有钱烧的，倒了大霉。朱元璋仇富，显然是错误的，不管沈万三动机如何，是炫富，是图名，是谋官，或是寻求保护。真说不清，但其行为，客观上确系爱国拥军、利国利军的大好事，朱皇帝太偏激了，竟欲置之死地，不可思议；但沈万三炫耀财富，横遭大祸，也给富人们一个警告和借鉴，钱并不是唯一的好东西，钱可享受，也可致祸。看来富不露财，也是至理名言。然而这一段故事，最终还是让沈万三出了大名，他的故事至今在苏州、南京、周庄等地盛传不衰，真是个有趣的历史现象。不过有些学者考证，沈万三生于元朝，死于元朝，与朱元璋毫不相干。这些学者考证固然严谨，然而人们仍然愿意听这有趣的故事，宁信其有，不信其无。这种特有的文学现象，迂阔的学者大概始料未及。

【诛杀功臣】是朱元璋最残忍的表现。朱元璋恨贪官，恨富人，但最恨的是心怀悖逆的文臣武将。他出身布衣，少时艰苦卓绝，经百战而得天下，从奴隶登上皇位。这座江山确实来之不易，再加上赫赫皇帝的尊贵和享用，使其对皇位既珍视又迷恋，唯恐天下被人夺取。开国登基后，海内肃清，残元势力已被驱赶到漠北，他感到唯一对他造成威胁的，只有掌握机枢的文臣及拥兵自雄的将帅。既然放牛娃能做皇帝，那些文臣武将岂有自安寂寞的道理。再者他担心皇太孙朱允炆太仁弱，百年之后，那些功高权重的文臣武将，说不定会夺取孙儿的天下。这种无端的怀疑，再加上他严酷好杀的性格和神经质般的猜忌心理，于是一场诛杀功臣的惨剧在明初一出接一出地开演。

刘基是明初第一开国功臣，能卜会算，是个神仙式的人物，相传他做《烧饼歌》预测未来，很是灵验。他出谋划策，为朱元璋立下汗马功劳。他深知朱元璋忮刻性格，急流勇退，致仕归里，他满以为如此可安居晚年。谁知胡惟庸出于报复心理举报他在谈洋选墓地。据胡惟庸说谈洋具有王气，若刘基选此为墓址，朱氏王气岂不转到刘家？“王气”触动了朱元璋敏感的神经，大加震怒，竟夺取了刘基的养老俸禄，以示警告，刘基抑郁成疾，胡惟庸又落井下石，雇医投毒，毒杀了刘基，一代名臣死在朱元璋的逼迫之下。笔者有一诗咏刘基：

青田灵气毓神仙，算尽人间万事先。
退隐林泉辞北阙，也难避祸保安全。

廖永忠亦是明初开国功臣，执掌水师，足智多谋，屡立战功，他曾受朱元璋之命刺杀小明王韩林儿，这弑君之罪是朱元璋的最大隐私，而廖永忠执行刺杀任务是了解这一阴谋的见证人。朱元璋早想杀人灭口，除掉廖永忠。而廖永忠此人性好张扬，爱出风头，竟穿着绣有龙凤的战袍。“龙凤”和“王气”一样触动朱元璋好猜的神经，立即将廖永忠斩首。紧接着以善战著称，迭建奇功的骁将朱亮祖，被劾为在广东横行不法，逮至京师，活活杖死。朱元璋的外甥岐阳王李文忠，因爱惜朱家天下起见，多次上书劝朱元璋不要滥杀贤才。朱元璋异常震怒，竟派太医毒死了病中的李文忠。然而这些都是小菜，朱元璋杀戮功臣最多、影响最大的是胡惟庸案和蓝玉案。

胡惟庸，淮西定远人，朱元璋濠州起义后便追随其后，出谋划策，操持文牍，亦有开国大功。而且胡惟庸聪明绝顶，善于奉承，深知朱元璋好谀的心理，朱元璋背痒，就往背上挠，朱元璋屁股痒，就往屁股上挠。挠得朱皇帝非常舒服，龙心大悦，屡次擢拔，胡惟庸竟官至右丞相。《明史》记载，胡任相期间，操持生杀黜陟大权，群臣上奏章，先阅而后呈，四方躁进之徒、功臣、武夫、失职者争走其门，这一专擅行为和结党营私，引起了朱元璋极大震怒。皇权与相权发生了激烈的冲突。在朱元璋的授意下，胡惟庸的亲信涂节首先揭发，继而群臣纷起弹劾，擅权误国、勾通倭寇、谋逆之罪接踵而来，朱元璋亲自审判，胡惟庸被寸磔而死，夷灭九族，连告密的涂节一并处死。又株连同僚，此案共杀三万余人。就连德高望重的开国文臣宋濂也被卷入胡案之中，狠心的朱元璋毫不宽贷，竟要将太子与诸王的老师处以极刑，多亏仁慈的马皇后绝食哭谏，说："平民的子弟都能尊敬、保护他们的老师，而太子和诸王却不能尊敬、保护他们的老师。"朱元璋听后默然无语，才免去死罪，将宋濂戍边，宋濂最后死在戍边途中。《明史》将胡惟庸列入《奸臣传》，现在许多史学家研究撰文指出，胡惟庸并非奸臣，所列几十大罪状，除擅权和结党勉强成立，其余的是周纳罗织而成，胡案是一个冤案无疑，胡惟庸则是朱元璋剪除隐患的一个牺牲品。朱元璋又乘势废掉丞相制。醉翁之意不在酒，其心可知。后来功勋卓著的韩国公李善长因卷入胡案也被赐死，七十七岁的他老泪纵横，投缳而亡，家属七十人株连被斩。当年他率百官三番五次地劝朱元璋登基，丑态百出，恭媚至极，最后落此下场，悲哉！

蓝玉之死，死在他居功自傲，好事张扬上，他亦是开国名将，面赤身长，风貌壮伟，心地豪爽，也是堂堂的奇男子。他南征北战，纵横天下，战功赫赫，屡败强敌。多次深入漠北，攻逐残元势力，攻必克，战必胜。朱元璋曾抚其背曰："此吾家之卫青、李靖也。"将之比为平定匈奴的汉朝卫青，平定突厥的唐朝李靖。屡次升迁，官至凉国公。功大官大，遂得意忘形，甚至桀骜不驯。他北征凯旋，行至喜峰关，驻守官员开门不及，他率军破关而入。一次太祖授爵录功，蓝玉认为不公，竟出怨言，被缇骑侦之，报于朱元璋。朱元璋发兵掩扑蓝府，逮捕蓝玉，什么"私占珍宝、率军冲关、奸占元朝太子妃、阴谋劫驾"等罪名统统加在他头上，于是锻炼成狱，将其一门九族诛杀殆尽，又大事株连，斩杀一万五千余名大小官员。一代名将蓝玉又倒在朱元璋的屠刀之下。蓝玉案之后，朱元璋又将开国名将傅友德逼死，傅友德爵封颖国公，功高权重，言语不检点，遂遭朱元璋之忌。一次朝宴，他与儿子傅让同往参加。朱元璋忽责傅让失礼，有大不敬之嫌，他赐剑予傅友德，让其教育儿子。傅友德接剑果断刺死傅让，割下头颅。朱元璋大惊："你真太残忍！"傅友德厉声道："你不是希望我父子死吗?!"言讫当庭自刎。朱元璋震怒，下令戮其尸，诛灭九族。宋国公冯胜亦有盖世功劳，也遭朱元璋之忌，亟欲除之。但冯胜有免死铁券。于是召冯胜全家赴宴，下毒害死。

徐达之死，历来多有争议，他是明朝天字第一号的大功臣，其人品崇高忠直，功勋无与伦比。但他深知朱元璋猜忌残酷的性格，功勋愈高，更十分谦恭。有一段胜棋楼佳话，一日他与朱元璋在莫愁湖一楼下棋，朱元璋曰：“卿尽可使出本事，不可尊朕而让朕。”徐达诺诺。这棋下了几个时辰不分胜负。忽然徐达举棋不定，良久不落子。朱元璋道：“卿何故踌躇？”徐达跪地叩首道：“皇上请看全局形势。”朱元璋仔细一看，发现棋盘黑白棋子摆成“万岁”二字。朱元璋大喜，遂将莫愁湖赐予徐达，此楼改名胜棋楼。又相传徐达文采极好，曾献朱元璋对联一副：

大江东去，浪淘尽千古英雄，问楼外青山，山外白云，何处是唐宫汉阙？

小苑春回，莺唤起一庭佳丽，看池边绿树，树边红叶，此中有尧日舜天。

无论下棋与献联，都是徐达韬晦保身之计。

明史载他北征时病死于营中。而稗史上说，徐达得背疽，痛不可当。朱元璋亲自上门探视，赐鹅肉一釜，鹅肉性大热，徐达食后，亢火上攻，背疽血脓迸发，死于非命。以朱元璋寡恩刻薄的性格，毒死徐达当在情理之中。

至此，开国元勋、功臣宿将，被朱元璋一网打尽，你看他毒也不毒。笔者写至此心情惨怛，赋诗一首：

狡兔亡来走狗烹，功高震主不留情。
古来天子无恩义，说与痴臣仔细听。

然而也有漏网之鱼，大智若愚的信国公汤和逃过此一劫。他与朱元璋自幼相交，当初情同手足，但深知其严酷的性格，功劳再大，决不夸饰，赐禄封爵甘居人后。当群臣迷恋爵禄之时，他上书辞官，曰：“臣犬马齿长，不堪复任驱策，愿得归故乡，为容棺之墟，以待骸骨。”朱元璋大喜，立即赐金使归去。汤和回家，仍然谨小慎微，安分守己，最后得以善终。比之刘基强多了。

功臣名将被诛杀殆尽，造成以后建文朝的人才空荒，元气大损，及至靖难事起，燕王朱棣挥军南下。建文帝雄踞南京，贵为天子，拥兵百万，天时地利人和均为其有，势力远超燕王。只是大敌当前，有兵无将，真是莫大的遗憾。无奈何筷子里面挑旗杆，竟派出年逾七十的老将耿炳文做统帅。耿炳文颤巍巍被扶掖上马，缓缓开上前线。结果他既非廉颇，又非黄忠，大败而归。继又派出李景隆为帅，统兵六十万杀赴前线，李素不知兵，一遇强敌魂飞天外，大军未溃，身先遁逃。后来燕王攻入南京，建文帝烧宫自焚，深究其因，建文之败，败在无将可派，无将可派纯是朱元璋屠戮功臣造成的恶果。呜呼朱元璋，聪明自误，咎由自取，自施暴行，祸及子孙。朱元璋啊朱元璋，你若地下有灵，哭也不哭，悔也不悔。

朱元璋诛戮功臣，是他私欲膨胀的结果，是他严酷性格和猜忌心理的发泄，这种中国历史上的悲剧，自汉高祖之后不断重演，令人不解之余而拍案三叹！中国的君王，心胸何其褊狭自私！“狡兔死，走狗烹”这句谚语竟是如此灵验。只可同患难，不能同富贵，正是他们对待臣下的通病，他们打天下时需要臣下忠诚地为其流血卖命，成功后又嫌臣下“功高震主”一一翦灭。有时我中夜翻读《明史》，读至此，仍不免心惊胆战。

【惩子殉妃】反映了朱元璋残酷的个性。屠戮功臣是为保朱氏江山万世永固，我们犹可理解，只以为过于暴烈罢了，但严待诸子，殉葬群妃，简直心如蛇蝎，暴虐至极，令人殊不可解。太子朱标天性仁慈，多次劝父应行仁政，不要滥杀。朱元璋取出一根插满尖刺的棘杖，掷于地，逼朱标拾起，朱标触棘杖，尖刺入手心，痛不可当。然后朱元璋告诉朱标，他杀诸臣，就好像是拔刺，棘杖无刺了，便在掌握之中，朱标反驳道：“尧舜当政，未闻滥杀臣下，天下亦得大治。”朱元璋大怒，竟以坐榻掷击朱标，朱标急走得脱。在父皇的严逼下，朱标不堪忍受惶惶不可终日，郁郁成疾，不久即逝。秦王朱樉封国西安，闻朱元璋欲迁都西安，怕因此失去封地，口出怨言。朱元璋震怒，命缇骑逮朱樉于京师，拟加极刑。当时太子朱标尚在，跪地哭求，朱梿方免一死。鲁王朱檀好神仙之道，为求长生，长服金石之药，中毒致死。朱元璋闻之，竟言“此子不死，天理不容”。谥他一个“荒”字。谥号蕴涵着痛恨之意。潭王朱梓乃定达妃所生，就是当年陈友谅的王妃阇氏，平陈时被掳为妃。朱梓长成就封长沙，后来朱元璋风闻朱梓是陈友谅的遗腹子，虽不发作，暗恨在心。寻得时机，诬朱梓谋反之罪，派缇骑飞驰长沙逮捕。朱梓闻讯，大呼：“宁见阎王，不见贼王。”纵火烧宫，自焚而死。父子之情，天高地厚。朱元璋对待诸子，只有君臣之分，毫无父子之恩。父爱在诸子心中只是一种奢望。有史家言，朱元璋严格教育诸子，不以皇子之贵而宽袒，亦有道理。但我想如此严酷无情的父亲，天下赤子谁愿奉其为父，谁愿为其之子。

朱元璋对待他的妃嫔，视为高级奴婢，毫无夫妻感情可言。当然与他共患难的马后是个特例，因为马后是十分完美的女性，她太伟大了。但除马后外，群妃畏其如虎，每当临幸，均绝对温柔驯顺。若稍有抵逆，轻则杖打，重则处死。史载被朱元璋赐死的妃嫔不下七八名。最令人恐怖的是他弥留之际，竟颁布遗诏：让群妃为他殉葬。凡是无出、老病的妃嫔均是殉葬对象。朱元璋下葬前夜，在朝臣和宦官的逼迫下，四十余名妃子或投缳，或服毒，集体自杀。临死哭声震天动地，朝臣、太监、宫娥心胆俱碎，无不掩面而泣。翌日，出殡，朱元璋的灵车之后，紧随着四十余辆规格较小的灵车，浩浩荡荡地驶进陵墓。今天我们参观南京明孝陵，只赞叹它的雄伟，岂知陵下还埋葬着四十余名冤屈的女鬼至今犹在哀鸣！

【建锦衣卫】是朱元璋的暴政，他建立了一个前所未有的特务组织——锦衣卫。这个拥有大批身着锦衣的卫士的特务组织，专门侦探臣民的叛逆言行，职能类似苏联时期的克格勃、美国的联邦调查局、英国的军情六处，国民党的军统局。行动时有好马配备，又称为“缇骑”，驰骋京师，凶悍异常，臣民无不胆寒。一旦侦知臣民有不轨言行，立即飞报皇帝，逮捕严惩。锦衣卫奉旨设有监狱，称之为“诏狱”，有独立审判权，生杀予夺皆操其手。三法司不得干预。纯粹是不受司法监督的御用特务组织。锦衣卫横行京师，臣民噤若寒蝉，谨小慎微，人人自危，不知何时大祸临头。看到臣民恐惧拜服的样子，朱元璋感到极大的满足。

锦衣卫又是朱元璋责打臣属，实施“廷杖”的执行者，这些身强力壮的小伙子，可以奉旨在午门外或殿堂之上，对悖逆其意志但并不违法的大臣用荆杖予以拷打，以示惩警。自古刑不加大夫，士可杀而不可辱，殿堂之上用“廷杖”对付大臣则是朱元璋的一大发明。受廷杖者，轻则皮开肉绽，重则立即丧命杖下。大臣上朝时都要与家人诀别，唯恐不得生还，及平安下朝回府，都举家庆贺，庆幸又多活一天，用暴力手段虐待国家高级干部，使其在肉体受到创伤，精神上受到到羞辱，令人发指，自古罕见。明朝可以说是世界上最无人权的国家。朱元璋就是剥夺人权的暴君。他到晚年，也感到锦衣卫权越法律之上，使臣民不满，于是下令取缔锦衣卫，焚烧其刑具。笔者有诗咏廷杖：

杀气腾腾起帝廷，人权荡尽太专横。
一言触犯龙颜怒，乱杖加身拷众卿。

【兴文字狱】又是朱元璋的暴政。他出身寒微，从牧童到皇帝，这本是一段值得炫耀的光荣历史。然而在内心深处，他却以为耻辱，可见门第高下观念在他心里扎了根，他没有冲破传统的束缚。当过和尚，当过红巾军（官府称为贼）都觉得让人耻笑。这实际上是一自卑的表现。他本性猜忌，晚年又患神经过敏症。凡和尚、僧、光头、秃头、光等以及贼和贼同音的字眼，他都忌讳。如奏章、诗文出现此类词，就认为对他讽刺，视为大不敬，必使缇骑逮问，置于死地。常州府一儒生蒋镇作《正旦贺表》，内有“睿性生知”一语，因“生”近“僧”，犯了忌讳。蒋镇无端被砍掉脑袋。杭州府学教授徐一奎作《贺表》，内有“光天之下，天生圣人，为世作则”之语，朱元璋认为这是对他最恶毒的诅咒。因“光”就是光头，光头即和尚。“生”近“僧”音，“则”近“贼”音。是讽刺他做和尚，做贼的不光荣历史。盛怒之下，将徐斩首。一年元旦，朱元璋与民同乐，于市观灯，一条灯谜谜面上画有一妇牵一马，马蹄巨大。朱元璋认为这是对马后的攻击，因为马皇后是淮西妇女，恰是天足，并未缠过脚。那个编谜的平民莫名其妙地被砍掉头颅。大诗人高启，因作了一篇《上梁文》，被诬为谋逆犯上，处以腰斩之刑。此种事例不胜枚举。最可叹的文字狱，是他将死去千年的孟子揪出来问罪。孟子是仅次于孔子的圣人，被称为亚圣。历代尊崇，神圣不可侵犯。但他读到《孟子》中“民为贵，社稷次之，君为轻”时极为不快，在他看来皇帝至高无上，孟子却把他排在最后。又读到“君之视臣如手足，则臣视君为腹心；君之视臣如土芥，则臣视君如寇仇”时勃然大怒，孟子竟敢怂恿臣下犯上作乱。后读到孟子认为周武王伐纣，不是弑君，而是讨伐独夫民贼，为民除害时，怒不可遏，暴跳如雷，大呼反了反了。公然下旨，废止孟子配享孔庙，将其牌位撤出。又命学士刘三吾删去《孟子》中的犯上言论凡八十五条，禁止用于科考命题。此旨一下，全国乱了大套，臣民士子如丧考妣，纷纷反对。刑部尚书钱塘上疏反对，并说：“臣为孟轲死，死有余荣。”朱元璋见舆情如此，不可逆转，便强忍淫威，一年后恢复了孟子的地位。孟子的民本思想，永远闪耀民主的光辉，后世若有人蹈朱元璋的覆辙，那就可悲了。朱元璋大兴文字狱，令人感到荒唐至极，又令人痛恨。确是一种禁锢文化、思想的暴政，发生在君主独裁时代尚不为奇，如果发生在民主时代，以言治罪，以文治罪，那将更是国家的不幸，民生的不幸。笔者有诗咏文字狱：

手里掌刀凭我杀，心中有鬼怕人评。
千秋应鉴君王事，莫使专权肆意行。

【龙驭宾天】是朱元璋人生最后一幕。随着马皇后的崩逝，太子朱标的英年早逝以及对皇太子孙朱允炆仁弱的担忧，朱元璋的大脑受到了强烈刺激，再加上过分的勤政，他的元气和精力逐渐枯竭。洪武三十一年(1398)，这柄一生燃烧熊熊火焰的火炬，终于熄灭了，带着无尽的遗憾和遗愿，极不甘心地在龙榻上合上了双眼。终年七十一岁。在中国众多的帝王中，他确实是个高寿的皇帝。因为只有七个皇帝活到这个年龄。为了让读者了解这方面的知识，我不惜笔墨为大家旁征博引。清朝乾隆皇帝曾写过一副对联：

七旬天子古六帝，
五代孙曾余一人。

意思是说，古来活到七十岁的皇帝在他以前只有六个。而五世同堂的皇帝唯有他一人。七十岁以上的皇帝共有七位。他们是：

汉武帝刘彻，71岁，在位54年。
梁武帝萧衍，86岁，在位48年。
唐高宗李治，71岁，在位34年。
唐玄宗李隆基，80岁，在位44年。
明太祖朱元璋，71岁，在位31年。
清圣祖玄烨，70岁，在位61年。
清高宗弘历，88岁，在位60年。

朱元璋在上述七帝中，寿命并列第四。他是幸运的，没枉活此生。死后，谥为高皇帝，庙号太祖。习惯又叫他洪武皇帝。洪武三十一年（1398）夏葬于南京钟山之下，是为孝陵。

朱元璋死了，明朝历史上失去了一位英君，无疑也失了一位暴君。为牧、为僧、为帝王，是他一生的经历的简约概括，我以它作为本篇文章的题目。

然而，读了这篇文章，读者能在朱元璋身上得到什么启迪，抑或有什么感想？我想陈述我的陋见。第一，朱元璋出身卑贱，一生戎马天下，艰苦备尝，从奴隶而至皇帝，这个奋斗历程，必将永远鼓励千万个出身卑贱的青年人，不断进取，获取人生最高价值。所谓“帝王将相宁有种乎？”就是这个意思。第二，朱元璋礼贤下士，亲贤纳谏，收揽天下英雄，群臣同舟共济，夺取天下，为后世领导者提供了组织人才的宝贵经验。第三，他亲民爱民、体恤民生、为民办实事的做法，亦是后世领导者效法的榜样。第四，他勤政廉政，一生俭节成风，最痛恨贪官，同样是后世做官的楷模。第五，他在灭群雄，逐元廷，一统华夏的战争中显示的卓越军事指挥艺术和雄才大略，使人们永远敬仰，万年之后必凛凛有生气。第六，他诛杀功臣、禁锢臣民的暴行，以及严酷苛刻，残忍寡恩的个性，则是发聋振聩的反面教材，给后世热衷名利不顾生命的人予以当头棒喝！

操急削藩蒙大难

——明建文帝　朱允炆

明建文帝　朱允炆

嫡派正宗皇太孙，奈何社稷属旁门。

焚宫辞庙知何去，披上袈裟拭泪痕。

洪武三十一年（1398），明太祖崩世。朱允炆以嫡传皇太孙的身份登上皇帝的宝座。因为他的父亲皇太子朱标薄命少福，在朱元璋健在的时候，便溘然长逝。因而朱允炆成为中国历史上第一个继承皇位的皇太孙。越明年，改元建文，这个年号与“洪武”相对，意思是偃武修文，文治天下。登基后，追谥父亲朱标为孝康帝，庙号兴宗。封母亲吕氏为皇太后，马氏为皇后，长子文奎为太子，三个弟弟均封为王爵。破格提拔文臣齐泰、黄子澄、方孝孺，参与军国大事，予以高度信任。他仰慕尧舜禹汤之治，文王武王之功，所行政令，按周礼之义。减税赈灾，与民休息，刑法也宽松了许多。史称为建文新政。由于朱允炆死后，朱棣没有给他谥予庙号，史家通称为“建文帝”。

说起建文帝朱允炆，我要说：“他是一个可怜的孩子。”他在位四年，整日惶惶不安，没过过一天清闲的日子。他的叔父燕王朱棣发动靖难事变，攻入南京，将他赶下帝位。由于朱棣登基后，销毁了建文朝的一切档案和实录、起居注，他的人物形象被朱棣扭曲，现在研究他，全凭清朝修的《明史》和野史定位，很不全面。他的结局，几百年来史家众说纷纭，有自焚说，有剃度为僧说，有亡命海外说，因而朱允炆和他的结局，成为中国历史上难以解释的谜案，至今成为史家热衷研究的热门课题。因而朱允炆也是一个具有传奇色彩的皇帝。

相传朱元璋对朱允炆十分钟爱，但又对他的仁弱性格很是担忧，担心他难当皇帝大任。一次在朝堂上当着诸子面，想测试一下皇太孙的才能和气度。大家知道朱元璋最爱附庸风雅，作对联是他的喜好。我还记得他曾为骟阉匠写的一副对联：“双手劈开生死路，一刀割断是非根。”写得诙谐而精妙。这次他又用出对联的方式，考考皇太孙。朱元璋出的上联是：

风吹马尾千条线

朱允炆恰也聪慧，脱口而出下联：

雨打羊毛一片膻

老实说这下联，论词语也十分精工，但失之平俗，毫无气度。朱元璋听后，立即沉下脸来，龙心不悦。这时燕王朱棣在场，当即对道：

日照龙鳞万点金

这下联歌颂朱元璋的龙体，更气度不凡。朱元璋连口称赞：好对语，好对语！这个故事，载于史书，当非虚构。

在朱元璋的众多儿子中，他最喜欢四皇子朱棣了，因为朱棣的性格和他太相似了。在朱标死后，他曾一度有意将皇位传给朱棣，而废掉皇太孙。一次他在朝堂对群臣说："国家不幸，太子竟亡。古称国有长君，方足福民。朕意欲立燕王，诸卿以为如何？"学士刘三吾当庭抗奏："皇太孙年富力强，又是嫡出，孙继嫡统，是古今的通礼。如立燕王，将置秦王、晋王于何地。弟不能先兄。臣以为应立皇太孙。"的确，此时朱棣还有两个哥哥，均是马后嫡出。论名分挨不上朱棣。朱元璋闻言，不禁泪下。乃决计立朱允炆为储君。

【集权削藩】是朱允炆欲加强中央集权的决策。朱允炆即位时，已经年长，年龄二十一岁，是拥有四个孩子的父亲。历代史学家往往下定语，说他是一个懦弱的君主，这仅仅是相对燕王而语，因为燕王太强悍了。事实上朱允炆即位后，心中也有一番大抱负，励精图治，孜孜以求。还在他为皇太孙时，他曾在皇城东角门和太常寺卿黄子澄商议，表示对天下形势的忧虑，他说："诸叔父分割天下，拥兵自雄，朝廷之令难出都门。一旦有变奈何？"黄子澄自信地回答："兵来将挡，水来土掩，汉初的七国叛乱何等凶狂，不是一一削平了吗？"此语使朱允炆稍稍心安。然而他即位之后，强藩抗主，横行不法的消息不断从各地报来，尤其是燕王阴谋反叛的情报，亦不断送至阙下。这使他更加忧虑。说到燕王，我得郑重声明：写建文帝不能不写燕王，因为整个建文一朝，便是建文和燕王的斗争史，燕王朱棣是此文的另一个主角。朱允炆的忧虑不无道理，朱棣太强大了。还在洪武年间，燕王封国北平，朱元璋给予他保卫北疆的大权。他两次北巡，追击残元势力均获大胜。一次是率兵出古北口，与元太尉乃尔不花大战塞北，最终收降乃尔不花。一次是出师撒撒儿山，擒斩元将孛林帖木儿。捷报传到京师，朱元璋大喜。当时秦王、晋王俱薨，朱棣成为朱元璋诸子中年龄最长的嫡子。朱元璋发诏书，命令燕王总率诸王，授予征伐大权。至此燕王权势更加威重，兵马更为强盛，又广揽天下英雄，燕赵豪杰多归燕邸。更兼他的官邸便是巍峨壮丽的大元王朝的宫殿，这些无不时时刺激他日益膨胀的野心。到了建文朝，燕王势力益为扩张，因为朱元璋已死，忌威已无。这一切朱允炆了如指掌。诸王的势力如芒刺在背，岂得旦夕安枕！户部侍郎卓敬奏上密疏："燕王智虑过人，酷似先帝，现镇守北平，地势形胜，兵强马壮，一旦有变，不易控制，应徙封南昌为是。"卓敬之意，将燕王调离根据地北平，改封南昌，削弱其势力。朱允炆见奏，召卓敬入殿说："卿过虑了，燕王乃朕叔父，至亲骨肉，或许无他变。"卓敬叩首道："陛下岂不闻隋文帝与杨广之事吗？父子至亲，尚且谋逆。"朱允炆道："卿且退下，容朕细思。"卓敬之奏，令他震动。于是他不断召集他倚重的智囊兵部尚书齐泰与太常寺卿黄子澄日夜策划。齐泰建议说："燕王势力最强，威胁最大，应先除燕王，余者不讨而服。"黄子澄反驳道："齐尚书此言大错，欲除燕王，宜先剪羽翼。周王不法，何妨先拿来处罪。一可除周，二可惩燕。"正巧，汝南王朱有爋发来密报，揭发其父周王朱橚不法情状，这一大义灭亲的举报，使朱允炆大喜过望，决定采纳黄子澄的建议，先除周王，剪除燕王羽翼，然后再削燕藩。于是君臣密议的削藩行动开始执行。建文朝的动荡随即开始。

现在看来，建文帝朱允炆的削藩之举仍是正确的，不削强藩，中央皇权岂得加强。朱允炆削藩决心亦也是坚定的。齐泰、黄子澄忠心可鉴，出谋划策可谓尽心竭力。这一切都无可指摘。关键是削藩并非其时，朱允炆操之过急。初登大宝，恩威未建于群臣诸王，皇权未能操控自如。何不养精蓄锐，先抚诸王而后击燕王呢。退一步讲，假如此时非要削藩，宁用齐泰计，不用黄子澄之议。若矛头直指燕王，诸藩皆不敢躁动。因为燕王的跋扈，诸王平日亦是妒恨。燕王势孤，或许一鼓扫平。若用黄子澄之议，先削周王，诸王兔死狐悲，人人自危，必然倒向强大的燕王为依靠，且又打草惊蛇，使燕王加强戒备，这样诸王联合，对抗中央，朱允炆危矣。建文君臣虽然同心协力，但其智力远逊于平定七国的汉景帝、晁错、周亚夫。覆灭的悲剧已经悄悄拉开序幕。

建文元年夏，朱允炆迫不及待地开始削藩。他依黄子澄密计，派遣曹国公李景隆率精兵千人，以北巡为名，径奔开封。周王朱橚以为京军北巡路过开封，毫无防备。李景隆夜袭王宫，将周王一家百余人逮捕，押解至京，朱允炆一见周王又动了叔侄之情，拟赦他归国。齐泰、黄子澄坚持不可。于是将朱橚废为庶人，夺去王爵，先流放蒙化，后又禁锢京师。接着齐王、湘王、代王、岷王蓄意谋反的情报，飞报京城。朱允炆削藩决心更加坚定，分别派使发兵，逮捕诸王。湘王朱柏畏罪自焚而死。代王朱桂被幽禁大同。齐王朱榑、岷王朱楩被逮至京师押于天牢。诸王无论死与未死，统夺王爵，废为庶人。初战告捷，建文君臣十分得意，而全国诸王均如惊弓之鸟，唯恐大祸临头，纷纷派使赴北平联络燕王寻求保护。

果然，诸王既削，燕王异常惊恐。迂腐的智囊黄子澄的“打草惊蛇”之计开始奏效。燕王为避免朱允炆的怀疑，在明太祖小祥之祭，先请求入京祭奠，朱允炆以《祖训》为由，坚决拒绝他入京。自己入京不成，便派朱高炽、朱高煦、朱高燧三个儿子，到京师祭灵，派三子朝阙，企图取得朱允炆的信任。齐泰力劝朱允炆扣住三子，以为人质。而朱允炆见了三子，又动了兄弟之情，不忍扣押。此时燕王飞章告急，说他病重将死，拜请朱允炆放回三子，料理后事。朱允炆恰又发怜悯之心，不顾齐黄反对，放三子归国。这是一个天大的致命性的错误决策。如果朱允炆将朱棣三子扣为人质，便操控了制胜的主动权。凶悍如燕王，必顾亲子之情，终身不敢反叛朝廷。靖难之祸必能避免。历史必将重新改写。然而昏庸的朱允炆，以妇人之仁，白白丧失了上天赐给的大好机会。我屡读《明史》至此，禁不住拍案大叫：可惜，可惜，直替建文帝着急、惋惜。

【燕王起事】拉开了靖难之役的序幕。三子归北平，燕王与三子抱头大哭，连呼："我父子团圆，是天助我也！"嗣后，燕王与谋士积极商议对策，加紧起事步伐。燕王平时礼贤下士，善以重金厚恩笼络人才。因此燕王府群贤济济，其中以姚广孝、金忠、张玉、朱能、邱福等人，最具才干，燕王很是敬重。而姚广孝最为卓著，是朱棣的大智囊、平天下的第一功臣。姚广孝原籍苏州，少时出家为僧，法号道衍。他天资聪颖，能预知未来凶吉。明太祖笃信佛法，视姚广孝为奇人，派遣入燕邸，为已死的马皇后诵经荐福。初见燕王，姚广孝见朱棣头戴白冠，便惊拜于地说："大王龙马精神，燕邸王气郁郁，王戴白冠，则是'皇'字，必为天子。"朱棣大悦。其实朱棣戴白冠，是为母亲马皇后服孝，而姚广孝以拆字法，巧解为王字头上加白字，是为"皇"字，朱棣盲目欢喜，让姚广孝住持大庆寿寺，并拜为国师。后来姚广孝又偕二人相见，一是袁珙，善相面。一名金忠，善卜筮。袁珙一见燕王，即拜地祝贺："殿下龙行虎步，日角插天，必是个太平天子。"朱棣佯怒道："朝廷削藩，我旦夕不保，还有什么奢望。"袁珙大呼道："殿下年过四十岁，胡须必长过肚脐。必登大宝，富有天下，如是虚言，愿挖臣双目。"接着金忠占卜，三卜三吉，都是好卦。燕王大喜，益坚发难之心。于是朱棣又听从姚广孝之言，加强战备，大力练兵。在后苑之后掘地为室，室广百丈，在此日夜督造兵器，又怕走漏消息，便于后苑周围砌起围墙，墙外养起几千只鹅鸭，呱呱乱叫，声浪震耳，掩饰造兵器的响声。有姚广孝做高参，朱棣踏实多了。而姚是假和尚，貌似病虎，心似豺狼，一手数念珠，一手拿笏板，想效法元朝开国勋臣刘秉忠，做一番辅英君、安黎民的大事业。真是怪僧。笔者曾游览北京房山区常乐寺姚广孝墓塔，赋诗一首，算是对姚广孝的评价。诗曰：

心念君王口念禅，奇才盖世辅幽燕。

做名和尚不安分，沽取功名佛国传。

但是朱棣练兵谋反的情报，又被明朝廷侦知。建文帝听从齐泰的建议，派工部侍郎张昺为北平布政史，都指挥谢贵、张信为北平都司史。布政史是中央派驻的地方行政长官，都司史是中央派驻的军事长官。另又派大将屯兵山海关、临清、开平等地，对北平构成军事压力，这时明中央政府实际上对北平实施了军事戒严管制。明廷又斩杀了几个燕王派驻京师的使者。北平气氛顿时紧张起来，形势对朱棣极为不利。然而朱棣毕竟不是凡人，他大智若愚，竟然装起疯来。整日疯疯癫癫，说什么“朝廷要逼死我了”。披头散发，赤身赤脚在大街上惊呼乱叫，有时抢夺商肆的酒食，吃完后又横躺在臭水沟里翻白眼，吐白沫，装得活灵活现。谢贵和张昺到王府探视，正是盛夏，朱棣穿着皮袄在炭火熊熊的炉子前踞坐，犹自瑟瑟发抖，大呼天冷。谢贵、张昺摇头而去。消息传到京城，朱允炆又起怜悯之心，唯齐泰、黄子澄识破朱棣诡计，力劝朱允炆立即下手。朱允炆踌躇不决。此时燕王谋反的密报犹如雪片飞来。过了月余，朱允炆这才下了密旨，命令北平中央驻军逮捕朱棣。然而此时又发生了一件意外之变。北平都司副史张信，即北平中央驻军的副长官，竟叛变了朝廷向朱棣投降，胜利的天平又向朱棣倾斜。张信本是朱棣旧部，此次被朝廷提拔，让他执行逮捕朱棣的任务。他犹豫不决，惆怅万状。张母年过八旬，见儿惶惶不安，急问其故。张信实情以告。母大惊道：“不可不可，吾闻燕王当有天下，王者，汝敢擒之乎？”张信知母亲通晓河洛数，好预测未来，点头称是。于是他扮作妇人，夜入燕邸。报称有天大事情求见。他跪伏朱棣床前，大呼燕王，朱棣依然装疯卖傻，指天画日，胡言乱语。急得张信大声喝道：“朝廷将要擒王，事急矣，王宜为备。臣感旧恩，愿归降大王。”朱棣一个鹞子翻身，坐起来，瞪眼问道：“什么？”张又重复一遍。他扑到床下跪拜说：“恩张，恩张，活我一家，全凭足下。”张叩头不已，随后两人相扶而起。于是朱棣与姚广孝等日夜密商，加紧军事准备，设下圈套，欲行大事。某日，狂风忽起，雷电交加，大雨如注，殿上檐瓦纷纷落地。朱棣大惊失色道："此不祥之兆也。"姚广孝道："此上天示瑞，大王何必惊慌。"朱棣骂道："秃驴胡说，恶风暴雨，算啥瑞祥？又来骗我。"姚广孝道："飞龙在天，岂无风雨！殿瓦落地正是换黄屋的预兆，怎说不祥！"黄屋是天子居所，这秃驴确有急智，笔者佩服佩服。朱棣这才转忧为喜。一日，朱棣宣告外界自己病愈，要向朝廷谢罪，并摆下西瓜宴，请谢贵、张昺到燕邸赴宴。谢、张二人率兵前往，燕王朱棣出宫门扶杖相迎，笑容可掬，二人失去戒心，竟止住自家兵士，随燕王入宫。张、谢二人正品尝冰瓜滋味。朱棣掷瓜为号，两边伏兵齐出，登时缚住谢、张二人。朱棣哭言："平民百姓家都互相救济帮助，我是天子的叔叔，反而性命旦夕不保。天下事何事可为，又何事不可为！"随即命立斩谢贵、张昺，北平两个军政长官顿时人头滚地。北平都指挥使彭二闻变，召集千人，飞骑驰援，攻入端礼门。燕将朱能、张玉、张信率壮士八百奋命迎战，彭二军不战而溃。燕军于是控制北平，将明廷驻北平官员戮杀殆尽。燕王朱棣向天下发出公告，削去建文年号，改建文元年为洪武三十二年。并发出檄文告全国曰："臣严遵《祖训录》，'朝无正臣，内有奸邪，亲王应率兵讨伐，以清君侧。'"堂而皇之地利用明太祖的遗诏造起反来。史称"靖难之变"。"靖"是平定之意，"难"是灾祸，意谓要平定朝廷的灾祸，灾祸指"奸臣"齐泰、黄子澄。

靖难之变开始了明皇室内部的互相残杀，是叔父向侄儿宣战。按正统的观点，朱棣身为藩王竟向天子寻衅，实为大逆不道。历代史家说朱棣取侄儿天下，师出无名，得国不正，千载之下难洗骂名。或谓靖难之变是朱允炆削藩激逼而成，朱棣不得已而然。而我认为，以朱棣的狼子野心，削藩亦反，不削藩亦反，只是时间问题。朱允炆削藩本是英明主张，只是削非其时，任用非人，这才是朱允炆的大错。削藩与反削藩是一场智斗，即朱允炆君臣和朱棣君臣之间的智慧较量。朱允炆君臣定计失当，削诸藩而打草惊蛇，赦三子归国痛失制胜良机，再加上不知人善任，任用谢贵、张昺这些不堪大任的庸才，张信又背主降敌，种种失策，不一而足，不败何待！而朱棣君臣定计合宜，任用贤才，而朱棣大智若愚装疯卖傻，赢得准备时间。更兼燕军骁勇善战，朱棣不胜何待！两下相比，朱允炆的昏庸与朱棣的“智勇有大略”形成鲜明的对比。读上文我不禁为朱允炆扼腕叹息。

【真定之战】是靖难之役的第一仗。朱棣北平起事后，建文帝异常震怒，于是祭告太庙。命方孝孺草讨贼檄文，并下旨削夺燕王爵位，废为庶人，然后诏告天下，誓师讨贼。但在选择主帅时，踌躇再三。原来明太祖大戮功臣，名臣宿将几被一网打尽，竟到了无将可派的地步。无奈只得派老将耿炳文为帅。耿炳文封爵长兴侯，当年亦曾屡立战功，此时退休在家养老。他是太祖濠梁二十四将之一。其时年逾七十。又以驸马李坚，都尉宁忠为副帅，统率三十万兵马讨燕。大军临行前，朱允炆屈皇帝之尊亲到军前慰问送行，并颁布诏谕：“两军交战，切勿伤燕王，勿使朕有杀叔之名。”耿炳文与六军将领唯唯领命，遂向真定出发。

北平这边朱棣早已分兵四出，扫平周围郡县，占领居庸关、怀来、遵化等地，开平、上谷、云中明军守将，慑于燕王之威，纷纷上表降服。于是燕军已无后顾之忧，十万大军披坚执锐，秣马厉兵，专等中央军厮杀。

建文元年（1399）秋，真定之战开始打响。燕军主动出击，夜渡白沟河，奇兵直奔雄县城下。明军先锋杨松，刚刚欢度中秋节，酒足饭饱，正在酣睡，毫无防备。燕军搭梯攻城，杀入城中，杨松仓促迎战，难敌燕军骁勇，全军覆没，杨松也成刀下之鬼。明军另一先锋潘忠，驻扎莫州，闻变率兵支援，却遭燕军伏击。号称勇将的潘忠率军拼杀，也难免全军覆灭的命运。潘忠被擒，斩于阵前。这样明军两翼先锋一一扫平。明军真定大营暴露在燕军的刀锋之下。燕王亲率大军，乘胜攻击，直趋真定城下。耿炳文大军虽号称三十万，但只有十三万刚刚陆续赶到真定，军队正处于集结状态。耿炳文见燕军突至，遂引兵出城。经过一场鏖战，乌合之众敌不住燕军两路夹击，损失数万，狼狈逃回真定城，闭门固守。耿炳文毕竟是老将，进攻无力，守城有术。燕军日夜围攻，三日犹未攻下。燕王恐旷日劳师，遂撤围返归北平。

真定之战是燕军与明军的第一次会战。结果地方军战胜了中央军。耿炳文堪为将才，但决非帅才，明廷用一老头为帅，岂能担当大任！真定之败，咎在朝廷，失察误任，不能责怪耿炳文。而燕王戍边统军二十余年，用兵如神，指挥若定，燕军又久经沙场，训练有素，勇猛善战。再者燕军以逸待劳，明军集结未成。两军交锋，明军大败自在情理之中。笔者有诗咏耿炳文：

年事已高休好强，黄忠亦有最终场。
鏖兵真定成遗憾，老将空流泪一汪。

【兵败北平】是中央军第二次惨败。耿炳文败报传至京师。明廷震动，朱允炆召集齐泰、黄子澄商议。黄子澄言：“曹国公李景隆材堪大用，任为主帅代替炳文。”齐泰反驳道：“景隆能文不能武，断不能赋予大任。”朱允炆此时想起年初李景隆率兵袭捕周王的功绩，于是决心任命李景隆。李景隆系岐阳王李文忠之子，名将之后，又是皇亲国戚。平日风流倜傥，诗词歌赋无所不通。朱允炆任为统帅，朝野侧目，尽怀忧虑。独李景隆意气风发，当仁不让。李景隆出师时，朱允炆赐予通天犀带，亲自在江浒设宴饯行，并行古代的推毂礼。就是亲自推李景隆的座车，表示送行。这种待遇真是隆重至极。于是李景隆率大军五十万开赴德州，略事休整，又进驻河间，前锋直逼北平。燕王朱棣闻报大笑说：“昔日汉高祖最善统兵况且只能统十万兵，李景隆这个小孩子有甚才能，竟统军五十万，兵多顾此失彼，难以驾驭，真是自取灭亡。”朱棣大气豪壮的话给燕军将士以巨大鼓舞，士气大振。正在此时，明军的另一支部队由吴高、耿瓛带领进攻燕地永平，朱棣便率兵支援永平。诸将力劝道：“大王援永平，李景隆必乘虚直取北平，我军危矣。”朱棣说：“我援永平，正是诱李景隆前来，吴高、耿瓛不足惧，我破之，再回师北平。”于是命世子朱高炽守住北平，叮嘱坚守勿战。自率大军支援永平。永平明军见燕王亲来，锐气尽失，丢下辎重，逃到山海关，燕军大胜。而明统帅李景隆闻燕王东援永平，果然率几十万大军突袭北平，将其团团围住。分别在北平九门外建起高高堡垒，对北平日夜强攻，瞿能父子一度攻入阜成门，若大军继进，北平有可能攻破，然而李景隆嫉能妒功，急令鸣金收兵，气得瞿能直跺脚。朱高炽遵父之命坚守不出，发动全城军民登陴抗击，并担水浇城，时值寒冬，滴水成冰，城滑明军不能登攀。朱高炽又派敢死之士，乘夜缒城而出袭击明军营，明军夜夜惊惶，不得已后撤十里下寨。高炽孺子也，处危不惊，也算难得。城中又有姚广孝出谋划策，北平方得保全。此时燕王又率得胜之师，从永平回援北平猛攻明军。在此前，他率兵奇袭大宁，擒了弟弟宁王朱权，收了朵颜三卫的几万兵马，这些蒙古骑兵个个骁勇善战，于是声势大振，从容不迫回击北平，用兵风度可见一斑。这边朱高炽亦开城出击，南北夹击。明军阵脚动摇，全军大溃。这一仗杀得明军积尸为山，血流成河，李景隆率残兵星夜逃回德州，北平之战到此结束。

北平之战，燕军大获全胜。我们仿佛看到当年朱元璋用兵的风采，朱棣果是“智勇有大略”，和其父相似，料事如神，成竹在胸，处处牵着李景隆的鼻子走。而李景隆活像当年纸上谈兵的赵括一样，只会清谈，不晓兵事，而且嫉贤妒能。五十万大军顿时土崩瓦解。俗言：“兵不在多而在精，将不在勇而在谋。”两军交锋，主帅的智慧往往是战争胜负的关键因素。李景隆无勇无谋，面对身经百战、智勇兼备的燕王，岂有不败之理。笔者有诗叹曰：

空谈误国古今同，试看明朝李景隆。
文事虽精疏武事，大军惨败怨寒冬。

【东昌大捷】与济南保卫战是中央军击败燕军的两次难得的胜利。建文二年（1400）春，李景隆奉旨在德州誓师，统军六十万，再次讨燕。朝廷又派魏国公徐辉祖助战，徐辉祖是徐达之子，朱棣的小舅子（徐达女嫁于朱棣），有乃父之风。因而李景隆出师底气十足，临行杀俘祭旗，士气高涨，这次进攻，经过一冬的充分准备，与前大不相同。燕王朱棣率军迎战。双方激战白沟河，燕军前进时，遭到明先锋官平安的伏击，初次遭挫。越明日，李景隆大军赶到，设下火雷阵诱燕军深入。燕军不知是计，长驱直入，顿时火器爆发，燕军被烧得焦头烂额，立即溃逃。明军乘胜掩杀，满地遍野蜂拥而上，燕王亲冒矢石，冲入敌阵，奋力拼战。明军利箭硬弓，万弩齐放，几千燕军立成箭下之鬼。燕王朱棣纵马逃上白沟河河堤，明将瞿能父子纵马追来，长矛几乎刺及朱棣，万分惊险。明军又万箭齐发，朱棣的战马被箭射死，朱棣滚落埃尘。明军万马齐奔，争欲擒拿燕王。情况万分危机。突然间平地上狂风大作，飞沙走石，大风像恶魔一样猛扑明军，李景隆身后的“帅”字大旗，咔嚓一声折断，李景隆知是不祥之兆，急鸣金收兵，此时朱高煦、朱能、张玉率援军杀到，带着火器向明军乱射，明军大溃，势如山倒。李景隆向德州奔去，连御赐的玺书斧钺也抛弃在营中，狼狈至极。未至城下，燕王麾军追杀。李景隆弃了德州，留下大批粮草辎重，成了燕军的战利品。狂风助燕，见于正史，这种天助燕王的描写，多次出现在正史中。明代史官写朱棣是真龙天子，必有天助，是对他得国不正的掩饰，不可迷信！

燕军占领德州，又大举进攻济南。济南守将是山东布政司铁铉，此人忠勇多智，是朱允炆的铁杆保皇派。他见燕军日夜围攻，又决水灌城，城内一片汪洋，恐不能固守，便设下诈降计，派人出城求降。燕王信以为真，当即应允。双方约定：燕军后退十里，燕王只率少数兵马入城。而济南军民将箪食壶浆欢迎燕王入城。次日，城门果然大开，燕王朱棣率随从入城，城内军民千人伏地叩拜，高呼千岁。朱棣非常得意，刚跨过吊桥，进入城中，忽然城上放下一块铁板，重约几千斤，呼啦砸下，朱棣勒马后退，铁板飞中马首，立成肉泥，朱棣滚落下来，随从救起，换马跃过吊桥，逃奔而去。

此时明军统帅李景隆已被左都督盛庸代理，盛庸也是明廷一员名将，骁勇善战，足智多谋。他闻铁铉得手，急率大军直奔济南，铁铉又出城攻击，两路夹击燕军。燕军大败，燕大将张玉亦战死阵前。明军数十万人将燕军包围在东昌。明军铁骑突入燕营，万箭齐发，射杀燕军数千人。盛庸传令，必生擒燕王。然而朱高煦又率援军杀到，燕王又逃一劫，率残兵奔逃北平。这一战燕军首次败绩，损兵三万余人，损折许多大将，尤其是张玉阵亡，令燕王丧失股肱大将，悲痛欲绝。东昌大捷传至京师，朱允炆非常欣慰，祭天告庙，大赦天下，又祭祀圜丘，大事庆祝。

济南保卫战的胜利和东昌大捷，是明军出师讨燕以来的最大胜利。证明朱允炆如果知人善任，凭借天子的尊贵地位，完全有可能战胜燕王，保卫明廷。误用耿炳文、李景隆，则屡遭败绩，任用盛庸、铁铉便获大捷。看来人才仍是决定战争胜负的重要因素。知人善任是领导者最大的战略艺术。如果推而广之用于一切工作，无往而不胜。然而明廷亦有悔之莫及的天大遗憾，朱棣几次被明军逼入死地，若毅然决然地将他斩杀阵前，群贼无首，讨燕大功必成，历史将重改写。不幸的是李景隆、盛庸严遵朱允炆“勿伤燕王，勿使朕负杀叔之名”的诏命，射马不射人，只欲生擒，不敢斩杀，使朱棣侥幸逃脱。朱允炆真是妇人之仁，宋襄公之仁，他不认你为君，你岂认他为叔，白白丧失灭燕的良机，建文朝最后覆灭，朱允炆咎由自取。有位哲人说：“对敌人的仁慈就是对自己施予残酷。”这真是至理名言。而明军统帅李景隆、盛庸也难辞其咎。作战要机变灵活，“将在外，君命有所不受”，古训昭昭，岂能不知！一误朱允炆仁慈，二误主帅僵死，建文不亡，天道不容！

【金陵沦陷】标志建文皇朝覆灭，靖难之役结束，燕军取得决定性胜利。东昌之战后，明军与燕军展开拉锯战，燕军胜而复败，明军败而复胜，战争成为胶着状态，竟持续两年之久。明军的强烈抵抗，使朱棣十分懊恼，一度心灰意冷。起事三年，竟一直局促在河北一带，不能发展。然而幸运的天平又一次向朱棣倾斜。明廷许多宦官向朱棣发来密报，说京师兵备空虚，建议朱棣直捣金陵。接着又有大批宦官背叛明廷逃奔北平。其中最著名的宦官有郑和、狗儿二人。原来建文帝朱允炆严遵明太祖朱元璋遗训：“宦官不得干预朝政、违者灭族。”对宦官管理十分严厉。宦官失去优裕的地位，自然怀恨在心，串通朱棣反叛朝廷。后来朱棣重用宦官，就是从那时开始。

建文四年（1402）夏，朱棣得到宦官的密报，在谋士姚广孝的大力催促下，举倾国之兵直趋金陵，姚广孝再三叮咛，沿途攻占城镇，绝不分兵把守，目标只有一个，直捣金陵。最后的决战拉开了序幕。燕军以三十万之众，避开德州明朝大军，渡过黄河，一路驰骋冲锋，所向披靡，接连攻陷东平、济阳诸州县，断绝徐州粮道，继破萧沛、宿州，声势大振。朱允炆闻警，震惊异常，急派魏国公徐辉祖为帅，率师驰援山东。他与都督何福会师于齐眉山，向燕军发动最猛烈的进攻，明大将平安亦从北阪策应。经过一场大战，燕军将领接连阵亡，燕军大败，全军士气低迷，纷纷要求北归，甚至出现哗变的迹象。燕军到了危急存亡的时刻，朱棣好几日衣不解甲，夜不安寝。为了激励将士，他在军前发表讲演："昔日汉高祖与项羽争天下，高祖十战九败，最终获胜。我军胜多败少，怕他什么？"士气又复振作。然而齐眉山大捷后，建文帝又犯大错，竟将徐辉祖调回京城，名义上是让其担当守南京的大任，实际上对徐辉祖不信任，因为他与朱棣有亲戚关系，这大概又是黄子澄的建议。此时明军缺粮，命大将平安回淮南运粮。平安率六万精兵护卫粮车。这是一支史无前例的庞大护粮军队。然而不屈不挠的朱棣派大军在灵璧设伏，突袭明军粮队，战斗十分激烈，明都督何福亦率军支援。燕军一度溃退，危急时刻，朱高煦又率生力军杀到，燕军士气又振。朱高煦是燕王次子，作战骁勇。最终几十万斤粮草被劫，何福、平安归败回营。明军无粮，军心涣散。何福、平安准备突围。然而燕军发动了更大的攻击，全军出动，万马奔腾，万箭齐发。势如海潮，明军顿时一败涂地，大将平安被擒，何福单身逃脱。此一战，明军精锐全部覆灭，明军从此一蹶不振。消息传回金陵，太常寺卿黄子澄大哭道："大事已去，我辈万死，不足赎误国罪名。"朱允炆更是暴躁、沮丧，在殿上亲自斩了徐达之子徐增寿，徐增寿是徐辉祖之弟，朱允炆认为他有勾通燕王的嫌疑。并下罪己诏，布告天下，妄图稳定人心。说实话此时明廷还有挽回败局的希望。盛庸率重兵屯驻淮南，守住金陵门户。长江天险也是金陵的保障。金陵城坚濠阔，固守极易，而且尚有二十万精兵驻守金陵。因而保住东南半壁江山，与燕王抗衡，然后待机而发，恢复失地，战胜燕军，并非没有可能。

然而燕军太强大了，朱棣派奇兵从淮河上游渡河，飞奔明军镇淮大营，盛庸猝不及防，仓皇迎战，结果全军溃败。朱棣大军乘势渡河，占领淮南。继又攻下盱眙、扬州。高邮、通泰、仪真等城守将望风归顺燕王。几十万燕军雄踞江北，只待渡江直取金陵了。

朱允炆闻燕军欲渡长江，惊恐万状，束手无策。不得已听从方孝孺议和的建议，一方面宣布罢免齐泰、黄子澄，以息燕王之怒，实际上派他们出京调兵。另一方面派燕王的姐姐庆城郡主赴燕营讲和。朱棣见了姐姐，掉了几点眼泪，叙了几句骨肉之情，说到议和便故意打岔推托。这次讲和遂告失败。此时燕军军威，不仅使明廷君臣恐惶，而且使明军军心动摇。明军长江防线的水军都督陈瑄，竟率水师向燕军投降。长江天险失去作用，长江防线彻底崩溃，陈瑄为燕王立下天大的功劳，后被封为平江伯，世袭罔替直到明末。几十万燕军有了渡船，誓师竞渡，舳舻衔接，旌旗招展，金鼓震天。长江对岸守军望风披靡，不作任何抵抗，四处逃散。燕军长驱直入，兵临金陵城下。朱允炆惊恐万分，百般无奈之下，又派李景隆、谷王朱橞到燕营议和，愿将长江之北国土尽予燕王。李景隆见燕王跪伏于地，丑态百出，苦苦乞求。朱棣更加骄横，严词拒绝。议和彻底失败。李景隆败军之将，群臣曾上奏应斩其头，以正军心，建文帝怜元勋之后，执意不从。又派他讲和，丢人现眼，有辱国格，真是一大失策。当时金陵守军尚有二十万，凭借坚固的城池，充足的粮草，朱允炆还想拼死一搏。然而谁能想到人心早已涣散。负责守卫金川门的李景隆和谷王朱橞竟然开城迎降，二十万守军不作抵抗顷刻溃散。燕军兵不血刃，不伤一卒，一拥而入占领了金陵。

金陵沦陷，标志着建文皇朝的毁灭。其败之速，谁能预料！军无斗志，不战而溃。一个个将帅背主投敌，呼啦大厦已倒，真令人嗟叹不已。究其原因，我认为燕王朱棣久镇北平，屡立大功，在明太祖时期，其威信超过皇室诸王，明廷文臣武将早被慑服。而且他又是明太祖的嫡子，有继承皇位的资格，加上他本人雄才大略，谋士多智，武将骁勇，兵强马壮。虽然数遭挫折，心志愈磨愈坚，百折不挠。这些优势，朱允炆岂可比拟。而朱允炆初登皇位，恩威未施于群臣，信义未布于天下。再加上人才凋零，任非其人，削藩操之过急，仁慈又贻误战机。朱允炆之败，朱棣之胜，势在必然。

【建文下落】有几个说法。第一个说法是燕军攻破金陵直逼皇宫，朱允炆见大势已去，决定殉国，举剑加颈，欲自刎而死。被左右宦官阻挡。其中一个宦官说：“陛下何必轻生。当年太祖升天之时曾留下一个箱子，并有遗嘱，‘若朕子孙有难，开箱一视必有解救之法’。”朱允炆立命宦官抬来箱子。那箱子周围用铁皮包裹，以铁汁灌锁眼，很是沉重。费了很大劲才将其撬开。打开一看里面没有退兵的锦囊妙计，却只有剃刀一把。袈裟三件，昆卢帽三顶，僧鞋三双。度牒三张，白银十锭，红笺一张。红笺上写着：“从鬼门出，直抵神乐观。”朱允炆嗟叹道：“天意如此，尚复何言！”便命左右为他剃发。两个侍臣亦剃了发。临行，朱允炆命纵火焚宫，皇后马氏及群妃都投入火中自焚而死。朱允炆望着燃烧的宫殿拜地失声大哭。随即逃离皇宫，当时誓死相从出亡的宦官大臣有二十二人。按照太祖遗文指示，从金陵鬼门关出走，当晚到达神乐观。神乐观是金陵城外的一座寺庙。据稗史记载，后来朱允炆逃到了云南某寺为僧，终生不复见人，享寿八十七岁。相传临去时在神乐观壁上题诗二首。其中一首诗是：

阅罢楞严磬懒敲，笑看黄屋寄团瓢。
南来瘴岭千层迥，北望天门万里遥。
款段久忘飞凤辇，袈裟新换衮龙袍。
百官此日知何处，唯有群乌早晚朝。

这首诗写他辞别帝都，长途跋涉到云南为僧的景况与心情，很是凄凉。如此诗是真，那么朱允炆出亡为僧的说法是可信的。因为云南地处偏僻，那里有沐英之子沐晟镇守，沐氏是皇亲国戚，在那里避难是安全的。据野史载，朱允炆途经湄江时还写了一副对联：

家从京畿而来，回首五岳峨眉，此等山川甲天下；
帝似尧舜以后，伉怀秦皇汉武，如我王孙旷古今。

此联确像他的口吻，上联缅怀故国山川，悲从中来，写湄江山水仅是衬托而已。下联抒发自己祖述尧舜，效法秦皇汉武，欲恢复旧国的情怀。

前代史家戏言："明太祖由僧而帝，建文帝由帝而僧，当是太祖僧缘未满，令其孙再传衣钵。"可发一笑。如果朱允炆为僧之说成立，那么这种祖孙相报反复循环的现象，真堪为明史一大奇观。

关于朱允炆结局的另一学说，是自焚而死。此事见于正史。金陵陷落时，朱允炆与群妃投入大火，自焚而死。当时朱棣在瓦砾中寻出帝尸，见化为灰焦，朱棣伏地大哭说："痴儿痴儿，何至于此。"其后以天子之礼葬之。但是朱允炆的皇陵究在何处？至今连一点遗址都没找到。明朝十六帝的陵墓，孝陵在南京，景泰陵在北京金山，其余十三陵在北京昌平，唯独不见朱允炆的皇陵。在未寻到真正朱允炆的陵墓之前，这个学说是不能成立的。最近几年，全国多处地方声称发现建文帝陵墓，经考证多有讹误。

朱允炆的归宿，史学界还有一个说法，那就是逃亡海外。这也是只见于野史，说他在金陵城破之后，率随从先至广东，再由广东下海至占城（越南南部），由占城再至暹罗（泰国），又由暹罗漂流到南洋（今印度尼西亚、菲律宾一带）。相传后来朱棣派郑和七下西洋，目的之一就是寻求朱允炆的下落。

总之，朱允炆的传奇结局，已成为千古之谜案。至今仍是当代史学家热衷研究的历史课题。从这个角度看，他真是一个具有传奇色彩的皇帝。

【壬午殉难】是朱棣清洗建文旧臣的大屠杀。朱允炆自焚或出走之后，朱棣下令废除建文年号，改建文四年为洪武三十五年。然后凶相暴露，他先后逼死嫂嫂吕太后和太子朱文奎，将两岁的幼子文圭押在天牢，史称建庶人。将朱标削去帝号，仍为懿文太子，挖出棺木，另迁坟墓。又大肆捕杀忠于朱允炆的建文旧臣。齐泰、黄子澄被捕后，大义凛然，至死不屈，被朱棣施以磔刑剐成肉块。前人多认为齐、黄是误国奸臣，我认为齐、黄为君尽心竭力，忠心可嘉，不屈身死，不愧为明朝忠臣！兵部尚书铁铉被捕后，背对燕王不肯回视，大骂燕贼。朱棣震怒，将其耳鼻割下，煮熟再塞入铁铉之口，问他滋味如何。又将他杀死，投入油锅，铁铉尸体从锅中跃出，油汤四溅，烧伤朱棣。朱棣又将铁铉妻女充入乐府逼令为娼。最残酷的事件是朱棣诛杀方孝孺。方孝孺是浙江台州人，世称正学先生，是一代儒宗，著书立说、广收门徒、德高望重、名冠当世，人品正直刚烈，是典型的正人君子。被鲁迅称为台州硬汉。在朱棣入京之前，谋士姚广孝叩马而谏说："大王破城之日，切不可杀方孝孺，杀方孝孺，天下读书种子绝矣。"姚广孝此言真是太绝对，杀个方孝孺，天下读书人就断根绝代了吗？这显然以怜才之心、夸饰之语想保护方孝孺。朱棣当即应允。当朱棣攻破金陵后急欲称帝，很想让方孝孺为他写一篇即位诏书。但是方孝孺素冠白衣，大声恸哭吊唁朱允炆。朱棣说："先生勿自苦，我是效法周公辅佐成王的故事对待皇帝的。"方孝孺说："成王现在何处。"朱棣说："他已经自焚而死。"方说："何不立成王之子？"朱说："国赖长君。"方又逼问："何不立成王之弟？"朱棣语塞喃喃说道："这是我的家事，先生你别管了。"逼迫方孝孺草诏。方孝孺提起笔来，大书几字："燕贼篡位。"朱棣大怒："你不怕死，难道不怕灭你九族吗？"方孝孺厉声答道："灭我十族亦有何妨。"朱棣命卫士用刀将方的嘴一直割到耳边。又将方孝孺的九族亲属连同学生一族，一起拘捕，共计十族，一个个地拉到方孝孺的面前让他看，方孝孺毫无反应。最后方孝孺和株连的十族共计八百七十余人被残酷地处死。方孝孺临刑赋绝命词一首：

> 天降乱离兮，孰知其由。奸臣得计兮，谋国用犹。忠臣发愤兮，血泪交流。以此殉君兮，抑有何求？呜呼哀哉，庶不我尤。

其弟方孝友同时临刑，方孝孺见弟泪如雨下。方孝友口占诗一首：

> 阿兄何必泪潸潸，取义成仁在此间。
> 华表柱头千载后，旅魂依旧到家山。

兄弟俩刑场赋诗，从容就义，人称难兄难弟。这个方孝孺，真是忠烈到极点，十族八百余人的生死，他无动于衷，可谓铁石心肠，为建文帝尽愚忠，牺牲八百余人的性命，值得如此吗？朱棣固然残暴至极，可有没有别的变通方式？是否有点迂腐固执呢。前代史家评论说，建文之亡，与他大有关系。他呈献的治国之策，多为迂阔之论，于时无补，临死承认“庶不我尤”。笔者有诗咏方孝孺：

先生草诏太猖狂，正气凛然骂贼王。
自古台州多硬汉，灭他十族又何妨。

接着朱棣又继续搜捕建文旧臣，忠于朱允炆的大臣不是杀死，就是自杀殉国，著名的还有练子宁、暴昭等，共计有一百四十多人，景况很是惨烈。御史景清，平素刚烈有大节，燕王入都，他却觍颜称臣，日日上朝伺候，京内清流对他嗤之以鼻，他毫不在乎。八月某日，钦天监奏报，天呈异象，有赤星直犯帝星。朱棣默记在心。又某日，早朝，朱棣见景清绯衣入拜，心里有疑。散朝时，景清忽跃上上丹陛，势将犯驾。左右侍卫一拥而上，将其按倒，搜出匕首一把，寒光闪闪。朱棣喝道：“汝欲何为?”景清道：“欲为故主报仇，恨不能成事!”朱棣大怒，命剥皮抽筋。景清含血喷吐朱棣，血染御衣，仍大骂不止。行刑后，骨肉磔碎，人皮悬于长安门。一日，朱棣过长安门，其皮离墙飞来，直扑朱棣，吓得他胆战心惊，将皮焚烧成灰。他暴跳如雷，又下令再屠杀一批，株连景清九族，叫做瓜蔓抄。后来史家将这次屠杀称为“壬午殉难”。因为建文四年（1402），是壬午之年。

朱允炆的故事就此结束，我还要说：“他是一个可怜的孩子。”值得同情，他人品端正，治国很是勤奋，没有什么大的过失。就是求治心切、操之过急，特别是他的仁慈坏了大事。应知在权力斗争中，尤其是争夺皇权的斗争中是异常残酷的。中国历史上，为夺储位，兄弟相残，父子怀恨，甚至儿子弑父的惨剧何曾停止过，根本没有亲情、仁慈可言。朱允炆却犯了这个致命性的大错。他确实是个悲剧式的人物。而燕王朱棣虽然有雄才大略，但他残暴寡恩，夺取侄儿的天下，得国不正，永远应该受到历史的鞭挞。对于他的前半生，我持否定态度。明朝二百七十余年内，无人再敢提朱允炆之事，偶尔触及话题，便有杀身之祸。到了神宗时，才稍有议论，直到南明弘光朝，给了个谥号：让皇帝，庙号惠宗。清朝乾隆皇帝对建文帝很是同情，在乾隆元年（1736），谥为闵惠帝，三百余年后总算有了正式的谥号。

逼宫篡位成雄业

——明成祖　朱　棣

明成祖　朱　棣

逼宫篡位太猖狂，又舞长刀屠八慌。
幸有雄才匡社稷，燕都定鼎战玄黄。

明建文元年（1399），镇守北平的燕王朱棣以朝廷削藩、奸臣当道为借口，发动靖难之役，造成长达四年的南北战争。建文四年（1402），他战胜明军，占领金陵，夺取了侄儿朱允炆的天下，登上了皇帝的宝座。越明年，改元永乐。永乐的含义，一般认为体现他的政治主张："斯民小康，永享安乐。"

【朱棣其人】形貌壮伟，龙姿凤表，长须飘胸，堪称美髯公。性格和其父朱元璋很相似，简直是一个模具拓出的两个模型。观他一生作为，我可以下断语，他既是暴君，又是明君。但残暴超过乃父，英明不及朱元璋。历代史家认为朱棣发动靖难之役，使生民涂炭，逼宫篡位，得国不正，又大肆屠戮建文旧臣，其暴戾即使夏桀商纣再生亦甘拜下风。即位之后，他又做了几年很像样的事，以至大明王朝威震四方，国力强盛。说他英明也不过分。他就是这样一个特殊性格的人。

朱棣是朱元璋第四个儿子，他与太子朱标，秦王、晋王、周王都是马皇后嫡出。少年时代朱棣长得身躯伟岸，有一种英武气派，而且办事果断有心计。朱元璋对他情有独钟。他常对群臣说："此子智勇有大略，和朕太相似了。"一日在朝堂上，他出了一条上联："风吹马尾千条线。"想试试诸子的才能与气度，朱棣当即对出下联："日照龙鳞万点金。"才思与气度超过诸子的对句。朱元璋连说"好对语"！后来太子朱标早死，皇太孙朱允炆当立，朱元璋因朱允炆性格仁弱，怕以后难当皇帝大任，一度产生了立朱棣废皇太孙的念头。当就此事征询群臣意见时，学士刘三吾当庭抗奏："皇太孙已经年长，又是嫡出，孙承嫡统，是古今的通礼。如立燕王，将置秦王、晋王于何地，弟不能先兄。臣以为，立皇太孙最为适宜。”确实按正理，此时朱棣还有两个哥哥，还挨不上他。朱元璋听后，觉得有理，仍立朱允炆为储君。然而朱元璋这个提议，实际上助长了朱棣的帝王思想，为后来的靖难之役埋下了祸根。

朱棣十六岁时，朱元璋封建诸王，以为屏藩。朱棣被封为燕王，封地是北平。北平是一个战略要地，只要能守住北平，塞北的残元势力就会被控制，明朝中央政权就得到保障。须知明初最大的敌人就是逃到漠北的残元势力，他们十几年不断骚扰北部边疆，给内地构成重大威胁。朱元璋将朱棣封到北平，就是认为他“智勇有大略”，堪当保卫北疆的大任。这是对朱棣最大的信任。在朱棣到北平赴任之前，朱元璋为他主持了大婚，选择的王妃，竟是中山王徐达的长女。她好读书，擅文章，性格贤良淑贞。朱元璋视为贤妇，朱棣亦相敬如宾。后来徐妃成了燕王平定天下的好内助。而朱棣的岳父徐达便是战功煊赫的大明天字第一号开国功臣，其时正主持北方军事。朱棣到北平后，得到徐达的教育和帮助，徐达卓越的军事才能和英武气魄给朱棣以极大的感染，翁婿和谐共事，这种影响使朱棣终生受用无穷。朱棣极有心计，一年万寿节，即朱元璋的生日，各地的诸王纷纷向朱元璋祝寿，奉献的都是奇珍异宝。而朱棣揣摩透父皇的心理，他祝寿的物品，却是“嘉禾”，就是十几株硕大的子粒饱满的麦穗。朱元璋大喜，因为“嘉禾”代表着“五谷丰登，国泰民安”。这正是作为帝王的朱元璋所希望的。朱元璋当即赋诗一首赐给朱棣。而诸王奉献的奇珍异宝，朱元璋根本不屑一顾，将诸王训斥一通。只有朱棣抓住了父皇一生主张节俭的心理。徐达死后，朱棣独掌北疆军事大权。为了建功立业给父皇看看，他两次北巡，大战塞北，招降元太尉乃尔不花。第二次率大军至撒撒儿山，击败元军，斩杀元将孛林帖木儿。两次北巡大捷，朱棣声威大振。而分封各地的其他诸王才具平庸，甚至横行不法。例如秦王在西安图谋不轨；晋王在太原鞭打膳夫；鲁王在兖州好神仙之道，食金石之药，中毒身死；潭王在长沙阴谋反叛。朱元璋对这些逆子都痛恨异常，予以严惩。相比之下，燕王朱棣像一颗明星光耀天宇，成为诸王中的佼佼者，大受朱元璋的喜爱和倚重。朱标死后，朱元璋下诏书，让他总率诸王，予以征伐大权。燕王此时声威煊赫，如日中天，整天踞坐在大元王朝宫殿的宝座上大做皇帝美梦。

但是最后好梦竟然成真了。朱棣凭着智勇和强壮的军马，用四年时间击败了建文帝朱允炆的军队，赶走了朱允炆，登上了皇帝的宝座。虽然后人说他逼宫篡位，得国不正，但他确实成了大明王朝的第三位皇帝，他的子孙连绵十世传位十四帝，享国二百四十年。而朱元璋的嫡长子朱标，嫡孙朱允炆这一脉宗祀便灭绝了。他造就的这种局面，真不知他死后，九泉之下如何向父皇朱元璋交代！

然而，奇迹又发生了，朱棣在登上皇帝之位后，也许是因逼杀建文帝而产生忏悔之心，也许在靖难之役的烈火中涅槃得到新生。他竟像换了心肺似的变成另一个人，做了许多富民强国的事情，竟使大明王朝走向一个巅峰。

【文治天下】及与民休息的政策，显示了朱棣的治国才能。永乐初年，朱棣听取徐皇后的建议，重用贤臣，实施与民休息的政策。徐皇后谏道："南北战争多年，生灵涂炭，军民疲敝，应予民休息，恢复民生。再者天下之臣，都是太祖皇帝遗留下的，若是贤才，可用即用，不问新旧。"徐后这个建议，朱棣十分嘉许，立即采纳。他虽然曾大肆屠戮建文旧臣，但对降服的建文旧臣，能不计前嫌，一视同仁，量才而用。例如在靖难之役中和他对抗的明军统帅李景隆、盛庸、何福、平安、宋晟等，他都封以爵位，宋晟后来镇守西北，屡立保疆大功。一些建文时有声望的文臣，如解缙、杨士奇、杨荣、杨溥等也都委以重任。尤其是"三杨"以后成为仁、宣两朝的股肱大臣，为后世子孙积蓄了人才。朱棣之举，可谓知人善任。但遭到追随他屡立战功的燕邸新贵的反对。朱棣告诫他们说："尔等从朕数年，万死一生，今皆身有封爵，禄及子孙，可谓难矣！望善自保重。今后有功则赏，有罪则罚。不问旧臣新勋。朕不敢曲宥。"燕邸功臣们都感到不平。后来许多燕邸功臣居功自傲，犯了国法，朱棣严惩不贷。例如御史陈瑛、淇国公邱福等。知人善任，赏罚分明，使永乐一朝吏治清明，这正是朱棣的英明之处。

南北战争结束后，百姓困苦，民生凋敝。朱棣采取了“与民休息”的政策。永乐元年（1403），朱棣下安民诏书：“数年用兵，军民皆困，应与之休息，今后不得擅自役使一军一民，违者重处！”一个大臣向朱棣建议，让百姓把赋租送到京城仓库，如此朝廷可节省很大一笔运输支出。朱棣说：“国以农为本，人之劳莫为农。三时耕获，力殚形瘵，如遇涝旱，岁则寡收，幸足供赋租，而官吏需索百出，终岁不免饥寒，岂可令输数千里之外乎。”该大臣惭愧而退。这种体恤民生的仁慈之语出自朱棣之口，令人惊喜。其后有人献“战阵图”，内藏兵机战法，妄图邀功。朱棣立即斥退，并说：“用兵乃不得已而为之事，现在天下太平，理当休养斯民。”这“休养斯民”四字，字字千钧，为乱世政治之箴言，朱棣无愧英明之主。永乐初因战乱，农民流离失所，朱棣下诏命各地安抚流民，令其归耕。山东高密流民刚复业后，官员催逼流民缴纳历年所欠税租。朱棣为之大怒，下诏切责地方官：“流民刚复业，田地荒芜，房舍荡然，农具种子全无，全征累年粮赋，实逼民于死地。”于是下令蠲免流民的粮赋。朱棣又下诏移民开荒，使江南各省富民迁徙北平，耕种北平荒地。又移山西、山东、湖广诸省流民于保安州，并命各地政府为移民购置耕牛、农具、种子，并免税三年。朱棣又开仓赈济各地灾民。他命令地方官，可先赈灾，后上奏。隐瞒灾情的官员将受到重处。永乐初年，江南水利失修，江河泛滥，危及民生。朱棣派户部尚书夏原吉为治河大臣，率十万民工，抢修苏淞水利工程，一年后完工。洪水畅泄无阻，苏、淞农田遂获大利。永乐年间，朱棣采取一系列休养民生，体恤民生的政策，使社会生产得到发展，人口生殖和经济势力远超洪武时期。广西、陕西、四川等地的官吏都曾上奏朝廷：“仓中储粮太多，陈陈相因，已经腐不可食。”这真是“永乐大治”。

朱棣以马上得天下，但他深知不能以马上治天下，即位之后，十分重视文治。他提倡尊崇儒教。常使国子监祭酒、司业、博士、教授四名学官给他讲解儒家经典，并深入研读经文。永乐四年（1406），朱棣亲到太学祭祀孔子。他说：“孔子是帝王之师，帝王为生民之主，孔子立生民之道，三纲五常之理，治天下之大经、大法，皆孔子明之，以教万世。”祭孔时，他嫌宋礼太轻，于是穿着皮弁，行四拜礼，仪式极其恭敬隆重。朱棣祭孔，举国震动，各地效而行之，儒家思想成为君臣民的信仰。朱棣还十分重视学校教育，他说："一世之振兴为首举学校之政。"此语真是治世宝箴，与今天"发展教育，强国富民"如出一辙。在皇帝的倡导下，各地官学、私塾如雨后春笋般普遍建立。他还特别重视科举取士。永乐年间，乡、会、殿三试如期举行，从不延宕。并下旨特准超常额录取进士。永乐元年（1403），一次录取四百七十余名。他深知国家百废待兴急需人才。

永乐元年（1403），朱棣下诏编纂《永乐大典》，命翰林院学士解缙为总编修官，他给解缙下谕道："天下古今事物，散载诸书，篇帙浩繁，不易检阅。朕欲悉采各书所载事物类聚之，而统之以韵，庶几考索之便，如探囊取物尔。"这就是朱棣编书的宗旨，他要将所有中国古今典籍收入一书。主编此书的解缙是明朝第一大才子，聪慧绝顶可为今古之冠，他的许多诗歌、对联脍炙人口，至今流传天下，他的形象和后来编修《四库全书》的清代大才子纪晓岚相仿。可惜解缙后来以"交通太子，图谋不轨"之罪被朱棣处死。这是后话。解缙奉旨编书一年后初稿写成，朱棣犹感不足，下令重修。此次重修，编纂阵容更为强大，以姚广孝、刘秀篪、解缙为总管，又设总裁、副裁凡二十人。又征用天下博学能编善书的儒生三千余人加入其中。经过三年的努力，这部旷世大作终于问世。朱棣赐名《永乐大典》，全书计22211卷，11095本，字数达3.7亿字，是我国最大的一部类书。可惜后来在清代被英法联军掠夺，现散布欧美各大图书馆，国内收藏不多。

朱棣以武功取天下，以文事治天下，其睿智远超历代帝王之上。一个双手沾满鲜血的暴君突然成为温文尔雅的君主。这种转变，即在今天我们犹感到莫大的欣慰。现在看来，除对外战争外，只有社会和谐，国家方能强盛，这是颠扑不破的真理。

【执法威严】则从另一方面说明朱棣恩威并用、刚柔兼济的统治艺术。说他以文事治天下，只不过说他深得治国之精粹罢了，即维持稳定，关心民生，发展经济，修文兴学。然而，在吏治、法制方面，他的手段是十分严酷的，为维持极权统治，永固皇位，永葆江山，他恢复了太祖的一切严猛法令，凡臣民有大逆不道、结党营私、贪赃枉法及一切违反《大明律》的行为，严惩不贷，严酷不亚乃父。登基伊始，他便恢复了令人闻风丧胆的锦衣卫组织，缇骑横行，诏狱大开，廷杖群臣，举国臣民战战兢兢，他感到由衷的满足。纪纲是著名的酷吏，凶悍至极，杀人如麻，朱棣信任有加，封其为锦衣卫指挥。多少怀“悖逆”之心的官吏士子，都惨死在纪纲手下。纪纲恃权跋扈，无恶不作，朱棣让他到民间选妃嫔宫女，先占为快，他淫乐够了，才把残花败柳献于宫中，而最美的娇娃却自纳为妾，真是胆大包天。纪纲恶行，引起公愤，朱棣最后将他处死。

锦衣卫毕竟是外廷职官，使用尚不方便。他又建立东厂，东厂全名为：东辑事厂，职能与锦衣卫相似，主要是刺事缉捕。首领由宦官担任。因为宦官在靖难之役中为他立了大功，如狗儿、郑和之辈。又常侍左右，身无家眷，心无杂念最有忠心，使用更方便，得心应手。东厂权势更大，位在锦衣卫之上，爪牙耳目遍布全国，甚至朝鲜亦有东厂的魔影。东厂直接听命于皇帝，有自设监狱，捕人押人杀人，皇帝一言而决之，三法司不得干预。而三法司审案，东厂可派人坐堂监督，权势熏天。明朝信任重用宦官，自朱棣始；建立特务谍报机关，亦自朱棣始，他可谓是宦官的保护伞，特务的总头目。东厂与锦衣卫结合，又称厂卫，是朱棣统治天下的利器，再加上廷杖，这是明朝皇帝发明的三个法宝，是黑暗专制的代名词，杀气腾腾，令人不寒而栗。东厂衙门设在大内东华门外东厂胡同，地名至今犹存。后来又出现西厂、内厂等名目，均为一丘之貉。除厂卫廷杖外，还有一个“荷校”的刑罚，荷校的意义，荷：负荷；校：木枷。就是将犯法的官员，颈戴刑枷，在闹市中示众。荷校源于唐代，但明朝各代常常施加于百官，许多犯官不堪羞辱，不堪折磨，死于荷校之刑。朱棣还重用著名酷吏陈瑛，他是燕邸旧臣，官拜都御史，性格残酷忌刻，胆大无畏，弹劾百官皇亲国戚，如吃小菜，不怕得罪任何人。永乐初年，不满朱棣暴政的官员很多，朱棣急需如此性格之人。他可以顺承朱棣意志或揣摩朱棣忌恨，弹劾任何人，谁都敢咬。驸马梅殷怀念故主，朱棣怀恨在心，因是国戚，不好下手。陈瑛灵犀相通，立即弹劾，梅殷最后神秘死去。耿炳文、盛庸、何福、平安都是建文朝赫赫名将，在靖难之役中，让朱棣吃尽苦头，后虽降服，封以官爵，但总怀疑他们的忠心。陈瑛心心相印，次第弹劾，耿、盛、何、平四人，一一惶惶自杀。立下迎降大功的李景隆，也遭其弹劾，抄没家产下于大狱。陈瑛有可能是中国历史上最称职的监察御史，他无所畏惧地履行职责，后世监察官员鲜有人及。但他手段毒辣，树敌过多，为暴君服务，被明史列入《奸佞传》中，其实是给朱棣背了黑锅。后来朱棣见朝臣不满情绪炽烈，对己不利，找个借口，将陈瑛处死，以平众怨。

【四夷宾服】万国来朝是永乐大治的显著特点。朱棣文治天下，加上严峻强硬的法律，使国家已臻大治。但他的血管永远流淌着沸腾的血液。好大喜功，不甘寂寞是他不可改变的性格。在他心目中，明朝是天下的中心，而他是天之骄子。使四夷宾服、万国来朝，是他不懈的追求。

辽东地区早已归王化，在白山黑水之间居住着许多异族，其中女真族部落日渐强大，常有不臣之举。明廷对他们基本上采用招抚政策，洪武年间，在海西女真住地设立兀良哈三卫。永乐元年（1403），朱棣下旨在建州女真地设建州卫。到了永乐七年（1409），共在辽东建卫 132 个。卫是明太祖创建的军事组织，每卫有 1000—3000 人。永乐九年（1411），朱棣又派将在奴尔干设立都司，都司类似现在的大军区。奴尔干都司管辖范围，西起斡难河，北到兴安岭，东至大海，东北越海管辖库页岛。地域非常广大。在如此强有力的管理下，辽东地区十分安宁。

西域在汉朝及唐朝时期，曾归入中国版图。后来历代朝廷无力管理，渐又脱离中央。唐朝初年，国力强盛，西域又重归王化。但在明朝初年这里早不是汉家天下，天山南北由许多小国割据着，其中最强大的仍是残元势力。哈密是通往西域各国的战略要冲，由蒙元贵族安克帖木儿统治。朱棣派使臣招谕哈密，允许开放马市，安克帖木儿大喜，便派使朝贡。明廷册封安克帖木儿为忠顺王，赐予金印。后安克被蒙古可汗鬼力赤毒死。明廷又遣使致祭。并封安克之侄脱脱继承忠顺王。为了保护安顺王控管哈密，朱棣决定设立哈密卫，由当地民族首领任指挥、千百户等官员。后又派明廷官员辅政。哈密卫管辖地域十分广大，包括天山南北地区。从此西域又归中国版图。这一点上，朱棣之功可与汉武帝、唐太宗媲美。

明初贵州地区实行土司制管理。明廷给予土司高度的自治权，并让其世袭。当时有三大土司，即思州宣慰司、思南宣慰司和贵州宣慰司。三大土司常因利益冲突，互相仇杀，最后造成对抗明廷的大叛乱。永乐十一年(1413)，朱棣派靖远侯顾成率精兵五万弹压，叛乱很快平息。叛乱土司押解京师处斩。朱棣乘势废去土司制，分贵州为八府四州，设贵州布政使司，属吏部，又设贵州都指挥史，领十八卫，属兵部。从此贵州成为中国的一个行省，一如内地。

西藏地区在元朝时已纳入中国版图。明太祖一统天下后，宣布承认元朝对西藏宗教领袖的封号。永乐年间，朱棣又给予西藏僧王极高的礼遇。永乐四年（1406)，西藏活佛哈立麻来京朝贡。朱棣在奉天殿召见哈立麻，并赐宴华盖殿。又封其为冠吉祥语三十三字的“大宝法王”。永乐十一年(1413)，另一僧王昆泽思也来京朝见，朱棣封他为冠吉祥语三十九字的“大乘法王”。永乐十二年（1414)，黄教大活佛宗喀巴派弟子释迦也失来朝，朱棣封他为冠吉祥语二十二字的“大国师”，赐他佛经、佛像、袈裟、金银器，并颁发册封印宝。这是独给黄教的最高待遇。从此宗喀巴的密宗黄教一枝独秀，成为统治西藏的最大教派。朱棣对西藏僧王加封，仅予他们极大的精神享受，不费一兵一卒，顺利完成了明廷对西藏的控制。

【郑和出洋】也是四夷宾服的内容，但它是中国航海史、外交史的大事，特以专章述之。为了宣扬中华国威，招抚南洋诸国，永乐三年(1405)，朱棣派太监郑和统率庞大的船队出使西洋（明朝人不懂地理知识误将南洋当作西洋)。郑和，本姓马，回族，云南人，机智有胆略，曾随朱棣南征北战，屡立战功，为朱棣所倚重。郑和率领的庞大船队由大小二百余艘组成，有军士和各种航海专业人员三万余人。带着大量的瓷器、丝绸、金银铜币和自用的粮食、淡水、食盐、茶叶、美酒等物，从苏州刘家港出发，浩浩荡荡地驶进南海。挂云帆济沧海，何等雄壮！二百多艘船只，三万余名军士，相当于现在的三个加强师。这是当时世界上最庞大的舰队。即使在现代也没有同等规模的海军舰队。当然在中国历史还有一支史无前列的庞大舰队，那就是元朝忽必烈征伐日本的舰队。那支舰队由十万将士组成，可惜还未进入日本海，就遭遇大风暴，导致全军覆没。这也是一场空前绝后的大海难，至今还没有打破这个悲惨的纪录。但是元朝舰队航程太短，不能与郑和舰队同日而语。朱棣派郑和出使西洋还有一个目的就是寻找建文帝朱允炆的下落，在此之前，朱棣曾派给事中胡濙在全国搜寻朱允炆十六年，最后得出两个结论，一是已出家为僧；二是逃往海外，当时盛传朱允炆逃之海外占城一带。因而郑和率船队，经浙闽粤，先到达占城。占城国王出城相迎，郑和赐予金帛，国王许以年年进贡。郑和停泊占城月余，四处搜寻建文帝，毫无踪影。于是突发奇想：何不乘势招抚南洋诸邦，宣我国威。接着鼓帆南航，又到三佛齐岛国。这岛原是爪哇属地，后被中国海盗陈祖义侵占，陈十分凶悍，自立为国王。郑和到后又先赐金帛，陈祖义大喜。后来郑和要他归顺王化，年年朝贡，他心中大为怀恨，竟派兵袭击郑和。幸好郑和早有防备，经过一场激战，海盗敌不过天朝的正规海军，陈祖义力屈被擒，并立当地人为王。郑和首次出使大获全胜，押陈祖义回到京师。朱棣大喜，重赏郑和，处斩海盗陈祖义，又命郑和再出西洋，招抚诸邦。郑和扬帆再出，又至三佛齐岛，附近爪哇、婆罗州诸国亦望风归顺，将郑和奉若神明，优礼相迎。此时郑和欲罢不能，又冒险西航，苍天碧海，烟波浩渺，乘一路雄风，直达锡兰岛。锡兰即今斯里兰卡，锡兰岛孤悬海上，气候炎热，不分四季，岛内草木旺盛。国王亚列苦奈儿初见表示欢迎，郑和赐予金宝，又谕他朝贡。亚列苦奈儿又怀异心，邀郑和观看猛兽表演，郑和很是警惕，辞不赴约，重兵以待。果然亚列苦奈儿率兵袭击郑和，以虎豹狮象为前驱，奋勇冲来。郑和用大炮轰击，群兽惊怖返奔自家阵营，冲撞踩咬，锡兰军大败。郑和乘胜追杀，一鼓捣毁其巢穴，生擒亚列苦奈儿，押解回国，第二次出洋又告全胜。朱棣格外宽容，赦归亚列苦奈儿，并册封他为国王。从此锡兰国成为明朝的属国，亚列苦奈儿很是恭顺，年年来朝。过了数月，郑和自请出洋，朱棣照准。这一次郑和先至苏门答腊，逼降国王苏干利。又向西南航行，到达吕宋，吕宋国王及邻岛酋长都愿归顺王化，第三次出洋郑和又获胜归来。

其后郑和又四下西洋，共计七次，最后一次是在宣德年间。郑和远航，历尽千辛万苦，艰苦卓绝，难以尽言。一次海上突遇风暴，六十几艘巨船，只剩下十余艘，其余均沉没。人财损失巨大，郑和漂流回国，朱棣慰劳有加，并不追究。郑和的船队曾绕过好望角，抵达非洲东海岸（今马达加斯加共和国），从非洲带回长颈鹿数只，这高大的动物，明朝人第一次开眼，被命名为麒麟。又抵埃及、阿拉伯半岛、红海等处，并到麦加朝圣。这样遥远的航程举世无第二人做到。他比哥伦布、达迦玛航海还要早五十年。在出洋航行中，多次抵达南海诸岛、东沙西沙南沙群岛、曾母暗沙岛，他都登陆勘察，命名岛屿并树立大明永乐朝碑。

郑和七下西洋，是世界航海史上的大奇迹，除开宣扬国威不提，实际上加强了中国和南洋诸国的文化、商贸交流，有着非常重要的意义。郑和无愧是旷世罕有的大航海家、大冒险家，为中华民族争了大光彩。前代史家对郑和出洋，多有微词，说郑和出洋具有侵略性质，耗费巨财，得不偿失。甚至有人说明廷命阉人为使，有损国格，均属偏激之词。我认为，郑和虽身体残疾，人格却是高尚，他的事迹将永载史册万世不朽！而朱棣作为郑和航海的指挥者和总设计师，其功亦不朽！笔者咏诗赞郑和：

三宝太监豪气昂，艨艟出港下西洋。
云帆高举长鲸舞，舰队飞驰巨浪扬。
宣化环球八万里，立威远域百千邦。
龙旗舒卷天涯外，航海英雄振汉唐。

【平定安南】亦是四夷宾服的内容，大功堪载史册。安南又称交趾，即现在越南共和国北部。元朝时曾臣服中国。洪武初，国王陈日煃遣使朝贡，明太祖仍封其为安南国王。后日煃病死，其侄儿日熞即国王位。未几日熞兄陈叔明阴谋夺权，杀死日熞，安南王室开始内部残杀。陈叔明连续杀死几个继位的国王，独掌权柄。他的女婿黎季犁，凶悍超过乃翁。陈叔明病死后，他大开杀戒，又大肆杀捕陈氏子孙，陈氏几被杀绝。黎季犁自称是虞舜的后代胡氏，立子胡苍为国王，他自称太上皇。至此安南陈氏被赶下王位。黎季犁又发兵南犯占城，占城势力不如安南，屡遭败绩。占城国王遣使向明廷告急，安南王室唯一的幸存者陈天平也不远万里来京师向明廷哭诉陈氏遭遇，请明廷发兵复仇。朱棣闻报大怒，立派使者向安南胡氏问罪。黎季犁上表谢罪，表示愿迎陈天平回国复位。朱棣命薛嵒、黄中等明廷官员率兵五千护送陈天平归国。谁知明军护陈天平进入安南境内，在山中遭到安南军伏击，陈天平、薛嵒俱被杀死，唯黄中逃奔回国，立向朝廷报告。朱棣震怒，派成国公朱能为帅，新城侯张辅、西平侯沐晟为辅帅，统兵八十万讨伐安南。朱能、张辅率兵从广西进攻，沐晟率兵从云南进攻，两路齐进，直取安南。朱能到龙州忽染病而死，明廷下旨由张辅替代为帅。明军进入安南，遭到安南军猛烈抵抗，胡氏率倾国之兵与明军决战，战斗十分激烈。然而明军兵锋甚锐，张辅是一代名将，是开国元勋张玉的儿子，智勇双全，一路斩关夺隘，屡败安南军。沐晟是名将沐英之子，率军从蒙自进入安南一路疾进，也屡屡得手。张、沐两军会师多邦城下。多邦是安南最重要的战略要地，安南军全部精锐集结在此，准备负隅顽抗，拼死一决。安南军屡次以大象为前驱，向明军冲锋，千百只大象嗷嗷乱叫，冲向明军，鼻卷脚踩，明军死伤无数，大败回营。但张辅极有智慧，他立住阵脚，命军中工匠连夜赶制，在布上画成雄狮模样，然后蒙在战马身首上，不几日千匹战马变成千只雄狮。两军复又对阵。安南军又以大象为前驱。这边明军阵内，千马奔腾直冲敌军。安南大象毕竟是畜生，不辨真假，以为是猛狮扑来，纷纷转身返奔，冲撞踩压，安南军死伤无数，溃不成军。明军乘胜追杀，一拥而入占领多邦要塞。安南各地守军闻多邦失守，军心亦溃，纷纷投降。黎季犁父子乘船逃往海上，遭明军截击。黎季犁一家束手被擒。明军遂平安南。明军此次征安南，朱棣曾下严旨，要将士遵守纪律，不准滥杀，一路秋毫无犯，安南军民很是敬服。歼灭胡氏后，安南当地士绅一千余人带着犒劳品到明军大营慰问，并说："陈氏已绝，继位无人。安南原为天朝属国，理应再归王化。"张辅大喜，立将安南民意飞告京师。朱棣十分欣慰，决定在安南建立郡县，一如内地，划进中国版图。永乐六年（1408）春，朱棣封张辅为英国公，沐晟为黔国公以旌其功。命张辅大军留驻安南。设立交趾布政使司、都指挥使司、按察司，分十七府，四十七州，一百五十七县，卫十二，所一，市舶司一，改鸡陵关为镇彝关。朱棣亲制《平安南歌》，大事庆祝。后来安南又有叛乱，张辅三次征伐，往返三次，终将其平定，劳苦功高，名昭青史。

朱棣派大军讨伐安南，是他安定国内后的第一次大规模对外用兵，师出有名，正义所向，战无不胜。朱棣知人善任，张辅、沐晟不辱使命，平安南大功遂以告成。朱棣命明军严守军纪，不事滥杀，秋毫无犯，正是征服安南民心的最佳策略。朱棣英明之处由此可见。安南自唐朝末年脱离中央四百年之后，由臣属国直接变为明朝的郡县，朱棣大功将永载史册万世不朽。据明史记载，首任安南布政司使黄福在安南执政十八年，治理有方，屡施善政，深得民心，安南从此安定繁荣。后来明仁宗即位召回黄福。安南人民几万人夹道相送，挽辕号泣不忍离别。由此可见，明廷平定安南，为安南民生国力的发展，做出巨大贡献，现今越南人民若有情义，必定不忘历史，珍惜目前两国的关系。

【首征漠北】还是四夷宾服的内容。明朝初年，漠北地区一直由元朝残余势力盘踞。明太祖曾多次派徐达、蓝玉追剿，朱棣为燕藩时也曾二征漠北，残元势力屡遭打击，一蹶不振，并自去元朝国号，称为鞑靼。后来成吉思汗的后裔本雅失里为鞑靼可汗，封阿鲁台为太师、阿鲁台强悍善战，镇服漠北各部落，日渐强大。而鞑靼的西部有瓦剌部落，酋长叫做玛哈木，是故元大臣犯可帖木儿的后裔。朱棣在永乐年初封他为顺宁王。玛哈木有明廷的支持，十分强硬，多次向鞑靼发难。阿鲁台率兵进攻瓦剌，竟遭大败。从此鞑靼、瓦剌互相仇杀，战争不断。消息传到明廷，朱棣想乘势收服鞑靼。于是派使者持诏赴鞑靼说降，诏曰：“……相与和好，朕主中国，可汗主朔漠，彼此相安无事，岂不美哉。”然而，本雅失里和阿鲁台，拒绝招降，竟毁书斩使。这使朱棣震怒不已，立遣使臣谕令瓦剌出兵，联合进攻鞑靼。同时命淇国公邱福为帅，统兵十万征讨鞑靼。邱福大军驰至漠北时，鞑靼已被瓦剌击败，本雅失里汗和阿鲁台率残兵逃到胪朐河畔。邱福又率大军追过胪朐河，以为鞑靼兵败势穷，可一鼓扫平，岂知却犯了兵家穷寇莫追的大忌。鞑靼兵身居绝境，求生本能激励起莫大的军心士气，竟在河北岸密林深处设下伏兵专等明军，邱福不知有诈，竟长驱直入，被诱入伏击圈内。忽然羯鼓大震，胡哨四起，几万鞑靼勇士，乘几万匹骏马奔驰而来，马蹄声、呼杀声惊天动地。明军长途跋涉早已疲敝，几经力战，最终全军覆灭。邱福亦死于乱军之中。胪朐河战役，鞑靼兵以少胜多，是一场极为典型的“骄兵必败”“哀兵必胜”的战例。这个战例可作为最佳军事教材，令后世为将者日夜警惕！

邱福败报传至京师，朱棣脸面尽失，痛恨邱福丧师辱国，夺去爵位，将其家属发配海南。笔者认为邱福虽然兵败，但是靖难元勋，战功累累，以身殉国，一死足以酬君王，不抚恤罢了，何必株连家属，这是朱棣的冷酷绝情处，让后来将帅寒心。于是朱棣决定亲征漠北，报仇雪恨。永乐八年（1410）春，朱棣率大军五十万北巡。出古北口，长途跋涉，深入漠北，直趋胪朐河，本雅失里闻朱棣亲征不敢接战，竟率众逃至斡难河。朱棣大军奋勇追杀，本雅失里不战而溃，丢下大批辎重，仅率七骑向西部逃窜。此时鞑靼君臣不和，太师阿鲁台不愿随本雅失里西逃，自率一军拟与明军抗衡。朱棣认为本雅失里既已远逃，追之无益，遂率大军东进追击阿鲁台部，时已盛夏，军士行军挥汗如雨，又缺饮水，苦不堪言，只得昼伏夜行，好不容易才找到阿鲁台的踪迹。朱棣于是派使招降，阿鲁台佯为顺从，暗地里却组织精锐准备袭击明军。然而朱棣无愧久经沙场，睿智英明，早防着阿鲁台诈降，安排重兵严阵以待。阿鲁台率兵突至，鼓噪冲锋。这边明军万箭齐射，铳炮俱响，阿鲁台被利箭射中坐骑，滚落尘埃，换马急遁，阿鲁台军大败。朱棣获胜，因天气炎热，不利再战，遂下旨班师凯旋。途经擒狐山，见山岩平展，令刻石记功。在悬崖上大书十六字：“瀚海为镡，天山为锷，一扫风尘，永清朔漠。”

朱棣亲征漠北，以五十万大军追击拥有几万残兵的鞑靼国，岂有不胜之理。这是好大喜功、穷兵黩武的表现。鞑靼远在漠北，并未兴兵侵犯内地，实不可因斩使小忿，而伤大局，仅仅为维护天朝体面，先派邱福征讨，使十万大军葬身沙碛，又更率五十万大军亲征，兴师动众，劳民伤财，真不值得，前代史家曾评述朱棣征漠北，对外耀武扬威，是想以武功掩饰他逼宫篡位、得国不正的罪愆。这种评说很有道理。

【迁都北平】是明朝乃至中国历史上的大盛事。朱棣讨平阿鲁台，又下诏招降瓦剌酋长玛哈木，令他朝贡，玛哈木拒不服从。永乐十六年（1418）春，朱棣又率大军亲征，此次出征，朱棣大出风头，身先士卒，亲自冲锋，明军士气大振，以摧枯拉朽之势，迅速平定瓦剌部，第二次北征又获全胜。朱棣见鞑靼、瓦剌叛服无常，决定迁都北平，就近控驭北方。迁都之前，他大发民工修竣大运河，疏通会通河，为迁都造成极大的方便，也使南北水上交通更为畅利。接着招集天下名工巧匠齐集北平。命平江伯陈圭担任总督造，工部尚书吴中担任总设计师，大力修建皇宫、京城。而总工程师一般认为是蒯祥与陆祥，二人均为江苏吴县香山人，蒯祥精木工，陆祥擅石工，长期从事皇家建筑，技艺高超，蒯祥被称为蒯鲁班，并带出大批高徒，号称香山帮，红极一时，艺传后代，被称为明朝两大建筑世家。先以万岁山为全城中心，修建京城，全城城墙周长四十里，开有九门，即南有正阳门、崇文门、宣武门；东有朝阳门、东直门；西有阜城门、西直门；北有德胜门、安定门。九门名称一直沿用至今。皇宫修建在以万岁山为中心的中轴线上。四面有围墙和护城河。正南门叫午门，进入午门前三大殿奉天殿、中极殿、建极殿依次雄峙其间（今太和殿、中和殿、保和殿）。后宫有后三大殿，依次是乾清宫、坤宁宫、交泰殿。皇宫东西两厢各有大大小小的宫殿，是皇帝与三宫六院的寝宫。据说紫禁城共有宫殿九千九百九十九间，寓含九九之数，九九是皇帝专用的数字。皇城正南门是承天门（今天安门），北门为北安门（清朝改名地安门，解放后拆毁，址在景山公园大门处），不远有神武门。东有东安门，西有西安门（今东华门、西华门）。东翼是太庙，以祭祀先帝、列祖列宗。西翼是社稷坛，祭祀土神、谷神。皇城西边是以北海、中海、南海为主的西苑。皇城北边是万岁山，亦称景山或煤山，是元代挖三海取来的土，以人工堆砌的山，满山苍翠，配以殿台楼阁，湖光山色很是壮美，也是皇家禁苑。清朝定鼎后，修建清宫基本是明宫的原址原貌，也就是现在的故宫。又在皇城东南建设天坛，作为祭天之所。又在昌平天寿山选址，修建皇陵，名为长陵，作为朱棣死后的陵墓。皇城正北建起鼓楼、钟楼，作为全城报时的中心。经过几年的努力，北京城与皇宫终于建成。在兴建京城的过程，还有一事值得圈点。那就是朱棣下令在京西万寿寺铸造了一口大钟，这钟特别巨大，可称世界钟王。钟由铜铸成，高 7 米，直径 3.3 米，重达 4.6 万斤。钟身铸满佛经、咒语，均为楷体。现已考研查明，大钟有汉文佛经 225939 字，梵文佛经 4245 字，总计 230184 字，是世界上铭文最多的大钟。后世命名为“永乐大钟”。乾隆十六年（1751）将大钟移至觉生寺。觉生寺以永乐大钟而闻名，俗称大钟寺。朱棣为何铸造如此大钟，众说纷纭。但乾隆皇帝的说法，我认为最有道理，那就是朱棣夺侄儿天下，杀建文旧臣过于惨毒，铸此钟以表忏悔，借以慰藉他虚弱的心灵。笔者曾游觉生寺，参观永乐大钟，有诗纪曰：

觉生寺里有洪钟，鬼艺神工旷世雄。
永乐铸成天地乐，乾隆迁徙满清隆。
声传燕赵三千里，量重商周十万铜。
明月清风皆已去，独留国宝镇苍穹。

永乐十九年（1421），朱棣率百官正式迁都北京，这真是“九天阊阖开宫殿，万国衣冠拜冕旒”，明朝又翻开新的一页。后来史家评析朱棣迁都的原因有二：一是朱棣曾久据北平，对那里有眷恋之情。二是北平地近北边，便于控驭北方异族。二说均有道理。但我提出第三个全新观点，那就是朱棣夺取侄儿天下，实际是大逆不道，他害怕死后埋在南京，如地下相逢父皇朱元璋（朱元璋埋在南京孝陵），他真是没法向父皇交代。其实这才是朱棣迁都的最大原因。我还想阐发一个新的观点，就是“南京不宜为都”说。古人称南京为六朝古都，龙盘虎踞，形胜为最。吴、东晋、宋、齐、梁、陈，还有南唐、太平天国都曾于此建都，但这些王朝都是局促东南半壁的短命王朝，没有出现过一个一统中华的皇帝。即便是蒋介石以南京为都，也勉强做了二十二年总统。而以北京为都的元朝、明朝、清朝都是威震六合，延祀绵长的大一统中华帝国。笔者有感于朱棣迁都北京，是个划时代的大事件，赋七绝一首咏道：

莫道龙盘虎踞城，历朝定鼎尽难成。

九州风水钟燕市，一统江山万世恒。

朱棣迁都北京后，自然有一番新气象。值得提及的事是建立内阁制。明太祖为加强中央集权，废除丞相制，但不胜劳碌，又设内阁大学士处理政务。朱棣在此基础上，设立首辅、次辅等位置，形成比较完整的班子，内阁有五至七名阁员。首辅相当于前代宰相。他们的区别是宰相属于外官，是专门的官僚机构，设有宰相府。而内阁是皇室的辅政机构，在内廷办公，类似现在领导的秘书办。内阁制一直延续到明末。即便是清朝的军机处，也是仿明内阁而建。

【女杰起义】是指唐赛儿起义。朱棣对外开边扬威，大事征伐，意气风发，踌躇满志。岂料国内却发生大叛乱，让他懊恼至极。永乐十八年（1420），山东蒲台县女杰唐赛儿揭竿而起，反抗朝廷。唐赛儿本是民家妇女，聪慧而有姿色，丈夫林二病死，她送葬深山，回归时，误入山洞，得到一匣天书和一柄宝剑，以为天赠神赐。回家翻开天书一看，尽是秘书剑法，于是认真学习，竟学会驱神役鬼，撒豆成兵，一柄剑舞得神出鬼没，刺人皆死。她信仰佛法，削发为尼，广招门徒，一时从者万人。官府视她为妖妇，前来捉拿，她稍施法术，衙役便死倒一片。唐赛儿见闯了大祸，索性插旗造反。山东久遭战事，修运河、建筑北京，征民夫极多，百姓痛苦不堪，怨恨已久。她登高一呼，便有几万男女跟着起事。分兵四出，攻下几个州县，声势更为浩大。青州指挥使高凤派兵来剿，她又使法术，剪了许多纸兵纸马，顿时化作无数青面獠牙的恶鬼，向官军扑去，不待交战，官兵吓得屁滚尿流，瘫软于地，胆大的爬起来跑了，胆小的就地吓死，高凤腿一软，竟被割去头颅。山东长官见事闹大，急报朝廷。朱棣大惊，立命安远侯柳升率五千兵马进剿。柳升是平安南的名将，知唐赛儿有妖术，安排些猪血狗血、月经布，驱兵杀去。这边唐赛儿迎战，依旧大施法术，忽然狂风大作，黑气平地而起，万千天兵天将，自天而降，恶狠狠杀来。柳升早有准备，将猪狗血向天喷去，霎时，黑气尽扫，晴空万里，纸人纸马纷纷落地。唐赛儿见法术已破，立即撤兵，回寨固守。第二天唐赛儿派使者乞降，柳升哈哈大笑，自以为得计。谁知半夜唐赛儿率兵突来袭营，将官营踹个七零八落，几员大将被杀。柳升惊慌中，整兵追去，唐赛儿兵马已不见踪影。后来唐赛儿逃出，遭到明军将领卫青的截杀，以失败告终。但唐赛儿仍不见踪影。朱棣因唐赛儿未获，将柳升逮捕问罪。又捉住京鲁一带尼姑几万人，查验身份，搜捕唐赛儿，冤枉了几万假唐赛儿真尼姑。据说唐赛儿有分身法、遁地法，几回拿获，均被逃脱。越传越神，吓得朱棣不敢再搜捕了。唐赛儿的下落也成了千古之谜。笔者认为，唐赛儿有法术无疑是迷信说法，是后人给她加的神秘光环。笔者有诗赞唐赛儿：

巾帼英雄举义旗，呼风唤雨最神奇。
官兵百万难擒获，一缕仙魂九域驰。

【征途崩亡】是朱棣人生的最后一幕。明成祖朱棣迁都北京后，北部边境仍未平靖。原先降服明朝的鞑靼阿鲁台又故态复萌，对明廷桀骜不驯，屡次派兵扰边。朱棣不顾大臣的反对，毅然率军亲征，这是他第三次北征。时在永乐二十年（1422）春，大军行进到鸡鸣山，探马报知，阿鲁台早已远遁漠北深处。朱棣不愿穷追，令大军徐徐前进，一路上没有遇到敌军一兵一卒，如入无人之境。军队只好打打猎，唱唱御制平戎歌，看看草原好风景，实在是无事可做，无非是耀武扬威罢了。朱棣下令班师，在回军路上又顺手牵羊，派兵突袭灭掉了兀哈良三卫。兀哈良三卫东至辽沈，西至宣大，延绵三千里，指挥使由外族担任。明廷侦知兀哈良三卫与阿鲁台屡有勾结。这是朱棣灭它的借口。

永乐二十一年（1423），阿鲁台又来扰边。于是朱棣开始第四次亲征。这次北巡更是无谓。一路上只招降了阿鲁台的几个散兵游勇，连阿鲁台的影子都没见到，只得班师回朝。永乐二十二年（1424）春，阿鲁台率兵侵扰大同，朱棣闻报又率军北巡。这是他第五次亲征，大军出塞外，阿鲁台又远遁，朱棣命大军深入追击，四处搜寻，仍不见阿鲁台踪迹。跋涉数月，人困马乏，粮草将尽，又将临严冬，朱棣只得怅然而归。行至榆木川，朱棣突感身体不适，即下令驻跸。过了几天病势更加危重，整日精神恍惚，偶一闭眼，便见群鬼围殴大呼索命。朱棣自知不祥，急宣英国公张辅等大臣，入帐商议后事。立遗诏传位太子朱高炽，葬礼一如太祖皇帝之制。随后闭目不言，是夜大喊痛楚，至晓气息全无，龙驭宾天，终年六十五岁。一代枭雄就这样撒手人寰，死于北征途中。百官秘不发丧，仍然翠华宝盖，全副仪仗，载回京师，据说是防汉王朱高煦乘机作乱篡位。

朱棣五次北征，纯属好大喜功，耀武扬威而已，是可为亦不可为之事，奈何屡屡劳师远出，劳民伤财，国库耗费殆尽，真是得不偿失。但是另一方面以皇帝之尊，不惮劳苦，长途跋涉，屡次亲征，冲锋陷阵，艰苦卓绝，死于征途，其忧国之心，勤奋之举，神武之风，上下千年，朱棣实为第一人。令人不觉肃然起敬。

第二年，朱棣被埋葬在北京昌平长陵，它是十三陵中规模最大、最宏伟的陵墓，祾恩殿用楠木构制，气派无比，可与太和殿媲美。仁宗即位，谥其为文皇帝，庙号太宗，嘉靖十七年（1538），又改为成祖。

【朱棣艳闻】即朱棣的浪漫史。放在最后叙述，自认别具一格。他一生共娶纳有名有号的后妃十九人，无名号的宫人不计其数。明朝的皇帝大多荒淫好色（不过英宗、孝宗、熹宗、思宗除外），大约是遗传基因所致。朱棣的结发妻是徐氏，史佚其名，乃徐达的长女。徐氏是个难得的奇女，能文善诗，端庄淑雅，深明大义。在靖难之役，她披甲登城，保卫北平，已是不凡。后为皇后，常劝朱棣不要嗜杀，又作《女戒》《女宪》教育妇女，确为贤后。明代多贤后，最著名的有洪武朝的马皇后，洪熙朝的张皇后，万历朝的李太后，还有就是这位徐皇后了。朱棣对她十分敬重。徐皇后于永乐五年（1407）薨世，朱棣痛悼不已，不再立皇后，命皇贵妃王氏摄六宫事，王氏美而有德，朱棣极为宠爱。野史上说，徐后有个妹子，名叫妙锦，知书达理，容貌更是绝伦，朱棣欲纳入为妃。满以为妙锦会喜欢无比，自投怀抱。谁知此女刚烈倔犟，一闻圣旨，坚决拒绝。逼得急了，她竟削发为尼。朱棣大为拂意，讨个没趣。一时天下盛传徐家出一贤后，出一烈女。后来又纳了四个朝鲜妃子，均是稀世尤物，内中尤以权氏最美，比之中国西施，更有十分颜色，又善吹箫，仿佛是黄莺出谷，玉盘滚珠。朱棣爱之如命，夜夜专房，几乎把其他妃子气死，几次北征都携到身边，随时侍寝。然而权妃命薄，在征途中，中了暑气，不几日香消玉殒。朱棣悲伤至极，葬于山东峄县。据朝鲜《李朝实录》记载，朱棣因怀疑权妃的死因，竟杀死二千余名宫女，残酷至极。有个王寡妇，美不可言，在宫中打杂，朱棣垂涎三尺，召她侍寝。王氏跪奏："妾是寡妇，不敢充下陈，望陛下收回成命。"朱棣无趣，嘉她有妇节，赐金放还。朱棣死后，颁下遗诏，命韩妃以下十六名妃子及几百名宫婢为他殉葬，至死不改残酷本性，妄想在阴间永远淫乐，残杀几百名年轻女子，真是莫大的罪孽！

纵观朱棣一生，前半生逼宫篡位，好杀嗜血，残暴无比，视为暴君名副其实。及即位后，发展生产，体恤民生，安抚边境，扬威国外，使明朝的国力发展到巅峰阶段。他执掌皇权二十二年，除穷兵黩武外，尚无太多的弊政。虽有唐赛儿之乱，但很快扫平。整个永乐一朝，国内安定，百姓安居乐业。史称为"永乐之治"，毫不过分。从这方面讲，他又是一个永远卓厉奋发、英明有为的君主。

仁心肥体小尧舜

——明仁宗　朱高炽

明仁宗　朱高炽

镇守燕京射大雕，君臣和睦治天朝。

纳凉佳句传千古，肥体仁心小舜尧。

明代的君王，大多非昏即暴。而仁宗朱高炽恰不暴不昏，他天性仁慈，诚敬孝谨。即皇帝位后，重用贤臣，大施仁政，有尧舜之风。可惜天不与遐龄，即位不足二年，便龙驭宾天。民初史学家蔡东藩曾言："明代贤君，莫如仁宗。"

【太子往事】洪武六年（1373），朱高炽生于应天燕王府第。出生时红光罩体，香气满室。甫出母体，便是一个白胖硕大的小子，好像是无锡惠山的福娃，煞是可爱。举家欢庆，燕王朱棣也暗自高兴。然而朱高炽刚过满月，越长越大，越长越胖，到了六七岁时，躯体肥大，圆头圆脑，大乳肥臀，走路摇摇晃晃，恰像一只肥大的熊猫。朱棣见孩儿长成这般模样，心中很是忧虑，渐渐有嫌弃之意。不过他还是延请名师来教育他，仍希望朱高炽长大有所作为。被延请的名师有解缙、杨荣、黄淮等，都是饱读经书的名儒。在老师的教育下，朱高炽进步极快，经史子集均能融会贯通。作诗也作得好。这些又使朱棣感到一丝安慰。

朱元璋对他的胖孙子十分疼爱。一日他让朱高炽进宫帮他阅读奏章，其目的是让孙儿历练执政才干。朱高炽阅读十分认真，凡是关系国计民生的奏折，便呈交祖父重点阅读。但对文字上的错误，没有特别标出。朱元璋问道："儿阅奏章，奈何不核及文字。"朱高炽说："臣下偶有笔误，不足渎天听，所以未曾标明。"大家知道朱元璋是大兴文字狱的元凶，见孙儿如此宽容，便点首不语。朱元璋又问朱高炽，尧、汤时候，水旱连年，百姓如何生活？朱高炽答道："尧、汤仁政，惠及民生，因此水旱无忧。"朱元璋大喜："好孙儿，有君王度量。"一次朱元璋让他清晨检阅军队，他刚出发片刻，就返回复命，朱元璋惊问其故。朱高炽说："天气确实太寒冷，应让士兵吃过早饭再检阅。"这使朱元璋特别惊喜他的仁慈。这些故事见于正史，可见朱高炽少时，便仁慈天成，宽容大度。

后来朱棣被封为燕王，就国北平，朱高炽也跟父亲到北平生活。这时他已是十八九岁的年轻人，但是身体更加肥重。可他毕竟是朱棣的嫡长子，朱棣不得不倚重他，常常让他办些大事。朱棣曾两次奉旨北巡，追击残元势力大获全胜。每次朱棣都让朱高炽留守北平，赋予监国大权，因他肥重，不便跋涉远征。而朱高炽也不辱父命，把后方治理得十分安定，将粮草源源不断运到前方，大大支持了前方的战事。靖难之役开始后，朱棣大军南下，朱高炽仍然留守北平，经营后方，支援前线，为朱棣战胜明军提供了有力的后勤支持。建文二年（1400），明廷派李景隆为帅，统军六十万讨燕。当时燕王朱棣率军东出支援永平，临行叮嘱朱高炽坚守勿战。李景隆以为朱棣东出，北平空虚，率大军直取北平。将北平围得如铁桶一般，并在北平九门砌起高高的堡垒，日夜发动强攻。朱高炽发动全城将士，甚至连妇女也动员起来，登城抗击。明军在高垒上射箭，又搭云梯攻城。朱高炽将许多房屋拆毁，用砖头瓦片石块打击敌人。时值寒冬，朱高炽计上心来，让军士担水浇城，滴水成冰，城障光滑，明军不得登攀。夜间又组织敢死之士缒城而出，袭击明军大营，明军受到惊扰夜夜不得安宁。李景隆下令明军后撤十里下寨。北平城岿然不动。这时朱棣率军回师北平，朱高炽开城出战，南北夹击，将明军打得大败。北平保卫战显示了朱高炽的才能，朱棣亦感到欣慰。以后无论是靖难之役抑或是朱棣为帝后的几次北征，朱高炽都留守京师，行使监国大权。

靖难时，朱允炆听从方孝孺之计，暗派使者持诏赴北平，面见朱高炽。朱高炽知有诈，诏书原封不拆，派使臣飞马送至当时还在前线的朱棣。朱棣一看诏书，原来是建文帝封朱高炽为燕王，让其归顺朝廷。这条反间计，竟被聪明的朱高炽识破。朱棣跌足道："非吾儿忠孝聪敏，我父子相仇矣。"

但是一个偶然的事件，朱高炽差点丢掉太子之位。永乐初年，朱棣率诸子拜祭孝陵，朱高炽身体肥重，上台阶时，行动迟缓，步履蹒跚，差点跌扑于地，由官人扶掖而行。而汉王朱高煦、赵王朱高燧个个步履矫健。朱高炽的失态，使朱棣很是烦恼，嫌弃之心由此而生。在朱棣的几个嫡子中，朱高煦是个人物。他性格酷类朱棣，勇敢暴烈，在靖难之役中，冲锋陷阵，屡建奇功。朱高煦双腋下长有龙鳞（现在看来恐是白癜风之类的皮肤病），朱高煦因此很是自负，朱棣亦特别喜欢他，心中产生立朱高煦为储的想法。朱高煦也四下活动，勾结一些大臣向朱棣上疏请立朱高煦。一次朱棣询问学士解缙，提起立储事宜。解缙慨然答道："皇长子仁孝性成，天下归心，请陛下勿疑。"朱棣低首不言。解缙更进一步说："皇长子且不必论，陛下难道不顾皇长孙吗?"原来朱高炽的长子名朱瞻基，其时已经十岁，长得英姿飒爽，智识杰出，深得朱棣喜爱。解缙一说，朱棣也心有所动。数日后，朱棣在殿上出示一幅《虎彪图》，图上画一老虎，身旁又卧几只小虎，状极亲昵。命群臣按图制诗。解缙是明代旷世奇才，才思极为敏捷，当即吟诗一首：

虎为百兽尊，谁敢触其怒。
唯有父子情，一步一回顾。

朱棣知他借诗讽喻，于是一声长叹，决计立朱高炽为太子。然而不几年风波又起，朱高煦闻解缙力荐朱高炽为储，于是怀恨在心，亟欲伺机陷害解缙。那年朱棣北巡，留太子朱高炽在南京监国。当时解缙在广西为官，竟离任赴南京入谒太子。解缙擅离职守，私谒东宫，这罪名在当时恰也不轻。解缙久历宦海，岂不知此为君王大忌，实不能辞其咎。此事已被朱高煦侦知，立即密报朱棣："解缙私觐东宫，图谋不轨。"朱棣大怒，命缇骑逮捕解缙，下入诏狱，百般拷问。解缙虽被拷打得体无完肤，但非常倔硬，将大罪尽揽于己身，一语不牵涉太子。锦衣卫掌管纪纲，受朱高煦密令，先让解缙饮酒，待酒醉后，移至雪中。旷世奇才就这样被活活冻死。朱棣怒意未休，欲加罪太子。密命兵部尚书金忠，立案追查太子朱高炽。金忠是个忠厚正直之人，极力保护太子，他向朱棣发誓道："太子忠孝，臣愿以全家百口人生命为太子保证。"朱棣怒意少懈，朱高炽方得免祸。

永乐十八年（1420）春，朱高炽奉旨赴北平督办迁都事宜，途经山东邹县，见百姓面有菜色，纷纷提篮拾草子。朱高炽下马询问，百姓说："今岁大荒，拾草子以果腹。"朱高炽黯然神伤，立命左右发给百姓钱钞，并将随行携粮全发予饥民。朱高炽到达济南，山东布政司使石执中出城相迎。朱高炽问道："山东百姓贫困不得食，汝为父母官，该如何处办此事？"石执中答道："凡受灾之处，臣已上奏，请朝廷免除今年赋税。"朱高炽怒言："百姓即将饿死，还言什么赋税。"命令石执中查明灾情，立即开仓赈济。后来朱棣知道朱高炽救民之举，不责他先斩后奏，大加赞赏。

与朱高炽的仁慈相比，汉王朱高煦变得更加骄横暴戾。他私自从全国各卫中选择勇士作为护卫，又擅募军士三千余人，不使隶属兵部，终日逐鹰纵犬，放纵汉邸恶仆，骚扰京都。京师兵马指挥使徐野驴是个正直人，见汉王放纵恶仆欺害百姓，破坏秩序，下令逮捕几个汉邸恶仆，按律治罪。朱高煦闻报大怒，竟亲自到指挥使衙署令徐野驴放人。徐野驴正欲争辩，朱高煦从袖中取出铁爪，飞击徐野驴，徐野驴当即毙命。举朝震惊，百官噤若寒蝉，不敢上奏。朱高煦又僭用十车舆车服，私造兵器、战船，练习水战。种种不轨，不一而足。被东厂侦知密报朱棣。朱棣非常震怒，当下召入朱高煦，严询此事。朱高煦无可抵赖。朱棣下旨将朱高煦打入牢中，准备剥夺王爵，废为庶人。朱高炽得知此事，奔入宫中，伏地哭请，祈父皇宽恕弟弟。朱棣厉声斥道："朕为你计，不得已割去私爱，惩处高煦。你想养虎遗患吗？"朱高炽双泪涟涟伏地不起，朱棣长叹一声，赦了朱高煦，谪往乐安。当时许多侍臣提醒朱高炽，要他提防朱高煦、朱高燧的谗言。他回答说："我只知道尽子臣的责任，不知道有谗人。"

仁慈是一种善良的美德，仁慈又是宽容大度的表现。在许多情况下，仁慈可以化解矛盾，可以征服邪恶。朱高炽居仁慈之心，做个太平时代的皇帝，正是恰到好处。笔者有诗咏道：

与人为善是仁慈，得饶人时莫有疑。
如海胸怀容九域，普天强者敢相欺！

【仁风四拂】是形容朱高炽执政的特点。永乐二十二年（1424）秋，明成祖朱棣崩世。年已四十七岁的太子朱高炽即皇帝位。越明年，改元洪熙，即繁荣昌盛之义。册王妃张氏为皇后，王嫔谭氏为贵妃。立长子朱瞻基为太子。封其余八子为王。朱元璋曾给朱棣这一门宗祀作诗一首，作为排列辈分的根据，其诗曰："高瞻祁见祐，厚载翊常由。慈和怡伯仲，简靖迪先猷。"朱高炽是"高"字辈的第一个皇帝，大明王朝传到"由"字辈的朱由检，就灭亡了。朱高炽登位伊始，便大施仁政。第一件事是大赦天下，首先从狱中放出被朱棣关押十年的夏原吉、黄淮、杨溥等人，官复原职。其次大赦建文旧臣，为方孝孺平反。放归戍边问罪的家属。又复魏国公徐钦爵位，徐钦是中山王徐达之孙，永乐年间被朱棣夺爵幽禁。另外大赦在押囚犯，死刑免死，轻罪释放。再者，饬令三法司慎审死刑的定谳，不妄杀无辜；治罪不得株连，废连坐法。还有一道诏令："废宫刑，自宫者按不孝论处。"因为当时穷苦人家子弟，迫于生计，自宫当太监已成风气，朱高炽想刹住这种怪风气。也就是说像后世刘瑾、魏忠贤那样，自宫做太监，在洪熙朝是行不通的，博读者一笑。至于废除延续几千年的宫刑，更是一大善政。于是朝野一片欢庆，高呼万岁。

第二件事是革除弊政。罢除西洋取宝船，停止云南、交趾各路采办。原来永乐年间，郑和六下西洋，南洋诸国与明朝商贸繁盛，朱棣每年都派大批船队去西洋取宝，耗费国库财力，原定郑和七下西洋的计划，因此搁浅。另外朱棣也每年派遣官员到云南、交趾等地采办方物供皇廷使用。至此一律罢除停办。

第三件事是赈灾免税。朱高炽下旨各地，命开仓救济灾民，免除受灾地区的赋税。此举尽得民心，全国人民交口称颂。

第四件事是知人善任，重用贤臣。朱高炽居东宫几十年，虽不在位，但时时留心政治，考察人才。朝中大臣贤与不肖均记录心中。及登上皇帝之位，便迫不及待地任用贤臣，封夏元吉户部尚书，封杨荣为太常寺卿，金幼孜为户部侍郎，黄淮为通政司使，杨士奇为礼部尚书，杨溥为翰林学士。赐给夏元吉等每人一颗银印，上刻"绳愆纠谬"的格言。让他们随时纠正他的错误。实践证明，朱高炽慧眼识贤才，这些人物都为朝廷出了大力。其中杨荣、杨士奇、杨溥，号为“三杨”，最具才干。成为仁宣两朝的大功臣。

第五件事是对科举制度作重大调整。原来明朝科考无论乡试、会试、殿试，发榜之时，南方士子不仅独占鳌头，而且囊括三元，席卷金榜，占去名额八成以上，而北方人顶多只占二成。这不仅是南方人聪明，北方人木讷，主要是因南北地区文化发达与否的差异。为鼓励北方士子，促进北方文化发展。朱高炽下旨调整南北录取名额比例，南方占六成，北方占四成。这个比例作为定制，一直沿用到清末科举制度废除为止。对北方士子来说，朱高炽立一大功德。

皇恩浩荡，仁政普施，海晏河清，洪熙朝呈现一片升平景象。朱高炽一日在后宫纳凉，吟成五律一首，诗曰：

夏日多炎热，临池憩午凉；
雨滋槐叶翠，风过藕花香。
舞燕来青琐，流莺出建章；
抚琴弹雅操，民物乐时康。

此诗抒发他从纳凉观景联想百姓安居乐业而显示的欣喜之情。几百年后，我们读到此诗，想见朱高炽温文尔雅的风采，仿佛是虞舜鼓琴，熏风解愠。后人评仁宗为“小尧舜”，确非虚誉。朱高炽与群臣的关系十分和谐，他甚至不顾皇帝的尊严，降陛与朝臣议论国事，曾在皇宫思善门外，建立弘文馆，整日与群臣谈经论道，吟诗作赋，心旷神怡终日不倦。在弘文馆里，摆满鲜花水果，他和群臣一起观赏享用。冬天又赐给群臣貂褂狐裘，群臣都感恩颂德。朱高炽曾对群臣说：“朕与诸卿讲论，便觉津津有味，若一入后宫，对着内侍宫人，便觉索然，未知卿等厌弃朕否?”这种语言真是闻所未闻，他和臣下的关系真是亲密和谐极了。联想到朱元璋、朱棣以及后来的明代君王动辄对大臣施以“廷杖”，不啻是天壤之别。

【用兵交趾】失利，是朱高炽对交趾政策的失败。洪熙元年（1425）

春，交趾省布政司、都指挥司遣使向朝廷告急，报奏交趾俄乐县土官黎利挟众数万，兴兵作乱对抗明中央朝廷，交趾驻军屡次遣将率兵平剿，均被黎利杀败。原来永乐年间，明成祖派兵平定交趾，将它归入中国版图，设置郡县，定为行省。派布政司、按察司等官员管理行政，并派都指挥司使率大军驻扎，维护当地治安。首任都指挥司使是英国公张辅，后被明成祖召回。第二任都指挥司使是丰诚侯李彬。首任布政司使是黄福，黄福此人，精明强干且忠诚厚道，对交趾百姓大施恩惠，做了不少好事，深得百姓爱戴。但是李彬身边有一个太监叫马骐，他是皇上钦派的监军。此人贪财好赂，借为朝廷征求贡物的名义，向当地横征暴敛，借此中饱私囊。交趾百姓，对此怨声载道。黎利是个野心家，乘此机会煽动民变，聚众造反，自立为王。黎利凶悍得很，勇猛善战。李彬几次派兵清剿，均被打得大败。这时朱高炽得知交趾情况，很是不安。于是召回马骐，另派太监山寿为监军，又召回李彬，另派荣昌伯陈智为交趾驻军长官。陈智一到交趾，立即发大兵攻击黎利，几经激战，黎利战败，只身逃匿老挝。但他仍野心不死，更欲东山再起，探知监军山寿和马骐一样，也是贪婪钱财。于是自老挝潜归宁化州，重金贿赂山寿，让其上奏朝廷赦免他。山寿得了财宝，便上奏朝廷说黎利愿降。朱高炽遂赦免了黎利。山寿又上奏朝廷说："黄福在交趾十八年，与民同利，今交趾只知有黄福，不知有朝廷，此恐非社稷之福。"朱高炽听信山寿谗言，下旨召回黄福。黄福在交趾十八年，编户籍，定赋税，办学校，兴水利，交民甚感恩德。黄福离任时，交趾百姓扶老携幼，箪食壶浆，夹道相送，黄福与百姓泣泪而别。黄福一走，黎利更无忌惮，又举兵反叛，陈智发兵往剿，损兵折将，大败而归。黎利势力更是嚣张，率众攻破茶龙州，继而占领凉山。山寿持诏招降黎利，授其为清化知府，黎利一笑拒之。进剿不力，招降未果。黎利竟纵横交趾，局势遂不可收拾。

进剿黎利是朱高炽即位后首次用兵，结果以失败告终，交趾局势更加动荡。原因何在？我认为一是朱高炽信任宦官，任其在交趾为非作歹，导致民变。信任重用宦官，并非朱高炽的发明，明朝自永乐始，至于崇祯灭亡，宦官始终把持朝政。前人谓明之亡亡于"寺祸"，亦不无道理。朱高炽不察宦官奸恶，马骐去又用山寿，真是一大失招。第二个原因，便是不该召回黄福，黄福居交趾十八年，多行善政，交民皆感其恩，黄福怀柔绥靖之才，千秋难得。奈何听谗言黜贤臣，自毁长城，令人叹息不已。交趾在宣德年间脱离中国，朱高炽难辞其咎。

【迁都未遂】一事必须提及，便是朱高炽即位伊始，便日夜筹划再次迁都南京。他迫不及待地派太子朱瞻基赴南京主持政务，再修南京皇宫。又下诏恢复南京京都名号，称北京为“行在”，即君王临时居住之地。他为什么要废先皇之制，再迁南京呢？约有几种说法：一是热恋南国繁华，不耐北国风沙。确实当时北京较之南方很是荒凉，风沙漫天。二是便于谒陵，因为孝陵就在南京，他对祖父朱元璋的崇拜，远远超过父亲朱棣。三是他和父亲朱棣思想相反，北京面对北部异族的侵扰，而南京为都较为安全。这些原因均是后人猜测，无论什么原因，反正朱高炽已紧锣密鼓地安排迁都之事。当时南京地震，群臣说灾变示警，应验在迁都之事上，朱高炽也置之不理。如不是他暴死，南京又成明都，历史将会重写。现在看来，朱高炽再迁都南京确是不合时宜，劳民伤财之举，应该予以否定。

【洪熙之崩】是个令人遗憾的话题。洪熙元年（1425）初夏某日，朱高炽下朝后，突感胸口不适，急宣太医救治，良药齐下，针石俱用，终归无效，竟至弥留。遂宣遗诏，传位太子朱瞻基，旋即崩世，享年四十八岁。中国历史上的大胖子皇帝就这样长离人间。他最钟爱的妃子谭氏，也投缳自殉，还有六七个妃嫔一起殉葬。静敬妃张氏是英国公张辅之女，从未生育，应在殉葬之列，因是元勋之女，免于殉葬，殉葬号称古制，但也可徇私情。他做皇帝跨两个年头，实际不足一年，后人多惋惜如此仁慈之君竟薄命无福。关于朱高炽暴死，后人多有猜测，一是认为他患心肌梗死猝死。二是认为他渔色过度，真元大损，虚脱而死。还有一说更为离奇，说太子朱瞻基弑杀父皇。这几说，有真有假，都无定论。说他死于心肌梗死，太具体绝对了，谁人给他做过心电图？说他贪色过度，这倒是真的，他多妻多子多女，便可为凭。大臣李时勉曾当廷劝谏他节欲以保圣体，他勃然大怒："时勉廷辱朕!"自古有"劝赌不劝嫖"的谚语，李时勉当众揭露皇帝好色，极伤面子，难怪朱高炽发怒要严惩李时勉。但说他因荒淫过度而死，也无医学根据，历史上朱元璋，清朝康熙帝，乾隆帝均好色，但均高寿，好色与死亡并无必然联系。因而有人说是被李时勉气死的，因为他临死还说"时勉廷辱朕"，但朱高炽历来大度量，不至于被气死。说是太子弑父，但据史载朱瞻基一生仁孝，酷似乃父，断定不可能下此毒手。总而言之，朱高炽得了急病，该死了，如此而已。硬要编造朱高炽暴死之谜的作者们可以休矣!

朱高炽死后，谥孝昭皇帝，庙号仁宗，葬于北京昌平献陵。献陵是十三陵中除崇祯帝思陵外最简朴的陵墓，明人有句话："献陵朴，景陵小。"

总之，朱高炽以肥胖闻名于世，以仁慈施政于民，虽有小过，但瑕不掩瑜，在明朝形形色色的皇帝中，他算是个好皇帝。《明史》对他有个总评："……在位一载。用人行政，善不胜书。使天假之年，涵濡休养，德化之盛，岂不与文、景比隆哉。"大意说他善用人才，推行仁政，干的好事太多了，假如老天爷让他多活几年，好好保养身体，国家强盛可与汉文帝、汉景帝之时媲美。这个评论是中肯的。

风流倜傥治升平

——明宣宗　朱瞻基

明宣宗　朱瞻基

宣德香炉有雅风，丹青渲染有州功。

十年一觉霸王梦，交趾撤兵顿化空。

据某年某媒体报道，有一只宣德香炉在香港拍卖，该炉铜制，褐色，式样古雅，制作精巧，炉底铸有扁方阳文款曰："大明宣德年制。"蜡色光滑可爱，几经竞争，竟拍出百万天价。后经专家鉴定，此炉是明末仿制的赝品。于是我猜想，若是真正的宣德炉必是价值连城。宣德炉产于大明宣德年间，是宫廷御制，存世不多，弥足珍贵。这"宣德"二字，便是明宣宗朱瞻基的年号。朱瞻基是明仁宗朱高炽的嫡长子，明成祖朱棣的嫡长孙。洪熙元年（1425），仁宗崩驾，太子朱瞻基即皇帝位。尊母张氏为皇太后，立王妃胡氏为皇后，王嫔孙氏为贵妃。越明年，改元宣德，这个年号有宣扬德政的意思。据明史载，朱瞻基出生时，成祖朱棣夜梦太祖朱元璋，授以大圭，圭是皇家独有的玉器，大圭上镌有"传之子孙，永世其昌"八字，成祖醒后，八字犹历历在目，记忆犹新，视为瑞兆。既而满月，成祖朱棣见此孙英气满面，啼声洪亮，不同寻常。于是非常钟爱，永乐九年（1411）立为皇太孙，这说明他以后可稳当太子，稳当皇帝。这个故事当是后代史臣的杜撰，真命天子出生时必有一番瑞祥景象，这是老生常谈，殊不可信。还有一事可见朱瞻基少年之不凡，某日，朱棣偕朱高炽、朱高煦和朱瞻基到孝陵拜谒。朱高炽身体肥重，由两太监扶掖而行，上台阶时跌倒，朱高煦在后大声说："前人蹉跌，后人知警。"忽听身后又有人大声说："还有后人知警呢！"高煦回顾，见是朱瞻基发言，犹圆瞪双目，狠狠怒视，不禁失色。此事可见朱瞻基少年时便头角峥嵘，不同凡响。

【讨伐汉王】是朱瞻基即位伊始的平叛军事行动。明仁宗朱高炽暴死，弥留时立遗诏传位太子朱瞻基。而朱瞻基当时远在南京，闻讯星夜兼程回京。此时有情报传来，汉王朱高煦想乘机篡位，准备发兵在路途截击太子，气氛十分紧张。太子左右侍臣建议太子招兵护卫。朱瞻基厉声说："君父在上，何人敢妄行？"毅然直奔京师。朱高煦竟不敢仓促发难。及朱瞻基即位之后，汉王高煦谋反的情报不断传到京师，朝中大臣纷纷上奏请朱瞻基先发制人，派兵平叛。而朱瞻基说："昔日皇祖考曾谓皇考，言此叔有异谋，但父皇待他甚厚。朕亦应推诚加礼，宁他负我，我决不负他。"遂下诏安慰汉王。朱高煦此人，勇敢暴戾，与其父朱棣十分相似，在靖难之役中屡立大功。而且两腋下长有龙鳞，有方士进言此为帝王之相。朱高煦很是自负，早有夺位之心，后来成祖朱棣发现后将他贬徙至山东乐安为王。及宣宗即位，他欺宣宗年少，认为是夺位的大好时机，在乐安日夜筹划并赶造兵器，大肆招兵买马，又招集四方亡命之徒作为敢死队。掠夺周围州县马匹粮草，建立官职，太师、尚书、六部各官一应俱全。又联络四方，并放出大话，说先取济南，再捣京师。发难的借口是，朝廷出了奸臣夏原吉，要兴兵以清君侧。完全学的是朱棣发动靖难之役的那一套。

朱高煦叛乱的消息传至京师。朱瞻基十分震怒，在太子少傅杨荣的谏议下，决定御驾亲征。先将高煦罪状，申告天地宗庙。再命平江伯陈瑄屯兵守住淮安，防朱高煦兵败南窜。于是亲率朝中名臣名将，统兵十万，浩浩荡荡杀奔乐安。大军兵临乐安城下，先下诏招降，被朱高煦拒绝，朱瞻基大怒，立命大兵围住乐安四门，发起强攻。朱高煦慌忙迎战，一攻一守，激战半日。城中军心已溃，守兵多已逃散。眼看城要攻破，朱瞻基忽又下旨，停止攻城。将劝降诏书，再射入城中，以示仁至义尽，予其最后一次机会。心理攻势很快奏效，乐安城中立即人心大乱，都说天子亲征消灭叛王易如反掌，跃跃欲动，均有归附朝廷之心。此时的朱高煦真是狼狈至极，骄横暴戾之气早已烟消云散，自度军心已溃，乐安城池狭小，难以固守，只得开城投降，匍匐在宣宗大营前，席藁待罪。朱瞻基让一个有口才的小官，代他当面宣布朱高煦的罪状，这个小官表情极为严厉，咬牙切齿，怒目而视，正气凛凛，声色俱厉，词锋尖锐，声如响雷，连珠炮般地列数朱高煦若干罪状，吓得跪伏在地的朱高煦浑身发抖。朱瞻基感到特别解气，对这个小官大加赞赏，立即封为佥都御史，巡按江西，这小官就是后来保卫京城、抗击瓦剌的民族英雄于谦。看来朱瞻基确实慧眼识英雄，知人善任。群臣力劝朱瞻基大义灭亲杀死朱高煦。朱瞻基不忍负杀叔之名，将其押回京师，废为庶人。平叛大军随即凯旋。朱高煦夫妇被禁锢在西安门内一宅院，号为逍遥城。饮食待遇一如亲王之例。被禁数年后，一日朱瞻基亲往居所探视，朱高煦箕踞于地，很是傲慢，朱瞻基不免训斥几句。待朱瞻基返身欲归，朱高煦久怀愤怒，竟伸出一足，将朱瞻基勾倒在地（朱高煦勇猛无比，武艺高强，即怀大恨，仇人近在咫尺，何不将他打死掐死，竟出腿使绊子，可知其此时神志不清或愚不可及）。朱瞻基大怒，大呼左右拿下，命力士抬来一巨大铜缸，将朱高煦扣在缸内，铜缸重三百余斤，朱高煦尽力挣扎，缸竟左右移动，朱瞻基亦怒，命力士按住铜缸，在铜缸周围燃起炭火，火势熊熊，不一时铜缸烧得通红，朱高煦早已身首焦烂，活像一只北京烤鸭。朱高煦之弟赵王朱高燧也参与叛乱，此时在彰德封地。朝中大臣纷纷上奏，请派兵拿住赵王以正国法。朱瞻基说："朕只剩一叔，更应保全。"于是派使臣将大臣的请杀赵王的奏章送到彰德府。赵王朱高燧一见，喜且泣曰："我死不了啦。"上表谢罪，愿献出护卫。至此汉王之乱得以平息。

朱瞻基即位之初，便遇汉王之乱，身处危难多事之秋，可谓不幸。但他处变不惊，从容不迫，指挥若定，亲率六师敉平大乱，其大智大勇大仁表现得淋漓尽致，使朝臣敬畏，天下信服。宣德十年辉煌业绩从此奠基。

【放弃交趾】是对是错，至今史学界尚有争议。此事须从头说起，内患甫平，外患又起。交趾又传来黎利叛乱消息。这真是雪上加霜，天公又要磨炼朱瞻基了。原来黎利在永乐末年，不满明廷统治，举兵反叛，声势浩大，屡陷交趾州县。成祖、仁宗两朝多次派兵围剿，并未能镇服黎利。仁宗曾下诏招安，黎利又叛服无常。明廷对黎利真是束手无策，无可奈何。至宣宗即位，交趾形势更加恶化，黎利势力更加扩张。交趾驻军长官陈智、方政率兵征讨，黎利厉害得很，屡次击败明军。交趾军政官员飞章向朝廷告急。朱瞻基闻警报，下旨夺去陈智、方政官爵，罚其在军前效力。又任成山侯王通为交趾总兵官，征夷大将军，率兵南征。王通大军进入交趾，在清威与黎军遭遇，初战告捷。王通意气风发，骄气十足，麾军长驱而进，竟遭黎利伏击，明军大败。王通逃至交州，黎利乘胜追击。王通大惧，骄而复馁，竟遣使议和，许以清化以南土地归黎利管辖。黎利得了土地，仍然咄咄逼人，派兵四出，强攻交趾各州县。两军激战数月，互有胜负，但最终还是黎利占了上风。黎军连续攻占义安、平州、昌江等地，大批明军将士战死，王通龟缩在交州不敢出战，只得向明廷告急。朱瞻基非常震怒，立命安远侯柳升为帅，统兵往交趾支援。又命前任交趾布政司使黄福随军前往。黄福在交趾执政十八年，深得交趾民心。此次又再派他赴交趾再任布政、按察二司。柳升率大军入交趾，一路疾进，斩关夺隘，收复失地，屡屡得手。兵锋极锐，士气大振，黎利军且战且退，直退至倒马坡一带。柳升见黎军溃退，以为不堪一击，麾军直追。在倒马坡又遭到黎利重兵伏击，柳升驰马挥刀冲入敌阵，几经激战，明军抵不住黎利猛烈围攻，顿时溃散，柳升亦死于乱箭之下。这一仗明军七万人几被歼灭，残兵三千余人逃入交州。黄福也被黎军生擒，黄福欲自尽，被黎军头目拦住。大小头目皆跪拜于地说："黄公是我等生身父母，交趾百姓皆受黄公恩惠。我等永不忘怀。"黄福斥责道："朝廷并不负你，如何从逆反叛?"众头目哭道："官逼民反，不得不然。若朝廷官员尽如黄公，我等死也不敢叛逆。"黄福闻之泪下。众头目赠金送粮，抬着轿子将黄福送至境外。

王通在交州闻知柳升兵败身死，更加恐惧。又派使议和，在交州城外筑坛盟誓，签约休兵。原来此时黎利已感疲惫至极，不愿再战。又得了王通许多珍宝，决定停战议和。王通与黎利串通一起，捏造了一个"陈暠"名称，说他是前国王陈日煃的后代在老挝返回，黎利愿立他为王。王通将此情上奏朝廷。朱瞻基闻报，立即准奏。立"陈暠"为交趾王，赦黎利之罪，让其辅政。竟下旨撤出在交趾的全部官员和驻军。原来朱瞻基已经厌兵，交趾历年变乱，屡次进剿，耗费国库无数粮财，朱瞻基觉得得不偿失。竟将成祖创建的业绩轻轻抛去，前功尽毁。交趾收归中国版图二十年后，又告独立。由中国的行省又变成中国的臣属国。这是仁、宣两朝对交趾政策的彻底失败，朱高炽、朱瞻基父子，必须背负沉重的十字架，永远受到国人的指责，我每读《明史》至此，联想到民国年间外蒙古独立，不禁扼腕长叹，欷歔不已。

【宠妃废后】是朱瞻基的绝情之事。宣德三年（1428），交趾战争甫靖，宫闱中出了一件大事，又使朱瞻基左右为难，狼狈不已。原来，朱瞻基年已三十，却无子嗣，皇统无继，使他非常忧虑，为此他广选妃嫔，朝鲜也进贡五十余名美丽的处女，纳入后宫为宫人，他遍施雨露，也毫无动静。胡皇后虽位居中宫，贤淑有加，但据太医诊治说她阴阳失调，阴脉不振不能生育，胡后亦是忧虑，却也无法。后宫群妃也是着急，只恨自己肚皮不争气。内中最着急的要数孙贵妃。孙贵妃生得天姿国色，体态妖娆，性情风流，更狡黠天成，富有心计。对朱瞻基百般奉承，大施温柔之术，令其神魂颇倒，深得宠爱。后宫佳丽三千人，三千宠爱在一身。明朝后妃受封，按定制皇后有册有宝，贵妃有册无宝。由于朱瞻基的偏爱，孙贵妃受封时有册有宝，完全与皇后一样。这使孙贵妃愈为骄矜，心中暗存夺后之心。一日朱瞻基临幸孙贵妃。孙贵妃使尽手段取悦皇上。事毕，朱瞻基忽然垂泪说："皇后有病无子，卿无病也无子，难道命中注定朕无子吗？"接着又是长吁短叹。那孙贵妃竟跪伏于地，忽作娇态说："妾久承雨露，近来身体觉有异征，红潮不至，已有月余，怕不是育麟先兆？"朱瞻基大喜，立即抱之膝上，喁喁相语："卿若产麟儿，必立卿为后。"孙贵妃佯作吃惊状说："后位已定，妾何敢有此妄想，望陛下再勿出此语。"朱瞻基喜道："好贵妃，好德性，下去好好调养，以后再作计议。"

谁知，过了七八个月，孙贵妃临盆果然产下一个皇子。朱瞻基大喜过望，抱出婴儿，见他体格硕大，啼声嘹亮，真是英物。立命礼部火速定名，名为朱祁镇。接着又奖赏百官，大赦天下。据野史记载，孙贵妃生子，确是李代桃僵，她先见某宫婢有孕（必是朱瞻基临幸宫婢所致，确是龙种，不是野种，读者不要误解），连哄带吓，逼宫婢应允。自己按太医秘方使腹部隆起。果然那宫婢分娩生了男儿，立即将婴儿抱入自家宫中，谎报皇上生了皇子。一切布置得十分严密，只蒙蔽着朱瞻基一人，后来又杀死宫婢灭口。这皇子满月，朱瞻基大开汤饼之宴，宣旨立其为太子。忽一日朱瞻基在朝堂询问诸臣，说道："朕有大事，与诸卿商议。中宫有病无育，幸贵妃得产麟儿，立为太子，自古母因子贵，这是通礼。但不知何以处置中宫？"诸臣初闻此语，皆面面相觑，不置可否。独大学士杨荣上奏："如陛下言，何妨废掉皇后，从前宋仁宗废郭后，便是成例。"大学杨士奇立即反驳："臣事帝后，犹子事父母，母即有过，儿当力谏，怎敢与议废后事。况宋仁宗废郭后，自悔不已，已贻讥史册，望陛下三思。"朱瞻基不悦拂袖而去。

后来，朱瞻基又宣杨士奇入宫商议。杨士奇无奈，想出一个两全之法。那就是劝胡皇后让位。果然此计有效，那胡皇后性格本澹泊淑静，再者有病无子，早已自卑自惭，经朱瞻基连劝带逼，答应让后位与孙贵妃。孙贵妃又再三谦让，又说什么"待皇后病愈生子，当奉还后位"云云。竟堂而皇之地被朱瞻基册封为皇后。

朱瞻基废后是明廷宫闱中的怪事，历来受到史家讥评。胡皇后结发之妻，有功有恩有德，奈何以有病无子无端废去！而孙贵妃以妖媚得幸，以奸计夺位。朱瞻基喜新厌旧，刻薄寡恩之心，昭然若揭。史称明宣宗是英明之主，观此事，不是"宣德"，实为失德。而杨荣、杨士奇同称明代贤臣，杨荣善于奉迎，劝君废后。杨士奇力言不可。关键时刻本性暴露，孰优孰劣，不判自明，真令人嗟叹不已。笔者有诗叹曰：

逢君之恶语咻咻，好个杨荣不识羞。
皇帝喜欢高帽子，古今谀者满神州。

【重用贤臣】贬斥奸佞是宣德朝的政风。朱瞻基废胡皇后，确为失德之事。但他能始终重用贤臣，使宣德一朝吏治清明，史不绝书，盛赞不已。朱瞻基广泛延揽人才，均能量才使用，如他始终重用先朝旧臣，最著名的有蹇义、夏原吉、杨士奇、杨荣、杨溥等人。

蹇义本是建文旧臣，永乐、洪熙两朝在吏部任职。他为人厚道，作风谨慎，谙熟朝章典故。宣宗承先帝遗愿，让他继续担任吏部尚书之职，鞠躬尽瘁，死而后已，为朱瞻基尽职尽责。

夏原吉，亦是先朝旧臣，长期执掌户部，在永乐、洪熙两朝，管理财政，最为精明强干，将财政管理得有条不紊，是中国历史上最著名的理财专家。朱瞻基对他恩宠不倦，倚重有加，在内阁中擢为首辅。蹇义与夏原吉入阁，历史上称为“蹇、夏辅政”。

杨士奇，名寓，以字名世。江西泰和人，自永乐年入阁，一直到正统朝，在阁长达四十二年。他学识渊博，品行端正，刚直不阿，能容人过。人称为西杨。

杨荣，字勉仁，福建建安人。他善谋断，才识超人，善承帝意，很受朱瞻基信任。人称东杨。

杨溥，字弘吉，湖广石首人，宣宗时入阁，他有雅操，与同僚相处和谐，人称南杨。

三杨共同辅佐宣宗，历史称为“三杨内阁”，三人同寅协恭，相得益彰，是明代最贤明的内阁大臣。三杨好文章，擅诗赋，文藻华丽，善为应制诗文，对君王极尽歌功颂德之能事，是典型的庙廊文学，中国文学史上称三杨倡导的文学为“台阁体”。

朱瞻基还任用了其他大量人才。宣德五年（1430），他选派了于谦、周忱等六人巡抚天下，巡抚挂钦差衔，协调地方三司，代中央行使权力。后来发展为巡抚制，使巡抚成了实际的地方长官。史载于谦巡抚山西、河南十八年，政绩卓著，深得民心，后来成为抗击瓦剌的民族英雄。周忱巡抚南直隶二十二年，亦很称职。另外还任命况钟为苏州知府，况钟锄强植良，号称能吏。昆剧《十五贯》中的大清官就是况钟。又任赵豫为松江知府，恤贫济困，号称循吏。顾佐原为应天府尹，为人刚正不阿，公廉有威，时人比作包公。杨士奇、杨荣向朱瞻基力荐此人。朱瞻基果断任为右都御史。顾佐受命后，不辱君命，先后弹劾贬斥庸官、贪官二十八人，又举荐四十六名清正刚直之人担任御史，朝纲为之一振。朱瞻基对他大加奖励。

另外，朱瞻基对一些不称职的官员毫不留情予以贬斥，一日他在皇宫登高远望，见远处有人大兴土木建设豪宅。立即命人追查，原来是工部尚书吴中以官家木石兴建私宅。朱瞻基大怒，立命缇骑逮吴中入狱。然而吴中有大功可表，永乐年间，兴建北京及紫禁城宫殿，他是总设计师，仅此功便可名传百世。

大学士张瑛、陈山原是东宫旧臣，与帝情谊颇深，但才具平庸，任职无建树，便将二人调出内阁，充任其他闲职。

总之，宣德一朝，吏治较为清明，贤才济济，朝纲严肃，奸邪不进。朱瞻基重贤任能，知人善任。他无愧是一位守成治世的英主。

大臣对朱瞻基尽忠尽力，他对大臣亦优礼有加，与乃父朱高炽一样，他和臣下关系非常和谐，颇有民主风度。一日他将蹇义、夏原吉、三杨等十九人招入西苑。西苑在紫禁城西，北有万岁山，中有太液池，是皇家游乐的园林。首先他领着诸臣游览了西苑的亭台楼榭，又与群臣登上了万岁山，登高远眺风景；然后与群臣登舟在太液池航游。春和景明，碧波万顷，池周围嘉树成荫，百花鲜艳，金碧辉煌的宫殿亭台，掩映其中，好一派美丽景致。君臣心旷神怡，其乐融融。朱瞻基见太液池中锦鳞游泳，忽跃忽沉，立与群臣各执鱼竿垂纶钩钓。不一会儿钓来许多鱼儿，又命御膳房当即烹调，鱼羹甫上，又呈美酒。朱瞻基忽来雅兴，与群臣吟诗唱和。君一句，臣一句，无非是歌功颂德，鼓吹升平，杯筹交错，诗声琅琅。朱瞻基醉意微醺大呼："今日与卿同乐，不醉不归。"群臣开怀畅饮，歌唱舞蹈，朱瞻基又赐群臣金钩玉带，好一幅君臣同乐的图画。朱瞻基开放宫禁，与臣观景饮宴，历代君王何人可与媲美？群臣享受如此殊遇，东倒西歪、醉醺醺地拜伏在朱瞻基脚下，山呼万岁。

某一日深夜，朱瞻基忽然想到杨士奇的一句话，想问个究竟，竟带几名宫监，轻车简从夜访杨士奇宅。杨士奇闻圣驾忽至，忙迎拜府外，瞿然道："陛下一身关系至重，奈何轻自到此。"朱瞻基笑道："朕思卿一言，所以亲至。"又问："朕微行有何害处？"杨士奇道："皇上恩泽未必遍寰区，万一怨夫冤卒，伺间窃发，岂不是大可虑吗？"晤谈半晌，方才回宫。后过旬余，锦衣校尉果然捕住二盗。拷问招供，想乘皇帝微行，意图犯驾。朱瞻基喟然而叹："至今方知士奇爱朕！"

朱瞻基夜访杨士奇，在明代传为佳话，确是君臣和谐相处的典型事例。以君王之尊夜访臣宅，历史上能有几人？朱瞻基真有些民主风度。

【体恤民生】是朱瞻基治国的基本政策。张太后是朱瞻基的母亲，史家称“明多贤后”。张太后便是其中杰出的一个。她贤良严谨，经常对朱瞻基教以为君之道。太后千秋节，朱瞻基率百官祝贺。张太后当着百官面前，教诲朱瞻基。她说：“今天下太平，我母子得享此乐。皆天与祖宗所赐。天下百姓就是天与祖宗的赤子，汝为人君，能保安百姓，不使饥寒，庶几我母子可长享此乐了。”朱瞻基拜谢，百官亦伏于地称颂太后贤明。朱瞻基对太后亦是孝顺有加。某日奉太后到昌平谒陵，朱瞻基手执马鞭，骑马作为太后凤辇前导。至清河桥，下马亲扶太后辇徐徐前进，京郊人民夹道拜观，见皇帝侍母谨孝，都山呼万岁。太后回顾朱瞻基说：“百姓爱戴皇帝，无非因皇帝能安民，应慎终如始，勿负民望。”朱瞻基唯唯领教。谒陵完毕，他又侍奉太后访问农家。并宣召农妇，问生活如何，农妇很热情地回答皇上。同时献上农家饭菜。太后和皇上都尝吃饭菜。太后对朱瞻基说：“这是农家风味，不可不尝。”又过田地见农夫耕田，朱瞻基向农夫取过犁，努力犁了三下，顿时气喘吁吁。回顾群臣说：“朕三推已不胜劳，况长此劳动呢？”又赐给农夫钱钞，顿时欢声载道。笔者写完此段，感慨异常，作七绝一首：

帝王将相众公卿，全是黎元血喂成。
后世缙绅须谨记，千千万万恤民生。

朱瞻基亲自体验百姓生活、关心民生疾苦。归来后作《耕夫词》《织妇词》等诗歌，诗中写农夫、织妇劳作的辛苦，自己吟唱，又让群臣、宫人吟唱。

每逢灾年，朱瞻基必诏令天下，免除赋税，并开仓赈灾。河南某县县令见百姓饥饿，未及上奏，便开仓救济灾民，按律应以治罪。朱瞻基闻后，大力称赞此县令能夺情视事，精明强干。

朱瞻基崇尚节俭，衣着朴素，不求华丽。曾有大臣说宫中器用不足，应派使出外采办。他说："汉文帝服不饰花纹传为美谈，史称其恭俭爱民，朕节俭亦为表率。"遂拒绝。锦衣卫指挥钟法保自荐愿到东莞采珠，进奉皇宫。朱瞻基以"扰民求利"之罪，将其免职。工部尚书吴中上疏说山西果圆寺是国家祝福之所，请征调役夫修寺中旧塔。朱瞻基说："汝欲修塔祈福，朕以安民为福。"义正词严，吴中怀惭而退。

朱瞻基能体恤民生，救助民生，关心民瘼，提倡节俭，这都是君王难得的美德，实在值得后世颂扬。他深深牢记太后的教诲：只有百姓安宁，不使饥寒，他才能享受皇帝之乐。

【巡边宣武】在此简略一提，朱瞻基文治天下，但也炫耀武功，当年他屡次随祖父北征，得到历练，颇有英武之风。宣德三年（1428），蒙古兀良哈部犯朔方，他率六师北巡，亲自上阵杀敌，击败兀良哈，北部边疆得以平靖。宣德五年（1430）、宣德九年（1434），他又两次巡边，目的是宣扬国威，震慑敌军。两次俱至漠北洗马林。诸将奏请乘便袭击瓦剌，而杨荣、杨士奇力劝不可。于是班师凯旋。在明朝皇帝亲征敌军，除太祖、成祖外，就数宣宗朱瞻基次数较多。后来英宗亲征瓦剌被俘，皇帝亲征被视为畏途。还有武宗亲征一次，以后明朝便再没有皇帝敢于亲征了。

【宠信宦官】朱瞻基别有特色，他派官员专门教授宦官文化，宦官习文成为风气。又设司礼监，内阁拟旨后，由司礼监代皇帝批阅，方能颁布。批阅时用红字，叫做"批红"。司礼监代天子行事，权势熏天，成为挟制内阁的力量。宣德一朝虽无出现祸国殃民的宦官。但司礼监的设立，开始了太监执掌朝政的先河，朱瞻基难辞其咎。宦官，又名太监、阉官、寺人、宦寺、中官、中珰、珰寺、中使、内臣等。中国的宦官渊源已久，最迟在西周时，宫廷就开始使用阉人，宦官阉割生殖器入宫当差，也从那时开始。中国的帝王残酷自私至极，自己占有三宫六院，不许任何人染指，仅仅是为了防止宦官与内闱妃嫔淫乱，就想出了这种酷毒的手段，残害人的身体，羞辱人的精神，使古今大批青少年沦为身心两残的废人，受到全社会的歧视。宦官与妇女裹脚，是中国帝王最野蛮残酷的发明，是天下最丑恶的制度，与中国的四大发明形成天壤之别，真让世界震惊，真让世界耻笑！据说古罗马、希腊、埃及的宫廷也有宦官，到底是外国传入或中国输出，或是不约而同，尚待考证。辛亥革命推翻帝制，延续两千年的宦官制度，也随之结束。而明朝是使用宦官最多的王朝，最多时达十万人，不仅皇宫使用，亲王、郡王府也使用。明朝的历史，换个角度说，其实是一部宦官史，始终笼罩着宦官的阴影，这确是史学界值得研究的问题。

【潇洒君王】 比喻朱瞻基，很是恰当。朱瞻基是个风流倜傥，追求风雅的皇帝，他做皇帝从容不迫，干大事如烹小鲜，优哉游哉，很是轻松自在，不像其他皇帝那样严肃紧张，日理万机，被国事压得焦虑不堪；或一味保持尊严，拿大架子唬人，自己难受别人也难受，其实是作茧自缚，活得太累又不自由。他多才多艺，能书善吟更工于丹青，这样的全把式皇帝历史上也没有几个。他作画才艺最高，前代大概只有宋徽宗赵佶能和他媲美，是中国古代最著名的大画家。他曾作《黑兔图》《松云荷雀图》《黑猿攀槛图》，画技高超，备极精工。至今流传天下，珍为秘宝。这些画作，据闻藏于故宫博物馆，另一些流于海外。朱瞻基喜爱工艺品，在皇宫建立作坊，自己参与设计，专制一些精美的玩意。宫廷制作的宣纸，能薄能厚，柔韧无比，书画时有渲晕效果，裁而作笺，有菊花笺、牡丹笺、洒金笺、五色粉笺等名目。宣纸就是产生宣德年而得名（一说因产于宣州而名）。又制作折扇，以竹二十余片为骨，覆贴蓝色轻纱，承以木柄，舒卷自如。据说这是折叠扇的滥觞。朱瞻基以扇为题作六言诗一首：

湘浦烟霞交翠，剡溪花雨生香。
扫却人间烦暑，招回天上清凉。

又制宣德香炉，古雅精美无与伦比，至今成为古董界稀世珍宝。御窑又烧制青花脂粉箱，瓷质细美，青花满体，箱中分为二洼，子母隔离，中有小孔相通，灵妙绝伦，据闻至今举世只存两具。这些都是朱瞻基在工艺品史上书写的光彩之笔。

朱瞻基性情活泼，热爱游戏玩耍。宣德年间宫中兴起斗蟋蟀之戏，首倡者便是朱瞻基。蟋蟀又名促织、蛐蛐，善跳跃喜斗。他最喜欢斗蟋蟀，津津有味，乐此不疲。最初密令苏州府采来千只，后来竟成常贡。当时有民谣道："促织瞿瞿叫，宣宗皇帝要。"清代蒲松龄作《聊斋志异》内有一篇《促织》，就是以宣德皇帝斗蟋蟀为背景的。朱瞻基玩蟋蟀是一种业余爱好，不是玩物丧志，也没有荒耽政务。就像某总统爱打高尔夫，某总统爱柔道，某主席爱打桥牌一样，纯是借物抒情的雅好。

【宣德崩世】宣德十年（1435），朱瞻基忽感不适，急宣太医诊治，谁知病入膏肓越治越糟，数日后已至弥留，他自知不祥，召三杨商议后事，写下遗诏："传位太子朱祁镇，所有国家大事，先禀太后而后行。"诏书刚宣布，朱瞻基便崩世归天。年仅三十八岁，比他父亲朱高炽寿命还要短，天不予遐龄，可惜可惜，他生有二子，长子是朱祁镇，次子是朱祁钰，死后埋葬在北京昌平县景陵，有十一个妃子殉葬。谥号为章皇帝，庙号宣宗，在位十年。

朱瞻基继承父业，励精图治，继续推行"与民休息"的政策。体恤民生，重用贤臣，贬斥奸邪，兴利除弊，遂使天下升平，百姓安居乐业，史家称为"仁宣之治"，真正达到国泰民安。无愧是一位守成令主、太平天子。尤其是他风流倜傥，温文尔雅，多才多艺的风采，使后世人钦佩拜服，心仪不已。然而，他"委弃祖业"，放弃交趾之举，废掉胡后的薄情行为，也赫赫昭昭地被写进史册，这个污点他永远难以洗刷。

帝海沉浮一叶舟

——明英宗　朱祁镇

明英宗　朱祁镇

帝海沉浮一叶舟，蒙尘漠北贻奇羞。

南宫惊破八年梦，复辟夺门志又酬。

宣德十年（1435）秋，明宣宗朱瞻基崩世，立下遗诏传位太子朱祁镇，凡国家大事，必先禀白太后而后行。越明年，改元正统，正统有匡正统绪之意。朱祁镇做了皇帝，还是个黄发垂额的九岁孩子，朝中大事均由太后做主，三杨辅佐。三杨是明代贤臣杨士奇、杨荣、杨溥，都是接受宣宗遗令的顾命大臣。然而尽管朱祁镇由太后教诲，由贤臣辅佐，但他终究是一个扶不起的天子，观他一生行为，可以断定他是一个昏庸之君，又是一个善良的皇帝，还是一个命运坎坷的皇帝。好像冥冥中上天安排他做皇帝，是让他砍斫大明王朝的命脉，使它一步步走向衰亡，又好像是上天故意磨炼他，让他一次次遭受苦难的煎熬。朱祁镇就是这样一个充满传奇色彩的皇帝。

【即位初期】时，朱祁镇就遇到麻烦，因为他才九岁，还是一个不懂事的孩子。朝中大多数大臣认为他不能担当皇帝大任，纷纷上奏张太后，请立襄王朱瞻墡为帝，并抬出"国赖长君，兄终弟及"的祖训。朱瞻墡是宣宗朱瞻基的亲弟弟，又是张太后的亲儿子，按资格，论才干，他确实可以继承大统。一时间，朝野谣言四起，人心惶惶，气氛十分紧张。消息传到宫内，张太后虽有主见，但也有些紧张，立即密宣杨士奇、杨荣入宫商议。二杨奏太后道："我辈受先皇厚恩，临终受命，理应力保幼主，扶持国祚。"太后正言道："我为此事，特召二卿，幼主是先皇嫡长子，子继父统，天经地义。二卿系先朝老臣，须辅佐幼主，勿负先帝。"二杨涕泣顿首唯唯领命。翌日，太后与幼主朱祁镇御乾清宫，召百官入朝。两边女官佩刀剑侍立，宫外阶下布满御林军，朝仪十分严肃。张太后指着朱祁镇对百官说："这就是新天子，刚刚九岁。全凭诸卿调护。"百官伏陛山呼万岁。就这样朱祁镇登上了皇帝的宝座，张太后自然又成了太皇太后。生母孙氏成了皇太后。现在传统戏剧中有一出戏《二进宫》，就是演绎的上述故事。

太皇太后张氏对孙儿教育十分严格，一心期望他成为大有所为的君主。朱祁镇登基后，太皇太后立即实施经筵讲学制度。经筵是一种古礼，是为皇帝专设的教育形式，类似现在中央政治局集体学习，不过古代只针对皇帝一人。太皇太后选择了名臣名师主持经筵，几经慎重挑选，英国公张辅知经筵事，三杨同知经筵事。王直、李时勉、陈智充任讲官，上述各人均是学问渊博、言行端谨、老成练达之人。经筵大典每年二月至五月，七月至十月，逢二日在文华殿举行，寒暑停止。大典礼仪十分隆重。除大典外还有日讲，由讲官督导皇帝反复背诵经书。在太皇太后的苦心安排下，这些大臣鞠躬尽瘁、尽心竭力，一心想把朱祁镇教育成经时济世的尧舜之君。

【信宠王振】影响了朱祁镇的一生。经筵时，面对枯燥深奥的经书，朱祁镇哪里听得进去。他活像一个木偶呆坐在那里，心儿早已逸出躯壳，飞到别处去了。他性情活泼，最爱玩耍，能满足他此种欲望的，只有王振一人。王振此时是司礼监大宦官，早在东宫时，他就是专门侍候朱祁镇的太监。他朝夕侍立左右，顺着朱祁镇的性子，尽量让他玩得高兴，无微不至地关怀他。朱祁镇是个重感情的人，十分喜欢王振，爹娘可以不要，兄弟可以不要，王振却须臾离他不得。及朱祁镇即位，王振更加殷勤，服侍更为周到，从而更受宠爱。朱祁镇呼为先生而不名。也许是王振的忠心，也许是王振把皇帝当作奇货，借此擅权。他认为皇帝是个孩子，必须树立赫赫君威，如此便可君临天下。他在朝阳门外，筑起一座校阅台，又调来京卫兵马在此操练，时常带着朱祁镇到这里检阅军队。台下旌旗招展，金鼓齐鸣，受阅军队阵形忽变，兵马纵横，呼声震天。朱祁镇见这般热闹，乐得呵呵大笑，王振亦十分得意。满朝公卿，见皇帝喜欢兵事，崇尚武功，不免敬畏起来。为了震慑群臣，树立君威，王振故意挑剔大臣的过失，杀一儆百。他上奏朱祁镇，说兵部尚书王骥，侍郎邝埜，奉旨筹边，延迟不报，分明是欺君。朱祁镇立召二人上朝，当面呵斥："尔等欺朕年幼吗？如此怠慢国事，成何体统？"命锦衣卫逮入诏狱，严刑拷打。王振又矫旨提拔他的心腹之人纪广，竟由一普通指挥升为都督佥事。又提拔山西同乡薛瑄为大理寺少卿。薛瑄是一代名儒，正人君子。有人劝薛瑄，应去感谢王振。薛瑄说："拜爵公朝，谢恩私室，瑄不敢为！"拒不拜谒。王振闻薛之言，大骂其为忘恩负义，后来竟将薛瑄几乎整死。朱祁镇对王振言听计从，凡事尽由王振一人决断，声威煊赫，代天子行事，百官噤若寒蝉，以王振马首是瞻。明朝宦官真正专权，实际上是从王振开始的。朱祁镇的皇帝权威从此也树立起来。

但当时太皇太后张氏仍然时刻监管朱祁镇，杨士奇、杨荣、杨溥等依然执掌内阁，对王振导帝为非十分痛恨。一日太皇太后宣召百官入宫，当着群臣面，指着张辅、"三杨"等五人，对朱祁镇说："他们都是先帝委任的顾命大臣，一切国政，应与他们商议，非他们赞成，不得妄行。"朱祁镇含糊答应。太皇太后又宣王振进殿，王跪伏于地。太后怒言："汝侍皇帝起居，多行不洁，罪不可赦，当赐汝死罪。"左右女官，立即拔剑出鞘，四柄宝剑交叉架在王振的脖颈上。王振魂飞天外，瘫倒在地。这时吓坏了朱祁镇，生怕心爱之人被杀，匍匐于地向太皇太后苦苦求情。三杨等五大臣见皇帝如此，也纷纷跪伏于地代为求情。太皇太后张氏是明朝一代贤后，洞识王振奸情，可谓圣明至极。但又以妇人之仁，竟将王振轻轻赦免。否则斩王振于朝堂，历史将又重写。张氏这一失误，真令人遗憾。

王振遭此蹉跌，心灰意冷，凶威收敛，四五年规规矩矩，不敢干预国政。这也是太皇太后震慑之效。但朱祁镇仍然十分宠爱王振，王振和朱祁镇的关系可以说是鱼水，是胶漆，是水乳，说什么也不为过。正统六年（1441）冬，朱祁镇御奉天殿，大赏百官，大赦天下，表示他亲政开始。午后大宴群臣，明朝有祖训：外廷宴会，太监不得参与。而朱祁镇酒酣耳热，身边没有王振陪伴，很是扫兴，竟不顾祖制宣王振参加宴会，下令开东华门迎入，王振意气扬扬，径坐皇帝宝座旁，举杯与百官向皇上祝酒，又向群臣祝酒。接着谈笑自如，开怀畅饮，朱祁镇高兴得很，因为他有了王先生陪伴。唯有满朝文武见状，大惊失色，继而窃窃私语，心中很是不安。正统七年（1442），朱祁镇大婚，册钱氏为皇后，婚礼由王振操办，王振颐指气使，像驱使奴仆一样驱使官员。婚礼办得十分隆重喜庆，朱祁镇龙颜大悦，夸王振操办有功，大加奖赏。是年，太皇太后患病，未几溘然长逝。三杨亦相继病殁或致仕。太后已死，三杨尽去，王振遂肆无忌惮，生杀予夺，尽在其手，挟天子以令诸侯，威风凛凛。朝政归王振操持，朱祁镇感到放心，乐得清闲，乐得自在。原来在奉天殿前矗有铁牌高约三尺，上面铸有“宦官不得干预朝政”八个大字，是太祖朱元璋亲自书写。这铁牌好似警世之钟，令历朝皇帝日夜警惕，不敢重用宦官。但是到了正统朝，王振见了很是扎眼。深夜命心腹拆卸盗去。铁牌被盗，朱祁镇也不深究，从此再无下落。唯王振心中暗喜，于是大施淫威，公然操持朝政，横行无忌。翰林院侍读刘球上疏陈言得失，王振以为诋己，逮刘球入诏狱，拷掠致死。王振到国子监视察，祭酒李时勉恨宦官专权直立不拜，王振大怒，以“擅伐官树之罪”，下入牢狱。太学士三千人罢课上疏营救，为孙太后得知，质询于帝，李时勉方得获释。王振作威如此，满朝公卿莫敢抗礼。杀罚一官必得王振之令，擢拔一官必奔王振之门。外官朝见，先到王府拜谒，至少以百金为礼，方得引见入朝。百官呼王振为“翁父”而不名。至是朝政败坏，赂贿公行。王振专权到了登峰造极的地步。

太监王振专权开了明朝宦官执掌朝政的先例，在正统朝以前，没有一个宦官拥有如此强大的权力。以王振为先行者，一个个擅权的宦官不绝于朝，直到明朝灭亡为止。后来史家都称“明之亡亡于寺祸”。确实评得有理。朱祁镇宠信王振以及明朝诸帝宠信宦官，遂使宦官专权。原因何在？一是宦官大多对皇帝忠心不渝，忠于皇帝得以超迁是他们的唯一出路。他们对皇帝曲意奉承，伺候得无微不至，皇帝感到十分舒服。外廷官员没有贴身侍奉、照顾皇帝起居的机会，而且今日上奏章，明日当廷劝谏，叨叨不休，表情严肃，令皇帝生厌。宦官近水楼台先得月，自然受到皇帝的宠爱。朱祁镇是个重感情的人，王振对他的忠心侍奉，他必然给予厚报，赋予重权。在明朝朱祁镇是对宦官感情最深厚的一个皇帝。再联系到近代，那些达官显贵的副官、幕僚、保镖、司机、秘书、通信员等为什么容易升迁，就是这个道理。第二个原因是重用宦官可以挟制内阁和外廷官员的权力，减少对皇帝的威胁。在皇帝看来外廷官员一般没有太监忠心，这是最大的原因。明廷设东厂、西厂、内厂，用宦官监视整治朝臣，又设司礼监代皇帝批阅奏章，拟旨批红，就是用宦官的力量对付朝臣。再者，宦官本是阉人，身体残缺，导致心理上产生自卑，甚至精神变态，常常有一种被歧视感。加之文化素质较低，一旦专权便大施报复，作威作福，以图快慰。这是宦官专权为害更为剧烈的原因。

【征讨麓川】 正统四年（1439），云南平缅酋长思任发，率兵反叛朝廷，侵占麓川。麓川在云南西南部与缅甸接壤，明太祖时沐英讨平平缅，思任发之父思伦归服朝廷，被封为麓川宣慰司使。后来思伦死，思任发继父位。他野心膨胀，狡黠天成，最喜弄兵，扩大势力，抢占地盘，称王称霸。明廷闻警立命黔国公沐晟和都督方政发兵进剿，两军遭遇高黎贡山，明军初战告捷，方政乘胜追击，拟取思任发巢穴。思任发重兵以待，以大象为前驱，冲入明军阵营，左右驰骋，思任发麾兵大击。方政阵亡，明军全部覆灭。消息传到京师，举朝震动，朝廷发旨，拟治沐晟按兵不救方政之罪。沐晟惧罪自杀。又命沐晟弟沐昂再次发兵进剿，沐昂用兵数月，不能克服任思发。任思发此时也感到疲惫不堪，亦愿休兵，派使者带着象、马、金银到北京，贡献朝廷，且上表谢罪。明廷召开大臣会议，群臣都说应乘此罢兵招降思任发。独有王振大呼不可，力请朱祁镇歼除后患。原来王振想借此征服蛮方，宣扬国威，再立一个平叛大功，巩固自己的地位。王先生说话，朱祁镇自然准奏。于是明廷以兵部尚书王骥为帅，蒋贵、李安、刘聚为副，率兵十五万出兵云南。王骥进入云南后，兵分三路，直取思任发。思任发扎营龙川江，树栅固守。明军数攻不下。会值大风吹来，王骥运用火攻，放火烧栅，蛮军溃败。思任发又排出象阵，明军用火铳、火箭击射，象群返奔，踩撞蛮军。明军乘胜掩杀。蛮军彻底溃败。思任发携二子窜入缅甸。明军班师凯旋，朱祁镇大喜，王振更是得意扬扬。

谁知明军北旋，思任发又从缅甸潜回，率兵侵扰云南各州县。朱祁镇震怒，召来王骥、蒋贵，下旨道：“蛮众未靖，死灰复燃，卿等为朕再行。”王、蒋领旨，招集四方军马五十万，浩浩荡荡，杀入云南，直奔麓州。思任发闻大军至，又退回缅甸。明军传檄缅甸令交出思任发，缅甸王拒不服从。于是王骥合同云南都督沐昂两路进攻缅甸。缅军与思任发猛烈抵抗。蒋贵身先士卒，冲入敌阵，焚烧敌舰百余艘，缅军不支，节节败退。明军大获全胜。未几，缅甸王恐惧，将思任发及家眷随从三十二人缚交明军。明军尽予斩杀，将首级函献京师。其后朱祁镇又两次征讨，剿灭思任发之子思机发的残余势力。麓川之役，最终告捷。

麓川大捷，最终平定了云南各部族，前后用兵九年，国威是宣扬了，南蛮是宾服了。但频年用兵，国库耗损巨大，既伤财又劳民，得不偿失。最后更助长了朱祁镇和王振好大喜功的骄气。

【土木之变】是明朝非常之变，还须从头说起。南边甫平，北疆烽烟又起。原来漠北蒙古族残元势力瓦剌部又复崛起，首领玛哈木死后，子脱欢代父继位，又立元帝后裔脱脱不花为鞑靼汗，自为太师。不久脱欢又死。其子也先嗣位成为太师，独掌大权。也先为瓦剌一代枭雄，勇敢善战，号召四方，统一漠北诸部，成为草原骄子。最初也先臣服明廷，年年派使进贡。朱祁镇和王振认为明朝是天朝大国，应推恩四方，对也先贡使，赏赐金帛无数。也先得了好处，觉得进贡有便宜可占，便不断增加使者数量，以捞取明廷赏赐。正统十四年（1449）春，也先派二千使者来京贡马，号称三千。王振命礼部点清人数，虚报的一律不予赏赐，马价也削低许多，也先许多请求，也不予满足。也先大怒，遂发兵进攻明廷，兵分三路，一路由鞑靼汗脱脱不花率兀良哈部，入侵辽东；大将阿拉知院率一军进攻宣化府；也先自统大队军马围攻大同。明大同守将吴浩迎敌，一战败死。明廷又遣西宁侯宋瑛，武进伯朱冕驰援，大战于宁和，二将阵亡，全军覆没。

警报传入京城，明廷朝野震动。朱祁镇问计于王振。王振慷慨陈词：“我朝以马上得天下，太祖、太宗都曾亲历战场。皇上春秋正盛，年力方强，何不效法祖宗，出师亲征，以安社稷！”朱祁镇大喜，立即应允。下令择日出师。钦天监上奏，说荧惑星入南斗，天象示警，不宜亲征。群臣又相率力谏，阻止皇帝亲征。王振大呼道："麓川大捷，南蛮甫平，正好乘胜扫灭北夷，宣扬天威，陛下北巡，必获全胜。"朱祁镇益坚亲征之心。于是下令郕王朱祁钰留守京城，赋予监国大权，祭天告庙，自率王振及英国公张辅等名臣宿将，统兵五十万御驾亲征。是时为正统十四年（1449）初秋。大军至宣化府，连日风雨，道路泥泞不堪，人心惶惶。群臣上奏请驻跸宣府。王振大怒："朝廷养兵千日，用兵一时，难道不见一敌，便想退军。再有抗阻，军法不贷！"大军继续前进，王振一路威严十足。成国公朱勇向王振报告军情，竟跪伏于地。尚书邝埜、王佐稍忤王振意，则罚跪草莽中，竟伏终日。时天气炎热，大兵行至阳和，军队乏粮，兵士中暑饿昏倒毙者，不绝于途。将至大同。大同总兵郭登请车驾速入紫荆关可保安全。王振方下令班师。王振籍贯山西蔚州（今河北蔚县），想让皇上到家乡观光，大军遂绕道蔚州回撤，半路上王振又想五十万大军到蔚州，必定踩坏蔚州庄稼，反致使乡人埋怨。于是又改变主意，命大军向宣府撤退。如此又延误了几天时间。忽报也先大军追来，军心更为恐惶。唯王振意气扬扬，镇定自若，命成国公朱勇率三万精兵截击。朱勇进军鹞儿岭，遭也先伏击。大败溃逃。王振闻报，也不着急，拥着皇上徐徐南行，人马行至土木堡。士兵因天气燥热，干渴得很，四处寻水，不得涓滴。又就地掘井，掘至十余丈仍然滴水未见。大军又饥又渴早已慌乱。又报也先大军追来。王振急发兵迎战，激战半夜，敌人愈来愈多，像潮水一般，竟将御营团团围住。此时王振慌了手脚，立即下令突围。大军拥着皇上急向南奔。行至三四里，也先大军杀到。又仓促迎战，也先军锐气正盛，骁勇异常，明军饥渴难当，军心涣散，顷刻溃散，死伤无数，余者多半缴械投降。英国公张辅勒兵迎战，竟被一箭射死。张辅是四朝元老，屡建奇功，靖难之役英勇无敌，平定交趾再建大功。一代名将竟饮血沙场，死于非命。同时明朝几十名公卿将相殉国，精英丧失，损失极为惨重。朱祁镇此时早已魂飞天外，眼睁睁看着王振，王振亦抖颤不停。护卫将军樊忠愤然道："皇上遭此危难，将士伤亡，生灵涂炭，均是王振一人造成。我今为天下杀此贼子。"言讫，从袖中拿出一大锤，猛击王振之头。噗一声，头颅粉碎，血浆飞迸，倒毙于地。樊忠又拥皇上突围。无奈敌军重重包围，樊忠力战身死。朱祁镇见大势已去，索性下马箕踞于地，闭着双目等死。忽有一队敌军快马追至，见了朱祁镇，知是南朝皇帝，一拥而去。

土木堡之役，以明军彻底失败而告终。皇帝朱祁镇被掳。他大约是中国历史上，除宋徽宗、宋钦宗之外，被异族俘虏的第三个皇帝，明朝开国八十余年，遭此大劫难，真是明皇室的奇耻大辱。明军频年南征，军力疲倦，国库空虚，粮草不继，朱祁镇轻信王振之言，率疲惫之军再度北征，岂有不败之理。王振固然是祸首，但朱祁镇好大喜功，万年后难辞其咎。

也先掳住朱祁镇，居为奇货。他听从弟弟伯颜帖木儿之言，对其优礼相加，饮食供给丰厚。又欲将其妹献给朱祁镇充作下陈。朱婉辞谢绝。答应也先说若将来归国之后，必以隆重之礼，迎纳其妹为妃。然后也先派使臣至北京，勒索金帛，许以放还皇上。惊慌失措的孙太后、钱皇后，赶紧搜集宫内金宝，以八匹骏马拉车，送到也先营中。也先收了珍宝，仍押住皇上不放。也先拥着朱祁镇先到宣府，伪传上命，令守将开门迎驾。明军拒绝开门。也先又拥着朱祁镇到大同，大呼开门迎驾，又勒索金帛，许以放还皇上。大同总兵郭登不得已献上万金，也先得金，复拥朱祁镇远飏。朱祁镇被也先挟持着，往来塞内外，好像游览风景一样。也先对这个奇货真是优待至极，不时设宴款待，甚至让自己的妻妾为朱祁镇祝酒。也先弟弟伯颜帖木儿更是胡人中难得的义士，朱祁镇就居住在伯颜营内，伯颜夫妇仍像对待皇帝一样，无微不至地关怀他。朱祁镇很是感激。但羁居塞外，望着茫茫草原，弥天风沙，心中十分悲苦。有时坐在牛皮穹庐中，对着羊肉马酪，腥膻不可下咽。回想起北京皇宫尊贵的生活，不禁暗暗垂泪，仿佛有隔世之感。真有“故国不堪回首月明中。问君能有几多愁，恰似一江春水向东流”的滋味。

此时传来北京拥立郕王朱祁钰登基称帝的消息，也先十分沮丧，本欲拘住朱祁镇必有利可图，现在南朝有了新皇帝，如何处置朱祁镇，也先左右为难。恰巧有个明廷的太监喜宁向也先献计。喜宁随皇上北狩，投降也先。喜宁说：“现今紫荆关守备空虚，不如乘此叩关，声言奉上皇回京，令守将开关，然后攻下关隘，直捣京都，燕都为我所有了。”也先闻言大喜。立即率大军拥着朱祁镇，一路疾驰直奔紫荆关。守将不知有诈，开门迎驾，也先伏兵四处，杀了守将，杀败守军，一举抢占紫荆关。然后麾兵长驱而进直薄京师。

【瓦剌围京】拉开了北京保卫战的序幕。也先大军兵临北京城下。京师大震。此时朱祁钰已被群臣拥立为帝，改元景泰。他听从于谦之言，拒绝南迁，固守京都。又抄斩王振家族几百人，抄出金银六十库，珍宝无数，人心大快。又拜于谦为兵部尚书，招集兵马，固守京城。于谦在德胜门外誓师，全军同仇敌忾誓死保卫京都。也先之弟孛罗率瓦剌精锐日夜攻打德胜门，战斗十分激烈，瓦剌军几次突入德胜门，又被击退。于谦设伏于空舍内，以百骑相诱，孛罗率军疾进，伏兵四处，用强弩、火铳齐射。孛罗竟被射死马下。孛罗一死，瓦剌全军大溃。也先知北京不能攻下，又拥着朱祁镇远走漠北。

也先兵围北京城是明朝开国以来又一次大灾难。于谦誓死捍卫京都，又使明王朝渡过一大难关。于谦成为抗击瓦剌的民族英雄，其人其功，炳耀青史，千秋生辉。

【英宗归国】真是戏剧性的一幕。也先自北京败退，又遭于谦、石亨追击，损折数万人。路过大同，大同总兵郭登以八百骑战胜也先万人。也先狼狈万分，拥着朱祁镇逃至漠北瓦剌本部。也先左思右想，南朝已有皇帝，朱祁镇毫无用处，不如送还南朝，休兵议和，开放马市，双方互利互惠，岂不美哉。于是派使臣赴北京议和。

使臣到了北京。景泰帝朱祁钰踌躇万端，生怕朱祁镇回銮，自己帝位不保。但拒不迎驾，于情理都站不住脚。在群臣舆论的压力下，不得已答应迎回太上皇。于是派右都御史杨善到漠北迎太上皇回京。

杨善带着大量金银珍宝和奇巧玩意，来到瓦剌也先大营。先以珍宝为见面礼，也先大喜。双方开始谈判，杨善是个辩才，又是明廷少有的外交家。他不卑不亢，言辞委婉得体，历数天朝如何宽宏大量，瓦剌如何忘恩负义。也先是个实在人，不会狡辩，被说得理屈词穷。答应立即奉还太上皇。临行之前，也先君臣对朱祁镇的款待简直是隆重热情到无以复加的地步。天天设宴招待，又让妻妾献酒祝寿，又献歌献舞弹琵琶。伯颜帖木儿等瓦剌群臣又轮流饯行。朱祁镇十分感动，连日开怀畅饮，竟酩酊大醉。翌日起程。也先先筑土台，请朱祁镇上台登座，也先率妻妾群臣，在台下三跪三拜，祝太上皇福寿康强。礼毕登程，也先率群臣送至数十里之外，各下马解下弓箭战袍，作为献礼，然后洒泪而别，朱祁镇望着也先背影亦潸然泪下。那伯颜帖木儿更是对朱祁镇情有独钟，一直送到野狐岭，一路上进酒进食，备显殷勤。朱祁镇陷入胡营多年，多亏伯颜帖木儿夫妇多方照顾。朱祁镇执住伯颜帖木儿之手恋恋不舍，又出了野狐岭口，经杨善催促，伯颜帖木儿又献上牛羊等物，并命麾下五百骑兵护送还京。朱祁镇与伯颜帖木儿频频招手，伯颜帖木儿大哭而归。

朱祁镇回銮消息传到京城，景泰帝朱祁钰碍于情理，不得不迎。礼部议定以隆重之礼相迎，朱祁钰偏是不从，只命一舆两马，迎太上皇入居庸关，待入安定门，再换法驾。约过几日，太上皇朱祁镇到达京师，朱祁钰出东安门迎接，双方下舆而致敬礼。兄弟俩握手而哭。其中朱祁镇是真哭，朱祁钰是假哭，百官见状各存思想，尽在不言中。经过一番逊让，朱祁钰送太上皇入南宫居住。百官随入南宫，行朝贺礼，朱祁钰下诏大赦天下，以示庆贺太上皇回归。

朱祁镇居住南宫，被尊称为太上皇，但实同禁锢。朱祁钰命人把住宫门，大门铁锁用铁汁灌锁眼，如铁桶一般，百官不得进入，朱祁镇亦难以出宫，饮食从小洞送入。朱祁钰也不来探望。宫中只有七八名老弱太监值勤当班，景况很是凄凉。宫院长满了荒草，殿甍上开满了野花。有时夜晚闲坐，野狸出没，流萤扑面。朱祁镇不免长吁短叹，彻夜难眠。遇着岁时诞辰，百官无一人前来朝贺，确确实实成为孤家寡人，无人理睬。唯有也先、脱脱不花、伯颜帖木儿等经常遣使问候。朱祁镇更是嗟叹不已。

朱祁镇陷身胡邦，历尽艰难又返回故国，确是充满悲欢离合的一出传奇戏剧。人情乖变在朱祁镇和朱祁钰兄弟之间演绎得淋漓尽致，骨肉之情在皇权之下多么淡薄无力，君权越发显得至高无上。争夺皇权，历史上兄弟相残真是屡见不鲜，不值得大惊小怪。但写至此，总觉心情沉重，难以释怀。相比之下，也先、伯颜帖木儿对待朱祁镇虽出于政治目的，但感情多么真挚深厚。离别依依之情，确也令人感动。朱祁钰虚伪寡情，也先与伯颜帖木儿老实忠厚、慷慨豪爽，都给人留下了深刻的印象。笔者有诗叹曰：

龙游浅水被虾欺，夜夜南宫泪湿衣。
骨肉之情何足道，皇权至上与天齐。

【南宫复辟】更具戏剧性。景泰八年（1457）元旦，朝贺礼毕。朱祁钰忽感身体不适，好几日不能临朝。百官连日齐集左顺门问安。内监传出话来，只说皇上偶感风寒，十七日便要临朝，群臣不得要领怅然而退。正值正月南郊祭天地。朱祁钰身体疲软，不能亲行祭礼，急宣武清侯石亨至斋宫榻前，命石亨代行祭祀事。石亨见皇上倦卧龙榻，目光呆滞无神，气息奄奄，心中则感不祥。

南郊祭祀完毕，石亨急与都督张軏、太监曹吉祥商议大事。三人聚于密室。石亨神色诡秘对曹、张说："二公想建大功业吗?"曹、张二人莫名惊诧，急问缘故。石亨正言厉色："现今皇上病危，吾观其必不久于人世。群臣欲立太子。立太子何如立太上皇，天下原是太上皇的天下。"曹吉祥忽然跃起鼓掌道："石公好计，石公好计！"石亨又说："此是我一人主张，必须商诸于老成，方能成事。"张軏说："太常寺卿许彬老成练达，可与商议。"三人急趋许宅。许彬瞿然道："这是不世大功，事在人为，我已老朽，无能为力，何不联络徐有贞，徐敏达有才干，可助君举事。"石亨又至右都御史徐有贞宅。议及复辟大计，徐有贞喜形于色，极表赞成，说他夜观天象，新星耀空，帝座倾移，复辟势在必然。四人商议先密报南宫，然后行事。

景泰八年（1457）正月十七深夜，石亨、徐有贞、张軏及数十名朝官带着许多卫士，齐集南宫宫门，门已上锁，群臣高呼不应。石亨命卫士抬来巨木，数十人持巨木撞门，左右墙垣均被震塌，众人从墙缝中入宫。当时朱祁镇尚未安寝正秉烛观书。众官伏地齐呼："请陛下复辟，火速登舆。"朱祁镇感到意外却心中暗喜，登上舆辇，由百官拥护着，拂晓到达东华门。朱祁镇大呼："朕乃太上皇，有急事入宫，何人敢阻?!"司阍见果是太上皇，立即开门，众臣拥朱祁镇排闼而入，至奉天殿挟朱祁镇登上宝座。石亨命大开各门，鸣钟击鼓。其时百官正齐集班房，等待景泰帝朝见。听钟鸣鼓响，齐趋至奉天殿，抬头一看，宝座上正襟危坐的不是景泰帝，而是太上皇。惊愕间，徐有贞大呼："太上皇复位，何不参拜!"百官不得已各整衣冠，登殿排班。跪伏于陛下，山呼万岁。

这就是历史上著名的"夺门之变"，又称"南宫复辟"。至此朱祁镇幽禁南宫八年，重新复辟，登上皇帝宝座，真是极富戏剧性的变化。夺门之变，并非偶然，朱祁钰乘危登基，不顾君臣之义，兄弟之情幽禁太上皇。又废东宫而立己子，群臣早已哗然。又值病危，遂使野心家石亨诸人钻了空子。朱祁镇复辟势在必然。

【冤杀于谦】是明朝大冤案。朱祁镇屡屡受制于人，至今方真正做了皇帝，感到扬眉吐气，兴高采烈。于是改元天顺，这年号有天赐顺利之意(明朝皇帝唯有他有两个年号)。废朱祁钰仍为郕王，并下旨大封功臣。石亨、徐有贞、曹吉祥、张軏功勋最为卓著。特封石亨为忠国公；徐有贞为武功伯、兵部尚书；曹吉祥为锦衣卫掌管；张軏为太平侯。其余受赏封者达四千余人。果真是皇恩浩荡，有功必录。石亨、徐有贞一夜之间飞黄腾达，可谓得意扬扬，二人虽有才干，心术原是不正，想到于谦曾多次责难他俩，怀恨已久，此时正是报复的大好机会。两人密商一番，密奏朱祁镇，说于谦当年想迎立襄王朱瞻墡为帝，应逮捕治罪。朱祁镇昏庸得很，想到于谦又曾拥立朱祁钰为帝，心中亦有怨意，立即准奏。第二天早朝，朱祁镇御乾清宫，在宝座上宣旨，立即逮捕于谦、王文两人问罪。锦衣卫当下在朝班中一一牵出王文、于谦，下于诏狱。越日命徐有贞为主审官严审此案，王文、于谦被牵至刑部大堂。大学士王文抗议道："迎立藩王，须有金牌符信，遣派使者必用马牌，此二物存于内府兵部二处，可以查验，何必无故冤人!"徐有贞阴笑道："事尚未遂，自无实据，但心已可诛，应当定罪。"王文声色俱厉道："犯罪必须证据，怎能逆揣人心，不顾事实，陷人于死地?!"于谦对着王文大呼："石亨、徐有贞挟私报复，想治你我死罪，辩有何益!”御史萧维桢时为副审，插话道：“于公可谓明白人，旨出朝廷，承认是死，不承认也是死。”于是徐、萧二人密谋一番，以“心欲”二字，锻炼成狱，将于、王问成死罪。立即上奏朱祁镇。朱祁镇犹豫再三，心实不忍，说道：“于谦有保卫京都，抗击瓦剌之功，不能加刑。”徐有贞极为激动，趋至帝前，挥着手臂说：“不杀于谦，今日事有何名义，如何向朝臣交代。”朱祁镇默然。

于谦临刑之日，凄风苦雨，愁云惨雾，白日无光。京师人民莫不哭号涕泣。曹吉祥手下有一指挥朵耳，携酒馔在西市祭奠于谦。曹吉祥闻知，痛打朵耳，次日朵耳又祭奠如故，曹吉祥亦无可奈何。

锦衣卫查抄于谦宅第，见家徒四壁，略无余财。只有正屋一间上锁，开门查验，全是御赐物品，封存未动。锦衣卫官员为之泣下。都督同知陈逵，收集于谦遗骸，归葬其故乡杭州西湖之畔，后人称作于少保墓，与岳飞墓相邻。岳飞死于“莫须有”三字狱，于谦死于“心欲”二字狱。忠臣结果，令人伤痛。死后二人同栖魂于西湖，湖光山色掩映其墓，受后人膜拜，俎豆千秋。这是唯一令人欣慰的事情。于谦是中国历史上著名的清官，他曾在山西为官，某日将回京述职，有好友劝道：“王振权势熏天，赴京应给他送些金银，好在官场立足。”于谦说：“我为官多年，从无积蓄，岂有金银可送?”好友又劝：“送些土特产也好，比如手帕、蘑菇、线香，也不坏名节。”于谦笑道：“我只有两袖清风。”（这是成语两袖清风的来历。）于是赋诗一首：

手帕蘑菇与线香，本资民用反为殃。
清风两袖朝天去，免得闾阎话短长。

于谦后来又作一诗《石灰吟》：

千锤万凿出深山，烈火焚烧若等闲。
粉身碎骨浑不怕，要留清白在人间。

两首诗正是他清正廉洁的写照，均可作为官者的千秋龟鉴。为官者，如敢将这两首诗，写成条幅，悬挂于办公室与家中堂前，便算有几分勇气；如能按诗意做人为官，则是大智者，于己于民于国都好。

于谦既死，朱祁镇又拟治襄王朱瞻墡之罪。后来发现宫中存档有朱瞻墡的两封奏章。一封是上奏太后，请立太子朱见深（朱祁镇之子），命郕王监国；另一封是上奏景泰帝，请景泰帝朝夕至南宫问候太上皇，逢朔望率百官拜谒，勿忘恭顺。内官从档案中检出二奏折，上呈朱祁镇，朱祁镇阅后涕泪交加，急诏宣朱瞻墡入京。朱瞻墡入京，叔侄相对而泣，又赐宴便殿，下旨增添襄王护卫，待遇极为隆厚。朱瞻墡归国，朱祁镇送至午门外，握手泣别。朱瞻墡伏地叩谢，长跪不起。朱祁镇含泪扶起，说："叔父留有何言?"朱瞻墡顿首答道："万方望治，愿省刑薄敛，驯致治平。"朱祁镇拱手而谢："叔父良言，谨当受教。"襄王辞行，犹依依难舍，望其走出端门，才怏怏回宫。

【**曹石之变**】是天顺朝的大事件，笔者次第述之。自朱瞻墡案真情大白，朱祁镇才知石亨、徐有贞二人诬告于谦，很是后悔。从此疏远石、徐二人。石亨极为敏感，立刻与曹吉祥密切往来互相支持，结成同伙。徐有贞也极为敏感，见石亨有些失宠，便日益疏远石亨，用尽心思一个劲地邀宠于皇上，但朱祁镇恨徐有贞诬告于谦，亦不重用他。石亨见徐有贞只顾邀宠，疏远自己，对徐亦是怀恨。从此，徐有贞、石亨两个小人互施奸计，逐渐貌合神离，后来几同仇敌。会值御史杨瑄查得石亨、曹吉祥二人在河间府强夺民田，立即上奏，朱祁镇下旨称赞杨瑄为"贤御史"。另一御史张鹏偕同僚多人，以彗星出现天象示警为由，交章弹劾石亨、曹吉祥。石、曹闻报十分恐惧。二人密议后，一齐奔入宫中匍匐在朱祁镇脚下，大磕响头，哭诉道："张鹏是已诛太监张永养子，为张永报仇，诬陷臣等，臣二人受皇上厚恩，乞赐骸骨归里，虽死不忘皇恩。"二人说完又磕头无数痛哭一番。朱祁镇心软，默然无语，若有所思，曹、石二人见有机可乘，又大进谗言："杨瑄、张鹏如此胆大妄为，必有大臣主使。臣等已查得实据，徐有贞、李贤便是主谋，望皇上明察，朱祁镇一听是徐有贞，更是怀恨，不假思索立传旨逮徐有贞、李贤、张鹏、杨瑄等人下狱，拟治死罪。谁知此案方发，数日内天气突变，阴云四布，狂风大作，暴雨如注，鸡蛋般的冰雹伴随着电闪雷鸣砸将下来，奉天门上的瓦脊被击毁，正阳门上的匾牌被狂风吹到郊外。石亨府内积水数尺，曹吉祥门前大树折断。群臣亦是惊慌，说是天象示警，应平冤狱。朱祁镇亦为不安，下旨释出在押诸臣，将徐有贞等人贬往云南金齿充任闲职。徐有贞确是政治投机分子，但他学问极其渊博，是个奇才。他善观天象，预测未来，很是灵验；又是水利专家，修建了几处水利工程，为民造福，不可全盘否定其人，在此顺便一提。尚书王翱是德高望重的大臣，上疏言李贤无罪，朱祁镇对李贤素有好感，立赦李贤，擢拔为吏部尚书。至此，曹吉祥、石亨集团与徐有贞的明争暗斗告一段落。结果是曹、石得胜，徐有贞失败。这是一场典型的党争，小人之争，或者说是狗咬狗的争斗。他们都是居功自傲，争权夺利，一句话是嫌乌纱帽太小，嫌钱太少。这种无谓无义的争斗，必然是两败俱伤。徐有贞遭贬，曹、石罹祸也为期不远了。鹬蚌相争，朱祁镇显然以渔翁得利了。他早已衔恨石、曹、徐三人，三人互斗，为他提供了清扫君侧的机会。

既而兵部尚书陈汝言勾结边将、擅权不法一案被石亨告发。朝旨准奏，将陈汝言逮捕入狱。原来陈汝言原是曹、石走狗，由曹、石推荐升为兵部尚书。陈亦是小人，见皇上疏远曹、石，竟密奏皇上告以曹、石不法之事，此事为曹、石得知，先发制人，运动谏官告发陈汝言，陈汝言狡黠远逊曹、石，弄巧成拙，竟陷入狱中。接着锦衣卫查抄陈府，搜出赃银百万。朱祁镇下令将抄出的财物，陈列在宫内展览，宣石亨等人观看。朱祁镇十分震怒：“于谦为官景泰朝，何等优遇，到了身死籍没，并无余财。陈汝言为官仅一年，所有财物多至如此，不是贪赃受贿，哪里得来？”又顿足连呼：“好于谦，好于谦。”石亨闻言，很是心虚，出了一身冷汗，怏怏而退。

过了数月，鞑靼部落率兵入侵大同。大同总兵石彪率兵抵御，击退鞑靼兵，缴获牛羊马驼二万余匹，遣使报捷。朱祁镇论功行赏，封石彪为定远侯。石彪是石亨的侄子。亨封公，彪封侯，叔侄封为公侯，石氏一门可谓鼎盛至极，石亨又起骄横之心，石彪也飞扬跋扈，横行朝野。满朝公卿都趋炎附势，卖官鬻爵尽出石门，权势熏天，炙手可热。然而天道轮回，盛极必衰，自是常理。石彪骄纵不法，竟有人密奏皇上。顿时传下朝旨，命石彪回京述职。石彪贪恋权位，不愿来京，派千户王斌赴京活动，朱祁镇大怒，将王斌逮捕入狱，下严旨召石彪速归。石彪无奈惶惶入京，立即被逮。朱祁镇亲自审问，朝堂对簿，王斌供出石彪种种不法之事，私藏龙袍蟒衣，违制寝床，并招出一件天大的事来。原来皇上归国后，瓦剌太师也先不忘前约，派使将其妹送至大同，托石彪转献皇帝为妃。这石彪色胆包天，见也先妹姿态美丽，貌若鲜花，顿起淫心，竟留住自己享受，当时朱祁镇幽禁南宫，内外隔绝，浑然不知。后来也先也被阿拉知院杀死，死无对证，因而此事得以长期隐瞒。朱祁镇一闻此事，顿起雷霆之怒，将石彪打入死牢。

石亨此时万分惊恐，上表待罪，乞求归骸骨。朱祁镇不许。又召李贤入宫，朱祁镇说："石亨当日有夺门之功，朕稍从宽宥，卿以为如何？"李贤说："'夺门'并非美名！天位原是陛下固有，谓迎驾则可，谓夺门则不可。夺即非顺，如何昭示后人。当日侥幸成功。若事机败露，石亨等不足惜，不知置陛下何地？"李贤说一句，朱祁镇点一下头，说两句点两下头。李贤又说："如景泰帝病危，群臣表请复辟，不是更名正言顺吗？石亨等人又从何处邀功？何至有后来杀戮黜陟之事。国家不是更富强昌盛了吗？"朱祁镇被李贤说得心服口服。心中更恨石亨。翌日，下诏告天下，此后文书奏章勿用"夺门"字样。并查出当日冒功受官者四千余人，一律罢斥，朝纲为之一清。

石亨得罪，百官落井下石，纷纷上奏石亨不法事，连追随石亨的一些显官也反戈一击，甚至石亨的家人也出来揭发。真是罪恶昭彰，不容抵赖。朱祁镇将石亨逮入诏狱，朝夕拷问，不几日石亨活活怄死。石彪也被斩首。石门被抄查，如山的金银珍宝，尽行充公。煊赫一时的石家从此灭绝了。其兴也勃，其亡也忽，令人感叹不已。笔者有诗咏道：

得来容易守尤难，富贵如烟一瞬间。

煊赫张扬招大祸，人生最好是平安。

石亨既灭，曹吉祥、曹钦已成惊弓之鸟，惶惶不可终日。曹钦为曹吉祥养子，封爵昭武伯，平时门下养着许多武士，性格比乃父曹吉祥还要骄横狂妄。他自忖，与其等死，不如举大事反抗，或许能做个天子当当。便召来心腹冯益密商。曹钦问："古来有宦官子弟做天子的吗？"冯益答道："君家魏武帝曹操，便是宦官曹节后人。"曹钦大喜，召来众妻妾，为冯益把盏祝酒。冯益极有口才，滔滔不绝，净找些好话让曹钦来听，什么曹大人有君王之相，必为天子云云。说得曹钦好像此刻就登上了皇帝宝座，神情立即恍惚起来。那些娇妻美妾也是咯咯咯地痴笑，好似她们便是皇后、贵妃了。冯益告诫应相机行事，万勿躁动。曹钦叮嘱冯益切要保密，二人酒酣耳热，握手而别。

转瞬又是来年。鞑靼部落又来侵犯陕西甘肃边境。朝廷拟派尚书马昂、怀宁伯孙镗，率军抵御。钦天监监正汤序是曹钦死党，密告曹钦说："正月二日朝廷派兵西征，禁城早上开门，此正是机会。"冯益亦在曹宅，冯大喜道："机会果然到了。"此时忽有人报来消息，说是皇上正批文让锦衣卫指挥逯杲追查曹钦擅用私刑杀死家仆的事情。曹钦闻报大惊："去年杀石将军，今番又轮到我了，若不早图，必遭大祸。"冯益献计说："请伯爵密告义父。约人在朔日深夜，召集禁军，作为内应。伯爵率兵从外攻入，内外合应，大事必成。"曹钦说："我入殿，先废皇帝。请冯先生为军师。"冯益谢了恩。

七月朔日夜，曹钦召集同党准备起事。并设夜宴，席间宣布计划，歃血为盟，专待半夜举事。酒过数巡，指挥马亮托故入厕离席，原来马亮亦是曹钦同党，忽觉心惊肉跳，想起事若不成，必遭灭族大罪，决心自首。马亮逃出曹宅，直奔宫中。在朝房遇见怀宁伯孙镗，原来孙镗明晨出征，今夜留宿朝堂。孙闻讯大惊，急草奏疏数语，急叩大内宫门，从门缝中塞入紧急奏折。宫监持奏疏，急奏朱祁镇，朱祁镇火速传旨，紧守皇城，京师九门不得开启，又遣锦衣卫逮捕曹吉祥。半夜时分，曹钦率兵起事，见长安门已闭，知事已泄露，驰马飞奔皇宫，先入西朝房，遇见锦衣卫指挥逯杲，一刀杀死，提了首级，又入东朝房，吏部尚书李贤正在候朝，曹钦家将欲杀李贤。被曹钦喝止。曹说："公是好人，今日之事原非我心，实是由逯杲激变，烦公为我奏辩。"李贤正在惊疑，曹钦掷下一颗人头，厉声道："这就是逯杲！"户部尚书王翱当时亦在左朝房，曹钦持刀欲杀，李贤急急阻止："君休要鲁莽，我与王公联合保奏你无罪。"李贤、王翱慌忙写了一纸奏章，从大内宫门缝中塞进，曹钦又纵火烧门。宫门守兵，拆掉御河砖石，紧紧堵住宫门。曹钦率兵急攻皇城，鼓噪声震破夜空，危急间，孙镗调来西征军两千余人，直奔皇城；工部尚书赵荣亦披甲跨马率兵赶来，两路夹攻，曹钦知事不成，且战且退。此时大批明军陆续杀到。曹钦家兵多被杀死。曹钦见大势已去，纵身跳入路边井中。大军杀到曹家，不分男女老幼，尽行杀戳。拂晓，在井中捞出曹钦尸体。朝旨传下，将曹吉祥及曹钦尸体千刀万剐，顷刻间曹氏父子被剁成肉酱。汤序、冯益及曹氏同党尽先后斩首。曹氏一门也被灭绝。

这就是明史上著名的"曹石之变"，这次事变咎在曹、石二人居拥立大功，骄妄横行，多行不义，败灭势在必然。天作孽犹可为，自作孽不可活。恶贯满盈，天理不容。朱祁镇剿灭曹石，是对"夺门之变"和枉杀于谦反思的结果。昏庸的朱祁镇一辈子只有此事干得果断利索，因为消灭曹、石，天顺一朝果然吏治清明。英宗，英宗！这一举确是英明。但是朱祁镇仅口说于谦冤枉，却临死都没下诏给于谦平反。这又是令人遗憾的事情。

【善事传名】是笔者立的题目。天顺朝末年，朱祁镇感情奔涌又做了四件令人嗟叹的事情。第一件事是他竟为已死的太监王振修建祠堂，题匾"旌忠"永志纪念。此一举立即令朝野哗然。王振擅权误国，神人共殛之，奸恶早有定论。真是无人理解，不知朱祁镇是如何想的？然而笔者认为，朱祁镇本性善良，极重感情，王振从小到大一直侍奉他，忠于他，朝臣谁能做到！他是个知恩图报的人，又是个感情专一的人。不为王振立祠，他心里永不平衡。笔者又认为王振鼓动朱祁镇亲征，抗击外族侵略，也有爱国精神，其心可嘉，后世将王振骂得一钱不值，亦不公允。他抛开国人对阉人的歧视，怀念他，纪念他，正是朱祁镇善良人性发出的光芒。笔者很佩服朱祁镇。

第二件事是他下旨释放建庶人朱文圭。朱文圭是建文帝朱允炆的最小的儿子。靖难事变后，成祖朱棣将之废为“建庶人”。当时文圭才两岁，被长期羁押在天牢。释放后，朱祁镇让他居住在凤阳，给他修建房屋，赐给许多奴婢，月月供给薪来，让他娶妻，让他自由活动。文圭出狱已垂垂老矣，年已五十七岁，出门见牛马，惊呼不知何物，真是可怜至极。李贤对朱祁镇说：“陛下此举，天地鬼神实临之，太祖在天之灵实临之。尧舜存心不过如此。”这真是行善积德之事。朱祁镇过惯了幽居的生活，他最能体谅幽居之人的痛苦，释放文圭是他善良人性自然而然的表现。

第三件事是为宣德朝废皇后胡氏加谥号，谥为恭让皇后。原来孙太后死后，钱皇后说起胡皇后许多淑德，又说皇上原非孙太后所生，将李代桃僵的故事叙述一遍，朱祁镇惊得目瞪口呆，但此事不能声张，只好怄在心里。至此知道胡皇后原是好人。此诏一下，举朝喝彩，都说皇上做了大善事。

第四件事是下诏优待全国老人。这就是名扬青史的著名的“优老之政”。规定全国百姓中，有七十岁以上的老人，政府每年发放粮食钱帛，九十岁以上的加倍供给。六十五岁以上的老人，可免服官府差役。这大概是算得上世界上最早的“国家优待老年人的福利政策”了。

【废除殉葬】是英宗瞑日前做的最后一件善事。天顺八年（1464）正月，朱祁镇患病，卧床文华殿，忽有太监进谗言诬告太子朱见深。心中很是动摇，于是密召李贤进宫，告以太子事。李贤伏地顿首曰：“太子仁孝，必无他过，愿陛下勿信谗言。”朱祁镇说：“依卿之言，必传位太子不成?!”李又顿首再三曰：“如此，宗社幸甚，国家幸甚!”朱祁镇从床上忽然跃起，立命宣入太子。李贤扶太子谢恩，太子伏地抱住父亲的双足，涕泪交加，朱祁镇摸着儿子的脑袋，泪点打湿儿子的巾冠。过了数日，朱祁镇病至大渐，已是弥留之时，又召李贤入宫受命。朱祁镇对李贤说：“卿为我记录，钱皇后贤良仁淑，千秋万岁后，应与朕同葬。切记切记。”李贤写好遗诏放于匣中密藏。原来钱皇后是朱祁镇的患难之妻，她对朱祁镇恩爱异常，感情深到无以复加的地步。朱祁镇被瓦剌俘虏，钱皇后闻讯昏倒于地，几欲死去。她将宫中所有资财都送给也先，以期赎回夫君。夜夜号哭达旦，日日忧虑万分，“一寸芳心，忍不住许多颦皱”。日夜哭泣，泪尽血滴。一目竟被哭瞎，一日以瘦倦之身祈祷夫君，竟滚落阶下，一条腿骨折。朱祁镇归国，被幽锢南宫八年，整日愁眉不开，忧怀难解。还是钱皇后为他百般劝慰，甚至唱歌为他增娱；做女红针线，换些食物进奉朱祁镇。及朱祁镇复辟后，太监蒋冕向孙太后进言，说钱皇后无子，周贵妃生了太子朱见深，母因子为贵，应废钱皇后，立周贵妃为皇后。此事被朱祁镇闻知，立即将蒋冕斥出宫外。朱祁镇为感谢皇后，几次想加封钱氏宗族，都被钱皇后固辞。因此他对钱皇后更加敬爱，一往情深，不嫌她瞎，不嫌她跛，不嫌她丑，始终感情专一深深爱着钱皇后。他深怕死后，她受到冷遇，所以授予李贤遗诏。正月十六，朱祁镇自知不祥，召太子与司礼太监牛玉于榻前，再三叮嘱太子说：“钱皇后名位泰定，汝当尽孝以终天年。”接着又郑重传下遗诏：“殉葬非古礼，仁者不忍。朕去后，众妃不得殉葬，传之后世成为定制。”

这真是天大的功德，善莫大焉，功莫大焉。殉葬古已有之，最迟在夏商周，就有殉马、殉奴隶、殉妃嫔的记录，考古发掘亦可证实。明朝自明太祖开始，一直到天顺以前，殉葬成为常例，大批妃嫔、宫婢因此活活赐死埋葬在陵墓下，到阴间仍然侍奉死去的皇帝。皇帝如此，亲王郡王亦如此，王妃王嫔也大批殉葬。朱祁镇下诏废除殉葬制，使天顺以后明朝各代，乃至清朝一代再没有出现过惨无人道的殉葬。后世的皇家妃嫔们都跪着哭着、顶礼膜拜、烧高香为朱祁镇祈祷，永远感激这位善良的皇帝。朱祁镇一生如果什么都不做，仅做了这件事，他也是永远值得大力颂赞的。笔者咏诗赞曰：

凄云苦雨吼阴风，玉体活埋陵墓中。

一诏皇恩颁后世，六宫粉黛颂英宗。

天顺八年（1464）正月十六，朱祁镇离开人世，享年三十八岁。前后经历正统、天顺两朝，在位二十三年，死后葬于北京昌平裕陵，谥孝睿皇帝，庙号英宗。

我们说朱祁镇是一个昏庸的皇帝，他宠信宦官王振擅权自专，误国误民；他杀死民族英雄于谦成为后世责骂的对象。他又是一个善良的皇帝，他爱王振、也先、伯颜帖木儿，又深深敬爱钱皇后，释放建庶人，废除妃嫔殉葬制，复辟后对朱祁钰也没有特别为难。这些都是善良的自然表现。他又是一个命运坎坷的皇帝，他先陷身于胡邦，历尽艰险困苦。后又被幽禁南宫八年，长年忧虑不安，如坐针毡。他不断被人利用，他被王振居为奇货，他被也先居为奇货，又被石亨、徐有贞居为奇货，老天一次次地折磨他、煎熬他，他真是个命运乖舛的人。有时他又有一些意料不到的英明，例如，果断平息曹、石之乱，又能任用像李贤、王翱那样贤良的大臣，使天顺一朝政治、吏治清明。他真是一个富有传奇色彩的皇帝。

薄情终被薄情误

——明代宗　朱祁钰

明代宗　朱祁钰

本是凡才一国藩，奈何抗敌挽狂澜。
薄情总被薄情误，魂葬金山不得眠。

北京出产一种工艺品闻名世界，那就是景泰蓝，它实际上是一种工艺，可以制作许多成品，如器皿、首饰等，凡是经此种工艺制作的物件，统称景泰蓝。景泰蓝以精铜为胎，运用掐丝工艺在表面做成许多花纹图案，再覆以各色珐琅质，便成为精美古雅、光华夺目的艺术品。又因为它始于明朝景泰年间，珐琅质又以蓝色为主，故名景泰蓝。而“景泰”便是明代宗朱祁钰的年号。景者，大也；泰，泰安，寓意天下大治。

明代宗朱祁钰是明宣宗朱瞻基的少子。明宣宗有两个儿子，长子朱祁镇是孙皇后所生，次子朱祁钰是贤妃吴氏所生。长子朱祁镇很早就被立为太子，宣宗崩后，他以嫡长子身份顺理成章地继承皇位。而朱祁钰因是庶出幼子，被宣宗封为郕王。

【意外登基】让朱祁钰当了八年皇帝，真是天意。朱祁钰才具平庸，如果在正常情况下，也许一辈子做个默默无闻的藩王，老死在府邸之中。然而幸运之神意外地亲吻他的脸颊，一次突发事件，改变了他的命运。正统十四年（1449）春，朱祁钰的皇帝哥哥朱祁镇，在宦官王振的怂恿下，率五十万大军亲征，抗击侵犯北部边境的瓦剌。瓦剌凶狂得很，分三路入侵，元嗣主脱脱不花攻打辽东，将军阿拉知院进攻宣府，而太师也先最是厉害，率瓦剌主力猛攻大同。明军前线将士伤亡惨重，败报不断传到北征大营中。这使明军感到恐慌，未到前线军心已经动摇。在王振的催促下，大军勉强赶到大同，但天气恶劣，粮草不继，不得已下令撤退。在退至土木堡时，也先率大军尾追而来。恐慌的明军抵不住瓦剌勇士的攻击，激战半日，明军全线崩溃。皇帝朱祁镇竟被俘获，王振亦被愤怒的明军杀死。

这就是历史上著名的“土木之变”。

北征大军惨败，皇帝被俘，这是明王朝开国八十余年来遭遇的最大劫变，也是明皇室的奇耻大辱。明王朝已处于国难当头、风雨飘摇之际。消息传回北京，朝野万分震动，上下惶惶不可终日。孙太后、钱皇后整日啼哭，搜集大量珍宝，以八匹骏马拉车送往也先大营，以期赎回朱祁镇。也先十分狡猾，收下珍宝，不放皇帝。真是无可奈何！孙太后与郕王朱祁钰召开御前紧急会议，商议对策。侍讲徐珵（后改名徐有贞）献言：“京师将士不满十万，且又疲惫，如果也先乘胜追来，京师危矣，以臣愚见，不如暂时迁都南京！”尚书胡滢反驳说：“我能往，寇亦能往，我们应固守京城，坚决不能南迁。”兵部侍郎于谦慷慨陈词：“谁敢倡议迁都，应立即斩首！京师为天下根本，京师动摇，大势必去，北宋南渡，便是借鉴，应号召各地勤王，誓死保卫京师。”此言一出，群臣大多附和。太监兴安大声咆哮：“京城有先皇陵庙，南迁谁来看守。徐侍讲贪生怕死，不配与议大事，快快退出！”徐珵惭愧而退。于是孙太后命朱祁钰总统百官行监国大权，立皇长子朱见深为太子，由郕王辅佐。然后诏告天下。翌日郕王朱祁钰临朝议事，下旨任命于谦为兵部尚书，立即安排保卫京师事宜。于谦当仁不让，直受不辞。百官联合上奏：“王振误国罪大恶极，应抄斩灭族。王若不允，臣等死不敢退。”朝堂气氛顿时紧张起来，朱祁钰头一次遇到这等大事，迟疑不决。锦衣卫指挥马顺原是王振死党，竟不识时务喝斥群臣：“王振已死，还追究他什么？”给事中王竑气得怒发冲冠，从左班冲到右班，抓住马顺头发骂道：“你仗着王振平日作威作福，今日还敢多嘴?!”马顺不服，两人拳脚交加，厮打一起。群臣怒不可遏，一拥而上，拳打脚踢，马顺虽是军人，但抵不住群殴，立刻被打死在地，朝仪大乱，郕王朱祁钰从未见过这般阵势，吓得退入内宫。百官又一拥而入，太监金英传旨，让群臣暂退再作计议。群臣趋前欲打金英。金英扔下圣旨跑得飞快。两个小太监被群臣拖出门外，各施拳脚，顿时打死。群臣高呼：“不灭王振之族，我等誓死不退！”朱祁钰战战兢兢，不知所措。于谦抢上一步，扶住朱祁钰说：“王宜尽速发旨，抄斩王门，可免今日之急。”郕王立即答应，命御史陈镒率禁军抄斩王门。顷刻间，王振一家百余口尽被拿下，抄出金银六十余库，玉盘百台，珊瑚树七十余株，珍宝不计其数。郕王传令将王振一家押至西市，尽行斩决。一时京城人心大快。于谦累得面目憔悴，袍袖俱裂。吏部侍郎王直紧紧握住于谦双手激动万分："朝廷幸有于公力定危局，如我等老朽，虽多何益!"

群臣大闹朝堂，打死马顺及太监三人，这是几千年来朝堂上很少出现的大事件。闻所未闻，骇人听闻。皇家的肃穆尊严一扫而光。国难当头，人心躁动，事属偶然，理所必然。王振被灭族，也是公愤太大，咎由自取。

又过月余，朱祁钰做了一阵子摄政王，觉得很不过瘾。左右侍臣极力怂恿他乘机登基，朱祁钰怦然心动。正好都指挥史于谦从瓦剌出使回京，口传朱祁镇之意，让郕王继统登基。朱祁钰再三谦让。群臣恰也知趣，都揣摩透朱祁钰的心事，纷纷上奏，大意是国难当头，皇帝北狩，皇太子年幼，国家应依赖长君，才能安定社稷云云。朱祁钰再三推辞。群臣又上奏太后，孙太后无奈，传下懿旨，令郕王朱祁钰登基，至此水到渠成，生米煮熟，朱祁钰择吉日登上皇帝宝座。时为正统十四年（1449）九月吉日，颁旨以次年改元景泰，遥尊朱祁镇为太上皇，封王妃汪氏为皇后，封生母吴氏为皇太后。吴氏原是汉王朱高煦府邸的侍女，汉王被灭后，没入宫掖，宣宗朱瞻基见她美艳无比，纳为妃子，后来生下朱祁钰。朱祁钰当了皇帝，天上掉下馅饼，真是喜出望外，而吴氏亦母因子贵，白白捡了个皇太后。这都是上天安排的奇遇，可遇而不可求。

【保卫京师】成全了朱祁钰的功业，似乎也是天意。再说瓦剌太师也先听说朱祁钰做了皇帝，朱祁镇奇货不成奇货，很是懊恼。明朝叛徒太监喜宁献计，言紫荆关兵备空虚，不如再借奉还上皇之名，夺下紫荆关，直取燕京。也先大喜，发倾国之兵，拥着朱祁镇，一路杀来。紫荆关守将孙泽、韩青闻也先奉还太上皇，开关迎驾。谁知瓦剌伏兵突然杀出，孙、韩二将猝不及防，顿被击败。二人突围不成，自刎而死。也先率大军破关而入，继而长驱东进，直奔北京而来。

明廷闻警朝野震动。朱祁钰命于谦总督京师各营兵马，众将尽归其节制，凡都指挥以下将领，如不听命，先斩后奏。于谦上奏请释放石亨出狱，让其总率京师卫军，带兵赎罪，朱祁钰准奏。共召集兵马二十二万人，列阵九门外。石亨献计说：“应坚壁固守，不宜出师。”于谦怒曰：“贼势嚣张，出师先挫其锋，还能示弱吗?!”于是披甲上马，在德胜门外扎下大营。又召集将士，发表战前动员演说，慷慨激昂，泪流满面。将士人人感奋，誓死捍卫京都。此时也先大军已抵卢沟桥，派使臣传语京师速迎太上皇。群臣至德胜门大营劝于谦议和。于谦慨然道：“我只知统兵杀贼，不知其他。”也先等了两日不见议和消息，勃然大怒，下令焚烧昌平三皇陵寝殿祭器，以示薄儆，自率大军进攻德胜门。这边于谦设伏于城门外空房内，只派几百骑兵迎战相诱，且战且退。也先之弟孛罗素称骁勇，率众冒进，伏兵四面杀出，用火箭、火铳直射瓦剌军，孛罗被利箭射死，瓦剌军立即溃逃。石亨率石彪等将出安定门堵截敌军，杀死敌军无数。也先又发兵偷袭西直门，都督孙镗慌忙迎战，激战多时，渐渐不支。孙镗欲退兵入城。城上守军闭门不纳，只擂鼓喊杀，孙镗退无归路，只得返身杀回，人人更加奋勇。石亨又引兵来援，两下夹攻，也先败走。是夜，于谦又派石亨率敢死之士袭击瓦剌大营，杀死敌军万余人。也先见大事不成，又挟持太上皇西遁。

瓦剌围攻北京，是明王朝开国以来遭遇的又一场劫难，明廷可以说是“到了最危险的时候”。在此关键时刻，朱祁钰毅然任用于谦，而于谦率正义之师保家卫国奋勇杀敌，北京大捷遂以告成。于谦厥功壮伟，将永载史册。朱祁钰力挽狂澜，知人善任，扶大厦于既倒，历史也给他写上光彩的一笔。

【幽禁上皇】是朱祁钰的绝情处。此事还须从头说起。也先逃归漠北，左思右想，明朝已有新皇帝，朱祁镇这个奇货也无囤积的价值。不如索性送还明朝，议和休兵，再重开马市，互利互惠。计划已定，便派使赴北京议和。

瓦剌奉还太上皇的消息传入京师，这给朱祁钰出了个大难题。迎进太上皇，自己帝位不保；不迎太上皇，兄弟情分又说不过去。他又想到南宋高宗赵构不愿迎回身陷金邦的徽、钦二帝的故事。真是左右为难，踌躇万端。不得已宣召群臣商议。谁知百官几乎众口一词，都说应立即议和，恭迎太上皇回京。朱祁钰怫然道：“朝廷因和议误事，拒绝瓦剌。卿等屡言议和是何道理?”吏部侍郎王直上言跪奏：“上皇蒙难，理应迎回，瓦剌既有意归还，何不乘机迎驾，以免后悔。”朱祁钰闻言脸色大变说：“朕原不贪此位，都是卿等强欲立朕，如今出尔反尔，真是不可理解。”百官闻言，个个面面相觑，瞠目结舌，气氛十分紧张。于谦出班上奏：“皇上大位已定，何人再敢他议？但太上皇在外，理应迎入。万一也先怀诈，是彼曲我直，我便声罪讨伐，何必言和!”朱祁钰脸色由阴转晴，立即准于谦之奏。只要皇位保住，朱祁钰什么都可商量。百官不得要领，只有于谦抓住了他的心理要害。于是朱祁钰当廷下旨，命杨善、赵荣为使，多带金银，赴漠北奉迎太上皇归国。

过了月余，杨善等人迎回上皇，已过宣府。礼部官员上奏，应以隆礼迎上皇。朱祁钰偏要省减，只命一舆两马，迎入居庸关。再至安定门以法驾迎入。千户龚遂荣托人转奏说：“太上皇为兄，皇帝为弟，奉迎应用厚礼，皇帝应避位恳辞，等太上皇固让，才得受命。唐肃宗迎唐玄宗故事，可以效法。”朱祁钰龙颜大怒：“龚遂荣何人？敢议朝廷得失。”立命锦衣卫火速逮捕龚遂荣。龚遂荣很是倔犟，自缚待捕，毫不改言。龚遂荣下入诏狱，一系几年，直至英宗复辟方才释放。过了数日，太上皇还京，朱祁钰出东安门迎接，兄弟两人执手而泣，互相谦让。随即迎太上皇于南宫，接受百官朝贺。从此太上皇朱祁镇一住南宫八年，实同幽禁，再也无人理睬。

朱祁钰贪恋皇位，不愿迎朱祁镇回国。不得已迎回朱祁镇后，又将朱祁镇幽禁于南宫。他和朱祁镇是兄弟关系，又是君臣关系。然而在至高无上的皇位下，一切情义都显得苍白无力。在历代争夺皇位的斗争中，兄弟相残，甚至子弑父，父杀子的惨剧不断上演，朱祁钰自然也不例外。皇权太吸引人了，为此什么事都可以做出。但是朱祁钰的薄情，却为他的命运埋下了祸种。笔者有感于此，赋诗一首：

从来权欲胜亲情，骨肉相残不忍听。

如梦人生能几日？帝王陵上草青青。

【废侄立子】又是朱祁钰的绝情处。朱祁钰击退了瓦剌，囚禁了朱祁镇，天下太平，万事大吉，皇位似乎坐得稳稳当当，但心中一件大事使他难以释怀，简直成了一块心病。试想我做了皇帝，但是太子储君竟是朱祁镇的儿子朱见深，我的儿子朱见济却坐冷板凳，我归天之后，皇位由人家儿子继承，想起来多么揪心。为此事朱祁钰大伤脑筋，于是召来心腹太监兴安商议，兴安也是为难。立朱见深为太子早已诏告天下，名正言顺，怎好改变。但是主子忧虑，兴安只得尽力为之，他和许多大臣密商，大家都很为难。山重水复疑无路，柳暗花明又一村。正好有个广西都指挥史黄竑因罪入狱，急得无法，托人向太监行赂，以图免罪。恰被兴安得知，兴安叮嘱他写一篇请易东宫的奏章，便可免罪。黄竑心领神会，以重金聘来操觚高手，写了一篇奏章。大意是太上皇轻率御寇，不幸被掳。瓦剌兵围京都，国家危急，不是陛下击退瓦剌，扭转乾坤，谁能享到太平。陛下行逊让之礼，全天叙之伦，当然不错，可时过景迁，反复无常，陛下的爱子恐遭不测之祸，那时悔之晚矣。愿陛下早定大计，早定东宫大位。这个奏章句句打在朱祁钰的心坎上，龙心大悦，连说："万里之外，不料有此忠臣。"遂赦黄竑之罪，将奏章发礼部，让群臣集议。又命太监兴安带着金银，密访内阁诸大学士，每人赐黄金五十两，白银一百两。翌日，礼部尚书召集大臣商议易储事宜，众臣面面相觑，大多不发一言，有几个正直的，力言不可。太监兴安厉声大叫："此事不能不行，谁不同意，请勿署名，何必首鼠两端！"群臣不敢再抗，纷纷签名，连于谦也签了名。于是礼部上奏："陛下膺天明命，中兴邦家，诸统相传，宜归圣子，黄竑奏是。"朱祁钰见奏大喜，命礼部择吉易储。不几日诏告天下，立皇子朱见济为太子，原太子朱见深降封为沂王。大赦天下，召百官欢宴庆祝。朱祁钰自然更是欢喜，然而废太子立己子，全为一家之私，为儿子谋权，为自己着想，实际上是害了儿子，也害了自己。而用重金行贿群臣，更是千古未闻，遗臭万年。后来，民国曹锟贿选总统，大概受了朱祁钰的影响。笔者有诗叹曰：

有钱能使鬼推磨，曲直是非抛海波。
天子居然贿群吏，教人哭笑奈其何。

然而自家儿子成了储君，竟又惹出一件废皇后的大事。原来皇后汪氏，性格刚直，力持大体，公正无私。只是生了几个女儿，没有儿子。那朱见济却是贵妃杭氏所生。江氏深知朱祁钰的心思，屡次奉劝不要易储，朱祁钰很是懊恼。此次立朱见济为太子，汪氏十分气愤，劝朱祁钰说："陛下由监国登基，已算幸运。千秋万岁后，应把帝统归还皇侄。况储位已定诏告天下，怎么可轻易更动呢?"朱祁钰大怒："皇子非你所生，所以忌妒得很，你不闻宣德故例，胡皇后无子甘心让位，前车具在，何不效法，反来多嘴，难道你要管朕吗?!"言毕拂袖而去，径往杭贵妃宫中取乐去了。汪皇后受此责骂，呜呜咽咽哭了一夜。越日命女官上疏，愿将后位让与杭贵妃。朱祁钰见疏正中下怀，立即准奏。立封杭氏为皇后，将汪氏打入冷宫。这朱祁钰真是昏了头脑，又做了一件薄情寡义的事情。他的父亲朱瞻基当年曾因无子废掉胡皇后，许是遗传基因作怪，他又子承父业，废掉正直的汪皇后，这在明史上确是一件怪事。

【金刀之案】有其来由。朱祁钰坐稳了皇位，但对太上皇哥哥很不放心，时常派人监视南宫。某日锦衣卫指挥卢忠密奏，说是南宫太监阮浪私交大内太监王瑶，并赠给王瑶绣套金刀一把。这金刀是太上皇之物，转赠王瑶，必定有复辟阴谋。朱祁钰闻奏很是恐慌，立即命卢忠将阮浪、王瑶逮捕入狱，严刑拷问。原来阮浪侍奉太上皇很是殷勤，太上皇爱他忠心，赐给绣套金刀。王瑶和阮浪友谊深厚，见阮浪金刀很是羡慕，一日两人饮酒，阮浪酒醉便将金刀赠给王瑶，如此而已，别无他事。二人被逮，卢忠硬要问其阴谋复辟之罪，确是冤枉。无论怎样拷打，两人死不承认。卢忠此时也是恐慌，知关系重大，弄不好自己也被搭进去。深夜卢忠密到卜卦者仝寅家，让其卜个凶吉。结果仝寅卜出一个大凶卦，卢忠吓得面为土色，忙求仝寅为他禳解，仝寅说："获罪于天，禳解何益？究为何事，请予明示。"卢忠无奈说出实情，又苦苦哀求。仝寅附耳密言几句，卢忠拜谢而去。不几日卢忠突然疯狂，裸体行走街上，满口胡言，又哭又唱。中官王成，学士商辂上奏朱祁钰说："卢忠病狂不足信。此案若再追查，必伤兄弟大伦。"朱祁钰怒气不休，竟将王瑶磔死，将阮浪、卢忠久锢狱中。"绣套金刀"一案，是朱祁钰害怕太上皇复辟的敏感反应，但他也想杀一儆百，借此震慑群臣。

【丧子丧妻】朱祁钰真是薄情，继而又薄命薄福。太子朱见济入东宫一年多，突患怪病，不治身死，他唯有此儿，别无他嗣，真是悲痛欲绝，好多日不来上朝。群臣见东宫虚位，纷纷上奏、请复沂王朱见深为太子。这些奏章一入宫中便泥牛入海再无消息。吏部郎中章纶乘着某月初一出现日食，说是天象示警，写了洋洋几千言的一份奏章。大意是应该以君臣之礼，兄弟之情对待太上皇，应该立即恢复沂王朱见深太子的地位，语言尖锐，句句击中要害。朱祁钰阅后十分震怒。时已日暮，宫门上锁，圣旨从门缝传出，锦衣卫奉旨将章纶逮入诏狱，日夜拷打。章纶倔犟异常，说是意由己出，并无主谋。章纶被打得死而复苏，苏而又打，最后判了个无期徒刑，永禁狱中。

大约是景泰七年（1456）正月某日，皇后杭氏患了风寒，急召太医诊治，良药齐下，越治越糟，竟芳魂西去，香消玉殒。朱祁钰又丧子，又丧妻，祸不单行，悲伤到极点，饮食顿减，夜夜不眠，龙衣渐宽，龙颜憔悴。太监兴安见主子忧虑，从宫外引进一个绝色女子，让他借色消愁，此女便是艳名远播的京师名妓李惜儿，惜儿年方十八，生得妖娆极了，其美难以用笔墨描述，西施见之有愧，老僧见之销魂，又有说不出的风韵。朱祁钰早闻其名，现在见了真人，立马色眼圆睁，不顾兴安在场，一把拉过，就要亲吻。兴安知趣回避。当晚命她侍寝，果然不同寻常，滋味美极了。皇帝狎妓嫖娼，历史上宋徽宗与李师师早有先例，朱祁钰只能屈居第二。然而李惜儿性格十分刚烈，看不上这日夜纠缠她的骚皇帝。有时临幸，她竟不顺从，逼急了，出语不逊，大骂皇帝一通，真是凶悍。自古以来，敢骂皇帝的婊子，唯她一人，真可彪炳史册。朱祁钰大怒，揍她一顿，赶出宫外。不杀李惜儿，也算朱祁钰厚道。朱祁钰还有几个妃子，只是玩腻了，李惜儿走后，仍是闷闷不乐。还是兴安知道皇帝心思，立即说通朱祁钰，下诏广采秀女，果然采得一个倾国之色，该女姓唐，美艳绝伦，貌似花，腰为柳，足为月，发似云。朱祁钰一见魂儿早被摄去，立即封为唐妃。当夜即命侍寝，春风一度，便胜却人间无数。越日又晋封为贵妃。正是春风得意、喜气洋洋，早把丧子丧妻之痛抛诸脑后。从此整日与唐贵妃玩乐，坠入温柔之乡。又厚赏兴安，擢为司礼太监。兴安崇尚佛教，耗去国库银几十万两，建成一个大隆福寺，殿庙壮伟，规模宏大。兴安请朱祁钰游幸，被礼部力谏乃止。隆福寺曾是北京著名的名胜古迹，香火旺盛，是京都第一大寺，清末被焚，其地名犹存，原来是太监兴安的功劳。秦始皇修长城、隋炀帝修运河、兴安修隆福寺。坏人再坏，有时也有一些好处。

【景泰之崩】结束了他八年的皇帝生涯。到了景泰八年（1457）元旦，朱祁钰忽觉身体不适，立召太医诊治，终不见效，反而更加沉重。朱祁钰的病因很清楚：太子死、皇后死，刺激不小，又沉迷于女色，色是刮骨钢刀，身子骨已是掏空，岂有不病之理。于是十几日不再临朝。百官天天在宫外问候，内旨传出：说是偶感风寒，定于十七日临朝视事。不几日又逢郊祀，这是皇家之制，每年正月要到郊外祭祀天地。朱祁钰卧病不起，召入武清侯石亨于榻前，命他代行郊祀事，石亨见帝病重，沉思片刻，唯唯而退。

景泰八年（1457）正月十七凌晨，朱祁钰卧病斋宫。天气阴黑，不见星月，斋宫中香炉已烬，残灯摇曳，烛泪潸潸。朱祁钰被噩梦惊醒，不时痛苦地呻吟。忽然钟鼓大作，声声震响双耳，朱祁钰大惊说："莫非是于谦见朕吧。"左右太监相顾惊愕。忽过片刻，又一太监入宫。惶惶报来："陛下，是南宫复辟了。"朱祁钰一听连说："好，好，好。"接着又是一阵无休止的咳嗽。然后闭上眼睛不住地呻吟。原来石亨见帝病危，忽生邪念，串通曹吉祥、徐有贞等人拥立太上皇复辟。他们密谋已久，严密部署，在十六日深夜带着同党、兵士，用巨木撞开南宫大门，拥护着太上皇朱祁镇在凌晨赶到皇宫东华门，强力冲入宫内。接着朱祁镇登上奉天殿宝座，然后击鼓鸣钟，召集百官。百官入殿，抬头观望，宝座上的皇帝不是朱祁钰而是朱祁镇。无奈何只得跪拜如仪，山呼万岁。这就是明史上著名的“夺门之变”，又称为“南宫复辟”。

朱祁镇二进宫当上了皇帝。朱祁钰的命运可想而知。第二天传旨，废去景泰年号，建元天顺。朱祁钰废夺帝位，被抬出皇宫送往郕王邸，仍为郕王，谥为“戾”。说实话，朱祁镇是个善良人，他的处置真是仁至义尽了。不几日，朱祁钰忧病交加，一命归西。他做了八年皇帝，年仅三十岁，死后葬在金山，殡仪以亲王礼。他临死传下遗嘱，让废皇后汪氏及几个妃子殉葬。大臣李贤听到此事，立即报奏朱祁镇，亟称汪氏贤惠，应免于殉葬，汪氏这才保全性命。后来在成化年间，明宪宗为他恢复帝号，谥为景皇帝，到了南明弘光朝给他正式庙号：代宗。在明朝十六帝中，除朱元璋埋在南京之外，只有他和建文帝朱允炆死后未埋入昌平皇陵。北京有个传说，说朱祁钰死后，本要埋在天寿山皇陵，但朱祁镇突然想起他刻薄无情，瞬间改变主意，决定另埋他处。但朱祁钰毕竟做过八年皇帝，改埋怕惹众议。出殡那日，朱祁镇只让心腹太监负责送葬，不让百官参与，并秘嘱太监如此如此。出殡有四拨杠夫抬棺材，每拨二十四人，按里程轮流替换。出殡队伍向昌平皇陵进发，行至玄福观，在此打尖，这是一个道观。这时太监突然下令，改变路线朝西南海淀方向前进，中途换了四拨杠夫，才抬到与玉泉山比邻的金山下，这里早修了一个新墓，便是朱祁钰的归宿地。由于玄福观停过龙棺，在此迂回改变方向，这个道观后来改名为“回龙观”。又由于换了四拨抬棺杠夫，沿途留下，一拨子、二拨子、三拨子、四拨子等地名，至今犹存。笔者曾到景泰陵访古，陵区已被某干休所所占，所剩规模不大，还有宝顶、明楼、石碑等，很是荒芜，鲜有人至，很是感慨。景泰帝曾有保卫北京的大功，又有景泰蓝的故事，很有魅力，极有开发价值，何不修葺后，多做宣传，使之成为新的旅游景点呢？人们只知道十三陵，有谁知道这里还埋着一个可怜的皇帝。

朱祁钰因“土木之变”，侥幸登上皇帝的宝座，又确实手握皇杖当了八年皇帝。说实话他在国难当头当上皇帝，确实起了扭转乾坤、安定社稷的作用。他果断任用于谦力挽危局，扶大厦于既倒，其功业永载史册、炳耀千秋。执政八年，政治还算清明。但是他贪恋皇位，疏远骨肉之情，又废太子立己子，废汪后立杭氏，何其薄情，何其自私。最后导致夺门之变，太上皇复辟，忧病交加一命呜呼。薄情终被薄情误，纯粹是咎由自取。不过话说回来，他确是薄情，但不狠心，俗语说，量小非君子，无毒不丈夫，干大事非心毒不可。笔者认为假如他有气魄，可效法唐朝李世民，杀其兄弟李建成、李元吉，逼父亲李渊下台之故事，凭皇权在手，毅然果断杀死朱祁镇，永居皇位，岂有南宫复辟之事！在历史上，皇权至上，本无何亲情是非可言！但历史不能假设，朱祁钰岂能与李世民相比。任何悲剧都是个人性格造成，他就是那样的人，只能有那样的结局，是天意也是人事。然而平心而论，在明朝十六帝中，他功大于过，算不上昏庸之君。

多情种子风流帝

——明宪宗　朱见深

明宪宗　朱见深

本住巫山云雨堆，飞来紫阙沐皇晖。
多情种子风流帝，生死全凭万贵妃。

明天顺八年（1464）正月，英宗朱祁镇崩世，太子朱见深登基，越明年建元成化。成化寓意天下归于王化。朱见深即位时，年甫十六，是个初解世事的少年天子。但他已经历了许多风波，孩提时早被立为太子，但是父亲朱祁镇北巡被俘，叔父朱祁钰乘机即位，他的东宫地位从此岌岌可危了，先是父亲归国，他和父亲被幽禁南宫，过了八年寂寞悲凉的生活，其间他又被废掉太子之位，降封沂王。后来多亏父亲朱祁镇复辟，这才重见天日。因而在当皇帝之前还有这段艰苦的履历，确是不同寻常。

【宫闱二事】是朱见深做皇帝伊始，就遇到两件麻烦事，搅得他心神不宁。一是关于为两宫皇太后上尊号的问题。两宫，一是钱太后，一是周太后。钱氏是英宗朱祁镇的正宫皇后，但是一生无子，眇一目，跛一足，身体残疾。周氏是英宗朱祁镇的西宫贵妃，是朱见深的生身母亲。对于朱见深来说，钱氏是嫡母，周氏是生母，都是应该尊奉的对象。但是平地忽掀波澜。周太后母因子贵，逐渐骄矜起来，儿子又登大宝，更是锋芒毕露，发誓要独占皇太后尊位，不许别人染指。她密召司礼太监夏时入宫领命，让夏时到内阁中活动，只拥立她做皇太后。夏时领了懿旨狐假虎威地来到内阁，召集诸大学士开会议事。当时到阁的有吏部尚书李贤，大学士彭时等人。夏时首先发言，趾高气扬，眉飞色舞："钱后无子，身体残疾，何足母仪天下？应当按宣德间废胡太后的故例，废去钱后。唯尊周氏为皇太后，诸位阁臣想必无甚异议。"夏时一言既出，顿时激怒李贤、彭时，于是展开一场激烈的辩论。李贤说："夏公公之言太无道理，先皇尸骨未寒，遗诏尚在，谁敢违先皇之遗命?!"原来英宗朱祁镇临终时定下遗诏，

啼，乳房高耸，大臀浑圆，两臂如水洗的莲藕，活像一个出浴的杨贵妃，用“肥美”两字形容最为恰切。况且秀外慧中，做事机敏伶俐，极有眼色。朱见深的祖母孙太后极为喜爱，收在身边，让她管理衣饰。朱见深一次偶遇，立即被迷得灵魂出壳，顿时软了半截。后来孙太后崩去，朱见深便召万贞儿入东宫，成为贴身服侍的宫女。此时朱见深年方十四，他是个多情种子，天生对女人有一种偏爱。年龄虽小，情窦大开，最解风情。而万贞儿已是三十一岁的人了，但犹是处女，仍然面貌鲜艳，体态肥美，看上去好像十八岁花季年龄。试想一个是多情种子，一个是风流绝色，两人在一起，免不得眉挑目逗，亲吻揣摸、互相狎昵。最后竟扳倒巫山，横卧阳台，干起那鸳鸯合欢的勾当。这一次初试云雨情，使朱见深魂销温柔乡，那种似蜜似饴的滋味，如痴如迷的感觉，使他终生难忘。从此他对万贞儿产生至深至极的爱情，一刻也离不开她了。而万贞儿并非俗子，她是个野心极大的人，原来她早就想勾引英宗朱祁镇，以期成为皇后或皇妃。但英宗比较古板，不太爱女色，愿望未遂。现在有机会亲近太子，她就要施展风流手段，狡黠心计，将太子揽入怀中，将来要弄个皇后当当。

然而太子即位，两宫太后选择了吴氏，册封为皇后。虽然朱见深不忘旧情，仍然封万贞儿为贵妃。可她心里非常懊恼，原先朱见深在东宫时，心无旁骛，一心一意地专心爱她。现在他身边又多了三个女人：吴氏、王氏、柏氏，一个爱情果子，四个人分吃。万贞儿实在想不通，整日愁锁眉山，泪湿前襟。还好，朱见深对她百般安慰，整日泡在她宫中，对吴、王、柏三氏不理不睬。这使她又感到莫大的安慰。皇帝如此喜爱她，她自然产生骄矜之心，宫中谁也不放在眼里。当然吴氏、王氏、柏氏三个妇人对她也妒恨非常。宫中礼制，皇后是正宫，群妃必须每日拜谒问安。万贞儿不能破规矩，只得照例参谒。但见了吴皇后她就心里来气，怎么也掩饰不住内心的怨恨，皱着眉，吊着脸，使吴皇后很是难堪，吴皇后起初倒也大度，不去理她。后来，万贞儿脸色更加难看，礼节也是敷衍了事，实在忍无可忍，免不得训斥几句。岂料吴皇后说她一句，她便回敬两句三句，圆脸变长脸，凤目变牛眼，气势汹汹。皇后勃然大怒，令左右太监将她扳倒在地，自己拿过杖来，狠揍几下。打毕，万贞儿披头散发，衣裙半开，号哭而出。

万贵妃奔回自家宫中，不吃不喝，哭泣不止，真忍不了这天大的委屈。恰巧朱见深来到宫中，见爱妃这般模样，惊问原委，万贵妃呜呜咽咽只是哭个不停，半晌不说一句。朱见深挥手顿足惶急得很。还是宫婢禀明原因，朱见深揭开万贵妃衣襟，见雪白的肌肤，印着几道鲜红的杖痕，又是懊恼，又是怜恤，接着是雷霆大怒："这个泼妇如此歹毒，我要不惩治她，连皇帝也不要做了。"说完攘袖奋臂，欲出宫门，万贵妃知他到中宫厮闹，抢先一步牵住龙衣，呜咽道："陛下息怒，妾已年长，不比皇后年轻，娇花一朵。还请陛下命妾出宫，休让皇后碍眼，皇后自然心平气和，妾也免得挨打。"朱见深说："卿休要这样说，我明日便将她废了。"万贵妃装作吃惊状说："册封皇后乃两宫太后旨意，陛下虽是皇帝岂敢违抗，妾还是出宫去吧！"朱见深一把抱过万贵妃，置之膝上，百般哄慰。一面命设宴置酒，执着玉杯亲酌贵妃，万氏方才消气。

越日，朱见深哭诉两宫太后前，说是吴后举止轻佻，轻言轻笑，喜怒无常，又喜唱歌曲，不能母仪天下，请立即废去。钱太后一言不发，周太后道："方才一月夫妻，就要废掉，太不成体统！"朱见深索性撒泼，大哭道："太后若是不依，儿情愿披发入山为僧为道，还做什么皇帝。"太后爱子心切，拗他不过说："这吴氏脾气亦是太怪，就着礼部商议吧。"朱见深见事有转机，方才退出。

翌日早朝，朱见深面谕众官，说吴后如何如何，不配执掌中宫，应予废去。百官与礼部官员竟默然不语。原来万贵妃早已四下打点，买通礼部官员及百官。废后诏书顺利颁布。次日吴后便贬至西宫，含泪负气但又无可奈何。

万贵妃日夜催促朱见深立她为后。朱见深禀白太后。然而此次周太后铁了心肠，说万贵妃年逾三十，老妻少夫，古今罕闻，死也不答应。朱见深无法，只得答应太后立王妃为皇后。好在王皇后性格娴静柔婉，一意顺着万贵妃，关系尚是和谐。万贵妃暂时忍下这口气。

这便是册后引起的风波。万贵妃虽未满足野心，但废掉吴后，得到朱见深的专宠，却也差强人意，感到欣慰。万贵妃年逾三十，朱见深年方十

越日，大学士彭时，又洋洋洒洒地上了一份奏章，引经据典，旁征博引，极言太后祔葬的合理性。朱见深见了奏章，又召群臣商议说："悖礼非孝，违亲亦非孝，卿等为朕筹一良法。"礼部尚书姚建夔率众官九十九人，都附和彭时之奏。朱见深暂退入后宫。自巳时至申时，仍未降旨，只传谕百官暂退。姚尚书率百官跪于文华门前，伏地大哭，声震瓦瓴。又齐声大呼："若不得旨，臣等不敢退去。"未几，圣旨传出，按彭学士之奏办理。群臣激动万分，高呼万岁。

群臣哭谏文华门，是明史上的一件大事，开了廷臣哭谏的先例。事虽不大，影响深远。前代史家曾说："明多慷慨气节之士。"这话不错。明代的士大夫深受程朱理学的影响，对皇帝忠心崇拜的程度超过任何一个时代，他们往往据经典，讲死理，尽愚忠，固执偏拗到无以复加的地步，甚至为了忠孝节义，呼号奔走，以身殉君，以身殉节，亦在所不辞。这种历史现象值得研究。

【万妃毒妒】是说万贵妃因妒害人的事。自成化五年（1469）至成化十一年（1475）期间，宫中又出现两件骇人惊闻的大事。一是皇子朱祐极被害事件。前文所述，万贵妃所生皇子不足一月夭殇，朱见深哀悼不已。幸好贤妃柏氏，怀下龙种，十月分娩，竟产下一个麟儿，取名朱祐极。朱见深喜悦之情不言而喻，倍加爱护，他与柏妃对天祈祷，保佑皇子康宁。皇子到了两岁，活泼可爱，朱见深下旨封为皇太子，谁知过了两月，这个欢蹦乱跳的孩子，突然得了大病，病势凶猛，太医救治不及，一夜间竟成为一个僵尸。柏妃哭得死去活来，朱见深更是痛苦不已。后来宫中盛传万贵妃下药毒死了皇太子。但朱见深正迷恋万贵妃，偶有耳闻，也不去深究。

还有一件宫闱大事是纪妃暴死。纪妃原是贺县土司之女。成化三年（1467）土司作乱，被朝廷派兵剿灭。纪氏被俘没入宫掖，王皇后见她美丽聪明，命掌管宫内珍宝库。一日朱见深到珍宝库巡视，邂逅相遇，顿被纪氏美色迷住，当夜即命侍寝，春风一度，竟暗结珠胎。此后，朱见深见异思迁，又临幸别宫，再未顾及纪妃。纪妃肚皮日益膨胀，又被万贵妃侦知，立命宫婢查究，宫婢天良未泯，回报万贵妃只说纪妃患了痞症。这事便被瞒哄过去。纪妃十月分娩生下一个麟儿，本是喜事但她恐惧万分，唯恐万妃加害，召入太监张敏，让他抱出婴儿投河溺死。张敏大惊曰："皇上未有子嗣，怎敢轻弃皇帝骨血。"张敏将婴儿抱入密室，让亲近宫婢抚养。密室与废后吴氏之宫邻近，吴氏知此事后，也来哺养。婴儿生命方得保全。一直秘密抚养到六岁，朱见深全然不知。又一日朱见深召太监张敏梳头，见镜中竟有白发数根，怅然而叹曰："老之将至了，还没有子嗣。"张敏闻言伏地上奏："万岁已有子了。"朱见深愕然，"朕子已亡，何来子嗣？"张敏又叩首道："奴言一出，性命不保，望万岁为皇子做主，奴虽死无恨。"司礼监怀恩时亦在侧，亦叩首说："张敏所言不虚，皇子现居西内，今已六岁，因惧祸端，所以隐瞒不报。望万岁恕罪。"朱见深大喜，立即驱驾至西内。命张敏抱来皇子。皇子胎毛未脱，黄发垂肩，梳个小辫，以红绳扎结，煞是可爱。见了朱见深，并不陌生，一路小跑，投入朱见深怀抱，朱见深左视右顾，摸头至踵。小儿颇知趣，竟把头依在朱见深怀中，亲昵至极。朱见深热泪盈眶，说："太像朕了，果是朕儿。"张敏取出文牍，把召幸年月日，抚养情况，详述一遍。并立召纪妃，朱见深执纪妃之手，哭泣良久，连说："朕负卿了，朕负卿了。"纪妃一言不发，只是流泪不止。越日，又封纪妃为淑妃。命礼部为皇子取名朱祐樘。纪妃生子传遍宫闱，群妃稍无顾忌，朱见深也胆大起来，屡屡临幸各宫。于是群妃怀孕分娩的佳音，不断报来。邵宸妃生子祐杬，张德妃生子祐槟，姚安妃、杨恭妃、潘端妃也陆续生了男儿，真是螽斯衍庆，多子多福，朱见深喜不自胜。然而不几月传来凶讯，淑妃纪氏突然死去，死得不明不白。据野史载，是万贵妃毒死纪妃，另有说法是纪妃被逼自缢，还有说是万贵妃派人勒死的。总之万贵妃害死纪妃是确定无疑的。太监张敏闻纪妃暴死，情知不能免祸，便吞金自杀。

这是成化年明宫两大奇案，皇太子暴死，纪妃暴死。两案都由万贵妃一手酿成，她权势熏天、凶残歹毒，心如蛇蝎，即使吕雉、武曌再生，亦不免逊色。她面貌极端美丽，心肠极端狠毒，两个极端反差如此强烈。后宫竟成了万贵妃爪牙密布，严密统治的恐怖世界。群妃怀胎被打堕，皇太

捣大籐峡侯大狗巢穴。一路快进，势如破竹，瑶军接连败退。侯大狗很是狡黠，用诈降计，将几百瑶兵扮成儒生模样，到韩雍大营投降。被韩雍当场识破，从瑶兵身上搜出匕首短剑，立即斩首，肢解尸体，开腹掏出肠胃，一串串挂在树枝上。瑶兵见了很是惊畏，军心不免动摇。不敢迎战，据险固守。

韩雍又重用奇人陶鲁，精选敢死之士三百人组成陶家军。接着明军开始进攻，侯大狗据险抵抗，大石大木滚滚而下，明军不能前进。然而陶家军翻山越岭绕到敌后，发起攻击。两路夹攻。大籐峡巢穴彻底攻破，生擒侯大狗等八百余人，连同俘虏三千余人，尽行屠戮。摩崖勒石以记其功。又将大籐砍断，改名为断籐峡。平瑶遂告大捷。

又有平凉满四造反，满四原是元朝官吏后裔，先祖被明太祖招降，封为平凉地方官。满四继位，不服明廷管辖，扯起反叛大旗，自立为王。他占据石城为堡垒，石城高据山巅，四壁削立，只有一道可通，形势险要。朱见深派大军进剿，满四居高临下，势不可当，官军屡屡失败。朱见深又派项忠为帅，都督刘玉为副，又命陕西巡抚马文升协同进剿。大军分六路并进，连败满四之兵，满四退踞石城，凭险固守。官军屡攻不下。项忠紧围不舍，满四军心动摇，许多兵士缒城投降，项忠予以释放，于是降者愈多。满四大将杨虎狸出城汲水，又被官军擒拿，杨虎狸怕死乞命，项忠命他为内应，潜回城中诱满四出城作战。满四中计，开城迎战。项忠用四面埋伏之计，诱入圈套。伏兵齐出，将满兵杀得大败。满四也被活捉。项忠毁掉石城，将满四等人押往京城斩首。平凉满四之变于是平定。

荆襄、广西、平凉等处叛乱，是当时阶级矛盾尖锐的表现，是明廷腐败，治理不力的结果，一句话是官逼民反。朱见深派兵血腥镇压，人民鲜血横流，他万世难洗其罪。唯任用贤吏原杰，安抚荆襄流民，还算干了点好事。

【汪直擅权】还须从头说起。四方平定，朱见深很是欣慰，日夜与万贵妃饮酒作乐，万贵妃年逾五十，仍然夜夜专宠。朱见深对万贵妃言听计从。万贵妃宫有一太监汪直，原是大籐峡瑶民，被俘净身入宫，专门服侍万妃。汪直生得眉清目秀，聪明伶俐，曲尽奉承殷勤之能事，万贵妃大加宠爱。向朱见深推荐汪直，遂任为御马监主管。凭着汪直的聪敏，及大献殷勤，很快得到朱见深的信任，成为须臾不可离的心腹太监。朱见深很想知道宫外臣民的情况，便派汪直乔装打扮，带领易装的锦衣卫，外出秘密侦察，汪办事机警，嗅觉灵敏，凡是臣民举动，街谈巷议，都在汪直掌握之中，秘密奏于朱见深，朱见深视为奇人，更加宠信。为了加强控制臣民的力度，下诏建立西厂。西厂又是一个御用特务组织，比之东厂权势更大，由汪直任总管。锦衣卫百户韦瑛，原是东厂之人，见汪直得势格外巴结，汪也倚为心腹。西厂日夜刺探大臣及京中士绅的一举一动，凡稍有越轨，立即逮问，屡屡兴起大狱。弄得京师臣民人人自危，惶惶不可终日。好多大臣士绅因此罢官丧命。唯朱见深甚感快意，对汪直、韦瑛大加赞赏。

汪直的专横行为，为朝中正直大臣所恨。大学士商辂首先弹劾汪直，历数其不法罪状，义正词严。朱见深见奏大怒："用一个内监，怎得危乱天下！统是胡说。"传旨诘问商辂，商辂更是倔犟，坚持原奏，不惧淫威。商辂是明朝大才子，状元出身，科考时，乡试、会试、殿试均为第一名，大明二百七十余年，三试夺魁，唯此一人，顺便一提。兵部尚书项忠也率九卿官员伏阙力谏。朱见深见舆论沸腾，不得不暂罢西厂，贬韦瑛戍边。宫内外人心大快，交颂皇帝英明。然而朱见深仍然欣赏汪直的忠诚和才干，依然宠爱如故。有一御史戴缙，九年不升官，很是懊丧，见皇帝依然宠信汪直，便密奏一本，说西厂立应恢复，汪直所行，不仅可为今日法，且可为万世法。朱见深见奏大喜。立即重开西厂，仍命汪直总管。汪直气焰更为嚣张，大臣见扳不倒汪直，大多成为马下寒蝉。一些品行不端的投机政客，纷纷趋拜汪直门下。其中最著名是左都御史王越、辽东巡抚陈钺，还有吏部尚书尹旻更是寡廉鲜耻，竟直入西厂拜谒汪直，匍匐脚下，磕头不已。吏部尚书为九卿之长，公然媚事汪直真是无耻之尤。兵部尚书项忠、侍郎马文升、大学士商辂等大臣，都因正直傲岸，不肯阿附汪直，一个个被罢官流放。

当时鞑靼部落毛里孩、札加思兰、小王子等人屡次率兵侵犯辽东、大

贵妃也难以满足欲望，口吐怨言，也极力怂恿朱见深召见继晓。继晓被召入密室，精心传授指导朱见深，教给他许多床上战法，并献上春药。朱见深如法炮制，喝上春药，立觉热气满腹，阳物勃起。竟一夜连御数妃，精神倍增。万贵妃也感到皇上鸟枪换炮，今非昔比，十分畅快满意。朱见深对继晓和尚十分宠爱，大加奖赏，封为国师，连出身娼妓的其母朱氏也立牌坊旌表，真是做了婊子又立牌坊。内阁首辅万安见继晓得宠很是羡慕，便搜寻天下房事秘方及春药，经他试用有奇效后，秘密献给朱见深，朱见深更加宠爱万安。

老实说，风流天子朱见深，迷恋房事，大兴宫闱淫乱之风，影响极坏。上行下效，大臣和士绅们也争相效法，不以谈房事为耻，聚集一起，奢谈房中秘术，相互交流，炫耀，引以为荣。一时房中术、春宫画等十分走俏，春药以及炮制春药的药材，如蟾酥、雀脑、淫羊藿、韭菜籽、阳起石等也大涨其价。后来明朝各代兴起了社会淫乱风气，朱见深是始作俑者，应永远受到历史的挞伐。《金瓶梅》产生于明代万历年间，大写房事，细致入微，撩人情怀，读者惊诧其如何如此淫秽，原因就是受到这种社会背景的影响。

【信邪乱政】是朱见深理政的特点。成化年后期，朱见深年逾四十，万贵妃也是快六十岁的人了。但他对她依然是宠爱不衰，犹如新婚。朱见深一到万妃宫中，便喜笑颜开，不再烦恼。万贵妃意识到皇太子朱祐樘以后对她不利，便极力劝说朱见深废掉朱祐樘，改立兴王朱祐杬，目的是建拥立朱祐杬的大功，为自己留条后路。万贵妃在朱见深面前，说太子如何暴戾，如何专擅，不如改立兴王，以安社稷等。朱见深初不肯从，但禁不住贵妃撒娇撒泼，只得含糊答应。

朱见深内宠万贵妃，外宠大学士万安等人。万安靠巴结贵妃，竟然把持内阁十年，于政事毫无建树，只知曲意奉承朱见深。大学士刘吉久居内阁，颇眷帝心。刘吉极会钻营，阁位牢固，人称为“刘棉花”，以其耐弹也。还有一个刘翊，品行虽好，但也无所建树。这三人被称为“纸糊三阁老”。还有六个尚书：尹旻、殷谦、周洪谟、张蓥、刘昭、张鹏，这六人也是才具平庸，毫无作为。时人称为“泥塑六尚书”。当时政治可见一斑。

然而许多正直的大臣对政治腐败、奸邪横行、民声沸腾痛心疾首，纷纷挺身而出，冒死进谏。刑部员外郎林俊义愤填膺，上疏请斩继晓及太监梁芳以谢国人。朱见深阅疏大怒，立即逮林俊下狱，严刑拷问。都督府经历张黼，上表请释放林俊。朱见深更为震怒，又逮张黼入狱。司礼太监怀恩，人品正直，素怀忠义，面奏朱见深，请释林、张二人。朱见深竟龙颜大怒，顺手取来案上端砚向怀恩掷去，怀恩偏头闪过，端砚落地，幸未击中。怀恩免冠伏地、大哭不止。朱见深将其叱退。怀恩暗中叮嘱镇抚司官员不要诬治林、张。镇抚司全体官员也上奏保释。朱见深怒意少懈，释放林、张，贬往外地为官。

成化二十一年（1485）元旦，朱见深受贺退朝，忽闻天空一声巨响，好似雷击一般。待出宫仰望，只见天上有白气一道，曲折上腾，又有赤星如碗，摇曳光芒，自东向西坠下，轰然作响。朱见深大惊失色。钦天监上奏，说是天象示警，应在被贬斥林俊、张黼二人身上。中国古代帝王异常迷信天象与灾变，凡日月星辰运转不正常，及发生地震、旱、涝等灾，则认为是上天示警，有动乱将要发生，对此非常恐惧。若要禳解，挽回天意，必须在政治上采取措施，比如革除弊政、赦免、停刑、罪己等。是夜朱见深心神不宁，彻夜未眠。翌日早朝下诏命群臣详陈朝廷阙失。吏部给事中李俊立即上书，洋洋几千言，历数朝廷过失，大意是宠信太监，大臣不恪职守，工役过烦，进献无厌云云，请求朝廷杀继晓、梁芳，停罢工役，勿要滥赏，节省资财，以恤民生，等等。语气诚恳，语言剀切。谁料这道奏章竟打动了朱见深，立即采取了一些行动，将国师继晓革职为民，又裁汰五百余名太监，将李孜省等传奉官降职。众官见上奏有效，你一本、我一本纷纷上奏。朱见深不耐其烦，奏折看也不看便扔进废纸篓里。并命吏部尚书尹旻记录名姓，如遇升迁，给予惩罚，果然以后许多上奏的官员都遭到报复。

【万妃之死】导致朱见深之崩，简直是奇事。成化二十二年（1486）秋，忽报泰山地震，朱见深很是震惊，钦天监奏称应在东宫。朱见深说：

孝仁恭俭臻弘治

——明孝宗　朱祐樘

明孝宗　朱祐樘

袖里藏金赠大臣，君卿和睦九州春。
三宫六院皆虚位，独有贤妻充下陈。

恩持一木匣送给万安，并传语："难道此是大臣所为吗!"万安打开木匣，内有一书，原来是万安当年献给宪宗的房事秘方。书上写着"臣万安进"的字样。万安一见汗流浃背，伏地请罪。怀恩上前摘去万安的牙牌，喝斥道："快滚蛋吧，你还要等罪吗?"这样"纸糊阁老""万岁阁老"万安被勒令致仕。弘治元年（1488）十一月，朱祐樘又下旨将妖僧继晓处斩。继晓凭妖术蛊惑宪宗，迫害百姓，罪大恶极，至此也得到惩罚。朱祐樘贬斥奸邪之臣，人心大快，朝纲为之一振，吏治为之一清。

在贬斥奸邪的同时，朱祐樘大力选拔贤才，委以重任。王恕、马文升、刘大夏、刘健、李东阳、谢迁等人都先后入阁执政。出现了"朝多君子"的盛况。

王恕，陕西三原人。成化年间就以敢言著称，以直声闻于天下。朱祐樘即位，立即任为吏部尚书，王恕慨然以天下为己任，尽心辅佐。先后以灾异条陈七事，以星变疏陈二十事，畅所欲言，指陈阙失。弘治六年因病致仕。

马文升，钧州人，文武全才，成化年间任兵部尚书，后遭李幼省诬陷贬为南京兵部尚书。朱祐樘即位立马召入京师，命为左都御史。旋任为兵部尚书，马上任后，考核将校，罢黜贪诈懦怯将帅三十余人，加强战备。明军士气大振。后又继任吏部尚书，成为九卿之长，时年近八旬，修髯长眉，耳有重听，议政时侃侃而谈，风采依然。

刘大夏，华容人，他熟知兵事，成化年任兵部郎中。弘治二年（1489），迁为广东布政使，后经王恕推荐，擢为右副都御史，旋又任兵部尚书，很受朱祐樘倚重，刘大夏屡上章疏，多有采纳。

刘健，洛阳人。朱祐樘即位，擢拔为礼部侍郎兼翰林学士，入阁参与机务，后为内阁首辅，他学问精深，直言敢谏，精明有干才。

李东阳，茶陵人，以文学著称于世，弘治八年入阁，加衔为太子少保，礼部尚书兼文渊阁大学士。朝政每有阙失，直言力谏，往往击中要害。

谢迁，余姚人。朱祐樘即位后，任为经筵讲官，讲筵时言辞恳切，委婉动人，寓规劝于讽论之中。弘治八年（1495）与李东阳同时入阁，加官至太子太保，兵部尚书，东阁大学士。

朱祐樘对上述诸臣信任有加，虚心纳谏，君臣关系十分和谐，他作了一首《静中吟》：

习静调元养此身，此身无恙即天真。
周家八百延光祚，社稷安危在得人。

看来他对擢拔人才关系社稷兴亡有清醒的认识。明史所载许多逸事，被传为佳话，现依次述来。

李东阳、刘健、谢迁三人都为经筵讲官，朱祐樘与三人关系最为密切，有时君臣四人讨论国家大事，屏退左右，促膝而谈。三人畅所欲言，详论利害，尽诚竭虑。太监在屏后窃听，但听见朱祐樘连连称善。当时朝中传出歌谣："李公谋、刘公断、谢公犹侃侃。"这首歌谣描绘三人与朱祐樘议政时的风采。

刘大夏曾为两广总督，朱祐樘宣召入京，刘大夏迟迟方至。朱祐樘问："卿何故迟滞?"刘大夏顿首说："臣老且病，见天下民穷财尽，倘有不虞，责在兵部，恐力不胜任，所以迟行。"朱祐樘说："祖宗以来，征敛有常，前未闻民穷财尽，今何故至此?"大夏说："臣任职两广，每年见到朝廷在广西取铎木，在广东取香药，费以万计，其他可知。"又问："今日兵士如何?"大夏回答："穷与民等。"朱祐樘说："居有日粮，出有月粮，何至于穷?"大夏说："将帅侵克过半，哪得不穷?"朱祐樘叹息说："朕在位十余年，乃不知兵民穷困，如何得为人主呢?"便下令各地停止供献，并严厉查办将帅贪污兵饷之事。

一日，朱祐樘召刘大夏、戴珊入宫。朱祐樘屏退左右，从袖中拿出白金若干，赐给刘大夏、戴珊，并说："二卿廉洁奉公，满朝皆知。朕赐金以养廉。二卿可勿声张，免遭别人嫉妒。"赏赐大臣应是公开的大事。朱祐樘竟暗赐朝臣，论理实为欠妥，但朱祐樘爱护大臣，用心良苦，真是可爱极了。

户部主事李梦阳，以正直敢谏闻名。上书指摘弊政，洋洋数万言。内

不断下旨免除灾区赋税，并发国库粮款予以赈济。弘治三年（1490）免河南被灾秋粮，同年又免南京、湖广税粮。弘治四年（1491）八月，“以水灾、停苏州、浙江织造”。弘治六年（1493）下旨免去山西太原、平阳诸县夏税，又免去河南开封、祥符等县秋粮，又免去沈阳卫屯粮六万余石。同年山东大饥，又发国库金五十余万两，米二百余万石赈灾。弘治十一年（1498）免南畿、山西、陕西、广东、广西被灾钱粮。弘治十四年（1501）派员赈灾山东、河南饥民。弘治十六年（1503），又下旨赈济两畿、浙江、山东、河南、湖广受灾军民。朱祐樘曾对大臣说：“国赋固有定法，但岁有丰凶，凶岁义当损上益下，若一概取盈，国库确实丰实了，但受灾百姓如何生存。”说实话，免除灾区税赋，是历朝皇帝的惯例。但像朱祐樘这样亲民爱民、体恤民生，大力度广泛救济百姓的皇帝，历史上并不多见。

【修改刑律】体现了朱祐樘的仁慈。他认为太祖制定《大明律》议刑过于严苛。不利官民，但又不能废掉祖宗成法，只能寻求变通之法。这就是《问刑条例》产生的背景。《问刑条例》问世便形成了以律为主，以例辅律，律例并行的框架。

弘治四年（1491），朱祐樘在编写《问刑条例》时颁布谕旨：“朕体天地好生之德，以为刑者民命所系，与其宽之以终，孰若谨之于始。今后问刑之际，务必存心以仁恕，持法以公平，察词辨色，详审其情。”这道谕旨可视为编制《问刑条例》的宗旨。弘治五年（1492）至弘治十三年（1500），历时八年，《问刑条例》终于修成，反复议定，确立条例二百七十九条，与《大明律》同行，遂发诏通行天下。《问刑条例》问世，体现了朱祐樘执法仁恕公正的思想。在司法公正方面，又迈前一大步，为社会安定起了很大的维护作用。

附带说句题外话，朱祐樘还是一个提倡节俭的皇帝。明朝成化年间宫中费用逐年增加，仅香料一项就每年二千六百余斤，光禄寺供用的牲口，向民间征取将近十万（头只）。朱祐樘下令大力降低进贡香料和牲口的数目。对于宫中蓄养的珍禽异兽，他下令放生一些，减少费用。但怕猛禽、猛兽放出会伤人。下令断其饲料，让其慢慢饿死，他又命光禄寺减员，那些坐家、长随、传膳的太监一百三十余人都予裁减。据计算一年可节省费用八十余万两银子。

【敬重皇后】终生不纳妃嫔，反映他最高尚的爱情观。朱祐樘私生活严格检点，一生不喜渔色，后宫只设皇后一人，别无妃嫔。皇后张氏，出身微寒，系国子监穷监生张峦之女，东宫时册为王妃，即位后册为皇后。明朝的皇帝选皇后，有个不成文的原则，往往选平民与小官之家的女子，不选高贵门第家的女子，这是因为怕造成像汉朝外戚跋扈专权的局面，可谓用心良苦。朱祐樘年近三十无子嗣，大臣曾多次上奏，建议增设六宫妃嫔，朱祐樘一概不理。他对张皇后始终敬礼有加，伉俪情深。每日必定是同起同卧，读诗作画，听琴观舞，谈古论今，朝夕与共，相敬如宾。真是一对患难夫妻、恩爱夫妻。张皇后以后生二子，长名厚照，立为太子。次名厚炜，封为蔚王，三岁时夭殇。一个尊贵的皇帝毕生奉行一妻制，与三宫六院、妃嫔三千的旧礼制，竟有天壤之差。听起来让人不可理解相信，但他就是这样一个人。原因只有一个：他对张皇后坚定不移的爱情。换个角度或许因为张皇后有足够的魅力，让他痴迷而心无旁骛。上下五千年，能做到这一点的皇帝几乎没有。历史上隋文帝杨坚亦只有一妻，即独孤氏，但杨坚并非不好色，唯因独孤氏凶悍异常，嫉妒异常，他异常惧内。独孤氏一死，便纳了宣华夫人等一批妃嫔。如此看来，朱祐樘可谓是凤毛麟角，说不定是硕果仅存，前无古人，后无来者。让后人永远肃然起敬，笔者也感到莫名的敬佩，欣欣然赋诗赞曰：

自古君王爱美人，三千佳丽苦争春。
谁如旷世明天子，独爱贤妻唯一身。

【崇信僧道】是朱祐樘的缺点，但也可谅解。他当然不是完美的君王，在惩治梁芳之后，仍然宠信太监李广、杨鹏等人。宠信宦官是明王朝的痼疾，整个明朝除太祖、建文帝之外，差不多都宠信宦官。原因是宦官朝夕侍奉左右，对皇帝十分忠心。宠用宦官又能挟制朝臣。朱祐樘当然不能例

不爱江山爱美人

——明武宗　朱厚照

明武宗　朱厚照

不怕祖宗不怕天，江山不爱爱红颜。

游龙戏凤传佳话，掏出本心昭世间。

帝的心腹宦官。其中有八人最为了得，他们是刘瑾、马永成、谷大用、张永、魏彬、丘聚、高凤、罗祥，人称“八虎”。而刘瑾便是“八虎”之首。他是明朝最著名的太监，传统戏曲《法门寺》的角色就有刘瑾，他也成了中国家喻户晓的人物。他来历很不寻常，籍贯陕西兴平，本姓谈，少年时便亲手净身，投入宫中刘太监门下，改姓刘。刘瑾性极狡猾，机敏伶俐亦达到极致，涉猎书籍，粗通掌故。其余七人佩服他的才气，都推他为首领，甘拜下风。刘瑾等人摸透了朱厚照的脾气，他还是孩子，活泼好动，最喜玩耍。刘瑾等人就天天陪着他玩，想出各种花样玩意儿，逗小皇帝开心。什么斗狗、玩鹰、骑马、看角觝戏、赏歌舞、在宫中四处遛弯儿。朱厚照按说还在父丧期间，应哀而不乐。但他嘻嘻哈哈，全不顾礼制，尽情沉溺在玩乐中。最初他还顾着太后和大臣的面子，发布了大赦诏书，裁汰了一些太监，禁止亲贵奏讨盐引，禁止兼并土地，倒也是冠冕堂皇。不过仅是一时之兴，到后来为玩得痛快，连经筵、日讲这样给皇帝特定的课程都废除了。有时上朝，刘瑾使个眼色，就说要骑马、射箭，早早退朝，将大臣打发下班。

朱厚照荒耽玩乐，不理朝政，使大臣们惊慌不安，十分忧虑。尤其是接受先帝遗命辅佐幼君的几个顾命大臣：刘健、李东阳、谢迁等人，更是心急如焚，自感内疚。他们纷纷上奏，痛切希望皇上改正错误，励志图强。朱厚照接到奏章，只淡淡地说声“知道了”，便无下文，仍旧玩乐如故。朝中元老大臣，如兵部尚书刘大夏、吏部尚书马文升见皇帝如此，料难挽回，便上书退休。朱厚照也不挽留，立即照准。两人无奈挥泪辞都归里。接着，朱厚照大婚，选册夏氏为皇后，热闹了好一阵子，大臣谁也不敢力谏，怕冲了皇家的喜气。好容易挨过大婚，大臣们再也忍不住了，他们一致认定，皇上天资聪颖，并无过错，以刘瑾为首的八名太监，是导帝为非的罪魁祸首，欲清朝政，必除八贼。户部尚书韩文是大臣耆宿，以直言敢谏著称。每提起时政，便热泪横流，感慨不已。另一个硬骨头大臣李梦阳，见韩文如此，很是气愤：“公为国大臣，徒哭何益？现在大臣都在弹劾刘瑾，公应率百官力争，得理不让，除掉刘瑾等人正是机会。”韩文慷慨毅然道：“君言极是，老夫老矣，一死报国便了。”于是召集大臣，起草奏章，三司六部长官都纷纷在奏章署名。这份奏章由李梦阳起草，写得沉痛剀切，措辞激烈，明确要求杀刘瑾八贼，以谢天下。朱厚照见了奏章，见百官签了名，要求惩罚他心爱的八个人，竟哭泣不止，连午食也不吃。他左思右想，决定派太监王岳和大臣们商议，拟将刘瑾八人谪斥南京充任闲职，借此了事。刘健推倒案桌大哭道："先帝临终，执老臣手，嘱托大事。今陵土未干，遂使宦官弄权，败坏国事，臣若死，何面目见先帝！"谢迁也大喊："八贼不除，国无宁日。"太监王岳亦为正直之人，见阁臣慷慨激昂，亦是振奋，说："阁议甚是！"遂去复命。第二天，众臣齐聚左顺门。太监李荣传旨道："有旨问诸先生，诸先生爱君忧国，所言甚是。但刘瑾等人入侍多年，皇上不忍立诛，望少从宽恕，缓缓处治便了。"由韩文领头，众官齐声鼓噪："八人不去，乱本不除。"刘健对百官说："皇上既许惩此八人，尚有何言，唯事在速断，迟转生变。明日如不果行，再当与诸公伏阙力争。"众官方才散去。

然而，朱厚照应允阁臣诛杀八人的消息，竟被新任吏部尚书焦芳透露给刘瑾。焦芳和刘瑾私交甚笃，原是一党。刘瑾得此消息，立召七人商议。七人闻讯，都面如土色，惊惶不知所措，索性放声大哭。唯有刘瑾从容说："哭什么！你我的头颅，现在还好好地架在脖子上，有口能言，何必慌张！"又大呼："快随我来！"七个人跟着刘瑾，一溜烟奔入后宫。时已黄昏，朱厚照正呆坐在宫里，左右犯难。忽见刘瑾八人踉跄而入，叫了一声万岁爷，扑通扑通地跪伏于地，围了他一圈。咚咚咚在地上磕响头，又哭得死去活来。刘瑾双泪横流上奏说："不是万岁施恩，奴婢怕是被杀死喂狗了。"朱厚照吃惊道："朕尚未拿定主意，何出此言？"刘瑾呜呜咽咽："大臣诬告奴婢，全是王岳一人主使。王岳外结阁臣，内制皇上，恐奴婢从中作梗，所以先发制人。试想皇上玩玩鹰犬，能损什么国家大事。就是那些大臣，也是太过骄横，不是王岳教唆，大臣们怎敢藐视皇上。"一席话说得朱厚照怦然心动，说："王岳如此刁奸，朕险些受蔽。只是内阁多是先帝遗臣，真不好处置。"八人闻言伏地又哭："奴辈死不足惜，只怕今后众大臣挟制万岁，监督自由，万岁便身不由己受人控制了。"朱厚照勃然大怒："朕为一国之主，岂能受阁臣控制。"刘瑾进一步说："陛下应宸衷速断，当断不断，反受其乱。”朱厚照竟拿出朱笔很快拟出一道圣旨：任命刘瑾为司礼监掌管，提督团营。邱聚提督东厂，谷大用提督西厂，张永司掌营务。并火速逮捕王岳。刘瑾奉旨，大刀阔斧立即执行，王岳等人当夜逮入狱中。顿时乌云翻滚，压城欲摧。

第二天，朝旨传出，形势发生惊天逆转，八虎又得势。众大臣见大事已不可为，沮丧已极，相率而哭。一团欲“清君侧”的熊熊烈火，顿时被浇得烟消云散。刘健、谢廷等人上疏乞归，朱厚照欣然批准。王岳被贬南京，被刘瑾派刺客杀死于途中。从此宫内外大权，尽归刘瑾，天下遂不可收拾。

诸大臣疾恶如仇，为国除奸，谁曰不宜！但是疾恶太严，操之过急。是造成失败的最大原因。假如依朱厚照之意将八人贬至南京，然后从容处治，清君侧的目的达到了，也不会激起事变。然而竟欲立置八人于死地，不诛不休，致使刘瑾困兽犹斗，拼死反扑，遂造成逆转大祸。这是除奸策略的大失招。前代史家议论至此，莫不仰天叹息，叹为憾事。

【刘瑾擅权】是明史重大事件。再说刘瑾掌了司礼监大权，与内阁首辅焦芳，表里为奸，权倾中外，生杀予夺，尽操其手，气焰冲天，炙手可热。但是，正如前代史家所言，明朝多气节之士。仗义死谏，甚至以身殉节的人前仆后继，大有人在。他们为了博得为国为民的声誉，固执到什么都不在乎。这已成为明朝士大夫的一种积习，也成为一种历史现象。给事中刘菃、吕翀，首先上疏弹劾刘瑾。接着是南京兵部尚书林瀚、给事中戴铣等人，也慷慨陈词，上奏京师，力言元老不可去，宦奸不可任。刘瑾气愤至极，矫诏逮上述官员入狱，严刑拷打后，一律削职为民。南京御史蒋钦是弹劾刘瑾表现最为激烈的一个。他被捕出狱后，仅仅三日又上奏再告刘瑾，又被重逮入狱，打得血肉模糊，伏地不起。锦衣卫问道：“再敢胡说吗?”蒋钦跃起道：“一日不死，便要尽责。”接着又是乱杖齐下，打个半死不活。蒋钦死而复苏，回到家里，越想越是气愤，勉强支起身来，又将大笔拿起，再写弹劾刘瑾的奏章。忽然有声从墙中传出，凄凄厉厉，案上灯烛，绿焰摇曳，好似闹鬼一般。蒋钦毛发尽竖，搁笔暂息。不料怪声复发，更为凄厉。蒋钦暗想："必是先人神灵示我，写此奏疏必遭大祸。"于是心灰意冷，将奏疏拿起，拟一烧了之。但又转念一想，我既为御史，怕死负国，缄默不言，更是贻羞先人，愧对祖宗。于是奋笔疾书，写成一篇慷慨激昂、义正词严、流传不朽的大奏章。现将其中精彩绝伦、撼人心魄的段落抄录于下："……臣与贼瑾，势不两立。……朱云何人（朱云是汉朝诤臣），臣肯稍让，臣骨肉都销，涕泗交作。七十二岁老父，不复顾养。死所何惜？但陛下覆亡国之祸，起于旦夕。是大可惜也。陛下诚杀瑾，枭之午门，使天下知臣钦有敢谏之直，陛下有诛贼之明。陛下不杀此贼，当先杀臣，使臣能与龙逢、比干，同游地下。臣诚不愿与此贼并生也。"

但是这篇词烁千古的奏章，递上去早被刘瑾半路截住，朱厚照根本见不到。于是矫旨又下，再杖三十。杖毕，一代直臣蒋钦再也没有醒来。兵部主事王守仁，为明朝一代儒宗，后人称为大哲学家的王阳明先生，便是此人。他见刘瑾专横，也切切实实奏了一本。结果被逮入狱中，险些杖死，最后贬往贵州龙场驿。明太祖设立廷杖，专门震慑群臣，已属严酷至极，后人称为暴政。到了宪宗、孝宗时，廷杖仍在施行，但受杖臣吏，可允许穿棉衣，甚至可盖上毡子，俯卧于地，如此挨打者不致毙命，残暴中尚有一点仁慈。然而刘瑾矫诏对大臣执行廷杖，则令脱去其外衣，裸体受刑，挨打者往往立毙于杖下。裸体受杖刑，是从刘瑾开始的，后来明朝各代皇帝纷纷效法，刘瑾可谓酷毒至极。

由于刘瑾大施淫威，原来带头告刘瑾的户部尚书韩文，被迫致仕。那个起草弹劾奏章的硬骨头户部郎中李梦阳，也被构陷入狱。都察院御史屠庸上奏时偶写刘瑾二字名号，说是大不敬，刘瑾派人诘问。屠庸吓个半死，忙率十三道御史到刘府谢罪，尽跪伏门前，任刘瑾辱骂，大伙只是磕头。刘瑾骂累了，扬长而去，这些御史还是磕头浑然不觉。

刘瑾又下一道矫旨，将朝中与他作对的正直之臣，罗列了四五十名，一律勒令致仕。至此百官噤若寒蝉，唯刘瑾马首是瞻。朝臣遇事上奏，奏本分为红本白本两种，红本必先呈刘瑾，获准后白本才能禀呈皇上。刘瑾又奏请建立内厂，朱厚照准奏，命刘瑾提督内厂，这是又一个御用特务机关，至此东厂、西厂、内厂三厂并立，刺事缉捕，全看刘瑾一人眼色，刘瑾的权势可谓达到极点。

正德三年（1508）盛夏，有一张匿名揭帖贴在宫前，内容是揭发刘瑾不法之事。刘瑾见帖大怒，亲至奉天门前，传下矫诏，召集百官追查。百官一拨一拨地跪在门前。不时哀告："我等受公公优待，正感谢不及，哪敢诬陷刘公公？"刘瑾对着百官说："你们都是好人，独我是个奸贼，如果反对我，尽可出面告发，何必匿名攻击设计害我。"说完恨恨退入内室。百官见刘瑾怒气不懈，仍长跪不起。时值盛夏，烈日当头，晒得百官臭汗满身，晕头晕脑。太监李荣见百官狼狈不堪，心中不忍，切了几个西瓜让大伙解渴。又说："刘爷走了，诸位别跪了，起来歇歇。"于是大伙儿起来，舒筋展骨，稍事休息。忽听小太监又喊："刘爷来了，来了。"原来刘瑾在远处早将情形看在眼里。飞步到百官之前，又是斥骂。百官丢下瓜皮，又跪伏如故。一直跪到昏天黑地。刘瑾下令将三百余名官员押入锦衣狱。过了半日，匿名帖已查出，原是一太监所为。刘瑾卖个人情，将百官放出，有几个官员竟因中暑，一命归阴。刘瑾奉天门追查揭帖事件，是明史上一大丑闻。刘瑾驾驭百官嚣张到无以复加的地步。百官尊严扫地，斯文扫地，真是明代士大夫一大羞辱、一大劫难。

此时朝中各部尚书，都由刘瑾私党担任。焦芳把持内阁首辅，刘宇靠着大量贿赂买通刘瑾，担任兵部尚书。另一死党张綵，也靠巴结刘瑾，当上了吏部尚书。张綵生得英姿豪迈，一表人才，聪明至极，口才尤佳，又与刘瑾同为陕西人，得到刘瑾赏识，但其内心却极端龌龊，一意奉承刘瑾，对下公开索贿，横行霸道，又十分好色。苏州知府苏介由张綵提拔。苏介有一小妾美貌无比，张綵垂涎三尺，亲到苏家，威逼苏介，竟将小妾夺去占为己有。平阳知府张恕有一爱妾美艳绝伦，张綵派人索取。张恕坚决拒绝，张綵竟指使言官弹劾张恕贪赃枉法，竟逮入狱中，加治重罪。张恕无法只得献上爱妾，方才免罪。吏部尚书张綵身为九卿之长，仗着刘瑾权势公然夺取下级官员的妻妾，也是明朝官场上一大丑闻，让人听起来毛发尽竖，肝胆俱寒。然而张綵也做过好事，他曾劝刘瑾说；"刘公所受的贿赂，都是官吏们盗取国家财产，或者剥削老百姓来的，他们借给刘公进献的名义中饱私囊，他们贪污的财物十成之中，公只得一成，他们得九成，而普天下的民怨却都集中在公一人身上，刘公如何向天下交代?”刘瑾听了认为是金玉良言，欣然采纳，从此不再受贿，这是张綵的聪明处。总之，刘瑾与其死党盘踞朝堂，权势倾天。当时有人说，天下有坐皇帝，有立皇帝。站在朱厚照旁边的立皇帝就是刘瑾。

【建起豹房】是刘瑾的主张。为了擅权，刘瑾一味引导朱厚照游戏玩乐，在西华门外，太液池旁，建起一座“豹房”，专供朱厚照在此享乐。“豹房”顾名思义就是养豹之房。将豹作为宠物来养，原是元朝宫廷的游戏。而刘瑾给朱厚照所建“豹房”，规模超过前代，不仅“养豹”，而且养虎，还有更多的娱乐功能。豹房建筑勾连栉比，庭院相连，房屋相连，曲径通幽，别有洞天，真像迷宫一般。朱厚照爱好音乐舞蹈，这里便招徕全国各地甚至西域的歌伎、乐工、舞伎。整日长袖飞舞，弦歌达旦。朱厚照尚武，便进槛与虎豹相狎，真是好大胆子，可与武松较劲。朱厚照年龄渐大，情欲大开，这里聚集几百名美女，供他淫乐。锦衣卫同知于永献来十六名从西域搞来的回回美女，个个肌肤如玉，倾国倾城，又献西域房中秘戏。朱厚照大喜，对回回美女宠爱异常，按秘戏提供的方式，日夜拥着她们纵乐。豹房又有许多番僧，专门为朱厚照念经文，变魔术，他将这些西藏僧人封为国师、禅师、佛子。朱厚照崇尚黄教，喜读佛经，甚至通晓梵文，据说还通晓伊斯兰教及阿拉伯文，并御制尊主诗曰：

一教玄玄诸教迷，其中奥妙少人知，
佛是人修人是佛；不尊真主却尊谁?

他还自名“妙吉·敖兰”，此语为阿拉伯语的音译，意为“真主的荣耀”。在古今皇帝中，是不可多得的外语专家。并自封为“大庆法王”。他还在后宫一大殿内，供奉许多袒胸露乳的欢喜佛、墙上画满壁画，全是赤身裸体的男女摆作各种姿势，做交媾状。这些佛像、壁画在嘉靖初年被明世宗毁弃。某个元宵夜大内乾清宫着火，烈火熊熊，火光映红天空，火星四溅，好似火树银花。朱厚照站在豹房的高阁上，高兴异常，大喊：“好一棚烟火！”侍奉太监纷纷告急：“皇上，是大内着火了。”朱厚照说：“烧了再建。”虽如此说，但还是下旨救火。

从正德二年（1507）起，直至正德十六年（1521），朱厚照便一直住在豹房，自由自在。他很少去紫禁城内的皇宫住，夏皇后和几个妃嫔，也被他冷落在那里。豹房成了他的寝宫，娱乐场、温柔乡。后来他干脆在这里召集官员议决朝政，乃至检阅军队。豹房又成为控制天下的中枢所在。朱厚照虽然嬉戏无度，却不耽搁朝事，皇权仍牢牢掌控手中，只是不按部就班地行事罢了，有时早朝，百官齐聚，忍饥挨渴直到黄昏，他才姗姗来迟，至半夜散朝，百官累个半死。有时他半夜敲响景阳钟，宣召百官上朝，百官摸黑赶来，也没紧急大事，议些寻常政事，他困倦了，便挥手散朝。

【刘瑾伏法】是件快事，过程颇有曲折。正德五年（1510），宁夏安化王朱寘鐇叛乱，杀死地方官，传檄天下，以清君侧为名，声讨刘瑾、张綵祸国殃民罪状，兴兵数万，抢夺州县，并向关中进发。警报传到京师，朱厚照十分惊慌，命御史杨一清提督军务，太监张永为监军，率兵征讨。讨逆大军未到宁夏，忽然传来捷报，原来游击将军仇钺用诈降计已将朱寘鐇活捉。于是杨一清和张永便班师回京，在归途中，杨一清与张永朝夕相处，谈论朝政，说起刘瑾专权，两人皆恨恨不平。原来张永也是八虎之一，和刘瑾私交甚好，张永劝刘瑾戒止，刘瑾不从，反忌恨张永。张永虽是刘党，但性格较正直，极恨刘瑾横行不法。杨一清亦是正直之人，对刘瑾亦恨之入骨。两人志同道合，一拍即合，经过密议，定下了除掉刘瑾的大计。

也是刘瑾恶贯满盈，该到覆灭的时候了。刘瑾自己竟然跳出来，干起谋逆造反的勾当。原来刘瑾自专权以来，代天子行事，玩朱厚照于掌股之间。骄气日盛，野心膨胀。他有个侄孙叫刘二汉，他极为喜爱。有个术士余明，见刘二汉面貌非凡，给他推算星命。说二汉洪福齐天，命里该做皇帝。刘瑾大喜，他认为自己是阉人，不能做皇帝。只要孙子做皇帝，天下便是刘家的了。于是联络党羽，收养武士，增置兵甲，定于正德五年(1510)中秋节起事。刘瑾谋逆之事，已传遍京师，只有朱厚照泡在豹房浑然不知。

张永、杨一清押着安化王朱寘鐇到京，面谒朱厚照，举行献俘大礼，朱寘鐇等人均被处死。朱厚照设宴欢庆平叛胜利。席散，张永故意逗留，待众人散尽，张永急奔朱厚照之前，叩首有声，大呼："陛下，大祸临头了。"遂将刘瑾阴谋逆造反的情况一一奏明，并呈上朱寘鐇讨刘瑾的檄文。朱厚照这才如梦方醒，醉眼惺忪地说："朕待他不薄，反要害朕，快拿逆贼！"张永奉旨立即率大队禁军，深夜包围刘宅，将睡梦中的刘瑾逮捕入狱。翌日，朱厚照亲率百官及御林军查抄刘住所，共抄出黄金二十四万锭，元宝五百万锭，宝石二斗，珍宝无数，八爪金龙袍四件，蟒衣四百七十件，甲胄千余，弓弩五百。更有两柄貂毛扇，扇柄暗藏机关，以手扳机，各突露出两柄寒光闪闪的匕首。朱厚照大怒，立命严审刘瑾。刑部尚书刘璟被任命为主审，他亦是刘瑾提拔，见了堂下受审的刘瑾，反而汗流浃背，难为情起来。刘瑾咆哮公堂："满朝公卿，尽出我门，谁敢审我?!"陪审百官都面面相觑，默不作声。驸马都尉蔡震大喝一声："我是国戚，非出你门，我敢审你！左右快快给我打嘴。"左右卫士一拥而上，劈头盖脸一顿嘴巴，刘瑾这才老实起来，在大量证据之下，只好认罪。越日，朱厚照下诏，将刘瑾处以磔刑，磔刑又称剐刑，或凌迟处死。行刑刽子手有高超的杀人技术，他们像庄子笔下解牛的庖丁，避开五脏六腑、咽喉、大动脉血管等致命处，用利刃将犯人之肉，一片一片割下，在犯人神志清醒时，感受万般痛苦，最终让其徐徐痛死。刘瑾临刑，奉旨割三千六百刀，第一天割一千八百刀，血肉片片落下，刽子手叫卖其肉，围观市民争买其肉，当场吃掉。然而割削至黄昏，下身皮肉削尽，刘瑾犹未死，神志清楚，押回监狱，气息微弱，直喊口渴。狱吏索性端上酒菜馒头，让他食用。刘瑾喝了几口水，咬了几口馒头，便昏厥过去，再未醒来。第二天，磔刑继续进行，刘瑾的尸首挂在木架上，刽子手再割一千八百刀，将上身皮肉削尽，四肢砍断，骨骼剁碎，最后割下头颅，悬于城楼。行刑过后，刽子手满身衣袍溅透鲜血，刑场血肉狼藉，惨不忍睹。笔者写完这段文字，已毛骨悚然。磔刑真是残忍极了。直到清朝光绪末年，磔刑才被废除，此是后话。刘瑾的亲属十五人及侄孙刘二汉一并处斩。焦芳、张綵等人也被追查治罪，最后死在狱中。

刘瑾专权长达五年之久，其挟天子驭百官，权势倾天，亘古无有。只有后来天启朝的魏忠贤，方能与之并驾齐驱。前人言："明之亡，亡于寺祸。"刘瑾就是为害最烈的一个宦官。明朝自永乐以来，朝朝代代都重用太监，主要是为了挟制内阁的势力，挟制的结果，阁臣势力削弱了，皇权虽然加强了，但形成了宦官专权的畸形政治。一般说来，宦官由于身体的残缺，自卑感、报复性极强，又素无大志，一旦得逞，张扬跋扈都达极致。这是由宦官本身特点所决定的。然而刘瑾此人个性很复杂，并非是彻头彻尾的坏人。他也做过许多好事。例如，他曾多次拒绝贿赂，惩治过许多贪官，为民除害；对人才也颇爱惜。又盘查丈量全国土地，为国家增加税赋。他对陕西老乡特别照顾，陕西人因此沾了他许多光。他又增加陕西省乡试科考名额一百余名。至于给陕西拨款减税更不胜枚举。有一件事他干得莫名其妙，让京城寡妇限期改嫁，强迫改嫁固非好措施，但总比强迫守寡好得多。在明朝礼教森严的情况下，他让寡妇改嫁，确实了不起。戏剧《法门寺》把刘瑾说成是为民请命的青天大老爷，确非空穴来风。

【二刘起义】正德五年（1510）秋，刘六、刘七等人在河北霸州扯起反叛义旗。两人本为兄弟，豪爽有胆略，被官府逼得无法，遂率众造反，杀富济贫，攻掠州县。当地驻军屡次进剿，都被杀败。霸州又有一豪杰，名叫赵鐩，侠肝义胆，勇猛善战。人称赵疯子，赵疯子善计谋，又有仁义之心，与刘六、刘七联络一起，并告诫二刘不要滥杀无辜。刘六、刘七很是敬服。于是刘六、刘七率兵攻击山东，接连攻下日照、海平、寿张、阳谷、曲阜等州县，声势大振。朝廷派毛锐、谷大用等人率军征讨，刘六、刘七便弃了济宁，长驱北进，直袭京城。当时朱厚照在南郊祭天，听说刘六、刘七将至，急召重兵防备。二刘见京城有备，便攻下保定，又入山东。

而赵鐩一军这时已攻入河南，豫东州县尽被夺去。赵鐩饱掠河南，又挥师东进，直逼徐州。又分兵攻下宿迁、高邮、灵璧。官军阻击，尽被杀败。又渡黄河北进，攻陷归德府。赵鐩在归德建起军营二十八座，上应二十八星宿。总兵力达十三万人。赵鐩手书对联一副：“虎贲三千直抵幽燕之地，龙飞九五重开混沌之天。”写在金旗之上，金旗飘扬，军威大振，官军闻之丧胆。

朱厚照闻知刘六、刘七、赵鐩纵横山东、河南，异常恐慌。紧急召开御前会议，任命都御史彭泽、咸宁侯仇钺为帅，召集四方精锐部队十万讨伐。仇钺是正德年间智勇双全的大将，以平定安化王朱寘鐇而名闻天下，出师时，意气扬扬，志在必得。彭、仇二人决计分兵围剿。兵部侍郎陆完率军征山东。彭、仇二人以主力往河南，专攻赵鐩。赵鐩其时正率众攻唐县，连攻一月不能下，又转攻襄阳、樊城、枣阳等地。彭泽、仇钺率大军尾追，与赵鐩相遇西河。两军激战数日，赵鐩大败。赵军退入河南，急攻府城，总兵冯祯被义军杀死，义军势力奋振，又率兵渡河。这时仇钺率大军在土地坡设伏，将义军诱入圈内，几经激战，义军全军覆灭。赵鐩化装成和尚逃脱，后在武昌被捕杀。河南义军遂被明军彻底剿灭。

仇钺等人立即移师山东，与陆完一起共同对付刘六、刘七。此时明廷将辽东、大同、宣府等处的精锐部队都调集到山东。刘氏兄弟已成强弩之末，已失去正面抵抗能力，四处流窜、最后在狼山被官军围歼。

刘六、刘七起义，完全是官逼民反，义军一度声势浩大，多次逼近京师。使朱厚照惶惶不可终日。这次起义是明朝除李自成起义之外的最大起义，官军用了三年时间，才将起义扑灭。大明王朝的命脉又一次遭到砍斫，明朝不亡，只是暂时苟延残喘。

【宠信江彬】与钱宁，使朱厚照又得两个玩伴。河北、河南、山东既平，朱厚照又派兵镇压了四川蓝廷瑞起义，同时遣彭泽、陈九畴率兵抚平哈密、吐鲁番等地。天下顿时清平无事。朱厚照心闲生余事，又依然嬉戏游乐。他独出心裁，在豹房附近建一大市场，街道延绵数里，两边店铺林立，茶馆、酒肆、妓院、旅舍、布店应有尽有，又命太监、宫女扮成店主伙计，闲暇时朱厚照扮作客商模样，徜徉于市场之间，于店铺买货、争价钱。晚上狎妓喝酒，彻夜不归。刘瑾死后，他又宠信两个侍臣，一名钱宁、一名江彬。钱宁生得眉清目秀，唇红齿白，十分伶俐，分明一个俊美的娈童，朱厚照玩腻妇女，便玩钱宁，真是水旱两路英雄。朱厚照有时疲倦，便枕在钱宁身上，一睡便是一夜，钱宁纹丝不动。朱厚照赐钱宁姓朱，豹房有二百余人都先后赐予朱姓，称为“义儿”。江彬原是大同游击，平刘六有功，勇敢悍战，某次战役，身中三矢，一矢射中脸面，贯穿右耳，血流及肩，拔矢再战，朱厚照赞赏他勇猛，将他调入京师。他靠巴结钱宁也进入豹房。他身体魁梧极有臂力。一日朱厚照玩虎，虎被激怒，几欲伤了圣驾。钱宁畏葸不前，而江彬扑上前去，独力制伏老虎。朱厚照说：“朕一人能制伏此虎，何用卿帮忙。”话虽如此，心里很赞赏江彬的勇气，于是很信任江彬，赐他国姓，收为义子。江彬口才极好，说话天花乱坠，极合皇上心意。江彬得宠，钱宁渐被疏远，气得要死，也无可奈何。后来钱宁被告发与朱宸濠勾结，被罢官抄家，抄得玉带二千五百束、黄金十余万两、白金三千箱、胡椒数千石。世宗即位，磔死钱宁，这是后话。江彬独得专宠后，又劝说朱厚照，将京军与边军互调，于是边军陆续进入京城，编成外四家军（大同、宣府、辽东、延绥）由江彬为统帅。朱厚照全身披挂，一身戎装，亲临校场检阅军队。兵士呼喊声、厮杀声、金鼓声，声声震耳，朝臣惊慌不安，但朱厚照很是欣慰。江彬极有心计，见朱厚照喜欢女色，便一心一意地下工夫，诱导朱厚照玩弄女色。延绥总兵马昂因犯罪被撤职闲居在家，他和江彬本是同乡，想借江彬之力恢复官职。江彬知马昂有一妹妹，生得异常美丽，歌舞骑射样样精通，并精通外国语，现已嫁锦衣卫指挥毕春，于是江彬百般开导，让马昂将妹子献与皇上。马昂是个无耻之人，只顾当官，不顾妹子死活，竟一言应允。未几，将妹子骗回娘家，百般渲染做妃子的好处。其妹竟然答应。马昂遂将妹子献与江彬，江彬一把搂住马妹，推到巫山，兴云布雨。将其妹享受了几天，然后盛装艳服打扮得如天仙一般，又献进豹房。朱厚照见了马昂之妹，魂儿早被美色摄去，当夜即令侍寝，马妹全力应酬，朱厚照喜不自胜，魂销温柔乡。他玩女人，最爱少妇，可谓得房事之道。第二天，下旨恢复马昂原官，又赐给一座大宅院，马昂得了好处又献美女四名，朱厚照照收不误。锦衣卫指挥毕春见其妻被皇上夺去，敢怒不敢言，只得另择新欢。朱厚照又厚赏毕春，予以安慰。马昂之妹已有身孕，群臣闻之大惊。大学士杨廷和奏了一本，请皇上勿纳马昂妹，又以“吕嬴牛马”的典故告诫他。所谓吕嬴，是说战国时吕不韦纳赵姬使有孕，再献赵姬于秦国皇子异人，而生下嬴政，是为秦始皇，其实嬴政是吕不韦的儿子。所谓牛马，是说晋朝恭王府小吏牛金，与恭王之妃夏侯氏通奸，生下晋元帝司马睿，元帝其实已不是司马氏的嫡血。试想马昂妹如果生子，立为太子，朱家王朝则变了质，多么可怕！但朱厚照哈哈一笑，不以为然。幸亏马昂妹经不起朱厚照威猛的折腾，致使流产，胎儿堕下死了，没闹下麻烦。

忽一日，朱厚照临驾江彬家，江彬大喜过望，命爱妾杜氏烹鱼伺候。朱厚照见杜氏美艳无比，顿生异念，说：“卿妾烹鱼技艺不凡，不妨借她到宫中为朕烹鱼，如何?”江彬不防这一招，哑巴吃黄连，暗自叫苦。只得将杜氏送入豹房。杜氏日间烹鱼，夜间便被召幸。从此一借不还，江彬只得自认晦气。有一日，朱厚照和江彬在豹房议论天下美女，两人说得津津有味。江彬说南朝金粉，北国胭脂。南边数苏、扬一带最多美女，北方要数宣府多产美女。朱厚照说：“卿是宣府人，可否引朕赴宣府一游。”江彬大喜立即应允。君臣两人密商许久，准备停当。在正德十二年（1517）八月甲辰日，扮作客商模样，二人乘着月色，溜出德胜门，朝北一路前进。两人结伴而行，说说笑笑，无拘无束，喜气奋发，精神振作，比之宫中更有一番滋味。拂晓后又雇车北去，蹄声嘚嘚，车轮辚辚，真是惬意极了。车过昌平沙河，忽然背后喊声大作，尘埃忽起，一大队人马竟追上朱厚照、江彬二人。原来是大学士蒋冕等人上朝时，苦等半晌，不见皇上踪影。询及宫内，张太后也急得半死，方令百官追来。大家苦苦相劝，朱厚照坚决不回，说是心中忧闷，欲出居庸关游玩。大伙无法只得跟随同至居庸关下。巡关御史张钦和指挥孙玺正在镇守居庸关。张钦是个硬汉，他告诉孙玺：“如果遵旨开关，车驾出关北上，遇到鞑靼兵，如土木事变那样，谁来负责？我们恪守职责，拒不开关，就是死了也值得。”孙玺闻命闭关不开。关下无论如何呐喊孙玺就是不开。朱厚照十分恼怒，传令逮捕张钦。这时京中百官劝阻的奏章雪片飞来，很是烦恼。于是传旨回京。回京后第一件事便是将张钦、孙玺调离居庸关，另派太监谷大用守关。张钦抗拒圣旨，闭关不纳皇帝，此为大逆不道之罪，即使斩首也不为过，朱厚照仅是调离，并不加罪。张钦惊诧莫名，也感到这个皇帝太厚道、宽容了。

【游龙戏凤】说的是朱厚照巡边、采花的故事。仅过了几天，朱厚照和江彬乘夜又溜出德胜门，仍旧扮作客商，雇着车马，一路北去。途中再无人阻挡。到了居庸关，向谷大用挥挥手，又朝北向宣府进发。到了宣府，江彬早建了一个行宫，名为"镇国府第"。府内高大幽深，壮丽华美，不似宫中，胜似宫中。朱厚照大喜，游览一圈，对江彬说："这就是朕的家里。"朱厚照在这里，既无群臣奏事、劝谏，又无像宫中那种烦琐的帝王礼节，又不必努力维持帝王尊严，自由自在，感到十分惬意。说实在话，帝王尊贵无比，威风八面，但确是天下最不自由的职业，难怪朱厚照不愿待在宫中受屈。笔者有诗咏朱厚照道：

冲破牢笼展翅飞，天高地阔不回归。
唯图心性真欢乐，不管旁人说是非。

两人安顿停当。便由江彬导引，到大街上游逛，目的是寻花问柳。果然宣府妇女许是水土关系，与京中大是不同。大家闺秀雍容华贵，举止优雅，姿容俏丽。即便是小家碧玉，也体态轻盈，面貌姣好，别有一番风韵。朱厚照尽情观看，有时禁不住上前挑逗，妇女尽掩面走避。看到中意的，便尾随至家。由江彬出面交涉、强令陪驾。有时深更半夜，闯入高门大户，户主不明情由，出言鲁莽，江彬上前耳语一番，户主惊惶万分，急来迎驾，只得将爱女献出，于是载归行辕，尽情淫乐。宣府妇女紧张得很，知皇帝日夜在大街上采花，都闭门不出。

如此在宣府玩乐了一月，忽报鞑靼小王子率兵攻打大同。朱厚照闻讯，便要亲征。他自幼练成一身好武功，胸怀大抱负，想做太祖、成祖那样的皇帝，上马杀敌保家卫国。江彬劝说："此是总兵官责任，陛下何必亲冒戎锋？"朱厚照说："难道朕不能做总兵官吗？皇帝有什么意思！朕偏要做个总兵官。”江彬见他固执，嗫嚅半晌又极表赞成。朱厚照马上传旨，将“总督军务威武大将军总兵官朱寿”十四字刻成金印（朱寿是他的别名)，然后签发军书，调集宣府大同兵马十万，浩浩荡荡杀往边疆。鞑靼小王子听说朱厚照亲征，竟被吓退。朱厚照穷追不舍，追到应州榆河，与敌遭遇。他鼓励士兵奋勇杀敌，而自己身先士卒，跃马扬鞭，冲入敌阵，一场激战，竟大获全胜。在战斗中他手起刀落，将一个鞑靼骑兵斩于马下。鞑靼骑兵逃得飞快，整个战役，只斩首十六级，其余都已逃散。这就是著名的应州大捷。胜利的原因是他勇敢知兵，运兵布阵颇有章法。并善待将士，与兵士同吃同住，因而军心大振，锐不可当。这朱厚照真有两下子。这场大战真像游戏一般，从容不迫，轻取敌人，朱厚照真好福气。于是凯旋班师。

大同游玩好几天，朱厚照感到毫无意思，传旨开回宣府，又到“家里”寻乐去了。春季将临，他兴致上来，独出心裁，举办了一次盛大的迎春仪式。鼓乐喧天，彩旗飞扬，各种社火穿街而过，内中有几十辆大彩车，满载和尚、妇女，混杂一起。和尚头皮剃得贼亮，十分精神；妇女浓妆艳抹，妖娆至极。妇女手拿绣球，在和尚秃头上乱打；和尚嬉皮笑脸，乘机揣摸妇女私处，僧妇相狎，怪态百出。宣府人被逗得前仰后合，开心极了。朱厚照在观礼台上，乐得蹦蹦跳跳，得意于自己的杰作。原来他想考察一下，妇女与和尚混杂一起的效果，果然和尚、妇女都显出了各自本来的性情。这真是一幅与民同乐图。

一日兴致忽来，朱厚照独自出来到大街上闲逛，连江彬也不带。自由自在，滋味更是不同。踱到一酒肆前面，见杏帘招展，酒香扑鼻，一个小女子当垆。放眼望去，那女子浅妆淡抹，不妖不艳，美丽天成，如出水芙蓉，似滴露海棠。不禁神思恍惚，情怀已乱，半晌方缓过神来。进了店门，大呼拿酒来。那女子只道他是寻常沽客。便办好酒肴，端个盘儿袅袅婷婷走来。朱厚照想亲手来接。那女子说：“男女授受不亲，客官放尊重些。”朱厚照见她谈吐高雅，举止大方，更加爱慕。又问及姓氏、家人、女子低首不答。朱厚照穷问不舍。女子方含羞答道：“奴家姓李名凤，兄长名龙，兄妹二人相依为命。”朱厚照喜笑颜开：“凤兮凤兮，应配真龙。”

女子见他胡说，忙避入内室。朱厚照独饮独酌，兴味索然，敲着桌子乱叫。那女子又出来，杏眼圆睁，一副娇嗔态度。朱厚照见此模样，更加喜欢，说："请你出来，与你同醉。"女子骂道："客官休要无礼，奴家不是青楼妓女，休要认错人！"转身就走。朱厚照抢先一步，牵住衣袖，然后像老鹰捉小鸡似的拉入内室。女子拼力反抗，气喘吁吁地骂："你是什么人，竟如此放肆！"朱厚照说："朕就是当今皇帝。"女子说："既是皇帝，怎么如此无礼？"朱厚照也不辩解，解下外衣，露出金绣龙袍。又拿出白玉一方，色如羊脂，顶端有蟠龙钮。女子仔细一瞧，见玉上刻着八个大字："受命于天，既寿永昌。"这是真正的玉玺，知是遇见了真皇帝，忙跪伏请罪。朱厚照乘势抱住女子，给她十几下甜吻。又锁了门户，解下衣袍，按倒女子，强行兴云布雨。女子无奈只好由他任情摆布。那女子哥哥正好回来，见内室紧闭，久呼不开。知事情不妙，飞奔去报官。说话间，领了几个衙役来到酒店，大吵大闹要捉拿奸邪之人。这时朱厚照好事已毕，已整好衣冠，踱到店中，手摇洒金九龙扇，像个无事人。女子大喊："万岁在此，快快迎驾！"众衙役听说是皇帝，纷纷跪倒。女子哥哥腿儿也觉发软，扑通也跪在地上。朱厚照上前对其兄好生安慰，一把扶起，将兄妹二人一起带回"家里"。留下女子，盛服装扮，安置于后宅。又厚赏李龙千金，又授给千户官职，打发回家。李龙拜谢而去。这就是著名的一出"游龙戏凤"的喜剧。这个故事后来改编成戏曲，在中国舞台上演出了几百年，至今盛演不衰。

朱厚照驻跸宣府一月有余，与李凤整日游乐，乐不思蜀。朝臣催促回銮的奏章如雪片飞来，他不胜其烦，概不理睬。又欲封李凤为妃。李凤说："妾福浅命薄，以贱躯事至尊，已属意外，何敢再沐荣封？望陛下以万民为念，早返宫阙，妾方心安，比荣封还胜十倍。"朱厚照闻言很是惊喜。遂发旨即日回京，硬带着凤姐儿一起上路。车驾至居庸关，雷雨大作，电光闪闪，雷声惊天动地。李凤不胜惊恐，竟晕倒在车内。朱厚照命就地驻跸。将驿舍暂作行宫，让李凤静养。李凤哭请道："妾自知福薄，不能久侍陛下，只请圣驾速回，妾死亦瞑目。"朱厚照亦流泪不止："朕情愿抛弃天下，不愿抛弃爱卿。"李凤呜咽道："陛下一身，关系重大，贱妾生死，何足挂怀？望陛下保持龙体，惠爱民生。”言毕，气喘交作，悠然长逝了。这李凤真是胆小极了，一声霹雳竟被惊死，红颜薄命，也是怪事。朱厚照伏尸大哭，极为悲哀。翌日，将芳魂安栖于居庸关山上，特用黄土封茔。谁知一夜之间竟变成白色。朱厚照说：“好个贤德女子，至死尚不肯受封。可惜朕无福德，不能使她永年。但一女子尚知以社稷为重，朕何忍背她遗言。”当即起驾回京。“游龙戏凤”一事，见于野史，按朱厚照性格，确能做出此事，也显得合情合理。传播几百年，应该真有其事。一个民间女子尚能关心国事，力劝皇上回京，江彬之流能不羞死。笔者作《游龙戏凤咏》一首诗曰：

风吹塞外起苍黄，皇帝巡边意气狂。
浪蝶采花花尽落，游龙戏凤凤犹殇。
莫言天子真惬意，应哭黎民已断肠。
好戏一台演千古，风流传世太荒唐。

朱厚照回京大事炫耀，他头戴金盔，身披金甲，骑着红鬃骏马，身后扬起“总督军务威武大将军总兵官朱寿”的大旗，背后跟随着千军万马，威风凛凛，浩浩荡荡，开进德胜门。百官跪地拜迎，山呼万岁，庆贺皇上北征凯旋。朱厚照笑容可掬宣谕百官说：“朕在榆河，亲斩一敌人首级，卿等可曾知道。”百官闻言齐声高呼：“陛下英武。”朱厚照哈哈大笑，驰入东华门外，回到豹房去了。

曾经沧海难为水，除却巫山不是云。凤姐儿去世，朱厚照日夜思念，饮食不安。豹房中几百个妇女与心爱的凤姐儿相比，简直如糟糠一般。江彬见主子忧虑，又来献言：“有一个凤姐，肯定必有第二个凤姐。天涯何处无芳草，不如再去寻访。”朱厚照欣然应允。不料太皇太后突然崩世，只得暂搁行程，料理丧事。太皇太后王氏，历来对朱厚照极好，从小抚养，关怀备至，他很是感激。葬礼极为隆重，出殡那天，他不穿孝服，而是全身披挂，金盔金甲，骑着高头大马，威风凛凛，一副总兵官模样，不伦不类。群臣见状，惊诧莫名。因大丧，应哀而不乐，只好将笑声咽到肚子里。好不容易大丧期满，朱厚照立刻降下一道谕旨，内言宁夏有警，令总督军务威武大将军总兵官朱寿，率六师亲征。着令内阁按谕起草圣旨。内阁大臣见谕大惊失色，拒不草诏。朱厚照亲临左顺门，召大学士梁储草诏。又抽出宝剑说："若不草诏，请试此剑。"梁储免冠伏地，涕泣说："臣违命情愿就死。若草此诏是以臣命君，情同大逆，臣死不敢奉诏。"朱厚照将剑掷于地，说："你不草诏，朕何妨自草。"拂袖而去。

这次亲征怎样又打了胜仗，史书上没有详述，笔者也不胡编乱造，一笔略过。凯旋后，朱厚照不管百官如何阻止，带着江彬再至塞北，寻花觅柳去了。如前文所说，朱厚照是一个猛男，像坦噶尼喀的公牛，像小亚细亚的种羊，横冲直撞，不可拘羁。他先到宣府，四处寻觅，再找不到像李凤那样的一个可心人儿。又跑到大同，大同还不如宣府，所见妇女尽是蒲柳之姿，全不中意。又从大同渡黄河，在榆林逗留几天，一无所获。忽经江彬侦察，说是绥德州总兵戴钦有一女儿，色艺俱佳，朱厚照大喜，又马不停蹄，直奔绥德府。竟不预先传旨，带着江彬直奔总兵署衙。总兵戴钦见御驾亲至，官服都来不及穿，便服迎驾，口称不知圣驾大临，死罪死罪。朱厚照温言安慰。戴钦迎入内宅，立即设宴侍驾。酒过数巡，朱厚照给江彬递个眼色。江彬会意，便对戴钦说："圣驾此次巡游天下，闻贵总兵生有淑女，特此临幸，亲自选择，幸勿妨命。"戴钦惊愕，仓促间不能回答，半晌才说："小女丑陋，不足仰觐天颜。"江彬笑道："总兵此言差矣，美与不美，自有圣鉴，何必过谦!"戴钦无奈，传命内宅，让小姐出来。一会儿一个盛装女子款款走来，见了朱厚照，弯腰敛衽叩拜，山呼万岁。朱厚照瞧过去，果然是天姿国色，凝重端庄中透了几分妩媚。真是"美人毕竟大家多"。朱厚照失声叫好。江彬笑对戴钦说："佳人已选中了。赶快准备送嫁。"第二天，戴女坐着花轿与家人泣别。戴钦老泪纵横，眼睁睁望着爱女被皇帝带走。朱厚照离了绥德，到西安歇息几日，又从偏头关入晋。不几日便到了太原。太原是个繁华城市，原是歌姬云集之地。山西布政使曲意奉承，召来一大帮歌女，为朱厚照演唱洗尘。内中有一歌女，生得俏丽异常，娇喉一啭，悠悠扬扬，朱厚照观赏半晌，禁不住击节叫好，急忙召至座前，赐酒三杯，那歌女也不推辞，一饮而尽，顿时面如桃花，艳丽非常。朱厚照问及姓名，自称是刘良女，晋王府乐户杨腾之妻。当夜便令侍寝，那歌女很是大方，施展床上功夫，柔情万状，手段高超，更是十分厉害。朱厚照舒适极了，感觉这女子竟跟处女一般。惊问其故，刘良女说："妾曾学过缩阴之术，虽经破瓜，仍似完璧。"朱厚照连说："好极了，好极了。"过了几日，便将刘良女带回北京，安置在豹房，又封为贵妃（只有杨腾倒霉）。从此对刘贵妃大加宠爱，差不多有"后宫佳丽三千人，三千宠爱在一身"的光景。贵妃人缘极好，对宫监宫娥和气可亲，人呼为"刘娘娘"。

【自封官职】是一出滑稽剧。过了数月，朱厚照又想南巡，于是亲笔写了一道敕。大意是，总督军务威武大将军总兵官朱寿，亲率六师，累建奇功，特加封镇国公，岁支俸禄五千石，着吏部备案，户部发饷。不过几日，又给吏部下令说，镇国公朱寿，宜加封太师。内阁大臣杨廷和、梁储等人联篇上奏，说君不君，臣不臣，名不正，言不顺。应立即收回成命。朱厚照一概不理。顿时舆论哗然，人情汹汹。翰林院修撰舒芬十分气愤："此时不直谏报国，更待何时？"遂联络七八人联名上奏，语言恳切，词锋尖锐。大意是说皇上宠幸奸臣，四处游幸，以君为臣，悖逆朝伦等。兵部郎中黄巩也毅然上奏，提出"崇正学，通言路，正名号，戒游幸，去小人，建储贰"等六条建议。接着三司、六部官员一百余人署名上奏，声势浩大，江彬、钱宁等人感到十分恐慌。但是朱厚照一点也不惊慌。竟下旨将上奏的一百零七人，罚跪午门五天。然而又有许多朝臣，不惧淫威，纷纷签名上奏，言辞更是激烈。朱厚照更是震怒。全都逮入诏狱，严刑拷打。金吾卫指挥张英，忧愤已极，袒露双臂，提着两袋土，进宫哭谏，朱厚照大声喝斥，张英拔刀刺胸，血流满地。左右武士夺去佩刀，押入诏狱，问他拿土袋为何？张英说："英此次哭谏，已不愿生，恐自刎时血污帝廷，拟用土掩血呢。"武士皆笑，又梃杖交加，张英被打得皮开肉绽，不几日死在狱中。

这次由内阁大臣发动的集体苦谏，是明史上最激烈的大事件，声势之大，前所未有。最后彻底失败。原因是他们劝谏的对象朱厚照是一个性格怪异，崇尚自由，天不怕、地不怕的人，他认为朝臣劝谏是限制他的自由，使他最不能容忍。至于朱厚照不识尊卑，自封为总兵、镇国公、太师，上下五千年，也只有他才能做得出来。笔者冷静一想，似乎也不奇怪，后世蒋介石也不愿黄埔军校出身的下属叫他总裁，而愿意让人叫他校长，道理略同。因为他觉得总兵比皇帝威武，这是他强烈的尚武精神所致。外国史学家说他极有个性，这也是原因之一。笔者有诗咏道：

君不君来臣不臣，履冠颠倒性情真。
心如天马任驰骋，原作自由潇洒人。

【宁王叛乱】是正德朝的大事件。正德十四年（1519）夏，江西南昌发生宁王朱宸濠叛乱，杀死江西巡抚孙燧，按察司御史许逵，逮捕了大批江西地方官员。并建立伪政权。设置左右丞相、六部尚书、元帅等官职，大肆招兵买马、又传檄天下，声称奉太后密旨，讨伐无道昏君。又派大盗闵廿四、吴十三攻占南康、九江等周边州县。声势浩大。这朱宸濠是太祖十七子宁王朱权的后裔，封国南昌。朱宸濠才具平平，但野心极大。平时飞扬跋扈，横行不法。他相貌亦是平常，偏偏有一个术士说他是龙姿凤表，必为天子，又说南昌有天子气。朱宸濠被说得沾沾自喜，昏头昏脑，野心膨胀。暗想，当今皇上荒淫无道，又无子嗣。何不学文皇帝朱棣清君侧，夺天下。于是私下积极准备，招兵马，制甲胄，养死士，造舟楫。另外他还招致一批文人，附庸风雅，为他装点门面，或许是让文人为他谋反出谋划策，也未可知。苏州大才子唐寅应邀而来，为他凑热闹。唐寅，字伯虎，号六如居士、桃花庵主，是名扬天下的大诗人、大画家、大书法家、大名士。唐寅此来本想投靠王府，做一番定国安民的大事业。然而唐寅到了王府，见朱宸濠日夜策划谋反，大吃一惊，跟着他，无疑要脑袋搬家。于是他决定装疯卖傻，逃脱王府，另寻生路。唐寅见天喝酒，喝完就指天画日，大呼大叫，翻白眼，吐白沫，拿着笔乱画乌鸦，甚至一丝不挂裸体狂奔，满街妇女掩面而走，有时跑到王府又吐又拉，臭不可闻。朱宸濠见此光景，大皱眉头，赶快打发他回家。回到苏州后，他便过起隐居生活，以卖画卖文度日，终生不再做官。他曾写一诗：

不炼金丹不坐禅，不为商贾不耕田。
闲来写幅青山卖，不使人间造孽钱。

这是他当隐士的写照。后来又跑到南京闲逛，结识一个风雅美貌的女孩秋香，才有了“唐伯虎三点秋香”的佳话。他为秋香写了一首藏头诗：

我画蓝江水悠悠，爱晚亭边枫叶稠。
秋月融融照佛寺，香烟袅袅绕经楼。

每句诗首藏一个字，连起来是“我爱秋香”，这诗真是美妙灵巧、浪漫风流。秋香读诗大为惊喜，跟着唐寅私奔了。唐寅虽然风流倜傥，可最后的结局是落魄而死，死后却四海扬名，传载青史，也不枉活一生。笔者在情节紧张处，插叙唐寅故事，一是他与朱宸濠确有这段过节，见于正史，二是使读者了解唐寅此人，三是这段故事使文章摇曳生姿。不知读者是否认同。

言归正传，再说朱宸濠又用重金买通刘瑾、钱宁等，甚至大学士杨廷和也收了他的贿赂，有这些人在朝中为他说话，朱宸濠气焰更是嚣张。朝野尽知朱宸濠谋逆，唯独朱厚照将信将疑，他听从杨廷和的建议，按照宣宗处理赵王的旧例，派太监持圣旨到南昌警告朱宸濠，这是点燃叛乱的导火索。朝旨未到，南昌已侦知消息，朱宸濠见事已败露，索性树起反叛大旗。

警报传到京师，朝野震惊，然而朱厚照一点也不惊惶，竟下令以“总督军务威武大将军总兵官镇国公、太师朱寿”的名义亲征。他亲征的目的，一是炫耀天威，更是想借此机会到南方巡游，寻访南朝金粉，苏扬娇娃，寻欢作乐罢了。临行，他叮嘱刘娘娘留京养病，不几日便来接她。刘娘娘给朱厚照一支玉簪，作为接人的信物。两人洒泪而别。然而，到了卢沟桥，朱厚照驰马飞奔，竟将玉簪失落，派人四处寻找，终无所获。于是怏怏上路。大军到了临清，朱厚照下令驻跸。派太监往北京去接刘娘娘。但刘娘娘固执得很，没有玉簪，坚决不应召。太监无法只得回临清复命。朱厚照见刘娘娘不来，慌急得很，深夜带着几个贴心的太监，驾着快艇，从临清出发，沿运河急行二昼夜，赶到北京，神不知鬼不觉地将刘娘娘接到临清。后来此事传出，满朝公卿对朱厚照如此痴情感到惊诧不已。

朱厚照方在临清盘桓，江西已传来捷报。提督南赣军务的御史王守仁率兵战胜叛军，生擒宁王朱宸濠。也是天不助宁王朱宸濠，遇上了王守仁这个大对头。王守仁，又称阳明先生，是明朝一代儒宗，他曾创立“阳明心学”，设帐授徒，弟子满天下，影响深远。他精儒道，更通兵事，是个难得的文武全才。朱宸濠反叛时，他正在福建处理兵乱。得知消息后，他星夜兼程潜回吉安。招集江西各州县兵马，参加平叛战斗。他得知朱宸濠有北取京师，和攻取南京的企图后，便定下两条秘计。一是假传圣旨，说朝廷已布下重兵专门剿灭宁王。这道假圣旨，故意透露给朱宸濠。朱宸濠果然不敢马上出兵，这无疑是给平叛赢得了准备时间。二是运用反间计，离间朱宸濠和左右丞相李士实、刘养正的关系。朱宸濠果然疏远了李士实和刘养正。后来朱宸濠识破王守仁计谋，率倾国兵力，直取南京。在安庆遭到明军的顽强抵抗，滞留安庆不得前进。此时王守仁率领各州府兵马，一鼓作气攻下兵备空虚的南昌。朱宸濠得知巢穴南昌被占消息，惶恐万分，急回师救南昌。王守仁率军迎战，两军初战黄家渡，叛军败退，再战黄石矶，叛军又遭惨败。最后决战樵舍，叛军全军覆灭，生擒朱宸濠，又乘胜收复南康、九江。

王守仁上奏，请就地将朱宸濠正法。朱厚照不许，传旨将朱宸濠释放于鄱阳湖中，等他亲自率兵来再战，然后再打败朱宸濠。原来朱厚照御驾亲征，想大显身手，亲自杀败朱宸濠，岂料兵未到，王守仁先夺了头功，捷报传来，群臣兴高采烈，唯他引为憾事，大为懊丧。王守仁接到圣旨，又可气又可笑，好不容易战胜敌军，岂有擒住贼王再释放之理，拒不奉旨。朱厚照听说王守仁抗旨不遵，十分气愤，又听信江彬等人的谗言，对王守仁很是猜疑。王守仁连夜兼程将朱宸濠押到杭州，交给太监张永。张永是个正直人，曾有除刘瑾的大功，张永在朱厚照面前竭力保护王守仁。

朱厚照方才消除对王守仁的猜忌，任命他为江西巡抚。后来朱宸濠被押解至南京。朱厚照在南京大校场举行隆重的献俘仪式。朱厚照全副披挂，金盔金甲，骑着骏马，威风凛凛。下令将朱宸濠释放，又让兵士驱赶，让朱宸濠在校场乱跑，然后又命兵士进攻，重新捉拿朱宸濠。献俘就像游戏一样，朱厚照得意扬扬，文武大臣皆掩口而笑。

【游历江南】开演了朱厚照一出悲喜剧。朱宸濠既灭，天下无事，朱厚照驻跸南京整日游乐，不愿回京。此次南巡本是为了采访南方美女，便派江彬及太监张经四处打探，凡是美貌的处女、寡妇，一律采选，供奉行在。不几日，果然选来许多处女、寡妇，个个美艳俏丽，与北方妇女相比，更胜一筹。据说朱厚照特别钟情寡妇，有寡妇癖。因寡妇旷日独居，蓄力已久，最解风情。于是纵情淫乐，感到惬意非常。江南各省百姓，早听说皇帝要南巡采花，惊慌万状，有的将女儿提前嫁出去，有的携妻女外逃。朱厚照听闻此事，哈哈一笑，并不发怒。他有时和刘娘娘一起，全副戎装，骑马飞驰，到处游玩、打猎。大臣们见皇上流连忘返，很是忧虑。大学士梁储、蒋冕写好劝皇上回京的奏章，递上去，跪在行宫大门外约两三时辰，连哭带号，声称皇上不答应，他们便长跪不起。还好，朱厚照这次竟然答应即日回京。梁、蒋二人拜谢而去。

过了几日，朱厚照果然起程回京。一路上继续游山玩水，先在金山玩了几天，又到扬州驻跸，一玩又是十余日。扬州附近有个泛光湖，风景很是美丽，湖中盛产鱼鳖。朱厚照兴趣忽来，命立即备船捕鱼。他与众太监划着小舟，撒网捕鱼，玩得十分尽兴。忽有太监捕了一条大鱼献来，长数尺，圆睛巨口，甚是奇特。朱厚照大喜，随口戏说："这鱼大而奇，价值五百金。"江彬闻言上奏："此鱼可卖与地方官。"朱厚照准奏。这可苦了扬州知府蒋瑶，他是明史上有名的清官，得了巨鱼，不知从哪里筹钱。过了半天他拿着妻子的首饰，献与朱厚照，说什么守官清正，无有积蓄，只好拿妻子首饰来抵鱼钱。朱厚照哈哈大笑说："朕要首饰做甚？鱼儿归你，首饰还给你妻罢了。"蒋瑶千恩万谢去了。

次日从扬州抵达清江浦。是夜宿于太监张阳家，朱厚照问张阳："此地是水乡，该有捕鱼的地方吧。”张阳回奏说附近有一积水池，风景幽美，水深鱼多，尽可捕捞。朱厚照大喜，翌日清晨，便驾临积水池。朱厚照驾着小舟，在池中来往游荡甚是惬意。忽有一条白鱼从波中跃出，银鳞闪闪，甚是可爱。朱厚照下令众人围捕。那鱼儿刁得很，一会儿东、一会儿西，到处游窜，怎么也捕不着。看得朱厚照性急，竟拿起鱼叉猛力掷去，谁知扑通一下掉入池中。众人七手八脚赶紧捞出皇上，但朱厚照两眼翻白，腹大如鼓，早已不省人事。经御医抢救，过了半晌，哇地吐出池水，渐渐苏醒，已是龙体疲倦，全身酥软。遂火速传旨，从运河急速返京。

【正德宾天】是朱厚照人生的落幕。再说他好容易到了京城，身体更觉不适，往日龙马精神，早已荡然无存。南征凯旋，本应祭天告庙，只好请勋戚恭代。过了数日，又届郊祀大典，朱厚照强打精神，不得已亲自主祭。驾临天坛，按例行礼，刚跪拜下去，只觉天旋地转，四肢麻软，哇地吐出一口鲜血，腥秽难闻。左右赶紧扶掖而下，急急送入豹房。从此以后，朱厚照卧病龙榻，再也不能巡幸嬉戏或临朝视事。正德十六年（1521）暮春某夜，朱厚照突然半夜睁开双眼，见殿内阴黑一片，唯有残灯摇曳，烛泪潸潸。平时宠爱的众美人一个不见，只有太监陈敬、苏进侍奉在旁，凄然说：“朕已不可救了，今后国事由太后传谕阁臣商议办理。从前政事都是朕一人所误，与别人无涉。但愿汝等日后谨慎，不得妄为。”两太监唯唯领命，又急报太后。张太后急急赶到豹房，朱厚照竟口不能言，泪流不止，顷刻，两眼一翻，两腿直蹬，一命归天去了。年仅为三十一岁。在位十六年，一生连儿子都没有，也没有来得及安排继位事宜，就仓促宾天。后来明世宗朱厚熜继位，谥为孝毅皇帝，庙号武宗，葬于北京昌平康陵。然而朱厚照身体健壮，步履矫健，身手不凡，英武异常，正是盛年，岂因冷水浸体，突生急病而死？于是后世极端怀疑他的死因，野史上说他被江彬所害，又说渔色过度，倒是一个难解的谜团。道貌岸然的后世史学家们因他荒淫，无兴趣研究他的死因，至今尚是悬案。

朱厚照短暂的一生，用“荒淫、荒诞、荒唐”六字概括，最为恰切。他是中国历史上“坏皇帝”的典型。清朝的皇帝每每教育皇子，都以他为戒："千万不能学朱厚照呀。"他在位十六年，基本上无善政可陈。但他能乾纲独断，紧握皇权，又有杨廷和、梁储、杨一清、蒋冕几个贤臣匡救，并能果断行事，诛杀刘瑾，平叛王之乱，镇压农民起义，应州退敌，于大事如烹小鲜，大明王朝还算平安无事。人品也善良，不招惹他，也不特意欺负别人。他性情勇猛，无所畏惧，敢与虎豹搏斗，敢上前线打仗，大有英武气派。然而他天生为女人而生，追逐女人不遗余力，屡屡奸占民女，简直是莫大的罪孽；其实历史上荒淫的帝王多得是，坏皇帝如夏桀、商纣、晋武帝、隋炀帝、东昏侯、文宣帝、明世宗等，好皇帝如汉武帝、唐太宗、明太祖、明成祖、康熙帝、乾隆帝等，不一而足，无论好坏皇帝，均荒淫好色，毫不稀奇，为什么单单苛责朱厚照呢？只不过，一般荒淫皇帝，有所掩饰，明媒正娶三宫六院三千妃嫔，而朱厚照不会掩饰，亲自抢美女，明着干，这就是区别，其实本质完全一样。他游戏人生，玩世不恭，追求自由，想说什么就敢说什么，想干什么就敢干什么，是个个性极为独特的人。他撕去道德伦理的伪装，将自己的性格淋漓尽致地展现于世间。这比那些满口尧舜禹汤，一肚男盗女娼的人好得多。上下几千年，就出了这么一个不拘一格的皇帝。笔者认为，人，生活的最高境界，就是自由。裴多菲诗："生命诚可贵，爱情价更高。若为自由故，两者皆可抛。"真是万古不刊之论。在不触犯法律、不妨害别人的前提下，想干什么，就干什么，无逼迫、无束缚、无压力，快快乐乐，潇潇洒洒，多好！现今，人类一般活得很累，或作茧自缚，或寄人篱下，很不自由，是值得探讨的问题。总之这个皇帝的性格怪极了。唉，真不知说他什么好！然而时至今日，人们思想逐渐解放，许多爱好历史的年轻人，对朱厚照十分膜拜，称他为"天下最可爱的人""可爱的坏小孩"，在网上发帖，成立朱厚照网吧，网上纪念馆，悼念赞扬不一而足，是值得关注的历史文化现象。也就是说现在他的粉丝多得很，朱厚照九泉有知，当摇九龙洒金宝扇欢笑跳跃，终于有平反的希望了。

青词吟罢国将亡

——明世宗　朱厚熜

明世宗　朱厚熜

唯凭礼议振伦常，又把皇宫变道场。
社稷民生浑不顾，青词吟罢国将亡。

【登基始末】正德十六年（1521）春，明武宗朱厚照龙驭宾天，他一生无子嗣，连储君都未来得及安排，便仓促离世。当时内阁首辅杨廷和与太监张永经过密谋，并禀报张太后批准，决定迎立兴献王朱祐杬之子朱厚熜为嗣君。理由是，武宗无子，应按照“兄终弟及”的祖训选择嗣皇。朱厚熜是朱厚照的伯叔弟弟，伦序最亲，理应继位。当时朱厚熜尚在湖北安陆（今湖北钟祥）封地，要赶回北京即位，尚需要一段时间。此时，朝廷内外，空气十分紧张，京营团练总督江彬手握兵权，知武宗崩世，日夜策划谋逆造反。而这边杨廷和、张永在太后授意下，也秘密定计准备除掉江彬。双方都剑拔弩张，形势极为严峻。然而幸运的天平最后向杨廷和一边倾斜，机会终于来了，届时坤宁宫修缮告竣，有个祭殿顶兽吻的仪式，按礼制必须有一个资深大员主祭。杨廷和、张永密谋之后，由太后下诏，宣江彬入宫担任主祭。江彬接旨后，喜出望外，因为主祭这个殊荣，正是他艳羡的。江彬不加防备，欣然进宫，却立即遭到逮捕，侍卫将他的胡须拔得精光。太后传旨抄没其家产，得黄金七十柜，白金二千二百柜，其他珍玩不可数计。权倾一时的江彬至此倾灭。

正德十六年（1521）夏，朝廷派以勋戚为首的使臣从湖北安陆迎朱厚熜入京。经过一月余，车驾已抵北京郊外。杨廷和命礼部拟定迎驾礼制，礼部参照礼法，拟定以皇太子之礼迎入朱厚熜，入东安门，然后御文华殿即位。杨廷和审阅后，认为颇合礼制。然而，当朱厚熜看到礼单后，顿时沉下脸来，说：“大行皇帝遗诏，让我嗣皇帝位，并不是来做皇太子的，所拟礼仪不妥，着行另议。”杨廷和闻报大惊，急入宫禀报张太后。于是太后宣诏，应以皇帝大礼相迎，由大明门直入文华殿，然后择吉登基。这样朱厚熜进居文华殿后，遣使祭告太庙、社稷。接着祭奠大行皇帝灵位，最后参拜太后。中午时分，御奉天殿即位。以明年为嘉靖元年。嘉靖者，寓意天下美好安定。

以伯叔兄弟关系登上皇帝宝座，朱厚熜是明朝第一人。真是天上掉馅饼，意外收获，若武宗不早死或有子嗣，哪能轮到他！这样孝宗嫡祀，便转移旁支了（朱祁钰因变即位，后来的朱由检也是兄终弟及，均是亲兄弟，与此不同），在入京迎驾的礼仪问题上，他锋芒初露，显示了不凡的气概。这年他仅十六岁。

【大礼议事】是明史上的大事件。朱厚熜即位后，干的第一件事，就是下诏诛戮在押的江彬、钱宁等人。二人均是当年明武宗最宠信的大臣，导帝为非，作威作福，可谓臭名昭著，斩杀二人，顿时人心大快。他干的第二件事，便是迫不及待地提出要崇祀其生身父母兴献王及王妃（朱祐杬已死，王妃蒋氏尚在），并给他们加封皇帝与皇后尊号。于是引起了一场轩然大波。朱厚熜的这道诏令宣付内阁后，众大臣不知所措，因为朱厚熜进宫做皇帝，是要继承明孝宗的宗祧，按礼法要称孝宗朱祐樘为父亲。这样便出现了两个父亲都拥有皇帝尊号的问题。大家很是为难。还是首辅杨廷和老成练达。他胸有成竹地说："汉朝定陶王、宋朝濮王的故事，就是参照的标准，何妨援引上奏。"众大臣一听如获至宝，于是联络三司六部官员六十余人联名上了一份奏章。大意是按汉朝定陶王、宋朝濮王的故例，应称先皇孝宗为父，应称生身父兴献王为叔。这样最为妥当。原来在历史上，汉成帝无子选定陶王为嗣，宋英宗无子选濮王为嗣，在尊号、称呼问题上都是以先皇为父，以生身父为叔。然而，朱厚熜见到这份奏章立刻火冒三丈："父母名称怎么能这样轻易互换，真是太无道理，着令再议！"但是以杨廷和为首的大臣们固执到极点。他们觉得非如此便对不起先皇孝宗，对不起大行皇帝武宗。于是又联篇上奏，坚持原议。杨廷和奏章上说："三代以前，圣莫如舜，没有听说他追崇生父瞽叟；三代之后，贤莫如汉光武帝，没有听说他追崇生父南顿君。大行皇帝以神器付陛下，应永不忘怀。兴献王虽有无边的大恩，总不能以私废公。"朱厚熜见了这些奏折，烦恼至极，当时强忍不发，暂把崇祀兴献王之事搁下不提。然而平地又起波澜，有个浙江永嘉人张璁，四十七岁才中第，是新科进士，来京观政，听到此事，认为是千载难逢、捷足升官的好机遇。他深思熟虑，冠冕堂皇地上了一本奏章。大意是现在内阁大臣，引经据典，按定陶王、濮王故事硬套，其实是不合时宜。陛下的情况和汉、宋不同。陛下是按照武宗皇帝遗诏和“兄终弟及”的祖训即位的。遗诏上并没有写明要继承孝宗的宗祧，怎么能称他为父呢？兴献王已去世，称为叔父，鬼神都要怀疑。现在陛下又迎回兴献王王妃，称她为叔母，又要让生身母以臣礼见陛下。这太不合适。兴献王只生陛下一人，是为长子。长子按礼法，不能过继别门，自绝父母之亲。因此，陛下继统武宗而尊崇其亲则可，嗣祧孝宗而自绝其亲则不可。这个奏章句句打入朱厚熜心坎，大喜道：“此议一出，我父子恩义两全了。”立即发给内阁审议。杨廷和大骂：“张璁这小子，懂什么朝廷大体，竟敢胡言乱语。”并指示吏部将张璁调到南京。这时兴献王王妃，朱厚熜的生母蒋氏已被从安陆迎来，抵达通州。蒋氏听说要称孝宗为父，十分悲愤地对接迎使臣说：“我亲生的儿子，怎么能称别人为父？称别人为母？你们在朝为官，父母尚能受诰封。我子为帝，兴献王的尊号得不到承认，我还回京做什么？”说完竟呜咽不止。使臣见蒋氏如此，不知所措，只得禀奏朱厚熜。朱厚熜亦流泪不止，直入后宫对张太后说：“朕情愿避位就藩，回安陆奉养母亲。”张太后无法，一面安慰朱厚熜，一面急召杨廷和商议。经过商议，想出一个折中之法。于是降了一道谕旨：“朕奉圣母皇太后懿旨，本生母宜称兴献后，宪庙贵妃邵氏称皇太后。”内中邵氏原是宪宗之妃，兴献王之母，也是朱厚熜的亲祖母。邵氏年老，久在宫中（明朝皇室定制，妃嫔不得随皇子到外地封国藩邸），双目失明，当得知其孙为帝，曾抱住前来拜谒的朱厚熜，摸顶至踵，欢笑不绝。

这道谕旨，朱厚熜还是不满意。此时正好遇到兴献王妃蒋氏入京迎接礼仪问题，暂将此事搁置。原来礼部制定的礼仪，是让蒋氏从东安门进宫，也未议及入太庙参拜的问题。朱厚熜大怒，将礼单掷于地，亲自朱笔写旨：“圣母至京，应从中门入，参谒太庙。”这旨一下，群臣又是哗然。纷纷说：“妇人无入庙礼。太庙尊严，非妇人宜入。”又说迎蒋氏应用王妃礼。朱厚熜怒不可遏，又下旨说用全副銮驾仪仗迎入圣母。群臣见皇上震怒，再也无人反对。第二天，蒋氏乘着全副銮驾，威风十足从中门进宫，并参拜了太庙。不久又尊蒋氏为兴国太后。

嘉靖元年（1522）正月，清宁宫后殿被火烧毁。杨廷和等一班大臣，联章上奏，说上天示警，应在大礼议之事上。朱厚熜很是恐惧，好长一段时间，再未提起大礼议之事。

然而，一波未平，一波又起。南京有个刑部主事名叫桂萼，窥伺大礼仪之事已久，揣摩透朱厚熜的心思，写了一篇洋洋洒洒的奏章，大意是赞成张璁的意见，请尊兴献王为皇考、尊宪宗为皇伯考，尊武宗为皇兄。并请为兴献王在京师皇宫立庙祭祀。主事官小，不能直接上奏，桂萼托人代呈。几经辗转，朱厚熜方才见到这封奏章，阅后龙颜大悦，情绪十分激动："此疏关系重大，天理纲常，全凭它维持了。"于是火速下旨召张璁、桂萼入京，商议大事。二人入京，朝臣扬言要仿景泰朝打死王振死党马顺的故事，要打死张、桂二人。二人东躲西藏，惶惶不可终日。此时，朱厚熜正式颁旨，尊兴献王为皇考，并在奉天殿侧建筑祠庙，供奉兴献王神主牌位，称为世庙。顿时舆论大哗，群臣纷纷上书反对，朱厚熜一概不理。并逮捕许多首倡闹事的大臣。一些大臣见皇上固执己见，知事不可为也纷纷辞职。

但是，朱厚熜的铁腕，并没有压服朝臣，正如前文所说，明朝士大夫中多气节之士，往往信奉"武死战、文死谏"的信条，慷慨奋发，尽愚忠，仗节义，无所不为。于是两百余名大臣齐聚皇宫左顺门，准备伏阙力争。翰林修撰、杨廷和之子杨慎激愤地说："国家养士一百五十年，仗义死节，正在今日。"（杨慎是明代大才子，《三国演义》开篇词"滚滚长江东逝水，……"便是杨慎所作。其知识渊博，著述丰赡，为明朝第一）编修王元正、给事中张翀也奋臂大呼："万世瞻仰，在此一举。"接着众大臣齐刷刷地跪在地上，齐声高呼："太祖皇帝、孝宗皇帝在天之灵，快快管管此事！"声震瓦瓴。朱厚熜正在文华殿，听到喧闹声，便命太监宣慰让其退去。群臣誓死不退，情绪更加激昂。王元正、杨慎二人将宫门摇来摇去，拍得咚咚乱响，接着又大哭起来，两百余名大臣也跟着号哭起来。朱厚熜异常震怒，立命锦衣卫千余名包围群臣，将其中一百三十四人逮捕入狱，严刑拷打，有十六人被杖死狱中。接着又将杨慎等许多大臣革职、戍边，此时他才十七岁，手段严酷毒辣，令人咋舌。杨廷和等内阁大臣见势不妙请求辞职，朱厚熜照准，又任命张璁为吏部尚书、桂萼为礼部尚书，同时入阁办事。张璁想到自己名字“璁”与朱厚熜的“熜”同音，很是不安，为避圣讳，乞求皇帝重新赐名。朱厚熜金口一开，赐名“张孚敬”。

这就是明史上著名的“大礼议”事件。因崇兴献王尊号而引起的严重的君臣对立，结果以朱厚熜大获全胜而结束。依笔者之见，朱厚熜不愿改变自己生身父母的称号，虽有私意，但于情于理都说得过去。将父母硬称为叔父、叔母，谁也难以接受。而杨廷和为首的一班大臣坚持古礼，如丧考妣地闹事，真是迂腐偏激到极点。这样一件与国计民生无关的事竟沸沸扬扬闹了几年，导致兴起大狱，多少人因之而死，因之罢官，真是太不值得。笔者有诗咏道：

大礼议成天地昏，无关国事闹纷纷。
明朝多有精忠士，血染皇廷左顺门。

【守仁平乱】说的是王守仁平田州之事。大礼议之事甫平，广西田州岑猛作乱，岑猛自称东汉云台二十八将之一岑彭后裔，是广西最大的土司。明廷为笼络他，封他为田州指挥，他嫌官职太小，很是怀恨，于是兴兵造反，抢掠附近州县。朱厚熜闻警，命都指挥沈希仪、张经等人率兵八万，全力进剿。岑猛系乌合之众，与官军接触，立即溃败。岑猛仓皇逃往顺州，顺州知府岑璋是岑猛岳父，见女婿作乱，恐株连自己，竟用鸩酒毒死岑猛，斩岑猛之头献与官军。然而不久，岑猛余党卢苏、王受又率兵攻陷田州，气势更为嚣张。当地驻军进剿屡屡受挫，遂向京师告急。朱厚熜下旨任命王守仁为兵部尚书，总督两广军务，发兵征讨田州。王守仁到田州，分析敌情，认为进剿不如安抚。卢苏、王受接到招降文书，慑于王守仁威名，只得投降。王守仁仍以岑猛之子岑邦相为州官，卢苏、王受为巡检，使其管理田州，田州军民很是敬服。王守仁本是书生，谈经论道，创立阳明心学，成为一代儒宗，影响后世，彪炳青史，已属难能可贵。更可贵者，屡次带兵打仗，均建奇功，挽社稷于危亡之中，这种文武全才，中国历史上并不多见，与后世的曾国藩相仿，堪称奇人。后世蒋介石对王守仁万分崇拜，终其一生钻研阳明心学，用于治国用兵，退至台湾后，将草山改为阳明山，可见崇拜程度，王守仁也算帐下有高徒了。笔者禁不住又要作诗咏王守仁了：

鸿儒亘古数阳明，文武全才盖世英。
心学悟人天地动，宝刀临阵鬼神惊。
寒松劲竹排风雨，红日白云定晦晴。
留得身前身后誉，千秋俎豆祭先生。

顺便一提，田州之乱平息，朱厚熜认为天下太平，下旨建筑圜丘、地坛、日坛、月坛。祭祀天地日月。又更正孔庙祀典，谥孔子为至圣先师，不再称文宣王。祠宇称庙不称殿，用木主不用塑像，这其实是降格祭祀。又下旨改太宗庙号为成祖，认为永乐帝有经天纬地之功，应改宗为祖。尊谥其父朱祐杬为睿宗，在京城为其建世庙，不久又升祔太庙，位列武宗之上，升安陆州为承天府。拨国库银四百八十万两，重修兴献王府，拨国库银一千万两，历时二十年，大修兴献王之显陵。这些措施无关民生国计，纯是私心作怪或粉饰太平而已。

【崇信道教】是朱厚熜毕生信仰。朱厚熜原在安陆时，就十分迷信道教，深信羽化长生之说。嘉靖三年（1524），西北大旱，南畿大水。他未免忧虑，经太监崔文引荐召入方士邵元节禳灾，在宫中遍建醮坛，乾清宫、坤宁宫、西天厂、西番厂、五花宫、东西暖阁，都建起了法坛。又令年轻太监数十名，换上道家衣冠，朝夕跟随邵元节念经。整个皇宫几乎变成修真炼玄的道场。又到了嘉靖十年（1531），朱厚熜年过三十，尚未有子嗣，朝夕忧虑不安，又召邵元节入宫为他祈子。这邵元节，是贵溪人氏，自幼受异人传授，得龙图龟范的真谛，自称能呼风唤雨，驱鬼通仙。

朱厚熜问他长生之术，邵元节以“清静无为”回答。当时正值冬天，久旱无雪，朱厚熜先命他祈雪。邵元节便仗剑登坛，以剑划天，口中念念有词。不出一个时辰，果然浓云密布，大雪纷纷。朱厚熜得意万分，深信不疑。立即封邵元节为致一真人，官秩二品。耗资巨万，建起一座豪华的真人府，赐其居住。于是邵元节依仗法力，设醮祈嗣。由礼部尚书夏言任醮坛监礼使，侍郎湛若水，顾鼎臣任迎嗣导引官，文武大臣逐日排班进香。朱厚熜亲至坛前行礼。这邵真人登坛主持，诵经念咒，鲜花香烛，鼓钹齐鸣，做起法事。然而祈祷一年有余，后宫数十名妃嫔毫无动静，无一妊娠，无一生男。邵元节又急又愧，奏请暂时归山，又告朱厚熜说：“陛下今生多福多寿多男，不出两年，定得圣嗣，望陛下尽可放心。”朱厚熜又命在贵溪山中建一仙源宫，供邵真人居住。临行时，设宴饯行，依依惜别。说来奇怪，邵元节离京一月有余，后宫闫贵妃居然有孕，朱厚熜大喜。急令使者快马加鞭召回邵元节，再设坛祈祷皇子顺利降生。邵元节奉旨二进宫，感到格外荣耀。朱厚熜在便殿召见，亲赐彩蟒衣一袭。翌日邵真人再次登坛施法。朱厚熜十分虔诚，沐浴斋戒，亲至法坛礼拜。忽见坛前香烟凝结，佳霭氤氲，缥缥缈缈，袅袅萦绕。大伙儿高呼这是庆云环绕，庆云又名卿云，非常吉瑞。过了几天，闫贵妃一朝分娩，果然生得麟儿。朱厚熜喜不自胜，说这是邵真人的天大功劳。竟封其为礼部尚书，大修金箓醮于立极殿，做了七天七夜法事，酬谢天神。

从此，朱厚熜更加崇信道教，自封为“太上大罗天仙紫极长生圣智昭灵统元证应玉虚总掌五雷大真人玄都境万寿帝君”，下旨优待道士，于是天下大兴道观，尤其大修武当山道观，规模之大，超逾永乐之时，另在神武门西侧建起雄伟壮丽的道教式宫殿取名“大高玄殿”。太上老君成了救世主，而庙寺和尚，菩萨佛祖都被冷落一边。宫中佛堂、佛像尽被毁弃。中国历史上有“三武灭佛”的记载（魏太武帝、周武帝、唐武宗）。朱厚熜又是灭佛的热衷者。此时四方道家云集京师，各显神通，纷纷以法事进献皇宫。其中以江西龙虎山张天师最为著名。朱厚熜久闻其名，立即召入宫中与他朝夕论道。张天师以“清心寡欲”四字相告。朱厚熜很是嘉许，封为正一真人。张天师自称有招鹤术。朱厚熜很是惊喜，命他如法招鹤。

张天师在宫中建起一座巨坛，坛高五层。第一层按五方位置，树立红黄蓝白黑色旗。第二层全是苍松翠柏扎结的亭台楼阁。第三层有九九八十一名小太监，身着法服，手执百脚长幡。第四层陈列钟鼓鼎彝等物。第五层才是正坛，金童玉女，鲜花香烛，供奉着三清圣像，张天师戴金冠，服蟒衣，系玉带，手执象笥，口中念念有词。须臾，只见炉内香烟，袅袅升起，氤氲不散，凝成一朵白云。缥缈的香烟，与阳光辉映，顿时天空七彩纷呈。大伙正惊异间，忽然一声啼鸣，当空叫响，嘹亮而清越。从白云深处飞出一对雪白的仙鹤，翩翩而来，绕坛三匝，又振翮冲天而去。朱厚熜惊喜万分，群臣都说仙鹤见驾，是上天示瑞。朱厚熜望空拜祝，厚赏张天师。那张天师很是机灵，见好就收。立即乞请还山，朱厚熜挽留不住，只好任其归山。

其时邵元节因老迈不堪，病且将死。临死前，推荐其徒陶仲文为接班人。陶仲文是南冈人，自幼喜爱神仙方术，曾在罗田方玉山中修炼。法术颇灵，四方居民很是敬服。未几，邵元节死去，朱厚熜招入陶仲文，继续建坛施法。当时，宫中正在闹鬼，每至深夜，便有敲木鱼的声音，笃笃地响到天明。满宫之人很是惊惶。朱厚熜命陶仲文禳驱，陶仲文当仁不让，立即做起法事。非常灵验，当夜宫中很是宁静，不闻木鱼之声。据野史记载，宫中闹鬼时，有一宫婢十分胆大，半夜起身，循声寻找，忽听得木鱼声出自台阶下，她以小石为记，黎明便禀告皇上，当即令太监挖开阶石，挖到三尺，见有木鱼一具，已经腐朽。付诸火中，只见黑气一道，直冲天空，臭不可闻。朱厚熜深信陶仲文法力无边，封为秉一真人。

朱厚熜崇信道教，深迷其中，比之宋徽宗赵佶有过之而无不及。邵元节祈雪成功，必是凑巧。张天师招鹤也是魔术一类的把戏，至于宫中闹鬼，挖出木鱼，必定是预先安排。朱厚熜号称聪颖非凡，迷信道教竟这般昏庸，对荒诞的法术深信不疑，甚至整日沉溺斋醮之中，不理政事，国家大事遂不可收拾。

当朱厚熜建坛设醮祈福的时候，却传来一个坏消息。闫贵妃所生皇子朱载基，不到一岁，忽得怪病夭殇。朱厚熜不胜哀悼，所幸当时祈子的邵元节已经死去，无法与他对质。但是未过数月，后宫妃嫔生子的佳音次第报来，王贵妃生子载壑，杜康妃生子载垕，卢靖妃生子载圳。后来各宫妃嫔又生四子。总计八子。确实是多子多福。朱厚熜高兴得很，有时想起邵元节为他祈子的事，异常感谢悼念那位邵真人。据明史记载，朱厚熜一生立了三个皇后，都无子嗣（纳有名号的妃嫔八十余名，是明朝妃嫔最多的皇帝）。第一位是陈皇后，这陈后性格刚直，但气度褊狭。一日陈后陪朱厚熜在宫中闲坐。张妃、方妃向帝后献茶。这二妃有个共同特点，就是那双纤纤素手，像柔荑一样光滑柔软细腻。朱厚熜看得发呆，竟不顾陈后在座，握住二妃之手，摩挲不放。陈后见状扔下茶杯，转身欲走。朱厚熜大怒，大骂陈后，陈后当时怀孕，遭此责骂大受刺激，造成胎儿流产，不久郁郁而死。第二个皇后就是手如柔荑的张氏，张氏贤惠淑静，曾亲在北郊养蚕，并经常率领群妃听讲章圣女训。后来不知如何触犯天怒，被废去后位不久郁郁而死。第三位皇后也是手如柔荑的方氏。张后死去，方氏为九嫔之首，被立为皇后，朱厚熜对方后非常敬重，册立时竟让她破例参拜了太庙及世庙，礼仪最是隆重。但方后一生亦无子，这是后宫后妃的最大悲哀。皇后无嫡子，按理应立长子。嘉靖十八年（1539），朱厚熜下旨，立长子朱载壑为太子，封载垕为裕王、载圳为景王。

朱厚熜听信陶仲文“清心寡欲”的箴言，一心一意研究符篆，专心致志地修炼玄机，甚至提出让太子监国，自己专心静修的主意。群臣哗然，群起而反对。他不仅不听，反将几个言辞激烈的言官逮捕入狱，整个半死。群臣噤若寒蝉，无人敢谏。朱厚熜耳畔清静，于是二十余年不视朝政。整日龟缩在皇宫里修玄。建醮祷告时需要向三清天尊献上荐告文，朱厚熜十分虔诚，也十分重视这个荐告文，这种文体必须写得言辞华丽、内容吉祥，多有箴言警句，而且必须内藏玄机。朱厚熜方才满意。在大臣中唯有监醮使夏言，导引使顾鼎臣二人是大手笔，写下的荐告文最合圣心。二人因此备受器重，被封为内阁大学士。朱厚熜对荐告文郑重得很，看得和斋醮一样重要。他要求荐告文必须用朱笔写在一种特制的青籐纸上，所以荐告文又叫青词，他对青词有一种特别的癖好。打醮时必吟唱青词也成为定例。朱厚熜鼓励大臣们给他撰写青词。以后大臣们撰写青词，进献皇上，已成为一种风气，甚至将它作为升官的终南捷径。后来李春芳、严讷、袁炜等皆成为写青词的高手。朱厚熜喜欢养猫，有一猫，体大毛长，两睛熠熠生光，善解人意，他十分宠爱。忽一日猫死，大为悲伤，命群臣为猫写祭文。袁炜写得最好，内有“化狮作龙”之句，朱厚熜大悦，立即召见袁炜，大加赞赏，命袁炜再写青词，袁炜提笔一挥而就，词语精工，极合圣意。不久袁炜从翰林院编修，擢拔为礼部尚书，连升三级。

【严嵩得势】 也是为朱厚熜写青词而致。当时有个礼部尚书，名叫严嵩，是江西分宜县人。少时家贫，刻苦读书，有才气，县官口占一联考他：“关山千里，乡心一夜，雨丝丝。”他随口应对：“帝阙九重，圣寿万年，天荡荡。”对得极为工整，看来他小时候就懂得媚君。尤其字写得非常潇洒，相传北京贡院“至公堂”及酱菜铺“六必居”匾额就是严嵩所书，后世因他是奸臣，多次想撤换它，但字写得太好，无人替代，不忍割爱，遂保留至今。因他有才弘治年间就中了进士。严嵩生得眉目疏朗，高大魁梧，声如洪钟，气质非凡，有术士给他相面说：“君将来必大富大贵，但面上有饿纹入口，恐以后有饿死之灾。”严嵩大笑说：“既说大贵，又说饿死，真是自相矛盾。”遂不以为然，一笑了之。以后他漂游宦海，时沉时浮，曾潜居钤山堂二十年，寂寞潦倒，但不废诗文，他有诗曰：

地僻柴门堪系马，家贫蕉叶可供书。
莺花对酒三春暮，风雅闻音百代余。

过着清贫的田园式生活，快到六十岁的时候，还没有多大出息。内阁首辅夏言与严嵩是同乡，严嵩闻他显贵，便屡屡上书巴结联络，夏言深知严嵩大才，也需要同乡帮衬，就在皇上面前极力推荐严嵩。严嵩于是发迹，先任南京吏部尚书，后又调至京城任礼部尚书。这个严嵩以后专权二十余年，《明史》将他列入《奸臣传》。所以《明史》上的所有记载都说他专权误国，是明朝天字第一号的大奸臣。然而现代学者通过许多资料研究，认为将严嵩当作奸臣可能是一个大冤案。理由有如下几点：一是现在已发现许多资料，证明在清朝编写《明史》的时候，就有许多编纂史官对严嵩该不该入《奸臣传》提出质疑，并展开激烈辩论。二是从流传至今的严嵩著作《钤山堂文集》来看，内容多忧国忧民之作，言辞清丽，在当时已被士林争相传诵。一个大奸臣能写出如此富有正义感的作品吗？三是严嵩在当政期间，起码是在他家乡江西分宜，做了诸如修路、修桥、修水利等许多好事，有好多资料、碑刻显示分宜百姓对严嵩感恩戴德。四是还有许多资料记载严嵩许多逸事，说他性格幽默，对人和蔼可亲，谦谦有君子风。五是严嵩为官并非全是媚上欺下，颇关心民生疾苦，正德年间，他上书朝廷，指摘朝政，为民呼号，清誉远播。后来也给朱厚熜上疏反映民瘼，亦得嘉许。通过这些研究，许多学者认为严嵩之所以成为奸臣，第一是儿子严世蕃给他闯祸，第二是完全是为明世宗朱厚熜背了黑锅。因为嘉靖朝的许多弊政，都是由刚愎自用的朱厚熜一手造成，严嵩不过是无力回天罢了；明史上所载严嵩的罪恶，其实就是朱厚熜的罪恶。中国人历来有个特点，针砭时政时，骂宰相，不敢骂皇帝。还有一个最主要的原因，《明史》修成时，正是清朝乾隆时期，乾隆皇帝对弹劾严嵩的杨继盛特别推崇，视为大忠臣，给严嵩翻案，无疑必须先彻底否定杨继盛，因而当时的史官，不敢翻钦定的案件，严嵩便被打入《奸臣传》，也是自然的事了。当然现在给严嵩彻底平反，有关资料还不充分，尚为时过早，还要作更进一步研究。因而本文在记述严嵩时，仍沿用《明史》的习惯说法。

在大臣们争相给皇上献青词的时候，严嵩凭着他超人的机敏和一肚子大学问，写了一篇青词《庆云赋》，进献朱厚熜。这篇青词写庆云出现的大吉兆，歌颂道教圣灵、歌颂皇上的德政，语词典雅精工，富丽堂皇。朱厚熜阅后禁不住击节叫好。不久又写了一篇《大礼仪告成颂》，极力吹捧皇上在大礼议事件中显示的圣明。辞藻华丽，敲金戛玉，气势非凡。朱厚熜更为激赏。遂召见严嵩。他见严嵩年已六十，依然身材伟岸，红光满面，语似鸣钟，步履矫健，龙心大悦，因为朱厚熜追求长生，严嵩年龄虽老，身体健壮，正符合他求长生的心理。因而对严嵩十分喜爱，就把撰写青词的大任交给严嵩，竟然渐渐疏远了夏言等人。夏言见严嵩砸了他的铁饭碗，十分恼怒，于是对着严嵩趾高气扬，简直像驱使奴仆一样。夏言身居要职，又有提携之恩，严嵩只好忍气吞声。一日，严嵩设宴置酒，发帖相请夏言，夏言一口拒绝。严嵩不敢怠慢，亲到夏府相请，夏言闭门不见。严嵩无奈竟长跪夏府阶下，拿着请帖，和声朗诵，语言恳切，委婉动人。夏言不出，严嵩便反复朗诵。弄得夏言不好意思，只得出来相见，好言劝慰，跟着严嵩赴宴去了。以后严嵩对夏言表面谦恭，心中实是怀恨。不久朱厚熜到承天谒陵，夏言与严嵩都扈驾随行。谒陵毕，严嵩上奏说应该举办个谒陵成功的祝贺仪式，而夏言却说仪式应回京后再议。朱厚熜听从了严嵩的奏议，就地在承天飞龙殿接受大臣的朝贺。严嵩于是密进谗言，说夏言有意傲慢不恭。朱厚熜大怒，下令追夺以前赐给夏言铸有“学博才优”四字的银章，勒令致仕。此诏刚发，朱厚熜又回心转意，又赐还银章，恢复夏言官职。夏言被搞得狼狈不堪。紧接着，昭圣太后张氏崩世。朱厚熜让群臣讨论葬礼规格。张太后是孝宗朱祐樘的皇后，武宗朱厚照的母亲。朱厚熜被立为嗣皇帝便是张太后的主张。没有张太后，朱厚熜就不可能成为皇帝。然而朱厚熜忘恩负义，对太后待遇很是菲薄。太后的两个弟弟张鹤龄、张延龄因强夺民田被人告发，被定为死罪。张太后席藁待罪，请免弟死罪，朱厚熜不准，张氏兄弟先后瘐死狱中。太后气愤成疾，继而崩亡。夏言与众大臣都上奏应厚葬太后。朱厚熜偏要减省葬礼规格。草草服丧几天，就算了事，心中更恨夏言。过了数日，朱厚熜找了借口，将夏言免职。原来明朝帝王冠冕，是仿唐朝而来，称为翼善冠。朱厚熜崇信道教，不戴翼善冠，而戴香叶冠。他用沉水香制了几顶香叶冠，给严嵩、夏言各赐一顶。夏言认为人臣戴帝王之冠是僭越，婉辞谢绝。而严嵩却遵旨戴上香叶冠，上朝时用轻纱笼住，以示敬重。于是朱厚熜更加喜爱严嵩，同时更恨夏言。正凑巧日食，朱厚熜便颁下一道谕旨：“大臣慢君，以致天象示警，夏言藐视君王，着即革职，所有武英殿大学士之缺，由严嵩补授。”这旨一下，夏言含恨而去。严嵩一跃成为内阁首辅。当时严嵩已是六十一岁，身体硬朗像个小伙子。他日夜在西苑庐房值班，满身污垢，几十天也不回府洗沐，工作十分勤奋。朱厚熜看在眼里，喜在心里。赐给严嵩一枚银章，上镌“忠勤敏达”四字。又陆续挥毫写匾赐给严嵩。皇帝手书的大匾挂满了严府，正厅上悬挂着斗大两字：“忠弼。”这真是皇恩浩荡，空前绝后。严嵩之子严世蕃也被破格提拔为尚宝司少卿。父子荣贵，门庭生辉。严世蕃借严嵩的权势，卖官索贿，门庭若市，筐筐相望，气焰熏天。他极嗜酒，每宴宾客，必大醉，每醉就强使别人喝酒，别人不喝，便强灌入口，即使高官、前辈，也不能幸免，宾客敢怒不敢言。在他看来这是模仿魏晋名士风度，其实是仗势欺人。严嵩也知道严世蕃为非作歹，但唯有这个宝贝儿子，严氏香火全凭他传承，实在管教不住这个狂妄的逆子，只能徒唤奈何。

【征伐安南】是对越南之战。嘉靖十八年（1539）春，朱厚熜下旨出兵征伐安南，史称安南之役。事情缘由还须从头说起，安南即今越南国，永乐年间，被纳入中国版图，成为一个行省。宣德二年（1427）后，明宣宗从安南撤出驻军和行政机构，安南又告独立，但仍是藩属国，年年向明廷朝贡。到了嘉靖六年（1527），安南内部发生变乱，权臣莫登庸废了国王黎椿，自立为王。说起这个莫登庸，他原本是广东省东莞县中堂蕉利人，是个地道的内地人，自幼随父流落到安南，以捕鱼为生。莫登庸成年后，生得高大雄壮，勇敢好战，极有谋略，远近闻名，被黎氏王廷看中，擢拔为军官。之后，莫登庸凭着本事，沉浮于官场，十几年后，竟权势熏天，把持朝政，威逼王廷，最终废了国王，建立安南莫氏王朝。他登位后后，忙于镇压黎家王朝的余党，却忘了给大明朝进贡。当时明朝内阁首辅夏言，向朱厚熜上奏，说安南国已有十余年未向天朝进贡，这是不臣之罪，应予讨伐。朱厚熜怕出兵劳师靡财，犹豫不决，让群臣讨论。大臣们主剿主抚，莫衷一是，于是出兵安南搁置了几年。后来安南黎氏王族向明廷哭诉，请求明廷出兵剪除乱臣贼子，为黎氏国王复仇。朱厚熜怀疑情况不实，命黔国公沐朝辅勘察奏报，如此又延误了几年。直到嘉靖十八年（1539），朱厚熜才下决心讨伐安南，派右都御史、兵部尚书毛伯温统兵十二万出兵安南。出师之日，朱厚熜赋诗一首，为毛伯温壮行，诗曰：

大将生来胆气豪，腰横秋水雁翎刀。

风吹鼍鼓山河动，电闪旌旗日月高。

天上麒麟原有种，穴中蝼蚁岂能逃。

太平待诏归来日，朕与先生解战袍。

这首诗确实写得大气豪壮，显示必胜的决心，颇有文采，“解战袍”一句，更是佳句。御赐诗使毛伯温受宠若惊，感激异常，决心担当大任，志在必得，不负皇帝赠诗。然而毛伯温虽娴熟兵机，但他深知不战而屈人之兵，是兵法上上策，也是朱厚熜最希望的。兵集南宁后，先按兵不动，向安南莫氏王朝施加心理压力，揭发莫登庸的叛逆行为，号召安南军民与明军一起讨伐莫氏，能攻占一县者，便封为该县的长官。安南国内原动荡不安，明军大肆宣传，莫登庸大为恐惧，派使者到镇南关乞降，愿归附天朝，并献上图籍，言辞十分恭顺。毛伯温见时机已到，予以应允。如此毛伯温不费一兵一矢，安南全境平定。捷报传到京师，朱厚熜大喜，下诏改安南国为安南都统使司，鉴于莫登庸本是中国内地人，封他为都统使。从此安南名义上又回归中国。莫氏王朝统治安南二百余年，直到清朝康熙年间，才被黎氏赶下台。

【金英行刺】是明宫大奇案。安南平定，朱厚熜欣喜异常，认为天下太平，便可享乐、修道。岂料嘉靖二十年（1541）十月，宫中发生一起谋弑皇上的惊天大案，真吓破他的胆。原来朱厚熜非常宠爱端妃曹氏，因为曹氏生得美艳绝伦，体态娉婷，倾国倾城。朱厚熜几乎日夜泡在端妃宫中取乐。端妃宫里有一宫婢名叫杨金英，脾气很是倔犟，侍奉不当，屡次触怒朱厚熜，差一点被打死。一日朱厚熜又至端妃宫里玩乐，玩累了倒在榻上酣然入睡，端妃轻轻为他盖上衾被，悄然退出。杨金英在旁，见朱厚熜鼾声大作，记起往日仇恨，怒火燃起，放着胆子，潜入宫内，揭开御帐，解下腰间丝带，挽了一个套，套在朱厚熜脖子上，猛力一拉。这时杨金英忽听到外面有急促的脚步声，便仓皇逃出。原来刚才情形，均被另一宫婢张金莲看个清楚，金莲极有心计，知杨金英是端妃心腹，不报端妃，反而飞奔中宫，报告正宫皇后方氏。方皇后大惊失色，急领十几名随从，飞奔端妃宫。见朱厚熜躺在榻上不省人事，但尚有一丝气息，急召太医抢救，方悠悠苏醒。原来杨金英情急之下将丝带挽了个活套，未致朱厚熜死命。方皇后立即传讯杨金英，杨金英死不承认，经张金莲对质，方才无言。方氏又将端妃牵来，硬说她是主谋，端妃哭伏于地，大声呼冤。方皇后不由分说，并命太监将端妃、杨金英和杨招出的王宁嫔牵下去，施以磔刑。磔刑是一种酷刑，就是将人犯剁成碎块。方皇后平时对端妃恨之入骨，因为端妃比她生得美貌，况且夜夜专房，早就妒恨异常。方皇后杀死端妃，方才泄恨。朱厚熜醒来后，得知端妃被方皇后杀死，大为震惊，心中痛恨方皇后。后来，方皇后宫中遭了火灾，朱厚熜骂道："莫谓神仙无灵，那厮陷害好人，是遭天谴哩。"遂不让救火。方皇后被烧得焦头烂额，朱厚熜也不去探视，不久郁郁而死。笔者咏诗赞杨金英：

豪侠烈女乱皇廷，敢杀暴君天下惊。
我咏一诗书大地，千秋盛赞小金英。

【夏言之死】是个冤案。朱厚熜遇刺，内心恐慌，视大内皇宫为是非之地，从此移居西苑，不愿回归，并且更加崇信道教，潜心修炼。他下了一道诏书："朕非赖天地鸿恩，鬼神保佑，早被逆婢害死。自今日始，朕潜心修道，以谢天恩。所有国家政事，概令大学士严嵩主裁。该大学士应曲体朕心，慎率百官，秉公办事。"这道诏书将举国大权，尽付严嵩一人，从此，朝廷大事必先禀严嵩，然后再奏达皇上，生杀予夺，尽操其手。声威煊赫，不可一世。内阁中原有几个阁员，如兵部尚书翟銮、吏部尚书许瓒、礼部尚书张璧，都因与严嵩意见未合，先后被排挤出内阁。有几个敢于揭发严嵩的言官，也被严嵩整个半死。当时朱厚熜潜居宫中，一心修道，长时间不临朝视事，连严嵩也难睹天颜。唯有秉一真人陶仲文与皇上朝夕论道，朱厚熜呼为先生而不名。严嵩以重贿结交陶仲文，凡有大事皆托陶仲文在皇上面前圜转，宫里宫外二人勾结一起，共同把持朝政。

此时内阁唯有严嵩一人操持，他十分得意。谁知朱厚熜心血来潮，忽然想起夏言以前许多好处。或许是他不愿看到严嵩独揽大权，于是下了一道圣旨，召夏言重新入阁，恢复原来官职。这个夏言遭了许多挫折，毫不记心。他一到阁，老脾气又犯，仍然盛气凌人，把严嵩大权夺去多半，又将严嵩提拔的官员免去几个，严嵩气得要死，但对这位资深大员也无可奈何。不久锦衣卫都督陆炳、驸马都尉崔元因罪被御史陈其学告发，朱厚熜命内阁议处。崔、陆二人十分恐慌，竟到严府求救。严嵩摇头说："皇上面前尚可斡旋，夏少保处真不好说，你二人求他便了。"二人以三千两黄金献与夏府，夏言拒绝礼金，将使者驱赶出门。二人更是惶恐，又到严府求救，严嵩附耳密言几句，二人拜谢去了。第二天，崔元、陆炳二人到夏府请死，自晨至昏长跪不起，涕泪俱下，苦苦哀求。夏言无法只得答应从宽处理。未几，严嵩之子严世蕃因纳贿被御史告发。夏言要拟旨上奏。严世蕃慌急得很，只好求老父帮忙。严嵩一听顿足道："这番糟了，老夏处如何挽回。"严世蕃泪如雨下，再三叩首。严嵩道："我也不顾脸面了，好儿子快随我来!"到了夏府，名刺投入，好半会才传出话来。说是夏少保有病，恕不见客。严嵩从袖中取出一大锭白银递与门仆。门仆顿时喜笑颜开，接了银子说："丞相有命不敢不遵，但恐主人斥责，奈何?"严嵩说："我见了夏少保，自有话说，保证与你无涉!"那门仆导引严嵩父子到了夏言书房，立即回避。夏言见严嵩父子进来，立即避入内室，躺在床上，佯作病状，蒙被呻吟。严嵩走到床前，轻声问候："夏少保贵体欠安吧!"连问几句，夏言才露出头来，佯问何人？严嵩报了姓名。夏言佯作吃惊状说："是室狭陋，怎敢慢待严相。"严嵩又道："少保与嵩同乡，素蒙荐拔，感恩非浅，少保尽管安睡。今日不关尊仆之事，是我闻少保欠安，急欲探问，不遑奉命，冲撞进来，还望少保恕罪。"夏言长叹一声说："元气已虚，又遇群邪，群邪一日不去，元气一日不复，我正欲下药攻邪呢!"严嵩一听话中有话。拉了严世蕃一把，扑通扑通，父子跪在地下，严世蕃又咚咚地乱磕响头。夏言从床上跃起，忙说："这是为着何事，快快请起!"严嵩父子长跪如故，四目泪如泉涌。接着说明来意。又说："夏少保若肯赏脸，我父子方可起来。"严世蕃又磕头无数，自陈悔过。夏言说："这事想是误传了，我并无参劾的意思，尽管放心好了。"严嵩父子千恩万谢而去。次日，夏言果然将御史奏章押住不奏，严世蕃逃过一劫。

严嵩父子夏府求情，是严嵩阴柔险诈的表现，他将夏言"吃软不吃硬”的性格了如指掌，几次玩弄夏言，以柔克刚，屡试不爽。而夏言浑然不觉，这真是夏言的性格悲剧。

严嵩和夏言经常入值西苑。朱厚熜性格猜疑，命太监暗察两人行动。太监们和严嵩相处，严嵩和蔼可亲，经常给太监们一些金银。太监与夏言相见，夏言趾高气扬，待他们如奴仆一般。于是太监们经常汇报严嵩的好处，揭露夏言的坏处，朱厚熜默记在心。朱厚熜对设醮的青词非常郑重，平时青词大多由严、夏撰写。但是夏言年纪老迈，又政务匆忙，大多让幕僚代写，朱厚熜看了很不满意，有时竟掷弃于地。严嵩虽老，但有儿子严世蕃代笔。严世蕃是个天才，聪明至极，博古通今，满腹经纶，曾自诩：“天下之才唯有三人，陆炳、杨博，与我鼎立而三。”又精通考古之学，是个文物鉴定专家、古董收藏家，相传他收藏《清明上河图》多年。因而青词经他过手，无不迎合帝意，句句打进皇上的心窝。再者朱厚熜学问深厚，传下的圣旨，故意卖弄学问，多用典故生僻文字，一般人难晓其意，唯严世蕃能参破玄机，回复圣旨，制作票拟，十分切合圣意。朱厚熜总认为是严嵩亲撰，更对其宠信有加。

嘉靖二十五年（1546），兵部侍郎曾铣，总督陕西三边军务，曾铣有御边大才，屡次抗击鞑靼入侵，多建奇功。他锐意进取，给朝廷奏了一本，建议收复河套。大意是河套被鞑靼占领百余年，敌人凭借河套有利地形，出套则入侵宣大三关，威胁京畿，入套则侵扰关中。建议在夏秋之交，敌人马瘦草枯的时候，派奇兵袭击敌人巢穴，一定能获大胜。原来河套在宁夏北部，鄂尔多斯地区，黄河拐弯处，这里灌溉便利，土地肥沃，有“天下黄河富河套”之说。此时，鞑靼土默特部有个酋长叫俺答，作战勇猛，颇有雄略，势力日渐强盛，雄踞漠北。于是吞并鄂尔多斯部，占据河套，屡屡发兵侵扰宣大、陕甘地区。然而有曾铣镇守，俺答占不了多大便宜。

曾铣恢复河套的奏章，写得有理有据，慷慨激昂，确实打动了朱厚熜，他很想收复河套，恢复祖业。立即准奏，并下旨说：“侍郎曾铣，倡议复套，为朕分忧，志虑忠纯，深堪嘉尚。着兵部发银三十五万两，听曾铣修边饷兵，便宜调度。”此旨发布，曾铣大受鼓舞，募集士兵修筑寨堡。

正好有鞑靼小股部队入侵，曾铣发兵抗击，首战告捷。捷报传到京师，朱厚熜下旨嘉奖。朝中一些反对派也见风转舵，纷纷上奏支持曾铣。原来力主恢复河套，支持曾铣的夏言更是兴高采烈。

然而平地忽起波澜。紫禁城后宫失火，火势极大，损失惨重，为百年仅见，继而方皇后崩逝。朱厚熜很迷信，认为是上天示警，有点戒惧，一面释放一批在押官员，一面下诏让群臣陈指朝廷阙失。严嵩认为机会来了，便恶狠狠地奏了一本："灾异原因，由曾铣开边启衅，误国大计所致。夏言表里为奸，应予严惩。"严嵩此奏已上，严党官员也纷纷上奏弹劾夏言、曾铣误国。朱厚熜昏庸到不能再昏庸，竟下旨宣示百官："逐贼河套，师出果有名否？兵食果有余，成功可必否？一个曾铣不足惜，尚兵祸连结，生灵涂炭，试问何人负责？"这道御旨出尔反尔，措辞严厉，朝野惊诧不已。未几圣旨又下，着令罢免夏言，逮曾铣入京。凡附和曾铣恢复河套的官员均予以惩罚。一场励精图治、收复河套的计划，顿时烟消云散。

此时咸宁侯仇鸾，前因镇守甘肃，贪污渎职，被曾铣参劾，逮入京师狱中。仇鸾本是严嵩一党，严嵩有意救护，密嘱严世蕃为仇鸾代写奏疏，为其辩冤。奏疏中，一面说仇鸾冤屈，一面告曾铣克扣军饷，向夏言行贿，说得证据确凿，铁证如山。朱厚熜阅了这份奏折，也不深究，下令释放仇鸾，并将曾铣斩于西市，妻子流放二千里。曾铣是明朝一代名将，善用兵有智略，镇守三边，屡建大功。廉洁清正，家无余财。朱厚熜、严嵩等人，自毁长城，竟将赤胆报国的曾铣害死，真是明代一大冤案。

当时，内阁大学士夏言被罢官，他辞京归里，刚到通州，闻知曾铣被斩，大惊失色，竟从车上跌下来，仰天大呼："这次我死定了。"夏言含恨滴泪在途中写了一道奏章，大意是仇鸾被系狱中，圣旨刚颁二日，他如何知晓？定是严嵩代写奏疏，陷害曾铣。严嵩奸诈比王莽、司马懿还要厉害等。这首奏章托人递上，朱厚熜连理也不理。竟说："夏言早该死了，朕赐他香叶冠，竟不奉旨。真是藐视君王。"立刻下旨将夏言逮捕入京。许多大臣上奏说夏言冤屈应从宽处理。朱厚熜下旨批斥说是包庇奸臣。于是朝臣无人敢言。过了几日，警报传来，鞑靼俺答率兵攻打居庸关。严嵩抓住时机，又上了一本，说是俺答入侵，纯是夏言、曾铣倡言恢复河套，招致的祸端。请立即严惩夏言，朱厚熜立即准奏，下旨将夏言斩首，妻子均被流放。刚烈正直的夏言被害死，实际上是夏言的性格悲剧。俗言：白易污，刚亦折。正是这个道理。

【鞑靼犯京】是明朝大劫难。再说俺答入侵居庸关，守将凭险死守，连攻不下。于是移师进攻宣府，把总江翰、指挥董旸先后战死。俺答驱军直逼永宁。大同总兵官周尚文率兵截击，竟把俺答杀退。谁知过了数月，周尚文积劳成疾，病死于前线。朱厚熜又任命张达为大同总兵。俺答闻周尚文病死，边疆换帅，率鞑靼精锐又来侵犯大同。张达勇猛善战，见俺答来犯，立即迎战。两军激战数日，各有死伤。张达愈战愈勇，鞑靼军且战且退。张达与副总兵林椿麾兵穷追不舍。谁知俺答并非真正败退，在中途隐蔽处设重兵埋伏，张达只顾追赶，毫不预防，伏兵突出将张达包围，张达拼死突围，不料战马疲惫，竟失蹄扑地。张达跌落于地，鞑靼兵一拥而上，乱刀齐下，顿时毙命。副总兵林椿突围不成也被杀死。明军全军覆没。败报传至京城，严嵩保荐咸宁侯仇鸾为大同总兵，朱厚熜准奏。仇鸾奉命率军奔往大同。未到前线，正遇俺答率兵杀来，仇鸾见鞑靼兵强马壮，不敢迎战立即后退。仇鸾是将门之后，其祖父仇钺是正德朝名将，曾有平定朱寘鐇和刘六、刘七的大功。但虎门出犬子，仇鸾无勇无谋，在官场他确是倾轧高手，论打仗却是十足的外行。面对敌军，他恐慌不知所措。无奈何听从部下时义的建议，持金帛献给俺答，求俺答移师攻打其他边塞，从大同撤退。俺答得了金帛，竟然答应，率军沿长城东进，到潮河川南下，直抵古北口。都御史王汝孝，拼死抵抗，但抵不住鞑靼勇士的猛攻，顷刻溃散。俺答占怀柔、围顺义，长驱疾进，直抵通州。

通州与京城近在咫尺，朝野震惊。朱厚熜传檄各地勤王，又在大臣中选择九人，分守九门。然而，京城可召之兵不足五万，兵器库积存，尽是破盔烂甲、钝刀锈枪。都御史商大节被任命为总督，面对此种情形，慌急得要命，连来京应试的武举人都招入军中。朱厚熜龟缩在西苑，一点没有动静。百官上书请他临朝视事，几天也没有反应。礼部尚书徐阶上书极请，言辞激烈，晓以利害。朱厚熜才出现在奉天殿，和百官见面。差不多相隔十几年，百官方得一睹天颜。然而，朱厚熜坐在宝座上，像个木偶，一共说了两句话。一句是让徐阶督责百官，保卫京城。另一句话是命令刚从大同赶来的仇鸾为大将军，节制各路军马。百官尚有所请，但朱厚熜抬臂一挥，径自退朝走进后宫。百官见皇上如此敷衍了事，面面相觑，都惊呆了。

退朝后，兵部尚书丁汝夔向严嵩问计，严嵩密语说："寇若饱掠，自然远飏，何必轻战。"丁汝夔唯唯连声。大将军仇鸾虽然挂帅守御京师，但心中很畏葸，于是私下遣使到俺答大营议和，许以多献金帛，换取俺答退兵。俺答回复说只要重开马市，便可退兵。当时朝臣中主战之声日烈，仇鸾不敢上奏议和之事。俺答等了几日不见动静，于是抢渡白河，大军直薄京师，情况十分危急。朝臣聚集一起，主战议和争吵得不可开交。国子监司业赵贞吉力主抗战，言辞慷慨激昂，耸动人心。还有一个小官锦衣卫经历沈炼主战言辞更是激烈。竟然写了一篇传诵千古的奏章。大意是攘外必先安内，安内必先除奸臣严嵩。历数严嵩祸国殃民的十大罪状。要求皇上斩严嵩以谢天下，然后杀沈炼以谢严嵩（沈炼也是迂阔，大敌逼城，提倡先搞内斗，亦不妥当）。这篇奏章，是沈炼抱着必死的决心写的。然而朱厚熜此时正倚重严嵩，一个经历小官的话哪里听得进去。一道圣旨下来，说他诽谤大臣，杖打三十，贬往保安，后被严嵩害死。

然而不管主战派如何慷慨激昂，大将军仇鸾、兵部尚书丁汝夔就是按兵不动。俺答见议和不成，便纵兵烧掠，京外四郊民房全被烧毁，西直门外建有一大片宦官的豪宅，亦被付之一炬，火光冲天，多日不绝，御马厩也被俺答占领，朱厚熜在西苑，半夜看城外烈焰腾腾，映红半天，惊惶异常，急召严蒿、徐阶等人商议，两人内战内行，外战外行，互相推诿，不出一策。最后，还是朱厚熜拍了板：只要俺答退兵，多给些金帛珠玉，毫不足惜。

然而正如严嵩所料，俺答并无大志，目的是掠夺财物。在抢掠八天之后，载着大批财宝、心满意足地向北撤去。朱厚熜闻俺答撤兵，急命仇鸾率兵追击。仇鸾畏敌如虎，只得尾随敌军徐徐前进。谁知快到白羊口，俺答突然转身杀来，反戈一击。仇鸾惊得魂不附体，带头先跑，全军立即溃散。等到俺答从容出塞后，仇鸾才召集残军回京，途中遗尸遍地，仇鸾计上心来，命部下斩遗尸之首八十余级，首级血肉模糊，认不清是鞑靼兵还是中国兵。仇鸾将首级献上报功，宣扬班师凯旋。朱厚熜闻捷报传来，信以为真，厚赏仇鸾，封为太子太保。然而朱厚熜将兵部尚书丁汝夔斩首，惩罚他防守京城不力之罪，丁汝夔临刑大骂严嵩害他。

鞑靼俺答部兵临京城，烧掠八日，是自土木事变，也先围京后，明王朝遭受的又一次大劫难。陵庙震动，京畿一片焦土。造成此种后果的直接原因是：皇上昏庸，奸臣当道。赤诚报国的曾铣被冤杀，奸诈庸碌的仇鸾又被委以重任。朝中无将，边备荒弛，导致俺答长驱直入，包围京师。当年朱祁钰尚能任命于谦击退也先保卫京师，而朱厚熜无能，竟听任俺答横行，明王朝根基已动，摇摇欲坠，亡国只是时间问题。

【椒山殉谏】扬名千古，“椒山”是兵部员外郎杨继盛的大号，其死也是大冤案。须从头说起。未几俺答又入寇大同。仇鸾知俺答厉害，不敢迎战，严嵩也授意议和。于是仇鸾又派时义持金帛赂通俺答义子脱脱，许以通马市，脱脱禀报俺答，俺答大喜一口应允。于是双方商定一年春秋两市，鞑靼输入马匹，内地用金银、布匹、茶叶等物交换，这被称为马市。依笔者之见，如果双方能平等交易，互惠互利，马市确是一种化干戈为玉帛的外交手段。不能视为天朝大国向北国狄夷妥协的城下之盟。然而俺答并不恪守原则，马市开放后，常常强卖瘦马、病马，并有武力胁迫行为。边防大臣气愤得很，纷纷上奏保边。兵部员外郎杨继盛上了一篇洋洋洒洒的大奏章。言辞痛心疾首，感情充沛，用十不可五谬，证明开马市有损天朝尊严，是和亲的别名，是妥协投降的代名词。主张立即废除马市，率兵抗战，并保证十年之内击败鞑靼，斩俺答之首悬于长街。朱厚熜看了奏章，开始时十分振奋，召集内阁大臣商议，仇鸾十分气愤挥臂大嚷：“书呆子懂什么兵事，说得这般容易。”又上了一份密奏，说杨继盛是启衅开兵，必招大祸。朱厚熜想起俺答兵围北京的往事，觉得仇鸾言之有理。竟下了一道诏令，将杨继盛逮捕入狱，严刑拷打，最后驱逐出京，贬为狄道典史。

然而，俺答不守协议，在马市强卖强买的消息，不断报来。朱厚熜又感觉天朝的尊严受到损害，原先不愿开战，现在又忍无可忍。于是下旨命仇鸾率兵征讨。此时，仇鸾已和严嵩闹翻。严嵩怀恨在心，在朱厚熜前面，极力催促仇鸾尽快出兵。严旨屡下，仇鸾不得不祭旗出兵。路上缓缓而行，好容易开到大同前线。却又按兵不动。忽有探子报来，俺答一部驻扎威宁海，似无防备。仇鸾大喜，下令深夜偷袭敌营。仇鸾率大队军马行至猫儿庄，忽然羯鼓咚咚，胡哨四起，鞑靼伏兵奋勇杀出。仇鸾叫声不好，率先后跑。鞑靼兵乘势掩杀，明军全军溃退。仇鸾跑到天明，探子又报，说是遭遇的是鞑靼小股部队。仇鸾愧恨交加，叱退探子，撤回关内。仇鸾经过这番折腾，急火攻心，背上竟长出大疽包，日益溃烂，痛彻心肺，日夜呼号不已。朱厚熜听说仇鸾有病，怕误了军机。急派兵部侍郎蒋应奎赴大同，取代仇鸾。仇鸾闻讯后，立即还京养病。蒋应奎派人到仇宅收取大将军印绶。仇鸾睡在床上听说有人取印，大叫一声，背上疽包立即血脓迸发，不一会儿便气绝身亡。仇鸾已死，大臣们棒打死狗，纷纷揭露仇鸾屡次通寇纳贿事实，经查确凿无误。朱厚熜十分震怒，下旨开棺碎尸，并将仇鸾父母、妻子一同斩首，可怜养老在家的父亲仇昌，也跟着儿子身败名裂，落了个悲惨下场。

仇鸾已死，朱厚熜想起杨继盛被贬确实冤枉，立即召入京中，一年四迁，从典史跃至兵部武选司，这杨继盛是个固执至极的硬家伙，人称为椒山先生。他一到京后，看到严嵩当道，国事日非。他认为不弹劾奸臣严嵩，不能报答皇上的知遇之恩。于是秉笔直书，又要参劾严嵩，其妻张氏哭劝说："前次弹劾仇鸾，几乎被折磨至死。如今严嵩权势倾天，劾他好似老虎头上搔痒，无补国家，反再招祸，何苦何苦?!"杨继盛说："我与奸贼不能同朝共事，不是他死就是我死，龙逢比干，流芳百世，我追随其后，亦无愧此生。"张氏知不可劝回，含泪呼号而出。杨继盛奋笔疾书，写了一篇震烁千古的大奏章，可谓字字血泪，声声呜咽。大意是欲打败俺答，必先除严嵩。历数严嵩十大罪五奸，说严嵩专权误国殃民，升陟大权尽操其手。朝臣知有严嵩，不知有陛下。朝廷内外大多是严嵩布置的心腹鹰犬。陛下若想知道严嵩的奸恶，可召来景王、裕王对质。因蒙陛下破格提拔的大恩，不敢不冒死奏闻。

朱厚熜看了这篇奏章，一时竟为感动。立即召来严嵩，将奏章给他看。严嵩看了汗流浃背，神情极为紧张。然而严嵩无愧是官场高手，他镇定神情，跪地上奏："杨继盛奏疏中有召问景裕二王之语，这必是他交通二王，诬陷老臣，望陛下明鉴。"这几句话真是厉害。因为朝臣私下和太子、皇子联络接触是历代皇帝的大忌。裕王是朱载垕、景王是朱载圳。朱厚熜听了严嵩的辩解，勃然大怒，立即下诏，将杨继盛逮入诏狱，命有司严讯，让杨招出主谋。杨继盛说："全是我一人主张，何有主使！"审讯官问道："你为何引入二王？"杨继盛愤然说："满朝公卿皆畏严嵩，非裕、景二王，谁人敢言！"审讯官不敢再问，只说是诬告大臣。杨继盛在狱中遭受严刑拷打，被打得血肉模糊，筋骨俱裂。两腿上碎肉粘连，筋骨暴露，稍有触动，痛彻心肝。杨继盛咬住牙，用手指将腐肉挖去，又将饭碗打碎，用瓷片割断两根筋。有好心人从狱外送给杨继盛蚺蛇胆一具，说食用此物可以壮胆，他婉言拒绝说："椒山自有肝胆，何需此物！"

杨继盛陷入冤狱，朝野都为他喊冤，一时舆论沸腾。国子监司业王材原是严党，见民声如此，良心发现。于是私下拜见严嵩说："人言很是可畏，相公何不网开一面，救出继盛，否则贻谤万世。"严嵩一听很是心惊，便答应王材请求，但是严嵩召来严世蕃、胡植、鄢茂卿商量。三人齐说，不杀继盛，是养虎遗患，反责严相公是聪明一世，糊涂一时。严嵩一听，牙根一咬说："我也顾不了许多，杀了他吧！"过了几日，严嵩将杨继盛附在张经一案中，一齐呈上，朱厚熜朱笔一挥，将杨继盛问成斩刑。

杨继盛之妻张氏，闻丈夫将被处斩，悲愤异常，急草奏疏上报，要代夫而死。这奏疏的大意是：妾夫杨继盛，蒙皇上一岁四迁之恩，急切报答陛下厚遇，误听市井之言，固执书生之见，妄自陈说。被逮入狱中，屡遭严刑，割肉二斤，割筋两条。真是痛苦万分。现在被判成死罪，臣妾更是忧伤。愿陛下斩臣妾之头，代夫而死。丈夫获生，便能执干戈，杀敌寇，效命疆场，以报陛下。这篇代夫而死的奏章写得血泪满纸，感人魂魄。但是递上去被严嵩半路截住，石沉大海。可怜这赤胆忠心的椒山先生终于被绑赴西市问斩，好不凄惨。杨继盛在狱中留下遗诗一首：

浩气还太虚，丹心照千古。
平生未报恩，留作忠魂补。

诗中末两句，写到死后忠魂还要报恩，是报朱厚熜一岁四迁之恩吗？真是殊不可解！明史上大书特书杨继盛力劾权奸、赤胆忠心，是千古忠臣。依我说，杨继盛真是迂腐固执的书呆子，他尽的是愚忠，为昏庸的朱厚熜尽忠真是太不值得。明朝士大夫被程朱理学愚弄，践守“武死战、文死谏”的信条，为博得正直声誉，往往固执己见，死不回头，这真是他们莫大的悲哀。严嵩大奸，固然可恨，何不稍稍变通，等待时机，以求一逞？俗言：“君子报仇，十年不迟。”杨继盛之死，真令人嗟叹不已。

再说杨继盛被附入张经一案判成死罪，张经何许人也？说来话长。

【张经抗倭】竟是张经的死因。原来中国东南沿海历来遭受倭寇骚扰，烧杀掳掠，为害不浅。倭寇是日本海盗，专以抢劫为生。这伙强盗啸集一起，人数多达数万，最初是横行海上，专抢过路渔船、商船，后来又深入中国沿海，登陆抢劫。过去有人误认为倭寇是日本政府的正规军，其实历代日本政府也拿他们无办法。明太祖曾设防倭卫所，遏制倭寇。成祖时，曾派兵剿灭倭寇。当时日本将军足利义满，派使入贡，成祖封他为日本国王，命他剿灭海盗。足利义满十分尽责，发兵屡败海盗，倭寇之患渐渐平息。到了嘉靖年间，足利义满已死，其继位国王无能，不能控制海盗。于是倭寇又横行海上，多次登陆抢掠东南沿海，官军不能制。嘉靖三十一年(1552)，安徽人汪直因犯罪，逃亡海上，联系徒众，成为海上大盗。汪直为人胆大豪爽，勇猛善战。又联络了三个铁哥们儿徐海、陈东、麻叶，这三人全是足智多谋、不怕死的家伙。这几人横行海上，专事抢掠生意，名声大震。倭寇多次在海上与汪直相遇，见汪直勇猛豪爽，很是敬服，于是日本海盗和中国海盗结成一伙，声势更为浩大，多次在台州、象山、黄岩、定海等地登陆，烧杀掳掠，东南沿海一带面对骚扰，民不聊生，人心很是恐慌。

朱厚熜接到倭寇警报，立即任命山东巡抚王忬为浙江巡抚，提督沿海军务。王抒是个将才，手下又有俞大猷、汤克宽两名智勇双全的大将辅佐，一出师便将汪直打得大败，又斩杀海盗头目萧显。汪直慑于王抒军威，向北窜入江苏，抢掠南通、如皋、海门等州县，又继续北窜，骚扰山东沿海。消息传到京师，有几个御史便弹劾王抒，说他按兵不救山东。朱厚熜还算包容，下旨将王抒调往大同做巡抚。另任命徐州兵备副史李天宠任浙江巡抚，这李天宠本非将才，派兵清剿了几次，毫无效果。他很聪明，知难而退，上奏朝廷，自称非平倭之才，请另派高明。朱厚熜也算大度，不追究他失职之罪。另派南京兵部尚书张经接任，同时加封张经为兵部侍郎，右都御史，总督长江南北、浙江、福建、山东、湖广军务，赋予便宜行事的大权。张经曾为两广总督，畅晓兵事，很有威名。到任后传下军令，各将领不得擅自行动。又下令召两广的狼土兵火速入浙平倭。这狼土兵本是两广少数民族的兵士，勇猛善战，曾被张经收服，对张经很是顺从。但召狼土兵入浙的命令，当地驻军将领很是不满，张经不予理睬，只说按兵不动是等待平倭的最佳时机。

其时，工部侍郎赵文华，也跟着凑热闹，上陈“备倭七事”奏疏，说得振振有词，朱厚熜阅后很是赞成，问及严嵩，但严嵩和赵文华早已结成干父子，极力吹捧赵文华娴熟兵机，大才可任，应派到东南视察军事。朱厚熜立即准奏。赵文华打着钦差大臣的旗号，耀武扬威地赶到浙江，第一件事便是奉旨祭海，原来赵文华“备倭七事”条疏第一条就是“欲平倭冠，必先祭海”，已得到皇上批准。祭海仪式办得十分隆重铺张，耗费了许多金钱。第二件事便是到张经军营视察军务。赵文华一到军营，夸夸其谈。张经深知其人，很是轻视，只闭目听讲，不发一言。赵文华见张经如此傲慢，心中很是怀恨，双方晤谈很不投机，于是不欢而散。其后，赵文华多次催促张经发兵，巡按御史胡宗宪，素来阿附严嵩，对赵文华十分恭敬，也不断催促张经出师。其实张经早作好出兵准备，他见赵文华性格张扬，怕他泄露军事机密，故意不告诉他。赵文华十分气愤，于是上奏疏参劾张经，说他有平倭才能，只是他为闽人，与海寇多是同乡，所以按兵不动，坐失作战良机等。几乎是同时，两广狼土兵已到，张经立即行动，对倭冠大举进攻。先锋卢镗率狼土兵奋勇冲锋，在嘉兴将倭寇击败。倭寇向北逃窜，在平望又遇到张经预先埋伏的明军，大将俞大猷一马当先，冲入敌军，大队军马随即掩杀，倭寇顷刻溃散。大多逃往柘林老巢。此时张经率领四路大军齐集柘林，一路追杀，放火烧掉敌寨，斩首二千余级，烧死溺死无数倭寇。残余倭寇乘舟从海上逃脱。柘林大捷，是明军一百多年来取得的最大胜利。张经欢欣鼓舞，立即向朝廷发出捷报。此时，朝廷已经接到赵文华参劾张经的密奏，朱厚熜正要发旨逮捕张经。却接到张经发来的捷报。朱厚熜感到莫名其妙。紧接着又收到赵文华发来的捷报，内称张经不许狼土兵参战，至今按兵不动，是臣与胡宗宪率兵大战，方有柘林大捷。朱厚熜见两份捷报，一份弹劾奏疏，不知谁真谁假，谁是谁非，急召严嵩询问，严嵩的回答可想而知。朱厚熜正宠爱严、赵二人，竟遣缇骑火速逮张经、汤克宽、王天宠等入京，一到京中严刑拷问，任你张经等人如何分辩，问成冒功诬告的死罪。严嵩乘机将杨继盛也附入此案中，一齐呈上。朱厚熜不假思索，拿起朱笔划掉张经、王天宠、汤克宽、杨继盛等九人的名字。于是九人被绑押西市处斩。这是明史上的大冤案，张经平倭有功反被屈死，朱厚熜昏庸至极，赵文华奸诈狠毒，令人浩叹不已。

【宗宪抗倭】应大书一笔。张经被冤死后，倭寇势力又猖獗起来。汪直与倭寇又啸聚柘林，分兵侵浙东、浙西，又直趋安徽，从宁国、太平、入南京。又出秣陵关，烧掠栗阳、宜兴、无锡、浒墅等地，转战几千里，杀死军民四千余人。应天巡抚曹邦辅率兵进剿，在杨家桥将倭寇打得大败。赵文华因倭寇战败，也率军前来抢功，但汪直与倭寇困兽犹斗，拼死反扑，反将文华打得大败。文华瞒住败状，反上奏诬告曹邦辅发兵误期，仅遭小挫。朱厚熜正要逮问曹邦辅，有几位言官力保曹邦辅有功无罪。朱厚熜这才息怒。赵文华见倭寇难平，急欲回京，便谎奏倭寇所剩无几，要求返京复命。赵返京后，上奏推荐胡宗宪才可大任。于是朱厚熜任命胡宗宪为兵部侍郎，总督东南军务。赵文华自浙江归来，来回途中勒索地方官，得了许多金宝，归京后大多献入严府，意欲让严嵩保奏他升官，而严嵩告诉赵文华，若要升官，必须再建大功，如果再赴东南巡视，彻底平定倭寇。不愁无高官厚禄。赵文华唯唯领命。过了几日，严嵩上奏，说赵文华畅晓平倭军务，江南人民感念赵文华惠德，引颈盼望呢。这昏庸的朱厚熜又把赵文华当作大才，任命他为右都御副史，提督闽浙军务，再次命他下江南平倭。

这赵文华虽是奸诈龌龊之人，但有个优点，就是始终认定胡宗宪是个才堪大用的将才，所以一到浙江，便把平倭军事大权全委托给胡宗宪，自己躲在一边，专管军饷、粮草。

胡宗宪此人应该大书特书，在中国历史上他和后来的戚继光是并驾齐驱的抗倭名将。他娴熟兵事，足智多谋，又有文才，是个智勇兼备、文武双全的人才。他是安徽绩溪龙川村人，绩溪县是个人杰地灵的风水宝地，人才辈出，灿若繁星。而胡家更是杰出，例如出了胡雪岩、胡适等名人。绩溪胡姓分为几支，而龙川一支胡家，更是人才如链，奕世不绝。龙川村形如巨船，有龙藏虎卧之势。有术士预言，地名龙川，必有真龙。不过六百年之内，龙川村只出了胡富、胡宗宪等大官，另有十一名进士，已让天下艳羡不已。不料时至今日，龙川村又出了共和国主席胡锦涛，真是个神奇无比的风水宝地。此是题外话。再说胡宗宪受任之后，他认真分析形势，认为倭寇游弋海上，来去无踪，要以军力剿灭，实属不易，应该改剿为抚。又认为要抚汪直，必先抚徐海、陈东、麻叶三个巨盗。他将这个策略禀报赵文华，赵文华很是赞成，让胡宗宪放心筹办。于是胡宗宪经过深思熟虑后，依计施行。他先从徐海下手，派人送给徐海两个宠妾许多珍宝，又派人直接和徐海接触，说朝廷要招安徐海，给以高官厚禄。又说陈东已和胡总督相约，要擒徐海立功。徐海大怒，在两位爱妾的怂恿下，先诱麻叶入营，将他擒拿献给胡宗宪。胡宗宪不加审问，好言劝慰麻叶，让他草书联络陈东，擒拿徐海。麻叶恨死徐海，立即草书给了胡宗宪，胡宗宪得书不寄陈东，反而寄给徐海。徐海见了书信也恨死陈东，便将麻叶原书发给倭寇首领萨摩王之弟，萨摩弟见书大怒，立即拿下陈东，缚送徐海营中。徐海亲自押着陈东，献与胡宗宪。此时胡宗宪邀请赵文华，浙江巡抚阮鹗入营，共同接受俘虏。徐海进入大营，叩头谢罪，胡宗宪离座手摸徐海头，说他立了大功，朝廷已赦其罪，还要加倍奖赏。徐海请求胡宗宪给予东沈庄地盘，好屯集部卒。胡宗宪满口答应。徐海拜谢而去。胡宗宪又提审陈东，又是好言安慰。陈东气愤至极说："徐海真是奸诈，我正要归顺朝廷，反被他缚来邀功。大帅太轻信徐海。"胡宗宪笑道："我知道你的委屈，你可招集部下，屯驻西沈庄，给我监视徐海。"陈东大喜拜谢而去。胡宗宪又模仿陈东笔迹，修书一封寄给陈东部下。大意是徐海联络官军，准备剿灭你们，望作好准备。陈东部下接到书信，立即聚众攻击东沈庄。徐海兵与陈东兵，接连厮杀了好几天，双方伤亡过半。徐海忽然醒悟，大叫一声："我中胡宗宪的计了。"急忙修密书一封，投递倭寇萨摩王，请求发兵相救。谁知胡宗宪早已防备这一招，在半路截住送信使者。于是命俞大猷率六千兵马，围住东沈庄，猛烈攻击，徐海之兵已成强弩之末，顷刻被击败。徐海跳入水中溺死。至此徐海、陈东、麻叶三个巨盗被彻底消灭。

这个胡宗宪真是大智如神，不同凡响，他使用连环反间计，变化无穷，使盗贼防不胜防。先让其互相猜疑，互相擒拿献功。又为了彻底消灭倭寇，使徐海、陈东招集部下屯集东西沈庄，又用反间计，使其互相残杀，然后一举歼灭。计谋运用得神出鬼没，天衣无缝，简直像山东人耍猴一样。兵书云："兵不厌诈。"我们不能责怪胡宗宪采用非常手段。

胡宗宪还有大功可表，他抗击倭寇游弋海上，曾在钓鱼台（钓鱼岛）列屿设防，因为钓鱼岛列屿自古就是中国固有领土。现今日本觊觎钓鱼岛已久，频挑事端，无理至极。这里简要一提。

【赵文华事】是一幕丑剧，令人可笑，发人深思。听笔者从容道来。沈庄大捷报入京师，朱厚熜十分欣喜。传旨将陈东、麻叶押解京师，行献俘礼，然后施以磔刑。加封赵文华为少保，封胡宗宪为右都御史。赵文华平倭有功，封为显爵，欣喜十分，返京后即奔至严府叩谢，给严嵩夫妇献了无数珍宝，严嵩夫妇倒也知足。赵文华知严世蕃贪婪，不好对付。特别为严世蕃赠了一件金丝帐幕，又为他的二十七个爱妾，每人赠送一个珍珠宝髻。这个严世蕃，号东楼，面貌丑陋，眇一目，肥胖如猪，脖颈极短。但特别贪淫好色，曾经发誓要广猎天下美女，凡访得美色，必然夺为己有。他内室有二十七个爱妾，个个如花似玉，又有无数婢妇供他淫乐。每天清晨，二十七个爱妾齐刷刷裸体跪伏床下，向他请安，奉为常例，并张开樱桃小口，承接他吐出的污唾臭痰，“肉唾壶”的典故就源于此。野史载，严世蕃每淫一女，撕白绫一条，抛入床下，作为记录，久之床下白绫成堆，不可胜数。他还有一个笑话，堪博读者一笑，严世蕃曾广选天下美女，把一个丑女差点气死，这个丑女史佚其名，权以丑女代之，她毛遂自荐前去应聘。严世蕃见了她的容貌，吓了一大跳：龇牙咧嘴，矮短肥胖，歪瓜劣枣，丑不可言，欲轰出门外。那丑女却大方洒脱，说道：“严公子莫要以貌取人，奴家虽丑陋，床上功夫无人可比，银灯吹灭，美丑何辨？若不嫌弃，携奴家入闱，愿与公子共度良宵。”这一席话，把严世蕃心房打动，一个丑女，竟如此勇敢大方，真是奇言奇行奇女，心中很是惊奇，竟慨然应允。当夜，丑女以身侍寝，两人推倒巫山，翻云覆雨，翻天覆地，颠鸾倒凤，高潮迭起，欲死欲活，似神似仙，如醉如狂，若痴若呆，自黄昏鏖战到次日拂晓，严世蕃万分舒畅，是平生第一次美妙的强刺激，但已筋疲力尽，浑身酥软如泥，瘫在床上动弹不得。然而丑女正精神抖擞，性趣尤酣，笑道：“公子尚有余兴乎？”跃跃欲再战。从此严世蕃再也不敢小瞧丑女。这个笑话出于野史，是真是假，笔者无意考证，总之证明严世蕃是个盖世淫棍罢了，那丑女也应是盖世奇女，不是美女胜似美女，古今鲜有此例。言归正传，再说尽管赵文华有意巴结严世蕃，但严世蕃和二十七个美妾，竟将金丝帐幕和珍珠宝髻看得如普通物件一般，毫不稀罕。世蕃见了文华仍是阴沉着脸，不给一句好话。赵文华受到屈辱。心中暗想：这严家也太势利，他若以后倒台，我也要同归于尽。不如弃他而去，另找靠山。

一日，赵文华到严府拜谒，见严嵩独坐饮酒。问他为何独酌。严嵩说：“这是药酒，是别人送来的秘方，加以泡制，长饮此酒，可以长生，我服饮数月，感觉精神倍增，很是有效。”赵文华忙说：“义父能否将秘方给孩儿一用，孩儿也要长生呢。”严嵩一笑，竟然答应。赵文华得到秘方，连夜写好密奏，递呈宫中，密奏写道：“臣有仙授药酒秘方，若依法服用，可长生不老。大学士严嵩试饮一年，很觉效验，臣近日才知，不敢自私，谨将原方录呈。陛下一服定可延年益寿。”朱厚熜见到密奏，沉吟许久道："严嵩有此秘方，不见呈献，人心难料呀，赵文华还有点忠心。"

当时有太监听到皇上如此言语，便乘机将赵文华奏章偷出，递送严府。原来严嵩平时对宫中太监极好，常常赠些金银。宫中有任何消息，太监常常密报严府。严嵩见了这份奏章，气得差点背过气。立即召赵文华入府，赵文华见严嵩满脸怒气，急跪地请安。严嵩将奏章掷于文华面前，赵文华见了奏章，竟是他献秘方的原奏，立即魂不附体，汗流浃背。严嵩大骂："我一手将你提拔，你竟像枭獍一般，真正害死我了。"赵文华磕头如捣蒜。严嵩喝斥道："快将这畜生拖出去！"严府家仆一拥而上，顷刻间将赵文华抛出府外。

赵文华狼狈归府，寝食俱废，好容易熬到天亮，驾车又直奔严府，想再次哀求免罪。然而到了严府门前，站着一排豪奴，个个趾高气扬，声称相公有命，来人一律不见。赵文华又说要见严公子。豪奴说：天刚亮公子还在睡哩。文华此时心头冰凉，呆站了一会儿。忽然上前拉过门仆领班，从袖中拿出大锭元宝，塞与领班。连说了许多好话，说要见萼山先生。领班听了好话，得了银子，便领他进去，好一会儿才传出话，说是萼山先生有请。这萼山先生，便是严府管家严年，职位不高，权势极大，无论何人，凡是要谒见严嵩，必先禀报他，方能入府。赵文华进入严年之房，立即恭敬施礼。严年劈头就是一句："赵少保你也太负心，相公正恨你呢，就是我家公子也说你忘恩负义，此事不好转圜。"赵文华说："全凭萼山先生挽回，兄弟感谢不尽，自有厚报。"听到"厚报"二字，严年方点了点头，进入后院，好一会儿，才招呼赵文华，引他进入严世蕃书房。严世蕃冷笑道："吾兄想是急时抱佛脚吧。"赵文华知他讽刺，毫无办法。只得不断打躬作揖，说了几箩筐好话，严世蕃方才说："你且回去听我安排。"赵文华千恩万谢去了。

过了好几日，严府没有一点动静，赵文华惶惶不可终日，又苦等了几天，方探知严嵩今日休沐。赵文华不带随从直奔严府，到了门前，给门仆打个招呼，径直入府，去找严年。严年说："少保之事，公子已禀报太夫人了。今日相公和太夫人正在内堂饮酒，正是机会，你且等待，听我暗报。”赵文华轻步走到内堂前，只听里面人声喧闹，欢笑不绝。一会儿严年出来使个眼色，挥了挥手。赵文华赶紧推门而入，扑通跪在堂下，此时严嵩夫妇和严世蕃正在饮酒。严嵩一见赵文华骂道：“负心贼又跑来做甚!”赵文华见严嵩虽是责骂，脸上却没有怒容，便涕泪俱下不断磕响头。又听欧阳夫人说：“赵文华前次原是冒失，相公宰相肚里能撑船，何必常念旧恶。”严嵩又想责问。谁知欧阳夫人上前扶起赵文华，说：“只要你改过，相公必不计较。”一面命丫鬟添箸置座，拉赵文华入座喝酒。赵文华见严嵩依然没有怒气，稀里糊涂喝了几杯，拜谢而去。

赵文华受了这场刺激，身体感觉不适。忽然圣旨下来，让他督修正阳门楼，限两日内完工，他时任工部侍郎，不便推辞，只好勉力为之。赵文华召集工匠日夜赶修，但过了两日，门楼工程只完成一半。圣旨又下，严责他误期。严嵩也在朱厚熜面前尽力回护，说他南征归来，有病在身，不是怠慢圣旨。朱厚熜很是不悦。严嵩叮嘱赵文华赶紧借病引退，免遭圣谴。赵文华唯唯遵命，次日奏疏请假。岂知圣旨下来，却是削职为民。原来朱厚熜早就厌恶赵文华，一是仙药已服尽，派人向赵文华索取，赵文华无药可送；二是朱厚熜某日在皇城登高远望，见长安西街大建豪宅，询问左右，都说是赵文华的新宅，所用材料全是工部供给。赵文华大建豪宅，而皇家工程却迟迟不能完工，这是朱厚熜厌恶他的原因。再说赵文华见到圣旨大哭一场，寝食俱废。只得携着家眷雇舟南下归里。他本有蛊病，经过这场天大的刺激，旧病又发。在途中某夜，忽觉腹中胀闷异常，用手摩抚，噗的一声，腹竟破裂，肠流满地，须臾即死。煊赫一时的赵文华就这样一命归阴。

赵文华是投机钻营导致身死名裂的典型，为了高官厚禄，处心积虑，不择手段。内心追求越强烈，策划行事时，往往顾此失彼，左右为难。献宝髻得罪严世蕃，献药方得罪严嵩，原因何在？因为献宝髻心中只有严嵩，没有严世蕃。献药方心中只有皇上，没有严嵩。思虑愈苦，计划愈绌。真是偷鸡不成反蚀一把米。后世官场上如此投机钻营的大有人在，难道还不引赵文华为戒吗？笔者有诗咏道：

机关算尽太聪明，误了前程害已生。

劝君应鉴文华事，莫施巧术弃忠诚。

【剿灭汪直】成就了胡宗宪的功业，但也是一件遗憾之事。此时在东南主持军事的胡宗宪，闻赵文华死讯，很是快快，他和赵文华关系，满朝尽知。为了消除皇上嫌疑。胡宗宪加紧剿灭汪直的步伐。他和汪直都是徽州人，汪直亡命海上为盗，徽州府早把其母亲、妻子收押在狱。胡宗宪下令将其母、其妻火速送至杭州，食宿甚为丰厚。胡宗宪亲至杭州慰问，汪直母妻甚是感恩。汪母给汪直修书一封。劝汪直投诚。汪直接到母书，得知母亲、妻子得胡督优待，亦很感动。胡宗宪见时机成熟，便派宁波诸生蒋洲前往海上招降汪直。汪直见了蒋洲喟然长叹："徐海、陈东、麻叶全被胡宗宪害死，现在又来骗我，我不是自寻死路吗?"蒋洲说："足下错了，徐海等人不是胡督同乡，为国除害，不得不然。足下与胡督同籍徽州，宝眷现在杭州，胡督待之甚厚，不是念着同乡情谊吗?"汪直沉吟不语，蒋洲进一步说："胡督还要保奏让足下升官哩。"汪直说："胡督既有诚心，不欲加害，我便投诚了。"于是双方约定投诚时间，蒋欣然而归。

但是到了约定时间，海上毫无动静。浙江巡按周斯盛将蒋洲逮押狱中。蒋洲说，汪直为人粗鲁豪爽，必不负约。忽报海上出现大船数艘，载着许多兵士，为首的便是汪直。胡宗宪大喜道："他既愿投诚，何必怀疑。"胡宗宪欲派蒋洲去接，周斯盛厉声道："蒋洲恐靠不住，不如另派别人。"宗宪于是派指挥夏正去迎接。夏正到了船上，汪直问道："蒋先生为何不来。"夏正谎称蒋洲有急事不到。汪直又说自己在海上遇逆风，所以误了期限，并把夏正留在船上，扣为人质。下舟登陆后直入胡宗宪大营。一到营中，胡宗宪出帐迎接，汪直跪伏请罪。胡宗宪慌忙扶起，好言劝慰，又请他入座。汪直慨然道："大帅不记旧恶，招我至此，人非草木，岂能无情？我当尽心效力，肃清海疆，以赎前罪。"胡宗宪说："老兄勇敢善战，他日为国立功，官爵当在吾辈之上。"当下安置汪直住在客馆，设宴款待。一面连夜起草请求赦免汪直的奏章，派快马传呈入京。

然而十余日后，接到朱厚熜颁下的圣旨，内称："汪直为海上元凶，万难赦免，即着就地正法。”胡宗宪一看，大惊失色。转念一想：天命岂敢违抗，也顾不了许多。翌日，安排停当。召汪直入营听旨，汪直来到帐前，见两边立着百余名刀斧手，很是惊讶。只听得胡宗宪大声说：“汪直听旨。”当念到“就地正法”四字，汪直跃起骂道：“胡宗宪，胡宗宪！你真无诚信，你真奸刁，我堕你奸计了。”胡宗宪抱拳打躬说：“委屈老兄了，圣意如此，谁敢违抗，算我负你了。”一声令下，众武士一拥而上，绑赴刑场，号炮一响，汪直人头落地。一心投诚自新的汪直竟落个悲惨下场。汪直死讯传到船上，众海盗大怒，将人质夏正剁成肉泥，扬帆而去，胡宗宪招降汪直，出于真情实意，也无可厚非。汪直投降是愿改过自新，也无可指摘。胡宗宪杀汪直，是奉不可抗拒的圣旨，若忤圣旨，必犯谋逆大罪。胡宗宪杀汪直，实出无奈，这点我们不能苛责胡宗宪。而不顾夏正，使之身死敌手，这是胡宗宪的绝情处。应该受到大力谴责的是昏庸的朱厚熜，竟断绝别人改过自新之路，真令人痛恨不已。朱厚熜一生崇信道教，祈求长生，反而残暴好杀，不积善德，冥冥神灵能保佑他吗?!

【嘉靖荒淫】令人发指，是明史一大丑闻。胡宗宪杀掉汪直，上奏朝廷声称元凶已死，海寇已平。朱厚熜大喜，封胡宗宪为太子太保。又称平定海寇是神灵保佑，归功于陶仲文，将其封为恭诚伯，给予少师、少傅、少保爵位，大明朝一身兼三孤爵位，唯他一人。从此朱厚熜跟着陶仲文一心修道斋醮。当时徽王朱载埨向朱厚熜推荐一个奇人，便是南阳方士梁高辅。此人年逾八旬，皓眉银鬌，两手指甲长约六寸，自称辟谷不食，能吐故纳新，并且善制仙药。此药用七七四十九个童女，采用她们第一次天癸，露晒多年，研成粉末，精心炮制，依法服食，精力倍增。朱载埨依法服用，试之妃嫔，果然精神大振，一夜金枪不倒，能御十女。朱载埨为了邀宠，不敢自专，便把梁高辅送入京城，朱厚熜立即召见，见他奇人奇貌，很是信服。梁高辅献上仙药，奏言此药可增精力，又可益寿延年。朱厚熜大喜。原来他年愈五十，精力大不如前，不能遍御群妃，心中很是沮丧。当夜依法服用，果然鸟枪换炮，经久耐战。一夜连御数妃。立即厚赏梁高辅，封为通妙真人，留住宫中效力。梁高辅奉旨在民间广选幼女，选采八岁至十四岁的童女三百人，待她们第一次天癸来潮，立即制成春药，供朱厚熜服用。又选来十岁左右的童女一百六十人充作后备队伍。当时有个文人王世贞在《西城宫词》写道：

两角鸦青面著红，灵犀一点未曾通。
自缘身作延年药，憔悴春风雨露中。

写的就是这些以身为药的可怜的小女孩。

这四百六十名童女，闲居宫中，便让她们充任醮坛使役，或作为宫中侍女。内中有个十三岁的女童姓尚，不知名字，长得十分美貌。被选入西苑做侍女。一日，朱厚熜坐诵《道德经》，一手拿个槌儿，不时敲磬，忽然感到困倦，把槌儿敲到蒲团上。尚女当时侍奉在旁，见状咯咯地大笑，声音如摇银铃一般。这下惊动了朱厚熜，放眼望去，见一女子笑靥半开，笑痕犹存，更有一种憨态惹人怜爱。顿时魂儿早被摄去，呆呆盯住尚女不放。尚女顿时害怕起来，低头搓弄罗带，越显出娇痴状态。朱厚熜无心念经，挥退左右侍女，走上前去，抱住尚女，放在膝上，给她十几个甜吻。尚女很是惊恐，摆脱欲走。朱厚熜此时色迷心窍，像恶狼一般抓住这只洁白的羔羊，硬拉入内室。当下服了仙药，不一会儿热气满腹，血液沸腾，阳具勃兴。把尚女按在龙榻上，兴云布雨，尚女疼不可当，苦苦哀求，最后血染龙床，方才作罢，尚女以后又屡次召幸，被封为寿妃。

朱厚熜已是五十几岁的老头，为满足淫念，竟然强奸十三岁的童女，真是禽兽不如！又广选天下幼女四百余名，采其天癸，以制春药，从而淫乱宫闱。这是中国历史上闻所未闻、空前绝后的大丑闻。其平时崇信道教，追求长生，标榜“清心寡欲”。其行为却反其道而行之，真是可恨可杀！

【严嵩垮台】反映盛极必衰的道理，也是自造祸端，咎由自取。此时严嵩已年愈八旬，适逢欧阳夫人病殁，精神恍惚，心态不佳，他终生奉行一夫一妻制，从不纳妾，与欧阳夫人伉俪情深，不弃不离，相偕到老，与严世蕃多妻多妾相比，迥然不同，也算难得。朱厚熜每每召严嵩入西苑，由于他新近丧妻心绪紊乱，对答往往不合圣意。一次万寿宫失火，朱厚熜移居玉熙宫，该宫陈设古旧，规模狭小，心中很是不满。严嵩奏请返居大内。朱厚熜自杨金英行刺之后，便移居西苑，根本不愿返回皇宫。严嵩又奏请移居南宫。谁知朱厚熜更加恼怒，原来南宫是当年幽禁明英宗的地方，是不祥之地，这下又犯了朱厚熜的忌讳。而礼部尚书徐阶建议另造新宫，徐阶亲自督工，不几月而成。朱厚熜于是宠信徐阶，渐渐疏远严嵩。只是撰写青词还靠严嵩出力。但是严嵩老迈迟钝，下笔词不达意，以前全靠儿子严世蕃代笔。而严世蕃在其母大丧期间，名义上穿着孝衣在家里守丧。却借机依红偎翠，整日在府中淫乐。撰写青词往往敷衍了事。严嵩无法，有时只好亲自下笔。这青词递上去，朱厚熜一看大为拂意，认定严嵩故意怠慢，不负责任，加上严世蕃服丧宣淫的事情也传入宫中，心中更恨严嵩。从此军国大事尽咨询徐阶，根本不理严嵩。徐阶，松江华亭人（今上海），少年时，两次遇险。一次是三岁时，堕入枯井，救出后三日才苏醒。另一次随父登山，不慎坠落万丈深渊，被树枝挂住，脱险生还，当时年仅五岁。两次大难不死，世人皆称奇事，都认为这孩子日后必大富大贵。果然徐阶长成后，刻苦读书，中举人、中进士，一路升迁，跻入内阁，又凭恭顺勤勉，获得朱厚熜信任。这期间沉浮起落，养成能屈能伸、城府极深、喜怒不形于色、深沉莫测的性格。他见严嵩专权，心中不满，表面上谨事严嵩，暗中伺机欲扳倒严嵩。严嵩遇上这个水晶狐狸，算倒了大霉。

严嵩失宠消息迅即传遍京师。许多大臣跃跃欲试，想落井下石，打个死老虎，扳到严嵩。内中有一个御史名叫邹应龙热情极高，发誓要弹劾严嵩为国除奸。但具体动笔时，又左右犯难，试想严嵩盘踞相位二十余年，满朝尽为党羽，如何轻易扳倒。秉烛执笔，犹豫再三。不禁神思恍惚起来。忽听仆人大喊：“大人快打猎去。”邹应龙走出府门，见早备一匹骏马，他纵身上马，背上弓箭，奔驰向前，约过一个时辰，进入茫茫荒野，前头横亘着一座高山，四下寻觅，不见狐兔猎物。只见这座高山怪石耸起，貌如魔鬼，龇牙咧嘴，好像要扑过来。他张弓搭箭，嗖嗖嗖连射三箭，箭触石上，铿然落地，高山岿然不动。恐慌间，忽然东方一声鹊鸣，侧身望去，只见林荫深处掩映一座楼宇。他又张弓射箭，一箭射去，那楼轰然倒坍，响声惊天动地，震撼心魄。睁眼一看，桌上残灯闪烁，依然身在书房。哦，原来是南柯一梦。追忆梦境，感觉很是奇怪，左思右想，猛然醒悟："欲射高山，先射东楼；东楼若倒，高山必倒。"东楼，东楼，不是严世蕃的字号吗？"高山"二字，合起来不是一个"嵩"字吗？莫非神灵示我，让我先劾严世蕃，再劾严嵩吗？于是邹应龙喜不自胜，伏案疾书，临天亮写下一篇专劾严世蕃的大奏章。大意是严世蕃凭借权势，公然纳贿卖官，某某以一万二千金转吏部，某某以二千二百金得知府。严府管家严年、世蕃二子严鹄、严鸿横行不法，欺上凌下，严世蕃在南京广置良田豪宅。严鹄扶祖母灵柩南下，沿途敲诈勒索。严世蕃在服母丧期间公然拥妻妾宣淫等罪状，要求皇上严惩，其父严嵩纵子行恶，应勒令致仕。这道奏章呈上去，朱厚熜阅后，勃然震怒，又想起几天前，道士蓝道行扶乩的事情。原来蓝道行擅长扶乩术，很有灵验。朱厚熜十分宠信，对其法术深信不疑。扶乩是道家一种法术，令两人持一木架，架上垂下一根木笔，经人操纵木笔能在架底沙盘中写出字来，便是神灵的暗示。一日，朱厚熜让蓝道行扶乩，问曰："朝中大臣，何人最贤？"那架上木笔忽然抖动，瞬间在沙盘上写下一行字："分宜父子，奸险弄权，大奸不除，病国妨贤。"内中"分宜父子"明显是指原籍江西分宜县的严嵩父子。朱厚熜心中一震。又问蓝道行："既是大奸，神灵何不降灾惩罚他们？"道行说："留待皇上正法。"朱厚熜想起扶乩之事，又看看邹应龙的奏章，立即宣徐阶入宫，出示奏章。徐阶说："严氏父子罪恶昭著，陛下应早作决断，免生他患。"朱厚熜点头不语。徐阶出宫，直奔严府。其时严嵩父子正为邹应龙弹劾而焦急，闻徐阶来访，父子慌忙迎接。徐阶说："刚才皇上阅了邹应龙奏章，十分生气，是我说'严相公为相多年并无过失，严公子也没有什么大错。皇上听了已经息怒，请尽可放心'。"严嵩父子听了立即下跪拜谢，严世蕃又召来二十七个妻妾，一起向徐阶磕头。徐阶慌忙扶起，再好言劝慰，方才归去。

谁知徐阶刚走不久，锦衣卫便到严府抓人，宣读圣旨："……严世蕃逮狱讯问，严嵩着令致仕。”锦衣卫如狼似虎将严世蕃绑走，同时逮捕严年、严鹄、严鸿。严嵩跌倒在地，惊惶不知所措，大哭道：“完了，完了。这徐阶明知此事，还来探问，真正可恶！”严嵩思忖再三，又着人到徐府探问。来人回复说徐阶报言曾蒙严相公提拔，决不负心，一定设法营救云云。严嵩稍稍放心。过了几天，判决下来：判严世蕃到雷州充军，释出严鸿，侍奉严嵩回原籍退休。严嵩见儿子判罪较轻，心中稍得安慰，立即整装上路回到江西。严嵩到南昌后，同地方官商议，在当地铁柱寺建起醮坛，召来许多道士为朱厚熜祈福，祈长生。这消息传到京城，朱厚熜下旨褒奖，又赐严嵩许多金银。并警告百官说：“严世蕃已伏法，谁敢再劾严嵩，连邹应龙一并斩首。”原来严嵩罢官离去，朱厚熜惘然若失，闷闷不乐，大有眷恋之意。这情形传到江西，严嵩听了，心中更觉踏实，又派人揭发道士蓝道行许多舞弊欺君之事，朱厚熜派人查实，将蓝道行处死。

严嵩被贬归里，说明专权朝政二十余年的严氏集团已经垮台。垮台的导火索是蓝道行扶乩和邹应龙梦示写劾章。二事都载于正史，决非虚构。这显然是迷信说法，不必深究。严氏垮台，也是他行政多年，声势煊赫，不加检点，触犯众怒的必然结果，也印证了盛极必衰，天下没有不散的筵席的道理。

后来严世蕃竟然从雷州戍所逃回江西分宜，又居然召集工匠几千人在家乡大建豪宅。又豢养罗龙文那样的江洋大盗，并多次欺凌地方官。这些不法之事，被南京御史林润得知，这林润也是个打死老虎的高手，立即上奏再次弹劾严世蕃，奏折的大意是严世蕃豢养江洋大盗，和罗龙文一起诽谤朝政。招集工匠四千余人，大治豪第，超逾规制。集聚无数财宝，充纳府中。放纵恶仆欺人，日夜在府中宣淫等。这道奏章递上去，朱厚熜很是震怒，立命有司火速逮严世蕃、罗龙文入京，不几日严世蕃等人押解至京。严世蕃在狱中神情镇定，谈笑自如。狱吏对严世蕃亦是敬畏，酒食款待几乎在家里一样。严氏旧党纷纷入狱探望，严世蕃对来人说：“任他燎原火，自有倒海水。诸位放心，招摇纳贿，我也承认。当今皇上从来不办贪官。尽可无虑。说聚众谋逆，也毫无证据。但杨继盛、沈炼两案，对我严家十分重要。有劳诸位把这二案宣扬出去，如果法司归罪我家。那么我就出狱回家了。”大伙十分惊讶，都说：“两案加进去，罪责更重，怎能出狱。”严世蕃微笑道：“诸位有所不知，这二案我父虽然参与，但毕竟是皇上主裁。如有司将两案加进去当作严家罪状。呈上御览，皇上必然震怒，加罪他们，我不是出狱了吗?”前来探监的严党，听得目瞪口呆，都说严公子神算，凡人不及。原来朱厚熜治天下，有个秘而不宣的策略，对官吏贪污听之任之，只要忠于他不谋反，贪污几个钱又算什么。这是他稳定官场、稳定社会的秘诀，只是苦了老百姓。再者，严世蕃深知朱厚熜极好面子，所作所为，自认为英明至极，均是铁板钉钢钉，不容更改。因而严世蕃敢有如此说法。于是这伙人在朝野大肆宣扬，说杨、沈两个冤案，都是严氏一手造成，要求严惩严氏，为忠臣申冤。三法司官员听到这些议论，都打算将两案加进奏疏呈上去。谁知徐阶听到此讯后，召来三法司官员，说：“你们将杨、沈两案加进去，严世蕃必然无罪了。两个冤案虽说是严嵩主使，但最后是皇上亲自定案，当今皇上何等英明，难道会办错案吗?如加进两案呈上去，一定触犯圣怒，加罪你们，严公子便骑驴唱曲出都门了!”众官恍然大悟：齐说：“阁老高明，晚辈很是钦服。”于是在除阶策划下，刑部、大理寺、都察院三法司写成严世蕃定案材料，呈报上去。果然，一天后，朱厚熜颁布圣旨：将严世蕃、罗龙文判斩刑。严嵩削职为民。抄查严府。严世蕃在狱中得知判决，仰天大哭，并说：“徐老头害死我了!”严府家属齐来探监，让他写与父诀别书。严世蕃提笔颤抖不已，竟不能成文。顷刻间，监斩官率领刽子手将严世蕃绑赴西市，号炮一响，人头落地，这个聪明至极、贪淫至极的大才子就这样结束了人生。分宜县严府也被抄没，抄出大量财宝。严嵩被赶出家门，寄住墓舍，饮食不继，最后饿死。终年八十六岁，应了当年术士之言。严酷残暴的朱厚熜，最终没有对严嵩处以极刑，是因为他尚惦念严嵩二十年恭顺勤勉、忠心侍驾的功劳。

严嵩其人，世人以“奸险阴柔”评价。严世蕃智慧更超过其父，在办理严案过程中，严嵩父子和徐阶展开了一场智斗。严世蕃确是智慧超凡，他将案情分析得极为透彻，把朱厚熜肺腑看得一清二楚。然而徐阶更是了得。天生徐阶，专门成为严氏的克星。他给严世蕃定的罪名有“里通倭寇”，纯属莫须有的罗织。他亲去严府卖好，并声称蒙严氏提拔决不负心，是为了稳住严嵩，免生他变。他将严世蕃的盘算，层层窥破，他不愧为官场老手，城府极深。由此可见宦海沉浮，官场险恶。政治斗争多么残酷无情，多么惊心动魄！直可作为后世为官者的借鉴。笔者作二诗，咏严氏父子：

咏严嵩

评价前人不可苛，莫言严氏罪愆多。

奸臣万古名难洗，他为君王背黑锅。

咏严世蕃

才华横溢笔生花，尽把淫情付美娃。

可叹世蕃官二代，多行不义害严家。

【宗宪之死】令人嗟叹。严嵩垮台，树倒猢狲散，严氏党羽尽被查办。远在东南的胡宗宪，很是不安。刚巧有人捉到两头白鹿，宗宪大喜，命手下幕府浙江名士徐渭写了一篇《白鹿赋》，欲呈献皇上。徐渭，浙江绍兴人，字文长，号青藤居士。诗词书画曲俱佳，是明代大才子、大名士，性格疏狂，才华横溢。后世大画家齐白石万分崇拜他，自称“青藤门下走狗”。胡宗宪惊叹他的奇才，招为幕宾。徐渭畅晓兵机，破倭寇，他也参与军机，极受胡宗宪倚重。后因胡宗宪案失意，忧闷异常，无端怀疑妻子与和尚有染，以利斧怒杀其妻，被捕入狱，于是疯狂。他曾持铁钉自刺其耳，血流遍地。有客叩门而访，他大呼：“徐渭不在家。”疯狂之后，其才更奇，诗词书画更具特色。真是有史以来不可多得的奇人、高才、名士、狂士。笔者万分崇拜徐渭，曾作一诗曰：

古今名士数文长，誉载春秋万世扬。

绝画绘成沧海涌，奇诗作就泰山昂。

铁钉贯耳血为墨，利斧杀妻悲断肠。

我与先生心互印，愿挥大笔共疯狂。

再说胡宗宪把白鹿与《白鹿赋》献给朱厚熜，该赋言辞华丽，对仗精工。内容是皇上德政感动上天，故有白鹿呈祥。朱厚熜大喜，极口称赞好文章，立即加授胡宗宪为兵部尚书，节制巡抚。胡宗宪此人，确是一代名帅，抗击倭寇可谓百战百胜，上阵时亲冒矢石，身先士卒。有他坐镇东南倭寇很是惮服。功劳愈大，位置越高，不免有些骄横。巡抚、总督等大员进谒，命从偏门进入，然后跪伏禀告。胡宗宪直受不辞。于是树敌过多，积怨更广。嘉靖四十一年（1562），朝廷接到无数弹劾他的奏章，说他是严氏党羽，拥兵东南，尾大不掉。朱厚熜性格好猜，喜怒无常，对待臣下，今日褒，明日杀几成常事。竟下旨逮问胡宗宪，胡宗宪不愿入京受辱，竟服毒自杀。抗击倭寇、保卫海疆的一代名帅竟落个悲惨下场，真令人嗟叹不已。

【戚氏平倭】值得大书特书。胡宗宪一死，倭寇雀跃欢呼，卷土重来，发兵攻陷福建兴华府，烧掠一空。兴化是闽南名郡。这是倭寇几百年来第一次占领府城。东南震动，警报传入京师，朱厚熜极为惊惶。（不知他自毁长城逼死胡宗宪悔也不悔）浙江巡抚游得震保奏登州都指挥戚继光为帅，朱厚熜立即准奏。戚继光，祖籍安徽定远，生于山东登州府，曾为胡宗宪麾下参将，抗击倭寇，屡建大功。他是个军事家，平时钻研兵法，阵法，著有《纪效新书》及《练兵纪实》等兵书多部，又制成许多新式武器，很是厉害。戚继光率领戚家军开赴前线，这时倭寇已撤离兴华府。两军在平海卫遭遇，激战多时，倭寇很是厉害步步紧逼。但戚继光从容不迫用旗一挥，立即冲出一队军士，手持竹筒向倭寇喷射，顿时白茫茫一片，迷住倭寇眼睛。原来这是戚继光创制的石灰枪筒。倭寇闷头闷脑，眼睛生痛，不辨东西。接着又杀出一队生力军，个个手持二丈长的竹竿，一阵扫荡，杀得倭寇死伤无数，抱头逃窜。这竹竿是戚继光发明的新式武器，名叫筤筅。是将一二丈的大竹，削成尖锋，四面有刃，能刺能削，极有杀伤力。倭寇从来没有见过如此厉害的兵器。根本无法靠近，惊得手足无措，只得逃窜。这就是著名的平海卫大捷，戚家军的名声使倭寇闻风丧胆。接着戚继光又在福建仙游将一万多倭寇击退。他的阵法多变灵活，集体作战与单兵作战相结合，有鸳鸯阵、两仪阵、三才阵等，极有实战效果，倭寇防不胜防。从此戚家军的大旗在东南沿海迎风招展。倭寇再也不敢侵犯。二十余年的平倭战争宣告胜利结束。一代抗倭名将、军事家、战略家戚继光的名字永载青史，光耀千秋。笔者有诗赞之：

保家卫国击倭人，大帜飘扬靖海滨。
兵法如神惊敌胆，千秋谁比戚家军。

【海瑞诤谏】是明史一段佳话，清官诤吏名声由此鹊起。倭寇既灭，海疆平靖。朱厚熜欣喜异常，认为天下太平，正好一意修玄，祈求长生。此时陶仲文已死，又有王金、陶仿、蓝田玉、刘文彬等方士陆续入宫，有扶乩的、炼丹的、招鹤的、祈福的，各施法术，好似八仙过海，各显神通，闹得朱厚熜眼花缭乱。他年龄已近六十，渴望长生特别强烈，方士们抓住他的心理，有时用魔术手法给他变出一个桃子，说是蟠桃增寿；有时御座旁突然生出一朵灵芝，说是灵芝示瑞。有几个道士干脆给配制长生药，这些药物用参茸之类的补药加进红汞白铅之类的矿物质，配制而成，燥烈异常，初服精神倍增，再服口干舌燥，面红耳赤，伴有情绪暴躁，精神恍惚等症。问之方士，都说是服用此药，先该有此症状，然后可得长生。朱厚熜转忧为喜，重赏献药方士，并加封官爵。

户部主事海瑞见皇上一意修道，二十余年不上朝理事，出于忠君爱国的心思，很是忧愤。准备好棺材，预先和妻子诀别，写了一份感情挚烈、措辞尖锐的奏章，递呈上去。海瑞，字刚峰，是明朝一大清官，和宋朝包公齐名，是中国家喻户晓的人物。前在浙江淳安做知县，民望所归，颇有贤声。严嵩党羽盐道总督鄢茂卿曾巡视南方，携着娇妻，娇妻乘着五色彩轿，由十二名大脚妇女抬着，随从百人前呼后拥，招摇过市。途经淳安，海瑞夫妇自充仆役侍奉鄢茂卿，不用一民，但终无钱贡送，被鄢茂卿妄劾一本，免职回到故里海南琼山。严嵩倒台后，又被重新起用，任为户部主事。

海瑞的这篇奏章，矛头直指皇帝。大意是：陛下刚即位时，一心求治，天下欣然。后来被邪妄的思想干扰，一意修道以求长生。二十余年不理政事。君臣不相见，夫妇不相见，父子不相见。现在天下官贪吏暴，民不聊生，陛下居于深宫可曾知道？修斋建醮，建宫筑室，一心专求长生。陛下错了，而臣下也顺着陛下，只顾阿谀奉迎。自古圣贤，未闻有求长生的行为。陛下拜陶仲文为国师，而仲文已死，他都不能长生，陛下独能长生吗?！希望陛下能翻然醒悟，改正错误，赶快临朝视事，讨论国家大事，天下必能大治。

朱厚熜阅完这篇奏章，暴跳如雷。将奏章掷于地，大声咆哮："竖子诽谤君王，快抓住此人，千万别让他跑了。"太监黄锦在旁侍立，奏道："听说海瑞上奏前，已备好棺木，与妻子诀别，遣散童仆。坐而待死，决不会跑的。"朱厚熜传下圣旨，逮捕海瑞入狱。太监黄锦又将地下奏章拾起放在御案上。过了一会儿，朱厚熜重读此奏，心中有所触动，喃喃自语："此人可比龙逄、比干，但朕确实不是夏桀商纣呀！"于是未在海瑞奏章上加批。将此事暂时搁置。到了嘉靖四十五年（1566）正月。朱厚熜身体更觉不适，病反而加重，心情烦躁，想去承天谒陵，召来徐阶商议。徐阶劝朱厚熜安心静养，不可轻出。朱厚熜又说要禅位给太子，静心修玄养病。徐阶又劝此事从容再议。朱厚熜愤然道："卿不知海瑞骂朕吗？朕不自珍重，身体致病。如果朕身体健康，即使坐在便殿理事，海瑞敢诽谤朕吗?！"徐阶劝道："海瑞语多愚憨，但其心可谅，尚望陛下格外开恩恕他。"朱厚熜默然无语。后来三法司将海瑞问成诽君之罪，按律处死，呈上去，朱厚熜略微一看，放在一边，并不加批。海瑞方得不死。

【嘉靖宾天】给昏君暴君生涯画上一个不光彩的句号。嘉靖四十五年（1566）冬，徐阶推荐吏部尚书郭朴与礼部尚书高拱充任大学士，入阁办事，朱厚熜准奏。又从西苑迁入大内居住。然而此时，朱厚熜感到身体更加不适，太医院御医日夜诊治，药石齐下，毫无效果。气喘面赤，腹胀便秘。精神恍惚，神经错乱，眼前常飘过一道黑气，拭之不去。往往白日见鬼，太医说是真元耗损，虚火上攻。又召来王金、陶仿等道士日夜念经作道场祈祷，全是无效。渐渐大限临近，朱厚熜自知不祥，召来徐阶、郭朴、高拱入宫受命，立太子裕王朱载垕为嗣皇帝（原太子朱载壑二十岁时薨）。由徐阶起草遗诏。安排完毕，喘咳交加，当夜崩于乾清宫。终年六十岁，享国四十五年，是到此为止在位最长的明朝皇帝。朱载垕即位后，谥为肃皇帝，庙号世宗，葬于北京昌平永陵。

朱厚熜是明朝文化素质较高的皇帝，天赋极好，个性极强，一言既出，如泰山难移。杨廷和曾说他天资英敏，奋发有为，可致太平。嘉靖初年他也曾发愤求治，革除了一些弊政，如勘察皇亲国戚庄田，还地于民；减轻赋税等。被史家誉称为“嘉靖新政”。他压抑宦官势力，嘉靖一朝没有出现一个专权误国的宦官，这也被后世称道。他严密控制内阁，乾纲独断，将皇权牢牢操于自手，生杀予夺全由一人主张。即使是精明强干的杨廷和、夏言、严嵩、徐阶等大臣，也只能顺着他的性子做事。这种控制朝臣的铁腕手段，显示了强有力的驾驭能力。然而他把自己的聪明才智，没有用于正道，而是崇信道教，专心修玄，祈求长生。耗费了大量国家财力物力。为了修道他龟缩深宫二十余年不上朝理事。他刚愎自用，喜怒无常，多疑好猜，残暴好杀，多少忠臣诤臣被他杀死，廷杖之下碧血横飞，冤魂哀泣。甚至像夏言、严嵩这样一心巴结他的大臣也被逼上死路。他又荒淫无度，遂导致天下汹汹、民不聊生。除去最初几年外，他基本上无善政可言。“青词吟罢国将亡”，在他的播弄下，明朝的气数大衰。一生沉迷道教的朱厚熜，确是一个残暴昏庸皇帝的典型。

马市重开刀剑收

——明穆宗　朱载垕

明穆宗　朱载垕

名将名臣耀九州，京师演武展宏猷。
天生尤物三娘子，马市重开刀剑收。

嘉靖四十五年（1566）冬，明世宗朱厚熜病死。太子朱载垕即皇帝位，越明年，改元隆庆，寓意天下兴隆吉庆。

【裕邸旧事】即朱载垕即位前二三事。明世宗的皇后一生无子，庶长子庄敬太子朱载壡早薨。朱载垕是杜康妃所生，按照“无嫡立长”的皇室礼制，他以庶子中年龄最大的资格被立为太子。而明世宗又享国太久，朱载垕当上皇帝已是三十岁的人了。为此他在裕王府邸苦苦等待了十三年。他十七岁被封为裕王，但明世宗并不喜欢他，原因很简单，他的生母杜康妃早已失宠。而他的弟弟景王朱载圳却受到世宗的特别钟爱，原因也很简单，朱载圳的生母卢靖妃因美艳绝伦得到世宗的专宠。世宗又听信方士之言“二龙不相见”，二十年不见朱载垕。朱载圳出生时，世宗亲制《嘉善歌》，抒发喜悦之情。这些情况使朱载垕忧郁在心。他甚至认定，父皇立储早已属意朱载圳，而他被废是早晚的事。于是裕邸十三年，他谨小慎微，如履薄冰，在父皇面前唯唯诺诺。嘉靖四十二年（1563），朱载垕得子，世子百日时按例要向朝廷请名。而他忧心惴惴不敢向父皇请名，甚而杜门谢客，不事庆贺。这个孩子到他即位时，年已四岁，才被礼部命名为“朱翊钧”，也就是后来的神宗皇帝。直到嘉靖四十四年（1565），景王朱载圳就藩德安府，不久病死。朱载垕才长松了一口气。但经历压抑造就的谨慎性格却伴随了他的一生。

相传朱载垕在裕邸时，经常葛巾布衣，微服私访，颇留意民生。北京大街小巷都留下他的足迹。据野史记载，朱载垕即位后，一日食欲大发，想吃果饼，着御膳房制作。但御膳房开来的单子，言采办松榛、面粉、蜜糖等物，需白银千两。朱载垕笑道：“这种果饼，何需千金？只需银五钱，便可在东长安大街勾栏胡同买一大盒。”办事太监闻言咋舌缩颈，怀惭而退。

【赦免海瑞】是朱载垕做的好事。明世宗死后，曾留有遗诏，这个遗诏实际上是由内阁首辅徐阶、张居正等人代草。遗诏中有“所有建言得罪诸臣，存者召用，殁者恤录”。因而朱载垕即位后，第一件事便是奉遗诏平反冤狱。第一个被释放出狱，委以重任的便是海瑞。原来朱载垕在裕邸时，闻海瑞峭直刚烈，对其冒死谏皇帝的行为，感到由衷钦佩。一旦要平反冤狱，他自然想到海瑞。其时海瑞在押已一年有余，并不知晓世宗崩逝，太子即位的事情，只在狱中等死。狱吏得知有诏释放海瑞的消息后，特设丰厚酒食款待。海瑞以为这是赴死宴，是杀头的信号，立刻情绪激动起来。狱吏告以实情。海瑞闻世宗已死，哇地吐出酒食，仰天大哭：“哀哉先皇，痛哉先皇！”随即昏晕倒地，不省人事，狱吏急忙救治，方才苏醒。海瑞释出后，朱载垕立即提拔为大理寺丞。大理寺类似现在的最高法院，他一任两年，公正严明，办案果断，京官很是忌惮。隆庆三年（1569），海瑞又擢升为佥都御史，奉旨巡抚应天十府。海瑞到达江南，下车伊始，便查办贪官污吏，为了查明证据，他轻车简从，深入民间，微服私访，一旦获得罪证，雷厉风行予以严惩。江南各属官闻风很是畏惮。许多官吏自知有劣迹，惶惶不可终日，竟辞职归里，就是那些平时作威作福的监督江南织造的太监，也收敛气焰，减省排场，不再张扬。一些豪门大族，竟将自家朱红的大门涂成黑色，免得惹人注目。贪渎官员人人自危，不敢为非作歹，吏治翕然一清。海瑞又率军民疏浚吴淞江、白茆河，使之畅流入海。沿江河两岸居民，无泛滥之灾，有灌溉之利。江南父老对海瑞感恩戴德，争相歌颂。然而海瑞严峻的铁腕手段，使某些显贵对他恨之入骨，竟贿通言官，对海瑞大加弹劾。当时执政的内阁大臣高拱、张居正都是恃才傲物，骄气十足的人物，见海瑞不肯阿谀奉承，很是恨妒。遂和那些言官串通一气对海瑞大加责难。三人成虎，朱载垕听了也不免怀疑，竟下旨免去海瑞巡抚之职，改调南京督粮。江南人民闻海瑞离任，半路堵截，跪伏于道，号哭不绝，乞求海瑞留任。海瑞只好半夜潜出城门。后来他督办粮储，又遭弹劾，不得已谢病离职。直到张居正死后，又召回任为南京右都御史。万历十六年（1588），海瑞病殁任上。他为官一生，清风两袖，身后萧条，略无余财。佥都御史王用汲为他治理丧事，见其家只有葛帏一件和破筐几个，叹息再三以至泣下，于是自筹资金买棺入殓，送到海南琼山原籍安葬。出殡之日，农辍耕，商罢市，百姓扶老携幼连绵几百里，号哭不绝为他送葬。这些都是后话。海瑞是中国清官的典型。他一生峭直刚烈，为国尽忠，不畏强暴。但勇于任事，不善保身，屡屡遭挫。由此可见，官场险恶，令人不寒而栗。清官真是难当呀！笔者有诗赞道：

百世廉官说海公，轻舒两袖起清风。
力惩贪吏安黎庶，敢骂昏君尽大忠。
愿率三千刀斧手，誓诛十万蛄蝼虫。
刚峰屹立群魔撼，九死一生方到终。

【知人善任】是朱载垕最大的优点。即位后，他励精图治，革除了许多嘉靖弊政。如停罢宫中斋醮之事，斩杀王金、陶仿、申世文等方士。当时内阁人才济济，徐阶、高拱均是先朝老臣，稳健干练。张居正是裕邸新秀，才华横溢，锋芒毕露。他们处理政事，都是游刃有余。这不能不说是朱载垕的幸运。然而三人有个共同特点，那就是恃才傲物，各不相让。俗话说："一个槽上拴不住两头叫驴。"何况是拴着三头哩。他们为了争权邀宠，经常互相倾轧、排挤，于是内阁中风波不断。先是高拱指使言官弹劾徐阶放纵其弟、其子横行不法。徐阶亦是气愤，大骂高拱负心，因为高拱是经徐阶推荐入阁的。于是他亦指使言官对高拱大加指责。劾章联篇，高拱招架不住，遂辞职归里。不久徐阶也告老还乡。朱载垕对高拱素有好感，又召回高拱，官复原职。高拱入阁后依然盛气凌人，先后将元老大臣李春芳、赵贞吉排挤出去。对于头角峥嵘的张居正，高拱亦视为眼中钉，欲拔去而后快。张居正自然怀恨在心，日夜伺机报复。对于内阁大臣的互相倾轧，朱载垕只是百般调解，不能临以天威。刚严不足是朱载垕一生的弱点。于是造成隆庆一朝，朝臣中门户对立，派系倾轧的局面。朱载垕虽然刚严不足，才具平平，但他最大的优点是知人善任。能看准徐、高、张三人都是能担负大任的相才，将政事放心托付，用而不疑。特别是选择边帅，更是独具慧眼，擢拔良将委以大任。他从福建召抗倭名将戚继光入京，授予都督同知，总理蓟州、昌平、保定练兵事宜。戚继光到任后，沿着边境建起敌台一千二百余座，台高五丈，中空有三层，每台驻兵百人，登台瞭望，敌情了如指掌。一至二里设一台，险要处一里三台。星罗棋布，延绵两千里，这就是戚继光修明长城的故事。又创车营，每辆车由四人操控，作战时结成方阵，马步各军集结其中。敌人骑兵若来进攻，先用火器射击，敌骑稍近，步兵持拒马器阻挡。拒马器是戚继光研制的防御兵器，一经使用，敌骑纷纷蹶扑于地。紧接着长枪队、筤筅军一起杀出。敌若遁逃，骑兵立刻追击。这便是车营的威力。他一生发明兵器多种，除筤筅、拒马器外，计有戚氏军刀，一种融合了倭刀与中国传统大刀二者共同优点的兵器。藤牌，用植物藤条编织的盾牌。乍看不堪一击，但刀枪不入。另有虎蹲炮、六和铳、无敌神飞炮等火炮枪铳。戚继光练兵时，发现北方兵士虽强壮但木讷，不善灵变。便招来浙江兵士数千人，作为前锋。浙兵到了蓟门，列队郊外，正遇大雨如注，从早下到傍晚，浙兵满身淋漓，纹丝不动，北兵见状，尽咋舌缩颈，方知戚帅军令如山。曾作凯歌一首，上阵或凯旋，与将士同唱：

万众一心兮，群山可撼。
唯忠与义兮，气冲斗牛。
主将亲我兮，胜如父母。
干犯军法兮，身不自由。
号令明兮，赏罚信。
赴水火兮，敢迟留！
上报天子兮，下救黔首。
杀尽倭奴兮，觅个封侯。

戚继光镇边几年，敌寇闻风丧胆，不敢来犯。朱载垕还任命王崇古为兵部侍郎，总督陕西、延绥、宁夏军务，隆庆四年（1570），又改调总督山西、宣府、大同军事。又任命谭纶总督蓟州、辽东、保定军务。又任李成梁为辽东总兵，镇守辽东。王崇古、谭纶、李成梁都是功勋卓著的一代名将。戚继光、王崇古、谭纶镇守边疆时，都曾遭到弹劾。但朱载垕用人不疑，尽力回护，信任如初。尤其是宣大总督王崇古后来又立下一个天大的功劳。此事尚须从头说起。

【蒙汉和平】是朱载垕绥靖政策的结果，值得千古称颂。自朱元璋开国，到朱载垕即位，大明王朝已经历了二百年的风雨。在此期间明王朝的最大敌人就是盘踞漠北的蒙古残元势力。两百年来，他们几乎年年侵犯中国内地，杀伤无数生命，夺掠无数财物。即使像朱元璋、朱棣那样英武的皇帝，连年亲征，都不能将其剿灭。残元势力盛而衰，衰而盛，几经分裂，又产生兀良哈、瓦剌、鞑靼这样的蒙古部落，其中瓦剌和鞑靼曾一度强盛。正统十四年（1449），瓦剌部也先大军在土木堡擒获明英宗朱祁镇，进而围攻北京。这是明王朝开国八十多年遭受的最大劫难和奇耻大辱。后来鞑靼兴起，又占领河套百余年，嘉靖二十五年（1546）鞑靼可汗俺答率兵长驱直入，兵围北京。烧杀掳掠八日而去。这又是明王朝遭受的大劫难。此时明王朝已彻底失去对蒙古部落进攻的能力，只剩挨打的份儿。朱载垕即位后，俺答虽老，虎威犹在，他收纳明朝叛徒陈全等，在其导引下，不时发兵侵略，当时虽有戚继光、谭纶、王崇古等名将镇守三边，但仅仅是消极防御。这使朱载垕忧心忡忡。然而意外的是幸运的天平竟向明朝一面倾斜，鞑靼内部竟发生了王孙把汉那吉叛逃明朝的事件，使汉蒙对立形势发生了大逆转。这不能不说是朱载垕的大幸，明朝的大幸。

把汉那吉是鞑靼可汗俺答的孙子。他幼年丧父，孤苦伶仃。由俺答夫妇扶养成人。俺答夫妇对这个孙子很是钟爱，尤其是俺答之妻可敦更爱那吉如命。那吉成人后，先娶比吉女为妻，但比吉女面貌丑陋，那吉很是怏怏。鄂尔多斯部落酋长之女，号称三娘子，生得美艳俏丽，楚楚动人，有笔墨难以描述的美丽风韵，堪称鞑靼之花，蒙古草原产生这个夺人魂魄的尤物，不仅是大地灵气所钟，更是上天特别的赐予。她实际上是俺答的亲外孙女，与把汉那吉是姑表兄妹关系。那吉艳羡三娘子的美色，对表妹爱得发狂。多次至鄂尔多斯求婚，情真意切，苦苦哀求，竟感动了三娘子的芳心。于是下礼定聘，将三娘子娶回家中。那吉高兴极了，满希望与三娘子先度蜜月，再白头到老，享受艳福。谁知祸起不测，那俺答可汗见了孙妇（又是外孙女），被她惊人的美貌迷得昏头昏脑，顿时产生淫念。诈称新娘娶来必须拜见祖父母，行盥馈礼。那吉老实得很，竟将三娘子送入可汗宝帐内。俺答见了三娘子，欲火燃烧，管他是否乱伦，老牛吃嫩草，吃得津津有味，抱住三娘子就去淫乐。那吉在帐外苦待到深夜，俺答派管家告知他，小羊羔儿已被大王消受，纳为可汗妃，让那吉别择新欢。原来在胡人风俗中，父占子妻，兄占弟妻，弟占兄妻，甚至子占父妾，并不是新鲜事。但俺答奸占亲外孙女，在胡俗中确实少见。那吉气得差点背过气去。但慑于祖父的威严，只好号哭归家。回去后左思右想，更是气愤。于是和亲信阿力哥商量，决定叛逃，投降明朝。那吉与阿力哥连夜骑马外逃，直奔大同，叩关请降。大同总督王崇古接到报告，决定收纳。部下谏道："一个小孩子，没什么价值。收纳反要惹事，不如不纳。"王崇古说："这正是奇货可居。俺答若来索要，让他拿叛贼赵全等人交换。即使俺答不愿交换，我可让那吉招集旧部，屯居塞外，俺答老迈将死，其子黄台吉是个庸才。我再让那吉与黄台吉对抗。我们可坐收渔翁之利。"部下闻言很是信服。王崇古命令开关迎入那吉、阿力哥，一面将此事飞报朝廷。朱载垕接到奏章，立即召朝臣商议。大臣议论纷纷，纳与不纳，各有主张。独有高拱、张居正力主收纳。朱载垕亦认为那吉仰慕天朝，前来归顺，应该优抚。于是下旨，任命把汉那吉为指挥使，阿力哥为正千户，并予厚赏。

那吉降明后，可敦（可汗妻）日夜与俺答厮闹，要俺答还她爱孙。此时俺答也感后悔，决定发兵十万袭击大同劫夺那吉。王崇古早有准备坚壁清野，严阵以待。俺答攻不能胜，掠无所掠，进退两难。只得派使议和，索取那吉。王崇古提出用赵全等人交换那吉，而俺答提出只有那吉安然无恙，方可移交赵全等人。王崇古立即答应。俺答立派使者进入大同，去见那吉。那吉驰马出迎，蟒袍貂帽，衣饰尊贵，俨然是天朝高官。那吉见了来使涕泪齐下，抱怨祖父狠心无耻，又说些怀念祖母、思念故乡的话，使者返报俺答，俺答又羞又愧。立即召来王崇古派来的明朝使者，告诉他说："天朝优厚待遇我孙，授予命官，我十分感谢。只是那吉祖母日夜挂念，望眼欲穿，祈请天朝放还我孙。"明使答道："只要押来赵全，立刻归还那吉。"俺答屏退左右，密告明使说："我久慕天朝，早有归顺之心。若天朝封我为王，统率北方，子孙袭封，我永不反叛。请贵使奏明朝廷。"明使慨然应允。于是俺答与明使折箭为誓。明使返回大同，报告王崇古，王崇古派快马飞报京师。朱载垕接到奏章，龙心大悦，立即准奏。

没过几日，俺答果然将赵全等人缚送明军。王崇古立即将其押解京师，不日处斩。这赵全原是山西白莲教首领，以妖术蛊惑人心，被明朝政府追捕。他仓皇逃往漠北，投降鞑靼，尊俺答为帝，又纠集明朝叛民万余人，屯驻于塞外丰州等地，号为"板升"。不仅为俺答上缴赋税，而且为虎作伥，充为向导，嗾使俺答屡屡侵犯内地。明廷对赵全恨之入骨。张居正曾愤然说："西北大患尽在'板升'。"至此俺答缚送赵全，斩于京师，确为明朝除了一大患。

明廷也不负约，将把汉那吉等人送归鞑靼，朱载垕下旨，封俺答为顺义王，封把汉那吉为昭勇将军。但俺答仍据住三娘子不还，那吉也无可奈何，于是另择新欢。双方又重开马市，允许鞑靼进贡马匹。将俺答驻帐之地改为"归化城"，即今呼和浩特。俺答又遣使入京，声称子子孙孙永不反叛。不久鞑靼又将河套归还。至此二百余年的汉蒙战争到此结束，西北边疆烽火立熄，汉蒙两族和平交往，贸易繁荣，呈现一派和平景象。追根溯源，缔造和平的元勋，在明朝方面，第一要推有绥靖怀柔大才的宣大总督王崇古，是他力主收纳那吉，首建奇功。其次应归功于高拱、张居正，作为内阁大臣，他们力排异议，坚持绥靖政策，功不可没。最后的大功要归于明廷最高决策者朱载垕，是他最后拍板缔造了和平。他宸衷独断，决策英明，可谓"马市重开刀剑收"。朱载垕在位六年，政绩平平，唯有这个决策，不知挽救了蒙汉两族人民多少生命财产，功莫大焉，善莫大焉。其功勋将永载史册，闪耀千秋。在鞑靼方面是把汉那吉的叛逃，造成了和平的契机。俺答为救爱孙，归顺明朝也为汉蒙和平立下了不朽的功劳，他的功绩完全可与朱载垕相提并论。后来明廷朝野又出现了一种议论，说这次汉蒙和平，归根结底，应归功于三娘子，没有三娘子被霸占事件，也没有那吉叛逃、俺答归顺等一系列事件。天生尤物三娘子真胜过十万雄兵。这种理论有调侃的味道，但仔细一想，亦有道理，三娘子确实在客观上立了大功。

【善政利国】可概括朱载垕的政治优点。整个隆庆一朝，吏治清明，很少出现大的贪官污吏。这与朱载垕选贤任能、严格吏治是分不开的。他重用徐阶、高拱、张居正、杨博等人，这些人都是忠君体国、精明强干的人才，特别是张居正有胆有识、才气飞扬，后世称为“救时良相”。朱载垕将国家大权放心地交给他们，显示了他慧眼识才、胸怀开阔的特点。有这些大臣主政，吏治清明是可想而知的事情。另外，朱载垕严格官吏考察制度。明朝自弘治朝订立考察制度，京官六年一次，外官三年朝觐并述职考察。但他增多了考察次数，扩大了考察范围，连藩王府第的官员都列进考察对象。并严厉查办外官朝觐时向京官行贿的现象。这种严格的考察，确实起到澄清吏治的作用。为了振奋军心，整饬军纪，扭转军队积弱不振的现象。在张居正的建议下，朱载垕下令举行京师大阅兵。这可是历代明朝帝王没做过的事情。史载：“是日，天子亲披甲胄，选卒十二万。戈铤连云，旌旗耀日。天子坐帐中，观诸将士为偃月五花之阵，又阅骑射，简车徒。礼毕，三军皆呼万岁，欢声如雷，都城远近，观者如堵，军容之盛，近代罕有。”这次京郊大阅兵，确实起到了振奋军心的作用。隆庆年间，豪族大户，勋戚皇亲兼并土地的现象仍然较为普遍，严重侵害民生。朱载垕采取了限田政策，控制上述阶层拥有田地的数量，超量予以重治。有效地抑制了兼并。朱载垕还是一位提倡节俭的皇帝，他不怎么讲排场，衣食简朴，仅此一项，宫中可节省数万两白银的开支，同时他还停罢了许多不必要的大工程，很得人心。

【纵欲亡身】是前人对朱载垕死因的议论。朱载垕将国事赋予高拱、张居正等人，自己乐得清闲，懒于上朝理事，很不勤勉。继而他清闲思淫欲，私生活很不检点，贪淫好色，不加节制，好像一只狂蜂乱飞乱采。据说他性欲极强，夜御数妃，犹不过瘾。又吃春药，吃后阳物勃起，历久弥坚，坚立不仆，烦躁不安，十分难受，召来妃嫔，鏖战一番，阳物方才扑倒。事毕，很是后悔，过几日又故态复萌。许多野史说他色欲过度，宠爱波斯美女花花奴儿，掏空身子，元气丧尽，最终毙命，此种说法也许不是空穴来风。花花奴儿是蒙古顺义王俺答给他进贡的美女，原籍波斯（今伊朗），生得异常妖娆，别具异国风韵，脸庞极美，一对双棱大眼，闪烁轻佻的光辉，高高的鼻子，有说不出的魅力，一张樱桃小口，发出动听的旋律，一头黑发像黑色的瀑布，飘柔万状，皮肤像羊脂玉一样，雪白光滑细腻，高耸的豪乳，杨柳似的细腰，浑圆的大臀，颀长的双腿，形成一条美丽的曲线，很像现代跳肚皮舞的中东绝色美女那一种。朱载垕见了这个外国美女，早已迷晕了，待她唱起歌儿，跳起舞蹈，犹如黄莺啼啭，金蛇狂舞，朱载垕已三魂出窍，不能自制，于是搂住交欢。岂料那女子性欲极为强烈，功夫深厚，吃了春药的朱载垕抵不住女子的攻势，很快败下阵来，浑身软如一团稀泥，而花花奴儿兴犹未尽。你想遇到这样的女色魔，朱载垕哪能吃得消，夜夜戕伐，几月后便命丧黄泉。花花奴儿据说后来与蒙古护卫努亚私通被发现，死于簌玉泉井中。笔者不惜笔墨描写花花奴儿的惊人魅力，意在说明朱载垕丧命女色的原因，若无如此妖艳、狂野、淫荡的骚狐狸，他也许不至于速死。隆庆六年（1572）三月某日，朱载垕在皇极门召集群臣议事，忽然头晕目眩，腿脚酥软，站立不稳，立即还宫休息。经太医诊治，静心休养，两个月后，病情渐渐平缓，身体略有起色。于是又勉强登殿视事，谁知刚登上宝座，立即感到天旋地转，头晕眼黑，差点跌下宝座。群臣大惊失色，左右赶紧扶掖返回后宫。朱载垕感到不能久存人世，立即召高拱、张居正两人入宫，安排后事。他握住高拱的手，一句句地交代，却不看张居正一眼，这使张居正很是怏怏。朱载垕的这个举动，令后人殊不可解。拂晓，朱载垕驾崩，终年三十六岁，在位六年。正宫皇后陈氏无子，李贵妃生翊钧、翊镠二子，翊钧被立为太子。遗诏传位朱翊钧为嗣皇帝。朱翊钧即位后，谥先皇朱载垕为庄皇帝，庙号穆宗。葬于北京昌平昭陵。

朱载垕才具平平，并无什么雄才大略。但他能知人善任，文臣用徐阶、高拱、张居正等人，武将用戚继光、谭纶、王崇古、李成梁等人。隆庆一朝人才济济，群贤毕至，是其他明朝皇帝难以比拟的。一句话，慧眼识英雄罢了。尤其是他毅然采取怀柔政策，熄灭北疆烽火，结束了二百多年的蒙汉战争，功勋卓绝，闪耀青史。他政令简静，提倡节俭。在位六年没有什么大的弊政和劣迹。在明朝诸皇帝中，他算是一个不错的皇帝。只是他驾驭朝臣缺乏刚严手段，造成隆庆年间朝臣门户对立，派系倾轧。另外私生活不加检点，不免造成后世的非议。

享国长长误国长

——明神宗　朱翊钧

明神宗　朱翊钧

可叹庸才享位长，又凭良相造辉煌。
大高元殿盟书坏，国本争来国运亡。

隆庆六年（1572）初夏，明穆宗朱载垕崩世。传位太子朱翊钧。越明年，改元万历。历，旧作曆，含义是永远占有帝位，万世一统。

【小时了了】大未必佳，是《世说新语》的一句名言，用于比朱翊钧最恰切不过。朱翊钧登上皇帝宝座，方才十岁，按说是个不谙世事的孩子。但据明史记载，朱翊钧小时候非常聪明。一日父皇朱载垕在宫中骑马奔驰，他立即叩首马前从容劝谏："陛下是天下之主，关系重大。独自骑马奔驰，万一坐骑跌蹶，真不知该怎么办。"朱载垕见他伶俐机敏，颇有孝心，十分欣慰，不久便立为太子。当时正宫陈皇后无子。生母李贵妃常领着朱翊钧到陈皇后宫中问安，小翊钧颇有孝思，在陈皇后面前十分恭顺。陈皇后有时考问他的功课，他回答十分响亮干脆，陈皇后很是喜欢。每天早晨，当朱翊钧欢快的脚步声响起后，陈皇后立刻走到门前迎接这个孩子。为此李贵妃和陈皇后的关系很是融洽。后来朱翊钧做了皇帝，嫡母陈皇后被尊封为圣仁皇太后，生母李贵妃亦被封为慈仁皇太后。朱翊钧遵李太后之命，清晨问安时，必先拜谒陈太后，再拜谒生母李太后。由此可见，朱翊钧少年时，确实天资颖异，聪明伶俐，侍奉嫡母、生母，可谓孝思不匮。

【居正驱高】说的是张居正排斥高拱之事。朱翊钧即位以后，由于年龄尚小，自然不能亲理朝政，于是李太后亲自主持宫中事务，将国家大事全托付给内阁大臣高拱、张居正等人。说实话高拱和张居正都是经国济世的大才，才能不相上下。在隆庆朝时，为了争权邀宠，两人由莫逆之交变成形同路人，互相攻击，互相倾轧，已成常事。尽管当时明穆宗百般调和，两人仍是貌合神离，同床异梦。到了万历朝，两人同负辅佐幼主的大任，又同在内阁办事，但高拱是首辅，位在居正之上，这使张居正很是妒恨。张居正是湖北江陵人，生得眉清目秀，长脸宽额，长髯过脐，衣着华丽，风度翩翩，抱负远大，是个自视很高的人。为了施展他的大抱负，他日夜觊觎内阁首辅的位置。高拱成了他实现理想的大障碍，必欲除之而后快。此时宫内有个宦官名叫冯保，文化素养较高，善操琴，尤精书法，在宫中当差多年，很受李太后的宠信。冯保想掌握司礼监，遭到高拱的反对，为此冯保对高拱恨之入骨。张居正看准这个机会，与冯保联络，二人意气相投，过从甚密。凡由张居正经办的朝中大事，他必先密报冯保。冯保很是高兴，每每在李太后面前给张居正说些好话。高拱对张居正勾结宦官干预朝政的事，非常气愤，屡屡当面诘责他。问得张居正面红耳赤，理屈词穷。因为作为内阁大臣向宦官汇报朝政确是件极不光彩的事。然而，在朱翊钧登基的那一天，冯保被任命为司礼监总管，并总督东厂事务。他趾高气扬地站在朱翊钧的宝座旁，神情非常得意。一个太监在登基大典时站在皇帝身旁，接受大臣的朝拜，这是前所未有的事件。百官见状大惊失色，因为朝仪严肃，无人敢当场发作。退朝后，高拱十分忧愤，他认为皇帝年龄尚幼，给太监委以重权，是件很危险的事情。于是召集言官布置弹劾冯保，甚至拟好了驱逐冯保的圣旨草稿。一切安排停当，高拱为稳妥起见，征求张居正的意见，极希望得到他的支持。张居正表面满口答应，暗中却通知冯保，让其设法保全自己。冯保接到密报，万分恐慌。他情急之下，跑到慈宁宫请李太后解救。冯保见了太后，跪伏于地，哭泣不止，磕头不绝。太后惊问何故，冯保一言不发，仍然又哭又磕。太后再三追问，冯保才呜呜咽咽地说："奴才被高阁老陷害，将要被赶出宫了。高阁老恨奴才掌司礼监，只知敬奉太后、皇上，不去敬奉他们。所以唆使言官诬告奴才。高阁老还擅自拟好驱逐奴才的圣旨。任命奴才掌司礼监是奉皇上的特旨，高阁老如何可以随意改变。奴才死不足惜，但再不能侍奉太后和皇上了。请太后做主，保全奴才小命。"说完，冯保又磕了几个响头。这一席话说得李太后怦然心动，顿时骂道："高拱虽是先皇的老臣，但毕竟是个臣子，难道如此骄横专擅吗?”冯保又进一步说：“高拱飞扬跋扈，满朝皆知，只是他位高权大，无人敢惹罢了。”李太后点点头说：“你且退下，我自有安排。”冯保双袖遮面，拭泪而退。

第二天，李太后召百官入殿议事，事先通知说要宣告两宫太后的特旨。高拱昂首阔步，欣然而入，满以为此番驱逐冯保的大功即将告成。谁知出现在殿堂上宣读太后懿旨的却是冯保。冯保意气扬扬，大声朗读懿旨：“……高拱擅权揽政，威福自专，藐视幼主，使我母子日夜惊惶，着令罢职归里，不得停留。”高拱听完旨，事出意外，简直像晴天炸响霹雳，惊得瘫软在地。冯保宣旨完毕，百官纷纷起立，高拱仍匍匐于地，不能站立。张居正在旁，也不免慌急，慌忙搀起高拱，扶掖而出。第二天清晨，高拱匆匆打点行装，乘着一辆驴车，神情沮丧地离开京师。此时张居正又上奏疏，说高拱没有功劳有苦劳，请求圣上特别开恩，对高拱予以挽留。结果内宫传出圣旨，不准张居正之奏。

高拱与张居正两人的党争，从隆庆朝斗到万历朝，最后以张居正胜利而告终。两人之争纯系派系之争，门户之争，根本无益于国家。在此争斗中，两人的性格表现得淋漓尽致，高拱有正义感，个性刚烈正直。而张居正思想灵活，擅长权术，凡是对己有利的事他什么都敢做。高拱被贬斥，张居正大权在握，一跃而成为内阁首辅。他的目的达到了，实现他伟大抱负的生涯也开始了。

正当张居正踌躇满志的时候，宫中突然发生一桩行刺皇帝的大案，又把张居正和高拱推向斗争的旋涡。万历元年（1573）正月元宵清晨，朱翊钧出乾清宫准备上朝，突见一男子，从甬道上一溜小跑，登上台阶，向乾清宫而来。左右侍卫见他神色慌张，形迹可疑，一拥而上，捉住此人。此人下颌光滑无须，似是太监，从他袖中搜出一把锋利的匕首。这明明是行刺犯驾，朱翊钧十分惊惶，立即命司礼监冯保审问。冯保不敢怠慢立即审问，那刺客声称姓王名大臣（好名字），是戚继光总兵派遣而来。再三严审，那王大臣再无他语。冯保一听竟牵扯蓟州总兵戚继光，感到事关重大，立即报告张居正，请他定夺。张居正说：“戚总兵是国家保障，忠诚可靠，断无此事，此事必另有蹊跷。”冯保犹豫不答。张居正上前一步，附耳道："足下平生所恨无非高拱，可借此罪犯牵高拱入内，高氏此番可灭了。"冯保听后大喜，连忙回宫布置。他令太监辛儒入狱开导罪犯王大臣。辛儒性格狡黠，能说会道，在狱中摆起酒桌，和王大臣饮酒谈心。辛儒语词委婉，好言劝慰。酒过几巡，王大臣喝个半醉，竟吐出真情。原来他是戚继光手下一个士兵，因犯了军规，被杖打几百，驱逐出营，流落京师，饥寒交迫。心中更恨戚继光，于是他故意行刺犯驾，一口咬住戚继光不放，将戚继光判个死罪，方泄心中大恨。辛儒听了王大臣的供述，便说："戚总兵是国家保障，朝廷非常信任，你岂能扳倒他?！你白白丧失性命，真不值得。现今有一个机会，不但你可保命，而且能升官发财，你可愿意?"王大臣急道："有这好机会，快快说来。"辛儒说："你就说高拱让你行刺的，保证你荣华富贵。"王大臣说："我与高相国无怨无仇，何必诬陷他。"辛儒说："你真是呆子，高拱被皇上、太后所恨，所以贬斥他回籍，大学士张居正、司礼监冯公公与他也是对头。你扳倒他，皇上、太后和张阁老、冯公公都要感谢你，你不但无罪，反要升官发财，何乐而不为呢?"王大臣情绪激动，连忙离座拜谢。辛儒又给他蟒袴一件，宝剑两柄，叮嘱他说是高拱所赠，又再三叮咛一定要咬住高拱，拿出蟒袴、宝剑作为证据。一言咬住，不得翻供。事成后封为锦衣卫官职，重赏千金，否则死路一条。王臣唯唯答应。辛儒离开监狱，立刻报告冯保。冯保马上提审王大臣，王大臣果然说是高拱派他行刺，袴、剑二物是高拱亲赠，便是证据。于是写了供词画了押。冯保大喜，拿着供词找张居正商量，两人密谋一番。由冯保将供词报呈皇上，另由张居正出面呈上"严审罪犯，追查主使"的奏章。不几日，圣旨又下，命锦衣卫火速到高拱家里，拿捉高拱的几个家仆，押解至京，要与王大臣当堂对质。高拱被诬事件，顷刻间传遍京城，舆论哗然，议论沸腾，朝野都为高拱喊冤。

张居正见舆论沸沸扬扬，人言可畏，心中很是不安。私下访问吏部尚书杨博。杨博慨然道："此案确实离奇，若不慎重，必然妄兴大狱。皇上年幼，全凭张公教导，使持平察物，用心宽仁。况且高公虽然刚愎，决不会谋逆，天日在上，岂可无故诬人。"这席话说得张居正脸红耳赤，哑口无言。接着御史钟继英上疏营救高拱，张居正更为不安。继而，大理寺少卿李幼孜故意拄着拐杖也来拜访张居正，李和张原是江陵同乡，张居正只得接见。李幼孜一见张居正，也不絮叨，单刀直入地说："我今天是抱病拜见你。无非是说那个谋逆案。今若不主持公道，力为高公辩白，恐怕将来要名污青史呢。"张居正喃喃地说："我正为此事忧虑，岂敢罗织罪名?"李幼孜说了一句："请张公珍重。"便扬长而去。

又过数日，左都御史葛守礼约同吏部尚书杨博再到张居正家中拜访，进一步劝说张居正。葛守礼情绪激昂，拍着胸膛说："高公人品谅直，谋逆全是诬陷，我愿以全家百口人的性命来保他无罪。"杨博又进逼一句："愿相公主持公道，保全朝廷元气。那些宦官都是没良心的人，岂可依靠他们。如果株连过多，后果不可设想。"说得张居正愤怒起来，拿出东厂的案卷，递给杨博，又说："难道我甘心高拱受罪吗？这是揭帖，你可看看，和张某有何关系?"杨博见帖中写道："大臣所供，历历有据。"这"历历有据"四字分明是从旁添加。仔细分辨却是张居正的笔迹。杨博也不说破，只是扑哧一笑。这一笑，张居正立刻局促起来，脸上浸满汗珠，嗫嗫嚅嚅不知说什么好。葛守礼拱手道："今日之事，唯张相国有回天之力。"张居正也作揖道："如可挽回，敢不尽心竭力？不知如何善后呢?"杨博又说："只要张公尽力，大事尽可挽回，于今之计，朝廷可任命一个勋戚大臣做主审，秉公办案，尽可无虑!"此时张居正突然觉得精神振奋，慨然道："我将奏明皇上，决不有负两公。"葛守礼又欠身打拱说："造福国家，留名史册，均在张公此举!"张居正尴尬地笑了。

张居正辞别二人，立即入宫。朱翊钧单独召见，张居正力保高拱无罪，并请委命勋戚大臣，彻底清查。此时朱翊钧正宠信张居正，一经所请，立即准奏。任命都督朱希孝为主审官，会同左都御史葛守礼、司礼监冯保审理此案。朱希孝是成国公朱能的后裔，朱能是明成祖朱棣的大功臣，曾在靖难之役中立过大功。因而朱希孝可算是明朝的勋戚大臣，名望资格都没有问题。朱希孝接到圣旨一度非常为难，竟哭泣不止。后经张居正、杨博劝慰并面授机宜，方答应任事办案。他选派一名精明强干的校尉，秘密进入监狱与罪犯王大臣晤谈。王大臣此时神经有点错乱，经不住校尉的威逼利诱，竟将冯保派辛儒赠剑、裤，让他反供诬告高拱等事和盘托出，说完大哭不止。校尉百般安慰，方才止住哭声。

校尉将真情报告朱希孝。朱希孝立即约同葛守礼、冯保开堂会审。明朝故例，审问罪犯必先拷打一番。名叫“杂治”。王大臣亦不能幸免，顿时剥光衣服一阵痛打，打得王大臣大喊大叫：“既许我升官发财，为何还要‘杂治’我!?”杂治完毕。左右校役将王大臣推到案前，朱希孝问他道：“你且仔细看过，左右校役中有无你认识之人?”原来此刻朱希孝已将几个高拱家仆混在校役里面，故意让王大臣辨认。王大臣左顾右盼仔细看了几遍，回答说：“没有认识的人。”冯保大声喝道：“你敢行刺犯驾，究竟何人主使，从实招来。”王大臣圆瞪双目，以手指戳道：“是你指使我来!”冯保一听大惊失色，半晌缓过神来，又喝斥道：“你休得胡说，前次为何招供高相国派遣?”王大臣又说：“是你教我说的，我晓得什么是高相国。”冯保此时牙关打战，竟说不出一句话来。朱希孝又问一句：“你那宝剑、蟒袴从何而来?”王大臣不假思索说：“是冯保派来的太监辛儒给我的。”此时的冯保，站复坐，坐复站，神色惊惶，两肩乱耸，几欲逃座。还是朱希孝打了圆场，喝斥道：“朝廷命官，岂容你诬陷，快快押下去。”于是草草退堂。

冯保受了这场刺激，唯恐大祸临头。派心腹太监深夜入狱，又摆了一桌丰厚的酒菜。王大臣一见酒菜，忘乎所以，竟大饮大嚼起来，醉后酣然入睡，一觉醒来，竟变成哑巴，一句话也说不出来。原来冯保把生漆调入酒中，王大臣神经错乱，又好饮贪杯，一饮即哑。

高拱被诬，已引起公愤。一日朱翊钧在殿中闲坐，冯保和殷太监在旁侍奉。殷太监已是七十多岁的人，资历最老。朱翊钧谈到此事，殷太监奏道：“高胡子是个正直人，不过和张居正有点龃龉，有人便设计害他。我辈是内官，何必插手此事。”说完瞟了冯保一眼，冯保神色沮丧不发一言。朱翊钧也点点头默然无语。

过了几日，在张居正的授意下，此案草草了结。只把王大臣斩首，其余一概不再牵连。高拱也逃过这一大劫难。万历六年（1578），高拱病死故里，张居正上疏请恢复高拱原官，按例礼葬，追封太师，谥号文襄。这是后话。

王大臣行刺犯驾一案，本属偶然事件，但经张居正、冯保的罗织，差点兴起大狱，高拱不被灭族仅仅是侥幸而已。张居正身为内阁大臣，德高望重，为何起此小人阴毒之心，屡屡加害同僚，必欲置之死地而后快，真令人殊不可解。后来在舆论和同僚的压力下，他翻然醒悟，改正错案，可谓天良未泯，也是值得庆幸的事。明朝的官场险恶，斗争激烈，真让人肝胆俱寒。

【居正执政】创造了万历朝十年辉煌。再说张居正操办这个大案，能驱逐高拱，又能让高拱死而复生，手段很是厉害。满朝公卿很是敬畏。李太后对他信任有加，朱翊钧还是个孩子，大明王朝的决策权，实际上由张居正一人独握。此时他春风得意，颇有“乘风破浪会有时，直挂云帆济沧海”的气概，大干一番事业，大展宏图，非他莫属。张居正有胆有识，办事果断干练，一经筹划得当，立即雷厉风行。他先从整顿吏治开始，提出“尊主权，课吏治，信赏罚、考成法，一号令”的整顿原则。针对上下姑息为政，百事推诿的衙门作风，提出“考成法”，政令必须坚决执行，以大小缓急为限，误令者治罪。官吏的用舍进退，一律以实功为准。老迈昏庸，贪赃枉法，未有政绩者一概革斥。对有政绩的官员予以大力表彰。经过整治，百官皆奉公守法，吏治肃然一清。在军事上张居正继续重用戚继光、谭纶、王崇古、方逢时、李成梁等名将，对蒙古部落继续实施怀柔政策，十余年北疆烽火不起。万历六年（1578），张居正下令清丈全国土地，清查结果，全国的土地比造册登记的多出二百八十余万顷。无形中增加了国家的租赋。在清田的基础上，实行租税改革，推行“一条鞭”法，摊丁入亩，以钱折粮，以钱代役。方便了百姓，也减轻了百姓的负担。张居正的这些政绩，可谓煊煊赫赫，是划时代的创举，给腐朽的明王朝带来一线生机。后世称张居正为“救世良相”，真正名副其实。

李太后和朱翊钧对张居正勤勉国事、政绩卓著，大加赞赏，赏他银章一方，上镌“帝赉忠良”四字。又赐匾两方，一写“永葆天命”，一写“弼予一人”。张居正得此殊荣，更加尽心竭力。他在处理国事之余，自告奋勇担任皇上的经筵主讲官，对年少的皇帝谆谆教导。在讲课中，他讲述前朝兴衰得失，祖宗创业艰难等，又讲解四书五经等。开始时，朱翊钧听得津津有味，不时发问，如“建文帝出亡如何当了和尚”以及太祖皇帝如何艰难创业等问题，张居正一一耐心解答，并勉励朱翊钧要效法祖宗，勤勉国事，永葆大业。同时要求十分严格，一日，朱翊钧朗读《论语·乡党》，读到“色勃如也一句”，将“勃”字误读为“背”音。张居正厉声说：“应读作勃！”声音洪亮严厉，把朱翊钧吓了一大跳。抬头望去，张居正圆瞪双眼，仍然满脸怒气。朱翊钧大气不敢出一声。左右内侍相顾失色。经筵往往在文华殿举行，殿内设一帷幄，师生二人有时屏退左右，钻进帷幄中促膝交谈，很是亲密。某日张居正偶感风寒，朱翊钧亲自调和椒汤，端到张居正面前，让他饮用。张居正受此隆遇，异常感动，心中更是得意。

张居正对皇帝教导如此严厉，作为内阁首辅大臣他管理百官更是严厉。在整顿吏治中，他革斥裁汰了许多冗员庸吏贪官，使百官很是忌惮。于是许多官员上奏弹劾他专擅政权，作威作福。给事中余茂学上奏说张居正为政太严，请求为政从宽。张居正驳斥他诽谤朝政，削职为民。巡按辽东御史刘台的弹劾更是激烈，说张居正排斥高拱，私赠已死的成国公朱希忠王爵，引用张四维为爪牙，擅作威福，欺君罔上等。张居正自执政以来，从未见过如此藐视他的弹章，气得暴跳如雷。转念一想，不如以退为进，连夜写了一份请求退休回家的奏章递呈给朱翊钧。朱翊钧非常惊疑，立即召问他。张居正跪奏说：“御史刘台弹劾臣擅权作威，臣在平时确实是擅权作威，这一点不假。臣不是不能取悦下级官员，但流弊一开，必然误国。若要忠于皇上。必须严格管理百官。百官喜宽恶严，自然疑臣专擅。臣进退两难。不如恩赐臣归休，臣才能免遭大祸。”说完叩首再三，泣不成声。朱翊钧离座扶起张居正说：“先生快起来，朕立即逮问刘台，以儆效尤。”张居正方才拜谢退出。朱翊钧当即下诏逮刘台入京，下入诏狱，执行廷杖，定成诽谤大臣之罪，拟发配边疆。张居正又上疏解救，说拟刑太过，最后削职为民。

万历五年（1577），张居正父亲病死江陵，讣闻传至京师。朱翊钧哀悼不已，亲自写慰问书，并派宦官持粥止哭，持粥止哭是一种古礼，是皇上赐粥让臣下饮用，使其节哀。这是极高的礼遇。两宫太后又赐予特别丰厚的赙金。百官到张府吊唁的队伍络绎不绝。按照礼制，政府官员不论大小，若遇父母之丧，必须辞去官职守丧三年，这叫做丁忧守制。如果国家特别需要该人，可以留任不去守丧。这叫做“夺情”。然而张居正太贪恋内阁首辅这个职位了，他认为好多国事尚未处理，他的远大抱负还未充分施展，荒废三年怎么也接受不了。还有一种说法，是说张居正离职后，怕遭人陷害。总而言之，张居正真是舍不得离开来之不易的职位。冯保和户部侍郎李幼孜揣摩到张居正这个心思，尤其是冯保，害怕张去职之后，自己失去依靠。于是二人积极活动百官，要求皇上夺情处理。果然百官请求挽留张居正的奏章联翩呈上，说什么张居正才能无比，应夺情留任，移孝为忠等。朱翊钧立即准奏，张居正又假惺惺要坚持回家守丧，推让了几次。最后奉旨留任，参与机务，只是免上朝堂。自此，他遂心如意，张府成了内阁办公室，从容处理政务，简直跟没事人一样。

万历五年（1577）某日，天空发生日食。吴中行、赵用贤、艾穆、沈思孝等四个官员，向朝廷上奏折，说张居正忘亲贪位，蒙蔽皇上，导致日食发生，天象示警，请求惩处。张居正闻后，怒不可遏，指示冯保转告皇上，对吴中行等四人予以严惩。朱翊钧立即下旨，将四人逮捕入狱。大宗伯马自强、掌院学士王锡爵亲自到张府为四人求情营救。马、王见了张居正，提起话题，张居正扑通跪在地上，连哭带说：“两位饶了我吧，饶了我吧。”马、王二人赶快扶起他，不知所措。张居正缓了缓神，马自强又重提话题，张居正又跪在地上，用手做刎颈状，说：“你们来得正好，快把我的头割掉，免得得罪谏官。快拿刀呀，杀死我，杀死我！”马、王二人从未见过这个阵势，一溜烟跑出张府。过了几日圣旨颁布，对吴中行等四人执行廷杖，贬为外官。此时长安门外有人挂起无名揭帖，上写张居正无父无君，是曹操、王莽一类的人物。朱翊钧闻知此事，立刻下诏宣谕百官，大意是攻击张居正，就是想孤立皇上，如再发生此事，追查到底，严惩不贷。这旨一下，朝臣噤若寒蝉。张居正安居相府，落个耳根清静。

万历六年（1578），朱翊钧年已十六，将举行大婚典礼，有诏命张居正为采纳使，这是个皇上迎娶皇后派的使者，是荣誉很高的差使。许多官员上奏说张居正正在服丧期间，不宜参加皇上大婚典礼。但皇上与太后仍坚持任用张居正为采纳使。届日朱翊钧举行大婚，立王氏为皇后，张居正参加了大婚典礼。然而张居正父亲殡葬的日期一天天临近，他可以不守丧三年，但不能不回江陵办理治丧大事。于是上奏请归治丧。朱翊钧在平台召见了张居正，惋惜地说："朕不能离开先生，但又怕伤了先生的孝思，因而同意先生归里治丧。先生一去，朕失去依靠，很是忧虑。"居正叩首说："臣为父治丧，不得不去，诚望皇上善自珍重，关心国事。"说完，伏地恸哭。朱翊钧亦觉伤怀，堕泪不止。

张居正回到江陵老家办丧事，自万历六年（1578）春直到当年秋天。这期间，朝中如有重大政事，朱翊钧即命快马传驿到江陵，凭张居正定夺，张居正在千里之外仍然控制朝政。朱翊钧对张居正信任的程度，上下千年绝无仅有。万历六年（1578）秋，张居正办完丧事从江陵起程回京，沿途受到各地各级官员的隆重接待，官员们像奴仆一样跪拜于地，设宴饯行，敬礼有加；襄王、楚王等亲王，出府迎接，拱手作揖，行平行礼。张母年高怕热，圣旨特准从水路乘船而归，总之，张居正一路威风八面，张扬至极，煊赫至极。张居正治丧回归京城，从此更加发愤励志，操劳国事，宵衣旰食，任劳任怨，又劝谏朱翊钧节省宫内开支，厉行节俭。而这时朱翊钧已经长大成人，六宫妃嫔俱全，性格较前大为改变，又贪淫又贪玩，不是和妃嫔厮混取乐，就是到处游玩。有时跟着几个太监，身着紧身服，手持刀剑，半夜在宫中乱跑，仿佛侠客一般，甚至跑出皇宫，到西城一带去饮花酒。某日，朱翊钧命一太监唱歌，太监唱得走了调，他勃然大怒，抽出宝剑要砍歌者头颅。左右急忙劝解，他又转怒为笑说："头可留，发不可留。"拔剑竟将歌者的头发割去。此事被冯保闻知，立即报告李太后。李太后是明史上赫赫有名的贤后，平时对朱翊钧管束极为严格。朱翊钧很是敬畏。她一听此事气得差点背过气去。一面急宣朱翊钧入宫，一面差人传语张居正，让他立即草疏劝谏。而李太后脱下凤帔，除掉簪珥首饰，穿上青色布袍，正襟危坐，专等朱翊钧到来。朱翊钧得知消息，惊惶不已，刚进宫门，便听到太后大声催促，只好硬着头皮进入慈宁宫。一见太后装束不同平常，双膝发软跪将下去，磕头不止。太后厉声喝道："你干的好事，先皇让你即位，叫你如此游荡吗?!”朱翊钧低头哭泣说：“孩儿知罪了，望母后恕罪。”李太后又道：“先帝弥留时，内嘱两母教育，外托张先生辅导，真是费尽苦心。不料出你这个不肖子，胆大妄为，玷辱祖宗。我顾社稷要紧，不能兼顾私恩，难道非要你做皇帝不成?!”这时冯保已将张居正的谏疏取来，递呈太后。太后掷给朱翊钧说：“你且看看张先生是如何说的。”又大声吩咐冯保：“你到内阁，快把《霍光传》拿来。”此时，朱翊钧一言不发，只趴在地上发抖。不一会儿冯保回宫禀告说：“张先生让奴才代奏，皇上英明，必能改过从善，霍光故事，臣不敢上闻。不如让陛下草诏罪己算了。”原来霍光是汉朝大将军，曾帮助汉朝太后，废掉昌邑王，另立汉宣帝。李太后想用霍光废帝的故事，吓唬朱翊钧。听了冯保转述张居正的意见，李太后又吩咐冯保说：“就按张先生意思办，你让张先生快些草拟诏书。”这罪己诏说白了就是皇上向臣民的检讨书。略过片刻，冯保已将草诏取回。李太后又喝斥朱翊钧起来，亲笔誊写诏书。朱翊钧双膝跪得酸痛，又要一笔一画地誊写，心中沮丧至极。好容易写完，让太后看过，交冯保颁布朝堂。此时李太后长吁一声，泪如泉涌。朱翊钧也陪着落泪。太后训子之事，立即传遍京都，谣言四起，都说太后要废掉皇上，另立潞王朱翊镠。后来宫中无有动静，一场风波渐渐平息。写完这段文字，笔者感慨异常，李太后不愧有明一代贤后，教育儿子用心良苦，只可惜朱翊钧不是上进材料，枉费慈母一片苦心。

张居正经历此事后，心中忐忑不安，唯恐皇上迁怒于他。他神经过敏立即写了一道奏章，请求退休回家。但是朱翊钧没有准奏。传谕张居正说：“张先生受先帝之托，怎忍言去，待朕年过三十，再议不迟。”原来张居正上疏告退，是试探皇上口风，他的本意是永据尊位，独揽大权。试探之后，他放心了。于是更加勤奋，操办国事。又为了教导朱翊钧，他搜集编篡了四十条历代皇帝治世的经验，编成讲义，让朱翊钧天天学习，什么“创业艰难，励精图治，敬天、法祖、保民、亲贤臣，去奸邪”等。然而朱翊钧并没有真正改正过错，恶习犹存。尽管张师傅讲得天花乱坠，口干舌燥，他却昏昏欲睡。脑子里装满妃嫔如花的容貌和游玩之事。一旦听讲出来，如释重负，又跑到各宫里尽情淫乐去了。

【**逼奸宫娥**】本是帝王一件小事，然而宫娥怀孕生下朱常洛，此事非同小可。一日，朱翊钧从慈宁宫拜谒李太后出来，突然遇到一个少年宫娥，袅袅婷婷向他走来，跪地请安。他瞧过去，见那宫娥面貌姣好，风姿绰约，又有一番娴静态度，顿时被迷得三魂出窍。呆视半晌，方才缓过神来。朱翊钧也无顾忌，挽住宫娥纤纤素手，进入宫内床边坐下。问及姓名，那宫娥只说姓王。那话音如玉盘滚珠，银铃摇响，恰是悦耳，更生怜惜之心。又告宫娥说："朕要洗手，你去打水来。"宫娥应声而去，顷刻间端着银盆过来，洗完手，朱翊钧猛然握住宫娥之手不放，色眼迷迷地说："你要是侍奉朕，朕必不负你。"宫娥挣脱手，脸上飘来两朵红云，容颜更为俏丽。朱翊钧止要上前牵拉，忽见两边站立着几个随身太监，摆摆手，几个太监慌忙离开。此时他欲火燃烧，情不自禁，像一只恶狼扑向一只颤抖的羊羔，将宫娥按在床上，兴云布雨。那宫娥疼痛难忍，又不敢高声啼叫，咬住牙根，泪流满面。事毕，朱翊钧仓皇离去，唯恐别人看见。然而此事却被文房太监看得一清二楚，立刻登记入册："某年某月某日某时某刻皇上临幸某人。"原来明皇室有个铁打的规定，皇上临幸任何女人，文房太监都必须如实造册登记，这是文房太监恪守的职责，否则将以失职严惩。之后，朱翊钧再也不召幸王宫娥，好像是没事人一样。有时到慈宁宫，偶遇王氏，正眼也不瞧她一眼。王宫娥恨他无情无义，暗自饮泪而泣。过了数月，王宫娥肚皮渐渐膨胀起来，饮食不思，且有呕吐之状。原来那天朱翊钧一炮打响，王宫娥已暗结珠胎，妊娠数月，怀孕症状一下暴露无遗。李太后见王宫娥这般模样，顿时起了疑心。立即将王宫娥召入密室，好言劝慰，仔细诘问，王宫娥见太后如此宽厚，呜呜咽咽说出被皇上临幸的前后始末。李太后听完，并不斥责，百般安慰，将她迁入静室，安心调养。一面又召来文房太监查问，文房太监翻开簿子上面，上面登记皇上临幸王宫人的情况很是清楚，与王宫人供述绝对吻合。李太后心中暗喜，翌日在慈宁宫大摆宴席，请来陈太后，又让朱翊钧陪宴。席间，陈太后说起王皇后至今无子，显得很是忧虑。李太后突然发言："皇儿也太不长进，我宫内的王宫人已被召幸，现已有妊了。"朱翊钧一听此语，顿时面红耳赤，只是口中还百般抵赖，声称绝无此事。李太后也不争辩，只命文房太监拿过起居簿来，递与朱翊钧说："你仔细看过，是否冤了你。"朱翊钧看了起居簿，方才哑口无言，慌忙离座谢罪。李太后说："你既然召幸她，应该给我禀明，我不为难你。将她选入六宫，也是好的。我已查个明白，你还抵赖，真是不孝。我和圣仁太后，年纪已老，都希望有个孙子。王氏有孕，如能生个男儿，也是宗社幸福。古人说'母以子贵'，有什么阶级可分哩。"陈太后很是赞成。朱翊钧也唯唯诺诺，慌忙退出。第二天他便封王宫人为恭妃，颁布册宝，选宫另居。又过数月，恭妃临盆，果然产下麟儿，取名朱常洛，也就是后来的光宗皇帝。

朱翊钧逼奸少年宫娥，本是帝王浪荡之举，习以为常，不足为怪。但一经玩弄，弃如敝屣，经李太后诘问，又死不承认。一夜夫妻之情早置之脑后，一点不顾处境危险的宫娥。要不是李太后圣明，要不是起居簿登记明白，宫娥或许被诬指为怀有野种，其时宫娥必死。朱翊钧，朱翊钧，何等不负责任，何等薄幸寡情！

【居正之死】令人嗟叹，死与未死，大有区别。万历十年（1582），张居正突患重病，广招良医，药石齐下，依然卧床数月，不见好转。朝中百官都素食斋戒，为他祈祷。南京、秦、晋、楚、豫等地封疆大吏也都建起醮坛，为他祈福禳灾。朱翊钧命内阁诸臣如有大事，必须亲至张府，让张居正裁决。最初他强支弱体抱病办公，后来精力衰竭，渐渐不能支撑。案上公文堆积如小山，连翻阅的力气都没有。只好僵卧床榻，残喘等死。这时义州传来李成梁击败巴速亥的捷报，朱翊钧说大功应归于张居正，颁旨封其为太师。有明一代，文臣爵位没有进入三公之列的，封为太师，张居正是第一人。这崇高的荣誉，并没给他添注生命的活力，他笑了笑，慢慢地合上了双眼，这位一生奋斗不息的斗士倒下了，这柄燃烧一生的火炬终于熄灭了。他死后，明王朝给他极高的礼遇，朱翊钧辍朝三日表示哀悼，两宫太后赠与丰厚的赙金，赐祭十六坛。赠上柱国，谥号文忠。

然而张居正不可能将这些虚拟的荣誉带入坟墓，却给后世留下了无尽的晦气，张氏家庭的悲剧方才拉开帷幕。此时朱翊钧亲政，李太后归休。曾经煊赫一时的冯保，内外都失去靠山，被言官猛烈弹劾，平时忌恨冯保的朱翊钧下旨将冯保贬谪南京，并抄没了他的家私。冯保此人心术虽不太正，但他教育朱翊钧煞费苦心，作为掌批红大权的司礼太监，对国事也很负责，没有他与张居正的默契配合，大明十年辉煌不可能顺利实现，切不可全面否定冯保。冯保被贬，亲近张居正的旧臣也遭到贬斥，而原来被张居正贬斥的官员一个个恢复原职。许多大臣想揣摩朱翊钧的心思，对已死的张居正作试探性的弹劾，无非是骄横专权，驱逐高拱等老套话。谁知很快圣旨颁下，竟追夺张居正上柱国、太师爵号，取消谥号。原来朱翊钧久感张居正的压抑，早已怀恨在心，只是引而不发罢了。这下张居正死了，朱翊钧可以为所欲为了。各路言官嗅到火候，纷纷弹劾死人，对张居正一阵炮轰，什么勾结冯保狼狈为奸，抢夺辽王朱宪节的府第，张府中藏有大量资财等罪名，不一而足。朱翊钧见到连篇累牍的弹章，心中更是愤恨，遂到慈宁宫请示李太后，极言张居正罪证确凿。素来圣明的李太后很是惊疑，默然无语。朱翊钧见太后意转，立即下旨抄查张府，命刑部侍郎丘橓与司礼监太监张诚为钦差大臣火速到江陵执行。丘橓、张诚一到江陵，合同荆州知府发兵包围张府，将张氏亲属驱赶到一房内实施禁闭。然后翻箱倒柜大肆抄查，抄查结果，财物寥寥，张诚大失所望，严审张居正长子张敬修，脱光衣服，百般拷打。张诚说：我不信十年宰相只有这点财产，必定是隐藏转移。张敬修回答只有此数。张诚又大打出手，张敬修熬不住痛苦，上吊而死。许多女眷不忍羞辱，也绝食饿死十余人。丘橓、张诚逼迫张氏亲属交出黄金一万两，白银十万两。家属倾家荡产，四处求借，凑够此数。张诚方才罢休。张居正之弟张居易，次子张嗣修均革职戍边。张居正之母因年逾八旬，朝不保夕，圣旨传下，格外开恩，许留空宅一所，田十亩用以养老，朱翊钧又诏告天下，公布张居正罪状，内中有“本当开棺戮尸，念效劳有年，姑免尽法”之语。

权重位尊的张居正死了，声势煊赫的张氏家庭衰败了。张氏可谓家破人亡，身败名裂，富贵若烟云，转瞬消散殆尽。生前的荣耀和死后的悲惨结局，形成鲜明对比。真令人嗟伤不已。张居正是儒家的代表人物，恪守“修身、齐家、治国、平天下”的信条，积极入世，拼搏进取，为实现匡辅明君，安邦定国的伟大理想，在官场沉浮跌起，依然勇往直前，不敢稍懈。他当宰相十年，创造了明朝的十年辉煌。他无愧天降大任，救世良相。然而他的悲剧在于，他辅佐的不是英明的君主，而是昏庸至极的朱翊钧。而这个朱翊钧对张居正始宠后厌，宠信时旌奖太过，厌恨时治罪太重，不能公正对待。不以国家利益为重，完全以他的感情好恶对臣下施行褒贬。刻薄寡恩、无情无义是他性格的特征。张居正碰上这样的昏君，算是倒了大霉。另一方面张居正的性格太张扬，头角峥嵘，锋芒毕露，树敌过多，擅权跋扈，功高震主，是他招来嫉妒、招来祸端的主要原因。另外，他生活奢华，华衣丽服，讲究排场，家中妻妾如云，以春药支撑房事，甚至有纵欲而亡的传闻；他为官也不廉洁，虽非大贪，总不清白，招来后世诟病。虽好些，这些缺点并不损伤他作为伟大政治家的光辉形象。私生活和政绩、才华是两回事，决不能混为一谈或以偏赅全。但总的来说，张居正的悲剧是性格悲剧。前人说他“勇于谋事，不善保身”，很有道理。张扬是为官大忌，看来他为官之道尚不精通。话又说回来，假如他不头角峥嵘，四平八稳，便失去锐气，十年大勋从何而来！谋事与保身，这对矛盾是中国古代官场永远无法解决的命题。然而历史是公正的，真理是永恒的，几十年后，到崇祯三年（1630），张居正的冤案被彻底平反，恢复官职、爵位、谥号。时至今日，他“救世良相”的评价，依然不可动摇。笔者有诗咏道：

大明良相数江陵，救世安邦致太平。
十载宏猷强国祀，一条鞭法惠民生。
敢冲玉宇舒鹏翼，不晓官箴获谤声。
自古君王寡情义，九泉之下泪如倾。

【国本之争】是发生在万历朝的大事。万历十四年（1586）的正月，郑妃生下一子，取名朱常洵。朱翊钧喜不自胜，立即封郑妃为贵妃。至此，他有三个儿子，长子常洛，次子常溆（夭殇），三子便是朱常洵。这郑贵妃，是大兴县人，生得异常美丽，说他有西施之貌也不为过。朱翊钧宠爱得很，整日在她的宫里卿卿我我，情意缠绵，几乎夜夜专房，凡事都顺着她的性子。王皇后被他冷落一边，久不光顾。幸亏王皇后娴静大度，并不计较，彼此相安无事。然而，郑妃刚刚生子即被封为贵妃而长子常洛已经五岁，生母恭妃却未加封。两下相较，太不公平。这引起了朝臣激烈反应，大学士申时行，性格忠直，心中更是忧虑，暗想，郑贵妃专宠，恭妃被冷落，说不定将来会发生废长立幼的事情。明朝皇室立太子，是件天大的事情，君臣上下把它看得格外郑重，叫做“立国本”。尤其是大臣们认为立储君关系国家最高利益，并不全是帝王家私事。如果在立储问题上发生问题，大臣都要站出来说话，以表现对皇家的忠心。这几乎成为明朝士大夫的传统或是习惯。申时行当然也不例外，于是他写了一封奏疏呈了上去。大意是长子常洛已经五岁。先朝英宗二岁被立，孝宗六岁被立，武宗一岁被立。祖宗成宪俱在，应该早选吉日立朱常洛为太子，以慰万民之心。朱翊钧阅后，立即批复：“元子幼弱，少待二三年，册立不迟。”这个御批，宣示群臣。给事中姜应麟，吏部员外祁沈璟很是不服。两人联名上了一道奏章：“……郑妃生第三子，受到荣封，恭妃生元嗣反居郑妃之下。伦理不顺，人心不安，名分不正。应封恭妃为皇贵妃，早立长子为太子……”朱翊钧见到奏章，勃然大怒，掷弃于地。立即传出手谕：“册立郑贵妃，是奖励她侍奉勤劳，与立储毫无关系。姜应麟等谤君卖直，着贬往远地。”结果姜应麟被贬为广昌典史，祁沈璟降级外调。但是朱翊钧的淫威，并未泼灭群臣“争国本”的热情，三司六部各路谏官纷纷你一本，我一本地呈上奏章，要求加封恭妃，早立太子。朱翊钧很是烦恼，将这些奏折统统扔进废纸篓中。又召来大学士申时行说：“我朝立储，自有成宪，我本不欲废长立幼，如何奏议纷纷，絮叨不止，令朕烦恼。”申时行奏曰：“陛下立心公正，臣深感钦佩。愿下诏昭示立储日期，加封恭妃，人言自然停息了。”朱翊钧略略点头。

其实朱翊钧表面说他立心公正，不会废长立幼，但内心确有私意。原来郑贵妃得到专宠，又产下麟儿，野心渐渐膨胀，夜夜在枕边撒娇纠缠，请求立朱常洵为太子，以后好做皇太后，朱翊钧禁不住温柔攻势，只得含糊答应。但废长立幼是皇室大忌，又不敢轻易违犯。因此左右为难，踌躇万端。这才是缓立朱常洛为太子的真正原因。某日李太后进膳，朱翊钧陪膳。太后说："大臣们纷纷建议立储，你如何不立皇长子?"朱翊钧说："他是个宫人子，不配嗣立!"李太后大怒："你难道不是宫人子吗!?"说完扔下筷子就走。朱翊钧见状，抢上一步，跪伏于前谢罪。太后怒气渐平。原来李太后也是由宫人得宠，生下朱翊钧的。朱翊钧自己是宫人子，反嫌儿子是宫人子，同时触及李太后的隐痛，无怪乎她要生气。朱翊钧得受母教，有些回心转意。然而，此事被郑贵妃得知，在朱翊钧面前撒泼撒娇，闹个天翻地覆，朱翊钧六神无主，只好低声下气，求她息怒。接着是满口答应。郑贵妃意犹未足，乘势要挟。深夜时分拉着朱翊钧到大高玄殿，对着青天明月和神祇，上香磕头，共同盟誓，约定将来必立朱常洵为太子。仿佛是唐明皇和杨贵妃盟誓长生殿的故事。郑贵妃又逼他亲笔写下誓约，装入玉匣封好。郑贵妃拿了玉盒，方才喜笑颜开。从此她施尽全身功夫，竭力侍奉朱翊钧。从此朱翊钧不仅立朱常洛之事不再提起，连朝事也不去理问。君臣上朝，苦待半日，不见他出来，传出圣旨说是圣体不适，暂时罢朝。今日罢朝，明日罢朝，天天罢朝。经筵日讲停了，授官面谢免了，连祭天祭庙的重大庆典，都派人恭代。即便是内阁大臣见他一面也比上天还难。皇上与内阁沟通，完全凭"票拟"这种文本，内外传送。于是国本之争暂告一段落。

【雒氏诤谏】也是明史称道的佳话。大理寺评事雒于仁，以刚直著称，见皇上居深宫不理政事，十分忧虑。上呈酒色财气四箴疏，言辞尖锐，直刺朱翊钧伤疤。奏疏写道："臣做京官一年多，仅仅见过陛下三次。之后听说圣体不适，再未上过朝。祭天祭宗庙，都让别人代替，不理政事，并且罢停了经筵日讲。臣了解陛下的病根，一是嗜酒，这必导致脾胃失调。二是恋色，宠爱十俊，宠信郑妃，不立太子，都是恋色致之。三是贪财，勒索帑金，搜括币帛，甚至夺取宦官的财产。四是尚气，今日打宫女，明日打太监，又恨大臣直谏，贬斥像姜应麟这样的诤臣，如此，陛下怎能不生气呢。四病攻心，良药也不能治疗。……如纳良言，请立刻杀死臣，臣虽死犹生。"这篇奏疏公然揭露皇帝的错误，比当年海瑞谏明世宗还要厉害。朱翊钧阅完奏疏，暴跳如雷，气个半死，传旨立即杖死雒于仁。并召来申时行入宫，对雒于仁的四箴，一一作了自我辩护，死不承认有四箴中所犯的错误。申时行很钦佩雒于仁的刚烈正直，用尽全力解救。圣旨又下，将雒于仁削职为民。笔者万分佩服雒于仁的勇气，为后世树立了一个大勇大忠的诤臣形象。史称明朝多气节之士，他们为君王社稷尽忠，敢于犯颜直谏，逆批龙鳞，大揭皇帝的伤疤与罪恶，不惧雷霆之怒，不惧廷杖，不惧抄家，不惧入狱，不惧杀头，前仆后继，勇往直前，形成明朝独特的诤臣风格。为什么会出现此种现象，一是因为，他们深知以激词直谏，是尽大忠的表现，身虽死则万世留名。二是朝廷鼓励臣民奏事，太祖皇帝立的《大明律》明确规定："百工技艺之人，若有可言之事，直赴阙前奏闻，敢有阻遏者斩。"既然地位下贱的手艺人，也可到皇宫上访奏事，更遑论一般平民和百官御史。当然也给予百官无比的奏谏勇气。即使个别君主，大施淫威，也压不住正气。三是明朝大多数皇帝对诤臣还算优容，对激烈的奏章，一般留中不报，予以冷处理。嘉靖不杀海瑞，万历不杀雒于仁、李三才，也算有一隙之明。然而后世这样直刺君恶的诤臣，越来越少；大呼万岁的媚臣，越来越多，像彭德怀那样，敢有庐山之谏的忠臣，已成凤毛麟角，真是可悲之事。笔者感慨系之，咏诗一首：

犯颜直谏批龙鳞，敢骂君王不顾身。
我赞明朝多诤吏，可嗟后世竟无闻。

【东林党起】引发了明朝最大的党争，意义非同寻常，简要述之。尽管朱翊钧贬斥雒于仁，以儆效尤。但还是有几个硬骨头大臣在"争国本"问题上，当仁不让，以显示他们的忠直，又纷纷上奏抗争，要求速立太子，以正国本。其中内阁大学士王锡爵、许国、王家屏等人表现最为激烈。闹得朱翊钧答应恐伤了郑贵妃，不答应又怕违背"无嫡立长"的原则，左右为难。郑贵妃听到消息，怕皇上变卦，竟拖着儿子朱常洵，带着玉匣，到朱翊钧面前哭闹："我儿子常洵没福气，我情愿把太子让给常洛。大高玄殿的誓约又有何用？干脆取消算了。"说完泪如雨下，哽咽欲绝。

瞧她那副泪汪汪的容貌，恰似出水芙蓉，带露海棠，姿色比平时更惹人怜爱。朱翊钧顿时软了半截，慌忙扶起贵妃，替她擦泪，又信誓旦旦说："无论内阁如何议论，大高玄殿的盟约永远不变！"郑贵妃方才放心，破涕为笑。从此朱翊钧厌恶大臣们再提立储之事。把几个上奏折的官员或革职，或夺俸，或廷杖，予以惩罚。申时行、王锡爵、许国等阁臣，见皇上固执，忠臣不好当，相继辞官而去。当时朝中掀起一阵辞官的狂潮，不待准奏，便拂袖而去，为历朝所仅见。内阁中只剩王家屏一人苦撑了几月，见事不可为，也告病退休。吏部郎中顾宪成上奏疏，说王家屏忠君爱国，应予挽留。遭到朱翊钧谴责，被罢官免职。顾宪成是无锡人，性正直，博学多才。被贬回到无锡后，与弟弟顾允成把宋朝杨时讲学的东林书院整修一新，召集许多志同道合的大儒，如高攀龙、钱一要、史孟麟、于孔兼等，公开招徒讲学。顾宪成亲笔撰写了一副对联，悬挂在东林书院大门外。联曰：

风声雨声读书声，声声入耳；
家事国事天下事，事事关心。

从这副对联可看出顾宪成等人讲学的宗旨，他们不仅是读书论道，还要关心国家大事。往往评议朝廷得失，品评人物是非。海内名士闻风附和，许多朝中大臣也仰慕清议，为之摇旗呐喊，影响非常广大。这一帮人被当时称为"东林党"，仿佛他们就是代表正义舆论的集团，这个集团的人物从万历年间开始，一直到明朝灭亡，都和当时重大事件伴随在一起，从中产生影响。这确是个有趣的历史现象。然而也成了党争的导火索，使政局产生巨大动荡。

【讨平哱拜】万历二十年（1592），宁夏哱拜造反，杀伤官军，抢夺州县，声势浩大。朱翊钧接到警报，乘机将立储等事搁置，专力平息宁夏叛乱。这哱拜本是鞑靼民族，因不服酋长约束，投降明朝，被封为都指挥，哱拜年老致仕，儿子哱承恩袭职。承恩野蛮犷悍，英勇善战，很受朝廷器重。其时，洮河以西、金城一带发生兵乱。总督郑洛派哱承恩率兵进剿。哱拜退休在家，听说儿子要出征，自恃智勇，不顾年老，也要从军报国，郑洛很是嘉许。于是哱拜和儿子哱承恩组成父子兵，开赴前线。哱拜父子英勇善战，把几个穷寇乱兵一阵扫荡，很快取得胜利，返回金城。但是甘肃巡抚党馨嫉功妒能，不仅不奖赏哱拜父子，反而推迟发放军粮，又查出哱承恩强占民女为妾，将哱承恩拘捕押到大营，打了几十军棍，然后释放。哱拜父子忍无可忍，深夜发动兵变，袭击巡抚衙门，杀死巡抚党馨。又拘捕总兵张继忠，逼迫他上报朝廷说这是因扣发军粮造成的兵变，继忠不从自缢而死。哱拜被部下尊称为王，然后纵兵四出，侵犯州县。明朝守军战斗力极差，抵不住哱拜军的强烈进攻，纷纷溃散。哱拜军相继攻陷玉泉、广武，连破河西四十七堡。哱拜又联络河套鞑靼部落，许以割让土地。鞑靼果然出兵，两军联合作战，围攻平卤、灵州两城，守军拼死抵抗，战斗十分激烈。这时，朱翊钧任命兵部尚书魏学曾为指挥，赐予上方宝剑。又命萧如薰、麻贵、李如松为正、副总兵，御史梅国桢为监军，会同甘肃巡抚叶梦熊、宁夏巡抚朱正色，集结大军十万，全力进攻哱拜父子。明军人多势众，哱拜父子拼死力战也不能阻挡明军的猛攻，节节败退。河西四十七堡，尽被官军收复。哱拜逃往宁夏，又招来河套鞑靼兵三万前来助战。但是宁夏总兵李如松智勇双全，极擅用兵，将鞑靼援军击败，追至贺兰山下。此时哱拜父子非常窘迫，退缩在几个镇堡里凭险顽抗。而官军这边，军心懈怠，兵力疲惫，暂时也不能将哱拜剿灭。恰在此时，监军梅国桢访得一个奇人，此人名叫李登，是个隐士一类的人物。他对宁夏地理、军情十分熟悉，胆大豪放，能言善辩。他为梅国桢献上反间计，并自告奋勇前往哱拜军中说降，借机执行计谋。梅国桢大喜，立即派李登前去执行。李登先见哱承恩说只要哱承恩杀死刘东旸、许朝，朝廷就会赦免他，官复原职。哱承恩怦然心动。李登又到刘东旸、许朝营中又如法炮制说："你们原是汉人，为何帮助异族。只要你们杀死哱拜父子，便立了大功，朝廷免你们之罪，还要升官。"这陈、许二人是哱拜最倚重的大将。听了李登之言，也怦然心动，立即应允。于是哱拜内部发生内讧，哱承恩首先动手，将陈东旸、许朝两人杀死，提着首级向明军报功。谁知哱承恩投降后，梅国桢将他立刻拘捕。李如松又派兵围住哱拜住营，哱拜无奈只好自杀。就这样，哱拜之乱很快平息。哱承恩被押至京师，朱翊钧竟然出现在奉天门，亲自接受献俘礼。下旨磔死哱承恩。

【三娘子赞】是写给蒙汉和平天使三娘子的颂歌。与宁夏相比，北部边疆却十分平静。鞑靼可汗俺答被明朝封为顺义王，马市重开，蒙汉和平往来，十余年边疆烽火不起。万历九年（1581），俺答病死，朱翊钧遣使致祭，赐祭七坛，采币十二双，布百匹。鞑靼可敦三娘子率子黄台吉（又名辛爱）上表称谢。朝廷命黄台吉继袭顺义王。三娘子对明朝十分恭顺，也很羡慕中华礼仪风俗，她经常进入内地拜访明朝官员，明朝官员也给她置些首饰。双方很是融洽。黄台吉年已老迈，承袭顺义王后，对明朝也很恭顺，但他贪淫好色，听信西藏僧人之言，一下娶来一百零八个番妇，天天轮流淫乐，同一时间娶一百零八个老婆可谓空前绝后。但这百余名婆娘，相貌很是平常，全不中意，凑合着玩玩罢了。在他心中只有三娘子一人，对其垂涎三尺，很想占她为妻。三娘子是俺答之妻，论辈分是他母亲。但在胡俗中，子占父妾也是常有的事。但三娘子嫌他老病，一点也不肯迁就。黄台吉逼得急了，三娘子便要率部迁徙。宣大总督郑洛听说此事，真舍不得和平天使三娘子离开，便派使者百般劝说三娘子，说若离开草原，就沦为平常一妇人，若归顺黄台吉，天朝就要封她为顺义王王妃。三娘子为利害所动。竟然答应又下嫁黄台吉。两口子和好度日，对明朝更是恭顺。岂料过了四年，黄台吉病死，三娘子又成了寡妇。台吉之子扯力克继袭顺义王。他素来艳羡三娘子，但三娘子坚决不允。还是宣大总督郑洛再次调停，三娘子又下嫁给扯力克，于是奶奶又嫁给孙子为妻。三娘子虽是暮年，但华色未衰，依然像鲜花一朵。扯力克将原来的妻妾一律赶走，专宠三娘子。三娘子历嫁祖子孙三代可汗，确是蒙古草原的奇事。三娘子也是一个奇女，她一生追求蒙汉和平，使蒙汉关系达到空前的和谐。当时明朝朝野都感谢这位和平天使。笔者有诗赞曰：

谁说红颜是祸端，天生尤物保江山。

和平使者三娘子，消弭刀兵卸马鞍。

【抗日援朝】是万历朝对外战争。内患甫平，外患又起，朱翊钧又遇到大麻烦。万历二十年（1592）四月，日本国关白（丞相）丰臣秀吉以朝鲜不恭顺为借口，派大将行长清正率兵十六万，从对马岛起航，驾几百艘战舰，在釜山登陆，侵入朝鲜，朝鲜国王李昖是个昏庸的君主，国内兵备荒废。一见倭寇杀来，军队立即溃散。王京、平壤相继失陷。江原、全罗等八道全被倭兵占领。李昖仓皇逃到义州，不得已向明廷求援。

这个丰臣秀吉，是日本人崇拜的民族英雄。他少年时为人奴仆，历尽艰辛。但他素有大志，智勇双全，有雄才大略，后投身军队，多建奇功，为当时关白信长代所倚重。从此南征北战，削平各路诸侯，统一了全日本，成为日本关白。他派使者至朝鲜，逼迫进贡，并嗾使朝鲜攻打中国。李昖一口拒绝。这就是丰臣秀吉发动侵朝战争的原因。

明廷接到李昖求援文书，十分惊惶，主战议和争论纷纷。朱翊钧认为朝鲜是中国藩属国，倭寇侵朝是对天朝尊严的挑战。毅然传旨，决定出兵支援朝鲜。明廷先派游击史儒、辽阳副总兵祖承训率五千兵马，作为先遣队，星夜兼程赶到平壤。当时大雨数日，道路泥泞。军队进退两难。倭寇以逸待劳，以数倍兵力奇袭明军，明军全军覆没，史儒战死，祖承训只身逃脱。万历二十年（1592）十二月，朱翊钧任命兵部侍郎宋应昌为经略。李如松为提督，李如柏、李如梅为副将，率四万精兵渡过鸭绿江，大举援朝。李如松兄弟三人是明朝一代名将李成梁的儿子，都是智勇双全的将领，兄弟三人参战援朝被当时传为佳话。李如松率军抵达平壤，对地形作详细观察研究，先派数千精兵穿朝鲜服装潜伏平壤西南。然后从其他方面对平壤猛烈进攻。倭兵忽视了西南方向的防御。埋伏在城西南的明军乘势攻城，很快得手。大批明军拥入平壤。此时倭兵军心已乱，李如松发动猛攻，平壤城彻底被攻破。接着明军先后收复开城、江原、平安、黄海、京畿等地。倭寇节节败退，明军士气大振。然而李如松连打胜仗，很是骄傲，认为倭寇不堪一击。为了尽快收复王京，李如松竟率少数部队到王京去察看敌情。然而到了离王京三十里外的碧蹄馆，遭到倭寇伏击，李如松跌入陷坑，被碰得头破血流。整个队伍被倭兵围住，伤亡惨重。幸亏李如柏、李如梅率援军杀到，救出李如松，杀退倭兵。李如松遭此挫折，作战格外慎重。他探得倭寇粮草尽屯于龙山，便派敢死队夜袭龙山，烧掉倭寇军粮几十万石。这一招非常厉害。王京的倭寇无粮，军心溃散，陷入困境。遂遣使求和。宋应昌此时亦不愿再战，也答应议和。中国方面派沈维敬为使东渡日本谈判，日本方面派小西飞为使到北京谈判。经过谈判，日军撤出王京，退踞釜山，中国军队撤出朝鲜，朝鲜国王返回王京重新执政。然而到了万历二十五年（1597）二月，日本毁约，驻扎在釜山的日军再次进攻朝鲜。占领全罗、南原、全州各道，进逼王京。朱翊钧异常震怒，逮捕遣日使者沈维敬和主张议和的兵部尚书石星。任命新任兵部尚书邢玠经略朝鲜，麻贵为备倭大将军，率军再次出兵征朝鲜。中日两国在朝鲜开战，战斗十分激烈，双方互有胜负，死伤成千上万。战争呈胶着状态，明军斗志日益衰败，形势对中国十分不利。万历二十六年（1598），日本传来消息，丰臣秀吉病死。日军统帅行长清正深夜在釜山乘船逃回日本。明军立即乘势进攻，水陆并进，占领釜山，并烧毁日本军舰百余艘，大获全胜。至此连续七年的援朝战争结束。这次战争虽然将日本驱赶出朝鲜，但中国方面付出了沉重代价，死伤军队几十万人，耗费白银几百万两。老实说，若不是发生丰臣秀吉突然病死这个偶然事件，明朝是胜是负真是难以预料。笔者又产生联想，中国为了朝鲜竟付出如此沉重的代价，而后来的清末抗日援朝的甲午之战，抗美援朝亦然，这种连续的援朝情结，也许成为历史特有的现象，让人们思考研究。

【播州之乱】万历朝中后期可说是多事之秋，几乎是在中日战争爆发的同时，播州发生杨应龙造反事件。杨应龙是播州土司，他的远祖在唐朝就归顺朝廷，被封为当地行政长官，虽然改朝换代，但其地位却世代沿袭下来。到了杨应龙这一代，明廷仍封他为播州宣慰使。万历十五年（1587），杨应龙向朝廷进贡大木十车，朱翊钧非常高兴，特赐大红飞鱼服，并封其为都指挥。为此他非常骄横，不服从上级长官的管束，拥兵自重。府第豪华如同王府，并僭用龙凤等纹饰，种种不法，不一而足。贵州巡抚、四川巡抚多次上奏朝廷，报告杨应龙图谋不轨的罪状。朱翊钧下旨命当地驻军，相机行事，除掉杨应龙。杨应龙得知消息率先发难，原形毕露。四川巡抚王继光发兵进剿，杨应龙先假允投降，然后派兵偷袭官军，官军大败。杨应龙得势，又进攻綦江、湖广等地，抢掠府库，杀戮百姓，气焰更为嚣张。

警报传至朝廷，朱翊钧大怒，下令不惜代价剿灭杨应龙。万历二十七年（1599），明廷组织各路军队，大规模开始清剿，当时最著名的将领邢玠、李化龙、刘廷、麻贵等统统被派上前线。第二年二月，总督李化龙在重庆坐镇，分兵八路分别从四川、贵州、湖广等方面大举进攻。由于朝廷军队特别强大，杨应龙节节败退。其巢穴海龙国被攻陷，杨应龙自杀。播州之乱终于平息，明廷下令改播州为遵义、平越两府。平播州之乱历时十年，不知耗费了多少军力、财力。

【再争国本】由王锡爵发起，李三才继之，闹得沸沸扬扬。外事稍稍安稳，内廷立太子争国本的事又被重新提起。此时皇长子朱常洛已经十九岁，面临大婚问题。大臣们对此事非常焦急，内阁大臣王锡爵首先上奏，称储位久悬，皇长子应该大婚，请求册立太子、举行大婚同时进行。但朱翊钧又在变花招拖延，声称按礼制，立嫡不立庶，王皇后现在还年轻，如果生下嫡子，将如何处置？不如再待几年，皇后果然无出，再册立不迟。这席话，援引古制，有理有据，几乎把大臣的口堵死。于是立储问题又被搁置下来。在此期间，朱翊钧龟缩宫中已有二十余年，即使内阁大臣都难睹天颜。大多数大臣不知道皇上是何模样。由于朱翊钧怠政，京中与外地官员大量缺额，已死的、致仕的、撤职的官员从不补齐，全国有三分之一的官员缺额，一个县令竟兼管两三个县，这并不是他精兵简政，完全是他长期不与外廷大臣沟通造成的。为了聚敛财富，供自己挥霍，朱翊钧派出大批宦官，到全国各地采矿，采矿不得，勒逼百姓赔偿。有时妄指富家大户宅第下有矿脉，勒令搬迁拆毁，否则献金赎回。又命宦官到全国各产矿区坐镇收税。若不缴税，一律严办。这些宦官仗着奉旨采矿、收税的权力，杀人越货，玩弄妇女，敲诈索贿，中饱私囊，恣意妄为，闹得天下汹汹，民不聊生，福建、云南甚至出现民变，杀死肆虐的宦官。大臣纷纷上奏劝谏，凤阳巡抚李三才以十分激烈的措辞上疏："陛下爱珠玉，民亦慕温饱；陛下爱子孙，民亦恋妻孥，奈何陛下欲崇聚财贿，而不使小民享升斗之需，欲绵祚万年，而不使小民适朝夕之乐。自古未有朝廷之政令、天下之情形一至于斯，而可幸无乱者。"然而奏上去，却毫无反应。于是李三才再上疏更尖锐地指出："一旦众畔土崩，小民皆为敌国，风驰尘骛，乱众麻起，陛下块然独处，即黄金盈箱、明珠填屋，谁为守之？"如此尖锐的奏疏，朱翊钧仍然留中不报。朱翊钧身体极差，百病缠身，某次突觉病重，自感不祥，下旨罢除矿税。大臣们一阵欢喜，以为皇上改过自新。谁知第二天他病情立减，浑身舒畅，急派宦官二十余人到内阁欲追回圣旨。首辅沈一贯坚持不给，宦官便磕头不已，头磕破，流血不止，沈一贯不胜其扰，只好将原旨缴还。大臣们哭笑不得。看来他也知道矿税扰民，方下旨罢除。待病好了，又后悔了，这是爱财本质所致。另外，他虽有三宫六院，又宠郑贵妃，淫欲犹未满足。再选十个俊美的小太监，号称"十俊"供他淫乐，好女色又好男色，堪称水旱两路把式。当时鸦片刚从西洋输入，他先尝为快，命名为福寿膏。平日脾气暴躁，稍不如意，便打太监、宫女出气，据明史载，为帝四十八年，共打死太监、宫女近千人，真是残暴至极。朱翊钧贪财、好色、酗酒、懒惰、吸毒、杀人，可谓六毒俱全。

到了万历二十八年（1600），皇长子朱常洛已二十岁，大臣们又纷纷上奏说事不宜迟，应速立太子。朱翊钧见大臣又来聒噪，烦恼得很，也犹豫得很。郑贵妃得知消息，捧着玉匣，又来厮闹。逼他遵守大高玄殿的誓约，立朱常洵为太子。朱翊钧一言不发，踌躇万端，拿着玉匣不断抚摸。不知怎的，他突然打开玉匣，一看大吃一惊，原来写着誓约的文书，被蛀虫咬得七零八落，狼藉一片，最可怪的事，是"朱常洵"三字被蛀虫咬得一字不剩，连痕迹都没有。朱翊钧惊呆了，半晌才说："这是天意，朕也不能违天行事。"郑贵妃听了，号啕大哭，在地上乱滚，朱翊钧也不理她，大踏步走出宫门。立刻宣召内阁大臣沈一贯入宫，令他草诏，定于万历二十九年（1601）十月望日，立朱常洛为太子。届时，朱常洛被立为太子，已整整二十一岁了，接着又为他举行大婚，册立郭氏为妃。同时封朱常洵为福王，封地洛阳。其余皇子各封为王。一场“争国本”的风波沸沸扬扬闹了十五年方才结束。

“争国本”是万历朝的一个政治大事件。多少大臣参与其中，他们坚持“立嫡立长”，反对“废长立幼”，拘泥古礼，冒死上谏。多少人被革职，被廷杖，被夺俸。但仍然前仆后继，不屈不挠，标榜他们的忠直。依我说，面对朱翊钧这样的昏君，何必如此，真是太不值得，真是迂腐固执至极。“立嫡立长”的古礼，难道非要坚持不可吗？择贤而立，不是更好吗？唐朝的李世民并非嫡长子，但他英明盖世，哪个帝王可与比拟?!“立嫡立长”可以休矣！

【妖书之案】是争国本事件激起的余波。万历三十一年（1603）又发生轰动全国的“妖书案”。此事还须从头说起，早在万历十八年（1590），时任大同按察使的吕坤，著了一本《坤范图说》，坤范就是妇女中的模范，采集了古今贤妇烈女几十名，作为妇女教育的蓝本。吕坤是鸿儒，名声极大，因而《坤范图说》不胫而走，流传很广。这书传到宫中，郑贵妃看了，立即产生沽名钓誉的虚荣心，她授意伯父郑承恩、弟弟郑国泰另编了一本《坤范图说》，增加十二名妇女，竟然把郑贵妃也加进书中，郑贵妃也成了坤范。郑贵妃亲自作序，然后付梓发行。这样社会上流行两种版本，一是吕坤著的民间版，一是郑家修订的皇家版。吕坤纵有天大胆，也不敢和郑贵妃争版权，只能徒唤奈何。到了万历二十六年（1598），吕坤进京做了刑部侍郎，给皇帝上了一道奏疏，题名“忧危疏”，大意是皇帝派税监扰民，天下危机四伏，真堪忧虑。朱翊钧留中不报。但吏科给事中戴士衡借风掀浪，弹劾吕坤一本，说吕坤先进献《坤范图说》，有意谄媚贵妃，继上“忧危疏”，是居心叵测，包藏祸心。吕坤奏辩说：“臣著《坤范图说》与郑承恩所刻《坤范图说》内容大为不同，请圣上查明来龙去脉，看臣是否包藏祸心？”朱翊钧见此事涉及郑贵妃，装聋作哑，置之不理。然而平地再起风波，一个匿名揭帖“忧危宏议”，突然在街市上散发，再次攻击吕坤结纳宫闱、包藏祸心，吕坤一气之下辞官归里。郑承恩也很紧张，怀疑此文是戴士衡所写，报奏朱翊钧将戴士衡罢官流放。后来朱翊钧出面说，《坤范图说》是他赐给郑贵妃的，将此事按住。但是更大的风波又来，万历三十一年（1603）某月某日，又有一份化名“郑福成”作的“续忧危宏议”的揭帖，被散发到朝中各公卿家中。“郑福成”三字，寓意是说郑贵妃之子福王朱常洵能当成皇帝。揭帖只有三百字，大意是皇上虽然立了太子，以后必反悔，必定要立朱常洵为太子。首辅沈一贯与大学士朱赓是参与废立太子的帮凶。这揭帖一出，立即掀起轩然大波。朱翊钧再也忍不住了，勃然大怒，将揭帖斥为妖书，下旨让东厂追查妖书作者。这下朝中乱了大套，沈一贯、朱赓紧张万分，自我辩护不休。沈一贯惊慌几日，突然反咬一口，说大学士沈鲤与礼部侍郎郭正域有可能是妖书的作者。原来沈一贯素来忌恨沈鲤，又恨郭正域在楚藩假王案中与他作对，想借此除掉两个政敌，这是沈一贯的狡诈凶狠的表现。为此沈鲤和郭正域都受到追查，被整得死去活来。沈鲤清誉满天下，谁都不信他会写妖书；而郭正域是太子的老师，太子朱常洛出面保护他，方逃过一劫。到底谁是妖书作者，扑朔迷离，神秘莫测。闹得满城风雨，人人自危。过了十天，案情忽有转机，有人揭发顺天府生员皦生光是妖书的作者，负责此案的提督东厂太监陈矩喜出望外，立即逮捕皦生光。原来皦生光是个传奇的无赖与诈骗犯，曾经胆大包天地借“国本之争”敲诈过郑贵妃的弟弟郑国泰的钱财。此前有个叫包继志的富商为了附庸风雅，出大钱让皦生光代纂诗集。皦生光故意在诗集中编入自撰的一首五律，其中有“郑主乘黄屋”一句，暗示郑贵妃的儿子朱常洵将登上皇位。包继志根本不懂诗，也不知情，便刊印了诗集。皦生光立即敲诈包继志，说诗集中有悖逆语。包继志情知上当，却无可奈何，只好再出钱了事。皦生光又拿着诗集去敲诈郑国泰，郑国泰胆小，加上朝野舆论都对郑贵妃不利，只好出钱了事。敢敲诈皇亲国戚，胆大妄为，历史上绝无仅有。这是怀疑与逮捕皦生光的原因。但皦生光是条硬汉，严刑之下，拒不承认写妖书，也不牵连别人，又使案情陷入迷茫。提督太监陈矩十分精明，深知皦生光写不出熟知朝政的揭帖，但他写过“郑主乘黄屋”的悖逆诗句，也是死罪，不如将他作为替罪羊，了结此案。于是陈矩锻炼成狱，把皦生光硬砸成妖书作者，报请朝廷，处以磔刑。到这一步案件似乎已经结束，然而，以后世间又盛传，妖书作者其实是武英殿中书舍人赵士祯，赵氏是大名士、大书法家，平日牢骚太盛，应有此嫌疑。嫌疑终是嫌疑，根本没有证据，但赵士祯最后发狂而死，有传说是皦生光阴魂索命的结果。谁写妖书，始终说不清，从此妖书的作者成了千古谜案。这就是妖书案的全过程。妖书案是"争国本"事件的延续，反映了皇室争储位和万历朝党争的复杂、激烈。

【梃击奇案】是明末三大奇案之一，须从头说起。再说朱翊钧虽然立朱常洛为太子。但在感情上十分疏远朱常洛。朱常洛欲见父皇一面比登天还难。朱翊钧整天泡在郑贵妃宫中，不仅宠爱郑贵妃，更溺爱朱常洵。当时有个大臣进谏说皇上数年不见太子，而福王一日两见，太失公允。朱翊钧不理不睬。福王朱常洵大婚，婚礼极为铺张，耗银三十万两，比太子大婚更为阔绰。朱常洵的封地在洛阳，朱翊钧为他建造极其豪华的王宫，并赐给庄田四万顷，这种待遇超过了前代任何一个藩王。按定制朱常洵封为福王，应该限期到洛阳就国。但朱翊钧和郑贵妃溺爱儿子，舍不得他走，长期留在身边。经过大臣们几年间的不断催促，朱常洵在万历四十二年（1614）春方才离开京师，到洛阳赴任。临行前夜，郑贵妃和朱常洵相对哭泣了一夜。临行时，朱翊钧握住朱常洵的手，再三叮嘱。福王出了宫门，又连续召还几次，真是恋恋不舍。

与朱常洵相比，太子朱常洛的处境十分不好，冷落得很。他虽然有了两个儿子，朱由校和朱由检，应该是朱翊钧的皇孙，但他的境遇也没因此而改变。他的生母恭妃处境更为悲惨，朱翊钧从不召幸她，也不允许朱常洛去探视。恭妃幽居冷宫，孤影伶仃，度日如年，以泪洗面，渐渐泪枯眼瞎，酿成大病。弥留之际，朱常洛才被允许探望。恭妃摸着儿子的全身，喊了几声"我的儿呀!"便双目上翻，气绝身亡。死后朱翊钧还算开恩，追封为皇贵妃。

这朱常洛真是晦气，生母死后不久，便遭人行刺，差一点被害死。万历四十三年（1615）五月某日，有一大汉，短衣紧裤，疯疯癫癫，手持枣木棍，闯入太子所居慈庆宫，逢人便打，凶悍异常。一连打倒好几个太监，犹自上前猛冲。太监惊叫声、呼救声响成一片。幸亏内侍韩本用率官役十几余人，七手八脚将刺客掀翻，绑个结实。朱常洛惊惶异常，立即奏报父皇。朱翊钧也异常惊怒，命令刑部严审。那大汉被押至堂前，仍然疯疯癫癫，语无伦次。主审官软硬兼施，他只说名叫张差，蓟州人氏。其他一概不知。又再次复审，那大汉又说什么柴草被人烧毁，自己气愤不过，来京告状，有人给他一根枣木棍，他就打进宫去。供词比前较为清楚，但主审官仍然摸不着边际。后来刑部提审主事王之寀和刑部员外郎陆梦龙，见事迹可疑，关系重大。几次到监狱，好言劝慰，答应赔他柴草，给他重赏。张差方才招出实情：自己柴草被人烧毁，气愤得很。被前往蓟州修铁瓦寺的太监庞保、刘成叫到玉皇殿，说只要闯入慈庆宫，打死小爷（太子），柴草赔了，吃穿也有了。张差供出的庞保、刘成，正是郑贵妃宫中的太监。陆梦龙立即将供词奏报皇上。结果奏疏被扣住不发，再也没有一点动静。

这消息传出去，立即舆论哗然，人言汹汹，都说郑贵妃和其兄郑国泰是行刺太子的主谋。众大臣你一本，我一本，轮番上奏，请皇上追查主谋。此时，朱翊钧再也坐不住了，拿着张差的供词，飞步跑到郑贵妃宫中，将供词掷给郑贵妃，郑贵妃看过供词，大惊失色，跪地只是哭泣哀求。朱翊钧流泪说："朝议汹汹，朕也顾不得你了，你去求太子吧。"说完转身离去。郑贵妃无可奈何，急忙到慈庆宫，一见太子朱常洛，苦苦哀求，甚至屈礼下拜，朱常洛赶紧扶起，满口答应。郑贵妃方才拜谢而去。朱常洛立即面见父皇，要求尽快了结此案，不可再加株连。朱翊钧这才心安，马上召集内阁大臣方从哲、刘道南及文武百官一百余人到慈庆宫，又让太子朱常洛和两个皇孙站在御座旁。朱翊钧谕道："朕和太子相亲相爱，汝等还存什么疑心？张差是个疯子杀掉算了，还搞什么株连，难道你们要离间朕父子关系吗?！今天太子和两个皇孙都在这里，你们可问问他。朕立他为太子，早成定局，福王远在洛阳难道能飞回来不成。"朱常洛也出来说了几句，无非是说父子亲爱，劝群臣不要疑心，早日了结此案，不要株连等语。众大臣黑压压跪倒一片，高呼皇上圣明。这时一个官员膝行向前，开口嗫嚅，似乎要陈奏什么，朱翊钧怒目而视，大喝一声："拿下！"左右侍卫一拥而上，顷刻间拖出宫外，被执行廷杖。百官吓得战战兢兢。这是朱翊钧二十五年来，第一次接见朝臣，大臣们见到皇帝，感到陌生、神奇，十分敬畏。

过了几天，张差及太监庞保、刘成被施以磔刑。一场大案就此了解。再未株连他人。

这就是明末三大宫中奇案之一"梃击案"。"梃"就那根枣木棍。它也是"争国本"事件的延续，反映皇室内部争储斗争的激烈残酷。朱翊钧在此案中，显得十分明智和冷静，果断了结此案。否则，必然会兴起大狱，酿成大乱。不知有多少人被株连治罪。朱翊钧私意是保护郑贵妃，但在客观效果上，免除了一场大动荡、大风波。

【征伐建州】是对辽东建州女真部的军事行动。万历四十四年（1616），东北建州卫都督努尔哈赤，突然宣布背叛明廷，率兵进攻明朝，又挑起一场大战。这个努尔哈赤，原是金朝后裔，属女真族，姓爱新觉罗。他体格魁梧，勇猛善战，又极有智略。他凭着十三副盔甲起事，从此纵横白山黑水，南征北战，陆续消灭叶赫、尼堪外兰等女真部落，又降服蒙古科尔沁等部，崛起满州，势力异常强大。万历初年，朝廷无暇东顾，为了笼络他，将其封为建州卫都督，龙虎将军。努尔哈赤对明廷仅仅恭顺了两年。又渐渐野心膨胀起来，于是建立八旗制度，自立后金国，做起皇帝，改元天命。紧接着对明朝发起进攻。第一仗便攻陷了抚顺，全歼守军，守将李永芳投降。明朝援军亦被击败。消息传到京师，朱翊钧十分恐慌，立即任命杨镐为兵部尚书，经略辽东，又赐上书宝剑，让他便宜行事。万历四十七年（天命四年，1619）三月，杨镐率大军十二万人到达辽东前线，叶赫国主金台石派军二万参战，朝鲜国亦派姜弘历为帅率二万人助战，杨镐诡称四十七万大军以壮声势。说起杨镐的履历，真是可叹。此人是河南商丘人氏，做过御史。日本丰臣秀吉侵犯朝鲜，他被授为经略抗倭援朝，打了败仗，诡传捷报，遭御史参劾罢免官职后闲居在家。败军之将重膺大任，又是明廷犯的历史性大错误。杨镐初至辽东却也慷慨雄壮，闻清河堡又落敌手，请出上方宝剑，愤怒之下斩了清河败将陈大道，枭首示众。又将上方宝剑，高悬辕门之上，以严军纪。诸将见状莫不胆战心惊。于是杨镐运筹帷幄，兵分四路，出师征伐。一路由山海关总兵杜松统率，从浑河出抚顺关，二路由辽东总兵李如柏统领，从清河出鸦鹘关。左翼北路由开原总兵马林率军会合叶赫兵，从开原出三岔口。右翼南路由辽阳总兵刘铤统带，会合朝鲜兵，从辽阳出宽甸，定于二道关会师。直捣巢穴赫图阿拉。四路军马不谓不强，四位总兵统是身经百战的名将。但是杨镐在辽阳演武厅召集诸将出师，杀牛祭旗，牛三割其喉而不死，杨镐顿时变色。当夜又有彗星划空而过。这对于明朝都是不祥之兆。

努尔哈赤知明军四路来犯，哈哈大笑地对诸将说："明军虽多顾此失彼，难以驾驭，自取灭亡。我兵虽少并力而击，任他几路来，我只一路去。"忽探马报来，明军由南而来。努尔哈赤说："明军南来，诱我南也，其北必有重兵，应先破之。"其子皇太极言："界藩有役夫一万五千，兵薄，恐被所乘，宜趋界藩。"努尔哈赤点头称是，遂领举国六万精兵直奔界藩。

皇太极的判断极为准确，其睿智更超乃父。果然明军主力杜松率大军五万自浑河向抚顺前进。行军速度极快，杜松其人臂力过人，身经百战，战无不胜。出征时随身带铁索一具，声称必生擒努尔哈赤，否则死不还家。气势不谓不壮。辽东三月天气仍天寒地冻，忽下大雪。将士衣薄，冻得发抖。杜松为贪首功，驱大军冒雪突进，至浑河见河面被冰封实，大喜，命大军踏冰渡河。军至半渡，浑河忽然破解，淹死者不计其数，又是天助满洲。强渡过浑河，对岸有少数满军，被杜松一鼓歼灭。大军至萨浒尔山扎营。兵分两路，大队留营坚守。杜松自率精兵二万直奔界藩城。此时努尔赤派大贝勒代善率军增援界藩。自率满洲主力五万人直扑萨尔浒明军大营。时至正午，满洲兵奋力急攻，明军倾营而出亦奋勇迎战，战斗十分激烈。两军互不退让，难分胜负。忽然间天昏地暗，红日无光。明军燃起火炬，以壮声势，列炬大战。双方万弩齐发。但明军在明处，万箭落于柳林，满军在暗处，箭箭射中明军。薄暮，明军渐渐不支，士气已衰。努尔哈赤亲自督战，驱大军直踹明营，如海翻潮，个个生龙活虎，将明军杀个七零八落。明大营立刻崩溃，军士如鸟兽散。这一仗杀得血染高冈，尸满深谷。杜松主力消灭殆尽。

而此时杜松恃着勇气，正攻界藩吉林崖。代善兵与役夫万余奋勇迎战，两军杀得难分难解，拼得你死我活。忽有大军从深林杀出，万马奔腾，万箭齐发，直扑明军。原来后金太祖踏平萨尔浒大营后，稍作休整又马不停蹄直奔界藩。杜松腹背受敌，大呼大叫仍在冲杀，但军心早已惊溃。忽然一箭射来，正中其喉，落马而死。主帅已死，全军瓦解。急欲生擒努尔哈赤的杜松却落了个"横尸沙场，死不还家"的下场，悲夫！

开原总兵马林方率师出三岔河，忽报杜松兵败，立即停止前进，在尚林崖，倚山结营，以持观望。马林乃名将马芳之子，马芳一生百战，屡战屡捷，名震天下。马林自幼雅好文学，吟诗填词，多有佳作，但未从临阵，明廷认为将门必出虎子，让其镇守开原。是夜，月明星稀，万籁无声，明军安睡如故。忽然胡笳一响，羯鼓四起，满洲军从山顶上冲下。原来努尔哈赤率阿敏、莽古尔泰、皇太极自界藩赶来，先据山巅，然后冲下。明军自睡梦中醒来，仓皇应战，向天乱放枪铳。监军潘宗颜，整军督战，却被乱军砍下脑壳。马林反应灵敏，见势不妙，一溜烟逃回开原。想必当夜必有一首《痛哭尚林崖之战》的悲壮诗篇问世。

辽东总兵李如柏率军自清河出发，徐徐前进，仿佛是观光游览，一路阅尽辽东山川美景。这个李如柏，乃辽东大将李成梁之子，曾带兵抗倭援朝，但智勇远逊乃父。大军至虎拦关，忽闻山顶螺号吹起，山谷响应，又见山顶红旗乱舞，如柏顿时惊惶，以为遇到满洲伏兵。率先奔逃，士兵见状亦夺路而逃，互相践踏，死了一千余人。逃到无人处，方侦知山上只有满洲二十人假摆疑兵之阵，只是鼓噪，不来相攻。李如柏闻报羞得满脸通红。忽有驿马奔来，手持杨镐檄令，命他立即回师。于是李如柏这一路军未遇强敌，自伤千人，怏怏返回，败兴至极。

辽阳总兵刘铤有万夫不当之勇，手持大刀重一百二十斤，上下飞舞，敌军头颅如落叶飘地，号称"刘大刀"。又嗜酒如命，临阵必先饮，醉后上阵，万夫莫当。他联合朝鲜兵从辽阳出宽甸，直奔赫图阿拉。行至阿布达里岗。突遇满洲伏兵从岗上冲下，山顶龙旗飘舞，原是努尔哈赤督军冲杀。刘铤见了龙旗，勇气倍增，挟大刀拍马上岗，欲斩努尔哈赤。满兵拼死挡住，一场恶战渐至天黑。忽然一军杀到，万炬齐燃，火光中飘扬着“杜”字帅旗。刘铤大喜，高呼：“杜总兵援兵到了。”话声未落，一“明将”金盔铁甲驰马奔来，手起刀落将刘铤斩于马下，刘铤做了个糊涂死鬼，一命归阴去了。明军大乱，满军乘势追杀，顿时明军全军覆灭。朝鲜兵更是无用，见刘铤兵败，举旗投降。后来方知那金盔铁甲的明将，乃是大贝勒代善装扮，麾下士兵都穿着明兵军服，这些明朝兵服都是从萨尔浒战场上缴获的。于是杨镐的四路大军败得一塌糊涂。二十万大军灰飞烟灭。杨镐惊惶中被明廷逮回京师问罪。天命四年六月，努尔哈赤率军乘胜进攻开原。开原守将马林此次表现极佳，拼死抵抗，城陷后犹奋勇巷战，最后殉国（不知有否《绝命诗》传世）。攻占开原后，努尔哈赤又奇袭铁岭，铁岭游击将军率军殊死抵抗，全城皆忠烈之士，无一人投降。满州军攻破城池，下令屠城。明军死事惨烈，惊心动魄，可歌可泣。而身为铁岭守将的总兵李如桢却在沈阳喝花酒。闻铁岭吃紧，慌忙披挂上马援战，兵未到，铁岭已破。李成梁一世英名，却被李如柏、李如桢两个儿子败坏，真是晦气！

萨尔浒之役（包括开铁之战），努尔哈赤凭着天时、地利、人和，合力并击，以少胜多，创造了一个战争奇迹。此一战，明军精锐尽失，从此处于挨打境地，再无反攻之力。这是明清强弱对抗格局互换的转折点。满清由此而兴，明朝由此而亡。

警报传到京城，朝野震惊，朱翊钧更是惊惶，另任兵部侍郎熊廷弼为辽东经略，率兵十八万前往辽东。熊廷弼是个将才，他一到辽东，先整顿军纪，斩杀了几个贻误军机的将领，罢免总兵李如桢，军纪为之一肃，军心复振。又督造战车、火器、修缮城池，命重兵把守要塞，加紧防御。努尔哈赤见明军守备坚固，无懈可击，暂时引兵退去。

【万历之崩】给万历朝画上句号。万历四十八年（1620）七月，深宫里传出皇上得病的消息。大臣们焦急得很，日夜探问，也不得确切消息。不久又听皇上半月不进饮食。内阁首辅方从哲率领群臣来到宫前探问，见太子朱常洛也在宫前徘徊，不能入内。方从哲与中官交涉许久。中官进去，不一会儿传谕旨，只令太子入内，群臣仍被阻于宫外。

又过数日，宫里传出圣旨，说皇上御弘德殿，召集英国公张维贤、内阁大臣方从哲等七人入宫受命。大臣们进入弘德殿，抬头望去，见宝座上坐着朱翊钧，面容憔悴，骨瘦如柴，低垂着脑袋，大家很觉惊疑，都感到不祥。朱翊钧气喘吁吁地说了几句，大意是要群臣辅佐嗣皇，尽职尽力。说完挥挥手下令退朝。过了一日宫内传出朱翊钧驾崩的消息，颁下遗诏：太子朱常洛继位。发帑金百万充作军饷。罢一切矿税，撤罢监税太监。起用因建言得罪的官员。总计朱翊钧在位四十八年，是明朝享国最长的皇帝，终年五十八岁。光宗即位后，谥为孝显皇帝，庙号神宗。埋葬在北京昌平定陵。

说到定陵，笔者略谈一下定陵被发掘的情况，这也是朱翊钧故事的延续。一九五六年五月，在郭沫若、吴晗、夏鼐、郑振铎等史学、考古专家的鼓动下，经中央政府批准，对定陵进行发掘，几月之后，定陵地宫被成功打开。地宫埋葬着朱翊钧与孝端、孝靖两个皇后的尸体，尸体均已干枯，仅剩骨架。专家对朱翊钧的尸骨，以医学手段观测化验，得知朱翊钧身高仅一米六，严重驼背，测出全身有多种疾病，他几十年不上朝，有病可能是个客观原因。定陵并出土了大量精美的殉葬品，尤以金丝翼善皇冠、珠宝凤冠最为珍贵。后被辟为博物馆开放，供游人参观。这好似办了一件惠民的好事。但是，由于当时人们保护意识不强，考古设备落后，发掘仓促、不慎，造成大量文物损坏，许多珍贵的文化信息未记录，造成不可挽回的重大损失，例如朱翊钧与两个皇后的棺椁，被抛弃于山沟，被人当柴火烧掉。“文革”中，红卫兵一把火将朱翊钧的尸骨烧掉，说他是地主阶级的总头目，死有余辜，至今令真正的专家扼腕长叹。笔者曾到定陵参观，听导游故弄玄虚地说：地宫阴气很重，似有魔咒，因而许多当事人，都不得善终，如吴晗在“文革”中惨死，郑振铎飞机失事，某考古摄影师上吊自杀，某考古专家发疯云云。这当然是迷信，牵强附会，为无稽之谈。我听后一笑置之。不过此次发掘另有重大发现：朱翊钧与皇后的葬式奇特，一般是尸体平卧馆内，而他们则屈体侧卧，当时专家大为不解。

后来有个专家经过研究，认为其头、肩、臀、膝、足各点形成一个曲线，极似北斗七星，说是与天象相合。另有专家说，这侧卧葬式是释迦牟尼涅槃像。如有定论，那将是一个重大发现。

朱翊钧是明朝昏庸皇帝的典型。在他即位的前十年内，由于年龄尚小，内有李太后教导，外有精明强干的张居正的辅佐，大明王朝出现短时期的辉煌，然而他亲政以后，恣意游乐，宠爱郑贵妃，龟缩宫中二十五年不见朝臣，可称为中国历史上最怠政的皇帝。尤其是贪婪成性，派宫监四处开矿收税，内外变起，民不聊生，前代史家说他是“亡国祸胎”，评价确有道理。“享国长长误国长”，他享国最长，误国也长。大明王朝的命脉，经他砍斫，也奄奄一息了。

短命君王薄命人

——明光宗　朱常洛

明光宗　朱常洛

八姬二李六宫春，短命君王薄命人。

一粒红丸丧了命，乾清宫外月常新。

万历四十八年（1620）七月末，明神宗朱翊钧病死，太子朱常洛奉遗诏即皇帝位，以明年为泰昌元年。泰昌即安定昌盛之意。

【太子往事】不堪回首。老实说，朱常洛做上皇帝真不容易。明神宗无嫡子，朱常洛由恭妃所生，伦序上排列，他是皇长子。按照皇室“无嫡立长”的礼制，他应该顺理成章地被立为太子。但是，一方面，明神宗朱翊钧迷恋郑贵妃的美色，在郑贵妃的怂恿下一度想立郑贵妃所生的朱常洵为太子。另一方面，他对长子朱常洛很不喜爱，朱常洛的生母恭妃原是宫女出身，被朱翊钧玩弄后抛弃，置之于冷宫。母亲失宠，儿子朱常洛同样受到冷落。朱翊钧整天泡在郑贵妃宫里抱着朱常洵逗乐，对于朱常洛十几年不见一面。因此他压根儿不想让朱常洛当太子。

然而“无嫡立长”是皇室铁定的原则，“废长立幼”同样是皇室的大忌。万历朝的大臣们，为了坚持上述原则，给皇家尽愚忠，十余年来不屈不挠地劝谏明神宗朱翊钧将朱常洛立为太子，这就是著名的“争国本”事件，其间不知有多少官员因之被革职、夺俸、戍边。但朱翊钧一拖再拖，就是不立朱常洛。直到万历二十九年（1601），朱翊钧迫于持续不断的舆论压力，同时也顾忌皇室礼制，不得不将长子朱常洛立为太子。其时朱常洛已经是二十一岁的人了。由于朱翊钧享国太久。朱常洛为当上皇帝又苦苦等待了十八年，即位时已届不惑之年。

因此朱常洛在即位之前，是在屈辱与痛苦之中度过的。在长期的压抑下，他的性格异常懦弱，行事谨小慎微。另外，他身体羸弱，面容焦黄，形体枯槁，看上去便知有先天不足之症。他还有一个致命缺点，就是特别贪淫好色。他娶郭氏为妃，又有八九个嫔，另外十分宠爱两个姓李的选侍，“选侍”是侍奉太子的女官名称。一个住东室，号东李，一个住西室，号西李，是一对姊妹花。两个李选侍都是色艺俱佳的美女，尤其是西李美艳绝伦，妖媚动人，更得朱常洛溺爱。郭妃病殁，他几乎把感情都倾注在西李身上，差不多夜夜专房。精力不足，又常吃春药。朱常洛贪淫固然有生理上的原因，也有人说他以纵欲来排遣内心的痛苦。这话亦有道理。在他当太子不久，又遇到一次意外的惊吓。一个名叫张差的蓟州农民，手持枣木棍，闯进东宫，一路乱打，打倒几个太监，直向太子寝宫奔去。幸亏被制伏，没有伤及朱常洛。后来审讯得知，张差是郑贵妃太监庞保和刘成指使行刺的。明神宗为保护郑贵妃，迅速了结此案，只杀死张差、庞保、刘成等人，再未株连。这就是明宫三大奇案之一——“梃击案”。可想而知，朱常洛当时的处境多么艰险。

【郑妃争后】 与西李争后本是宫闱中妃嫔争位纠纷，但引起朝内外起大风波。听笔者从容道来，朱常洛做皇帝伊始，非常勤奋，多有善政。他发内库银一百六十万两作为辽东军饷，又罢除矿税，撤除了监税太监，起用一批在神宗时期因建言得罪的官员，又补齐因神宗怠政而旷缺的大批官职。为此朝野响起一片叫好声，对他大治天下，抱有殷切希望。然而当他拖着疲惫的身体下朝回宫后，老毛病又犯，又强打精神和妃嫔们淫乐。此时，神宗已死，郑贵妃完全失势。她深怕遭到朱常洛的报复，日夜惶惶不安。她左思右想，瞅准了朱常洛的致命软肋——贪淫好色，对其大加笼络。郑贵妃精选八名美丽的宫女，号称“八姬”，个个是面貌姣好、体态娉婷的尤物。然后又精心打扮，面涂脂粉，描眉画眼点红唇，用名香熏体，头臂佩戴昂贵的珠宝饰物，再穿上薄如蝉翼的轻纱衣裙，袒胸露背，真是既娇艳又性感。郑贵妃领着八名美女，袅袅婷婷走向慈宁宫，将她们献给新皇帝朱常洛。朱常洛见了八名美女顿时眼花缭乱，全身软了半截，立即领受答谢，早把当年与郑贵妃的仇怨忘得一干二净。当夜，服了春药，命八姬轮流侍寝，魂销温柔乡，快活异常。这引起西李和东李的嫉妒，他不得已又与她们周旋应付。那郑贵妃献了美女，思想上刚放下怕报复的包袱，心里又产生想当皇太后的野心。她知道西李很得朱常洛专宠，便曲意讨好西李，又多赠珠宝。西李听了好话，得了珠宝，很是感谢郑贵妃，居然如胶似漆，异常亲爱，达到无话不谈的地步。二人互吐心声，西李愿做皇后，郑贵妃想当皇太后。两人商量停当，由西李出面，向朱常洛请求，朱常洛本有册立西李的念头，对郑贵妃却犹豫不决。西李见他迟疑，便撒泼撒娇，朱常洛只得含糊答应。过了好多日，仍未有册立的消息，郑贵妃很是焦急，又催西李乞请。可巧朱常洛生起病来，身体疲乏，头晕目眩，说话有气无力。西李见状，不好开口，暂时退出。谁知朱常洛的病日益加重，并没有好转的迹象。郑贵妃、西李更为焦急，不得已以探视为名，再伺机催促。进入寝宫。说了几句套话，便转入正题，两人又发动温柔攻势，要皇上亲自临朝，面谕群臣。朱常洛实在无可奈何，强支病体，上殿入座，召来内阁首辅方从哲，发下立郑氏为皇太后的诏谕，说是奉先皇遗命，着礼部筹办，不得迟延。说完由内侍扶回后宫。方从哲是个糊涂虫，也不管此事是否可行，便立即下令让礼部筹划册立礼仪。礼部侍郎孙如游慨然上疏，大意是先帝在日并未册郑氏为后，先帝升天亦无遗诏册其为后，当今皇上又非郑氏所出，册立其人既违礼制，又使先帝之灵不安，奏请取消谕旨云云。朱常洛见到这份奏疏，怦然心动，立命太监持原奏宣示郑贵妃。郑贵妃依然不依不饶，欲到慈庆宫去理论。而此时朱常洛的病情更为沉重，郑贵妃只得作罢，于是她传来御药房太监崔文升，为皇上诊治。这崔文升原是游医出身，侥幸治好了几个病人，一时小有名声，不知什么原因净身入宫，成了管理御药房的大太监。他煞有介事地摸了摸脉象，便信口开河说皇上是邪热内聚，肠结不通。应服通利之药，于是将大黄、芒硝、石膏之类的药物，开入方剂。熬好药汤，让朱常洛服饮，不料服饮下去，不消片刻，腹疼肠鸣，遗矢不止，一日一夜竟泻痢四十三次。询之崔文升，说应该有此症状，属正常反应。又连服二剂，一泻如注，闹得朱常洛四肢疲软，气息奄奄，瘫在龙榻，有如一团软泥。他本来体质虚弱，加上夜夜宣淫，身子早被掏空，阳衰阴亏，怎禁得住这杀伐峻烈之药。皇上病倒的消息，立即传遍京师，朝野震动，人言籍籍，都说是郑贵妃派崔文升下毒。郭、王两家外戚，游说群臣，哭诉宫闱危急，郑妃、西李勾结为奸，戕害皇上。御史左光斗、给事中杨涟、吏部尚书周嘉谟三人商议一番，去见郑贵妃的侄儿郑养性，让他劝郑贵妃移出乾清宫，别居他宫。并让她讨回册立诏命。原来神宗得病时，郑贵妃入宫服侍。朱常洛即位，郑贵妃尚未搬出。郑养性听了三人劝说，立即入宫告知郑贵妃。郑氏大惧，立即搬出乾清宫。随即，册立皇太后的诏命又被取消。然而在几十年后，郑贵妃的孙子朱由崧做了南明小朝廷的皇帝，即弘光帝，将她追封为孝宁太皇太后，郑贵妃在阴间总算遂心如意了，这是后话。

【红丸奇案】是明宫三大奇案之一，导致皇帝丧命。须从头说起。给事中杨涟对崔文升将皇上治个半死气愤不过。上了一道奏章，说皇上身体本是虚弱，应该清补，崔文升反而下峻烈的泻药，其居心叵测，应予严惩。朱常洛看了奏章，立召杨涟入宫，同时召入的还有首辅方从哲、英国公张维贤及六部尚书。大家都为杨涟担忧，怕皇上斥责他。然而朱常洛见了众臣，未发脾气，不提崔文升之事，有气无力地说："国家事务繁忙，全凭众卿费心，朕一定安心调养，身体若有起色，便可临朝视事。"众臣都安慰他好好静养。仅过一日，朱常洛又召见上述诸臣，大家对皇上连日临朝，甚感欣慰。一进乾清宫，见朱常洛斜坐在东暖阁的宝座上，以手支颔，显得十分疲乏。长子朱由校侍立在旁。众臣叩头请安。朱常洛说："朕见了诸卿，心中甚是欣慰。"说毕喘咳交加，半晌才缓过气来。方从哲跪奏说："圣躬不豫，尚请善自珍重。"朱常洛说："朕不服药已有十多日。现有一事告卿：李选侍侍朕已有多年，长子由校也赖她抚养，很是勤劳，朕拟加封为皇贵妃。"说毕又是一阵喘咳。此时忽听屏风后，佩环叮当，屏底衣裙微露。众大臣向内瞧去，屏帏忽启，红颜半露，娇声呼喊皇长子朱由校名姓。朱由校应声入屏后，又隐约听到谈话声音。须臾，朱由校走到屏前，跪奏父皇说："选侍娘娘乞请封为皇后，望父皇传旨。"朱常洛默然不答。众臣面面相觑，十分惊愕。一个选侍竟然站在屏后，任意驱使皇子，要挟皇上，这种胆大妄为的僭越行为，真是空前绝后。方从哲又奏请道："皇上年长，应立太子，使其移居别宫。"朱常洛说："他起居服食都要别人调护，怎可移住别宫。此事缓后再议。"说毕挥挥手，散了朝。

过了数日，鸿胪寺丞李可灼上疏奏陈，说有仙方可治皇上之病。鸿胪寺是主管皇家祭祀的官署。朱常洛大喜，立召群臣商议。方从哲奏道："李可灼之言不可轻信。"朱常洛说："朕体违和，万一能治愈，也是好的。快召他进来。"片刻工夫，李可灼被宣入宫中。李可灼口才极佳，说起致病根由，头头是道。又摸摸脉象，极力吹嘘仙药的神奇，保证药到病除。说得朱常洛心里十分舒贴，病情忽感轻了许多。立命李可灼速去配药。接着又谕群臣，说李选侍应立为皇后，她数生不育，只有一女，很是可怜等。方从哲唯唯从命。又宣皇长子朱由校入内，宣谕道："诸卿努力辅导朕儿，使之为尧舜之君，朕死亦瞑目。"语气十分凄然。又问："寿宫（棺材）尚无头绪，怎么办呢？"方从哲叩首道："先帝陵寝，业已齐备，望陛下放心！"朱常洛以手自指道："是朕的寿宫呀！"众臣大惊，齐声说："陛下万寿无疆，何出此言！"朱常洛呜咽说："朕自知病重，但望可灼的仙药，果有效验，或许多活几年。"言至此，又是一阵气喘，半晌不止。他挥挥手，众臣赶快退出。

众臣刚出宫门，只见李可灼步履匆匆，迎面而来。众臣问及配药情况，李可灼出示手掌，掌心有一粒比绿豆略小的丸药，呈红色。大家不及细问，催李可灼进去，都坐在宫门石阶上小憩，专听候服药消息。过一个多时辰，内侍出来告诉众臣。说皇上服药之后，气喘已平稳，四肢和缓，想进饮食，极力夸赞李可灼忠臣忠心哩。众臣欢呼退归。到了傍晚，方从哲等人又来宫门候问，刚巧李可灼出来。李可灼告众臣说："皇上服了药丸，精神倍增，很感舒畅。我恐药力将尽，又献一丸，服后畅快如前，圣体当无大碍了。"大家很是欣慰，放心归去。不料到了五更时分，宫中传出急旨，召群臣火速入宫。大家盥洗不及，匆匆穿了衣冠。刚到宫前，已听宫内哭声一片，内官传语百官，说皇上已于卯时归天了。

李可灼的红丸确实厉害，几个时辰便把皇上性命断送。后来得知，这红丸由红铅为主（红铅为妇人经水配成），参茸为副，配制而成。性质异常燥热，有提升阳气的功效。据医家分析，朱常洛体本虚弱，先服峻烈泻剂，元气泻泄殆尽，体质更为虚弱，本该小补静养。李可灼却进献红丸，此药一服，阳气提起，精神一时增加。又服一丸，便将维持生命的最后一点阳气全部提出，自然造成阳脱之症，不过一夜，便一命呜呼，这就是明宫三大奇案之一“红丸案”。

朱常洛自万历四十八年（1620）八月初即皇帝位，到本年九月初一崩逝，在位仅仅二十九天，终年三十九岁。是中国历史上享国祚最短的皇帝，史称“一月天子”。即位时，下诏明年改元泰昌，实际上泰昌年号还未施行，他便仓促离世。何等薄命薄福，对他来说真是莫大的悲哀。

【移宫奇案】也是明末明宫三大奇案之一。朱常洛崩逝，皇长子朱由校自然是嗣皇帝，他生母王选侍早逝，一直由李选侍（西李）代为抚养，朱由校和她当时都住在乾清宫。李选侍野心极大，前次想做皇后不成，此次又想当皇太后，所以她挟持朱由校不放，必要让群臣答应先册立她为皇太后，然后才允许朱由校与群臣见面，商量登基事宜。在朱常洛入殓那天，大臣都到宫里祭奠，唯独朱由校不到。张维贤、刘一璟、杨涟等大臣愤怒异常，到乾清宫逼着李选侍交出朱由校，接着大臣们拥着朱由校先祭奠后再到文华殿，接受大臣拜贺，并商定登基日期，然后返居慈庆宫。李选侍几次想劫夺太子回乾清宫，但都被大臣们布置的卫士阻挡。当时，整个紫禁城已被大臣们控制，锦衣卫指挥骆思恭已受内阁派遣，对皇宫施行戒严。李选侍无法可施，便赖在乾清宫不走，乾清宫是明朝历代皇帝的寝宫，任何人不得居住，这是皇室铁定的法则。朱由校登基大典在即，大臣们很是焦急。御史左光斗慨然上奏，奏章的大意是乾清宫是皇帝、皇后专居的地方，任何人不得僭越居住。李选侍既非嗣皇嫡母，又非生母。非法居住乾清宫，就是想借抚养之名，行专权之实。应立即移宫别住。否则武则天专权的祸患即将发生。这奏疏呈上去，李选侍气个半死，仍然居住乾清宫不走，似乎是向大臣们示威。

到了朱由校登基的前一天，李选侍安居如故。群臣更是焦急。给事中杨涟又上奏疏，仿佛是给李选侍下达最后通牒，限她于今日迁出。因为皇上明天登基就要入住。言辞十分激烈。

杨涟又联络许多大臣又去催促内阁首辅方从哲，方从哲是个庸懦的官僚，唯恐惹事，说道：“迟缓几日，又有何妨。”杨涟攘臂大呼：“天子不应再返东宫，选侍今日不移，就没有移居的日子，今日之事，势在必行。”大家一阵鼓噪，齐声附和。方从哲无奈只得率领百余名大臣，直奔皇宫。一到宫门便大声喧闹，高喊“请选侍移宫”。不一会儿，有一太监出来，传述嗣皇朱由校旨意，说李选侍是先皇旧宠，不可逼迫。杨涟厉声道：“国家大事岂容徇私，汝辈敢来多嘴!”杨涟声如洪钟，吓得太监转身就跑。众大臣又是一阵呼喊，气势汹汹，差不多有夺门而入的势头。又待了一阵子，司礼监王安正式出来宣旨，说选侍已经离开乾清宫，暂时居仁寿殿，改日移居哕鸾宫。众大臣跳跃欢呼，方才离去。这就是著名的明宫三大案之一“移宫案”。

第二日，朱由校在奉天殿即皇帝位，下诏明年为天启元年。由于朱常洛早死，泰昌年号还未记入正朔。有些大臣建议废去泰昌年号。朱由校不允。御史左光斗建议，以万历四十八年（1620）八月以前，属于万历，八月以后为泰昌，明年为天启。朱由校认为合理，立即准奏。又谥朱常洛为孝贞皇帝，庙号光宗。紧接着朱由校先给祖父明神宗朱翊钧出殡，葬于定陵。然后又给父皇朱常洛办丧事。把景泰帝朱祁钰的原寿陵废址作为皇陵，日夜抢工修建。将朱常洛葬于北京昌平庆陵。一个皇帝在两个月内，接连给祖皇和父皇治丧，这在中国历史上是少见的。

朱常洛死了，在位不足一月，年仅三十九岁。他一生经历坎坷，遭受屈辱和痛苦，他确是一个“短命君王薄命人”。明末的宫闱三大奇案：“梃击案”、“红丸案”、“移宫案”，都相继发生在他身上，因此他又是一个富有传奇色彩的皇帝。三大明宫案中“梃击案”最为复杂，究竟何人派张差行刺朱常洛，至今无定论。将它说为奇案，似乎说得过去。“红丸案”是一次医疗事故，属于偶然事件。笔者就不相信崔文升和李可灼吃了豹子胆敢去谋害皇上，只不过是好心办坏事罢了。“移宫案”也是偶然事件，一个先皇的爱妃在乾清宫多住几天而已。所以，“红丸案”、“移宫案”算不上什么奇案。然而明朝的那些大臣，坚持封建伦理，为了表现他们对皇上的愚忠，在三案上大做文章。后来天启、崇祯两朝，东林党和阉党等派系互相倾轧，也在三案上大事炒作。因而三案被闹得沸沸扬扬延续二十几年，直至明朝灭亡。真是咄咄怪事。前代史家曾言三案促使明朝灭亡，这种评价也有点过分，三案哪有如此重大的分量。然而三案确实使平庸的朱常洛声名大振，这也是一种奇怪的历史现象。笔者慨然咏诗道：

晚明宫内起风波，庆庙无辜大难多。
三案若能倾社稷，清兵何必动干戈。

总而言之，朱常洛尽管有三案的光环笼罩，但他享国太短，没有时间表现他的功绩或者劣迹。给他一个适当的评价真是难事。然而，他性格懦弱，出奇的贪淫好色，即使他能活到百岁，也注定不会有多大出息。不过，朱常洛的两个儿子朱由校、朱由检后来都做了皇帝，父子二代出了三个皇帝，与朱瞻基及其二子朱祁镇、朱祁钰相继做皇帝一样，均在中国历史上是少见的。

八千女鬼闹宫廷

——明熹宗　朱由校

明熹宗　朱由校

客魏擅权欺少皇，游玩无度亦荒唐。

做名木匠好身手，何必烦心做帝王。

万历四十八年（1620），明神宗、明光宗先后在一个月内死去。明光宗朱常洛的长子朱由校奉遗诏即位，成为大明王朝第十五个皇帝。越明年，改元天启，寓意天开新元。

【两案余波】朱由校当上皇帝，方十六岁，还是一个少年。在他即位前夕，宫中连续发生两大奇案，一是“红丸案”，二是“移宫案”。红丸案是鸿胪寺丞李可灼向生重病的光宗皇帝进献“红丸”，光宗服用后，几个时辰内暴亡。大臣们认为李可灼受人指使毒死皇帝，于是兴起一场狱讼。“移宫案”是光宗的宠妃李选侍，为达到封后目的，挟持皇长子居住乾清宫不走，大臣们认为乾清宫是皇帝的专用宫室，李选侍居住是僭越行为，让她限期搬迁。这也引起一场激烈的争端。朱由校登基后，两案并未平息，反而掀起更大的波澜。以左光斗、杨涟等为首的东林党派官员，极力要求朝廷惩办庸医崔文升、李可灼，说他们有谋弑皇上的嫌疑。而以方从哲、沈紘为首的官员及太监魏忠贤，则庇护崔文升、李可灼。方从哲甚至赏给李可灼白银五十两，作为进献红丸的奖励。朱由校曾一度贬斥崔文升、李可灼。但后来又予释放。“红丸案”争讼不休，实际上是东林党和阉党之间的派系斗争。“移宫案”同样也未平息，本来李选侍搬出乾清宫，事情就算了结。但是朱由校突然下诏，宣布李选侍的所谓罪状，说李选侍当年气死其生母王选侍，并挟持他以达到擅权的目的。其实朱由校生母早亡，是李选侍将他抚养成人，但朱由校恩将仇报，反而捏造许多罪名加给李选侍。这一行为，令许多大臣殊不可解。于是纷纷上疏，说李选侍是先皇的宠妃，李选侍的女儿还小，孤苦伶仃，她们母女俩应该受到优待，以申孝悌之心，而不应对她们逼迫。又过数日，哕鸾宫突然起火，李选侍母女被烧得焦头烂额，又有消息传出，李选侍自缢身死，其女投井而亡。这又引起朝野极大的震动。御史贾继春上奏要求保护选侍母女，内中有“皇八妹入井谁怜，未亡人雉经莫诉”等语。给事中杨涟性格倔直，最爱管此种不平之事。他洋洋洒洒写了几千言的奏章，亦要求朱由校宽恕选侍母女，给予优待。但是朱由校不仅不听，反而下诏再次暴扬李选侍的所谓罪状，杨涟见事不可为，上疏要求退休。贾继春以捏造谣言罪被革职，永不叙用。不久，又有给事中惠世扬上奏弹劾内阁首辅方从哲，历数他十罪三可诛。要求严惩方从哲。做首辅七年的方从哲再也招架不住，乞请退休。朱由校慰留多次最后还是准奏。方从哲是明朝担任首辅历时较长的大臣，他遇事模棱两可，谨小慎微，深谙中庸之道，是个庸官的典型。方从哲去后，一些大臣又揪住“红丸案”不放，要求严惩崔文升、李可灼。朱由校真是不可捉摸，竟下旨赦免崔文升、李可灼，不准百官再提此案。皇上出尔反尔，大臣们莫名惊诧。原来，此时朱由校正宠信一个太监，凡事言听计从。崔文升、李可灼便重贿那个太监。那太监又在朱由校面前百般维护崔、李。如此，崔文升、李可灼便逍遥法外，逃脱罪责了。

【客魏专权】之事须从头说起。上述太监是谁？原来就是大名鼎鼎的魏忠贤。魏忠贤原名李进忠，得宠后赐名忠贤，河北肃宁人。性格豪爽勇敢，少年时善骑马射箭，尤好赌博，曾经聚赌时，输个精光，再借又赌，不见起色。被乡中恶棍再三逼迫，走投无路。肃宁县本是出太监的地方，当地穷人之子，被生活所迫，往往净身入宫，已成为传习。魏忠贤气愤至极，竟亲手割掉阳物，入宫做了太监。敢自己下手去割，这种人心肠最狠，当年刘瑾如此，魏忠贤也如此。最初他投奔在大太监魏朝门下，和他认了同宗。魏朝安排魏忠贤到王选侍宫中做典膳官。王选侍是朱由校的生母，因此能经常接触朱由校，魏忠贤做事异常勤快、反应机敏，很得朱由校欢心。朱由校做了太子，又将魏忠贤调来身边。魏忠贤智商极高，能揣摩透朱由校的心思，朱由校活泼好动，最喜玩乐。他便制作一些精巧玩意儿，如狮子滚绣球、二龙戏珠等物件，进献太子，整日里陪着朱由校，玩个不亦乐乎。朱由校喜欢极了，一刻也离不开魏忠贤。朱由校做了皇上，魏忠贤就成了他最宠爱的太监。

当时，朱由校还特别宠信他的乳母客氏。客氏原是河北定兴县侯二的妻子，十八岁生子后，被召入宫中，做朱由校的乳母。朱由校生母王选侍病死，小朱由校嗷嗷待哺，全凭哺吮客氏的奶汁长大。因而对客氏有特别的感情，仿佛有母子情义。后来，侯二死去，客氏索性长留宫中，整日服侍朱由校，可谓尽心尽力，无微不至。朱由校谁也可以不要，唯独离不开客氏，乳母乳儿，水乳交融。客氏虽是民女，但生得异常妖娆，豪乳圆臀，极富魅力。满宫太监对她垂涎三尺，尤其是客氏那特有的硕大、高耸、浑圆的乳房，引起太监们无边的遐想。原来太监虽然净身。不能交合生育，但好色本质依然不变。内中有个太监叫魏朝，常来挑逗客氏，渐渐亲昵起来，甚至亲吻揣摸，无所不为。客氏认为他是阉人，只是玩玩而已，心中很不在意。谁知某日魏朝潜至客氏房内，又来勾引挑逗。客氏骂道："你这阉奴，有甚本钱？敢来胡闹。"魏朝涎着脸说："本钱在此，你来检验。"客氏顺手从裆中摸去，却是硬邦邦的一个，大吃一惊，像触电似的，急忙缩手又骂："哪来的狗种，敢冒充太监，待我奏明皇上，打断你的狗腿。"此时魏朝再也不能忍耐，按倒客氏成就好事。据野史记载，魏朝净身入宫后，颇感后悔，幸好遇一奇人，传授他阳具再生术。就是取童子阳物数具，配合其他药物制成药剂。连服几月，阳具复生如初。这次奇遇，使客氏喜出望外，她是年轻寡妇，耐不住寂寞。从此便和魏朝火热起来。朱由校闻知此事，颇感好奇好笑，也不责怪他们，反让他们结成"对食"，住在一起。原来"对食"这个名目早有渊源，大约在汉朝开始，沿续至今。就是皇上对得宠的太监，格外开恩，赏个宫女，让他们玩玩开心。因为太监没有性能力，不会惹出事来。"对食"亦叫"伴食"，亦称为"莱户"。魏朝和客氏结成"对食"，真同夫妻一般，十分快活。惹得魏忠贤十分艳羡，只恨自己缺少本钱。他原靠魏朝介绍入宫，平时十分巴结魏朝，呼魏朝为哥。魏朝对他毫无芥蒂，见他很是恭顺，简直无话不谈，并向魏忠贤炫耀如何吃药使阳具重生，如何与客氏淫乐等情况。说者无心，听者有意。魏忠贤得了还阳密术，立即花重金购来童子阳具配制药物，如法服用，经过数月，瓜蒂重生，居然长出一个硕长家伙。有了本钱，便有恃无恐。乘魏朝值班的时候，魏忠贤便到客氏房中调情。魏忠贤身材魁梧，浓眉大眼，仪表堂堂，远远胜过魏朝。客氏心中暗荡情波，转念一想，他是阉人，没啥意思，对魏忠贤只是敷衍了事。魏忠贤也看透她的心思。一日，魏忠贤又与客氏调情，二人说笑片刻，魏忠贤色胆包天，欲火燃烧，老鹰捉小鸡一般，竟将客氏按倒，兴云布雨。一场鏖战，客氏万分舒畅，觉得魏忠贤本钱远胜魏朝十倍。而魏忠贤初试云雨情，大为兴奋，自此性欲高涨，一发不可收。从此客氏把一片温情都转移到魏忠贤身上，对魏朝不理不睬。魏朝几次纠缠客氏，客氏翻脸不认，毫不留情。魏朝起初感到惊疑，后来暗中侦察，才发现客氏与魏忠贤勾搭成奸。此时魏忠贤见事情败露，索性铁了心，占住客氏不放，准备随时和魏朝打架争闹。魏朝失去客氏，万分郁闷，一日魏朝借酒浇愁，喝得酩酊大醉，闯入客氏房中，正遇魏忠贤与客氏搂抱调情，顿时火冒三丈，抡起拳头向魏忠贤砸去。魏忠贤毫不示弱，立即还以颜色。魏忠贤力大凶悍，魏朝不是对手，慌忙躲闪，急中生智竟将客氏扯住，拉出门外。魏忠贤追出去，魏朝把客氏当作盾牌抵挡。三人扯在一起，厮打喧闹。顿时惊动朱由校，派人将三人推入宫内。随即讯问。三人毫不隐瞒，供认不讳。朱由校听了哈哈大笑说："你三人都是一样的人，为何也争风吃醋。"三人垂头不语，朱由校又说："此事朕也不硬断，全凭乳母选择。"客氏听说，毫不羞涩，转过头来瞟了魏忠贤一眼。朱由校笑道："朕知道了，今日三人分居。明天听朕安排。"三人遵旨退出。翌日清晨，圣旨颁发，将客氏断给魏忠贤，立即将魏朝驱逐出宫，发配凤阳守陵。客氏和魏忠贤商量一番，决计斩草除根，发出矫诏命凤阳地方官缢死魏朝。从此魏、客二人结成"对食。"朱由校更加宠信他们。客氏被封为奉圣夫人，其子其弟封为锦衣千户，魏忠贤兄魏钊亦授给锦衣千户。一人得道，鸡犬升天。

司礼监主管王安，正直不阿，见客、魏恣意妄为，十分气愤，支持御史方震孺弹劾客、魏，请驱逐客氏，令魏忠贤反省改过。朱由校竟然准奏，让客氏暂居宫外，把魏忠贤交给王安发落。客、魏二人对王安恨之入骨，日夜策划陷害王安。魏忠贤嗾使给事中霍维华上奏弹劾王安，说王安当年诬陷太监刘朝、田诏造成冤狱，又让刘朝、田诏上奏申冤。朱由校不辨忠奸，下旨将王安降职，任命魏忠贤的心腹王体乾接任司礼监主管。又下旨让客氏回宫，朱由校当庭对公卿说："朕思客氏朝夕勤侍朕躬，未离左右，自出宫去，午膳至晚通未进用。暮夜至晓臆泣，痛心不止，安歇勿宁，朕头晕恍惚。以后还着时常进内奉侍，宽慰朕怀。"客氏离去，朱由校竟寝食俱废，朝夕思念哭泣，神思恍惚，群臣无言以对。接着重新起用魏忠贤。魏忠贤得势立即假传圣旨，赐王安自尽。王安是明史最著名的贤良太监，忠贞刚直，历事万历、泰昌、天启三朝，多行善事，内外称贤。即便是朱由校即位，他也出了大力。其实魏忠贤也曾受王安提拔之恩，魏忠贤最初不忍害死王安，商诸于客氏，客氏说："尔我孰若西李，而欲遗患也!"意思是说，你我能跟李选侍相比吗，她都被王安逼得移宫僻居，你我为何还留遗患呢？于是魏忠贤牙根一咬，决计斩草除根。客氏女流之辈，其心狠毒令人咋舌。王安死前魏忠贤绝了他的饮食，他吃了几天萝卜维生，最后才被赐死，结局很悲惨。这也是客、魏制造的大冤案。

客、魏狼狈为奸，朱由校言听计从。之后陆续有一些大臣弹劾客、魏，都遭到贬斥。客、魏二人内靠王体乾，外靠大学士沈紘，里外把持朝政，生杀予夺，尽操其手，一时权势倾天。沈紘原是魏忠贤的老师，二人关系极为亲密。沈紘建议魏忠贤在宫内开内操，就是在宫内建立太监组成的武装力量。开始时有武监几千人，后来增至一万人。整日在宫中操演，旌旗招展，金鼓齐鸣，刀剑交击，铳炮震响。轰隆之声，时时炸响，震撼宫阙。皇长子刚刚满月竟被巨声惊死。一次试用炮铳，铳管爆炸，险些伤了朱由校。朱由校镇定自若，毫不在意。这支太监武装，由魏忠贤亲自操控，成为镇慑朝臣的力量。朝野上下，闻魏忠贤之名，如雷贯耳，恐怖不已。客氏更是凶狠，六宫之内，唯她是尊，连张皇后都不放在眼里。光宗的妃子赵氏与她有夙怨，她与魏忠贤密谋，传矫旨让赵氏自尽。裕妃张氏因言语得罪客氏，客氏怀恨在心。裕妃怀孕，客氏便在朱由校面前进谗，说她有外遇，怀有野种。朱由校动疑起来，将张氏打入冷宫，客氏又断她饮食，饿得奄奄一息。某日，天下大雨，裕妃匍匐檐下，掬饮雨水。无力返回，号哭几声，竟然死于檐下。张皇后，名张嫣，河南人，史称懿安皇后，明多贤后，她也算其中之一，性格正直贤良，见客、魏横行，很是痛恨，常在皇上面前痛斥客、魏罪状。一日，张后在慈宁宫读书，朱由校突然到来。朱由校问读何书，张后回答说读《史记·赵高传》。朱由校默然无语。赵高是秦朝宦官，指鹿为马，专权误国。张皇后所读之书，未必真是《赵高传》，不过是借题讽谏，将魏忠贤比作赵高，提醒朱由校。客、魏二人对张皇后恨之入骨。魏忠贤唆使顺天府丞刘志选，御史梁梦环也乘机兴风作浪，诬告张皇后之父太康伯张国纪纵仆行凶，又诬称张皇后不是张国纪之女，是强盗孙二之女，张国纪隐瞒女儿身份，有欺君大罪。司礼太监王体乾见魏忠贤竟敢诬告皇后，很是惊惧，因为他知道皇帝与皇后伉俪情深，正告魏忠贤不要胡来，否则吾辈无噍类矣。魏忠贤方才罢手。张后有孕，客、魏买通坤宁宫侍女，让她伺机下手。某日，张后腰疼，那侍女自告奋勇为张后按摩，在腹腰上大施手术，张后呼痛不止，连声斥责，侍女方才停手。第二日，张后流产，仔细分辨胎儿，竟是一个麟儿。从此朱由校便绝了子嗣。客、魏敢谋害皇后，打堕龙种，真是胆大妄为，令人发指。

客氏在凤彩门外购置豪宅一处，室内陈设华丽，有侍女数十人专门伺候起居，客氏好装饰打扮，满头钿翠，浑身珠光宝气。每日梳头完毕，用美女数人的唾液，抹在头发上，作为滋润剂，头发乌黑发亮，飘柔万状。又创制一种奇装异服，宽袖低胸。一经穿着，露出半截豪乳，撩人情怀，很是妖艳性感。各宫争相模仿，很是流行。客氏虽有魏忠贤，淫欲仍未满足，又招来面首（男妓）数人，日夜淫乐。京师盛传，大学士沈紘常光顾客氏宅第，与客氏勾通。客氏招来宫女十余名，与其面首交媾，目的是让宫女怀孕，然后送入宫内，冒充龙种，说不定一朝分娩，生下麟儿，立为太子，她就吃香了。客氏还有个看家本领，就是擅长烹饪，堪称绝技。她亲自主厨，制作皇上菜膳，烹炒恰到好处，调味十分精妙。味美绝伦，朱由校爱不释口，大加赞赏。御膳房进献菜肴，朱由校连看也不看，便挥手斥退，专要吃客氏的小灶。这是客氏受宠不衰的诀窍。当时有人猜测，朱由校或许与客氏有暧昧情事，其实都是误会，朱由校一生不喜渔色，他看重的是客氏当年哺乳之情和出类拔萃的烹饪绝技。

或许有人问，朱由校贵为君主，难道是傀儡、傻子不成，难道对客、魏横行不法，听之任之，不问不闻，或浑然不觉吗？其实，朱由校虽然年逾弱冠，但童心未泯，性格很不成熟。他天生好动，一刻也不愿停息地玩耍取乐，此种行为，类以现代医学所说的患了“多动症”，什么斗狗、玩猫、走马、架鹰、蹴踘、打秋千等无所不爱，无所不玩。直玩得昏天黑地，筋疲力尽，方才罢休。不知什么原因，他从小就喜爱做木匠活，引绳削墨，摆弄机巧。拉锯、斧削、推刨、制榫、凿卯，髹漆等活路，样样精通，制成物件，巧夺天工。他曾亲自动手制作一个小宫殿模型，高阔不过三五尺，飞檐斗拱，横梁竖柱，精巧无比，惟妙惟肖，竟然与乾清宫极为相似，具体而微罢了。宫中原有蹴圆亭，他又动手仿制五间。其他玩具，他都制造得玲珑剔透，精妙至极。如他制作的十扇灯屏，雕刻着《寒雀争梅图》，精工细致，《明宫杂咏》有诗吟道：

御制十灯屏，司农不患贫。
沈香刻寒雀，论价十万缗。

诗中说这御制灯屏，珍贵无比，市场售价十万缗铜钱。另外还制作木傀儡，形象逼真。《先拨志》载：“斧斤之属，皆躬自操之。虽巧匠，不能过焉。”古今中外，皇帝干木匠活，谁曾听闻?！朱由校可谓绝无仅有。他干木匠活，专心致志，挥汗如雨，绝不惮烦，对他来说，就是一种享受，仿佛天地间所有的乐趣都在削砍刨凿之间。追求自由玩耍，性格很像当年明武宗。此种好动性格，游乐心理，根本不适于坐在御案前，静心批阅奏章。而且由于少年时他父亲朱常洛被爷爷朱翊钧冷落，他受牵连，未得到很好的文化教育，文化水准不高，劳形案牍是他最不乐意的事。因而除重大政事外，其他常规政务，一般交给魏忠贤、王体乾等人去办。魏忠贤就抓住他的特点，往往在朱由校引绳削墨，兴趣最浓的时候奏请重大政事。此时朱由校很是厌烦，头不抬，手一挥，便说“朕知道了，你去照章办理罢了”。就这样，魏忠贤利用皇帝的个性屡次假传圣旨，专擅大权。魏忠贤机智勤快，在生活起居上，把朱由校伺候得服服帖帖。客氏对他有哺育之恩，又为他做饭。这样朱由校又非草木，岂能无情，自然给予报答，大加宠爱。上述种种情形，都是造成客、魏专权的原因。

【广宁之战】是对辽东后金女真部的军事行动，以明朝失败告终。再说魏忠贤不仅操控政事，他的手伸得很长，还要操控军事。天启二年（1622），他派遣兵科给事中姚宗文到辽东巡阅。姚是书生，不懂军务，跑到辽东经略熊廷弼的大营里，高谈阔论，指指点点。熊廷弼很是鄙视，待遇很菲薄。姚宗文本奉魏忠贤之命，无非想从熊廷弼那里勒索些钱财。结果失望而归。魏忠贤听姚宗文汇报后，暴跳如雷，立即命姚宗文参劾熊廷弼，捏造许多罪名，竟将熊廷弼免职。熊廷弼是明朝一代名将，守辽三年，战守自如，边疆固若金汤。至此遭人诬陷，堪为一叹。熊廷弼离职后，袁应泰接任辽东经略。袁是个文才，写文章最为擅长，又是个水利专家，让他做将帅，确是任非其人。满洲努尔哈赤，闻边疆换帅，又大举进攻，攻陷沈阳，守将贺世贤战死，继而进逼辽东首府辽阳。袁应泰抵挡不住，竟自缢身死。辽阳失守，辽东五十寨、辽河以东七十余城尽被满洲兵占领。败报传至京师，朝野大震。朱由校又想起熊廷弼，重新起用。又让他经略辽东。出师时，朱由校亲自设宴饯行。

熊廷弼驰至山海关，与辽东巡抚王化贞会合，商议军事。熊廷弼主张积极防御，王化贞主张主动出击。守攻各持一端，于是报呈朝廷裁决。开始内阁都倾向积极防守，朱由校也同意。谁知突然传来王化贞的捷报，说辽阳都司毛文龙击败满洲军占领镇江城，又报降清之将李永芳愿作内应，请求立即出兵进攻。这个捷报使朝廷议论大变，首辅叶向高、兵部尚书张鹤鸣立即主张出战。朱由校也高兴起来，下旨出兵，授王化贞军事大权，不受熊廷弼节制，并命熊廷弼出关支援。王化贞奉旨，意气飞扬，声称如统兵六万，可一举扫平满洲，于是出驻广宁，准备大举进攻。此时努尔哈赤已率兵强渡辽河，击败明军副将罗一贯，长驱直入。王化贞却也指挥自若，派遣大将孙得功、祖大寿、祁秉忠迎战。两军大战平阳桥。八旗铁骑勇猛凶悍，明军不是对手。祁秉忠战死，祖大寿遁逃，孙得功竟然投降，几乎全军覆灭。王化贞此时安坐广宁帐中，批阅军书，单等捷报传来。忽然城外战鼓咚咚，杀声震天，满洲大军已驰至广宁城下。王化贞猝不及防，只得仓皇逃走，广宁失陷。

熊廷弼率军出关，闻前线失利，遂屯军大凌河。王化贞狼狈逃来，下马相见，对着熊廷弼大哭不止。熊廷弼与他调侃说："六万军荡平满洲，今却如何?"王化贞哭言道："还望经略大人，发兵截击满洲兵。"熊廷弼顿足说："迟了迟了，我只有五千兵，请君统率，抵挡追兵，护民入关。"这时又有消息传来，锦州以西四十城均已陷落。熊、王二人只得退回关内。败报传至京师，朱由校震怒，下令逮捕熊廷弼、王化贞入狱，交刑部严审。此时有术士向朝廷进言，说满洲铁骑势不可当，明军屡败，是大房山金朝皇陵"王气太盛"的缘故。应毁其山陵，断其地脉，绝其风水灵气。如此满人可不战而败。原来努尔哈赤的先祖是金朝完颜氏，同属女真族。金朝灭辽破宋，入主中原，以北京为中都。因而金太祖完颜阿骨打及海陵王完颜亮等十帝的皇陵都建在北京房山县大房山。朱由校闻术士之言，大为震惊，下旨拆毁金朝皇陵。大批军队进入大房山，铲平皇陵所有地上建筑，又挖山断"地脉"，并挖掘金太祖阿骨打陵的地宫，填平后在遗址上建起关帝庙，以镇压"王气"。这叫魇胜之法。原金朝皇陵荡然无存，成为考古界的一大遗憾，这都是当年朱由校的杰作。现今大房山金陵是清朝入关后重建的。

御史左光斗推荐孙承宗为帅，经略辽东。朱由校准奏，加授兵部尚书、东阁大学士。孙承宗出征，朱由校赐予上方宝剑，命他便宜行事，亲出午门送行。孙承宗是个将才，他到任后，定军制，明职守，筑堡城，造铠甲，开屯田，练兵十万，众志成城，严阵以待。满洲兵不敢再犯境。辽东遂安。

【奢安之乱】是西南苗族发动的叛乱。就在辽东战事发生之时，四川永宁苗族土司奢崇明作乱，攻占重庆，杀死巡抚徐可求，声势浩大，伪称大梁国号。又统兵西进，包围成都。成都守备空虚，兵士不足千人，蜀王朱至澍大为恐惧，派快马追回上京述职的四川布政使朱燮元。朱燮元是个不可多得的儒将，智勇双全。他归城后，立即登城防御，鼓励军民，誓死守卫成都。叛军强攻十余日，并使用吕公车等战具，均被成都军民击败。此时四处援兵陆续赶到，内中有一个巾帼英雄秦良玉最是厉害。秦良玉，原是忠州宣抚使马千乘之妻，其夫病死，秦良玉英武知兵，遐迩闻名，朝廷命她代替夫职，成为一个女总兵。她闻成都紧急，立率精兵五千支援。此时叛军内部分裂，叛军骁将罗乾象投诚。朱燮元军威大振，率兵出击，秦良玉在外围堵，内外夹攻。奢崇明大败，逃往泸州。成都解围。于是朱燮元、秦良玉麾军直指重庆，只数日便收复重庆。奢崇明率败兵又蹿至遵义。遵义守备薄弱，竟被奢崇明占领。其时贵州永宁土司安邦彦揭竿而起，发兵响应奢崇明。原来安邦彦与奢崇明本是亲戚关系。于是自称罗甸大王。率兵攻下毕节，又西进攻陷安顺、沾益。接着率叛兵数万直趋贵阳城下。即将离任的贵州巡抚李枟也是个奋勇报国，慷慨激昂的人物，他发动城中兵民，激励士气，誓死守城，城中粮尽，竟食死尸，犹自奋战不已。安邦彦围攻十余月，贵阳城岿然不动。此时朝廷派王三善为贵州巡抚，率兵十余万增援贵阳，王三善很是善战，连破叛军，安邦彦率残兵逃窜。贵阳解围。贵阳原有军民十余万，至此只剩几百人。可想战事之惨烈。贵阳保卫战和唐朝张巡守睢阳一样，真是艰苦卓绝，可歌可泣。

其时，朱燮元升任四川总督，他发誓剿灭崇明。召集大军直扑崇明巢穴永宁。官军兵多势大，士气高涨。很快攻破永宁，杀伤奢崇明之子奢寅，杀死叛军一万，降服二万。唯有奢崇明再次逃脱，逃往水西。不日官军又收复遵义，朱燮元麾军直趋水西，生擒奢崇明之妻，斩首万计。安邦彦、奢崇明父子又逃往织金。此时贵州巡抚王三善亦率兵追剿，朱燮元勒兵不追，不与王三善争功。

王三善率兵六万，抢渡渭河，连败敌军。大军直指织金。安邦彦、奢崇明父子假意投降，暗中集结兵马，又勾通四川岛撒土司安效良作为外援。王三善连打胜仗早已产生骄心，根本不加防备。被贼将陈其愚诱入伏击圈，安邦彦伏兵四出，王三善坐骑仆跌于地，被贼众杀死。安邦彦、奢崇明军势复振，又攻城掠地，多次杀败官军。朱由校接到警报，任命朱燮元为兵部尚书，总督四川、贵州、湖广、云南四省军务，再次率军进剿安邦彦、奢崇明父子。朱燮元运兵如神，他策反敌将苗老虎，苗老虎杀死崇明之子奢寅，将首级献与军门。朱燮元首战告捷，本欲乘胜剿灭安邦彦、奢崇明。但忽接父亲病故讣告。他天性纯孝，上疏乞归守丧。朱由校不得不准。此时安邦彦、奢崇明也军力凋零无力再战，逃遁远方，官军也勒兵不进，西南战事暂时告一段落。

【平白莲教】是明廷平定白莲教的军事行动。天启朝可谓多事，西南战事正酣，山东发生白莲教徐鸿儒起义。白莲教又名“闻香教”。以宗教为号召，党徒遍布齐鲁、晋、冀、豫，号称二百万，天启二年（1622）八月望日，徐鸿儒首先发难，率众攻破巨野、郓城等县，自称“中兴烈福帝”并建立国号。不久武邑于宏志也揭竿而起，响应徐鸿儒，组织“棒槌会”，攻城掠地，连败官军。起义军攻克邹县，杀死亚圣公后裔孟承光。并堵绝运河，劫夺官军粮船，声势极为浩大。警报传到京师，朱由校十分震怒。下令山东巡抚赵彦就地清剿，并派原大同总兵杨肇基率兵数万进入山东助战。徐鸿儒等人起事仓促，党徒系乌合之众。官军势众兵精，经过一个月的激战，起义军被镇压，于宏志战死，徐鸿儒被生擒，押至京城磔死。

【打东林党】是个概括的题目，其中包含天启朝几个历史大事件，都是魏忠贤的“杰作”。外忧内患，搅得朱由校心神不安。但他仍然极度宠信客氏与魏忠贤，离了他俩，朱由校似乎活不下去。他赋予魏忠贤更大的权力，让其为司礼监秉笔，提督东厂，东厂与西厂一样，都是皇家特务组织，专门刺探臣民不轨行为。魏忠贤又任死党田尔耕掌厂卫事，许显纯为镇抚司理刑。二人均是著名酷吏，专门抓捕、审讯一切逆其旨意的官员。魏忠贤出行，车马仪卫，煊煊赫赫，黄土垫道，警跸传呼，随从超过万人，仿佛如皇帝出行一般，朝中公卿夹道匍匐而拜，高呼九千岁。

魏忠贤作威作福，权势熏天，引起忠直之士的极大义愤。左副都御史杨涟，忠直刚烈，堪称硬骨头，他忍无可忍，秉笔直书，写了一篇震烁千古的大奏章。列出魏忠贤二十四大罪状，予以猛烈弹劾。洋洋洒洒几千言，言辞激烈，饱含忠愤。历数忠贤擅权误国，假传圣旨，残害忠良，党同伐异，滥兴诏狱，僭拟乘舆，谋害皇后等大罪，凡二十四条，句句如刀如枪，直刺要害。杨涟本想面呈朱由校，但不巧连日免朝，不得已照常例递呈。此时，魏忠贤已得知消息，不觉惊惶起来。拉上客氏跑到朱由校面前，大哭不止，伏地不起。说什么忠于皇上却招来非议云云，朱由校对客、魏极度信任，自然庇护魏忠贤。召来魏广微，让其拟旨，准备查办杨涟。

杨涟的奏疏，引起轩然大波。朝中正直大臣，或单署、或联名纷纷弹劾魏忠贤。内阁首辅叶向高，正直忠厚，素有贤名，也愤愤上奏，请驱忠贤出宫，以平公愤。朱由校仍是不准。工部郎中万燝说："内廷外朝，只知忠贤，不知陛下，岂可尚留左右。"魏忠贤大怒，传出矫旨，将他活活打死。御史林汝翥曾严惩魏忠贤手下太监，魏忠贤怀恨在心，命东厂太监追捕。追捕不着，怀疑叶向高有意藏匿。因为林汝翥是叶向高的外甥。于是阉官闯进叶向高府内搜查。叶向高是内阁首辅，德高望重，受此大辱。老泪纵横，愤然上奏说："大明开国二百余年，从未有宦官如此嚣张，敢包围阁臣私第。我若不去，有何面目再见满朝公卿！"于是坚决请求辞职。朱由校挽留不住，只得准许。

自杨涟弹劾魏忠贤案发生后，满朝大臣截然分为两派。一派是反对魏忠贤的官员，魏忠贤一律将他们叫做"东林党"。一派是阿附魏忠贤的官员，他们为虎作伥，是魏的爪牙走狗，"东林党"人叫他们为"阉党"。两派尖锐对立，冰炭不相容。"东林党"派系官员有杨涟、左光斗、赵南星、魏大中、高攀龙、叶向高、韩爌诸人。阉党方面有魏广微、沈紘、田尔耕、许显纯、霍维华、贾继春、崔呈秀、顾秉谦、倪文焕、施凤来、张瑞图、黄立极等人。崔呈秀等五人被称为"五虎"，田尔耕等五人被称为"五彪"，周应秋等十人被称为"十狗"。还有"十孩儿"、"四十孙"等称号。全是魏忠贤的忠实走狗。其中崔呈秀更是厉害，足智多谋，最受魏忠贤倚重，官至兵部尚书、左都御史，声势很是煊赫。前时客、魏并称，后来反称作崔、魏了。

为了打击"东林党"人，阉党内阁大臣顾秉谦、魏广微等，编造《缙绅便览》一册，将在朝官员尽列入内，将东林党统称为邪党。而把忠于魏忠贤的官员称为正人。顾、魏二人将此书献给魏忠贤，作为百官升降的蓝本。崔呈秀又献《同志录》、《天鉴录》两书，更是泾渭分明，东林党人全列入《同志录》，忠于魏忠贤的官员则列入《天鉴录》。这好似现在的“光荣榜”和“黑名单”。最可叹的是，佥都御史王绍徽，为讨得魏忠贤欢心，精心编制了一本《点将录》，把凡是反魏忠贤的官员都称为东林党，搜罗一百零八人，有三十六天罡、七十二地煞，和水浒梁山好汉的数量相等。把叶向高比作宋公明及时雨，杨涟为大刀关胜，缪昌期为智多星吴用，惠世扬为霹雳火秦明。诸如此类，不一而足。又将凤阳巡抚李三才称作托塔天王。《点将录》呈上去，魏忠贤大喜。他本识字不多，但记忆力极佳，他幼时喜听水浒评书，对梁山一百零八个好汉烂熟于心。有了《点将录》，两相对照，很是方便。他立命司礼监王体乾抄录一本，藏于袖中，凡在奏事处发现奏章上的官员名称与《点将录》相符，王体乾立即做上记号，呈给魏忠贤。魏忠贤便将此官员给以“处理”。有时奉圣夫人客氏，也来凑热闹，来到奏事处值房“办公”。于是值房用大红纱幔遮住，里面临时设置案桌、睡榻。客、魏二人钻在幔内，商决朝政，商议烦了，便搂抱调情，甚至干起鸳鸯合欢的勾当。内廷上下，谁都知晓，但无人敢管闲事。

叶向高、韩爌相继被逼辞职，东林党人势力凋零。魏忠贤加紧了排斥异己的步伐。安徽人汪文言，性格豪爽有侠气，足智多谋。非常仰慕东林诸君子，叶向高荐他为内阁中书。他与杨涟、左光斗、魏大中、赵南星等人关系很是密切。平时最恨阉党，谈吐张扬，遭到魏忠贤的忌恨。还有一个安徽人叫阮大铖，才气飞扬，才华横溢，但热衷名利，竟投靠阉党。他受魏忠贤指使，嗾使密友傅槐参劾汪文言。说汪文言勾结左光斗、魏大中、杨涟等人攻击朝政，朋比为奸。朱由校昏庸至极，只要魏忠贤说话，无不准奏。锦衣卫如狼似虎将汪文言逮入狱中，镇抚司主管许显纯是魏忠贤最忠实的走狗，他是个有名的酷吏，仰承魏忠贤意旨，以严刑拷打汪文言，罗织罪名，锻炼成狱。将杨涟、左光斗、魏大中和凤阳巡抚李三才等二十余人一起牵入此案。欲加之罪，何患无辞。阉党一伙苦思冥想，终于想出一个罪名。诬指杨涟、左光斗等六人曾经接受过辽东总督杨镐、熊廷弼的贿赂。朝臣和边帅勾结，并且接受贿赂，这确是一个莫大的罪名。许显纯捏造了一个纳贿数目，分摊在六人身上，计：杨涟受赃银二万两，左光斗受二万两，魏大中受三千两，袁化中受六千两，周朝瑞受一万两，顾大章受四万两。又捏造熊廷弼曾在辽东贪污军饷十七万两。魏忠贤得到这些伪证，如获至宝，立即奏准朱由校，派缇骑将杨、左六人逮入诏狱，将六人打得血肉横飞，六人坚忍不屈，死不承认这个莫须有的罪名。魏忠贤凶狠至极，暗中指使狱吏致死六人。狱吏奉命百般折磨六人，不几日六人相继被害，横尸狱中，死状惨不忍睹。左光斗、魏大中尸首血肉模糊，体无完肤。杨涟更惨，土囊压身，铁钉贯耳。六人就义，当时称为“六君子”。又因为此案发生在乙丑年，史称“乙丑诏狱”。之后吏部尚书赵南星和李三才先后被革职。前辽东总督熊廷弼已在押三年，此时也以贪污军饷、贿赂大臣等罪被处以极刑，传首九边。熊廷弼为明朝一代名将，当年镇守辽东，功勋卓著，满洲努尔哈赤不敢越雷池一步，至此被魏忠贤害死。朝野闻此冤案，都扼腕长叹，涕泪横流，但又无可奈何。

魏忠贤除掉杨、左诸人，朝中大权独揽，权势已登峰造极。为了把东林党人声名搞臭。他把“梃击案”归罪王之寀，把“红丸案”归罪孙慎行，把“移宫案”归罪杨涟。将三案彻底翻了个儿。又追封李选侍为康妃。为此，他指使顾秉谦等人重修《光宗实录》，并编成《三朝要典》（万历、泰昌、天启三朝）颁布天下。将历史全部扭曲。魏忠贤又将东林党人的姓名、罪状榜示全国，四处张贴。企图将东林党人一网打尽。当时东林党主要人物高攀龙、缪昌期被革职闲居在家。魏忠贤、崔呈秀欲置之死地而后快。发下矫诏逮捕高、缪。高攀龙当时在无锡家中，听说缇骑将至，焚香沐浴，写下遗书，穿上朝服，朝北叩头。然后投入池中自杀。遗书写道：“臣虽削职，曾为大臣，大臣不可辱，辱大臣就是辱国。谨北向叩头，愿效屈原，君恩未报、期待来生。”高攀龙是东林书院的发起人之一，品行端正，是一代儒宗，至此含恨而死。缇绮到了无锡，唯见死尸一具，只得拿遗书复命。缪昌期也是东林清流，学问渊博，文才极高。魏忠贤在玉泉山修墓，让他写碑文。缪昌期一口拒绝。魏怀恨在心，将他从原籍抓回，下入诏狱。严刑拷打，三木俱下，十个指头都被打落，最后死在狱中。

东林党人还有一个人物，魏忠贤对他恨之入骨。此人就是前吏部员外郎周顺昌。此时因革职在吴县家中。去年缇骑押解魏大中，路过吴县，周顺昌留住三日，并将女儿许给魏大中之孙。缇骑催促魏大中起程。周顺昌大怒说："你们难道不知世上有好男子周顺昌吗？别人怕魏贼，我独不怕，你们回去尽可告诉阉贼。"缇骑回京如实报告魏忠贤。魏忠贤气个半死。立即发矫诏，命缇骑飞驰吴县，逮捕周顺昌。周顺昌为官清正。苏州百姓非常感恩戴德，听说要抓周顺昌，立即引起公愤。五六百个秀才、举人都拥到苏州巡抚署衙前。巡抚毛一鹭，召顺昌入署，开读诏书。诸生一齐拥入衙门，齐声要求毛一鹭主持公道上奏解救周顺昌。毛一鹭汗流浃背，支吾其词。缇骑首领见毛一鹭犹豫不绝，手持锁链，撞击有声，大声呵斥道："东厂逮人，哪个敢来闹事。"此时又拥入几百市民，手中各执一香，为周顺昌乞免。内中有五人上前质问缇骑："圣旨出自皇上，东厂怎敢出旨？我们原以为是朝廷抓人，才为周吏部请命。却原来是魏太监抓人。"大伙又喊："魏忠贤是逆贼，你们怎么为他抓人。"不知人群中谁喊了一声"打、打、打"。大众抄起家伙一拥而上，把缇骑打了个人仰马翻，当场打死缇骑一人。其余抱头逃窜，巡抚毛一鹭惊慌间逃入茅厕，方得幸免。

周顺昌自己写了遗书，分赠亲人与之诀别，半夜起程到京城投案。一起被抓来的还有周宗健、李应叶、黄尊素、周起元四人。阉党许显纯亲自审讯，严刑拷打，三木齐下。周顺昌被打得皮开肉绽，门牙打落，口含鲜血，喷于许显纯脸上，大骂不止。许显纯大怒命狱卒当夜结果了周顺昌性命。周宗健等四人先后被折磨致死。后人把高攀龙、缪昌期、周顺昌、周宗健、黄尊素、李应叶、周起元七人称为"七君子"。由于此案发生在丙寅年，史家称为"丙寅诏狱"。

苏州发生民变（史称"开读之变"），毛一鹭飞章告急。魏忠贤下令缉拿闹事首犯。当时挺身而出倡义的五个市民颜佩韦、杨念如、周文龙、马杰、沈扬，怕市民受到连累，又挺身而出自首投案，魏忠贤下令就地正法。五人赴刑场，意气扬扬，从容就义。市民收拾义骸合葬于虎丘，名曰："五人之墓。"至今人们凭吊不绝。明末张溥写了一篇《五人墓碑记》，热情歌颂五人大义凛然、慷慨赴死的精神。缇骑经此一击，再也不敢轻出都门。魏忠贤也恐激变人心，气焰收敛了许多。

明朝士大夫受程朱理学熏陶，对皇帝的忠心超过任何时代，为了表示对皇帝和国家的忠诚，每遇大事，必然不顾生死，不畏强暴，前仆后继，不屈不挠地去抗争。有时固执己见，五头牛也不能拉回头。如大礼议中的杨慎，劾严嵩的杨继盛，骂皇帝的海瑞、雒于仁，争国本的申时行等，不一而足。在反抗魏忠贤的斗争中，又涌出杨涟、左光斗等六君子，高攀龙、周顺昌等七君子，其行为固然可歌可泣，或曰大明王朝二百余年不亡，全由这些硬骨头大臣撑着，此言亦不无道理。但是这些人尽的是愚忠，偏执一见，确实令人可叹。杨继盛临刑，还遗诗要补报君恩，海瑞在狱中听到明世宗死去，竟哭得昏过去。高攀龙自杀留下遗书："君恩未报，期待来生。"何其迂腐愚昧！（不过话又说回来，古代的忠臣就是那样，忠君与爱国分不清，时代使然。笔者评价确有点苛刻，仅是一家之言）有时这些人不识时务，缺乏变通的斗争策略，把希望寄托于昏君，鸡蛋硬往石头上碰。无论六君子或七君子，都是如此，因而被魏忠贤一网打尽，社会精英丧失殆尽。到了崇祯朝人才一空，无人可用。所以前代史家评论说：明不亡于邪党，而亡于正人。此论看系偏颇，仔细一想也有道理。明朝的党争在万历、天启朝最为激烈，先有齐、楚、浙等党与东林党作对，后来主要是东林党与阉党之争，表面上是泾渭分明，正邪对立。实际上两派内部均鱼龙混杂，阉党固然可恨，东林党也有大错，自称清流君子，议论迂阔怪异，抓住三案大做文章，只把矛头对准阉党，看起来慷慨激烈，却无补国计民生。党争结果，两败俱伤，把大明朝的元气损耗殆尽。

【大建生祠】是魏忠贤大搞个人崇拜的丑闻。与杨涟、左光斗、周顺昌这样的正人君子相比，明朝的另一些士大夫则显得寡廉鲜耻，卑鄙至极。苏杭织造李寔、浙江巡抚潘汝桢就是这样的人，他们都是魏阉提拔的走狗，魏忠贤势力越大，他们越想巴结讨好。两人在一起日夜筹划，要想一个不同寻常的办法，来讨魏忠贤的欢心。潘汝桢左思右想，居然想出一个绝妙之法。为了邀功，他甩开李寔捷足先登，向朝廷上奏，请求在西湖之畔为魏忠贤建立生祠。魏忠贤闻报，高兴极了，立即传矫诏嘉奖，潘汝桢也高兴极了，立即动工兴建，生祠的位置选在关帝庙和岳王庙之间的空地上。不消数月，生祠建筑告竣。高大雄伟、气象辉煌，比关帝庙、岳王庙还要壮丽十倍（关羽、岳飞有灵，非气死不可）。李寔被潘汝桢占了先，很是后悔。赶忙补上奏章，乞请授给杭州卫百户沈尚文等，永守祠宇，世世祭祀不辍。魏忠贤立刻照准，赐名“普德祠”。由阁臣撰写碑记，纪述功绩。祠落成后，李寔、潘汝桢二人进香献供，顶礼膜拜，丑态百出。为魏忠贤建生祠是一个极妙的创意，自古只有为死人建祠作为纪念，为活人建祠的确是空前的发明。所以叫做“生祠”。此例一开，各地官员纷纷效尤，都上旨请求援例建祠。魏忠贤一一照准。又传下矫旨，命毁去天下书院，就其遗址建立魏公祠。不到一年，生祠遍布天下，全国不下千百个。各地生祠建筑，争奇斗巧，极其华丽壮伟。所供魏忠贤肖像，用沉香木雕刻全身，头戴冕旒，连腑脏都填以金玉珠宝。发髻上留一小孔，是插四时鲜花的地方。每一生祠落成，都要奉旨祭拜。撰文书丹，歌颂魏公尧仁舜德，至圣至神。楚王朱华奎也在武昌建生祠，贵为亲王，为太监建祠，真是皇家的耻辱。武清侯李诚铭在京城药王庙内建生祠，贵为国戚，为太监建祠，也是莫大耻辱。镇守宁远的袁崇焕也建了生祠。督饷尚书黄运泰，迎忠贤肖像，五拜五稽首，高呼九千岁。天启六年（1626），监生陆万龄上奏，在国子监之侧建立生词，请以忠贤配祀孔子，忠贤父配启圣公（孔子父）。奏疏中说：“孔子作春秋，魏公作《三朝要典》，孔子诛少正卯，魏公诛东林党人，理应并尊，同祀国子监。”这道滑天下之大稽的奏章，居然被批准。

给魏忠贤建生祠，说明魏忠贤的权势已达顶峰。对魏忠贤的个人崇拜也达到疯狂的地步。中国上下五千年，曾多次出现宦官专政的局面，但没有一个能达到如此程度，魏忠贤可算空前绝后的一个。前代的刘瑾，后来的李莲英，在魏忠贤面前都是小字辈。个人专权达到极致，都会出现疯狂的个人崇拜，这是历史的必然，古今中外，概莫能外。因为被崇拜者最喜欢别人崇拜，崇拜者投其所好，目的是借此升官发财。个人崇拜与民主是尖锐的对立，哪里有个人崇拜，哪里就没有民主。崇拜魏忠贤的，多是朝中状元、进士出身的大官、大文豪、大名士，甚至有皇亲国戚、名将名帅，可谓廉耻荡尽，斯文扫地。在那疯狂愚昧的年代，利令智昏，名令智昏，任何超乎常理的滑稽荒唐的事情都能极为合理地发生。令人遗憾的是，后世不以前车覆辙为鉴，又制造新的个人崇拜，真使人浩叹不已。笔者有诗叹曰：

阉奴权势欲熏天，举国公卿拜马前。
圣旨忽封九千岁，生祠大建八荒间。
斯文尽扫贪高位，廉耻全无爱臭钱。
百姓焚香问天地，个人崇拜几时蠲？

【宁远大捷】是明朝名将袁崇焕抗满建立的两大勋业。再说熊廷弼冤死以后，兔死狐悲，辽东经略孙承宗异常悲愤，他痛斥魏忠贤专权误国，残害忠良。他从辽东起程到北京觐见皇上，面奏机宜。魏忠贤闻讯，非常惊恐，又跑到朱由校面前哭诉。朱由校的耳朵是蜡做的，一经火烤就软了，竟下旨阻止孙承宗入京。孙承宗已抵通州，接到圣旨，怏怏返回。于是受魏忠贤指使，阉党官员纷纷上奏弹劾孙承宗，说他拥兵自重，飞扬跋扈，是晋朝王敦、唐朝李怀光一类的人物。孙承宗更是伤心，便屡屡上疏乞休。朱由校准奏，任命高第接任辽东经略。高第素不知兵，性本怯懦，以谄媚魏忠贤得势，接旨后“叩头求免”，被魏忠贤骂个狗血喷头，不得已走马上任。一到辽东，认为辽东几个孤城，无险可守，便采取退守山海关，放弃辽东的策略。将关外粮草军械运回关内，撤掉孙承宗筑起的防御工事，又驱人民入关，将明军主力设在山海关、锦州一线。当时镇守宁远的宁前道（守卫宁远、前屯的官名）袁崇焕坚决不执行高第之命，他上高第书说：“宁前若撤，关内震动失去保障，若撤宁前之兵，吾独卧孤城，以当虏耳。”高第根本不听一个小官之言。当时，辽东前线一片混乱，兵民塞路，哭声震野。

这消息传到沈阳，满洲大汗努尔哈赤大喜过望，抓住“良机”，率军出征宁远。天命十一年（明天启六年）正月，六十八岁的努尔哈赤御驾亲征，率六万八旗兵浩浩荡荡扑向宁远孤城。强渡辽河后，直入无人之境。

驰至宁运城外五里许大道口下寨，努尔哈赤先礼后兵，下书招降曰："宁远小城，安能固守，大军一至，立成齑粉。不如献了城池。不失高官厚禄。"袁崇焕回书曰："满洲鞑子侵我国土，无理已甚，我奉天子命誓死守城，岂肯投降！"

官小职卑的袁崇焕如何如此强硬？此何人也？请读者耐住性子，容笔者插叙一段介绍此人。袁崇焕，广东东莞人，先祖移居广西藤县，有些史书说他是广西籍亦有道理（现今东莞与藤县都打出袁崇焕这个牌子，大做旅游生意的文章），他生于万历十二年（1584），万历四十七年（1619）中进士，少时有大志，喜读书。及长好吟咏，并留心边事，尤对辽事败坏痛心疾首。中第后，任为福建邵武知县，关心民瘼，政声远播。后被御史侯恂举荐为兵部主事。当时广宁失守不久，朝野惊慌，谈虏变色。他痛感辽东军事一蹶不振，便产生戍边之志。于是潜行"单骑阅关"，即单人独马到辽东边塞，认真考察了辽东军事、地理等情况。回京后他发表豪言壮语："予我军马钱谷，我一人足守此。"袁崇焕一介书生，从未临阵，个子矮小，面貌丑陋，形体精瘦，能出此言，实令人惊诧，令人刮目相看，因为当时连敢说大话的人都没有。他受到朝野的关注后，不久便派到辽东前线历练，官职仅是小小的参政。临行他慷慨吟诗：

五载离家别路悠，送君寒浸宝刀头。
欲知肺腑同生死，何用安危问去留。
杖策只因图雪耻，横戈原不为封侯。
故国亲侣如相问，愧我边尘尚未收。

其中"只图雪耻，不为封侯"之语，令人震撼，充分显示他赤胆忠心、保家卫国的精神。到辽东后他先后受到王在晋、孙承宗的知遇，孙更是对他十分倚重，与之畅论军事，通宵达旦。"固守宁远，保障关门"是两人的共识。于是孙承宗派他守卫宁远。袁到宁远便积极备战，修城筑堡，秣马厉兵，并特别配置了十一门西洋大炮置于城头。这西洋大炮有特别的来历，一说是明廷派徐光启（科学家）到澳门向葡萄牙人采购的；一说是徐光启奉命让意大利传教士利玛窦（另说是德国传教士汤若望）研制的。这种大炮比之明朝旧有的火炮优越十倍，炮身长，重量大，口径大，装药多，射程远。葡人被称为红夷，此炮便叫做“红夷大炮”。这是当时世界上最先进的火炮，但从未临战，谁也不知它的具体威力。当时采购（或制造）了二十二门红夷大炮，十一门配置京师，另十一门调置宁远。可见孙承宗对宁远战略要塞的高度重视。为振作士气，他激励将士为国抗战，与宁远共存亡，甚至对将士跪拜。又与满桂、祖大寿等副将互相鼓励誓死保卫宁远，将士感动异常个个愿效死力。宁远驻军仅一万余人，数量远逊满洲兵，但士气特别高涨。插叙到此，言归正传。

现在这个素有“扭转辽东战局”大志的袁崇焕就站在宁远城头怒视来犯的满洲鞑子。努尔哈赤见招降不成，下令猛攻宁远。八旗军驱楯车，搭云梯奋勇而上。城上万箭齐发，檑石如雨，满军死伤无数，败退而归。努氏又命士兵凿城挖洞，城北墙竟被挖塌二丈有余。城上又泼下沸油，扔下火把，满军被烧得焦头烂额，被迫退去。城缺口又被明军筑实补住。翌日，满军发动更强烈的进攻。袁崇焕终于下令燃放红夷大炮，放炮由彭簪古、罗立二人指挥。此二人曾受过葡萄牙人的专门训练。一声巨响，笨重的铁铸炮筒口发出刺眼的红光，炮弹呼啸而出，在长空中形成一道弧线，落入满兵后队，然后爆炸，立时血肉横飞，满洲兵倒下一片。第一炮射程极远，有三四里之遥。再放一炮，满洲兵又倒一片。彭簪古、罗立又调整角度，压低炮口向满军前队开炮，效果仍然是“又倒下一片”。这是明军第一次使用红夷大炮，满洲兵第一次尝到新式武器的厉害。大炮威力如此巨大，袁崇焕喜出望外，全体将士跳跃欢呼，热泪盈眶。越日，满洲兵又四面围攻，攻势更厉。努尔哈赤亲自督战，满军中路宝盖移动，龙旗飘扬。袁崇焕下令开炮，十一门大炮齐放，其效果是“倒下一片又一片”。这一排炮，炸得满洲军心崩溃，心颤胆裂。像退潮之水向后逃奔，努尔哈赤被败兵浪裹挟着亦向后奔跑。直跑到离城二十里之外才立住阵脚。六十八岁的努尔哈赤望着宁远城泪水潸潸而下。

兵败宁远是努尔哈赤生平第一次败仗，予他蒙上极大的羞辱，历来战无不胜的神话到此结束。失败的主要原因是换了对手而继续傲慢轻敌，对对方战斗力、士气估计不足，再则遭到先进武器红夷大炮的袭击。古人云：骄兵必败。宁远之败足以证明。

对明朝来说，宁远大捷是几十年来抗满战争的第一次胜利，真是来之不易，在四面无援，独守孤城的情况下，袁崇焕展示出卓越的指挥才能，凭着坚城大炮，凭着将士同心奋勇杀敌的高昂士气，彻底摧毁努尔哈赤战无不胜的神话，创造了一个以弱胜强的新的神话，大扬国威，使长期郁结的被凌辱的怨恨为之一吐，真是痛快至极。嗟乎壮哉，莫谓明朝无人！笔者慷慨赋诗赞袁崇焕：

血雨腥风斗古城，红夷大炮炸雷霆。
明朝幸有袁崇焕，不让八旗铁马腾。

然而，努尔哈赤无愧是绝代英豪。兵虽败，气未馁。失败后不可遏制的怒气，瞬间转化成强烈的报复心理，在撤军途中，突然下达突袭觉华岛的命令。这是努尔哈赤宁远兵败后，顺手牵羊的一次战役。

觉华岛，距宁远三十里，悬于渤海辽东湾内，去岸十八里与宁远相望。觉华岛经过历代的开发，成为海上贸易中心。岛上有商民七千余人，商肆林立，且有佛寺，很繁华。金代有僧人觉华于此建寺，遂名之为“觉华”。当时明朝有水师七千余人、战船二千余艘驻泊于此。由于岛孤悬海上，有大海之险。满洲军又无水师，因此明军对此岛的安全性深信不疑。遂将大批粮草屯集于此，数量之多，远甚宁远。明军作战用粮，大部依赖此岛。觉华岛成为明军的水师军港与粮草屯集处。战略意义十分重大。满军进攻宁远之时，恰值天寒地冻。海水结成坚冰。守岛明军突感惊慌，这意味着大海之险失去作用。于是觉华岛守将姚与贤令军士沿岛在冰面上挖壕，以阻满兵履冰进攻。壕长十五里，宽数丈。士兵冒寒日夜挖壕：手指皆堕。然而大壕挖成，明军顿感心安，但同时高度戒备的警惕之心也抛入海濠内。

天命十一年（1626）正月末，努尔哈赤从宁远撤退中，派参将武讷格率二万兵向觉华发动突袭。武讷格官职微小，但作战骁勇，努尔哈赤将大任委以他，而不委以四大贝勒。有人指责努尔哈赤轻率冒险，实践证明这正是不拘一格的用人风度。武讷格拂晓前冒着大雪率军驰到海边（军队中十有九成为蒙古科尔沁骑兵），见海中冻得严严实实。心中窃喜。命给战马四蹄绑上草垫，又拉来冰撬。于是二万大军在大海冰面上疾驰疾进。战马蹄声嘚嘚，冰撬滑动，徒步兵士飞步滑行，简直像一场盛大的冰上运动会，途经海壕时满兵连感觉都没有，原来漫天大雪与极度的严寒，早将海壕冻得复合。二万大军顺利登岸。在梦中惊醒的明军以为是神兵天降，仓皇应战。这些水师兵士哪能挡得海潮般涌来的满洲铁骑，几个时辰的激战，七千明军全部战死，无一人投降，其中伤残兵也被满兵屠戮殆尽。游击将军姚以贤以下将领全部殉国。武讷格下令屠岛，七千余商民尽成刀下之魂。满州兵奇袭成功，大获全胜。撤退时，纵起大火，将二千余艘战船、二十万石粮草、商肆、佛寺尽予烧毁。

觉华岛之战是宁远之役的附属战役，努尔哈赤兵败后又重获胜利，本身便是一个奇迹。淋漓尽致地展现了他卓厉奋发、永不服输的性格特征，这将是空前绝后，难以再现的战例，纵观古今，唯有他才敢指挥这样的战役。当时武讷格也对这场胜利难以置信，认为突降大雪，海壕复合完全是天助神佑！在明军方面，海壕与大雪麻痹了他们而丧失警惕性，这是致败之由，而粮草尽毁更是可惜。但明军全部战死，无一投降的表现，真是可歌可泣。

袁崇焕在事后，作《祭觉华岛阵亡将士文》痛哭致祭，其文曰："凛寒之月，冰结舟胶，窘尔之所长，安得不及于难。说者谓谋之不周，不周固不周矣，然排山倒海之势，以十八万而临数千之水卒，即谋之周全，亦可奈何？尔等计无复之，愤然以死，略无芥蒂，视当年弃曳倒者加一等也。人之罪，至死而免，人之品，至死而定。今略尔罪而嘉乃忠，请命于天子，谅为之恤，所以不没汝等者良有以也。吁嗟，巨浪茫茫，空山寂寂，皆尔等忠灵之洒荡也。望故乡以何日，即转劫而无期。苒苒游魂，何不相结为厉，歼仇泄愤，在生之志，藉此以伸，则虽死之日，犹生之年也。尔其勉之！不腆之奠，涕与俱之。尚飨。"

这篇祭文写得悲愤满怀，血泪满纸。鼓励已死将士之魂，变为厉鬼，杀敌报仇。尤令人感奋。其中将敌军二万写成十八万，显然是夸大敌势，为将士开脱，崇焕之心，大可谅也！

努尔哈赤自宁远败归，忧愤而死。传位第八子皇太极，就是清太宗。皇太极登位后，遣使与袁崇焕议和，发大兵亲征朝鲜。朝鲜向明廷告急。朱由校认为朝鲜是藩属国不能不救，下旨让袁崇焕援朝。此时袁崇焕因宁远大捷，已升为辽东巡抚，仍驻守宁远。袁崇焕正拟发兵东出，忽接东江总兵毛文龙警报，称满洲兵入侵东江，要求发兵支援。袁崇焕深知这是皇太极的疑兵之计，不是真打东江，只是前来试探。但用兵慎重的袁崇焕仍然派水师支援东江。另派总兵赵率教率兵出三岔河，做佯攻朝鲜之状，以牵制满洲兵。然而朝鲜方面，却是异常虚弱，满洲兵渡过鸭绿江，长驱直入，势如破竹，朝鲜军一溃千里。国王李倧，放弃王城，逃到江华岛，向皇太极乞和，许以朝贡。皇太极得过且过，与朝鲜签了盟约，撤兵返回。

皇太极返国不久，又兴兵大举进攻明军。袁崇焕派赵率教镇守锦州，自己镇守宁远。皇太极先攻锦州，赵率教是个将才，誓死捍卫，满洲兵久攻不下，又转攻宁远。袁崇焕早做好充分准备，修城挖壕，固垒架炮，专等皇太极前来。又派总兵祖大寿率精兵四千，去截满洲兵归路。八旗铁骑驰至宁远城下，立即发动猛攻，袁崇焕防守十分严密。满兵连攻几日，占不到任何便宜。军心渐渐懈怠。此时，袁崇焕故技重演，又放起西洋大炮，又炸个血肉横飞。皇太极见事不可为，引军退去。祖大寿见满洲兵军纪严明，后退有序，也不敢堵截。袁崇焕抗击获胜，立即向朝廷报捷。谁知朝旨下来，说他不救锦州，贻误军机，无功有罪。崇焕仰天长啸，悲愤欲绝。上奏乞请解职。朱由校竟然照准。原来魏忠贤在辽东派有宦官监军，派驻宁远的是太监纪用，他多次向袁崇焕勒索钱财，崇焕军务倥偬，为官廉正，哪里有余财孝敬魏忠贤。纪用弄不到钱财，密报魏忠贤。因而此次有功不赏，全是魏忠贤搞的鬼。

【天启之崩】结束了朱由校的短暂的一生。宁远再捷，魏忠贤在京城日夕与客氏取乐，并没有半点筹划，但阉党官员纷纷上奏，说他指挥得当，有攘外安边大功。朱由校颁旨论功行赏，魏忠贤功居第一。京师火药局夏季遭雷击爆炸，震裂声撼天动地，烟雾弥漫，白昼如夜，死伤无数。接着一场大雨，将火浇灭。阉党又说这是魏忠贤大德感天，因而有大雨灭火。朱由校又予以奖励。天启七年（1627），皇极殿建成告竣，朱由校又奖励魏忠贤、崔呈秀不辞劳苦日夜督造的功劳，特封魏忠贤为上公。魏忠贤侄儿魏良卿特封宁国公，加赐铁券。另一侄儿魏良栋方才三岁封为东安侯，侄孙魏鹏翼两岁也封为安平伯。崔呈秀封为兵部尚书、都御史、少傅、太子太傅。大明开国二百六十多年一身兼四职的，唯有崔呈秀一人。一人得道，鸡犬升天，乱赏滥封如此，有史以来绝无仅有。不久，山东忽报当地一头牛产下麒麟，大学士黄立极上奏称魏忠贤修德感天，因此有仁兽降生。崔呈秀等人召集内阁大臣商议，准备按三国汉献帝加封曹操九锡的故事，奏请皇上加封魏忠贤九锡。九锡是皇上对亲王、大臣有特别功勋时的九种待遇，是仅次于皇帝的最高待遇。得此荣誉，确实应是九千岁了。上下千年受此殊荣，除过王莽、曹操、刘裕就属魏忠贤了。

魏忠贤权威如日中天，可谓登峰造极，无以复加。朱由校把所有荣誉与权力都给了他，继续对他宠信不衰。而魏忠贤也感飘飘然，不知自己价值几何。加九锡人称九千岁，离万岁只有一步之遥。好多史料记载他确实怀有谋逆野心，欲将朱由校废去，但经过崔呈秀与王体乾的极力劝谏，才没有发作。按他当时的势力，废掉朱由校真如探囊取物一般容易，难道仅仅是崔呈秀、王体乾的劝阻吗？这又是一个难解的历史之谜。有史家言，明朝的皇帝皇权在手，宦官依附皇帝生存，所以成不了气候，也有道理。明史记载，某日朱由校与客氏、魏忠贤游幸西苑，他游兴大发，带了两个小太监，驾着小舟，在三海游荡，划着木桨十分惬意。忽然狂风大作，竟将小舟吹翻，朱由校坠入水中，幸有别船在侧，七手八脚将他救出。两个小太监当场淹死。而当时魏忠贤和客氏坐在大船上，离小舟仅有一里许，这边呼救声响成一片，客、魏二人谈笑对饮，佯作不知。这个记载是魏忠贤怀有谋逆之心的最明显的证据。

朱由校遭此惊吓，病了好几日，饮食不进，身体虚弱。太医轮番诊治，药石齐下。虽然痊愈，却落下病根。朱由校此人，已经是二十多岁的人了，但他童心未泯，活泼好动，很是天真。一生最好游乐，除了玩，还是玩，半点也闲不住。前文写他喜干木匠活，引绳削墨堪称绝技。他还有几个爱好，也值得一提，一是擅长雕刻。他曾赐给魏忠贤、客氏金印各一方，各重三百两。赐魏忠贤的金印，他刻上“钦赐顾命元臣”几字，赐给客氏的金印，他刻上“钦赐奉圣夫人”几字。刀功精良，字迹遒劲，精工无比。平时刻了许多玉石，随手赐给太监，或随手抛弃，引为乐事。一是喜看戏扮演。他在勤懋殿下设一隧道，道内有戏台一座，招入梨园子弟，在此演戏，他与客、魏二人常来看戏，某日演《金牌记》，内有“疯僧骂秦桧”一出，台上疯僧骂秦桧淋漓尽致。魏忠贤突然变色，不敢正视，竟藏于屏后，朱由校偏偏故意宣召。还是客氏为他求免。又曾创演水傀儡戏，在水池上搭戏台，演木偶剧，有《东方朔偷桃》、《三宝太监下西洋》等剧。看到尽兴的时候，就登台扮角色，唱念作打，俱是精妙。有时盛夏，他穿着甲靠，汗流浃背，仍乐此不疲。除此之外，便是斗狗、玩猫、走马、捕鸟、架鹰、打秋千、蹴踘。他废寝忘食地玩，没明没黑地玩，竟玩出一身病来。二十出头的小伙子，竟形容憔悴，面无血色，瘦得怕人。祭南郊、祭太庙这样的大典，他都无力主持。居然派魏忠贤侄儿魏良卿代祭。尚书霍维华，独出心裁制了一种灵露饮，说长服可以祛病长生。呈献上去，朱由校服后，甘美可口，有如醍醐灌顶。但服了几月，竟酿成一种膨胀病。开始时胸膈饱闷，后来浑身浮肿。最后僵卧龙榻不能动弹，再不能下床玩耍。渐渐病象更重，饮食不入，气息奄奄。朱由校自知不祥，急召信王朱由检商议后事。他一生无子嗣，朱由检是他同父异母弟。他拉着朱由检的手，自言将死，要将大统传给朱由检。朱由检坚决辞让，朱由校再三叮嘱，仍是不允。张皇后自屏风后走出，说：“皇叔义不容辞，且事急矣，恐生变故。”最后朱由检无奈含泪受命。朱由校又托付说：“皇后德性幽娴，你即位后，须善为保全。魏忠贤、王体乾等，均恪勤忠贞，可任大事。”朱由检诺诺答应。隔了二日，大限已至，崩于乾清宫。在位七年，年仅二十三岁，是明朝寿命最短的皇帝。

魏忠贤、客氏闻皇上驾崩，跑到灵前，抚棺跳跃大哭，魏忠贤哭得双目浮肿。既而将崔呈秀唤出，密语多时，内容无人知晓。野史上说魏忠贤想摄政或造反，崔呈秀力言不可，遂罢。客氏拜哭梓宫前，拿出一个小匣，用黄袱包裹，内藏朱由校胎发、痘痂、落齿、剃发一一拿出焚化，再三叩首，号哭而出。不几日朱由检登基，改元崇祯。谥朱由校为庄勤皇帝，庙号熹宗，葬于北京昌平德陵。

朱由校死了，似乎可以盖棺论定。但静心一想，对他作个评价确非易事。按传统的说法，他是个彻头彻尾的昏君。他听任魏忠贤祸国殃民，残害忠良。“八千女鬼闹宫廷”（八千女鬼，合起来是“魏”字，这是当时的谶语），在魏忠贤的播弄下，明朝的气数、元气丧失殆尽。无论如何朱由校难辞其咎。但是，说老实话，朱由校的个人品质并不坏。他一生不好色，与后妃淡然相处，以礼相待。荒淫和他毫无关系。他对姊妹兄弟也能友好善待。显示了他的善良个性。他天真率直，光明磊落。他庙号“熹宗”，“熹”就是光明之意，是个褒义词，很能代表其个性。从明史记载看，他没有亲手干过一件坏事。然而，他活泼好动，太贪玩了，除了做木匠、雕刻匠外，几乎什么都玩。玩得不亦乐乎，玩得忘乎所以，实际上是一个性格不成熟的大孩子。魏忠贤就抓住他贪玩的特点，不断导引他玩耍，使他对朝政失去了兴趣，魏忠贤就借此控制了他，进而控制了朝政。再加上他善良轻信，在他眼里，魏忠贤、客氏都是好人，临死前他还这样认为。因而，说到底他是一个受蒙蔽者、受害者。对这样一个胸无城府，天真率直的大孩子，把他硬说成昏君，确实让人不忍心。他实在是替魏忠贤背了一个大黑锅。

煤山老树吊明朝

——明思宗　朱由检

明思宗　朱由检

辽东陕北尽成灾，外患内忧事事哀。

如此君王谁敢做？苍天何故派他来?!

天启七年（1627），大明王朝这辆破车已驰过二百六十年的历程。这年八月，朱由校死了，朱由检登上了皇帝的宝座，成为明朝第十六个皇帝，也是最后一个皇帝。越明年，改元崇祯，这个年号的寓意是“大吉祥”。自此，朱由检又驾着这辆破车走向末路，完成了王朝最后的使命。

朱由检是明光宗朱常洛的第五子，是明熹宗朱由校的同父异母弟，天启二年（1622）被封为信王。他的生母刘贤妃早殁，由庄妃将其抚养成人。相传某日庄妃与朱由检在井中汲水，朱由检竟接连捞出两条金鳞鱼，庄妃大喜，执其手说：“这是吉兆。吾儿其后必然尊贵，可惜我看不到了。”说毕呜咽失声。朱由检告庄妃说：“儿昨夜也得梦兆。梦见一条金龙蟠卷殿柱，突然呼啦啦将殿柱拽倒，飞上天去。儿因此惊醒。”庄妃说：“龙飞九五，这也是大吉兆，儿千万不能泄露。”这个故事，笔者认为是史官的杜撰，因为每个真命天子史书上往往给其加一个神秘光环，这是套话，不可迷信。然而飞龙拉倒殿柱，却预示亡国之兆，这个梦编造得很是神奇。朱由检即位后，派人到西山找到生母刘贤妃的坟墓，予以祭奠，追封为孝纯太后。又召集宫人，回忆刘贤妃的容貌，让画师绘成画像，以全副銮仪从午门迎入皇宫，朱由检对着画像，伏地痛哭，满宫之人皆泪如雨下。这是朱由检的几件逸事。顺便一提。

【诛杀魏阉】与钦定逆案显示了朱由检的正义与魄力。朱由检登基，魏阉失势。第一个被罢官的人是兵部尚书崔呈秀，群臣参劾他不守父丧，忘亲恋位。他知大势已去，死期将至，召集众姬妾，置酒痛饮，每饮尽一杯，便将酒杯摔碎。接连摔碎几十个酒杯，然后醉醺醺地上吊自杀。崔呈秀倒台后，众大臣对魏忠贤群起而攻之，说他蒙蔽皇上，祸国殃民，十恶不赦，请正典刑。魏忠贤闻讯大惧，跑到朱由检面前哭诉，一连磕了几十个响头。朱由检不为所动，将其痛骂出去。次日，圣旨颁布，贬谪魏忠贤到凤阳守陵。魏忠贤匆匆上路，带着八百余名侍从，仍然沿路招摇张扬。中途却接到逮他入京治罪的圣旨，他知大限已到，大哭一场，上吊自杀。朱由检闻魏忠贤已死，下令戮尸；又下令逮捕客氏，押至浣衣局，将她活活打死。又传旨抄斩客氏、魏忠贤家族。所有客、魏家属，无论男女老幼，尽行斩首。有几个熟睡的孩子，也被刽子手挥刀杀死。煊赫至极的客、魏家族至此覆灭。

树倒猢狲散，朱由检下旨定逆案，分六等治罪，凡二百六十五人。阉党官员一个个被诛杀或革职查办。朱由检又下旨，毁弃《三朝要典》，拆毁各地魏忠贤生祠。起用前得罪官员，追赠抚恤前六君子、后七君子等人。朱由检用卜枚古礼，选出新的内阁大臣。这种古礼是将内阁候选人名单，放入金瓶，将金瓶摇动，然后依次从瓶中探取前四位，定为内阁大臣。也叫做金瓶掣签（与清朝选达赖、班禅转世灵童雷同，那叫金奔巴瓶掣签，此叫金瓶掣签，又好似抓阄，以示不徇私，看似荒唐，其实能消除阁臣争端，好办法）。又下诏："除酷暑严寒外，每天与群臣在文华殿议论政事。"这个决定确实了不起，世宗、穆宗、神宗、熹宗都怠政，长期不见朝臣，不理朝政，而朱由检恢复上朝仪式，并另到文华殿与群臣讨论政事，气象一新，可见其勤政求治的决心。接着又册立周氏为后，田氏、袁氏为妃，尊崇熹宗皇后张氏，封为懿安皇后。一朝天子一朝臣，新朝新气象。朱由检发愤图强，天下人心大快，喁喁望治。

【平定海盗】是崇祯初年一件大事。朱由检即位不久，东南传来警报，海盗郑芝龙（郑成功之父）盘踞海岛，屡屡登岸抢掠。闽中大震。官军进剿，数遭败绩。新任福建巡抚朱一冯，再次大举清剿，水陆并进，以求一逞。但郑芝龙颇晓兵机，夜间发奇兵袭击官军，官军再遭惨败。朱由检接到败报，十分震怒，下旨撤去朱一冯，改任熊文灿为福建巡抚。熊文灿见海盗难剿，改剿为抚。派使告郑芝龙，言归降以后，仍统辖原部，移作海防。郑芝龙大喜，遂率部归降。熊文灿好言劝慰，让他立功报效，然后保奏他升官。郑芝龙一口答应。当时福建一带，还有许多海盗猖獗，著名的有李魁奇、钟彬、刘香老等人。郑芝龙勇猛善战，竟率所部接连将上述次第海盗剿灭。熊文灿上奏报捷，并保奏郑芝龙为福建副总兵。

【重修历法】重视科学与任用洋人，表现了朱由检开明开放的个性和科学态度。东南海疆平静，朱由检长舒一口气。崇祯二年（1629）五月初一，钦天监曾预报日食应在此日发生。朱由检十分重视。然而五月初一并没有发生日食。朱由检异常震怒，严责预报不准，甚至要惩治钦天监官员。钦天监监正戈丰如实奏称："臣等谨守先人成历，要说预报不准，那是前人的错，不是臣等的错。"戈丰此言不错，中国几千年一直沿用的是秦汉以前的历法，代代沿袭，一成不变。岁时节气，日食月食，与推算往往相差几时，甚至一二日。元朝郭守敬创造授时新历，推算较前准确，但仍有错误。明初刘基造大统历，也无新意，仍然以讹传讹错漏不断。这时，吏部侍郎徐光启上奏，请参考西洋历法，修正历法。大力举荐南京太仆寺少卿李之藻，西洋人龙华民、郑玉函，参与修改历法。朱由检十分开明，竟然准奏。未几，李之藻、龙华民、邓玉函相继入京参与修正历法。徐光启被任为礼部尚书，监督历法修正。这是中国第一次任用外国人做官，也是第一次采用西洋历法，这个被命名为"时宪历"的历法，就是沿用至今的农历。朱由检尽管后来成为亡国之君，但在此问题上，却开明开化，决不保守，大胆使用洋人，引进西洋科技。其功绩应该大书特书。

那么，龙华民、邓玉函从何国而来，徐光启如何认识他们。有必要说明一下。大约是明朝中叶，葡萄牙人达伽马冒险航海，绕过好望角，发现印度航线。从此好多欧洲人，顺着航线，穿过马六甲海峡，来到中国传教经商。嘉靖四十三年（1564），大批葡萄牙人在广东海边澳门登陆，建筑商馆，开业经营。长期落户，乐不思蜀。粤省官员屡次交涉，葡人答应每年出二万两白银租赁，并签订协约。此后，荷兰、西班牙、英吉利、意大利等国接踵而来，都以澳门为落脚地。大批外国人进入内地，最先打着传教的旗号，中国政府开始对基督教并不排斥，任其传教；后来教徒渐多，影响渐大，士大夫阶层认为蛊惑人心，冲击儒教、佛教、道教，被视为邪教。万历四十四年（1616），中国政府下令驱逐在南京传教的大批外国传教士，赶出内地，押往澳门，史称南京教案。到了天启、崇祯年间，禁传基督教的政策有所松动，外国传教士又陆续进入内地。当时有个意大利传教士利玛窦也航海来到中国，先至澳门，后至沿海各城，传播耶稣福音。几年之后，他便精通中国语言，口说手写十分流利。明朝官员徐光启是上海人（上海徐汇区是纪念徐光启而名），与利玛窦邂逅相遇，十分投契，相见恨晚。利玛窦不仅宣扬平等博爱，耶稣福音，对天文地理、数学格致，更是门门精通并融会贯通。徐光启十分敬服，两人结成朋友，朝夕相处，通宵达旦研究学术。当时有人视徐光启为呆子。他全然不睬，努力钻研西学，不消几年，把西洋学术的精髓掌握透彻，连利玛窦也感到惊奇。徐光启入京为官，又邀利玛窦入京，继续研究。徐光启想推荐其入朝任事，但利玛窦以年老推辞，却把意大利人龙华民、邓玉函召入京城，推荐他们参与修历。徐光启捐献府宅作为教堂，又奏请准建公堂。又保荐西洋人汤若望、南怀仁、罗雅谷入京任职。这几个洋人在北京积极从事研究，翻译天文、数学等书，又制造许多天文仪器。计有：象限悬仪、平面悬仪、象限立运仪、象限座正仪、象限大仪、三直游仪、弩仪、孤矢仪、起限仪等。徐光启自己也著了许多天文学著作，共六种。又翻译《几何原本》一书，此书至今流传运用。崇祯三年（1630），利玛窦病逝于北京。朱由检追赠官职，赐葬于阜城门外，墓前立碁石一块，上刻十六字："美日寸影，勿尔空过；所见万品，与世并流。"至今遗址犹存。利玛窦是最早来华的外国人，他博学多才，不仅传教，同时把西洋先进科学带入中国，中国第一张正规的地图就是利玛窦绘制的，第一个把西洋光影投射绘画技艺传给中国的也是利玛窦。在此以前中国人只会画线条为主的平面画，相传利玛窦画圣母马利亚像，宛如活人，真让中国人大开眼界。他是一个伟大的科学家、思想家，他为中国作出的贡献，永远载入史册，永远闪耀光辉，也永远受到国人的敬重。无疑，徐光启也是一名永远值得纪念的大科学家，其著作《农政全书》也流传后世，他的名字永远闪闪发光。当然，这些科学人才的发现、任用，科学发明、科学著作的运用，最大的功劳应归于朱由检，他思想开放，兼容并包。如果没有他的钦准，一切都不可能发生。徐光启逝于崇祯六年（1633）。后来清兵入关，天下一统。汤若望、南怀仁等人都在顺治、康熙朝任职。这都是后话。笔者有诗赞朱由检：

敢用洋人作客卿，替天修历万年行。
愿崇科学除愚昧，亘古开明第一名。

【起用崇焕】平辽，是朱由检的英明主张。崇祯初年，朱由检雄心勃勃，发愤励志，求治图强，是一个充满远大理想的君王。他想肃清吏治，又想关怀民生，更特别关心军事。因为军事是立强的关键，明朝当时最大的敌人是雄峙东北的满洲政权。万历末年，努尔哈赤崛起建州，逐渐强盛，屡次大败明军。到了皇太极时代，国势更盛，几乎占领了整个东北地区。内外蒙古的贵族，也大多数投向满洲，对明朝形成巨大压力。萨尔浒之役后，明朝的精锐部队几乎全部集中在山海关内外，以防止满洲的入侵。因而扫平辽东，收复失地，恢复祖业，是朱由检梦寐以求的愿望。崇祯元年（1628），朱由检起用擢拔功勋卓著的袁崇焕为兵部尚书、蓟辽总督。这个小个子广西佬（原籍东莞），曾经在宁远创造了两次大捷，一是击败努尔哈赤，二是击败皇太极，声名大振，满洲畏之如虎。朱由检将他召入京师，亲自在平台接见，与他商议平辽方略。平台见驾，是臣下难得的殊荣，袁崇焕十分激动。他慷慨陈奏："愿陛下假臣便宜，臣五年可复全辽。"这豪言壮语，使朱由检大喜过望，当面嘉奖。少顷，朱由检入内休息。在这空当，兵科给事中许誉卿正言厉色地质问袁崇焕："五年的期限，你果能实现诺言吗?"袁崇焕先是一愣，又嗫嚅道："我见皇上为辽事焦虑，特作慰语。"许誉卿进一步逼问："皇上英明，岂可轻出大言对答。假如五年之后，皇上按你的诺言责求军功，你如何复命?"袁崇焕形色已沮，垂首不答。一会儿朱由检从内宫出来，君臣重新会议，袁崇焕又上前跪地再奏："辽事本不易奏功，皇上既将大任托付臣，臣不敢推辞。但五年之内，户部输军饷，工部给器械，吏部派人，兵部调兵，须各方面协调配合，平辽大事方能成功！”朱由检淡淡地说：“朕知道了，当饬令四部大臣，按卿的意思办。”袁崇焕又说：“臣平辽打败敌人不是难事，但臣没有能力抵挡谗言，臣一出国门，相去万里。假如有妒贤忌能的官员，无故诋毁臣，平辽大事必为隳坏。”朱由检也很激动，起座说：“卿尽可放心，朕当为卿做主！”于是赐袁崇焕上方宝剑，令他便宜行事。催促他立刻起程赴任。袁崇焕身体矮小，面貌丑陋，高颧骨、扁平脸。当时有人上奏：“袁崇焕貌寝，恐不胜大任。”朱由检说“岂能以貌取人”，置之不理。

袁崇焕到达辽东，立即积极进行军事部署。修固城池，增设堡塞，置戍屯田。并对军队改编，以求增加战斗力。苦心经营半年，卓有成效。东江（皮岛）总兵毛文龙，浙江杭州人，是一员镇辽宿将，他勇而多智，屡次袭击清兵，虽败多胜少，但屡败屡战。他苦心经营十余年，使东江成为抗击后金的堡垒，确实起到中流砥柱作用，无论努尔哈赤还是皇太极对他很忌惮。然而毛文龙此人，凭着兵精功高，未免骄气十足，飞扬跋扈，自征赋税，冒功讨饷。历届辽东主帅，对他难以节制。袁崇焕到任，肩负平辽大任，手持上方宝剑，号令三军。军纪何等严明。毛文龙偏偏不买账，依然故我，不把新帅放在眼里。部下桀骜不驯，作为主帅的袁崇焕自然怀恨，心中已产生除掉毛文龙的念头。只是忍而不发罢了，某日，他以阅兵为名，驰船到东江，泊于双岛。招毛文龙入船商议军机。毛文龙上船拜见，袁崇焕也格外谦和，留他在船上宴饮。酒过三巡，袁崇焕提出改编营制，再派监军。毛文龙立即变色：“我经营东江多年，耗尽心力，方成规模。岛上军民全系恩义相连，休戚与共。岂能遣散另行编制?”袁崇焕并不直接触题，竟然说：“我亦知贵镇劳苦，但于今外患交迫，兵务倥偬，朝臣未必肯谅解苦衷。我奉皇上特遣，不得已来此。为贵镇计，不如辞职还乡，乐得安闲余年。”毛文龙一闻此语，情绪激昂：“大帅让我辞职，我早有此意。只是满洲事情，还未办妥。眼下懂边务的恰是很少。文龙不才，愿平了满洲，夺回朝鲜，功成名就再泛舟西湖，以尽余年。”言讫大笑。两人针锋相对，话不投机，不欢而散。第二天按原计划在山上阅兵。袁崇焕早在山下等候，毛文龙带着护从姗姗来迟，正欲上前拜见，袁崇焕突握其手，笑容可掬地说：“何必多礼，同行上山好了。”东江护军跟随欲上，早被袁帅手下兵将拦住。毛文龙不免惊惶，无奈只得单身跟随上山。行至半山，崇焕突然说："明日我要回去，今日特向贵镇辞别。贵镇任重道远，杀敌平辽，全仗大力。理应受我一拜。"说完，便要行礼。毛文龙慌忙扶起答礼不迭，刚才的惊疑早已消散。二人边说边上，携手同进帅帐。此时袁崇焕脸色大变，高声大呼："来人！"帐内伏甲齐出，将毛文龙按翻绑个结实。毛文龙挣扎跃起大喊道："我有何罪？"袁崇焕厉声道："抗拒改编，违命不遵，尚是小事。你目无皇上，早怀二心。理应斩首。"又宣布毛文龙十二大罪状："按我朝祖宗之制，大将统兵在外，须接受文官监视。你在此一人专制，军马钱粮都不接受核查，一该杀。大臣之罪未比欺君更甚者，你的奏章全都瞒住，杀害降卒和难民之事，假冒战功，二该杀。大臣没有自己的将领，有则必杀。你上书说在登州驻兵取南京易如反掌，大逆不道，三该杀。每年饷银几十万，不发士兵，每月只散发三斗半米，侵占军粮，四该杀。擅自于皮岛开设马市，私自与外国人来往，五该杀。部将几千人都冒称是你的同姓，副将以下都随意发给布帛上千匹，走卒、轿夫都穿着品官官服和袍带，六该杀。从宁远返回途中，劫掠商船，形同盗贼，七该杀。强娶民间女子，不知法纪，部下效仿，使得百姓不安于家，八该杀。驱使难民远涉山林盗窃人参，不听从者，断其饮食活活饿死，岛上白骨累累，九该杀。用车送黄金到京师，拜魏忠贤为父，并于岛上雕塑他加冕冠的肖像，十该杀。铁山一战败北，丧师不计其数，却掩败为功，十一该杀。设镇八年，未收复寸土，坐地观望，姑息养敌，十二该杀。"毛文龙无言，叩首乞命。袁崇焕向北叩首，请出上方宝剑。下令推出斩首。顷刻间，毛文龙首级血淋淋掷于帐前。（其实毛文龙亦有御赐上方宝剑，毛俯首就死，未作反抗，真是幸事。否则激成内乱，后果不堪设想）袁崇焕出帐下山，召集东江部队，传谕说：罪在文龙，余者不咎。又召来毛文龙之子毛承祚安慰说："你父违背朝廷被正法，你有何罪？总兵一职由你担任。我为公杀你父，为私却伤悼不已。你尽力镇守东江，我向朝廷保举你。"说完，命设灵堂祭奠毛文龙，袁崇焕跪地，大哭不止，看上去异常哀痛。接着改编毛文龙旧部，留下副将陈继盛为监军，然后返回。毛文龙死讯报奏京师，朱由检十分震惊，因袁崇焕拥兵在外，暂时隐忍不发。明末清初史学家计六奇在《明季北略》中说："崇焕捏十二罪，矫制殺文龙，与秦桧以十二金牌矫诏杀岳武穆，古今一辙。"毛文龙是否该杀，当时确有异议。

毛文龙被斩，手下自然不服，毛文龙有两个大将孔有德、耿仲明，受毛文龙恩德，日夜想杀袁崇焕报仇。竟然暗中与满洲接洽投降。皇太极喜出望外，袁崇焕给他除了宿敌，现在又有两个大将投降。真是兵不血刃，大获效益。皇太极最有韬略，他命孔、耿二人不要妄动，暂据东江，阳顺明廷，暗助满洲。接着秣马厉兵，准备大举进攻明朝。

袁崇焕不请圣旨，擅杀毛文龙，真犯了一个天大的错误。毛文龙桀骜难驯，小惩可也，但罪不当诛！奈何自毁长城，令满洲人大快于心。毛文龙已死，东江堡垒不复存在，三月后，满人遂兴兵入侵。同时，擅杀行为，已触犯朱由检之怒，早已为自己埋下杀身祸根。袁崇焕英武英明一生，何其愚蠢乃尔！另外，杀毛文龙，又祭毛文龙。猫哭耗子，何必如此！

【磔死崇焕】则是朱由检最昏庸愚蠢之举。崇祯二年（1629）十月末，皇太极率满蒙军大举进攻明朝，他绕过宁远、锦州，不出山海关，却从辽西迂回，突入喜峰口，连克龙井关等长城关隘，长驱直入关内。八旗铁骑浩浩荡荡，勇往直前，不可阻挡。两日内兵临遵化城下。遵化离京城二百余里，敌军旦夕可至。明廷朝野一片惊慌。朱由检发羽檄急召袁崇焕率兵入援。京师危急，身为蓟辽总督的袁崇焕，义不容辞，誓师出征。先遣山海关总兵赵率教率轻骑为前驱，星夜兼程奔往遵化。自己率大军为后应火速入关。赵率教拼命赶到遵化城东三屯营，遇到满洲大军的强烈阻击。两军激战多时，赵率教虽是将才，奋不顾身，英勇杀敌。但敌不住满洲兵的轮番进攻，全军覆没，赵率教自刎身死，遵化城被满洲军攻陷。遵化失守，朱由检更为恐慌，仓促间起用前辽东总督孙承宗为兵部尚书，让他视师通州。当时，宣府、大同等各路兵马陆续向京城开来，但见满洲兵势大，均畏葸不前，勒兵观望。此时，皇太极率大军乘胜南进，一路连克蓟州、三河、顺义，兵临北京城下，京师大震，人心惶惶。幸亏总兵满桂率五千精兵到达德胜门，堵住清兵拼力厮杀。满桂原是一员猛将，竟将满洲军杀退，城中人心稍安。这时袁崇焕已率大军抵达广渠门。原来袁崇焕率军日夜兼程直扑遵化，但皇太极已率兵来攻京师。袁崇焕便立即追蹑而来。朱由检闻袁崇焕入卫，甚感欣慰，立即在平台召见，温言慰勉，亲解貂衣，披于其身。袁崇焕奏请大军入城休息，朱由检断然拒绝。袁崇焕怏怏辞退。只好屯军城外，与满洲军遥相对峙。袁崇焕认为满洲兵远来，不能持久，待锐气消尽，再予打击。于是坚壁高垒，只是坚守，按兵不动。满兵几次夜袭，都被击败。皇太极很是无奈。两军进入胶着相持状态。此时京城里谣言四起，有说袁崇焕故意放满洲军队入关，有说袁崇焕正与皇太极议和。有说袁崇焕按兵不动，听任敌军烧掠等。这些谣言传入内廷，朱由检很是惊疑，他对袁崇焕曾出大言“五年平辽”，而不到一年，寸土未复，满洲兵却长驱杀入内地，兵临京师，早已怀恨在心。加上对袁崇焕擅杀毛文龙的不满，交织一起，对袁崇焕产生严重的怀疑。不许袁军入城休息，便是基于这种思想。新任兵部尚书孙承宗也埋怨袁崇焕没有在三河、顺义堵击敌军，而追蹑其后，造成敌军深入京城的局面。其时，皇太极正进退无奈，打探到明廷上下不信任袁崇焕的消息，心中大喜，立即实施反间计，离间朱由检与袁崇焕的君臣关系。皇太极首先派间谍潜入京城，大肆散布袁崇焕和满洲有约在先，故意放敌入关的谣言。其后又在被擒太监杨某身上打主意。他让部将高鸣中、鲍承先二人在杨太监住处，故意低声密语，内容是“皇上（皇太极）”和袁督师有密约，不日袁督师就要起事，大功必成等。话音虽小，杨太监听得一清二楚，默记在心。第二天皇太极下令释放杨太监。杨太监入城后声言从敌营逃出，并立即将窃听内容奏告朱由检。其实，皇太极的反间计并不高明，与周瑜施计，蒋干盗书几乎雷同。明智人一眼便可看穿：杨太监既被俘怎能轻易逃回？一个俘虏怎能听到敌人的高度机密？然而在“人人怀疑袁崇焕通敌”的气氛中，朱由检深信不疑。他内心非常害怕袁崇焕勾结满洲，颠覆皇权。于是皇太极的反间计，顺利奏效。崇祯二年（1629）腊月初一，朱由检再次宣召袁崇焕于平台，声言商议军饷之事。袁毫无顾忌。谁知进入平台后，朱由检大喝一声命卫士拿下袁崇焕，斥责他擅杀毛文龙，导致敌军犯阙。袁崇焕一时发愣，仓促间不知答对。于是将他押入诏狱听审。

袁崇焕被逮捕，袁部将士异常悲愤，大将祖大寿带着部队返回辽东。京城情况十分危急。然而，皇太极十分明智，他见北京急切难以攻下，除袁崇焕的目的也已达到。便纵兵在京畿地区烧掠几日，然后返回国内。

清兵退去，朝廷又起波澜，阉党余孽乘势攻击前内阁大臣钱龙锡，诬陷他是袁崇焕的主使者，所有擅杀毛文龙、满洲兵入关等事都与钱龙锡有关。朱由检性格好猜多疑，竟把退休回家的钱龙锡逮入狱中。接着阉党余孽又大肆弹劾袁崇焕，说他屡次与敌议和，叛国通敌，罪不容诛。朱由检犹豫不决，召集百官在平台商议如何处置袁崇焕。当朱由检提出拟处死袁崇焕，征求百官意见时，满朝公卿竟默然无语，朱由检再三质问，有几个官员勉强附和说了几句“全凭圣裁”的话。朱由检见百官如此。下旨磔死袁崇焕。

崇祯三年（1630）八月十九日，袁崇焕被押赴西市，处以磔刑。临行前赋诗一首：

一生事业总成空，半世功名在梦中。
死后不愁无勇将，忠魂依旧守辽东。

磔刑是将犯人支解肢体，剁成碎块的一种酷刑。袁崇焕死状十分悲惨。据张岱《石匮书后集》记载，行刑时，“割肉一块，京师百姓从刽子手争取生啖之，刽子乱扑，百姓以钱买其肉，顷刻立尽，开膛出其肠胃，百姓群起抢之，得一节者，和烧酒生啮，血流颊间，犹唾骂不已。拾得其骨者，刀斧碎磔之，骨肉俱尽，止剩一首，传视九边”。读了张岱的记载，令人毛骨悚然。百姓为什么如此痛恨袁崇焕，争吃其肉。因为朝廷已将他宣传成“叛国通敌，引敌入关”的奸臣。他到死都没有得到人们的理解，这是多么巨大的悲哀啊！

满洲兵入关，兵临城下，是明朝遭受的又一次大劫难，史称“乙巳之变”。袁崇焕身为蓟辽总督，京师是他的防区，保卫京师是他的职责本分，他疏于防范，让满洲兵绕道入关。其咎不可推辞。他从辽东几千里外赶回京师入卫勤王，忠勇可嘉。但不幸的是，他又犯了一个大错误，不是堵击敌人而是尾随其后，将防御线收缩在京城之外，致使皇太极兵临京城，京畿大受侵扰。这不能不使朱由检和朝中大臣产生怀疑。皇太极巧使反间计，好猜多疑的朱由检终于上当，自毁长城，冤杀袁崇焕，制造了明朝有史以来的最大冤狱。令亲者痛，令仇者快。几百年后，人们提起袁狱，浩叹不已。袁崇焕之死，是个性格悲剧，他急于事功，好为大言。他宣称“五年平辽”这是个错误，擅杀毛文龙又是个错误。援京军事部署失当，再犯了错误。这些致命的错误，又遇上多疑好猜的朱由检，遂招致杀身大祸。袁崇焕曾对朱由检说：“他平辽有余，杜谗不足。”不幸被自己言中。这确是引人深思的问题。袁崇焕死后，边疆无人可用，辽东大事遂不可收拾。现在某些学者，根据《明季北略》等史籍，说他有通敌叛国的嫌疑，对其“民族英雄”的称号大加质疑。原因是他多次与皇太极议和。然而笔者认为，袁崇焕的忠诚，无可置疑，否则不会千里救驾，也不会坦然入城遭到朱由检逮捕。须知他拥兵十万，如有异心，何事不可为！难道会甘愿被逮吗？关键是对议和的认识。按说在军事上，主和与主战均是一种战略思想，不分轩轾。战固然正气凛凛，和也并非卖国求荣，而是变通之策，都是为了国家的实际利益。如果不能消灭对方，和应是最后的归宿，百战总有一和，双方不能无休止地打下去。用现在的话说，和就是通过政治对话停止战争。然而在中国历史上，国人无比崇尚气节、尊严、精神、面子，忽视实际利益，宁玉碎，不瓦全。无论何种情况，主战派慷慨激昂，往往获得清誉。通常情况下，敢上前线杀敌的人少，躲在后方喊叫的多。而主和派则有媚敌的嫌疑，往往下场极惨。做主战派容易，大声疾呼，随声附和就行了。而作为国民争取实际利益的真正的主和派，没有大公无私、甘跳火坑、不计利害、忍辱负重的精神是不行的，佛家语：“我不入地狱谁入地狱！”就是此精神的写照。袁崇焕出师辽东时，就上奏朱由检：守是正着，战是奇着，和是旁着，守、战、和三者结合，最终击败清军。这军事方略，朱由检是大为赞同的。然而袁崇焕一旦与敌议和，怀疑他通敌的议论就铺天盖地。于是清师兵临城下，袁崇焕坚壁固守，于是谣言四起，朱由检就怀疑了。袁崇焕之死，实际是中国人的悲剧。笔者有感于此，凄然赋诗曰：

投笔从戎气若虹，不图封爵镇辽东。
红夷大炮炸宁远，快马飞兵保帝宫。
本为君王呈赤胆，原非意气斩文龙。
崇祯欲死煤山上，方晓将军是大忠。

【闯王起义】是中国历史上规模最大的农民起义，现简要述之。外患甫平，内患又起。云南、贵州安邦彦、奢崇明又聚众作乱。攻掠州县，气焰更为嚣张。朱由检又令川黔总督朱燮元为帅，剿了三年，耗费了多少兵力钱财，才将其彻底剿灭，杀死安邦彦、奢崇明。但是明廷既对付外患，又对付内乱，连年征战，国库已消耗殆尽。老实说，明朝的皇帝自朱元璋起，对百姓征税本不苛繁（明神宗朱翊钧除外）。但是到了崇祯朝，朱由检因辽东战争，需要大量军饷，称为辽饷，练兵需要军饷，称为练饷，不得不横征暴敛，尽情搜刮，摊派民间。百姓非常困苦。朱由检为全力对付满洲，裁减内地驻军军饷几十万两，又减各省驿站几十万人。内地驻军没有粮饷，无法生活，往往啸聚为盗，许多饥民参与其中，打劫财物赖以生存。那时老天爷很是奇怪，也偏偏与百姓作对，今年涝灾，明年旱灾，水旱交加，饥寒交迫，颗粒无收，老百姓真是没有活路。在内地的省份中，陕西省的灾情最为严重，年年大旱，寸草不生，百姓甚至吃观音土充腹，更甚至食尸体以图活命，但人肉吃了，头脚俱肿，须臾即死。官府又逼税逼粮，充为辽东军饷。百姓实在无法活命，于是在陕西延安、米脂、延庆一带爆发了一场有史以来最大的农民起义。最先揭竿而起的是府谷县民王嘉胤，他一插旗，四方响应，秦中失意豪杰大批加入。内中有二人最为厉害，一是李自成，一是张献忠，都投奔在王嘉胤的旗下。李自成，米脂人，聪明多智，精于骑射，尤其善于奔跑，有豪气，气度非凡，胸怀大志。家极贫困，不得已做了驿卒。驿站被撤掉，自成饥饿难耐，便投了王嘉胤加入义军。后世有人说，裁驿站逼李自成造反，造成明朝覆灭。假如驿站不裁，大明江山或许不倒，这也未必。张献忠，延安人，原是延安衙役，性格豪爽，勇敢嗜杀。又极有智慧，号称八大王。他曾与王嘉胤为友，被官府通辑，无奈逼上梁山加入义军，某次战役，他被官军俘获，欲处以斩刑，临刑，总兵陈洪范见他高大魁梧，黄脸虎须，一派英气，视为英雄好汉，杀之可惜，将他释放。后来也有人说，陈洪范当时倘若将其斩于帐下，张献忠怎能为害天下，然而历史不能假设，假设便不成历史，这正是历史的魅力。王嘉胤聚众五千余人，在延庆黄龙山扎下营盘。又有高迎祥、王左挂、王大梁、周大旺等率众归附，声势浩大，四处打劫，专与官军作对。陕西巡抚刘廷宴是个庸碌的老家伙，起初他认为是饥民闹事，派几个衙役驱散了事。后来感到势头不对，便派兵清剿，连续吃了几个败仗，这才如实向朝廷奏报。朱由检接到警报，很是震怒，逮回刘廷宴治罪，擢升左副都御史杨鹤为兵部尚书，总督三边军务，出师清剿。杨鹤尚未到任，捷报相继传来，商洛道刘应遇率兵击败王二、王大梁部，斩杀王二、王大梁；督粮道洪承畴击败王左挂，斩杀周大旺。起义军大半被镇压，杨鹤到达西安，认为百姓被逼造反，应抚不宜剿，立即传令不得妄杀。这一招颇有效果。王左挂等许多义军头目纷纷投降，杨鹤发给他们免死牌，让他们安心度日。但是以王嘉胤为首的义军主力拒不受降，继续与官军相抗。加上官府安抚不当，原先被招抚的义军又相继叛变，重竖义旗。威势更加强大。陕西、陇东一带，满山是“盗”，遍地是“匪”。各路义军结成三十六营，每营有头目多人，都隐埋姓名，以绰号传世，例如老回回、曹操、混天飞、八金刚、射塌天、飞山虎、一盏灯、通天柱、抓地虎、滚地狼、不沾泥、满天星等。这些义军连续攻占庆阳、合水等陇东重镇。消息传到京城，大臣纷纷弹劾杨鹤招抚不利，纵盗殃民。朱由检下旨逮捕杨鹤，特命洪承畴为三边总督，全力进剿义军。洪承畴是福建南安人，是个将才，极有谋略，颇有儒帅风范。手下有员大将曹文诏更是勇猛善战，带着大批精锐官军，很快将义军击败，首义元勋王嘉胤被杀死，张献忠率两千人投降。只有李自成逃脱，投附另一义军首领高迎祥。高迎祥当时在山西，自号闯王，有众万余人，李自成加入，自号闯将。张献忠投降洪承略后，表面十分恭顺，心中实怀杀机。他听说高迎祥、李自成在山西得势，又叛变洪承畴，率部进入山西，与高、李会合。自此，起义主力分为两部：一在山西，一在陕西、陇东。陕西、陇东义军由神一魁、点灯子、红军友、可天飞、混世狼等首领率领。总督洪承畴和总兵曹文诏商议一番，决定先破秦贼，再破晋贼。于是曹文诏、洪承畴两路出击，先战败米脂、绥德、清涧的义军，又转战陇东，收复合水、庆阳、平凉等城。曹文诏十分骁勇善战，义军畏之如虎。义军很快被剿灭殆尽，神一魁等头目几乎被斩尽杀绝。陕西、陇东一路义军彻底失败。朱由检下诏大力表彰曹文诏。并下令洪承畴、曹文诏再入晋清剿。

山西的义军发展极快，尤其收容了从北京退下来的几万明军，这些明军是清军围攻北京时，奉旨勤王的溃兵，顿时实力猛增。高迎祥、李自成、张献忠率众攻破大宁、隰州、泽州、寿阳等城。紫金梁、曹操等部侵袭汾州、太原。义军纵横半个山西，官军望风披靡。宣大总督张宗衡、山西巡抚许鼎臣，率官军拼力堵截。曹文诏从陕西渡河入晋，官军两路夹攻，起义军大败。高迎祥、李自成、张献忠逃入河北。义军一部翻越西山，攻陷顺德、真定等县，直抵畿南，被兵备副使卢象升击败。老回回等部从摩天岭西下，直达武安，河南副将左良玉率军堵截，被义军诱入伏击圈，几乎全军覆没。左良玉只身逃脱。于是义军势力大增，怀庆、彰德、卫辉三府十余县，均被义军攻克。潞王朱常淓就封卫辉，此前，潞王见卫辉危急，飞章向朝廷报急。朱由检极为焦虑，一面命总兵傀宠等人率京营兵六千驰援，一面命曹文诏火速移师会剿。曹文诏勇猛善战，义军很是惧怕，再加上京兵配合作战。起义军很快又被击败。高迎祥、李自成等人见大势不好，诈降官军，重金买通监军太监，逃出堵围圈。进入豫西，攻下渑池、卢氏、伊阳三县。待官军会师豫西进剿，义军又进入卢氏山。又间道入内乡，攻克南阳、汝宁。随后又进入湖广。

【孔耿降清】是崇祯朝的大事件，直接影响明清战争格局。正当官军在秦晋豫与义军奋战之际，山东传来警报，报奏登州游击将军孔有德、耿仲明叛乱。孔有德、耿仲明原是东江总兵毛文龙的大将，毛文龙被杀，他俩暗通满洲。后被东江参将刘兴治驱赶，逃到登州。莱登巡抚孙元化与孔、耿有旧谊，收纳二人，授官游击将军。孔、耿二人素有异志，早已暗中投降满清，野心极大。其时辽东大凌河城被满洲兵围困，孙元化派孔、耿率兵支援，途中遇大雨，兵无粮草，发生哗变，孔、耿二人乘机发难起事。扯起反明大旗，率兵杀回山东，连续攻破陵县、临邑、商河、新城、青城等县，声势大振。山东巡抚余大成、莱登巡抚孙元化率兵镇压，但均被孔有德、耿仲明击败。朱由检将余大成、孙元化撤职问罪。另派徐从治为山东巡抚，谢琏为莱登巡抚，再派侍郎孙宇烈为山东总督，统两万五千精兵来援山东。但孙宇烈到山东，却不开战，派使者招抚孔有德、耿仲明。孔、耿二人虚与周旋，暗中运来西洋大炮，猛攻莱州。徐从治被炸死，谢琏被孔有德诱捕、绝食而死。警报传到京城，朱由检万分震怒。下旨逮问孙宇烈，处死孙元化，发配余大成。特命参政朱大典为山东巡抚，率大军支援莱州。朱大典极善用兵，副将祖宽更是骁勇，激战几日，孔有德被打得大败。莱州被围七月，至此解围。孔、耿二人逃窜登州，朱大典驱军直逼，两军再战登州。孔有德、耿仲明抵不住明军猛烈进攻，弃城入海北逃，竟然公开投降满洲。孔、耿二人投降，为满洲国增添二万兵力，更重要的是带来几门红夷大炮，饱尝大炮威力的皇太极，立即下令仿造，将造炮大任赋予汉军八旗都统佟养性。不几月，红夷大炮在沈阳制造成功，并大批生产。炮被授予“天佑助威大将军”。称号“夷”字刺耳，改称“红衣大炮”。红衣大炮的制成，意义重大。说明明军的火炮优势已与满洲共有。

后来孔有德、耿仲明、尚可喜这三个叛徒，都被皇太极、福临封为高官，成为清兵入关的急先锋，这是袁崇焕杀毛文龙的负作用。这是后话。

【闯王脱险】于青箱峡极富戏剧性。再说朱由检派兵驱走孔有德、耿仲明，莱登平靖。又下严旨命洪承畴加紧清剿李自成、张献忠等义军，并特授陈奇瑜为延绥巡抚。陈奇瑜颇有能耐，一出师便首战告捷，攻克延水关，斩杀义军头目金翅鹏、一条龙、钻天哨、开山斧等人，威名大振。当时，高迎祥、李自成部队进入湖广，攻陷郧阳、襄阳。老回回、过天星等部攻入四川。朱由检闻讯，破格提拔陈奇瑜为兵部侍郎，总督豫、晋、秦、川、湖广五省军务。又任卢象升为郧阳巡抚。卢象升此人，忠直刚烈，擅长用兵，是明末著名大将。陈奇瑜接过帅印，驰至均州。飞檄调来陕西、河南、湖广三省兵马，加上卢象升，共四路大军，分道出击，经过几十次激战，官军大获全胜，擒杀义军头目十余人，斩首数万，这是官军清剿以来的最大胜利。张献忠逃向商雒。李自成、高迎祥被官军紧逼，走投无路，误入汉中青箱峡，此峡在万山之中，山岭层叠，连绵几十里，地形极为险要，满山荆棘乱草，只有进路，没有出口，完全陷入绝境死地。义军作战从不带辎重粮草，每到一地随抢随食。但进入青箱峡，哪里去寻粮食？饿得头昏眼花，不得已以野草野果充腹。又碰上天降大雨，下了三十几天连绵不停。兵士满身淋漓，弓脱胶，箭离杆，真是窘迫万分。想要突围，峡口布满千军万马，插翅难飞。高迎祥万分绝望，束手待毙。唯李自成坚忍不拔，召集部下商议对策。想出一条诈降之计。李自成搜集大量金银珠宝，派人下山重贿陈奇瑜左右官员，请求转达投降之意。左右得了珠宝，尽力劝说陈奇瑜，说什么穷寇莫逼，安抚最是省兵省力等。此时陈奇瑜已有骄气，对义军颇为轻视，认为不战而屈人之兵，是兵法上策，竟然答应。只命李自成必须自缚投降。李自成不愧乱世英豪，有弥天智勇，浑身是胆。果然自缚手脚，带着三万名士兵，出峡投降。匍匐在陈奇瑜马前，叩首乞降。陈奇瑜趾高气扬，得意扬扬，当即应允。下令将俘虏三万人遣送回家。每队有俘虏百名，由一安抚官押送。并命沿途各州县供给食宿。高迎祥、李自成叩头再三，拜谢而去。大批义军俘虏离了青箱峡，行走数十里外，李自成一声大喊，三万名俘虏一齐动手，杀死安抚官五十余人、官军近千人。又啸聚一起，杀回秦中。

李自成降而复叛，使朝廷万分震惊。各路言官交章弹劾陈奇瑜纳贿纵敌。朱由检一气之下，将他撤职戍边。说实话，陈奇瑜确实是大明王朝的千古罪人，他已将李自成逼入绝境，如果他镇定自若，头脑冷静，将李自成斩于马前，以后“甲申惨变”何能发生？历史将再重写。几百年之后，还有人骂陈奇瑜害了大明朝。然而，历史就是这样复杂多变，充满神奇，让人永远捉摸不透。

【荥阳会议】是义军在败亡之际召开的军事会议。青箱峡之战，起义军处于低潮。而朱由检任命洪承畴总督五省军务，代替陈奇瑜继续紧逼。此时义军在汜水、荥阳一带活动。洪承畴率师出潼关，并令各省兵马入豫攻击义军。形势十分严峻。各路义军首脑十分恐慌，出于对前途命运的考虑，他们聚集荥阳，召开军事会议。当时到会的有十三家七十二营。这十三家是：高迎祥、李自成、张献忠、老回回、曹操、革里眼、左金王、改世王、射塌天、横天王、混十万、过天星、九条龙、顺天王。另有七十二营是较小的头目。大会开始，讨论如何对付官军和义军前途等重大问题，各路首脑议论纷纷，开了几天没有一个头绪。甚至出现投降解散的议论，李自成慷慨陈词："我军已有二十万军马，岂有半途而废的道理。官兵虽多，但也经常被我打败。于今之计，我军必须团结一致，协同作战，各定方向，分认地点，与官军决一胜负，胜败尽归天数，何必多虑。"众头目被他豪迈气概所折服，齐声附和。于是协调分工：议定革里眼、左金王、抵挡四川、湖广兵；横天王、混十万抵挡陕西兵；过天星扼住黄河，抵挡河南兵；高迎祥、李自成、张献忠进攻东方；老回回、九条龙往来策应；射塌天、改世王协助攻打陕西。各军攻占州县，所得财物，一律平分。荥阳大会是义军历史上一次异常重要的大会，起到了团结、协调的作用，意义非同寻常。

【攻陷凤阳】是义军对大明朝的致命一击，但又造成闯献反目，各自发展。按照荥阳会议决定，高迎祥、李自成、张献忠率大军东进，一路势如破竹，直捣凤阳。凤阳留守朱国相率兵拼死抵抗，终因寡不敌众，全军覆灭。朱国相自刎而死，凤阳知府容暄被活活打死。凤阳被攻陷。义军一把火，将凤阳皇陵烧个精光，烧毁陵园楼殿几百间，烧毁皇陵松树三十万株，烧毁凤阳城内公私房舍二万二千六百间，守陵太监几百人全部被杀死。

张献忠在皇陵抢回一个小太监，善吹唢呐、笙、笛、箫，声音美妙动听。李自成向张献忠索借小太监，张献忠不给。李自成大怒，竟率几万大军西去，返回归德。张献忠见李自成愤然出走，也不挽留，又率兵东进，连破庐江、巢县、无为、潜山、太湖、宿松等州县，皖中大震。义军焚烧凤阳皇陵数月，凤阳巡按吴振缨才如实上奏。满朝大为震惊。凤阳是朱元璋发祥地，祖陵所在地。这是朱家皇室的大劫难，君臣上下痛哭，朱由检身穿孝服，撤乐减膳，辍朝数日，哀悼不绝。并下罪己诏。他盛怒之下，将凤阳巡抚杨一鹏斩首、吴振缨发配戍边。特命兵部侍郎朱大典，总督漕运，巡抚凤阳。

张献忠知朱大典能兵善战，十分忌惮，率众返回陕西。李自成此时亦返回陕西。陕西几乎成了义军的天下。洪承畴急忙从河南调兵入秦，与义军大战于真宁。明朝大将曹文诏战败，拔剑自刎而死。曹文诏勇猛善战，屡败义军，义军畏之为虎，至此方才解恨。朱由检闻曹文诏战死，异常哀悼，钦赐祭葬。又升卢象升为兵部侍郎，总理江北、河南、山东、湖广、四川军务，与洪承畴一起协力进剿。洪承畴在渭南临潼一带，与李自成遭遇，大战数日，李自成大败。高迎祥亦败。两人分兵东走，由河南到江北，途中攻陷和州、含山、滁州等地。卢象升率大军在滁州迎头截击。又大败义军，斩杀无数，伏尸遍野，滁水为赤。李自成、高迎祥率残部又逃回陕西。李自成、张献忠的部队有个显著的特点：以走为上。他们纵横南北，驰骋东西，居无定所，行军不带粮草，随时随地抢掠为食，打了十余年仗，没有固定的根据地，真是满天飞、满地窜。前代史家将其称为“流寇”，也有些道理。先按下明廷剿义军不表，再说崇祯八年（1635），发生一起轰动全国的忤逆大案：“郑鄤杖母案。”

【郑鄤之案】是明末大案。郑鄤，常州人，进士出身，翰林院庶吉士。郑鄤文章天下闻名，连大名士黄道周都自叹弗如；更有气节，曾上书弹劾魏忠贤，一时名动天下。郑鄤之父郑振先，丧妻，娶继室吴氏，是为郑鄤之继母。吴氏性格残酷，常虐待婢女，几个婢女竟被虐待致死。郑鄤很气愤，但又无可奈何。于是愤然离家，避于山中，三年不见继母。郑于山中遇一巫婆，神通广大，祝福驱鬼，预知未来，十分灵验。郑鄤将继母之事告她，巫婆道：此事好办，应如此如此。原来郑鄤想借巫婆之力，教育继母，使之改变残酷的性格。他把巫婆引到家中，巫婆神吹一通，说能治病驱邪，法力无边。继母吴氏信以为真，敬之如神。某日巫婆作起法来，指天画日，做招引天兵天将状，瞪目吐舌，狂跳狂舞，接着唱起歌来，把吴氏虐婢之事编成歌词，叙述一遍，又说上天将要严惩她。吴氏吓坏了，叩头哀告，祈求免灾之法。巫婆不允，郑鄤从旁劝解，也祈求免继母之罪。巫婆说只有代天行事，杖打八十，方可免罪。吴氏悔罪，情愿挨杖。于是郑鄤用杖轻打了几下，算是了事。然而吴氏之兄吴宗达得知其事愤恨不已，竟告郑鄤杖母之罪，在当时不孝是天大的罪状，杖母更是死罪。首辅温体仁接到状子，心中暗喜，他素恨郑鄤狂妄，立即上奏朱由检。很快朝廷下旨将郑鄤逮捕入狱，判成忤逆大罪，拟处以极刑。此时许多人又落井下石，揭发郑鄤还有烝父妾、烝妹的大罪，这又是乱伦奸淫之罪。郑鄤在狱中，托人向国丈周奎贿赂万金，想通过周皇后求情。某日周皇后向朱由检提起郑鄤之事，朱由检怒问："汝在宫中怎知郑鄤之事！"吓得周后噤声不语。朝中也有大臣怜郑鄤之才，上奏求情，朱由检执意不允。原来他另有考虑，想杀郑鄤以正人心。眼下天下大乱，正是人心不正的反映，不孝的延续就是不忠，杀不孝以正人伦，杀不孝以振朝纲。于是下旨将郑鄤处以磔刑。押往西市，即今北京宣武区西南甘石桥下四牌楼之处（明朝在此行刑，清朝在菜市口）。郑鄤临刑大呼有弥天大冤，无人理睬，接着又与家人絮絮叨叨告别，也算镇定。刽子手奉旨脔割三千八百刀，每割一千二百刀，便有刑部小吏骑快马持小红旗，向内廷报告。至黄昏方才割毕，血肉狼藉，惨不忍睹。究竟郑鄤冤不冤，当时人也无法说清，已成千古谜案。然而郑鄤贪财好色，树敌过多，是天下尽知的事实，也是咎由自取。笔者有诗咏道：

肉骨粉飞血溅尘，千刀万剐兽心人。
君王欲借书生命，重振朝纲儆众臣。

【清军犯京】引出女英雄秦良玉赴京勤王，传为佳话。崇祯九年(1636)，对朱由检来说，是个灾难之年，义军纵横内地，穷于应付。而东北满鞑子又来侵略。是年，皇太极平定察哈尔部，内蒙古尽属其有，又获得元朝传国玉玺，于是在沈阳称帝，改国号为大清。他率军追击察哈尔林丹汗，一直追到归化，仍不见踪影。便顺手牵羊，侵扰大同、应州、宣州等地，夺去人口牲口十余万。不几日又派大军从喜峰口突入关内，从小道奔袭昌平、顺义、宝坻、安肃、定兴各县均被占领。守军几乎全部战死。京师朝野震惊，朱由检下诏飞檄传各镇兵马入京勤王。又下谕让百官捐款助饷，将文武百官的马匹拉走充为战马，即使皇亲国戚也不能免。武清侯李国瑞是万历朝李太后的侄孙，李太后也是朱由检的曾祖母。朱由检风闻李国瑞家资百万，勒令李国瑞捐银四十万两。李国瑞哭穷拒捐，并拆掉宅院变卖，又把家具、衣物摆在大街上叫卖，以示真穷。朱由检大怒，罢免李国瑞的爵位，限时缴银，李国瑞胆小，竟被吓死。李家财产尽被抄没。一时皇亲国戚大为恐慌。而此时五皇子慈焕病重，忽然有神灵附体，大叫："我九莲圣母也，皇帝对待外戚太菲薄。"说完五皇子便一命呜呼。九莲圣母就是李太后，当时传说李太后已化为九莲圣母。朱由检见此恐惧异常，立即下诏恢复李国瑞的爵位，让其子继承，并发还全部家产。此种逼勒百官国戚的行为，上下几千年绝无仅有，可见朱由检当时忧国的焦虑之心和无奈之举。然而各镇兵马或畏缩不前，或被义军牵制，多不能及时入援。唐王朱聿键就封南阳，闻京城危急，率兵入京勤王，行至裕州，圣旨突下，说他擅离封土，居心叵测，勒令退回。后来朝廷降罪，废为庶人，幽禁凤阳高墙之内。明朝对宗藩控制极严，非诏不得擅动，朱聿键情急报国，却犯了大忌。然而此时有一个巾帼英雄，自川东出发，带着几千女兵，不远千里来到京城保卫皇上。她就是在天启朝大败叛臣奢崇明的女将军秦良玉。朱由检听她入京勤王，格外惊喜，立即传旨召见，秦良玉朝服朝冠，登阶拜叩，山呼万岁，气宇轩昂，应对自然。满朝文武肃然起敬。朱由检封她一品诰命夫人。并亲制御诗一首予以旌扬：

蜀锦官袍手制成，桃花马上请长缨。
世间不少奇男子，谁肯沙场万里行？

这首诗既是对女英雄的赞扬，也是对朝臣懦弱的不满与嘲讽。与秦良玉同时到京的还有兵部侍郎卢象升。此时清兵大掠几日，又撤退返国，真是有惊无险。朱由检又任命卢象升为宣大总督。卢受命而去。

【频繁换相】真是历史奇闻。朱由检即位十年来，刚愎自用，乾纲独断，国家大事决于金口玉言。他看待内阁大臣，简直如奴仆一般，稍忤己意，随即撤换，内阁换班简直像走马灯一样旋转迅速。十七年来先后有五十名内阁首辅被撤换，史称“崇祯五十相”，创历史之最。唯有温体仁稳坐内阁首辅八年，如铜浇铁铸一般，丝毫不动。温体仁此人，是个庸才，度量狭小，但能揣摩透朱由检的心思，他知皇上喜欢奉承话，尽拣好话给他听。他知道皇上爱独裁，于是凡国家大事，温体仁从不出一计一谋。遇到任何事，总是一句话：“皇上英明，全凭圣裁。”朱由检反说他是大人才、大忠臣。朝中大臣与他稍有忤逆，他都设法排挤。像钱象坤、刘宗周、周延儒等大臣都先后被他排挤出去。朱由检宠信太监，任命高起潜为京外总监军，曹化淳为京内总监军，他也大力支持。群臣说他“大奸似忠，大佞似贤”，《明史》将温体仁列入《奸臣传》，确实恰如其分。后来朱由检发现温体仁口是心非的特点，便将他免职。笔者在此插入此段，意在说明：朱由检既不能正确任用武将，也不能正确任用文臣。朱由检一生致命的缺点，就是“刚愎自用，用人失误”。这也是导致明朝灭亡的最重要的因素。

【嗣昌谈兵】最为迂阔，笔者笑述之。为了加紧剿灭起义军，朱由检又召回在家守父丧的杨嗣昌，让他夺情视事，墨绖从军。提拔他为兵部尚书、东阁大学士。杨嗣昌是右都御使杨鹤之子，杨鹤当年招抚义军未果，受朝廷重谴，死于戍所。杨嗣昌可谓将门之子，可他虽熟读兵书，却从未临阵。但口才极佳，好为大言，高谈阔论，滔滔不绝。接到圣旨，当即入朝受职。朱由检召见平台，奏对时言辞奔涌，天花乱坠。说欲要大举平贼，以陕西、河南、湖广、江北为四正，四巡抚分剿而专防；以延绥、山西、山东、江南、江西、四川为六隅，六巡抚分防而协剿，四正六隅，号为十面罗网。所有总督、总理，要协力杀贼。又奏筹饷四策：一因粮，每亩加输六合，折银八钱；二溢田，土地须核实输赋；三开捐，富民捐资，得为监生；四裁驿，原有驿站均归兵部管理。裁节各费，充作军饷。统计预算，每年可增加军饷二百八十万两，增兵二十万人。这些宏论表面上都是救国剿贼的大计划。朱由检喜不自胜，立即颁诏书执行，诏书中有“暂累吾民一年，除此腹心大患”等语。杨嗣昌所献筹饷四策，真害了大明朝。军队缺饷，便搜刮百姓，百姓不堪重负，定要造反。欲剿造反之民，却又制造造反之民，可谓糊涂至极，这叫搬起石头砸自己的脚。裁驿已逼李自成造反，还要裁驿吗？

【文灿抚敌】导致张献忠投降。再说杨嗣昌又大力荐举熊文灿为帅。朱由检立即准奏，任熊文灿为兵部侍郎，总理南畿、河南、山西、陕西、湖广、四川军务。熊文灿此人，略懂兵机，但也好为大言，曾慷慨陈词说：“……都是庸臣误国贻祸至此，若令文灿往剿，贼何异鼠辈。”闻者莫不敬服。他赴任时，路过庐山，拜谒空隐僧人，空隐为熊文灿故交，素有才学，深谙禅机。两人相会于寺中禅房，空隐一见熊文灿，欷歔道：“错了，错了。”熊文灿大为诧异，屏去随从，想问个明白。空隐说：“公此番受命将兵，自问能制贼死命吗？”熊文灿踌躇半晌，答曰：“未能。”空隐又问：“剿贼各将，有可属大事，独当一面，不烦总理指挥，自能平定剧贼吗？”熊文灿答道：“这也未必！”空隐正言道：“公一无可恃，如何骤当此任？皇上望公甚厚，万一不效，恐遭不测了。”熊文灿闻言变色，不禁倒退几步。又问：“议抚如何？”空隐说：“我知公必出此计，但流寇与海寇不同，公要慎重。幸勿自误误国。（熊文灿曾招抚海盗郑芝龙）”说完合掌闭目不言。熊文灿只好辞别，怏怏下山。熊文灿驰抵襄阳，决计招抚。四处张贴招抚布告，拟招安义军。果有许多义军投降。当时张献忠也在襄阳附近活动。他藐视招抚文告，发兵截击官军。却遭到左良玉、陈洪范二军的夹击，一败涂地，头额中了一箭，血流不止，左良玉纵马追来，长矛触身，献忠险些被生擒。他逃回营中，受伤过重，不能再战，每遇阴天，额头伤口剧痛难忍，这是张献忠一生最大蹉跌。此时，射塌天已投降官军，张献忠进退两难，处于绝境，不得已向熊文灿乞降。张献忠匍匐熊文灿脚下，再三叩头，自言能招降襄阳、郧阳等各路义军。熊文灿大喜，庆幸自己立此不世之功。于是命献忠仍统旧部，屯驻谷城。一面上奏朝廷，请得批准。过了几日，张献忠果然招来义军头目曹操（罗汝才）来降。熊文灿更加欣喜，十分厚待张献忠。其时洪承畴在陕西将李自成打败，李自成几乎全军覆没，无奈逃往四川，在老回回营中躲避。闯王高迎祥不久亦被陕西巡抚孙传庭击败生擒，押往京师磔死。朱由检见张献忠投降，李自成败逃，高迎祥活捉处死，欣喜若狂，认为平叛大事基本告捷，祭天告庙，大事庆贺，自信平贼之时指日可待。于是将中原大军调往辽东抗击清军，以洪承畴为辽蓟总督。然而这给义军留下东山再起的机会。

【象升殉国】留名是明清战争悲壮的一幕。苍天何逼朱由检太急？中原战事稍稍平静，辽东警报又接踵传来。崇祯十一年（1638），清太宗皇太极征服朝鲜后，又大举侵犯明朝。他命多尔衮、岳托同为大将军，率左右两翼大军，从长城青山口突入，长驱急进，会于蓟州城下。辽、蓟总督吴阿衡战死。清军抵达牛阑山，总监军高起潜不战而逃。兵部尚书张凤翼见清兵纵横京畿，徒唤奈何，忧虑不堪，日日服过量大黄，最后拉稀而死。八旗铁骑如狂风一般横扫京畿。从卢沟桥直趋良乡，连破四十八城。高阳县被占领，前兵部尚书、辽东总督孙承宗在籍居住，闻清兵入城，率家丁抵抗，兵败，竟服毒自杀。一代名将未死疆场，却自杀于私第，真是饮恨九泉。清军又从德州渡河，南下山东，一路攻陷州县，势如破竹，连破十六城。省会济南亦被清军占领。德王朱由枢在济南就封，被清兵掳去。巡按宋学朱、布政司使张秉文等官员壮烈殉国。与清军作战失败，朱由检十分愤怒，归咎于前线将帅作战不力，将总兵官祖宽等三十二名将领，逮回京城，骈斩于西市。这是朱由检诛杀将领最多的一次，使前线将士最为寒心。

朱由检惶惶不可终日，继续撤乐减膳，并戒荤素食。他脱下龙袍，另着青衣，表示罪己。兵部尚书杨嗣昌更为惊惧，飞檄招入宣大总督卢象升率兵入卫京师。卢象升时值父丧，强令夺情，遂舍亲赴难，率部拱卫京城。清军来势凶猛，朝中一片议和之声。朱由检在平台召见卢象升，卢慷慨陈词，力主开战，不愿结城下之盟。朱由检点点头，默然无语。高起潜、杨嗣昌均劝卢象升不要轻战。卢象升一意孤行，决心以死赴国难。于是率军入据保定。当时卢象升兵不足二万人，清军三路入侵，势如潮涌。卢象升奋不顾身，英勇抵抗，将士见主帅亲冒矢石，都感奋异常，拼死战斗。两军大战嵩水桥，战斗十分激烈，双方互有杀伤，旗鼓相当，至黄昏方才休战。是夜，清军又来袭营，鼓声震天，喊声四起，将明军大营团团围住。卢象升率军抗战，杀到天明，清军如潮水一般涌入。左右均劝卢象升突围，卢象升大呼："我自从军，大小百余战，只知向前，不知后退，今内有奸臣，外遇强敌，以身报国当在今日，尚有何言。"说完手持佩剑冲入敌阵，身中四箭三刀，尚杀毙敌兵十余人，最后倒在血泊之中，壮烈殉国。卢象升忠勇刚烈，人品正直，血溅沙场，也算死得其所，名扬千古。清兵攻克保定，烧掠几日，并未进兵京师，竟然卷旗退入关外。一场虚惊，朱由检长舒一口气。

【义军重起】攻破襄阳、洛阳，导致杨嗣昌自杀，改变胜败格局，过程惊心动魄。再说熊文灿降服张献忠、罗汝才，意气扬扬，上奏称："兵威大震，潢池小丑，计日可平！"朱由检闻奏十分欣慰，下旨奖励。但是，张献忠狡黠至极，并非真心降服，只是当时力尽途穷，不得已而已，这是他第二次投降官军。他拥兵谷城，纵兵劫掠，天天向熊文灿索兵索饷。谷城知县阮文钿屡报张献忠贼心不死，应予防备。熊文灿不以为然。不久张献忠果然反叛，杀死知县阮文钿。罗汝才立即响应，两人合伙，攻陷房县，声势大振。左良玉奉命追剿，在罗喉山遭张献忠伏击。损兵万人，大败而归。杨嗣昌闻报大惊，请求亲自督师讨贼。朱由检下令削去熊文灿官职，让杨嗣昌替代，赐上方宝剑。临行，朱由检赐御制诗几首，亲捧金杯，赐酒三杯，杨嗣昌一饮而尽，拜辞出师。又数日，缇骑飞驰襄阳，逮熊文灿入京治罪。朱由检非常愤怒，痛骂熊文灿纵盗误国。下令斩于西市。好为大言的熊文灿最终自误误国，应了僧人空隐的预言。

杨嗣昌在襄阳，誓师出兵。当时张献忠又进入四川，攻陷大昌、开县。杨嗣昌率军入川，驻节重庆，张贴布告："罗汝才投降，免罪授官职。张献忠罪在不赦。若得献忠首，立赏万金。保为侯爵。"并命令兵士多备绳索用以缚贼。布告贴出一日，行辕内外四处张着揭帖："能斩杨嗣昌头者，赏银三钱。"杨嗣昌见了揭帖，惊愕万分。下令出兵，以总兵猛如虎为先锋，水陆并进，直趋云阳。献忠率兵迎战，且战且退，将官军引入山中，另遣一军包抄官军之后。官军不知是计，贸然突入。张献忠从山上麾众冲下，两面夹攻。官军大败。左良玉闻前军溃败，立即遁逃。张献忠乘胜出川，侵入湖北。他知杨嗣昌入川，襄阳必然空虚，率大军假扮官军，夜袭襄阳，守军猝不及防，一举攻克。守军大多战死，知府王承曾潜逃，兵备副史某、游击将军某、推官某、均被杀死。襄王朱翊铭就封襄阳，也被义军活捉。张献忠登堂审问，说："欲借王头一用，让杨嗣昌死于陷藩罪。"又百般欺辱，逼朱翊铭饮酒，朱翊铭不饮，立刻杀死。襄阳是杨嗣昌的驻节之地，军储军械备藏几十万，被义军全部占有。义军又四处攻略，陷樊城、当阳、光州。势力急速扩充，比前更为壮大。

再说李自成逃到老回回营中，忽患大病，半年后方愈。又率军入函谷关，遭到贺人龙部队的截击，贺人龙，米脂人，李自成同乡，义军称为"贺疯子"，凶悍善战，义军闻其名无不胆战心惊。义军奋战数日，又遭惨败。蝎子块战死，滚地龙被擒。混十万、金翅膀、扫地王、小秦王、过天星、满天星等数十名头目皆投降官军。李自成身处绝境，欲拔刀自杀，被养子李双喜抱住劝止。李自成下令杀死随行家属，率五十骑，突出武关，逃至郧阳。义军几乎到了山穷水尽的地步。李自成手下有一大将刘宗敏，骁勇异常，屡立战功。他见大势不好，也想投降官军。李自成闻他有异志，将他拉至丛林说："都说我将为天子，谁知一败如此。现神明在上，咱俩问神一卦。如不吉，你可割了我首级，去投官军。"刘宗敏默然不语，与李自成一起，撮土为香，向上天叩祷。结果三卜三大吉。刘宗敏跃起道："神灵指示，必无差错，我誓死从大哥效命。"随即返回营中，大力宣传占卜之事，大伙被刘宗敏鼓动，十分踊跃，愿从闯王共生死。刘宗敏带头杀死妻妾，众头目纷纷仿效，杀死家眷，免得拖累。于是闯王下令，焚烧辎重，带着几千名轻装快骑，从郧阳奔入河南。当时河南连遭凶年，饥民遍地。李自成一路鼓动，言从我者，必有生路，饥民本走投无路，都投入义军队伍，不到一月，又聚众数万人。杞县举人李信，是前山东巡抚李精白之子，曾拿出自家粮食赈济饥民，饥民很是感激。其时杞县有个艺妓红娘子占山为寨，乘势作乱，她仰慕李信文才风流，将他掳去，拜为夫妇。李信不愿为寇，逃回杞县县城。官府闻知，诬李信是盗贼，下入大狱。红娘子闻讯前来劫狱，几百名饥民不约而同杀死官吏，劫出李信。李信见闯了大祸，便和红娘子一起投了李自成，改名李岩。李岩文才斐然，胸有韬略。积极为李自成规划战略，李自成大喜，约为兄弟。李岩又推荐卢氏县举人牛金星。牛金星聪明多智，极擅筹划。李自成很是倚重，金星又推荐一人，名叫宋献策，宋献策是个矮子，身不满三尺，是个典型的侏儒，精通周易，擅长河洛数。拜见自成，呈上谶文，有“十八子主神器”六字，十八子合起来是个“李”字。李自成大喜，拜为军师。李岩劝李自成要爱护百姓，不要胡乱杀人，将掠来财物粮食分给饥民。李自成一一承诺。李岩编出几句歌谣，教儿童随处传唱：“开了大门迎闯王，闯王来了不纳粮。”河南饥民困苦不堪，听了歌谣，很受鼓舞，热烈欢迎闯王，纷纷加入义军，义军人数猛增至十余万人。

自从李岩、牛金星、宋献策等人加入义军，义军发生质的飞跃。仿佛是刘备得了诸葛亮，宋公明有了智多星。战略明确，军纪严明，再没出现乱抢滥杀无辜平民的行为。几乎所有的史书记载，李自成、张献忠的部队军纪极差，每占一城，动辄屠城，滥杀无辜平民已成习惯，甚至用人肉人血喂战马。张献忠更是残忍，尤其是入川以后大开杀机，不分青红皂白，不知杀了多少人命。他们虽称义军，滥杀成为妨碍他们发展的弊端。李岩等知识分子的加入，义军一切变得正规。特别是劝李自成停止滥杀，为义军争取人心，夺得天下起了至关重要的作用。李自成虽曾滥杀，但能接受忠言停止屠戮，尚有仁义之心，而张献忠纯粹是嗜血魔王。这是李自成与张献忠的最大区别。

李自成东山再起，势力今非昔比。率大军直攻洛阳。洛阳是福王朱常洵的封地，朱常洵是神宗之子，也是当今皇上的叔父，当年神宗皇帝非常宠爱，赐给他大量财富。王邸不亚皇宫，豪富甲天下。洛阳守军粮饷缺乏，求于王府，福王吝啬坚决不给。洛阳守军十分痛恨福王，声言我们为朱家卖命，王府钱粮如山，不知体恤，我们殊不甘心。士兵无心守御，立刻哗变。李自成乘势攻入洛阳，总兵陈绍禹率兵遁逃。义军直趋王府，活捉福王，只有世子朱由崧逃脱（就是后来的南明弘光帝），王府财产被义军席卷而光。李自成见福王一身肥肉，重三百六十余斤，很是好奇，毅然宰了福王，将其肉剁成馅子，拌和鹿肉吃了福禄羹。又发兵进攻开封。开封城池高大坚固，周王朱恭枵就封开封。慷慨拿出王府库金五十万两，招募敢死队，拼力守城。李自成连攻数日不下，引兵退去。

杨嗣昌闻襄阳失守，襄王被杀，火速从四川奔往襄阳救援。中途到沙市，又闻河南洛阳失陷，福王又被杀，惊得魂飞魄散。吐了好几口鲜血，又仰天大哭说："两名郡失陷，两亲藩被害。关系何等重大，皇上岂肯饶我！"于是绝了饮食，整日呆坐，几天后饿死。义军占领襄阳，攻破洛阳，是闯、献起事以来获得的最大胜利。消息传到京师，朱由检痛哭不已，减膳吃素，辍朝三日，表示哀悼。群臣纷纷弹劾杨嗣昌丧师失地，应追定斩罪。朱由检一反常态，说："嗣昌临戎二载，屡著捷功，尽瘁殒身，勤劳难泯。"追封为太子太傅。

【掘坟魇胜】是段趣事。李自成乘胜大举，拥兵五十万进攻新蔡。陕西总督傅宗龙，率贺人龙等部出关救援。遭李自成奇兵袭击，贺人龙不战而逃，傅宗龙被活捉，继而被杀死，全军覆灭。李自成又攻克项城，杀死总兵刘国能。转而南下，克叶县，又攻破南阳，杀死唐王朱聿镆。再返军北上，二次包围开封。日夜发动猛攻。开封巡抚高名衡、副将刘永福，誓死抵抗，城不能破，自成驰马城下，大声招降。刘永福张弓搭箭，嗖的一声，正中李自成左目，李自成翻身落马倒于尘埃。左右救起，于是退归朱仙镇。从此李自成左目失明，成了独眼龙。

就在李自成被射瞎左目的前几个月，陕西巡抚汪乔年接到朝廷密旨，命他挖掘李自成的祖坟，断其风水灵气。汪乔年令米脂县知县边大绶率众挖坟。捕得李氏族人，作为向导。在离米脂县城二百里的李家村后的山中，找到李氏祖坟。边大绶命众衙役将坟掘开。坟穴蝼蚁满地，蓝光闪闪。劈棺一看，李自成祖父尸体犹在，黄毛遍体，脑后有一洞，大如麻钱。内蟠卧一条三四寸的赤蛇，赤蛇见日光，立刻飞起一丈多高，众衙役一阵乱打，蛇五伏五起，方才毙命。边大绶将尸骨剁碎焚烧，又将死蛇腌腊，上报朝廷。没过几月就发生李自成在开封被射瞎的事情，人们都说，这是挖掘李自成祖坟的效果。挖祖坟见于正史，必有其事。但李自成被射瞎，这恐是牵强附会的偶然事件。

【开封失陷】及河南全境残破，是义军对明廷最沉重的打击。河南警报如雪片飞入京师。朱由检如坐针毡，惶恐不安。急得无法，忽然想起诏狱中在押的孙传庭，立即释放。孙传庭前为陕西巡抚，后回京待用，朱由检让他再上前线，孙传庭以耳聋拒绝，杨嗣昌诬告他装病抗旨，被逮入狱中。释放后朱由检召见平台，再三勉励，授为兵部侍郎，让他速率兵往援开封。传庭行至中途，圣旨又下，改任陕西总督。并密谕诛杀贺人龙。原来此时李自成已解围开封而去。孙传庭接旨，立即驰入秦中，召集各将听训。各镇将领齐聚辕门。孙传庭不动声色。当贺人龙参见时，孙传庭大喝一声，将其拿下。贺人龙大惊，急呼无罪。孙传庭厉声道："新蔡、襄城失利，都是你临阵脱逃的缘故。开县哗变，放献贼出柙，也是由你造成。"贺人龙还想再辩。孙传庭喝令推出斩首，一声号炮，贺人龙人头滚地。诸将皆失色战栗。贺疯子勇力过人，为义军忌惮，其被杀，义军头目欢呼雀跃，酌酒相庆。贺人龙功大于过，大敌当前诛杀勇将，这是朱由检最大失策。

孙传庭既杀贺人龙，又奉旨出关援开封。此时，李自成第三次围攻开封，志在必得，攻势更加猛烈。明廷对开封极为重视，将它视为收复河南的战略堡垒。不仅从关中调孙传庭入豫，又令河南总督丁启睿、保定总督杨文岳及左良玉、虎大威、杨德政、方国安四镇总兵，联合支援。联军十万齐聚朱仙镇，与李自成大军对峙。义军兵马雄壮，人数远超官军，连营数十里。官军大骇。左良玉军首先开拔后撤。诸军军心已乱，争先溃退，真如多米诺骨牌效应。丁启睿、杨文岳逃往汝宁。义军追击，劫获辎重无数。朱仙镇之役，是官军与义军最大规模的会战，官军不战而溃，左良玉罪责难逃，充分暴露将帅懦弱的弊病，这最关键的大战失败，明廷已显败象。朱由检下旨逮捕丁启睿，严词遣责杨文岳，削去左良玉官职，令其戴罪立功。因为左良玉兵多势大，曾屡立战功，朱由检不敢贸然严惩他。朱由检又下严旨催促孙传庭出关进剿。孙传庭大军抵潼关，忽然探马报来，开封已经失陷。原来开封被围日久，城中粮械俱尽。兵士吃死尸维生。周王朱恭枵捐银百万两，又捐粮万石，给予守兵，仍不济事。开封巡抚高名衡因城濒黄河，密令决河灌敌。不料被义军侦知，河未决成，义军已移营高阜。李自成下令，驱难民数万决河，河水灌入城中，水声如雷，顿时全城变为泽国，士民变成鱼鳖，溺死几十万人。开封遂即陷落。大水淹后，开封已成死城，房屋倒尽，人口死绝，真是万古浩劫。李自成决河灌城之罪，万古难赦。现今开封城是清朝重建。

李自成又移师攻打南阳。孙传庭星夜兼程赶到南阳。麾军猛攻，李自成败走，沿途抛弃粮械辎重，官军一拥而上恣意哄抢，军阵大乱。谁知李自成又返杀回来。大军如排山倒海般地压来。官军猝不及防，一溃千里，孙传庭率残兵逃回关中。李自成声势大增，老回回、革里眼、争世王、左金王五营均归李自成麾下。连营五百里，再陷南阳，进攻汝宁。总兵虎大威中炮身亡。保定总督杨文岳被擒，李自成将他作靶子，几炮轰击，杨文岳炸为碎块。汝宁又被义军占领，崇王朱由樻被活捉。从此河南全省残破，以后朝廷不再设官，已成为无政府状态。

【松锦之战】以明朝失败告终。崇祯十五年（1642），清太宗皇太极见中原一片混乱，于是再次大举进攻明朝，首先进攻锦州。明廷任命在镇压农民起义中屡战屡捷的洪承畴为兵部尚书（虚衔），辽东经略，救援锦州。

皇太极率大军进攻锦州。在此之前，他早派济尔哈朗率数万兵役屯田义州，屯田就是一边守卫，一边耕种，这样义州便成为练兵和生产粮食的基地。义州屯田是松锦大战的前奏，也是皇太极战略部署极高明的一招。这次清兵包围了锦州，却围而不打。皇太极致书祖大寿曰：“别将军数载，甚思一见。至于去留，终不相强。将军与我角胜，为将之道应尔。朕不以此介意，亦愿将军勿疑。”这封书信短短几十字，却委婉得体，宽宏大度，以情动人，真是奇文。真情假意，兼而有之。但皇太极敬重祖大寿忠勇，急欲招降之意确是实实在在。这个祖大寿确是明朝传奇人物。当年他因袁崇焕被崇祯帝在平台逮捕，悲愤中从京师撤出，率部返回山海关，明朝上下惊骇，表现已极为不俗；后在大凌河以孤军守孤城坚持百日之久，悲壮惨烈，创造奇迹。矢尽粮绝，陷于死地，杀副总兵何可纲投降。即使如此皇太极也对他表示极大的敬意。他告诫诸贝勒说："你们看明朝将士坚守孤城历时三月，矢尽粮绝，犹杀马食人坚守。这是他们读书明理的效果。你们及你们的子弟一定要读书呀！"后来祖大寿以"寻妻小，赚锦州"为名，骗得皇太极信任逃回锦州，明廷仍让他镇守锦州。大凌河之降，是真降？或是假降？至今史学者争论不休。但笔者认为，真假皆有之。孤城逼入绝境，为保全军民性命，是迫不得已的真降；他杀死战友何可纲献城，更可见他降志已决；皇太极对其予以极度优遇，他确实感激涕零，其降志更加坚决。他想回锦州寻妻小，是人之常情。给皇太极作内应赚取锦州也是真情实意。但是回到锦州事过境廷，巡抚邱嘉禾对他防范甚严，作内应为满州取锦州已不可能实现。同时杀友投敌的卑劣行为时时折磨着那愧疚的心灵，对大明王朝的忠心又再次萌发，所以他从大凌河逃回二年内坚守锦州，抗击清军屡屡得胜，也是真心实意地为大明朝效忠。现在结束这段必要的插叙，言归正传。再说，皇太极接连发书招降祖大寿。而祖大寿对自己的奇怪行为也真无法解释。最好的办法是不置可否，缄口不言。因而皇太极苦待几日也得不到回答，时值六月，锦州城外几万亩小麦已经黄熟，皇太极欣喜不已，下令士兵收割，不消十日，清军唱着歌儿将几万亩小麦收割殆尽，大车小车连绵不断地运回盛京。祖大寿眼睁睁看着自家粮食被敌人抢割，叫苦不迭，但又不敢出城抢夺。接着皇太极又下令沿锦州四围挖开十几里的长壕。壕深八尺阔一丈有余，明军翻越这道长壕突围简直比登天还难。这又是皇太极当年大凌河战术的重新使用。祖大寿见状，更加叫苦不迭，因为当年守大凌河他吃够了长壕的苦头。果然一月过后，城中粮食吃紧，从宁远或关内调粮，已属不可实现的奢望。祖大寿惊恐万状，不断向宁远和关内明廷发书告急。文书中无非是"孤城粮尽，杀人相食，锦州旦夕不保"等危言耸听的言辞。锦州安危，确实关系大明社稷的安危。朱由检十分惊慌，急令新任兵部尚书陈新甲调兵支援锦州。陈新甲此人确有才干，但性格倔犟恰似一头公牛，而脾气更是急躁犹如一只猴子。他不断地向辽东经略洪承畴发出羽檄，逼他出师解锦州之围，又以“坐视不救，必获大罪”相威胁。洪承畴历经沙场，娴熟兵机，决非等闲之辈，锦州关系重大的道理岂能不知。他迟迟不救，是害怕中了皇太极“围城打援”之计。现在兵部副署的皇帝圣旨，联翩飞来，简直像当年宋高宗催岳飞的十二道金牌（这是催进攻，与催岳飞不同）。三思之下，决定出兵相救。他既是辽东经略，又是辽蓟总督，于是调来八镇总兵，计：大同总兵王朴，宣府总兵杨国柱，密云总兵唐通，蓟州总兵白广恩，山海关总兵马科，前屯卫总兵王廷臣，宁远总兵吴三桂，各路军马总计十三万(其中骑兵四万)。明朝的军队除一部分驻守南方，一部分由孙传庭带领对付暂处低潮的农民军外，已将北方的全部精锐调往辽东前线。明朝可谓孤注一掷。十三万大军从各路向宁远集结。洪承畴不敢冒进。建立饷道，步步为营，徐徐前进。八镇大军紧密连接，环环相扣，像一条首尾可顾的巨龙。大军从奉旨调集，又从宁远出发，经过一年方才到达离锦州十八里的松山。行军可谓缓慢至极。这不是洪承畴胆怯，而是怕遇到打援的伏击。这松山地势险要，西为杏山，再西南为塔山。杏山与塔山均有明朝重兵把守。洪承畴将十三万大军布置在塔山北岗至乳峰山之间，又将大批粮草屯于塔山储备，然后扎下营盘，将其作为援助锦州的临时基地。在到达塔山之前，小股清军多次袭击洪承畴，但都被明军击败，洪承畴十分得意，但仍十分谨慎，不敢冒进。而清军接到洪承畴兵到松山的警报，迅速在松山与杏山之间布防，军营连绵数十里，截断大道，据险扎营。并在锦州至海滨，掘开三道大壕，长约百里，借以围困松山，切断松山与宁远、杏山之间的联系。而洪承畴扎稳大营后，即向锦州挺进。明军前锋甚锐，在乳峰山一带与清兵大战，几乎突破清军防线。清军死伤甚多。清军燃发红衣大炮。明军亦以红夷大炮还击，战斗极为激烈。但清军拼死抵抗，使明军虽有小胜却无法向锦州前进一步。两军一来一往处于对峙胶着状态。

前线失利的消息，传到盛京，皇太极十分焦虑，他本有鼻衄的宿疾，现在急火攻心，鼻血长流不止。他用木碗拴在脖颈上盛接流下的鼻血，骑上快马，日夜兼程，赶到前线，血透战袍。征尘未洗，又与军师范文程及诸亲王登上高地观察形势。观察良久，皇太极道：“敌军环山驻营，首尾相连，我军硬攻急且难下，我以长壕，大军围之，敌人已成瓮中之鳖。然后另寻良策图之，决不能旷日对峙，虚耗时力。”范文程点头称是，范说：“敌军人多，粮食难以补济，若劫他粮草，彼军心必乱。”接着范老夫子翻出地图，向皇太极指示道：“陛下，臣料明军粮草必屯于塔山。”皇太极大喜，当夜命亲王多尔衮、阿济格率精兵两万前去塔山劫粮。二万兵马，马卸铃，人含枚，从杏山左首，沿间道向塔山疾进。到了塔山，正是半夜时分，月明星稀，塔山附近并无发现粮草踪迹。阿济格又派出侦骑打探。少顷回报说塔山后面有一小山，山形如笔架。周围有大队明军立营驻扎。多尔衮大喜道：“粮草屯此无疑，急攻无缓。”原来笔架山果是明军粮草屯聚地，洪承畴以两万精兵环山而营，也算万无一失的严密部署。然而他没想到清军会深夜劫粮，也没想到率军劫粮的是战无不胜的阿济格、多尔衮二兄弟。清军杀上笔架山，杀声震天。守山明军从梦中惊醒，以为是神兵天降，早已魂飞魄散，仓皇应战，哪里是清军的对手。不消几个时辰丢兵卸甲，四散溃逃。笔架山屯集十二大囤粮草，洪承畴宣称足食一年。全被清军大车小车拉运殆尽。

洪承畴闻粮草被劫，关系何等重大，吓得面如土色。洪承畴原想“步步为营，徐徐前进，且战且守，待敌自困，一鼓解围”。现在粮草已失，军中存粮不多，只能速战，不能久持。于是对清军不断发动大规模突袭。皇太极知他必舍命相拼，早已森严壁垒，严阵以待。某夜，洪承畴将八镇大军分为前、中、后三队，倾巢而出，偷袭清营。不料中了清军埋伏，死伤六千余人，大败而归。这次夜袭使明军锐气尽失，解锦州之围已成难以实现的梦想。洪承畴下令将十余万明军收缩于松山城内外，以免被清军分割包围，一一吃掉。

其时皇太极下令进攻松山，大军四面围定，包围得如铁桶加箍一般，清军士气高涨，“踏平松山，活捉洪承畴”的豪言壮语响彻云霄。相反，松山城中士气低落至极，粮食已尽，人马饿死无数。欲战则力不支，欲守粮已竭。洪承畴派快马羽书突围向明廷连连告急。此时的朱由检真是无可奈何，国内兵源已竭，勉强派顺天巡抚杨绳武率兵救援，兵至山海关，见清军势大，逡巡不前。外无援兵，内无粮草，松山城人心慌乱。甚至出现杀马杀人充饥的现象。洪承畴召开紧急会议，商讨对策。他豪情不减，慷慨陈词："诚望八位将军同心戮力，拼死一战，余执桴鼓以从。解围制胜，在此一举。"然而八镇总兵都认为解锦州之围仅是高谈阔论，主张"突围趋宁远就食"方是上策。洪承畴长叹一声，下令全军突围撤回宁远。

当夜，大同总兵王朴，不听统一指挥，率先遁逃。顿时军心大乱。唐通、马科、吴三桂、白广恩等各率部突围。马步争驰，自相践踏，马甲弃地，横尸满山。下山后又遭清军痛击，损失极为惨重。吴三桂、王朴逃入杏山。马科、李辅明逃入塔山。数万名明军沿海奔逃，落入大海而死者，不可胜数。只有白广恩、曹变蛟、王廷臣退入松山，松山城中此时只有经略洪承畴、巡抚邱民仰，连同一万残兵败将困守孤山。

逃进杏山的吴三桂、王朴知杏山不可久恃，又率军向宁远逃遁。行至高桥遭到豫亲王多铎大军的伏击，全军覆没，吴三桂、王朴仅以身免，逃至宁远。这次突围，明军精锐全失，松山明军已成瓮中之鳖，釜中之鱼。困兽犹斗，洪承畴组织多次突围均告失败。骁将曹变蛟曾屡杀农民军名震天下。他率千名死士夜袭清营，竟冲进皇太极的大营，被清军截击，大败而归，使皇太极虚惊一场。松山副将夏承德见松山危急旦夕沦陷，良心尽丧，竟暗中与清军联系，以其子为质投降清军，并愿为内应，共破松山。皇太极喜出望外，与夏承德约定时间，发大兵一举攻破松山。夏承德率部生擒洪承畴、邱民仰、曹变蛟、祖大乐等人作为见面礼献给清军。清军进入松山，皇太极下令处死邱民仰、曹变蛟等人。将洪承畴、祖大乐押回盛京。松山城堡被清军夷为平地，松锦大战历时两年，以清军大获全胜，明军全军覆灭为结局。

松山援兵覆灭，锦州更是孤危，清军返军杀回，急攻锦州，用红衣大炮不断轰击，外城攻破。祖大寿退入内城。皇太极命其弟祖大乐发书招降。祖大寿终于支撑不出，率残兵七千余人开城出降。再次匍匐在皇太极的脚下连称"死罪"。皇太极真是宽宏大度到极点，优礼待之，并封为总兵。祖大寿投降后第一件事是给外甥吴三桂写信劝降，但吴三桂还没有到"冲冠一怒为红颜"的时候，不予理睬。后来他老运不错，清朝把他豢养了十几年，直到顺治十三年（1656）才寿终正寝。现在清朝赏给祖大寿的北京府宅仍完好保存着。他的人生真是奇特。

锦州失陷，明朝山海关之外只剩宁远孤城一座。朱由检万分惊慌，命兵部尚书陈新甲暗箱操作与清朝议和。皇太极竟满口答应。然而陈新甲操作不慎，将条约放在案桌上，家童误以为是寻常塘报，转发在邸报上。顿时舆论大哗。纷纷弹劾陈新甲卖国通敌，认为城下之盟，春秋所耻。朱由检碍于面子，一怒之下将陈新甲斩首。性格倔犟的陈新甲死得不明不白，后来史学界议论，认为就是这倔犟而急躁的陈新甲，不断发檄催促洪承畴出兵解锦州之围，才坏了稳健的洪承畴的大事，导致松锦惨败。

当时传闻洪承畴已经殉国，朱由检下令在京城建坛祭奠，赐祭十六坛，邱民仰赐祭六坛，并建祠纪念。十六坛赐祭，是明廷对死节官员的最高礼遇，除张居正之外，无人得此厚遇。目的是哀悼死者，鼓励后人。然而又传来洪承畴变节投降的消息，朱由检气愤至极，又下令毁祠撤坛，停止祭奠。由于洪承畴享受了部分祭祀，后来同僚骂他是活死人，其母及弟洪承畹都与他划清界限，说他叛国辱家，大污门风。

明清和谈破裂后，清军统帅阿巴泰率大军又大举进犯，攻入蓟州，又南下攻克河间，又入山东攻破兖州等八十余城。鲁王朱以派就封兖州，被俘自杀。清军又返旆攻入京畿，京师十分危急。

【田妃遭贬】是一幕宫闱悲剧。清军犯京，朱由检恐慌万分，束手无策，于是听信田妃之言，重新起用周延儒，让其回阁，任为首揆。朱由检在朝堂向周延儒打躬作揖，说“朕以天下付先生”。屈帝王之尊，拜揖臣下，极度谦恭的态度，自古于今，绝无仅有，群臣大吃一惊。可见他心忧天下，亟望臣下出力的无奈之举。受此宠遇，周延儒上任，慷慨奋发，自请督师抵御清军，朱由检大喜，命他率兵驻守通州。然而，周延儒去通州后，宫闱中发生一件怪事。田妃是朱由检最宠爱的妃子。她有倾国之貌，且秀外慧中，琴棋书画，刺绣烹饪，无不精通。尤善骑射。上马挽弓，箭无虚发，确是色艺双绝的奇女。田妃受帝极宠，不免有些骄气。一年冬日，天极严寒，田妃拜谒周皇后，周皇后尚未升座，田妃在庑下冻了半天。待召见，周皇后应付几句，便让她退下。而召见袁妃，周皇后欢笑不绝，与袁妃谈笑许久。田妃全看在眼里，十分气愤，哭诉于帝前。朱由检亦大怒，在交泰殿怒斥周皇后，又将皇后推倒在地。周皇后愤而绝食，连续三日不饮不食，貌极憔悴。朱由检也感后悔，命宦官赐貂裀一件，皇后怒气方消。从此朱由检三月不召幸田妃。另一日，朱由检与周皇后在御花园赏花，周皇后说应把田妃召来，朱由检不应。周皇后命太监以辇车将田妃接来，让她入座赏花，一阵寒暄，昔日积怨瞬时烟消云散，后妃和好如初。然而平地又起风波，某日，朱由检与田妃闲坐，他无意中发现田妃脚上的绣鞋十分精美。田妃的莲钩如春笋一般，瘦削一把，令人怜爱。朱由检举起小脚，细细把玩，忽然发现绣鞋帮上写着一行蝇头小楷，仔细一瞧，却是“臣周延儒恭进”六字。不竞勃然大怒，大骂田妃交通外臣，大罪不赦。田妃哭诉求免。朱由检将她打入冷宫，后来田妃生五皇子朱慈焕，慈焕夭殇，她郁郁而死。田妃命薄早死，但未遭遇惨痛的“甲申之变”，也算有福之人。从此朱由检十分鄙薄周延儒的为人，心中恨之入骨。后来清军无意进攻京城，饱掠之后，撤兵归国。京城又遭一场虚惊。周延儒守通州有功，朱由检表面予以奖励，后来寻个把柄将周延儒赐死。明史将周延儒列入《奸臣传》，这是后话。

【闯王建号】表明义军已坐大。此时，李自成已吞并罗汝才部，拥兵百万，势不可当。崇祯十六年（1643）初，李自成攻下湖北承天府，改为扬武州，自号顺天倡义大元帅。牛金星向他建议，改变义军流动作风，以荆襄为根据地。李自成欣然应允。以襄阳为襄京，自称新顺王，创立各官，建立政府机构。于是义军出现一派新气象，与往日流寇大为不同。其时，陕西总督孙传庭率军进入河南，收复大片失地。李自成闻讯率轻骑驰入河南，初战洛阳，为官军所败，再战郏县又遭败绩。官军攻克唐县，义军家属均在唐县，被屠戮殆尽。李自成全军痛哭，发誓必破官军。当时天下大雨，官军粮草匮乏。李自成率兵劫官军粮道。孙传庭闻讯率大军来攻，两军会战于汝州。义军因家属被害，士气被激励，拼命杀来，官军抵挡不住，孙传庭率军而奔。李自成一日一夜追击四百里，杀死官军四万余人。孙传庭退至潼关，仓促布防。然而义军已杀至关前，李自成侄子李过率奇兵从山路绕出关后。前后夹攻，潼关失陷，孙传庭战死阵前。传庭已死，明将无人。李自成长驱入秦，连克华阴、渭南、临潼，攻破西安。秦王朱存枢投降。又号令三军不得妄杀，西安百姓安居不惊。李自成又回至米脂祭祖，改米脂县为天保县，延安为天保府。接着又攻克宁夏，陷平凉、占庆阳。移师攻占兰州，杀死巡抚林日瑞、总兵郭天吉。又长驱直趋青海，占领西宁。至此，陕、甘、宁、青四省均成为义军的天下。崇祯十七年（1644）初，李自成称王，国号大顺，建元永昌。花开两朵，各表一枝。下面述张献忠屠川暴行。

【献忠屠川】是人类大浩劫。再说张献忠欲攻南京，被总兵黄得功、刘良佐所阻。又溯江而上，攻陷黄梅、广济、蕲州。又攻破黄州。崇祯十六年（1643），张献忠破汉阳，遂即占领武昌。楚王朱华奎被沉江而死。王府储金百余万两被掠，前大学士贺逢圣，全家百口人沉湖而死。张献忠下令屠城，将武昌军民几十万杀个精光，尸积遍野，江水为赤，惨绝人寰。除四川之外，武昌是张献忠杀人最多的地方。张献忠改武昌为天授府，据住楚王府，自称大西王，设置官员。然而明廷派左良玉率重兵来剿，水陆并进，两面夹击，张献忠率众迎战，大吃败仗，弃城而去。武昌、汉阳又被官军收复。张献忠南下攻岳州不下，绕陆路攻克长沙，湘王朱慈煃逃跑。又连陷衡阳、永州、宝庆、常德，挖掘原兵部尚书杨嗣昌墓，开棺戮尸。又移攻道州不克，向东转入江西，连陷吉安、袁州。此时左良玉又夺回岳州。张献忠无心东进，渡江过荆州，进入四川。夔州官民闻风而逃，只剩一座空城。张献忠乘胜疾进，入侵佛图关，直抵重庆城下。重庆守军奋力守城。张献忠命兵士挖地道埋炸药，炸塌城墙。一拥而入，瑞王朱常浩、巡抚陈士奇被擒，大屠重庆城，几十万兵民死于刀下，另三十万人被剁去右手。又西攻成都，城陷，蜀王朱至澍率妃嫔投井而死，几十万军民被屠杀。四川全境几乎被义军全部占领。许多史籍记载张献忠在四川杀戮无数生命：杀各卫藉军九十六万，诱来各县举人、秀才几千人，到成都参加科考，围于青羊宫，全部杀死；派兵四路到各县杀戮，杀尽军民，老幼不免；即使逃到深山野谷、悬崖险洞，也派兵搜杀殆尽。

成都郊外有一大山洞，二十万名难民躲避于此，难民自卫反击，张献忠兵难以攻入，张献忠下令在洞口燃起柴火，吹烟入洞，二十万名难民全部熏死。又纵士兵奸淫妇女，淫后杀死，再砍下双脚，堆积如山，号曰莲峰。张献忠又处死不忍杀戮的手下官兵几万人。一天不杀人，他便悒悒不乐，有时他指天画日，装神弄鬼，喃喃自语："是上天教我杀人，我岂能不杀！"将士见他如此说，都以为上天让他杀人，因而不敢不杀。杀人之多，至今无较准确的统计，《明史》记载说有六千万，未免夸大，一般估计，少说也有上千万。广汉有一巨碑，传为张献忠所立，上写："天生万物与人，人无一物与天，杀、杀、杀、杀、杀、杀、杀。"俗称"七杀碑"。张献忠屠四川后，十室九空，白骨露于野，千里无鸡鸣，真是万古浩劫。后来清朝政府向四川移民，各地移民先在山西洪洞县大槐树下集中，再输往四川。这些资料说明，张献忠的部队是一支军纪极差的军队，他确实嗜杀、滥杀，是人类历史上绝无仅有的最残酷的杀人魔王。近四百年来，四川人民代代口耳相传，至今还在传述张献忠屠四川的血腥故事。尽管后世将他说成"起义英雄"，也不能掩盖他屠杀人类的滔天大罪。张献忠逃离成都时，纵火焚城，夷为平地，又挖渠，引干锦江水，在河床掘一大深坑，把掳来的亿万金银财宝埋入坑中，然后开堤放水，锦江水流如初。他笑曰："此名水藏，勿使后人用也。"这惊天的财富，至今令人遐想，成为千古一谜。笔者咏张献忠：

高擎义帜显英豪，利剑逞凶血似潮。

既是救民安社稷，为何肆意杀同胞?!

【崇祯罪己】可算是最后的哀鸣。中原鼎沸，西南糜烂，山河破碎。朱由检食不甘味，寝不安枕。他承受着无人可代的极大痛苦。三十来岁的人已白发苍苍，满脸皱纹，憔悴至极。周皇后见他连月素食，消瘦不堪，十分心痛，亲自下厨做了一碗肉羹，端到文华殿。皇后说："陛下勿自苦，请用羹补补身子。"朱由检说："国事如此，朕难以下咽。"此时皇后母瀛国夫人的奏疏刚送到，内称："臣妾昨夜梦孝纯太后，太后言'为我语帝，食勿自苦'。"朱由检见奏疏，举箸而食，泪流如雨，皇后也凄然泪下，案上流满泪痕。原来孝纯太后就是朱由检已死的生母。

内官忽报：李自成于西安称帝，并发来檄文一道。檄文大意是朝政腐败，贪官污吏横行不法，横征暴敛，百姓处于水深火热之中，人民揭竿而起，全是官逼民反等。檄文中还给朱由检留了点面子，说："君非甚暗，孤立而炀蔽恒多。"意思是皇帝不是不英明，只是受奸臣的蒙蔽而孤立（受到敌人的赞扬，亘古少见）。朱由检看完檄文，涕泪横流，仰天叹息。当晚他又度过了一个不眠之夜。说实话，此时这个皇帝真不是人当的，简直是把他放在火上烤、油里炸。朱由检日夜操劳国事，近几年来他几乎没睡过一个安稳觉，差不多日夜都在内阁值房和大臣们一起办公。批阅奏章文书往往到天亮。困倦了便趴在御案上昏昏睡去。有时雄鸡三唱，他犹呼左右取文书批阅。诚然朱由检是一个亡国之君，但他是明朝最勤政的皇帝。他对国事没有一丝的倦怠，没有享过皇帝的清福。他可能是有史以来，最尽瘁于国事的皇帝，国家大事把他压得身心俱碎，真是可怜至极。崇祯十七年（1644）初某日深夜，朱由检接到李自成攻破太原，晋王朱求桂被擒的奏报，泪水打湿奏章，又大哭不止。朱由检召来内阁大学士范景文，说："都是朕的过失，卿为朕草拟罪己诏去吧。"说毕掩面入内，欷歔不已。当夜，罪己诏草毕呈入，立即颁布天下。诏书笔者译成白话，内容是："朕即位十七年，慑天帝之威，受祖宗重托，日夜操劳，不敢懈怠国事。然而灾害频仍，流寇四起，这些贼寇不顾国家养育之恩，逞凶二十年。赦之益骄，抚而复叛。朕为民父母，不能保护百姓，民为朕赤子，不能关怀他们，使秦、豫、川、楚变成废墟，老百姓饱受战乱，处于水深火热，都是朕一人的过错。所有百姓所受的种种苦难，都是朕的过失所造成。任用大臣不法，任用小臣不廉。言官不清，武将怯懦，都是朕抚驭无道。从今后朕要深刻反省，改正错误。惜人才培元气，守古制息烦嚣，行仁政收人心，免苛税养民力，原来被治罪的诸臣，只要忠心正直，廉洁有才者，一律起用。草莽豪杰之士如能收复一县一邑者，封官袭爵。胁从之流，能投诚反正，率众来归，赦罪记功。能擒闯、献二贼，有封侯之赏。忠君爱国，人有同心，雪耻除凶，谁无公愤？愿怀祖宗之厚德，助成底定之大功。愿上天免悼朕的罪愆，传告朕的诚意。”这篇罪己诏，确实写得痛心疾首，诚心诚恳。然而这杯水不能浇灭冲天大火，大势已去，无可挽回。一纸诏书岂能阻挡李自成狂飙式的进攻。

【闯王攻京】的大军继续前进。李自成攻破太原后，又接连攻克黎城、潞安，又抵代州城下。山西总兵周遇吉镇守代州，他忠勇异常，发誓与明朝共存亡，拼死抵抗，义军久攻不下，伤亡惨重。代州城中粮尽。周遇吉突围退守宁武关。李自成麾军追至关前，发动强攻。周遇吉用大炮轰击，义军几日内被炸死万余人。李自成大怒，驱难民挡炮，自率精锐伺机进攻，但都被城上击退。李自成无可奈何，牛金星献计：暂时停攻，长久围困。果然此计奏效，城中渐渐粮尽，兵士无法支持。过了十余日，李自成又用大炮轰城。城毁而修复，凡三四次，义军四面围定，日夜大炮轰击，城墙多被击塌。义军四面涌入，周遇吉率众奋战，力竭被杀。宁武关终于被义军占领。宁武关之战，义军遇到了前所未有的猛烈抵抗，使李自成十分忧虑。他想此去北京，尚有大同、宣府、居庸关等处都有重兵把守，如果全像宁武一样顽抗，大功如何成就，不如返回西安。又问李岩、牛金星，也踌躇未决。然而形势突然发生了戏剧性的变化，大同总兵姜瓖、宣府总兵王承允都派使者送来降表。李自成喜出望外，立即长驱东进，向北京进军，向明朝发动最后的进攻。义军到大同，总兵姜瓖果然开门迎降。留城数日，杀死代王朱传济全家，巡抚卫景瑗自杀。大同失陷，宣府首当其冲。宣府监军太监杜勋，出城三十里恭迎义军。宣府巡抚朱之冯在城楼下自缢。义军抵居庸关，太监杜之秩、总兵唐通开关投降。义军兵不血刃一路直抵昌平。稍稍战斗便攻陷昌平，总兵李守爍战死，总监军高起潜逃跑。在最关键的时刻，内阁大学士、总督李建泰也投降义军。在此之前，当义军攻陷平阳后，朱由检曾召集群臣，商议国是，对群臣哀叹曰：“朕非亡国之君，事事皆亡国之象。祖宗栉风沐雨之天下，一朝失之，何面目见于地下！朕愿督师亲决一战，身死沙场无所恨，但死不瞑目耳！”语毕痛哭。群臣亦哭泣不止，都劝朱由检不要御驾亲征。李建泰当时自告奋勇督师御敌，以解皇帝之忧，并愿倾家资助饷，何其慷慨激昂，朱由检对他十分倚重，赐上方宝剑，赐戴红簪花，赐宴践行，亲捧金杯，赐饮三杯酒，鼓乐齐奏，并行推毂礼，为他出师送行，仪式隆重前所未有，把京师的防御大任交给他。然而李建泰不作任何抵抗，兵至保定，便俯首投降大顺军，这是谁也不可能想到的。于是义军直扑京师。

义军兵临城下，朝野惊慌万分，朱由检急得几近疯狂。大臣们纷纷上奏，请求速派太子朱慈烺到江南抚军，并立即迁都南方。朱由检悲愤地说："国君应殉社稷，朕死不迁都，愿与京师共亡。"他下旨让太监曹化淳负责京师防御，又下旨让皇亲国戚及豪宦捐金助饷。国丈爷周奎仅捐一万两。豪珰王之心最富，由朱由检再三恳求，仅捐万金。唯有太康伯张国纪捐金二万两。朱由检把宫中最后二十万两白银也捐作军饷。然而，朱由检最宠信的太监曹化淳和义军勾通，大开彰义门放义军入城。

【崇祯殉国】是悲壮凄惨的一幕，也是大明朝最后一幕悲剧。当太监王承恩将曹化淳投降，义军入城的消息报奏朱由检时，朱由检几乎瘫软倒地。他惊呼："大营何在？李国桢何在？"王承恩哭丧着脸说："大营兵已经溃散，李国桢不知去向。"襄城伯李国桢是朱由检最宠信的大臣，是提督京营的指挥官。此时他还不知道兵部尚书张缙彦也已投降大顺军。朱由检又令王承恩取来纸笔，亲自写下一道诏书："成国公朱纯臣，提督内外军事，辅佐东宫。"让内侍火速送往内阁颁发。内侍拿着诏书跑到值房，竟无一人。内侍将诏书放在案上，一溜了之。其时天色早黑。朱由检与王承恩徒步登上煤山，见满城火光映天，不禁垂泪说："苦我百姓。"徘徊许久，又下山返回乾清宫。稍息片刻，又召太子朱慈烺，及永王朱慈炤、定王朱慈炯、周皇后、袁贵妃入乾清宫。先嘱咐太子及永、定二王，寥寥数语，便让内侍送他们迅速出走。周皇后拉着太子与二王的手，凄哭话别，三个未成年的皇子，不知社稷将亡，一脸的迷茫与哀伤，哭着向父母辞别。朱由检对周皇后说："你是国母，理应殉国。"周皇后伏地叩首说："妾侍陛下十八年，陛下从不听妾一言，致有今日，陛下让妾死，妾何敢不死！"说完立即解带自缢。朱由检对袁贵妃挥挥手说："你也去吧。"袁贵妃放声大哭，转身而去。又召来长公主，长公主年方十五岁，哭作一团。朱由检流泪不止地对她说："你真不该生在帝王家。"说完左手掩面，右手挥刀向公主砍去，幸未砍中要害，只伤右肩。公主倒于血泊中昏厥过去。此时袁贵妃自缢未死，苏醒过来。朱由检掩面又砍一刀，又伤左肩。又到昭仁宫，将五岁的昭仁公主一刀砍死。朱由检已经疯狂，大呼拿酒来，与王承恩狂饮几十杯。时近五更，朱由检到景阳楼，鸣钟召集百官上朝，钟长鸣不已，竟无一人上朝。朱由检忽然想起懿安皇后，懿安皇后是熹宗朱由校的皇后，当年坚决支持朱由检登基，朱由检平时对她十分敬重，每年皇嫂千秋节，他都去拜谒。便命内侍传旨说："让张娘娘自裁，不要伤了皇家的体面。"内侍立去传旨。不消片刻回报说张娘娘已经殉国。朱由检换了身蓝袍，穿上大红鞋。然后咬破指头，以指为笔写了遗诏，藏在衣襟内。接着手持三眼枪（这是一把特殊的三管火枪，应是当时最新式武器），与王承恩一起，再上煤山。二人在山上徘徊片刻，东方微微发亮。煤山上有个寿皇亭，亭外有株老槐树，树枝很是结实，朱由检将头发披散，将脸面盖住，既而解带自缢，王承恩也随着主子自缢。这时天已经大亮，义军浩浩荡荡地开进紫禁城，老槐树上朱由检的身体方才停止了摆动。

李自成进入皇宫，在煤山寿皇亭发现了朱由检僵硬的尸体，但见他以发盖面，左脚光着，右脚着朱履。襟中搜出遗诏，血迹模糊，字迹依稀可辨："朕凉德藐躬，上干天咎，致使逆贼直逼京师。此皆诸臣误朕，朕无面目见祖宗于地下，自去冠冕，以发覆面。任贼分裂朕尸，勿伤百姓一人。""勿伤百姓一人"，此语万世令人心碎。他一生由于社稷飘摇，江山破碎，黎民被难，六下罪己诏，沉痛反省，责己罪己，这是最后一道罪己诏。虽于事无补，但作为封建帝王，诚难能可贵，历史上曾有夏禹罪己、汉武帝轮台罪己，但次数之多，其他帝王鲜有人比。

朱由检死后，满朝大臣仅有范景文、倪元璐、李邦华等几十人殉主，很是惨烈。史家称为"甲申惨变"。但以成国公朱纯臣、大学士魏德藻、陈演为首的大多数大臣都匍匐在李自成脚下，俯首称臣。可见朱由检遗诏所说"此皆诸臣误朕"所言不虚。然而李自成毫不客气，将明朝已降未降的官员，一个个抓起来，严刑拷打，按官阶大小，逼其缴纳赃银。不缴者立刻打死。义军几乎掠取了北京城的所有财富。朱由检的三个儿子，明朝太子朱慈烺，永王朱慈炤，定王朱慈炯，均被大顺军俘获。这三个皇子的下落，后来演绎成一段段扑朔迷离的故事，是真是假，是死是活，牵动明朝遗民和清朝统治者敏感的神经，成为千古谜案。

李自成在北京只做了几十天的皇帝，山海关总兵吴三桂为了一个爱妾陈圆圆被大顺军掳去，“冲冠一怒为红颜”，竟投降清军，引清军入关。李自成抵不住八旗铁骑的进攻，先战败于山海关，再退回北京，继而撤出北京，将掠夺北京的所有金银财宝，用几千辆骡马车装载运出北京，其中一千两黄金铸成一锭的大元宝就装了几百车。这数字惊人的财富最后的去向，至今还是个谜。并将吴三桂之父吴襄全家杀个精光。撤出前，放火焚烧紫禁城，幸亏只烧了部分宫殿，清军入京将大火扑灭。最后败退西安。清豫王多铎、英亲王阿济格率两路大军攻破西安，李自成再败，退至湖北九宫山，被当地民团杀死。同年，清肃亲王豪格率大军入四川，剿灭大西政权，杀死张献忠。轰轰烈烈的农民大起义以失败告终。笔者认为李自成确为乱世英雄，他之所以失败，完全是被胜利冲昏了头脑，入京迅速腐化堕落，其战斗力大打折扣，遂被清军消灭，残余部队几十万都投降明朝湖广总督何腾蛟和宁南侯左良玉。笔者曾有诗咏他：

一代英雄一代骄，挥戈横扫大明朝。
进京享福军心乱，万里江山几日抛。

至于张献忠，纯是天杀星降世，专门为了屠戮人类，清军剿杀他，也是为民除害。张献忠死后，手下大将孙可望、李定国等率军几十万军投降南明永历王朝。

朱由检在位十七年，享年三十五岁。顺治三年（1646），清摄政王多尔衮在京城为朱由检重新举行极为隆重的葬礼，按照皇帝的礼制，将他葬入北京昌平思陵，思陵原是田贵妃的园寝，清廷改建而成。缢他为庄烈愍皇帝。另外，民间和南明朝廷给他几个谥号：思宗、怀宗、毅宗、威宗。与朱由检一同殉国的太监王承恩，清廷也给他修了坟，立了碑，表彰他的忠诚。

煤山上寿皇亭边的那棵老槐树至今犹在，它曾经吊死过明朝的皇帝朱由检，似乎它也永远凭吊着明朝的灭亡。如今人们到景山公园游玩，到半山边可见到这棵老槐树，见到“明思宗殉国碑”，都会想到朱由检。对于他，我们该说些什么呢？前代史家评论他，都说他一是求治太切，二是任用阉人，三是刚愎猜疑。这是速亡的三个原因。这三个原因，依我说，第三个原因可以成立，前两个原因均不准确。求治太切，这是优点，最起码不是缺点，他励精图治，勤勉朝政，不近女色，节俭有加，十七年宫中没有兴建任何工程。尤其诛杀魏阉，其魄力不亚于明朝任何一个皇帝。十七年内忧外患，如履薄冰，如临深渊。求治不心切行吗？求治心切恰是关心国家的表现。二说他任用阉人，招至灭亡。但与前代相比，一是他使用宦官最少，从天启朝末年的九万人，他裁减到九千人，这确是一大善政。二是他用阉人并没有失控。诚然太监曹化淳在危急关头开门降敌，仅是偶然事件。其他大臣不是也投降许多吗？他用阉人到各地做监军，是对文官武将的不信任，督促作战，也是无奈之举。因为明朝的官与将，确有文贪武怯的弊病，积习已久。何况明朝自成祖始，派太监做监军，已成常例，这账也不能全算在他身上。但他失败了，当然是他的错，成败论英雄嘛。三说他刚愎猜疑，这点是说对了。他不仅刚愎猜疑，而且驭下手段太严厉。刚愎是他自信心太强，凡事乾纲独断，决策不免有失偏颇。好猜疑实是致命，他认为所有的文臣武将对他都不忠心，犯了“用人不疑”的大忌，处理大臣更是严酷。对待文臣像奴仆一样驱使，随意革职、发配、赐死；对待武将，稍有挫败，都予以严惩，败一方诛一将，失一城杀一吏，像杀猪羊一样随便。武将战事一旦失利，往往自杀或者投敌，都害怕他的严酷惩治，因为他们都知道袁崇焕、熊文灿、祖宽、杨嗣昌、贺人龙的悲惨下场。谁人还愿为他出力？因此这种糟糕的个性，造成无人可用，用人不当，用人失控等诸多弊病。崇祯朝速亡，与此大有关系。还有一个最大原因，就是他不幸接受前代皇帝留下的烂摊子，其时强大的满清政权对关内不断发动不可阻挡的进攻，明朝的国力已经不能与之抗衡。对付满清已经疲于奔命，更何况对付闯、献的大规模起义。如果这二者，仅有一者发生，朱由检就有能力扭转乾坤。然而内忧外患同时发生，他纵有三头六臂也无能为力。还有崇祯年间，涝旱等大灾连续不断，百姓饿死百万人，上天逼民造反，似乎老天爷也和他刻意作对；再加上他个人的弱点，他的悲剧是必然的。他为大明朝尽了最后的努力，有心救国无力回天，或者说明亡非人为，纯是天意。他最后杀后妃、杀爱女，啮指书诏，披发覆面，上吊自缢，何其悲惨，又何其悲壮，他以这样的方式为朱家祖宗保住了最后一点体面。《明史·流贼传》中这样评价朱由检：“呜呼！庄烈非亡国之君，而当亡国之运，又乏救亡之术，徒见其焦劳瞀乱，孑立于上十有七年。而帷幄不闻良，平之谋，行间未睹李、郭之将，卒致宗社颠覆，徒以身殉，悲夫！”说他非亡国之君，却遭受亡国之运，缺乏救国之术，独自焦虑操劳了十七年，朝堂没有像汉朝张良、陈平那样有谋略的文臣，军队没有像唐朝李光弼、郭子仪那样力挽狂澜的武将，导致亡国，以身殉国，真是悲哀呀。评价有些道理。

笔者多次到景山公园，在老槐树下，在“明思宗殉国碑”前，徘徊感慨，凭吊这个值得悯怜的亡国之君，禁不住赋诗两首。

其一曰：

煤山老树映斜阳，我吊崇祯意感伤。
亡国烈君昭竹帛，兴邦悲志泣玄黄。
内忧外患何煎急？将怯臣庸独乱忙。
履薄临深十七载，谁堪苦苦作君王。

其二曰：

残阳如血照煤山，我到碑前泪欲弹。
天意亡明非帝错，君身殉国可心安。
山河破碎肝肠断，风雨飘摇日月残。
杀女缢妻拼一死，老槐树下不盘桓。

的确，朱由检不仅笔者同情，历代有爱国心的人也同情他的遭遇。民国年间大名士傅增湘撰写《明思宗殉国三百周年纪念碑》碑文（同年郭沫若写了《甲申三百年祭》阐述明朝灭亡及李自成失败的原因，也同情朱由检，与此碑文主题不同），此碑原立景山，后移去，2003 年复立于景山明思宗殉国处。谨录于下，笔者不翻译了，作为历史资料，傅氏一家之言，让读者自行读评。

余尝综观史籍，三代以下得天下之正者，莫过于有明。及其亡也，义烈之声震铄天地，亦为历朝所未有。盖太祖以布衣起兵，驱蒙元、扫群雄、光复神州，创业同乎汉高；迄于思宗，运丁阳九，毅然舍身殉国，且遗书为万民请命，其悲壮之怀，沦浃于人人心腑者，历千龄万祀而未沫。故明社久墟，而意慨英风，未尝随破碎山河以俱逝。此人心天理之公，固后世所宜崇敬者也。况碧血遗痕，长留禁苑，吾人沭目恫心，宁不眷念徘徊而思，所以播扬休烈也乎！夫明自万历以后，纲纪颓弛，神宗晏居深宫二十年，君臣否隔，政事丛脞；继以光宗之短祚，熹宗之庸懦，妇寺弄权，忠良荼毒，内忧外侮交乘，而至民心离散，国之不亡亦仅矣。思宗嗣统，手除巨憝，召用旧人，奋然欲大有为。无如元气椓丧，大势已倾，朝庭方急于门户之争，边事则已无保障之固，加以饥馑荐臻，税敛横急，民不堪命，流寇四起，遂酿成滔天之祸！嗟乎！以勤俭爱民之主，十七年宵旰忧劳，无终无救于危亡。卒至以万乘之君，毕命于三尺之组，其事可哀，而其志弥烈矣！观夫甲申之岁，灵武、大同相继沦陷，李建泰疏请南迁。帝召示群臣曰："国君死社稷，朕将焉往?"知死国之志，固已早决，及垂绝题襟有"任贼分裂，无伤及百姓"之语。揆之孟子民贵君轻之旨，大义凛然，昭示千古；是帝之一死，可以振一时忠义之气，更足以激励万世不死之人心！故当时上自缙绅，下逮佣保，既多慷慨赴义之徒；而至今登万岁之山，抚前朝之树者，亦未尝不感旧伤怀，欲叩九阍，而一抒其悲愤也！今岁纪甲申，夏历之三月十九日，距帝殉国时正三百年矣。燕京旧俗：是日恒有火星之祭。相传为前代遗民故老托此以私祀旧君者，馨香于今不绝。兹者，故都人士，眷怀先烈，雅具同心。幸逢十世之期，永作千秋之鉴。爰以？殉国之日，定为纪念之辰，翕集群伦，虔申祷拜，博征遗事，用示表彰。督余为文，将谋勒石。余乃缅溯明祖开国之功，并阐思宗救民之旨，粗陈梗概，敬告国人。幽光尽发，借抒耆旧之怀思；盛会长存，俟补春明之掌故。意所未罄，系之以铭。铭曰：

天厌明德，末运不昌。踵祻袭孽，以速乱亡。赫赫思宗，实为英主。沉机锄奸，膏我齐斧。厉政勤民，日不遑暇。求鸾得枭，心劳力寡。外侮日殷，内讧莫戢。豺虎纵横，凭陵京邑。大命俄倾，宸衷自谴。身殉社稷，被发覆面。朕躬可裂，朕民勿伤。数行血诏，哀动昊苍。龙驭莫攀，如丧考妣。都人慕思，瞻日曷已。陵谷贸迁，历年三百。峨峨景山，苍苍松柏。杜鹃啼血，凄绝春城。望帝不归，庶感精诚。此山不骞，此石不涅。煌煌三光，昭兹遗烈。

江安傅增湘撰文
易水陈云诰书丹
濡阳潘龄皋篆额

中华民国三十三年岁次甲申三月十九日立

一曲尾声成挽歌

朱由检自缢煤山，标志明朝灭亡。大明王朝从洪武元年（1368）起，至崇祯十七年（1644）甲申三月十九，历时二百七十七年，传十六帝，至此寿终正寝。按说本书应该就此结束，然而大明朝残留的朱家后裔及遗民们，又演出了十六年抗清复明的悲剧，这幕悲剧惊心动魄，悲壮惨烈，算作大明朝的尾声与挽歌。是一段不可不写的历史。中国史学界一般将这段历史，称为南明时期，并不记入明朝正朔。下面笔者简要述来。

崇祯十七年（1644）甲申，北京被李自成攻破，崇祯缢死，明社倾覆。不久明朝的残余势力在南京建立南明政权，国号弘光。皇帝是明福王朱由崧。他是前明福王朱常洵之子、明神宗之孙、光宗之侄、朱由检堂兄。当年李自成攻克洛阳，活捉朱常洵，见他一身肥肉，重达三百六十斤，很是好奇，将朱常洵剁成肉酱，拌和鹿肉吃了“福禄羹”。朱由崧侥幸逃脱，在大雪中昼伏夜行几十日，历尽艰苦逃到淮安避难。后被明朝凤阳总督马士英视为奇货，拥立为帝。在拥立问题上，南京文武高官曾发生严重分歧，其时盛传太子及永定二王已死，国不可一日无君，究竟立谁，极有争议。按伦序，有资格为嗣皇的应是福王朱由崧、桂王朱常瀛、惠王朱常润，但东林党派官员钱谦益、吕大器、高弘图、姜曰广等人，出于一党私利，极不愿迎立在争国本事件中，与他们对立的郑贵妃的孙子朱由崧，史可法也不愿立朱由崧，理由是福王不肖。提出应立潞王朱常淓，理由是潞王贤。但马士英最终联络几个总兵官凭武力将朱由崧推上皇帝宝座。当时南明控制的地区有长江以南、淮河两岸，江苏、浙江、安徽、湖南、湖北、两广、福建等。为南明效忠的军队至少有六十万之众。武昌有左良玉，湖南有何腾蛟，江北有徐泗总兵高杰、淮海总兵刘泽清、滁和总兵黄得功、凤寿总兵刘良佐。兵部尚书为声望极高的史可法，驻节扬州，统领各镇军马，优势明显，足可与大顺军、清军抗衡，或许至少能划江而治，偏安江南。因而有史家说明朝实际并没有亡。但弘光帝性格懦弱，不思进取，是个酒色之徒。朝中大权统由马士英、阮大铖把持。阮大铖是个德行无耻但才华横溢的文人，他创作的《燕子笺》、《春灯谜》等传奇剧本脍炙人口，流传千古长盛不衰。早年投靠阉党，当时以谄事马士英而成为南明新贵，自诩为边才，知兵事，小朝廷将江防大权交给他。而马士英有斗蟋蟀的癖好，兴趣一来，万事不顾，世称蟋蟀相公。最可叹者，弘光帝朱由崧是个史所罕闻的大淫棍，登基后广选美女大肆淫乐。寻常处女不过瘾，更选幼女侍寝。精力不足，便吃春药。听说吃蛤蟆（蟾酥）可壮阳，就发动南京乞丐大捉蛤蟆。乞丐们打着“奉旨捕蟾”的旗儿，捕来大量蛤蟆献给他以制春药，朱由崧被人称为“蛤蟆天子”。明末人计六奇所著《明季南略》记载，南京天宫有个道士袁本盈闻皇帝好淫，献上春药以图一官半职。这味春药是他绞尽脑汁的发明，制作原理是根据中医“吃什么补什么”的理论。他极富想象力，其制作流程是：用人参喂羊，羊鞭便粗大许多，然后割下羊鞭喂狗，狗鞭也粗大许多，再割下狗鞭切碎拌以青草喂驴，驴鞭便硕长无比，乘时牵来母驴交合，驴鞭更硕长无比，坚硬无比，乘势割下驴鞭，这便是最后的春药产品（笔者正告：此秘方抄录于史书，疗效未经验证，读者万勿私自模仿制作，残害动物，危及自身，一笑）。袁本盈将驴鞭煮熟，试食一小块，立即热气满腹，阳物勃然而起，历久弥坚，袁道士大喜，欢呼研制成功。第二天袁本盈迫不及待地将驴鞭及制作秘方献给朱由崧，朱由崧大喜，重赏袁本盈并封为太常寺少卿。回到后宫，朱由崧如法食用，果然热气满腹，欲火冲天，阳具粗大坚硬犹如驴鞭。急不可耐，召来两名幼女，肆意蹂躏。朱由崧体重三百余斤，身材魁硕，又吃了驴鞭，威猛异常，两名幼女顿时血流不止，惨死在龙床上。

两名幼女原是教坊雏妓，尸体从北安门抬出，交给鸨儿草草埋葬。从此朱由崧见天玩幼女，幼女惨死不计其数，教坊间雏妓搜掠殆尽，又掠民间幼女入宫，宦官到民间，见有美貌幼女，在其额头贴块黄纸，强行掳入宫内。袁本盈最无耻的发明导引朱由崧大肆奸淫幼女，此二人真造了弥天大孽！可恨，可杀！当时有人以“蛤蟆天子”与“蟋蟀相公”凑成一副对联，讽刺南明政权。再者，南明小朝廷内部，大敌当前覆灭在即，却内讧不休，东林、复社诸君子与阉党余孽大打口水战，在《三朝要典》与《钦定逆案》上大做文章，内耗不断，无益国计民生。驻扎江北的四镇总兵，各怀异志，拥兵自雄，互相残杀，尾大不掉，这样的朝廷早预现亡国之兆。插叙完毕，言归正传。南明政权的建立，使清廷大为震怒。摄政王多尔衮曾致书史可法，书中有“予向在沈阳，即知燕京物望，咸推司马（史可法）”之语，对史可法拉拢招降，并说，清之天下，取于闯贼，非取于明朝。史可法亦回书致答，表示坚决不降。也许是畏惧清军，也许是想偏安江南，南明政权竟做出一个愚蠢可笑的决定，定出联清抗大顺军复国的计划。派左懋第、陈洪范、马绍榆为使者，携带白银十万两、绸缎十万匹，来到北京犒劳清军，感谢大清国剿灭流贼为崇祯帝报仇及礼葬崇祯帝等事。多尔衮收下财宝，哈哈大笑。可笑之余又觉得莫名其妙。急忙召来范文程、洪承畴商议，二人均认为这是南朝畏葸的表现。于是多尔衮下令扣押南明使者（后左懋第不屈而死）。接着又下令讨伐南明。顺治二年(1645）春，豫亲王多铎大军十万从河南出发，向南明发动进攻。八旗铁骑狂飙式地推进，陷归德，克徐州，南明守将不是望风而降，便是闻风而逃。富有进取恢复大志的徐泗总兵高杰亦被部下许定国杀死。清军真是势如破竹，不可阻挡。多铎大军很快抵达江北重镇扬州。南明王朝最是可叹、可恨，敌军压境，不是全力抗清，而是内部火并不休。明宁南侯左良玉拥兵二十万驻军湖北，他本是个骁勇善战的大将，镇压闯献屡建奇功。但看不惯马士英把持朝政，出于“忠愤”，声称奉太子之诏，竟率军进攻南京“以清君侧”。先是，前太监高起潜偕太子朱慈烺逃到南京，然而太子突然出现，使朱由崧和马士英大为恐慌，因为太子一来，朱由崧必须退位，马士英拥戴之功便化为乌有。朱由崧下令逮捕太子，押入大牢。派人审查太子身份，审查结果自然是假太子，官方正式宣布：太子是驸马都尉王昺的侄子王之明假冒的。马士英下令将假太子斩首。太子被人救出逃走，后清军南下，被掳去，从此不知去向。左良玉与东林、复社党人都认为太子是真。这是左良玉兴兵的借口之一。笔者认为假太子“王之明”的名字，值得玩味，“王之明”颠倒来读，便是“明之王”，意即“明朝之君王”。其中大藏玄机。假太子案最终成为千古谜案。

左军战船连绵三百里，顺流而下，直取南京。马士英闻报大惊，对左右言：“清军若来尚可活命，良玉若来吾辈无噍类矣！”急派徐泗总兵黄得功堵击，左、黄两军互相厮杀，左良玉病死，黄得功的势力也消耗殆尽。因此，当多铎大军兵临扬州城下时。驻守扬州的史可法枉为兵部尚书，却调不来一兵一卒来援。扬州城唯有兵数千。形势真是危急。多铎派使劝降，史可法严词驳回。守城总兵刘肇基建议扬州地势高敞，可决淮河之水以灌清兵。史可法说：“决开淮河，清军未必丧尽，百姓先成鱼鳖。”于是史可法决计坚守扬州，为国尽忠。多铎见史可法不降，四面围定，大举攻城。扬州保卫战十分悲壮惨烈。清军攻势猛烈前所未有，扬州军民坚守七天，打退清兵无数次进攻，可歌可泣。然而清军用红衣大炮猛轰城池，城墙几处炸塌。清军蜂拥入城，史可法率领军民又与清军展开巷战。刘肇基战死。史可法见大势已去，拔剑欲自刎，却被副将张友福抱住，然后拥出小东门。谁知史可法死志已决，刚到城外便遭遇清军。他高呼：“我便是大明督师史可法。”清兵听他呼喊，一拥而上，乱刀齐下，顿时化为忠魂碧血。后来南朝遗民将史可法的朝袍、笏板葬于扬州城外梅花岭上作为纪念。笔者有诗赞曰：

丹心烈火守孤城，半壁江山只手擎。
十日狂屠完大节，梅花与尔一般清。

清军攻占扬州，多铎下令屠城，纵兵杀戮十日，可怜扬州军民均被杀尽。这就是史书上著名的“扬州十日”。

扬州失陷，南京乱成一锅粥，马士英慌忙布置长江防线，派郑鸿奎、杨文骢率军守住长江天险。然而多铎大军乘夜渡江，兵尚未登岸，明军却全线溃散，真像猫追老鼠一般，老鼠只有逃跑，并无他法。清军过江一举占领镇江。弘光帝朱由崧闻报大惊，慌忙携着几个爱妃，连他妈皇太后及皇后也不顾，从通济门出走逃往芜湖。马士英第二日上朝，见弘光帝已溜，倒还有些良心，携带着皇太后、皇后，与阮大铖一起逃出南京。皇帝、宰相一逃，总督京营忻城伯赵之龙惊得魂飞魄散，连忙修一道降书送至多铎大营。顺治二年（1645）五日十二日，清军兵不血刃开进南京。以忻城伯赵之龙、大学士王铎（明末大书法家）、礼部尚书钱谦益（明末大诗人）为首的明朝十七位侯伯、大臣携全城绅民几千人，在大雨中匍匐道旁欢迎清军入城，一个个淋成落汤鸡，但又不得不嬉皮笑脸，真是可笑可叹。南京被占，标志着维持一年多的弘光王朝终结。朱由崧逃到芜湖被忠心可嘉的总兵黄得功收留。然而清军追来，黄得功战死。朱由崧被清军活捉。多铎大喜，将其押解至北京，献俘报功。第二年多尔衮下令处死朱由崧，这个被称为“蛤蟆天子”的皇帝连同几个爱妃都被砍下头颅，可谓“宁为花下死，做鬼也风流”。

朱由崧死了，如何评价他呢？复社名士张岱说：“自古亡国之君，无过吾弘光者。汉献之孱弱，刘禅之痴呆，杨广之荒淫，合并而成一人。”又言：“弘光痴如刘禅，淫过隋炀，更有马士英为之颠覆典型，阮大铖为之掀翻铁案，一年之内贪财好杀，嗜酒宣淫，诸凡亡国之事，真能集其大成。”江南高士董含说：“由崧质性暗弱，有蜀后主、晋惠帝之风，而荒淫过之。”张岱、董含均为当时清流名士，笔者引用二位古人之语，作为对朱由崧的总评。

攻占南京，活捉弘光。多尔衮欣喜若狂，又利令智昏，下令全国男性一律剃发，表示向清朝归顺。本来清军初入关时，为争民心，剃发与否悉听尊便。而多尔衮认为彼时时机未到，此时时机已到。这薙发令一颁布，全国乱作一团。几万名剃头匠被各地政府组织起来，由清兵带领，四处剃头。抗拒者立即杀死。那时剃头匠有一副担子，一头是炉子，一头是个木架，木架上方悬挂着圣旨，上写着：“留头不留发，留发不留头。”木架下方是脸盆架子。剃头匠的这副行当一直流传下来，前些年笔者还看到剃头匠还挑着这样的担子游村串户为人们理发。然而限制发型自由、强制剃头的暴政，却引起了汉族极为强烈的抵触情绪。明朝遗民十分可笑，大批投降清军倒也无所谓，改朝换代，多是如此。但见清兵要剃去头发，却如丧考妣，宁断头不断发，羞辱燃起民族气节的烈火一下子喷发。一时全国各地爆发反清起义，烽火熊熊，烟尘滚滚，复明反清的旗帜到处飘扬。潞王朱常涝被马士英等拥立，在杭州监国；鲁王朱以海由故明兵部尚书张国维拥立，在绍兴监国；唐王朱聿键在福建被郑芝龙、黄道周拥立为帝，国号隆武；明总督沈犹龙、给事中陈子龙、主事夏允彝在松江举义；明主事卢象观奉瑞昌王朱盛沥在宜兴举旗；故明总督何腾蛟拥众数十万在湖南遥奉唐王隆武年号，由于何腾蛟收降了闯王夫人高氏和闯王侄子李锦的三十万部队，实力最为强大；还有几十个明朝的宗室藩王都打起反清复明的旗号。连由明降李闯，又由李闯降清的大同总兵姜瓖也反叛清朝，在山西发动叛乱。此时全国乱了大套。这些警报传到北京，多尔衮也颇着急，急召来范文程商议。范道："殿下何必着急，爝火之光，何能蔽日，天戈一指，立即荡平。臣保举一人定可收拾江南残局。"多尔衮喜曰："卿举何人?"范文程说："便是原明辽蓟总督、兵部尚书洪承畴!"多尔衮召来洪承畴拱手道："先生能文能武，明朝官员大多出自先生门下，先生经略江南，我无忧矣!"洪承畴见摄政王吩咐，岂敢不应。多尔衮下令召回多铎。再派贝勒博洛、贝勒勒克德浑、固山额真叶臣受洪承畴节制，各领兵再下江南。这洪老先生真是有能耐，凭着他以前的声望，一路传檄号召，江苏、安徽的明朝军队大多投降。贝勒博洛率大军进攻浙江、福建。明监国鲁王朱以海与唐王隆武帝本是叔侄，但朱以海怨朱聿键称号隆武帝，很是不服。于是清军未到，鲁王、唐王先互相火拼。博洛大喜，乘势进攻浙江，先斩了潞王朱常涝，又招降了马士英、阮大铖。鲁王部队更不禁打，朱以海浮海逃至金门，依附郑成功，郑待之不善，以后下落不明。又发兵直趋福建。唐王朱聿键闻清军来，命黄道周募兵，黄道周募兵未成，反被清军俘获不屈而死。唐王逃往汀州，博洛发兵攻克汀州，擒获唐王，唐王还有些气节绝食而死。再说，贝勒勒克德浑一军直指吴淞，沿途所经大多望风归降，苏州巡抚王国宝、松江提督吴兆胜、吴淞总兵李成栋均献城出降。

接着又克常州，下崇明，陷昆山，均势如破竹，大获全胜。然而兵至嘉定，却遭到嘉定军民的强烈抵抗。嘉定守将侯峒曾、黄淳耀率兵拼死守卫，勒克德浑命降将李成栋为攻城前驱，这个为虎作伥的李成栋杀自己的同胞更是狠毒，日夜猛攻，向主子大显身手，嘉定军民同仇敌忾，击退清兵无数次进攻，嘉定城下清兵尸积如山。丧尽天良的李成栋，运来红衣大炮几门，猛轰城池，城墙多被炸塌，清军拥入嘉定，侯、黄二将与清兵激烈巷战，最后均为国捐躯。清军入城，大肆屠戮。今日屠，明日屠，后日屠，可怜嘉定军民均倒在血泊之中。这就是历史著名的“嘉定三屠”，同样是当年满族屠杀汉族的铁证。

清兵攻克嘉定，又攻克松江。兵至江阴，又遭到更加激烈的反抗。在清军未到之前，江阴早有充分准备。明朝典吏闫应元，忠勇兼备，娴熟兵法，被城中军民推为守城主帅。闫应元制造了许多新式武器，如毒矢、火砖、木铳等。毒矢箭镞上浸有毒药，射中人必死。火砖类似燃烧弹，抛过去烈焰忽起，可烧灼敌人。木铳实际上极像现代的手榴弹，内中装满易烧火药，抛过去木裂药爆，炸倒一片。清兵猛攻数十日，不是被毒矢射死，便是烧得焦头烂额。勒克德浑急得无法，命降将刘良佐劝降，刘跑到城下，向城上喊话：“区区江阴岂能久守，若能降清，封爵不在良佐之下，君应三思。”闫应元厉声道：“大明养士三百年，不料出你这等伯爵，毫无廉耻，应元犹有心肝，宁为义死，不为利生。”说完城上乱箭齐发，刘良佐抱头鼠窜。清军围江阴二个多月，不能越城池一步。勒克德浑从南京运来红衣大炮几十门，置于四面日夜猛轰，城墙几处轰塌，清军潮水般涌入江阴，闫应元见大势已去，投水不死，被清军擒获，应元誓死不屈，遂遇害。清军下令屠城，城中军民十万人被难，悲壮惨烈可歌可泣。闫应元坚守江阴八十日，创造了守城的奇迹。他临终留下绝笔对联一副：

八十日带发效忠，表太祖十六朝人物；
十万人同心死守，留大明三百里江山。

后来清军又向湖北、湖南、江西、广西、广东进军。左良玉之子左梦庚率兵十万投降；何腾蛟兵败被擒斩，降清而复叛归明的金声桓、李成栋也被消灭，几十万兵马土崩瓦解。江南、湖广、岭南均被清兵占领。在北方，尼堪、阿济格、多尔衮几次征剿大同，姜瓖叛军终被敉平。至此，反抗清朝的福王、鲁王、唐王等几个小朝廷已被他消灭殆尽。只有福建沿海的郑成功以及桂王朱由榔的部队还在苦苦支撑。郑成功在东南抗击清军多年，后驱逐荷兰人收复台湾，郑氏父子又与大清朝分庭抗礼二十几年，艰苦卓绝，可歌可泣，这且按下不表。下文简述永历小王朝的兴亡。

朱由榔是明神宗之孙，桂王朱常瀛之子，朱由检之堂弟。当年张献忠攻破衡州，朱常瀛携带朱由榔逃到广西，朱常瀛病死，朱由榔袭承王位。弘光朝覆灭，明朝大学士瞿式耜拥立朱由榔在广东肇庆称帝，改元永历。原明总督何腾蛟拥兵几十万占据湖南、江西，表示坚决拥护永历帝。明降将姜瓖也在大同发动叛乱，几乎占领山西，遥奉永历正朔。这样永历小朝廷实际控制的地盘有两广、湖南、江西等地，与清廷分庭抗礼，可谓势力浩大。当时的摄政王多尔衮，连续派济尔哈朗、博洛、勒克德浑及三个汉奸孔有德、耿仲明、尚可喜等率兵进剿。永历小朝廷的军队抵不住清军的猛烈进攻，何腾蛟被擒斩，大学士瞿式耜被俘不屈而死。湖南、江西、两广均被清军相继占领。永历帝朱由榔被清军一路追赶，惶惶如丧家之犬，四处奔逃，真是陷入绝境，走投无路。然而天无绝人之路，明祚尚未到灭绝的时候，盘踞云南、贵州的孙可望，突然表示联明抗清，向永历朝廷奉表称臣，竟派兵到南宁，将朱由榔迎到贵州安隆。孙可望何许人也？他原是农民军张献忠的大将，清军攻破四川，张献忠被杀，但张献忠的四个义子孙可望、李定国、刘文秀、艾能奇等还拥兵几十万，他们逃出四川，攻占云南、贵州，孙可望竟自立为王，国号后明。孙可望颇有政治头脑，认为自己是流寇残部，在当时声名狼藉，若想不被清军消灭，必须联明抗清。而朱由榔是当时仅存的明王朝朱家嫡派子孙，拥护他，打起反清复明的旗帜是最佳策略。他将永历帝迎到贵州安隆，又逼永历帝封他为秦王。掌握了小朝廷大权，孙可望很有进取之心，立即派李定国率军八万进攻广西，李定国原在张献忠的义军时就以智勇双全、勇猛善战著称，他的兵锋极为锐利，连续攻破沅靖、武岗、全山。清定南王孔有德的主力均被消灭。李定国驱兵穷追，乘胜包围广西首府桂林，日夜发动猛攻，孔有德抵挡不住，城破之时竟自刎而死。这个自称孔子后裔的大汉奸，为清廷卖命半生，至此得到应有的下场。清廷得到广西全境失陷，孔有德自杀的败报之后，清帝福临异常震怒，因为这是清军入关后的第一次败绩。顺治九年（1652）八月，福临命敬谨亲王尼堪为帅，率军自湖南进攻广西，尼堪是努尔哈赤之孙，废太子褚英之子，南征北战，屡立战功，是清朝最骁勇的将帅之一。他率军到达衡阳，便与从广西赶来的李定国大军遭遇。李定国知尼堪威名，认为只可智取，不可强攻。李对清军发动佯攻，两军刚一接仗，李定国立即后退。骄横一世的尼堪，认为李定国不堪一击，驱兵大进毫无顾忌。在追至二十里外，被李定国预先埋伏的大军包围。李定国以大象为前驱，张牙舞鼻，向清军扑来，接着以大军继后痛击清军，清军全军溃散，尼堪亦死于明军乱刀之下。李定国第一次与清朝正规部队八旗军交战，便斩杀其主帅，大获全胜。全军欢声雷动，热泪盈眶，高唱岳飞的《满江红》："……壮志饥餐胡虏肉，笑谈渴饮匈奴血，待从头收拾旧山河，朝天阙。"场面激昂，气氛悲壮，声震百里。当时的明朝遗民著名学者黄宗羲听到消息后激动地说："李定国桂林、衡阳之捷，连蹶清朝两名王，天下震动，即便是明朝全盛时期也不可能做到。"尼堪被杀，败报传回北京，清廷朝野大惊，痛呼："国家开创以来，未有如今日之挫辱者也。"清帝福临更感惊惶："我朝用兵，从无此失。"确实李定国大败清军连歼清朝两个亲王，为汉族出了一口恶气。随后李定国返军杀回广东，攻克肇庆，又包围新会几个月，清朝在新会的守军几乎饿死殆尽。清军主力来援，李定国被迫退出广东。然而李定国战败清军的功绩，使孙可望大为忌恨，连连设计谋害李定国。又大施淫威，逼迫永历帝，并将忠于永历帝的朝臣"十八先生"杀死。永历帝忍无可忍向李定国求救。李定国将永历帝救出虎口，迎回云南昆明，君臣相见，相拥而泣，李定国发誓为永历帝效忠，抗清复明。永历封李定国为晋王。心胸狭窄的孙可望见奇货永历帝被李定国夺取极为恼怒，竟发兵十四万进攻昆明。当时昆明守军只有三万，永历小朝廷真是危在旦夕。然而孙可望倒行逆施，部下怨恨已久。孙部大将白文选临阵倒戈，投向永历王朝。白文选大呼："迎晋王，迎晋王。"孙可望十四万人马顿时土崩瓦解。孙可望率残部逃脱，逃到贵阳，贵阳守将冯双礼怒斥孙可望背叛天子，闭门不纳。孙可望陷于绝境，走投无路之下，向清朝洪承畴大营投降。清帝福临对孙可望降清大喜过望，对其优礼相待，将其封为义王。孙可望不负清廷厚遇，将云南地理形势、军事部署等如实报告。并愿为向导，建议清廷向云贵进军。李定国与孙可望内讧火拼，极大削弱了永历朝廷的势力，北伐复明已成为不可实现的奢望。而孙可望降清，又给清廷提供了平定云贵的良机。顺治十五年（1658），福临下旨平定云贵，命吴三桂、洪承畴、都统卓布泰为帅，分别从湖南、汉中、广西三路出发，兵锋直指云贵。清军三路大军会师于贵州，贵州明军不堪一击，纷纷投降，很快贵州全境被清军占领。清军乘胜追击直扑云南，此时李定国却遭到永历朝廷大臣的反对，说他专权误国。于是李定国愤而率军退据滇西。清朝大军攻克昆明后，吴三桂率兵追击李定国，在腾越磨盘山遭到李定国的伏击，清军大败。这是李定国打败清军的最后一次记录。随后他率军驻于中国、缅甸边境一带，等待时机，以图恢复。李定国忠义贯云天，屡创清军，扶持永历王朝长达十三年之久。他忠贞不屈，艰苦卓绝，百折不挠的精神，创造了一个划时代的奇迹。就连清廷朝野也对这位忠义勇武的军事天才赞赏不已，把他比做元朝末年陈友定和扩廓帖木儿式的英雄。清朝末年，章太炎在日本发表反清演讲："愿吾滇人，勿忘李定国；愿吾闽人，勿忘郑成功；愿吾越人，勿忘张煌言；愿吾桂人，勿忘瞿式耜；愿吾楚人，勿忘何腾蛟；愿吾辽人，勿忘李成梁。"章太炎将李定国排在明末抗清英雄之首，可见李定国精神对后世影响之大。不过李定国由一个农民起义的领袖，嬗变为没落王朝的忠臣，谁能料到！用阶级分析法是说不清的。然而永历帝朱由榔却被清军的威势吓破了胆，恢复大明的理想早已丧失殆尽，在清军的追逼下，他惶惶逃入缅甸，寻求保护。缅甸国王莽达将其随行军队一千人全部缴械，将永历帝君臣几百人圈禁在深山荒谷，衣食无继，处境十分凄惨。

李定国当时在景线拥兵数万，闻永历帝受辱，万分焦虑。向缅王致书多封，要求迎回永历帝，缅王不肯。李定国又率军攻入缅境，缅甸坚壁固守，李无奈退回景线。永历帝逃入缅甸，已是穷途末路，可悲可悯，连清廷上下都认为明祀仅存一线，明帝命悬一缕，不可紧逼。但是镇守云南的平西王吴三桂屡屡上书清廷，说是不杀明帝，后患无穷，应斩草除根云云。清廷不置可否。大清顺治十八年（1661），吴三桂便率大军十万攻入缅甸，兵锋直指缅都，威逼缅王交出永历帝。当时缅王莽达已被其弟达姆摩弑杀。达姆摩欲借清军势力镇服国民，遣使投书吴三桂，声称缅甸国臣服大清朝，愿意献出永历帝作见面礼。吴三桂大喜，令限期交献。缅王立即发兵三千将永历帝住所团团围住，说是要在咒水边誓盟，让永历帝身边的大臣、太监先饮咒水。结果文安侯马吉翔、晟国公沐天波等数十人全被缅军杀死。只剩下永历帝及几个后妃、皇子。永历帝恐惧万分，立即修书一封，遣使送呈吴三桂大营。这份大明永历帝致大清平西王殿下的书信很长，字字血泪，声声呜咽："……将军不避险阻提数十万之众，穷追逆旅，何以视天下之不广哉？岂天覆地载之中，犹不容仆一人乎？抑封王赐爵之后，犹欲歼仆以邀功乎？既毁我室，又取我子，读鸱鸮之章，能不惨然心恻乎？将军曾食明禄，曾封明爵，即不怜仆，独不念先帝乎！不念列祖列宗乎？不念尔祖尔父乎？不知大清何恩何德于将军？仆又何仇何怨于将军？将军自以为智，适成其愚。千载之下，史有传，书又载，当以将军何如也？仆今日兵衰力弱，茕茕之命，悬于将军之手矣，如必欲仆首领，则粉身碎骨，所不敢辞，若转祸为福，或假以寸土，仍存三恪，更非敢望。敬能与太平草木，同沾雨露于新朝，纵有亿万之众，亦当付于将军矣。"这封书语气凄苦到极点，永历帝自称"仆"，想做个草木之民，同沾新朝雨露。然而此书到了吴三桂手中，他毫无恻隐之心，只催缅王快快献交。果然不过几日，缅兵将永历帝及后妃、皇子一行二十五人，押送吴三桂大营，这时已经是清朝康熙元年（1662）初春了。吴升帐坐定昂然受俘。永历帝此时也振作精神，厉声问道："你是大明平西伯吴三桂吗？"吴三桂经此一问，突然双腿发软，跪倒尘埃。嗫嚅道："陛下，我是……"永历帝又问："事到今日，尚复何言！你能将朕押至北京，朕一谒祖宗十二陵，死亦瞑目！"吴三桂颤声答道："陛下，是。"吴三桂神思不定，急命人安置永历帝。他踱出帐外对诸将说："我自从军以来，身经百战，毫无畏惧。今日见了这个末代皇帝，反使我局促不安，真是不解。"当晚吴三桂与平西大将军爱星阿商议处置办法。爱星阿主张献俘北京，由朝廷发落。吴三桂说："倘途中被劫，奈何？不如就地正法。"爱星阿不无揶揄地说："大王是汉人，任凭定夺，然彼是明君，斩首未免残忍，不如赐死。"翌日，吴三桂命军士将永历帝及眷属等二十五人，一一绞杀于蓖子坡。临刑，永历帝朱由榔一言不发从容就死。十二岁的小太子朱慈炫大骂吴三桂："我朝何负于你，我父子何仇于你，天道有知，必歼贼子！"滇人为纪念此事，将篦子坡改为"逼死坡"。朱由榔此人，龙姿凤表，日角插天，面如满月，长髯过脐，确有帝王之相；人品端正，孝母敬妻，不近酒色，是个难得的好皇帝，是时代的车轮将他碾死，是个悲剧性人物。这样大明朝最后一缕嫡系血脉被灭绝了。笔者为诗叹曰：

家亡国破奈其何，贼子相煎逼死坡。
末路君王等蝼蚁，旧时宫阙毁干戈。
十三陵墓鸦遗矢，万里山河鬼唱歌。
一缕哀魂何处去？苍天有泪哭铜驼。

附　录

1. 明朝皇帝简历表

姓名	谥号	庙号	在位时间	年号	皇陵	生卒年份（公元）
朱元璋	开天行道肇纪立极大圣至神仁文义武俊德成功高皇帝	明太祖	1368—1398 年	洪武	应天孝陵	1328—1398 年
朱允炆	嗣天章道诚懿渊功观文扬武克仁笃孝让皇帝	明惠帝	1398—1402 年	建文		1377—1402 年
朱　棣	启天弘道高明肇运圣武神功纯仁至孝文皇帝	明成祖	1402—1424 年	永乐	长陵	1360—1424 年
朱高炽	敬天体道纯诚至德弘文钦武章圣达孝昭皇帝	明仁宗	1425 年	洪熙	献陵	1378—1425 年
朱瞻基	宪天崇道英明神圣钦文昭武宽仁纯孝章皇帝	明宣宗	1426—1435 年	宣德	景陵	1398—1435 年

姓名	谥号	庙号	在位时间	年号	皇陵	生卒年份（公元）
朱祁镇	法天立道仁明诚敬昭文宪武至德广孝睿皇帝	明英宗	1436—1449 年 1457—1464 年	正统 1436— 1449 年 天顺 1457— 1464 年	裕陵（明）	1427—1464 年
朱祁钰	恭仁康定景皇帝	明代宗	1450—1457 年	景泰	景泰陵	1428—1457 年
朱见深	继天凝道诚明仁敬崇文肃武宏德圣孝纯皇帝	明宪宗	1465—1487 年	成化	茂陵	1447—1487 年
朱祐樘	达天明道纯诚中正圣文神武至仁大德敬皇帝	明孝宗	1488—1505 年	弘治	泰陵	1470—1505 年
朱厚照	承天达道英肃睿哲昭德显功弘文思孝毅皇帝	明武宗	1506—1521 年	正德	康陵	1491—1521 年
朱厚熜	钦天履道英毅神圣宣文广武洪仁大孝肃皇帝	明世宗	1522—1566 年	嘉靖	永陵	1507—1566 年
朱载垕	契天隆道渊懿宽仁显文光武纯德弘孝庄皇帝	明穆宗	1567—1572 年	隆庆	昭陵	1537—1572 年
朱翊钧	范天合道哲肃敦简光文章武安仁止孝显皇帝	明神宗	1573—1620 年	万历	定陵	1563—1620 年
朱常洛	崇天契道英睿恭纯宪文景武渊仁懿孝贞皇帝	明光宗	1620 年 8 月— 1620 年 9 月	泰昌	庆陵	1585—1620 年

续表

姓名	谥号	庙号	在位时间	年号	皇陵	生卒年份（公元）
朱由校	达天阐道敦孝笃友章文襄武靖穆庄勤悊皇帝	明熹宗	1621—1627 年	天启	德陵	1605—1627 年
朱由检	绍天绎道刚明恪俭揆文奋武敦仁懋孝烈皇帝	明思宗	1628—1644 年	崇祯	思陵	1611—1644 年

2. 明朝职官

（1）宗人府。洪武三年（1370）置大宗正院，洪武二十二年（1389）改为宗人府。管理宗室玉牒，纠正风纪，爵位袭承，罢黜等。由亲王担任职务。

宗人令，一人，正一品。左宗正，一人，正一品。右宗正，一人，正一品。左宗人，一人，正一品。右宗人，一人，正一品。

（2）三公：太师，正一品。太傅，正一品。太保，正一品。

（3）三孤：少师，从一品。少傅，从一品。少保，从一品。

（4）太子三师：太子太师，从一品。太子太傅，从一品。太子太保，从一品。

（5）太子三少：太子少师，正二品。太子少傅，正二品。太子少保，正二品。

以上均为荣誉职位。

（6）东宫

太子宾客，正三品，东宫大臣。

（7）内阁

中极殿大学士，一人，正五品，旧名华盖殿。建极殿大学士，一人，正五品，旧名谨身殿。文华殿大学士，一人，正五品。武英殿大学士，一人，正五品。文渊阁大学士，一人，正五品。东阁大学士，一人，正五品。嘉靖、万历朝，内阁权力增大，首席大学士，名为首辅，亦称阁老。

（8）中书省

洪武十三年（1380）正月，诛丞相胡惟庸，遂罢中书省，废丞相制。其官属尽革，唯存中书舍人。左丞相一人，正一品。右丞相一人，正一品。

（9）吏部，主管文职官员考铨、任免。

尚书一人，正二品。左侍郎一人，正三品。右侍郎一人，正三品。

（10）户部，管财赋、土地、户籍等。

尚书一人，正二品。左侍郎一人，正三品。右侍郎一人，正三品。

（11）礼部，管典礼、学校、科举、外事接待。

尚书一人，正二品。左侍郎一人，正三品。右侍郎一人，正三品。

（12）兵部，主管全国军事，及武官任免。

尚书一人，正二品。左侍郎一人，正三品。右侍郎一人，正三品。

（13）刑部，主管司法。

尚书一人，正二品。左侍郎一人，正三品。右侍郎一人，正三品。

（14）工部，管土木、水利工程等。

尚书一人，正二品。左侍郎一人，正三品。右侍郎一人，正三品。

（六部官员侍郎以下，有员外郎、主事、照磨等名目。）

（15）都察院，监察机关，可弹劾百官。

左都御史，正二品。右都御史，正二品。左副都御史，正三品。右副都御史，正三品。左佥都御史，正四品。右佥都御史，正四品。经历一人，正六品。都事一人，正七品。司务二人，从九品。照磨一人，正八品。检校一人，正九品。司狱一人，从九品。另有监察御史，一百一十人，正七品。

操江，全称提督操江，属都察院，由佥都御使充任，巡视上下江防。

（16）通政使司，收呈奏章，接待上访。

通政使一人，正三品。左通政一人，正四品。右通政一人，正四品。

（17）大理寺，审理案件，定谳。

卿一人，正三品。左少卿一人，正四品。右少卿一人，正四品。

（18）詹事府，管理太子东宫事务。

詹事一人，正三品。少詹事二人，正四品。另有左春坊、右春坊等名目。

（19）翰林院，皇家秘书班子，智囊集团。

学士一人，正五品。侍读学士二人，从五品。侍讲学士二人，从五品。侍读二人，正六品。侍讲二人，正六品。五经博士九人，正八品。典籍二人，从八品。侍书二人，正九品。待诏六人，从九品。孔目一人，未入流。史官修撰，从六品。编修，正七品。检讨，从七品。庶吉士，未入流。

（20）国子监，全国最高学府，一名太学。

祭酒一人，从四品。司业一人，正六品。

（21）衍圣公，正二品，孔氏世袭。

（22）太常寺，掌管宗庙祭祀之事。

卿一人，正三品。少卿二人，正四品。

四夷馆，翻译外国语与学习外语的机构，永乐五年在南京设立，一般由太常寺管理。

（23）光禄寺，管理祭祀食品。

卿一人，从三品。少卿二人，正五品。

（24）太仆寺，掌管马政。

卿一人，从三品。少卿三人，正四品。

（25）鸿胪寺，执掌朝廷礼节，接待外宾。

卿一人，正四品。左少卿一人，从五品。右少卿一人，从五品。

（26）尚宝司，掌管玉玺、符信。

卿一人，正五品。少卿一人，从五品。

（27）六科，纠察风纪，弹劾百官。

吏科都给事中一人，正七品。户科都给事中一人，正七品。礼科都给事中一人，正七品。兵科都给事中一人，正七品。刑科都给事中一人，正七品。工科都给事中一人，正七品。另有各科左、右给事中，皆从七品。

（28）中书科，皇家秘书班子。

中书舍人二十人，从七品。

（29）行人司，代表皇家出外宣旨，册封。

司正一人，正七品。左司副一人，从七品。右司副一人，从七品。行人三十七人，正八品。

（30）钦天监，研究观察天文、气象、地震、灾变，以此推断凶吉的机构。

监正一人，正五品。监副二人，正六品。

（31）太医院，皇家医疗机构。

院使一人，正五品。院判二人，正六品。御医十人，正八品。太医院生药库，大使一人，未入流。副大使一人，未入流。太医院惠民药局。副使一人，未入流。

（32）上林苑监，管理皇家园林。

左监正一人，正五品。右监正一人，正五品。

（33）五城兵马指挥司，城卫部队。

指挥各一人，正六品。辖中、东、西、南、北五城。

（34）顺天府，北京直辖市。

府尹一人，正三品。府丞一人，正四品。治中一人，正五品。通判三人，正六品。另有推官、教授、训导、经历、知事、照磨、检校等官。

（35）武学，武术学校。

教授一人，从九品。训导一人，未入流。

（36）僧录司，管理僧侣寺庙。

左善世一人，正六品。右善世一人，正六品。另有阐教、讲经、觉义等职。

（37）导录司，管理全国道教。

左正一，一人，正六品。右正一，一人，正六品。另有演法、至灵、玄义、灵官等职、

（38）教坊司，管理宫廷音乐舞蹈。

奉銮一人，正九品。左韶舞一人，从九品。右韶舞一人，从九品。左司乐一人，从九品。右司乐一人，从九品。

（39）王府长史司，管理亲王府事务。

左长史一人，正五品。右长史一人，正五品。另有典簿、审理正、典膳正等职。

（40）郡王府长史司，管理郡王府事务。

教授一人，从九品。典膳一人，正八品。

（41）锦衣卫衙门，刺事缉捕。听命于皇帝。

长官为指挥使，官在四品之上。另有同知、佥事等职。

（42）东厂、西厂、内厂，刺事缉捕。听命于皇帝。

首领由内官担任。权在锦衣卫之上。

（43）苑马寺，管理御马监。

卿一人，从三品。少卿一人，正四品。

（44）承宣布政使司，各省行政长官。

左布政使一人，从二品。右布政使一人，从二品。左参政无定员，从三品。

右参政，从三品。左参议，从四品。右参议，从四品。经历一人，从六品。都事一人，从七品。照磨一人，从八品。检校一人，正九品。理问一人，从六品。副理问一人，从七品。提控案牍一人，未入流。

司狱一人，从九品。库大使一人，从九品。副使一人，未入流。仓大使一人，未入流。副使一人，未入流。大使各一人，从九品。杂造局、军器局、宝泉局、织染局，副使各一人，未入流。

（45）提刑按察使司，管全省司法。

按察使一人，正三品。副使一人正四品。佥事，正五品。

经历一人，正七品。知事一人，正八品。照磨一人，正九品。

检校一人，从九品。司狱一人，从九品。

（46）都转运盐使司，主管盐运。

都转运使一人，从三品。同知一人，从四品。副使一人，从五品。判官，从六品。经历一人，从七品。知事一人，从七品。

（47）盐课提举司，征盐税。

提举一人，从五品。副提举无定员，从七品。

（48）府，地区级长官。

知府一人，正五品。同知，正六品。通判，正六品。推官一人，正七品。经历一人，正八品。知事一人，正九品。照磨一人，从九品。检校一人，未入流。司狱一人，未入流。

（49）州，州级长官。

知州一人，从五品。同知，从六品。判官，从七品。吏目一人，从九品。

（50）县，县级长官。

知县一人，正七品。县丞一人，正八品。主簿一人，正九品。

典史一人，未入流。

（51）巡检司，类似县公安局。

巡检，从九品。副巡检，从九品。

（52）五军都督府，管天下兵马，有征讨权。

中军、左军、右军、前军、后军各属，左都督一人，正一品。右都督一人，正一品。都督同知，从一品。都督佥事，正二品。经历一人，从五品。都事一人，从七品。

（53）京卫指挥使司，京城卫戍部队。

指挥使一人，正三品。指挥同知二人，从三品。指挥佥事四人，正四品。

（54）留守司，守卫皇陵。全国设两个留守司，一在凤阳，一在承天府（湖北安陆）。

正留守一人，正二品。副留守一人，正三品。指挥同知二人，从三品。

（55）都指挥使司，各省军事长官。亦称都司。

都指挥使一人，正二品。都指挥同知二人，从二品。都指挥佥事四人，正三品。

（56）卫指挥使司，卫指挥官。

指挥使一人，正三品。指挥同知二人，从三品。指挥佥事四人，正四品。镇抚二人，从五品。

(57) 所，所级长官。

正千户一人，正五品。副千户二人，从五品。镇抚二人，从六品。百户十人，正六品。

(58) 土官。少数民族自治官员。

宣慰使一人，从三品。同知一人，正四品。副使一人，从四品。佥事一人，正五品。

(59) 宣抚司，管理边疆少数民族事务。

宣抚使一人，从四品。同知一人，正五品。

(60) 安抚司，管理边疆少数民族事务。

安抚使一人，从五品。同知一人，正六品。

(61) 招讨司，各土司领兵官。

招讨使一人，从五品。副招讨一人，正六品。

(62) 长官司，少数民族地方官。

长官一人，正六品。副长官一人，从七品。

(63) 总兵官，主征讨。有战事命显官担任，无恒职。

(64) 巡抚，钦差大臣，派出巡察各省，可节制布政司使以下官员。往往由御史担任，是清代巡抚的滥觞。

(65) 总督，军事长官，非定职，因战事而设，由朝廷重臣担任。

(66) 总理，职责与总督同。

附注：①明朝在留都南京也设与中央同职的官职。②明朝爵位，设三等：公，超品一等爵。侯，超品二等爵。伯，超品三等爵。另有驸马都尉，超品二等爵，位在伯上。